BASTEI
LÜBBE

Taschenbücher von TANITH LEE
im BASTEI LÜBBE-Programm:

13 498 Unstillbares Verlangen
13 594 Unheimliche Ferne
20 237 Das Mädchen und das schwarze Einhorn

TANITH LEE
ÄGYPTISCHE NACHT

Vampirroman

Ins Deutsche übertragen
von Barbara Först

BASTEI
LÜBBE

BASTEI-LÜBBE-TASCHENBUCH
Band 13 646

Erste Auflage:
Mai 1995

Deutsche Lizenzausgabe 1995
Bastei-Verlag Gustav H. Lübbe
GmbH & Co., Bergisch Gladbach
Originaltitel: Darkness, I –
Third In The Blood
Opera Sequence
Lektorat: Ute Büermann
Titelbild: Mark Harrison
Umschlaggestaltung:
Quadro Grafik, Bensberg
Satz: KCS GmbH,
Buchholz/Hamburg
Druck und Verarbeitung:
Brodard & Taupin, La Flèche,
Frankreich
Printed in France

ISBN 3-404-13646-2

O Herz, lege nicht ab
falsches Zeugnis gegen mich!

Magische Inschrift auf einem Skarabäus

Kapitel eins

Das Kind auf dem Grabmal.

Ein kleiner Steinhügel; darauf seine schlanke, flachbrüstige Gestalt. Es war mit einem klassischen Gewand angetan. Dennoch erinnerte ihn das leere Gesicht mit den blinden Augen – warum, wußte er nicht – an die Bildnisse auf der Osterinsel, die er schon auf Bildern gesehen hatte. Auf dem Grab stand kein Name, kein Datum verzeichnet.

Das Grab lag direkt hinter dem Stacheldrahtzaun, der die Piste des kleinen Flughafens umgab. Dahinter erstreckte sich die flache, unirdisch wirkende Ebene bis zu den Hügeln in der Ferne, über ihr wehte eisiger Wind.

Manchmal legte ein Pilot eine Blume zu Füßen des steinernen Kindes nieder. Einer oder zwei von ihnen nannten es Santa Blanca. Die Missionen hier waren keine offenen Stationen, oft mochten sie sogar außerhalb der Legalität existieren ... dennoch, er verstand nicht, warum sie das Gefühl hatten, sie müßten das Kind besänftigen. Er hatte ihm nie eine Blume gebracht.

Miguel Chodil machte sich auf den Weg.

Durch die dünnen Wolken glühte die Sonne.

Das weiße zweimotorige Flugzeug wirkte sehr massig, als könnte es nicht fliegen. Doch genau das war seine Stärke. In der letzten Nacht hatte ein roter Mond über der Stadt gestanden. Die alten Völker hätten gesagt, daß dies einen nahen Tod bedeutete. Doch wessen Tod? Im Laufe einer ganzen Nacht war es ohnehin gut möglich, daß irgendein Mensch sterben mußte.

Die Maschine war schon beladen. Chodil kletterte hinein und warf einen kurzen, prüfenden Blick in den Laderaum.

Es war immer das gleiche.

Kartons, die vermutlich Bücher enthielten, Öl- und Benzinkanister und Konserven, die jeder Luftwaffenstützpunkt gebrauchen konnte. Doch dann sah er Kisten, in denen goldene Orangen und dunkelrosa Pfirsiche glühten, und die gelben Kerzen von Bananen. Und dort, im Stroh, einen peruanischen Brandy von grünlicher Farbe.

Chodil überprüfte die Haltegurte und begab sich dann zufrieden ins Cockpit.

Auf der Startbahn hatte sich ein Wächter genähert, die Kalaschnikow über der Schulter, und starrte das Flugzeug an. Chodil wartete. Plötzlich drehte der Wächter sich um und marschierte zurück, als habe er etwas Bedrohliches gesehen.

Chodil machte einen Startversuch.

Die Maschine gab die üblichen Laute von sich; sie war aufmerksam und bereit. Vielleicht ein wenig zu eifrig. »*Calma*«, sagte er.

Als er sie über die Startbahn lenkte, spürte er ihre vertrauten Schaukelbewegungen wie die eines Pferdes. Er wußte, wann sie ausbrechen würde, und hielt sie auf geradem Kurs.

Er zog sie in einer langsam ansteigenden Kurve hoch, und die Maschine erklomm die Höhe in perfektem Bogen, stieg mit mächtigem Brummen in den weiten blauen Himmel.

Fünfzig Minuten noch, bis er zum ersten Mal nachtanken lassen mußte, und dann kam später der zweite Halt, wo die Russen ihm Wodka anbieten würden, und er so tun mußte, als ob er trinke – denn sie waren zutiefst gekränkt, wenn man ihre Gastfreundschaft ablehnte. Zwei Inseln, die nicht auf der Karte verzeichnet standen, die eine weißer als die andere, und an ihren Stränden lagen die Knochen der Blauwale – Geschöpfe, die zu groß waren, um geliebt zu werden, dachte er bei sich.

Den Flug Richtung Süden legte Miguel aus der Erinnerung zurück; immerhin war er diese Strecke schon zwanzigmal geflogen.

Der kristallklare blaue Himmel berührte endlich die kristallklare See. Am Horizont standen Kumuluswolken wie weiße Eisberge, als Kathedralen und Schlösser auf die Wasser gebaut. Und dahinter erhob sich das schreckliche weiße Land mit seinen Bergeshöhen.

Das war der Tod – dieses blendende Weiß. Die verlorenen

Geschöpfe, die an seinen Abhängen hausten, und die Uhr seines kalten weißen Herzens, das nicht mehr schlug.

Miguel schnitt eine Grimasse. Er sang seiner Maschine ein Lied und erzählte ihr von der Frau, die er in der Stadt gehabt hatte. Es gefiel ihm, die Maschine ein bißchen eifersüchtig zu machen.

Noch drei Stunden.

Kapitel
zwei

Als der Schneefall einsetzte, ging sie am Schluß der Prozession, zögernd, unschlüssig. Trotz der Pracht hatte sie das Gefühl, daß alles ein Schwindel war; irgendeine Dummheit, die sie nur zu ärgern, nicht zu erschrecken schien.

Sie wußte, was sie vor sich sah. Es waren alte Ägypter; die Frauen in enggewickelten Gewändern aus weißem, halbdurchsichtigem Leinen, einige von ihnen mit bloßem rundem Busen, die Männer in Schurzen aus Leinen oder Leder. Auch trugen sie – wie in den alten Überlieferungen – die besonderen Kragen, bestickt mit Granatsteinen und blaugoldenen Streifen. Schwarze Perücken. Und die Augen dunkel umrahmt wie Luchsaugen. Man konnte sie nicht verwechseln.

Da und dort wurde mit einem Fächer aus Straußenfedern gewedelt. Manche schoben Supermarktwagen, in denen sich goldene Kessel und Kegel aus Duftwachs türmten.

Nach oben mühten sie sich, auf die große Pyramide zu.

Es kam ihr vor, als sei die Pyramide aus alten Büchern erbaut, manche wirkten sogar wie abgegriffene Taschenbücher.

Frauen weinten. Es war ein Begräbnis. Wer war denn gestorben?

Im Traum dachte sie: *Ach ja, Ruth.*

Und während sie dies dachte, riß der neblige Himmel auf und es begann zu schneien.

Die Ägypter hielten inne. Es war nur natürlich, daß sie jetzt zu frieren schienen. Rachaela spürte, daß sie – widerwillig – nun durch die unbeweglichen Reihen der Männer und Frauen schritt. Sie gelangte an den Platz, wo der Priester stand. Er trug ein Leopardenfell über der Schulter, und auf seinem Kopf saß die spitzschnäuzige Maske eines Schakals mit großen Ohren.

Adamus . . .

Natürlich war er von den Toten zurückgekehrt, um mit eigenen Augen das Leichenbegängnis zu schauen.

Der Mumiensarg lagerte in einem Schacht an der Seite der Pyramide. Er war ganz aus Gold, prächtiger noch als der Sarg des berühmten Kindkönigs Tutanchamun. Auf den Sarg war die Gestalt eines Mädchens mit zwei langen, schwarzen Zöpfen gemalt. Ja, das war Ruths Sarg.

Nun ließen sie den Sarkophag in die Tiefe hinunter.

Ich sollte etwas empfinden. Oder nicht?

Dann war der Sarg verschwunden, und sie stand dort und spürte nichts, nicht einmal die Kälte des Schnees.

Die Menschen waren gegangen, und die Nacht war hereingebrochen. Es schneite nicht mehr.

Über der Pyramide leuchtete ein einzelner Stern wie ein Diamant.

Da erhob sich Ruths *Ka* aus dem Grab.

Rachaela wußte über das *Ka* Bescheid – wie ihre tote Tochter hatte auch sie Haggards Roman *Morgenstern* gelesen. Und was war das, ein *Ka*? Eher ein Astralleib als ein Geist; ein Doppelgänger, befreit von den nichtigen Einflüssen des Fleisches.

Ruth besaß ein sehr glanzvolles *Ka*; es trug ein schwarzes Kleid mit Silberstickerei am Hals und langes, schwarzes Haar, das über den Rücken herabhing. Auch das Gesicht war kunstvoll geschminkt, mit blaßroten Lippen und Augen wie Feuer.

»Hallo Ruth«, grüßte Rachaela.

»Hallo Mummy.«

Und dann kam das *Ka* auf Rachaela zu, und Ruth streckte ihre rechte Hand aus.

Aus ihren Fingerspitzen züngelte eine sanfte Flamme.

Rachaela wollte zurückweichen, aber sie konnte nicht. Ruth, die Feuer säte –

Ruth stand vor ihr, nahe genug, daß Rachaela das Parfüm des *Ka* riechen – war es Lancôme? – und das Rascheln des Kleides hören konnte.

Ruth breitete den Flammenstern auf ihrer Hand aus.

Und Rachaela spürte, daß sie den Mund weit aufgesperrt hatte, wie damals als Kind, als sie es beim Zahnarzt hatte tun müssen –

Und schon saß sie auf dem Stuhl, einem jener alten, schwarzen, in denen man das Gefühl bekam, sie hätten einen besser mit Gurten gefesselt.

»Nun«, sprach er, ein gesichtsloser Schemen aus der Vergangenheit, »ich glaube, du warst da etwas unvorsichtig. Zuviel Süßes, könnt' ich mir denken. Das wird jetzt ein bißchen weh tun, aber du bist doch ein tapferes kleines Mädchen, nicht wahr?«

Da spürte Rachaela, daß Ruth ihr schon die Flamme in den Mund gesteckt hatte, noch bevor sich der Zahnarzt wieder mit seiner summenden, stechenden Wespe über sie beugen konnte, um ihr die einzige Füllung zu machen, die sie je bekommen hatte.

Und er sagte: »Nun schluck bitte diese kleine Flamme, dann kannst du ausspülen.«

Rachaela schluckte die Flamme.

Als sie erwachte, hatte sie den Kopf tief ins Kissen gedrückt. Rachaela war allein ... Sie wandte sich langsam um und lockerte ihre steifgewordenen Muskeln, und da sah sie Althene neben sich liegen, friedlich schlafend.

Wer bist du? dachte Rachaela.

Auch im Schlaf, das Gesicht von den Spuren des Make-ups befreit, und die Haare von den Bewegungen des Schlafes zerwühlt, bewahrte Althene ihr Wesen, veränderte sich nicht.

Na ja, wenn du schon dumm genug bist, hier neben mir zu liegen, könnte ich dich ja auch wecken, dir von meinen Sorgen erzählen.

Ich habe von der toten, ermordeten Mörderin und Dämonin geträumt, die meine Tochter war.

Vorsichtig und etwas ungeschickt schwang sich Rachaela aus dem Bett und legte die Decke wieder über Althene.

Es war warm und stickig, eine heiße Spätsommernacht. Vom offenen Fenster her wehte der Duft von Bäumen, von Pflaumen, eine Ahnung des nahen Flusses.

Leise verließ Rachaela das Schlafzimmer und begab sich ins

Bad. Im Spiegel sah sie ihre Silhouette, in weißem Mondlicht gebadet, das durch das Fenster fiel. Eine Frau, wie von Klimt gemalt, jung und hochbusig, mit aufgetriebenem, schwangerem Leib.

Fast schon acht Monate.

Nein, sie mußte realistisch bleiben; sie war nicht besonders dick. Wie letztes Mal, als sie halb London den Bären aufgebunden hatte, sie hätte bloß zugenommen.

Letztes Mal, schwanger mit Ruth.

Doch Ruth war geboren worden und schnell gewachsen. Mit elf war sie bereits eine Frau gewesen, und bald darauf war sie zu einem Schrecken geworden, zu einer Mörderin . . . und dennoch wunderschön und geliebt. Bis sie die Regeln ihres Geliebten brach. Bis sie wieder tötete. Ruth, die Frau mit dem Messer, die Feuersäerin. Und als er sich von ihr lossagte, jener Malach – der weißhaarige Krieger und Priester – damals, in jenem zweiten Haus mit den Buntglasfenstern – wie hatte sie da geschrien.

Sie hatten geglaubt, sie wäre mit Camillo davongelaufen. Und doch war Camillo ihr Feind, durch und durch schlecht. Er hätte Ruth nie geholfen. Und Ruth konnte zu diesem Zeitpunkt ohnehin niemand mehr helfen.

Wann war es noch gewesen, als das Telefon läutete – Dienstag, Donnerstag nacht? Rachaela, die in unruhigem Halbschlaf lag, hatte Althene mit gesenkter Stimme sprechen hören. Und dann stand Althene in der Tür, wie ein Geist. Wie ein Bote aus dem Reich der Toten.

»Was ist?«

»Gar nichts. Schlaf wieder ein.«

»Ich will es aber wissen.«

»Nun ja, jetzt bist du ja wach. Dann muß ich's dir sagen.«

Und Althene hatte geseufzt. Sie kam ans Bett, und Rachaela setzte sich auf. Althene sagte: »Ich weiß nicht, wie ich's dir beibringen soll. Eric hat angerufen.«

»Es ist Ruth.«

»Ja. Und auch wieder nicht.«

»Sie ist tot«, sagte Rachaela.

»Es scheint so.«

Anscheinend hatte ein eifrig radelndes Pärchen Ruth in einem Wäldchen entdeckt. Irgend jemand hatte ihr durch die linke Brust bis ins Herz gestochen. Als ihre Leiche gefunden wurde, war ihre Schönheit schon verschwunden. Ein Fressen für die Würmer.

»Sie war schon tot, als er sie verließ«, sagte Rachaela. »Sie ist in jenem Augenblick gestorben. Werden sie es ihm, Malach, auch erzählen?«

»Ich nehme an, er wird es erfahren«, erwiderte Althene.

Rachaela legte sich wieder hin. Sie blickte zur düsteren Decke hoch, und Althene ließ sie allein. *Was fühle ich?*

Doch damals wie jetzt – zwei Wochen, nachdem Eric angerufen hatte – konnte Rachaela sich nur an Ruths Schrei erinnern, als Malach sie verstoßen hatte.

Hatte sie auch so geschrien, als das Messer in sie eindrang? Und war es Camillo gewesen?

»Verdammt«, sagte Rachaela leise zu dem monddurchfluteten Badezimmer. »Scheiß drauf.« *Geh weg. Geh mir aus dem Kopf.*

Deswegen hatte sie von dem Dämon geträumt – von Ruth. Wegen des Anrufs. Und wegen des anderen, neuen Lebens, das sie irgendwie nicht losgeworden war.

»Ich kann dir einen Arzt besorgen«, hatte Althene gesagt. »Wenn du die Schwangerschaft unterbrechen willst. Und das willst du.« Aber Rachaela hatte keinen Abbruch gewünscht, nicht jetzt. Es wäre eine Krankheit gewesen, ein Trauma. Und wenn sie auch noch so gut behandelt würde, kein großer Zirkus gemacht würde – sie wollte nur bei Althene sein und so tun, als sei gar nichts in ihrem Bauch.

So gingen sie in diesem kühlen, nassen, stürmischen Frühling viel am Fluß spazieren, speisten in seltsamen kleinen Restaurant, und hatten Sex im blauen Schlafzimmer ihrer Wohnung. Es gab nichts zu fürchten. Nur die geselligen, gemütlichen Stunden, in denen sie malte und Althene las, oder die Spiele um Kleider und Make-up, die sie zuvor schon gespielt hatten. Heißer gebutterter Toast mit Tee. Eine Mutter, die gleichzeitig Liebhaber und Ehemann war. Das Meer der Zeit in einem Stundenglas. Wenn man sie doch nur zum Stillstand bringen könnte.

Was in gewisser Weise geschehen war. Rachaela mußte sich nur selbst betrachten. Ein fester weißer Leib, sechsundzwanzig Jahre alt, und das bei einer Frau, die die Vierzig schon lange hinter sich gelassen hatte –

Die ewige Zeit der *Scarabae.*

Althene hatte nicht gesagt: »*Es ist mein Kind.* Ein Kind der Scarabae. *Du mußt es bekommen.*«

So war es einfacher, den Dingen ihren Lauf zu lassen. So zu tun, als sei das Kind nicht da. Und nun war es zu spät.

Die Ärztin, die schließlich kam, war höflich, freundlich und machte ihr Mut. Sie schien nichts gegen Althenes Anwesenheit zu haben; für sie waren sie Miss Day und Miss Simon. Doch war die üppige Althene, auch wenn sie keine Schuld traf, insgeheim der Grund, der Vater von Rachaelas Bürde.

Ich will es nicht. Warum habe ich es nicht losgelassen?

Sie blickte an sich herunter: der Bauch. Wer war darin?

Eine ihrer Katzen, der schwarzgesichtige Jacob, kam ins Badezimmer geschlichen. Nur den Katzen war es erlaubt, die Stille der Nacht zu stören.

Rachaela hob ihn hoch, und er stützte sich mit der zweiten krallenlosen Pfote schnurrend auf der Wölbung ihres schwellenden Leibes ab. Dann kletterte er auf ihre Schulter und schnurrte in ihr Haar.

Sie hätte das Geschlecht des Babys erfahren können. Aber das wollte sie nicht.

Sie wollte es nicht, wollte nicht die Verantwortung tragen, es getötet zu haben, wollte, daß es einfach nicht da wäre, tat so, als sei es nicht da.

Wie beim letzten Mal.

»Ich glaube, jemand beobachtet uns.«

»Wer?« Althene durchquerte den Wintergarten und trat neben sie auf den Balkon, der nach Süden ging.

Von unten sahen sie wie zwei gewöhnliche junge Frauen aus; die eine mit leicht gerundetem Bauch.

»Da war einer hinter der Gartenmauer. Und das war nicht das erste Mal – letzte Nacht noch hab' ich ein Geräusch gehört –«

»Eine der Katzen«, beruhigte Althene.

»Juliet war draußen. Aber gestern habe ich einen Mann vorbeischlendern sehen, und er blieb dort unten am Fluß stehen und sah zu uns herauf.«

Althene sagte nichts.

Doch Rachaela sagte: »Es ist immer möglich, daß die Scarabae uns beobachten. *Meine* Scarabae, aus dem Haus.«

»Könnte sein.«

»Jetzt trage ich ein Kind in mir, und sie haben es vermutlich herausgefunden, so wie sie alles herausbekommen. Und wir haben ihnen nichts gesagt.«

»Ich könnte mir vorstellen, daß sie daran gewöhnt sind.«

»Ich sollte kein Kind bekommen.«

»Das hast du schon gesagt. Du bekommst aber eins.«

»Ich bin ein Feigling. Selbstsüchtig. Deshalb habe ich nicht abgetrieben – weil ich mir vorstellte, was es *mir* antun würde. Das Kind ist mir egal.«

»Du kennst das Kind ja noch nicht.«

»Ich kannte Ruth.«

»Ja«, sagte Althene nur. Rachaela beugte sich nieder, um die trockene Erde der Geranien zu berühren. Sie hatte vergessen, daß es Althene war, die die Pflanzen pflegte.

»Ich habe von Ruth geträumt«, sagte Rachaela.

»Erzähl.«

»Es war nichts Besonderes, Ägypten. Aber sie hat sich ja für das alte Ägypten interessiert. Weiß Gott – vielleicht gehen sie ja alle so weit zurück. Es scheint, als kennten sie ihr Alter nicht. Wenn ich glauben soll, daß jeder von ihnen dreihundert Jahre alt ist, warum dann nicht gleich dreitausend? Sie altern, und dann werden sie plötzlich jünger. Bei Miranda war es auch so. Ich weiß nichts über sie. Ich weiß nichts über dich.«

»Ich gebe ja schon mein Bestes, um dir zu helfen zu verstehen«, sagte Althene. »Ich erzähle dir eine ganze Menge über mich.«

»Ja, über deine Mutter und dieses Haus in Amsterdam. Aber deine ganze Kindheit klingt doch schon falsch, oder nicht? Zuerst hört es sich an wie etwas aus den zwanziger Jahren, und dann im nächsten Augenblick wie etwas, das sich viel früher ereignet hat. Oder ist das deine besondere Methode?«

»Manchmal, Rachaela, fühle ich mich uralt. Und manchmal jung. Ich fing an, mich jung zu fühlen, als ich dich zum ersten Mal sah, wie du aus jenem Fenster auf mich herabgestarrt hast. Ich spürte, wie ich erwachte.«

»Und du hast dich entschlossen, mich zu bekommen.«

»Was mir auch gelungen ist. Wie geschickt ich das angestellt habe.«

»Ich kenne dich immer noch nicht.«

»Wie kannst du's wagen anzunehmen, daß du mich so schnell kennenlernen könntest«, erwiderte Althene mit süßer Stimme. »Du brauchst ja schon viele, viele Jahrzehnte, um überhaupt damit anzufangen.«

»Haben wir denn soviel Zeit? Jahrzehnte?«

»Auf jeden Fall haben wir kühlen Wein im Eisschrank.«

Rachaela hob die Gießkanne an und begoß die verdurstenden Blumen. Auf der anderen Seite des Flusses ließ die Fabrik im Art-déco-Stil eine kleine Gastwolke ab.

»Meinst du nicht, daß ich für eine Schwangere zuviel trinke?«

»Ein bißchen Wein kann dir nur guttun. Und außerdem bist du eine Scarabae. Du kannst trinken, was du willst.«

»Ich bin nur zur Hälfte Scarabae.«

»Aber das genügt.«

Ein Mann schritt langsam an den Schlammpfützen am Fluß entlang; er schaute nicht zu ihnen herüber. Links hinter ihm sank die Sonne im Westen und sandte metallische Strahlen über den Fluß; sie leuchteten wie Feuer.

Ruth . . . Feuerkind.

Althene kam mit zwei hohen, grünen Gläsern Weißwein zurück. Als sie aus dem Haus trat, ließ die Sonne ihr Gesicht kupferbronzen aufleuchten und den Ansatz ihrer Brüste sehen, die unter dem weiten Seidenhemd so echt wirkten.

Rachaela spürte einen warmen Schauer des Verlangens.

Sie wußte es nicht mehr und scherte sich auch nicht darum, ob es die Frau Althene war, die sie begehrte, oder ihre verborgene Männlichkeit. In der Dunkelheit konnte Rachaela sich bewegen und über die flachen Lenden unter dem seidenen Nachtgewand streichen, bis sie das schlafende Geschöpf ertastete, das sich schamlos im Schoß dieser duftenden Ikone zusammenrollte. Und es erhob den Kopf, und dann lag eine schöne Frau bei ihr – in letzter Zeit von der Seite her, damit es wegen der Schwangerschaft nicht schmerzhaft wurde – und durchbohrte Rachaela mit ihrem goldenen Stachel.

»Trink ihn nur. Sollen wir in das Restaurant unter der Brücke gehen? Die haben ein wundervolles Gericht, ein ganzes Hähnchen in Trauben geschmort.«

Mit unfehlbarem Sinn erriet Althene, daß Rachaela zur Zeit noch den Wunsch hatte, viel auszugehen, bevor sie zu dick und zu unbeweglich wurde und nur noch wie ein kleines Mädchen umsorgt werden und gebutterten Toast und Tee vor dem heimeligen, herbstlichen Kaminfeuer genießen wollte.

Der Mann am Ufer war verschwunden, und die Gaswolke leuchtete bronzefarben. Bildete sie sich nur ein, daß sie beobachtet wurden? Vielleicht sah ja auch die Wolke zu ihnen herüber. Vielleicht hatten die Vögel Ferngläser.

Als sie im achten Monat war, zogen sie um. Sie brauchten nichts selbst zu tun: Drei höfliche Möbelpacker erschienen, um die Bücher, die Möbel und die Kleider zu verladen. Die Wohnung war erst bei Rachaelas Einzug eingerichtet worden, und sie hatten das Erdgeschoß nie benutzt. Die Pflanzen wurden in Tontröge umgetopft und segelten gleich kriegerischen Galeonen von dannen. Die Katzen miauten und krallten sich an ihren Körben fest. Juliet schrie gebieterisch.

Rachaela fühlte sich schuldig; sie hatten die Wohnung aufgegeben, weil sie sich – vielleicht aus Nervosität auf Grund ihrer Schwangerschaft – beobachtet fühlte. Sie nahmen an, daß Juliet und Jacob sich inzwischen gepaart hatten. Auch die trächtige Juliet mußte ein Einsehen haben.

Doch den Katzen gefiel das Haus auf dem Hügel.

Der Hügel selbst war auf geradezu absurde Weise steil. Man

konnte ihn nur unter großer Mühe erklimmen. Tief unten im Tal, aus der Entfernung kaum wahrzunehmen, fuhren rötlichbraune Busse die Straßen entlang.

Die Villa wurde von einer hohen Mauer geschützt, und darüber war ein ebenfalls steil ansteigender Garten, der sich bis zum Haus erstreckte. Über einer Wiese voller Gänseblümchen reckten sich hochgewachsene Pappeln. Vor der Haustür stand ein steinernes Vogelbad. Das Gebäude selbst war weiß, zweistöckig, mit einem flachen Dach, und es besaß löwenfarbene Fensterläden und eine hölzerne Tür. Ein Schloß gab es nicht. Auf einer Tafel waren einige Tasten angeordnet, wie an einem Safe. Man mußte eine bestimmte Kombination eingeben, um Zugang zu erhalten.

›Die Fenster sind übrigens aus kugelsicherem Glas‹, hatte Althene beiläufig gesagt. Vereinzelt waren Buntglasscheiben dazwischen eingelassen. Das große Bild über der Haupttreppe zeigte zwei großartige Frauengestalten in Rot, Eisgrün und Gold, vielleicht Ceres und Persephone, die Erdgöttin und ihre Tochter – das Haar der Frau war eine lange Garbe goldenen Weizens, die blassere Tochter hielt scharlachrote Mohnblumen im unschuldigen Arm. Im Wohnzimmer war ein mittelalterlicher Tierkreis in die oberen Flügelfenster eingelassen, die Feuerzeichen in Rosa, die Luftzeichen in Blau, die Erdzeichen in Gelb und die Wasserzeichen in Grün.

Althene hatte Rachaela das Haus vor dem Umzugstag nicht gezeigt. Hatte sie ihr nicht getraut? Es war wie am Weihnachtsmorgen, wenn man herunterkam und die Geschenke schon wie von Zauberhand ausgelegt unter dem Baum vorfand – ein Traum, der Rachaela als Kind nie erfüllt worden war.

»Es ist viel zu groß für uns«, meinte sie.

»Wir werden es schon füllen können.«

Alte Rehschädel tauchten aus Althenes Kisten auf, dann eine Kugel (unzerkratzt) aus Malachit. Und Bücher. Eine griechische Bronzestatue, die einen Jungen mit einem Kranz darstellte. Für den Keller wurde Wein gekauft. Es gab eine kompliziert aussehende Waschmaschine und einen Geschirrspüler, der wie von einem anderen Stern wirkte. »Es wird auch jemand putzen kommen. Ein Pärchen, glaube ich«, sagte Althene.

»Haben *sie* das vorbereitet?«

»Miranda.«

»Aber dann wissen sie ja, daß wir hier sind.«

»Gar nicht.«

Rachaela gab es auf.

Und es stimmte: sie fühlte sich auf dem Hügel sicherer. Sie stand am Fenster, schaute den winzigen Bussen nach. Wohin fuhren sie?

Es gab nur das nötigste Mobiliar. Später, vielleicht, konnten sie neues aussuchen. Doch die weiten Räume muteten an wie ein Traum; es gab nur wehende Vorhänge (verwaschene Himmelstöne und milchiges Smaragdgrün), einen Stuhl und einen chinesischen Teppich, der verloren mitten im Zimmer lag sowie ein großes Bett, das in der lichtdurchfluteten Leere stand.

Der Herbst war mild, aber nur kurz. Die Pappeln bekamen gelbe Blätter. Die Eibe auf der steilen Zufahrt mit ihrer oliv-schwarzen Tönung rückte in den Vordergrund.

Rachaela stellte Vergleiche an: dieses Mal schmerzte ihr Rücken nicht. Es gab nur das Gefühl der Schwere.

Sie ließ sich von Althene verwöhnen. Glühwein im Bett, immer wieder Vollkorntoast mit Butter und Erdbeermarmelade; das einzige, das sie noch haben wollte. Knusprige Omelettes und Hähnchenbrüste, die Elizabeth für sie zubereitete, aß sie nur aus Pflichtgefühl. Elizabeth war keine Scarabae. Sie war eine dicke Schottin mit flammendrotem Haar und einem großartigen Akzent, die einen Staubsauger besorgt hatte und ihn im abschließbaren Schrank gegenüber der Treppe unterbrachte. Manchmal sang sie, wenn sie die beiden Bäder wischte oder das Bett machte. Sie hatte eine liebliche Wiegenliedstimme.

Ich bin nicht das Kind. Ich bin die, die das Kind bekommt.

Wie es ihre Gewohnheit war, wusch Althene ihre Seidenwäsche von Hand, und dann hing sie wie regenbogenfarbenes Gespinst im Gästebad. Später pflegte sie die Wäsche mit einem winzigen Bügeleisen zu glätten. Fasziniert schaute Rachaela diesem Ritual zu. *Sie ist meine Mutter.*

Er ist meine Mutter.

Rachaela mußte lachen.

»Sie findet mich ulkig, was?« meinte Althene, die in ihren maßgeschneiderten grauen Jeans und ihrem teuren französischen Pullover vor dem Bügelbrett stand.

Ob sie mich liebt? dachte Rachaela. *Ja. Wie seltsam.*

Das Licht schmolz dahin, und die Tage wurden kürzer.

Reg, Elizabeths Mann, mähte den Rasen. Hundert Fuß weiter konnte man über die Gartenmauer hinweg ein anderes imposantes Haus erkennen, das zu dieser Seite hin fensterlos war. Niemand konnte nahe genug herankommen, um etwas zu sehen.

»Juliet ist wirklich bald soweit, Mutter zu werden«, sagte Althene, nachdem sie sanft und fachmännisch Juliets geschmeidigen schwarzen Bauch befühlt hatte.

»Wir beide«, erwiderte Rachaela. Sie blickte auf Juliet hinab, die sich benahm wie immer und nun schnurrend auf ihrem kleiner gewordenen Schoß lag. Aber hier in diesem Sessel saßen mehr Wesen als nur sie beide. Es waren mindestens fünf – Rachaela und das Baby, und Juliet und ihre Kätzchen. Plötzlich durchfuhr sie ein Blitz wohligen Entzückens.

Sie war verblüfft; nun hatte sie das gespürt, was man von Frauen erwartete – was man ihnen beigebracht hatte zu fühlen.

Doch nach der kurzen Sekunde der Freude folgte eine tiefe Depression.

Sonntags morgens konnte man die Glocken der alten Sachsenkirche unten in der Stadt hören. Rachaela hielt sich im Oktober-Wohnzimmer auf, wo am Spätnachmittag die Sonne hereinschien.

Ein klarer, sonniger Tag. Die Fenster blitzten dank Elizabeths Bemühungen am letzten Freitag.

Rachaela blickte zu dem Tierkreis auf.

Jungfrauen in Tuniken, Skorpione mit gefährlichen Stacheln, ernste Stiere, Fische paarweise – und dort waren auch sie, die beiden Waagschalen, in das Saphirglas eingebrannt. Das Sternbild der Waage.

Die Waage leuchtete. Ein schräg einfallender Sonnenstrahl, der vielleicht von draußen reflektiert wurde, schoß wie eine Flamme durch die Schalen.

Da setzte der Schmerz ein, heftig und ohne Vorwarnung.

Außer sich vor Schreck klammerte sich Rachaela an einem Stuhl fest.

Es war soweit. Nun wurde es ernst. Würde es so sein wie beim letzten Mal? Es war noch zu früh . . . Die Hebamme hätte doch sicher gesagt, wenn es falscher Alarm wäre? Nein. O nein.

Der Schmerz steigerte sich, und Rachaela stieß einen Schrei aus. Sie spürte eine Bewegung gleich einer Welle, die durch ihren Unterleib rollte, eine Welle aus geschmolzenem Stein –

Dann ließ der Schmerz nach, und sie ging ruhig zum Badezimmer hinauf. Als sie wieder herauskam, begab sie sich ins Schlafzimmer und blickte den Hügel hinunter, den Althene mit Reg hinabgefahren war, um bei Alldays einzukaufen, das sonntags von acht Uhr morgens bis neun Uhr abends geöffnet war.

Sie hatte nur das Telefon.

Rachaela wählte die Nummer.

Es gab kein Zögern, keine Ausflüchte, keine Diskussionen. Warum hatte sie das erwartet? Die Scarabae hatten schon für alles gesorgt. Auch wenn ironischerweise Althene, die Mutterfigur, im Augenblick nicht zugegen war, um ihr beizustehen.

Innerhalb von zwanzig Minuten war die Hebamme erschienen und scheuchte Rachaela ohne Zögern oder Aufregung in den zur Geburt bestimmten Raum.

Kate Ames, die Hebamme, war eine jener schlanken, großen Frauen, die stark sind wie ein Kutschpferd. Sie strahlte gedämpften Optimismus aus.

»Wir müssen uns beeilen, Rachaela.«

Das wußte sie schon.

Kate Ames unternahm nicht den lächerlichen Versuch, sie zum Pressen zu ermahnen.

Der Schmerz war furchtbar, schlimmer, als sie ihn in Erinnerung hatte. Doch dann schien er wieder erträglich. Sie wußte, wie sehr sie Althenes Hilfe vermißte, und fing an, wie ein kleines Mädchen zu weinen, aber der Schmerz brachte sie mit einem Schlag wieder zur Besinnung.

»Was für ein Pech«, sagte Kate Ames, »daß Ihre Schwester nicht da ist. Das sind immer diese Warteschlangen. An Sonntagen spielen die Leute verrückt, als ob der Laden den Rest der Woche nicht auch geöffnet hätte.«

Fünf Minuten später, als sie Reg neben seinem Wagen mit der Panne zurückgelassen hatte und Althene mit zwei Tüten voller Lebensmittel, hauptsächlich Erdbeermarmelade, den Hügel hinanschritt, glitt das Kind, das in Rachaelas straffem, weißen Bauch gewesen war, in die erhitzte Luft des Gästeschlafzimmers hinein.

Rachaela schaukelte auf einem Fluß.

Sie dachte: *Ich phantasiere ja. Was hat sie mir da bloß eingegeben? Kommt es davon?*

Der Fluß war breit und braun wie flüssiger Honig. Aus dem Schilfgürtel stiegen Enten auf. Und dann sah Rachaela ihr Baby in einem Lichtkranz an einem goldenen Nagel hängen.

»Es ist ein Mädchen. Völlig gesund.«

Rachaela hörte, wie das Kind zu weinen begann; es schien eine Meile weit weg zu sein, kam allmählich näher.

»So ist es gut. Du kannst jetzt weinen, Kleines«, sagte Kate Ames. »Du hast es prima gemacht.« Dann zu Rachaela: »Ich mach' nur noch ein bißchen sauber, und dann können Sie einen Tee haben. Wollen Sie sie jetzt in den Arm nehmen?«

Ich will sie nicht halten. Ich will sie nicht haben.

»Geben Sie sie mir«, sagte Rachaela – »bitte – schnell –«

»Da nehmen Sie sie.«

Nach dem ersten Schluchzer weinte das Baby nur noch leise. Es roch sehr sauber und ein wenig antiseptisch.

Rachaela blickte ihm ins Gesicht. Es war eine Katze. Eine Katze, in einen weißen Schal gewickelt. Es war Jacob. Nein, es war ein Baby.

»Ja, es ist alles dran. Ein ganz normales Kind.«

»Was – was ist denn das für ein kleines Zeichen?«

»Ach das. Gar nichts. Das wird schon noch verblassen.«

Eine winzige blaue Stelle, wie ein verblassender Bluterguß,

auf der rechten Brust, genau unter der winzigen unentwickelten Rosenknospe, die einmal die Brustwarze würde.

Kate Ames bettete Rachaela in die Kissen.

Von ferne hörte Rachaela die Haustür.

Zu spät.

Wer bist du?

Das Baby hatte seltsame Augen; nicht dunkel, aber auch nicht blau. Sie glänzten silbrig. Und wie bei Juliets schwarzem Fell war der Kopf mit einem blonden Schimmer umgeben.

Ist das so seltsam? Noch ein unheimliches Scarabae-Baby.

In einer Minute würde Althene, die das Auto der Hebamme beim Vogelbad hatte stehen sehen, die Treppe hinauf und ins Zimmer geeilt kommen. Und wie würde Rachaela sie empfangen? Mit dem süßen Bild von der Dame und ihrem Sprößling oder mit dem älteren Sinnbild – der widerwilligen Mutter, die die Bürde auf sich nahm, Leben zu geben.

»Sie hat zu weinen aufgehört. Geht's ihr denn gut?«

»O ja, ihr geht's gut. Vielleicht haben Sie ja Glück. Manche sind wirklich ruhig, wissen Sie.«

»Meine letzte . . . hat immer geschrien.«

Kate Ames wurde ernst. Sie wußte natürlich, daß Rachaela schon ein Kind geboren hatte, wußte aber nichts über das Schicksal jenes geheimnisvollen Abkömmlings. Kate Ames war eine gutmütige Frau; Rachaelas sichere und unkomplizierte Entbindung hatte sie sehr froh gemacht. Sie wurde munterer. Sie sagte: »Tja, wer kann das wissen. In zehn Minuten schreit sie vielleicht Zeter und Mordio.«

Das Kind schlief nicht. Es heißt, sie können noch nicht sehen, können den Blick nicht auf etwas konzentrieren mit ihren Augen, die wie tote, seidige Hortensien erscheinen.

Da flog die Tür auf.

Althene erschien. Sie war weiß im Gesicht, blaß, wie sie manchmal nach der Liebe aussah.

Aber in Wirklichkeit bist du ein Mann. Ein Mann mit schreckensbleichem Gesicht, weil du mich so hier findest. Ja, ich lebe. Und dies hier auch.

Deine Tochter, sagte Rachaela – lautlos, um Kate Ames nicht zu verstören.

Und die strahlende Hebamme sagte: »Rachaela war großartig. Ich glaube nicht, daß wir länger als eine Stunde gebraucht haben. Und so ein kräftiges kleines Mädchen.«

Althene wandte ihren Blick dem Baby zu, und in Rachaela regte sich die Schlange. *Liebe auf den ersten Blick. Ich werde ganz blödsinnig und lächerlich und unwürdig und inbrünstig eifersüchtig sein. Und wir sind Scarabae, die Inzest treiben. Gott weiß, ich habe schon einen Grund.*

Kapitel drei

Elizabeth starrte hinaus in den Schnee.

Er fiel schwer und dicht, lag hoch auf den Bäumen und türmte sich an manchen Stellen bis zu den Fenstern auf. Die Säckchen mit Nüssen für die Vögel, die Reg aufgehängt hatte, hingen reglos da. Es herrschte Stille.

Doch im Haus tönte leise Musik aus dem Wohnzimmer, und in der blitzenden Küche simmerte der Ofen, aus dem ein wundervolles Aroma frischgebackenen Kuchens drang.

»Ach, Mrs. Day. Sie wollen bestimmt einen Kaffee.«

Rachaela hatte Elizabeth nie ermutigt, sie beim Vornamen zu nennen, und es schien, als sähe Elizabeth alle Frauen mit Kindern als ›Mrs.‹ an, wie die Köchinnen aus viktorianischer Zeit.

»Ja . . . Bloß einen Nescafé. Ich kann ihn selbst machen, Elizabeth.«

»Nein, nein. Ich hab' grade bloß geträumt. Na ja, nicht richtig geträumt – hab' mir eher Sorgen gemacht.«

Rachaela wappnete sich für die Sorgen eines anderen Menschen.

»Was ist denn los?«

»Es geht um den Sohn meiner Schwester. Sie hat Angst, daß er einberufen wird. Er ist bei den Reservisten. Sie glauben das doch nicht, oder?«

Rachaela glaubte es nicht; sie wußte gar nicht, wovon Elizabeth sprach. Und dann entsann sie sich des Schattens, der auf das neue Jahr gefallen war, den Schatten des Krieges. Was konnte sie nur sagen, um Elizabeth zu beruhigen? Sie hatte keine Ahnung von den Ereignissen der Welt.

»Vielleicht kommt es gar nicht erst dazu.«

»Tja, Gott allein weiß, ob es dazu kommen wird.« Elizabeth stellte den Kessel auf den Herd, als sei es der letzte Kessel auf der Welt. Obgleich sie korrektes Englisch sprach, wurde jedes ihrer Worte von ihrem reizenden schottischen Akzent geformt und gewann dadurch an Würze, an Kraft. »Die Krankenhäuser können noch voll werden, all diese jungen Männer, wenn sie übel verbrannt sind und für ihr Leben gezeichnet. Und dann die Lungen. Als ich noch ein junges Mädchen war, hab' ich gesehen, was Senfgas anrichten kann.«

Nun blickte auch Rachaela in den Schnee hinaus.

Irgendwie hatten Reg und Elizabeth es geschafft, das Auto auf den Hügel zu fahren, und nun zögerten sie mit der Rückfahrt, vielleicht, weil sie den steilen Abhang fürchteten. Das Auto hatte sich in letzter Zeit ohnehin sehr launisch gezeigt, seit dem Morgen, als es vor Alldays seinen Geist aufgegeben hatte. Seit dem Sonntag, an dem Anna geboren wurde.

Der Kaffee war fertig, und Elizabeth gestattete sich einen Augenblick Ruhe, indem sie sich auf die Arbeitsplatte setzte. Sie aßen die Hafermehl-Kekse, die sie gebacken hatte.

»Aber war für einen Sinn hat es, sich Sorgen zu machen, nicht wahr?« meinte Elizabeth.

»Nicht besonders.«

»Wenn es doch so wäre«, wünschte Elizabeth. »Wir könnten die Welt in Null Komma nichts geradebiegen.« Sie lauschte einen Augenblick lang auf die Symphonie von Sibelius, die über den Korridor klang. »Die mag Ihre Musik, die Mrs. Simon.«

»Ja.«

»Und Ihre kleine Anna.« Elizabeth seufzte. »Ich komme mit der Zeit nicht mehr klar. Das kommt mit dem Alter. Manchmal lieg' ich wach und denke bloß darüber nach, was ich morgen einkaufen muß, und dann geh' ich auf die Toilette, und dann ist es plötzlich schon halb drei – vier Stunden vergangen, und mir sind sie wie zwanzig Minuten vorgekommen. Reg allerdings, der kann schlafen wie ein alter Hund.« Sie schmunzelte. Elizabeth liebte Reg, der ohne große Mühe alles bewältigte, was er sich vornahm, und dabei schweigsam und ruhig blieb. »Und Ihr kleines Mädchen«, fuhr sie fort. »Ist sie jetzt drei?«

»Nein«, gab Rachaela ruhig zurück. »Erst ein Jahr und ein paar Monate. Sie ist groß für ihr Alter.«

»Und ganz schön dickköpfig.«

Elizabeth goß Rachaela einen frischen Kaffee auf; sie hatte aus ihrer leeren Tasse getrunken, ohne es zu merken.

Juliets Tochter Jelka kam in die Küche. Sie war kohlschwarz, ohne einen weißen Flecken, und hatte gelbe Augen wie ihre Mutter. Sie schlich aufs Fenster zu und miaute, damit man sie hinausließ.

»Ach, das wird dir aber nicht gefallen da draußen«, wandte Elizabeth ein, öffnete aber dennoch das Schiebefenster (das aus kugelsicherem Glas war), und Jelka sprang hinaus in den Schnee, in dem sie sofort bis zur Brust einsank. Sie krabbelte wieder heraus und sprang in eine Steinurne, die im Herbst noch mit Geranien bepflanzt gewesen war.

Juliet hatte drei Kätzchen geworfen, zwei davon schwarz und weiß – hübsch, aber gewöhnlich – und Jelka, die schwarz wie Kohle war. Juliet hatte ohne großes Aufsehen im letzten November geworfen, in einem der Nester aus alten Zeitungen, die Althene an verschiedenen Orten im Haus aufgebaut hatte, um sie zu locken. Als sie alt genug waren, kamen der Kater und die Katze als Geschenk zu Eric, Miranda und Sasha. Jelka hingegen, die Hexenkatze, hing an ihrer Mutter. Wenn sie älter war, würde auch sie sich mit Jacob paaren. Katzen waren auch unbezähmbare Scarabae.

Doch Rachaela war aufgefallen, daß die Katzen nun eine Einheit gleich den Menschen bildeten: ein Männchen, zwei Weibchen, ein Ehegemahl und ein Kind.

Emma war es gewesen, die damals nach Ruths Geburt zu ihr gesagt hatte, daß sie ›das Schönste verpasse‹. Und Rachaela hatte sich darum bemüht, Ruth als Baby so wenig wie möglich zu sehen. Hatte sich überhaupt etwas verändert?

Es war Althene, die Anna nun die Flasche gab; Rachaela hatte – absichtlich? – nicht genug Milch gehabt. Es war meist Althene, die Anna die Windeln wechselte. Man konnte alles abgeben. Und es war auch so einfach. Außerdem war Anna ziemlich schnell sauber geworden; mit fünf Monaten schon konnte sie allein auf die Toilette gehen und ihren Wunsch danach auch lautstark bekunden. Am Anfang mußte man noch dabeisein und einen Hocker bereitstellen, damit sie auf den Sitz klettern konnte, aber nun machte sie es schon ganz allein. Obgleich sie sie immer noch wickelten, geschah Anna kein einziger Unfall mehr.

Rachaela wußte, daß dies nicht normal war. Sie wußte es von Ruth.

Anna hatte am Weihnachtsfeiertag ihr erstes Wort gesprochen – keine drei Monate nach ihrer Geburt.

Es mochte Einbildung sein; die stolzen Eltern, die jedes Glucksen, jeden Rülpser mißverstanden. Doch dann hatte Anna wieder etwas gesagt – diesmal einen Namen. Althenes Namen. Nicht richtig, natürlich. ›Althni‹ hatte sie gesagt.

Und Althene hatte Anna auf den Arm genommen, und Anna hatte aus dieser Höhe zu ihrer anderen Mutter hinabgelächelt, der Frau-Mutter, die Anna nicht liebte, aber doch freundlich zu ihr war. Und großzügig hatte sie auch sie beim Namen genannt: ›Rashla‹.

Mit sechs Monaten konnte Anna sprechen. Undeutlich zwar, wie jemand, der eine leichte, aber sprachverschönende Behinderung hat, doch ihr Satzbau war perfekt. Sie sprach nicht mit der reizenden Unlogik anderer Kinder, die sich die Sprache erst aneignen müssen: ›Ich rennte‹ oder ›Ich ist hier‹. Nein, sie war da genau. Sie *rannte*. Sie *war*.

Althene begann, ihr das Lesen beizubringen, und bald schon konnte Anna große unbeholfene Buchstaben schreiben. Sie schrieb Juliet einen kurzen Brief über Jelka. Sie schien zu glauben, daß die Katzen – mit denen sie zu spielen pflegte, und zwischen denen sie fast wie ein normales Kind einschlafen konnte, wenn man es ihr gestattete – auch sprechen und lesen könnten. Als sie herausfand, daß Juliet das nicht konnte, war sie tief enttäuscht.

Körperlich wies sie keine Fehler auf; sie besaß lange, schlanke Beine und den leicht hervortretenden Bauch eines Mädchens. Groß für ihr Alter. Weiße Haut. Die Augen seidiggrau. Weißblondes Haar – nein, das stimmte nicht: ihr Haar war ebenfalls weiß. Es wurde nicht dunkler, eher heller, als es dichter wurde. Ein ätherisches Kind. Etwas ganz Besonderes.

Das kleine blaue Mal auf der rechten Brust war schwächer geworden, aber nicht verschwunden. Also war es ein Geburtsmal. Sonst nichts.

Anna war Linkshänderin. Sie verleugnete ihre rechte Hand, ließ sie einfach hängen. Als ob diese Hand nicht viel zu tun hätte.

Ob sie schön war? Zu früh, das jetzt schon zu sagen.

Nein. Nicht zu früh. Sie war so schön wie die weißhaarigen übermenschlichen Kinder aus einem Science-fiction-Film der fünfziger Jahre.

Sie besaß schon eine Truhe voller phantastischer Kleider aus Stoffen, die Althene erworben und Elizabeth bestickt hatte. Die Bücher waren ordentlich neben ihrem Bett aufgereiht – für das Kinderbett war sie schon lange zu groß geworden. Anna las zwar noch nicht die Bücher aus der Bibliothek, die sie in einem der leeren Zimmer eingerichtet hatten, aber sie las Abenteuerbücher, wie sie einem Kind zukamen – einem Kind von zehn Jahren. *Robin Hood, Atlantis, Die griechischen Sagen;* auch Bücher über Wölfe und Tiger und Städte des Altertums.

Althene besorgte Tonbandaufzeichnungen von Theaterstücken, die einst im dritten Programm der BBC gesendet worden waren: Louis MacNeice, Dylan Thomas . . . Anna lauschte gespannt, mit weitaufgerissenen Augen. Sie konnte natürlich nichts verstehen, aber sie war gefesselt. Dann fragte sie, ob sie dieses oder jenes wieder hören dürfe. Und Musik – Anna liebte die Musik.

Die Scarabae hatten ihr ihren Stempel aufgedrückt.

Vielleicht hätte Rachaela in jenen ersten Minuten, als sie Anna im Arm hielt, den Drang verspürt, ihren Anspruch auf das Kind geltend zu machen. Später konnte sie sich noch einer Gemütserregung entsinnen, aber sie wußte nicht mehr genau, was es gewesen war. Und sobald Althene das Kind angesehen hatte, war das Gefühl in nichts zusammengefallen. Rachaela hatte ohne Umschweife auf ihre Tochter verzichtet. Es hatte ja keinen Sinn.

Falls Althene Rachaelas Gefühle erriet, so ließ sie es sich nicht anmerken. Sie behandelte Rachaela wie eine Mutter, die, vielleicht aus Erschöpfung oder wegen anderer Pflichten, ihrem Kind nicht soviel Zeit widmen konnte, wie man es von ihr erwartet hätte.

Und es lag auf der Hand, daß Althene Mutter und Vater in einem war. Sie machte es viel besser als Emma.

Es war, nachdem sie die Katzen in das Haus der Scarabae gebracht hatte – Althene war mit Regs Wagen dorthin gefahren. Sie blieb zehn Stunden weg. Bei ihrer Rückkehr brachte sie zwei Flaschen exklusiven Champagner mit, die Eric ihr geschenkt hatte. Und als Geschenk des adoptierten Mädchens Tray einen Karton voller Schokolade. Und den Namen.

Bis dahin hatten sie das Baby einfach ›Das Kind‹ genannt, wie sie auch oft eine der Katzen ›Die Katze‹ zu nennen pflegten. Es war nicht Selbstgefälligkeit, eher ein Eingeständnis der Wirklichkeit – Anna war immer noch ein Kind.

»Miranda hat mir etwas gesagt«, meinte Althene, als sie vor dem Kaminfeuer saßen, das Reg für sie angezündet hatte. Das Kind lag auf dem Sofa zwischen ihnen, schweigend, aber aufmerksam.

»Etwas über deine Tochter«, vermutete Rachaela.

Althene widersprach nicht, sagte nicht: ›Unsere Tochter‹. »Miranda hat mich gefragt, ob wir das Kind nicht Anna nennen könnten.«

Und sogleich hatte sich das Kind herumgerollt und Althene mit seinen Augen angesehen. Es war noch nicht Weihnachten gewesen – die schicksalhaften Worte (Althni, Rashla) waren noch nicht gesprochen. Und doch schien es, als ob sie bereits verstünde.

»*Anna*«, wiederholte Rachaela. »Du meinst, sie wollen ihr den Namen einer Toten geben. Der Toten, die von meiner ersten Tochter ermordet wurde.«

»Sie möchten, daß wir Annas Gedenken ehren.«

»Es ist so, als ob man sie mit einem Grabstein beschwert.«

»Nein – nur ein wenig Asche.«

»Nun ja.« Rachaela starrte auf das hübsche, heimelige Feuer aus glühender Kohle. Sie dachte an das erste Haus, das gebrannt hatte, an Anna, die verbrannt war, und sagte: »Es ist, als ob man ihr wieder die Gabe des Feuers verleihen wollte.«

»Oder um den Fluch abzuwenden«, entgegnete Althene.

»Nein. Ach, es macht ja nichts. Nennt sie doch, wie ihr wollt. Sie gehört ja dir.«

Nach längerem Schweigen sagte Althene beiläufig, als verfolge sie keine bestimmte Absicht: »Uns.« Und dann: »Sie bestehen nicht darauf. Wir sind nicht dazu verpflichtet.«

»Anna«, sagte Rachaela. Und das Kind sah zu ihr hin. Es war sein Name.

Doch obwohl Anna Rachaelas und Althenes Namen wie eine Beschwörung am ersten Weihnachtstag aussprach, hatte sie ihren eigenen Namen bis zu ihrem ersten Geburtstag im vergangenen Oktober nicht genannt. Aber dann schrieb sie in verkrümmten, unkoordinierten Lettern: ICH BIN ANNA und verzierte das Geschriebene mit den Farben, die Althene ihr geschenkt hatte.

Sparsam wie sie war, hatte Elizabeth ihren Kaffee bis zur Neige getrunken und war nun damit beschäftigt, die Frühstücksteller und die Kuchenschüsseln zu spülen.

Rachaela fiel ein, daß man die Rührschüssel nicht mehr auslecken durfte, weil sich in den rohen Eiern Salmonellen befinden konnten.

Draußen knirschte der Schnee, und eine kleine Lawine fiel von einem Baum herab. Jelka schlitterte mit wild peitschendem Schwanz unter die Urne, und ein einsamer Vogel flog zu den Säcken mit den Nüssen, als sei er der letzte seiner Art auf der Welt.

Im Wohnzimmer lag Anna in Althenes Arm, sie lauschten Sibelius' Musikstück über das Eis in Skandinavien.

Und am Golf bereiteten sie sich auf das Armageddon vor.

»Ich finde nicht, daß wir es ihr kaufen sollten.«

Sie standen in einem Laden, dessen Fußboden vom Schneematsch naß war, umgeben von Tüchern in leuchtenden Farben, Regalen mit schlanken grünen Flaschen, Glasketten, Uhren.

»Weil es das Fell eines toten Tieres ist.«

»Nicht ganz.«

»Weil irgend jemand sie dafür umbringen wird. Rachaela, sie will es ja nicht tragen. Oder willst du, Anna?«

»Es ist nicht zum Anziehen«, erklärte Anna.

Von einer Stange hing ein Fuchsfell herab. Der Kopf war spitz wie ein Schnabel, und das Fell war zu dunkel für einen Fuchs. Aus dem spitzen Gesicht, das Rachaela traurig und weise erschien – es war nicht bemitleidenswert, doch irgendwie beraubt – starrten ihnen zwei orangefarbene Glasaugen entgegen.

»Versuch mal, Rachaela zu erklären, warum du es haben willst«, ermutigte Althene, die das Kind an der Hand hielt.

»Weil es mein Fuchs ist«, sagte Anna.

Rachaela blickte auf sie hinab. Sie hatten die Babytrage, in der Althene sie zu tragen pflegte, abgegeben; Anna lief nun lieber selbst. Wenn sie müde wurde und trödelte, nahm Althene sie auf den Arm. Außerdem war Anna ohnehin zu groß für die Trage.

Sie sieht aus, als wäre sie vier oder fünf. Dünn und hochaufgeschossen. Das lange weiße Haar mit den silbrigen Strähnen vermischte sich mit dem durchsichtigen Weiß ihrer Schläfen.

Ein ernstes kleines Mädchen, das ein Fuchsfell als Spielzeug haben wollte.

»Das ist kein Spielzeug«, wandte Rachaela ein. »Sie werden von schrecklichen Leuten gejagt – und dann wird so etwas aus ihnen gemacht.«

»Mein Fuchs«, sagte Anna wieder.

»Anna«, meinte Althene, »was willst du denn damit?«

»Ich nehme ihn auf den Schoß«, erwiderte Anna.

»Das ist doch keine Katze«, sagte Rachaela. »Es lebt doch nicht.«

»O nein«, stimmte Anna vernünftig zu.

»Um Himmels willen.«

Rachaela war wütend: über den Matsch und den rauhen Wind, über die heulenden kahlen Bäume. Über die Bilder, die sie im Fernsehen gesehen hatte – einen verwundeten Zivilisten, der hilflos auf einer Bahre ausgestreckt von dem Schauplatz eines Skudraketen-Angriffs weggebracht wurde. Sein furchtsamer kleiner Hund hockte ihm auf dem Bauch. Und die hilflosen Vögel, mit Öl gesalbt, die in einer Scheiße hocken mußten, die sie nicht verschuldet hatten. Eine Katze, die über eine verödete Stadt unter dem Sonnenuntergang spazierte, um kurz darauf vielleicht auch noch einen zweiten Atomschlag abzukriegen.

»Ach, dann nimm es doch.« Rachaela vermeinte, ihre eigene strenge Mutter zu hören. Sie warf den Kopf zurück. »Nein. Es tut mir leid. Es tut mir leid, Ruth. Wenn du es haben willst – natürlich.«

Schweigen.

Rachaela starrte die beiden an. Ihr Liebhaber, ihre Tochter. Was hatte sie da bloß gesagt –

»Wer ist denn Ruth?« wollte Anna wissen.

Ach Gott, habe ich das etwa gesagt?

Doch Althene erklärte ruhig und vernünftig: »Ruth war Rachaelas andere Tochter. Sie lebt nicht mehr.«

»Es tut mir leid«, sagte Rachaela.

»Ist schon gut«, meinte Anna. Mit ihrer undeutlichen Aussprache klang es wie ›Iss schon gu‹. Wie ein Betrunkener. Aber sie war nüchtern und ernst.

Ich habe sie beleidigt. Mein Gott, weiß sie überhaupt, wie sehr?

Rachaela fühlte ihre Knie zittern.

Der Laden, voller eiliger Menschen, voller Farben, schien sie in einen Taumel zu ziehen.

Althene jedoch bemerkte es nicht. Sie sagte zu Anna: »Es ist genau wie gestern, als ich dich aus Versehen Rachaela nannte.«

»Ja, stimmt.«

»Also«, sprach Althene abschließend; und sie hob das schlangenförmige Fell mit den baumelnden Pfoten von der Stange. Der Standinhaber unterbrach das Gespräch mit seinem Nachbarn und kam zu ihnen herüber.

»Das ist der letzte Schrei jetzt. Und völlig in Ordnung, wie Sie sehen. Stammt noch aus den zwanziger Jahren – haben sie gekillt, bevor diese Freunde von Mutter Erde das Sagen hatten.«

»Sind Sie sicher?« erkundigte sich Althene.
»Was denn? Natürlich bin ich sicher. Wird Ihnen gut stehen.«
Althene mußte lachen. Sie sagte: »Ich ziehe Menschenhaut vor.«
Der Händler grinste. Allerdings nicht sehr.
Er wickelte das Fell in Seidenpapier, und sie nahmen es mit.

Anna nannte den Fuchs Ursula.
Sie sagte nicht warum.
Bein Schlafen hielt sie den Fuchs im einen Arm und ihr weißes Kaninchen im anderen.
»Sie haben sie ›Vixen‹ genannt, Füchsin.«
»Ruth.«
»Ja.«
»Das ist ein altes Wortspiel. Um die weibliche Degeneration zu benennen. Vom Muttermund – Cervix. *Cervixen*.«
»Aus der Gebärmutter«, sagte Rachaela.
»Es gab einen alten Brandy«, fuhr Althene fort. »Sie füllten ihn in die Gebärmütter toter Frauen und ließen ihn so reifen.«
»Dieser gottverdammte Krieg«, meinte Rachaela. »Ich erinnere mich noch an die Kuba-Krise –«
»Ah – das ist dir auch schon aufgefallen.«
»Es scheint, daß er außer Kontrolle gerät.«
Althene, die im Dunkeln neben ihr ausgestreckt lag, sagte: »Sie werden ihn stoppen.«
»Was? Wie denn?«
Althene schwieg.
Sie schlief – wie eine Göttin, wie eine Statue aus weichem Fleisch.
Rachaela lag in der Dunkelheit, und die Welt drehte sich mit ihr. Wie sie es immer getan hatte. Und immer tun würde?

Kapitel vier

Sie liebte Tesco's; sie hätte alles dafür gegeben. Vielleicht hätte sie Tesco's heiraten sollen. Denn eine Ehe verspricht Sicherheit und Freude, sowohl Aufregung als auch Befriedigung. Und das war es, was Tesco's immer schon für Sharon Ferris bedeutet hatte, während ihr Mann Wayne ihr immer nur das Gegenteil bieten konnte.

Wenn sie nur durch die Schwingtüren schritt, spürte sie schon, wie ihr das Herz aufging.

Es war so sauber und sonnig dort, und über dem Gemüsestand, wo Gemüse und Obst wie bunte Spielsachen ausgebreitet lagen, wölbten sich hübsche weiß und grün gestreifte Markisen. Und dann der Duft von frischem Brot, und die göttlichen Desserts, die Kosmetika, die in einem eigenen Bereich untergebracht waren, und die Pralinen.

Doch seit ihrem letzten Besuch hatte ein düsterer Engel seine Schwingen über Sharons zauberhaftes Verhältnis zum Einkaufen gebreitet. Sie haßte zwar die Hausarbeit, hatte das Shopping jedoch immer geliebt. Und aus dem gleichen Grunde liebte sie das Essen – es war ihr einziger verbleibender Draht zur Freude am Leben.

Sharon war fett.

Sie hatte schon Probleme damit gehabt, seit sie mit Andrew schwanger war. Und nach seiner Geburt war das Fett nicht etwa dahingeschmolzen, wie sie irgendwie immer geglaubt hatte: Weil sie immer hinter dem Kind herrennen mußte, nachdem sie auch noch Wayne bedient hatte, wurde sie immer hungriger. Also aß sie. Chips und Cola, Kekse, Bananen, und wenn sie mal ausging, aß sie bei McDonald's.

Abends mußte für den ebenso hungrigen, aber zaundürren Wayne das große Essen bereitet werden. Steak mit Pommes frites, Lamm und Röstkartoffeln, Kirschtorte oder Mokkaeis. Und wenn Wayne danach in die Kneipe oder woanders hinging, blieb Sharon vor dem Fernseher und aß Mars und Whispers. Es hieß, daß der Geschmack von Schokolade eine Nachricht ans Gehirn sendet, die dem Sichverlieben ähnlich ist. Sharon hatte so etwas nie bemerkt. Aber immerhin wurde man von Schokolade nicht schwanger.

Sie hatte Andrew draußen auf einem Feld unter den Sternen empfangen. Und als Wayne in sie stieß und ihr weh tat und sie mit einem seltsamen süßen Triumphgefühl erfüllte, war Sharon immer wieder eine Zeile aus einem Gedicht in den Kopf gekommen, das sie in der Schule gelernt hatte:

In Feldern des Lichts, die so warm zu berühren . . .

Sie hatte Wayne nichts von dem Gedicht erzählt, er hätte nur die Nase gerümpft. Doch vier Monate später, als sie anfing, dick zu werden, mußte sie ihm sagen, daß sie sein Kind trug. Wayne hatte Sharon loswerden wollen, aber sein Vater hatte ihm gedroht, und Wayne hatte immer noch großen Respekt vor seinem Vater. Männer trugen Verantwortung. Sharon würde ihm eine gute Frau sein. Sharon war die Mutter seines Sohnes.

Sie wurden im Standesamt getraut, und Sharon sah geradezu grotesk aus – das rosa Kleid war ihr bereits viel zu eng, und fast wäre ihr der Hut vom Kopf geweht worden. Wayne war abwechselnd mürrisch und großmäulig.

Es war keine leichte Geburt gewesen.

Wieder war Wayne entweder verärgert über das Baby, oder aber er zeigte es voller Stolz herum. Auf Sharon war er nur wütend.

Aber Wayne arbeitete als Fernsehmechaniker. Sie hatten es nicht nötig zu sparen. Andrew wurde schick eingekleidet, und es gab immer genug zu essen.

Als Sharon sich einen BH in Größe Zweiundvierzig mit C-Körbchen kaufen mußte, fing sie an, sich ein wenig Sorgen zu machen. Aber sie wußte nicht, was sie ändern sollte; sie war immer schrecklich hungrig, und zuweilen, wenn sie auf ein Essen warten mußte, fühlte sie sich krank und schwach. Als Andrew größer wurde, teilte sie mit ihm seine Kleinkinder-Menüs. Beefburger und Fritten. Fischstäbchen und Buchstaben-Spaghetti. Andrew, so glaubte sie, mochte sie ganz gern. Sie konnte ihn auch gut leiden. Es war ja nicht seine Schuld.

Und er war ein seltsames Kind. Manchmal wollte er Bücher aus der Bibliothek haben, und einmal, als ein klassisches Stück im Fernsehen gespielt wurde, saß er wie verzückt da, und in seinen Augen glänzte es – sie glaubte aber nicht, daß es Tränen waren. Sie fragte nicht, was das gewesen war, und Andrew erzählte es ihr nicht.

Also ließ sie ihn hin und wieder eine klassische CD bei Woolworth's aussuchen, obgleich Wayne sie verhöhnte und eine sentimentale Kuh nannte.

Manchmal brachte Andrew sehr lange Wörter an; wie mit fünf Jahren, als er unversehens zu ihr sagte: »Kandelaber.«

»Und was ist das?« fragte Sharon, völlig verunsichert.

»Ein Ding mit Tanälen drin«, erwiderte Andrew.

»Wie bei einem Fluß?«

Nun blickte Andrew verunsichert.

Sie erkannte, daß sie ihn enttäuscht hatte, so wie einst seinen Vater. Also öffnete sie den Kühlschrank und holte das Sahneeis mit den gehackten Pekanüssen heraus.

Sharons dickes glänzendes Haar war sehr kurz geschnitten – es stand ihr gar nicht. Irgend jemand hatte ihr mal gesagt, sie wolle doch jetzt wohl keine Arbeit mehr damit haben, und so sei es doch viel einfacher. Aber wenn sie sich zufällig im Spiegel erblickte, fragte sich Sharon doch, wer sie eigentlich war. Mit achtzehn war sie knackig und ein wenig pummelig gewesen mit einer blonden Mähne, die ihr bis zur Taille reichte, und sie war stolz auf ihre großen Brüste gewesen.

Irgendwie schaffte sie es, das Dickwerden nicht ihren Mahlzeiten und ihrer Bequemlichkeit zuzuschreiben. Dick zu sein war auf einen bösen Zauber zurückzuführen. Sie hatte zwar erkannt, daß sie während jenes Krieges, als sie solche Angst gehabt hatte, furchtbar viel Schokolade gegessen hatte. Sharon fürchtete sich vor einem Skudraketen-Angriff. Wayne sagte ihr, sie sei völlig bescheuert. Das jedoch half ihr nicht, sondern die Schokolade half – sie beruhigte. Als der Krieg zu Ende war, feierte sie überglücklich mit Andrew – mit doppelten Hamburgern und Banana Splits.

Dann war sie vor einem Monat zum Arzt gegangen; ihr Fuß war schmerzhaft angeschwollen und erschwerte ihr die Hausarbeit.

»Er ist stark überlastet, Mrs. Ferris. Aber Sie wissen sicher warum, nicht wahr?«

»Nein«, erwiderte Sharon wahrheitsgemäß und schämte sich, die Prüfung nicht bestanden zu haben.

»Ich muß Ihnen leider sagen, daß Sie zu dick sind. Viel zu dick. Sie belasten damit Ihre Füße zu stark, und der Himmel mag wissen, was Sie Ihrem Herzen antun.«

Ihre Hausärztin war ungefähr neunundzwanzig, schlank und gesund und hatte üppiges kastanienrotes Haar. Wayne pflegte immer zu sagen, daß er sie ganz toll fände. Ihre Pfirsichblütenhaut war nie von Make-up befleckt worden, und ihre langen schwarzen Wimpern spotteten jeder Tusche. Die Natur hatte sie in einem Impuls von Schönheit und Gesundheit geschaffen, die vermutlich nichts außer einer willkürlichen Einnahme von Zyanid zerstören konnte. Doch von diesem Pult herab schien die Ärztin mit allen Kräften dazu entschlossen, anderen, weniger glücklichen Sterblichen behilflich zu sein, ihre (unmöglichen) Höhen zu erklimmen.

»Hier haben Sie einen Diätplan, Mrs. Ferris. Befolgen Sie ihn und kommen Sie in zwei Wochen wieder, dann werde ich Sie noch einmal wiegen.«

Verwirrt starrte Sharon auf den Plan. Das also war die Behandlung, die sie für ihren schmerzenden Fuß zu gewärtigen hatte.

Zehn Tage später hatte eine Elastikbinde von Boots Sharons überlasteten Fuß kuriert, und sie hatte pflichtgetreu mit der Diät begonnen. Sharon hatte ihr Leben lang das getan, was willensstarke Leute ihr befahlen, selbst bei der Geschichte mit Wayne auf dem Feld war das nicht anders gewesen.

Doch die Diät war kompliziert; statt einer fetten Mahlzeit, die sie auch genießen konnte, mußte Sharon nun eine große Mahlzeit zubereiten, die sie gern genossen *hätte*, es jedoch nicht durfte, und eine kleinere Mahlzeit, die sie haßte und nur mit Hilfe von Beilagen wie Chips, Kuchen und Plätzchen hinunterbringen konnte.

Den ganzen Tag über fühlte sie sich kränklich, als habe sie die Grippe erwischt. Einmal mußte sie sich sogar übergeben, aber vielleicht war das nur gut; ihr Magen säuerte schon vor lauter Salat und Karotten.

Sie hatte Salat schon immer gehaßt. Und von hartgekochten Eiern wurde ihr übel, und gebratener Fisch schmeckte für sie nach Pappe. Obst jedoch mochte sie – wenn es mit Zucker bestreut und in Teig eingebacken war.

Und am meisten vermißte sie ihre Schokolade. An den langen Abenden, wenn Wayne mit den Frauen unterwegs war, die er während seiner Mechaniker-Runden abholte, aß Sharon Äpfel und Orangen, bis sie Durchfall bekam.

Nach zwei Wochen suchte sie wieder die Ärztin auf.

Die Ärztin wußte den Grund ihres Kommens nicht mehr, aber als Sharon es ihr demütig erklärte, stellte sie sie auf die Waage. »Nun, Sie haben noch kein Pfund verloren, Mrs. Ferris. Haben Sie sich auch an die Diät gehalten?« Sharon sagte, das habe sie. Die Ärztin runzelte die Stirn. »Na ja, wenn Sie es sagen. Manchmal kann es auch ein paar Wochen dauern, bis überhaupt etwas geschieht.«

Sie sagte Sharon noch, daß sie sich nun auf einer Art Hochebene befände, Sharon aber hatte eher die Empfindung, in einer Vorhölle zu schmoren. Sie fragte, wie lange sie denn Diät halten müsse.

»Oh, Sie müssen es nicht als eine Diät betrachten, Mrs. Ferris. Wenn Sie zur Dickleibigkeit neigen, wird es ihr Leben lang so sein.«

»Sie meinen, ich darf immer nur Salat und solches Zeugs essen?«

Die Ärztin schmunzelte. Als seien es wundervolle Neuigkeiten, sagte sie zu Sharon: »Das stimmt, Mrs. Ferris. Wenn Sie dabei bleiben, können Sie nichts falsch machen.«

Und als Sharon nun Tesco's mit Andrew an der Hand betrat, schlug ihr Herz höher – um gleich danach in einen Abgrund zu sinken. Sie durfte schauen, aber nicht berühren. Eine Berührung, die wärmte ...

Tapfer steuerte Sharon den Wagen an die Salattheke.

Als sie am frischgebackenen Brot vorüberkamen, das direkt aus einem verborgenen Ofen serviert wurde, und Sharon sich schwindlig werden fühlte und ihr das Wasser im Mund zusammenlief, sprach Andrew wieder eines seiner Worte.

»Melano –«

»Wie bitte?«

»Melano.«

»Und was ist das, Andy?«

Von ihrem Fleischesberg starrte Sharon auf das Kind hinunter, wie ein zitternder Gefangener aus einem Turmfenster.

»Schwarz«, erklärte Andrew. »*Dunkel.*«

Während sie ihn anschaute, begann Sharons enttäuschtes Herz plötzlich zu klopfen.

Er war sechs Jahre alt, und an diesem Morgen hatte er einen Termin beim Zahnarzt gehabt. Es war nur eine Routineuntersuchung, nie hatte er Probleme mit den Zähnen gehabt. Doch Andrew mochte den Zahnarzt nicht. Ihr war es als Kind ebenso ergangen, und sie hatte sich erst nach unzähligen Füllungen daran gewöhnen können. Doch auch wenn er nervös war, verhielt sich Andrew beherrscht und wohlerzogen. Schon als kleines Kind hatte er sich zu benehmen gewußt.

Er war nicht niedlich, aber wenn man ihn näher ansah, hatte er ein ebenmäßiges, ansprechendes Gesicht, das von weichem schwarzem Haar umrahmt war und Wayne in keiner Hinsicht glich.

»Dunkel«, sagte Sharon. »Mell -anno.« Sie probierte das Wort im Munde, fast wie ein leckeres Dessert, eine dunkle Tafel Schokolade in ihrem dürstenden Mund.

Wenn Wayne nach Hause kam, roch er nach anderen Frauen. Er versuchte es nicht einmal sonderlich zu verbergen. Er roch billig und aufdringlich und manchmal teuer und aufdringlich. Er trug jeden der Düfte wie ein zusätzliches Kleidungsstück mit sich herum. Schlief neben ihr und stank. Träumte wohl von ihnen. Nie machte er Liebe mit Sharon – falls er das überhaupt jemals getan hatte.

Ihr fiel die Cafeteria ein, hier bei Tesco's, und sie erinnerte sich, wie sie dort oft eine Cremeschnitte oder eine heiße Schokolade zu sich genommen hatte. Nun, damit war es wohl vorbei. Aber sie hatten auch leckere Salate da – nicht wie diese lappigen, nassen oder harten Dinger, die sie immer nur zustande brachte. Schinken und Krautsalat – das konnte doch wohl nicht schaden. Wenn sie es nur einmal tat. Und dazu würde sie einen schönen heißen Tee mit Zucker trinken. Wer würde es je erfahren? Und Andrew konnte mal was richtig Aufregendes kriegen, eine Backkartoffel mit Käse und Bohnen. Sie hatten es sich verdient, bevor sie lange auf den Bus warten und die Einkäufe schleppen mußten.

Und dann drehte sie sich um und erblickte das Kühlregal voller *Weight-Watchers*-Fertiggerichte und wußte mit einem Mal, daß sie mitten in der Wüste errettet worden war. Wayne konnte sich das leisten. Man mußte sich das nur einmal anschauen: Lasagne, Spaghetti Bolognaise – und kaum Kalorien. Tesco's hatte sie doch nicht im Stich gelassen.

»Warte mal einen Augenblick, Andy«, sagte sie zerstreut. »Mum braucht nicht lange.«

Und sie griff mit beiden Händen in die Regale und hob die Menüs ihrer Erlösung heraus und warf sie mit einer verwegenen Geste, die ihr gar nicht bewußt war, in den Einkaufswagen.

Und sie war großzügig. Am Ende hatte es Sharon doch noch geschafft, freundlich zu Sharon zu sein.

Als sie sich umdrehte, sah sie Andy bei den Obst-Pies stehen und dachte, nun milde gestimmt: *Genau, das bekommt er zum Tee.* Und sie erinnerte sich, daß zwei Gänge weiter die Diät-Schokoladendrinks standen.

Aber dann erkannte sie, daß es gar nicht Andy war, den sie da sah, sondern ein anderes Kind, älter und nicht so interessant.

Sharon blickte sich suchend um.

Andrew war verschwunden.

Sie spürte zuerst Ärger, dann eine lange, heiße Welle der

Panik. Er pflegte sonst nicht in der Gegend herumzustreunen.

Sie packte den Einkaufswagen mit fester Hand und marschierte den Gang hinab, dann einen weiteren. Jenen Gang hinunter und wieder zurück in den ersten.

Zu dieser Tageszeit waren nicht viele Kunden im Supermarkt, und Kinder sah sie kaum, denn die hatten jetzt Schule.

Bei den Tiefkühlerbsen spielten zwei kleine Mädchen mit einem Plüschbären, und Sharon fragte sie: »Habt ihr einen kleinen Jungen gesehen, ungefähr so alt wie ihr, mit einem blauen Pullover?«

Da kam die Mutter der Mädchen.

»Haben Sie Ihren Jungen verloren? Ach, das sind doch Nervensägen.«

»Ja«, sagte Sharon.

Andy war keine Nervensäge.

Andy war ihr Sohn.

Geboren aus dem süßen Triumph auf einem Feld unter Sternen.

Nun rannte sie. Ließ ihren Wagen mit dem schimmernden Gold der Hoffnung stehen und rannte mit leeren Händen, keuchend, die Gänge auf und nieder.

Die rettenden Ufer des angebeteten Essens flogen wie ein glitzernder Alptraum an ihr vorüber. Die Farben und die Formen logen. Die Schönheit war nicht mehr.

Eine halbe Stunde später fand Sharon endlich eine Frau in einem tomatenroten Kittel, eine der Angestellten des Supermarktes.

Die Frau zeigte sich kompetent und besorgt, als sie sah, daß Sharons rundes Gesicht tränenüberströmt war.

Über Lautsprecher forderte sie die Kunden auf, nach einem vermißten Kind Ausschau zu halten. Ein kleiner Junge mit blauem Pullover und Jeans. Leider schien ihn niemand gesehen zu haben – nicht einmal die Kontrollmonitore.

Später führten sie sie in das Allerheiligste des Marktes und brachten ihr in einem kleinen, warmen Zimmer Tee auf einem Tablett und einen Teller mit Schokoladenplätzchen zum Trost.

»Machen Sie sich keine Sorgen, Mrs. Ferris. Der Manager

wird die Polizei rufen. Das ist nur eine Vorsichtsmaßnahme. Ihr kleiner Andrew ist einfach davonspaziert. Das tun Kinder doch manchmal, nicht wahr?«

Die Leute waren so freundlich zu ihr.

Sharon streckte die Hand nach den Schokoladenplätzchen aus und steckte sie sich langsam in den Mund, eins nach dem anderen. Es schien ihr, als gäben sie ihren Tränen eine Farbe. Schokoladentränen.

Und als ihr die Tränen die Wangen herabströmten, und die Schokolade das verbotene Tor ihrer Lippen überquerte, wußte sie im tiefsten Innern ihrer Seele, daß sie Andrew nie wiedersehen würde.

Kapitel fünf

Im Juli nahmen Elizabeth und Reg zwei Wochen Urlaub und fuhren nach Glasgow.

Bald blühte der Schmutz überall im Haus, durch den sich Rachaela, Althene, Anna und die Katzen ihren Weg bahnten.

Fasziniert beobachtete Rachaela, wie schnell die Oberfläche des Herdes durch das verschüttete Olivenöl dunkler wurde, und wie schnell sich das Spülbecken mit Geschirr füllte. Sie war nicht an Hausarbeit gewöhnt. Früher hatte sie ihre eigenen Wohnungen in Ordnung gehalten – aber nun war sie durch Dienstboten verdorben.

Schließlich machte sich Rachaela am Abend vor Elizabeths Rückkehr daran, die Küche zu putzen. Althene fragte nicht, was sie da tat. Es war Anna, die eben noch mit Althene gesprochen hatte – in holländisch –, die in die Küche kam und bemerkte: »Aber Elizabeth kommt doch morgen wieder.«

»Eben«, gab Rachaela zurück. »Und es scheint mir ein wenig unfair, ihr diese Unordnung zu hinterlassen.«

»Welche Unordnung?« wollte Anna wissen.

»Na gut, dann bin ich eben verrückt«, sagte Rachaela.

Sie blickte Anna nicht an, und schließlich verzog sich Anna wieder zu Althene ins Wohnzimmer; dort schauten die beiden sich *Die Zehn Gebote* auf Video an – ein Film, den Rachaela einst sehr geliebt hatte. Jetzt aber wollte sie ihn nicht sehen. Sie konnte sich nicht mehr so gut konzentrieren. Beim Musikhören war es dasselbe. Manchmal ertappte sie sich dabei, wie sie ins Zimmer schlenderte und den Fernseher einschaltete, eine Gewohnheit, die sie nach dem Krieg angenommen hatte, weil sie die Nachrichten sehen wollte. Sie wußte nicht, warum sie das tat. Sie konnte und wollte keinem Menschen helfen, dessen Leiden so unbarmherzig ans Tageslicht gezerrt wurden.

Der Herd war zwar nicht makellos, aber sie hatte ihr Bestes getan.

Am nächsten Morgen kamen Elizabeth und Reg ungewöhnlich spät.

Es war ein heißer, drückender Tag, die Sonne stieß auf das Haus hernieder; doch im Korridor herrschte tiefer Schatten.

Als der Türklopfer ertönte, ging Rachaela, um sie einzulassen.

»Da sind wir«, meinte Elizabeth, und Reg winkte Rachaela zu, bevor er um das Haus herum zum Unterstellplatz des Rasenmähers ging. Elizabeth gewährte eines ihrer seltenen Zugeständnisse an ihre Herkunft, indem sie losplatzte: »Wir sin' ein bißchen spät. Das alte Auto da. Es tut so, als ob –« Da hielt sie inne, vollkommen erschrocken.

Sie verlor zwar nicht ihre gesunde Farbe, doch sie wurde plötzlich zu Stein, und eine steinerne Hand fuhr zu ihren Lippen.

Rachaela fragte Elizabeth gar nicht erst, ob sie krank sei, oder ob es sonst etwas gebe.

Sie drehte sich nur um und gewahrte ihre Tochter Anna, die durch den Schatten von der Küche ins Wohnzimmer schritt.

Anna trug eines jener Kleider, die Elizabeth für sie bestickt hatte. Es war jetzt kürzer geworden, reichte nur noch ein Stück weit über die Knie, während es vorher noch den Boden berührt hatte. Vielleicht war es auch zu eng. Es war ein weißes Kleid, in seiner Formlosigkeit fast mittelalterlich wirkend. Annas Haare hingen bis auf die Hüften herab und wehten wie weißer Rauch.

Hinter sich hörte Rachaela Elizabeth wie eine Hexe auf der kahlen Heide flüstern: »Heb dich hinweg, mein Lieb', hinweg, hinan zum hohlen Hügel.«

Sie warf Elizabeth einen Blick zu. »Das ist aus einer alten Ballade, nicht?« meinte sie munter. »Oder ist es ein Zauber? Glauben Sie, daß sie wirklich gehen wird?«

»Ich – es tut mir leid, Mrs. Day«, erwiderte Elizabeth. »Sie hat mich so erschreckt.«

»Warum das?«

»Ich hatte nie gemerkt – wie sie gewachsen ist. *Ist* es Anna?«

»Anna, sag Elizabeth guten Tag«, befahl Rachaela.

Doch Anna, die immer höflich war und die Gegenwart anderer stets genau gewärtigte, schien sie nicht zu hören.

Ja, sie sah wirklich aus wie ein hellseherischer Geist, der in einem schottischen Schloß herumspukt, wie eine weiße Maid, die sich von den Zinnen stürzt, weil die Liebe sie betrogen hat.

Und da tropfte etwas aus Annas Hand, etwas Dunkles, und hinterließ eine glänzende Spur auf dem Boden . . .

»Warten Sie bitte einen Moment, Elizabeth –«

Rachaela lief hinter Anna her, als das Mädchen in das große Zimmer glitt.

Dort wurde sie von der grellen Hitze des Tages eingehüllt.

Sie schimmerte, schien ein Stück zu wachsen.

»Anna!«

Anna drehte sich um. »Ja, Rachaela?«

»Was ist mit deiner Hand los?«

Anna blickte hinunter und hob die rechte Hand, fast wie Elizabeth es getan hatte, eine automatische Geste. Dann öffnete sie die Finger: heraus fielen zwei schmelzende Eiswürfel. Sie stammten aus dem Kühlschrank, den Rachaela letzte Nacht so vehement geschrubbt hatte.

»Was machst du denn damit, Anna?«

»Ich weiß es nicht«, erwiderte Anna. Sie schien überrascht, jedoch nicht bestürzt. »Ich glaube, ich wollte mir Orangensaft holen.«

»Dann geh und hol ihn dir. Sei nicht so dumm.«

Anna blickte zu ihr auf. So groß war sie noch nicht, daß sie das nicht hätte tun müssen.

Aber Elizabeths Erschrecken war nur zu verständlich; sie hatte Anna immer um sich gehabt, so daß sie es nie richtig bemerkt hatte, aber zwei Wochen Abwesenheit reichten schon aus. Und sogar in jenen zwei Wochen waren zweifellos Veränderungen vorgegangen.

Anna war alt. Viel zu alt.

Und ich hasse sie. Ich höre es schon an meiner Stimme. Meine Rivalin. Und dieses Mal werde ich nicht mal zwölf Jahre Zeit haben, bevor sie mich einholt.

Im Korridor hatte Elizabeth ihre Sommerjacke aufgehängt, und nun war sie bereits in der Küche.

»Mein Gott, wie schön sauber es hier ist, Mrs. Day.«

Sie war fröhlich und ausgeglichen; schon sprudelten die Blasen im Kaffeefilter, und auf dem Tisch lagen Obst und Mehl und ein handgeschriebenes Rezept für selbstgemachte Eiskrem.

»Es muß Sie ja erschreckt haben«, meinte Rachaela.

»Tja«, Elizabeth zuckte die Achseln. »Nur ganz kurz. Aber was will man machen? Sie schießen eben in die Höhe heutzutage.«

»Manche ja.«

»Meine Rede«, sagte Elizabeth. »Es ist ein altes Feenlied: ›Die Elfenbrut‹. Das Volk der Elfen.«

»Und der hohle Hügel«, fuhr Rachaela fort.

»Tam küßte die Elfenkönigin auf den Mund und verschwand unter dem Hügel«, erzählte Elizabeth heiter, »und er war einen Tag lang verschollen. Aber als er wieder herauskam, war er sieben Jahre älter.«

»Das ist es, was ihr passiert ist«, meinte Rachaela. »Sie hat einen Zauberkuß bekommen.«

Elizabeth lachte.

Spielte sie ihr etwas vor? Sie schaute jedenfalls ganz unschuldig. Aber schließlich mußten sie und Reg die Skarabae schon vorher gekannt haben.

An diesem Abend sendeten die Nachrichten einen Bericht über ein kleines Mädchen, das in Dyfed verschwunden war. Freunde von ihr hatten noch gesehen, wie sie in einen stillgelegten Eisenbahntunnel radelte, doch sie war nie auf der anderen Seite angekommen. Ein Fossiliensammler, der dort an den Steinen herumkratzte, hatte sie nicht gesehen, und obgleich er von der Polizei intensiv ins Verhör genommen worden war, hatte man ihn schließlich laufen lassen.

Die Geschichte war unheimlich und tragisch zugleich; sogar das Fahrrad war verschwunden.

»Vielleicht ist sie in den hohlen Berg hineingezogen worden«, mutmaßte Rachaela, doch Althene gab keine Antwort.

Sie hielt einen Brief in der Hand, der am Morgen gekommen war. Er trug eine holländische Briefmarke.

»Den habe ich erwartet«, sagte sie.

»Ja.«

»Aber der Inhalt interessiert dich gar nicht?«

»Er geht nur dich etwas an.«

»Wenn er mich etwas angeht, Rachaela, dann dich auch. Hast du überhaupt irgendein Interesse an mir?«

Rachaela zuckte die Achseln.

»Ich glaube, wir müssen mal reden«, sagte Althene. »Aber erst muß ich dich vorwarnen. Ich muß nämlich nach Amsterdam fahren; ein paar Tage nur. Aber ich fürchte, daß ich allein reisen muß.«

»In Ordnung.«

»Und du willst nicht mal wissen warum?«

»Das zu erzählen überlasse ich dir.«

»Du wirst allmählich anstrengend«, meinte Althene. »Du spinnst dich darin ein wie eine Raupe in der Puppe. Und was wird daraus schlüpfen?«

»Ein Käfer«, erwiderte Rachaela. »Ein Scarabäus.«

»Nun gut. Auf jeden Fall muß ich zurück, um zu sehen, was Sofie – was meine Mutter tut. Sie haben mir gesagt, daß sie sich unklug verhält.«

»Sie?«

»Die Familie.«

»*Deine* Scarabae. Die vom Festland. Und *sie* entscheiden, wann du kommen sollst.«

»Nicht direkt.«

»Warum mußt du es dann tun? Du verachtest deine Mutter doch, oder etwa nicht? Diese Hexe, die dich immer mit dem Riemen geschlagen hat.«

»Ich liebe Sofie nicht. Ich mag sie nicht einmal. Aber ich fühle mich ihr verbunden.«

»Diese uferlose mystische Verbundenheit der Scarabae.«

Althene schwieg eine Weile. Sie trug ein Kleid, das die Farbe von Sauternes hatte und den größten Teil ihrer unbehaarten, cremefarbenen, leicht muskulösen Arme freiließ. Am rechten Arm trug sie eine Kupferspirale. Sie hob den Kopf, und ihr funkelndes schwarzes Haar flog zurück.

»Wir hatten diese Diskussion am Anfang schon einmal.«

»Das aber«, wandte Rachaela ein, »ist ein neuer Anfang.«

»Ach ja?«

»Dein Anfang mit Anna.«

»Ich verstehe. Anna ist meine Tochter.«

»Und was sonst?«

»Nein«, sagte Althene. »Das werden wir besprechen, wenn ich zurückkomme.«

»Ja?«

»Adamus ist gestorben«, erklärte Althene.

»Ach ja? Und ist Ruth wirklich tot?«

»Bitte Rachaela«, sagte Althene. »Ich muß mich jetzt um diese andere Sache kümmern. Meine Mutter ist völlig aus der Bahn geworfen.«

»Und hast du sie dazu gebracht?«

Althenes schwarze Augen mit den blauen Ringen blitzten; sie konnte so gut töten wie küssen. Der Zauberkuß. Was bedeutete sie für Anna? Hatte Anna sich das je gefragt? Vater – Mutter – oder Liebste . . . nein, noch nicht.

»Wie deine Mutter«, sagte Althene ruhig, »wurde sie von den Aufmerksamkeiten meines Vaters in den Wahnsinn getrieben.«

»Er liebte sie und hat sie verlassen.«

»So war es im wesentlichen; eher aber schlimmer.«

»Was hat er denn getan?«

»Irgend etwas. Ich weiß es nicht genau. Schließlich hat er mich gezeugt – reicht das nicht?«

»Ich glaube nicht«, erwiderte Rachaela.

»Und jetzt bist du neugierig geworden. Na schön, ich erzähl' dir eine Geschichte von meinem Vater, das einzige, was ich noch von ihm weiß. Ich habe ihn nur einmal gesehen. Vor langer Zeit.«

»Wie lange ist das her? War es vielleicht im fünfzehnten Jahrhundert? Oder noch früher?«

Althene schnitt eine Grimasse. »Laß uns mal sagen, daß unsere Kleider auf dem Boden schleppten.«

»Na schön.«

»Es war in einer großen Stadt – in Amsterdam. In dem alten Haus. Ich spielte in einem der Zimmer im Erdgeschoß –«

»Sag mir, wie es aussah.«

»Warum denn? Es war ein ganz normales Haus eines wohlhabenden Amsterdamer Bürgers. Der Fußboden war weiß und hatte schwarze Diamantenpunkte. Es gab einen Baum, eine Zierorange in einem Topf, die über das Dach hinausgewachsen war. Die Früchte, die sie trug, konnte man nicht essen; sie sahen aus wie diese limonengrünen Bonbons. Ich war ungefähr zwölf Jahre alt, spielte mit einem Kätzchen, als er ins Zimmer trat. Dieser Mann.«

»Und wie warst du angezogen, Althene? Als Junge oder als Mädchen?«

»Du bist sehr scharfsinnig.«

»Nein, aber du sagtest etwas von Kleidern, die auf dem Boden schleppten.«

»Je nun, ich bestach halt eine Magd, damit sie mir beim Ankleiden half. Ich pflegte als Frau gekleidet zu gehen.«

»Was hattest du denn an?«

»Eine kleine Haube auf dem Kopf, und das Haar glatt über den Rücken gestrichen. Über den Brüsten – die natürlich nicht existierten – gefaltete Tücher. Die Taille enggeschnürt.«

»Und er sah dich.«

»Ja, er sah mich. Er wirkte für mich sehr groß, und er muß es auch gewesen sein. Hochgewachsen. Er hatte jettschwarzes Haar, das er nach hinten gekämmt trug, und es war gerade wie Pinselstriche. Eine breite, hohe Stirn. Blaue Augen, wie Juwelen. Ein schönes, offenes Gesicht. Und er lächelte. Er wußte meinen Namen nicht, aber er rief mich, und ich lief zu ihm.«

»Und das war dein Vater.«

»Der Mann, der mich Sofie angehängt hat, ja.«

»Er war – natürlich – ein Scarabae.«

»Natürlich. Er fragte mich nach meinem Namen. Ich hatte einen geheimen Namen, doch ich gab ihn preis. Aus jeder seiner Poren strömte mir ein Duft entgegen – ein Duft nach Gefahr und Finsternis.«

Rachaela neigte den Kopf. »Ich weiß.«

»Natürlich weißt du es. Aber mit diesem Mann verglichen war Adamus ein Flüstern gegen einen Schlachtruf.«

»Und Malach?« warf Rachaela plötzlich ein. »Welche Vergleiche würdest du da ziehen?«

»Ach, Malach«, schmunzelte Althene. »Malach bleibt immer Malach.«

»Fahr fort. Was tat dein Vater?«

»Er tätschelte mich – sehr anständig, zurückhaltend. Er sagte mir, ich sei ein sehr schönes Mädchen und er habe schon von mir gehört, und ich müsse seine Tochter sein. Er nannte sich Cajanus. Er fragte, wie alt ich sei. Er streichelte mein Gesicht. Und dann kam meine Mutter die Treppe herunter, und sie heulte. Wie ein Hund. Ich bekam Angst, er indes stand nur auf. Und er stellte sich vor mich, als wolle er mich beschützen, und ich hatte einen Augenblick lang die Vorstellung, er werde mich mitnehmen und alles würde gut werden.«

»Aber er tat es nicht.«

»Richtig. Meine Mutter nahm ihn beiseite; sie schritten die Treppe hoch. Im Hinaufgehen wandte er sich um und warf mir eine Kußhand zu. In seinen Augen spiegelte sich das Licht, das durch die Fenster fiel. Wie du siehst, habe ich sogar das nicht vergessen.«

Versuch nicht, mich durch deinen Kummer weichzumachen, dachte Rachaela. Wie zu Anfang schon erschreckte Althene sie. Althene, so schien es, konnte immer gewinnen.

»Und deine Mutter sagte ihm, daß du kein köstliches, zartes Mädchen in der Geschlechtsreife wärest, sondern ein garstiger, perverser Junge.«

»Oh, sie hat es noch besser gemacht.«

Althene blickte in die Ferne. Wie viele Jahrhunderte zurück? Die Szenerie, die sie beschrieben hatte, war wie eine Phantasie auf ein holländisches Gemälde – der Fußboden, das Kätzchen, der falsche Orangenbaum.

»Was?«

»Sie ließ mich hinaufbringen, und verschloß die Tür. Wir drei waren allein. Dann zog sie mich mit ihren Händen aus. Rasch stand ich nackt vor ihm, und er erkannte seinen Irrtum. Ich nehme an, daß es ihm sehr peinlich gewesen sein muß. Sein Gesicht verschloß sich vor mir wie ein Auge. Und er war blind. Er ging geradewegs zur Tür hinaus, aber er hatte uns schon längst vorher verlassen. Sie lachte, und dann schlug sie mich.«

»Du hast ja schon gesagt, daß sie das vorzüglich beherrschte.«

»Nun habe ich dir die Geschichte erzählt.«

Rachaela wandte den Blick ab. »Es tut mir leid.«

»Ja, niemals mehr in meinem Leben habe ich solche Schande durchgemacht. Niemals vorher. Und niemals danach. Es war wie eine Art Taufe. Nur er.«

Sie saßen schweigend da. Unten hatte Anna Musik aufgelegt, und Schostakowitsch schallte durch das Haus – der perfekte Musikeinsatz im Film des Lebens.

»Mußt du denn fahren?« fragte Rachaela.

»Und wenn es nur darum ist, daß du mich vermißt, wie früher.«

»Und Anna«, sagte Rachaela.

»Du kümmerst dich um Anna. Bei dir ist sie in Sicherheit.«

»Vielleicht ziehe ich sie ja aus und peitsche sie.«

»Du könntest lernen, sie zu lieben.«

»Man kann sie nicht lieben. Nicht so – wie eine Mutter ihre Tochter liebt.«

»Wie willst du das denn wissen?« meinte Althene, und ihr Gesicht war noch kälter als das blinde Auge, noch ferner als Amsterdam.

Reg hatte ein neues Auto bekommen; Rachaela hörte erst davon, als Elizabeth sich bei ihr bedankte. Die Scarabae mußten sich darum gekümmert haben. Es war ein komfortabler, dunkelgrauer Citroën XM.

In diesem Gefährt wurde Althene einige Tage später zum Flughafen gebracht. Anna fuhr mit, Rachaela nicht. Am Abend fuhr Reg Anna wieder nach Hause, und als der Citroën in der Abenddämmerung verschwand, drückte Anna die Knöpfe an der Haustür und schlüpfte allein ins Haus.

Widerwillig ging Rachaela, um mit ihr zu reden.

»Hast du das Flugzeug gesehen?«

»O ja. Auch, wie es in den Himmel flog.«

»Das ist gut. Du kannst sie ja auch abholen, wenn sie zurückkommt.«

»Wirst du dann auch mitkommen?«

»Vielleicht. Ich war heute zu müde. Ich mag lange Autofahrten nicht.«

»Reg ist ganz glücklich mit seinem Auto«, meinte Anna. Geduldig wartend stand sie im Korridor. *Versperre ich irgendwie den Weg ins Haus?* fragte sich Rachaela. »Hat Jelka mich vermißt?« wollte Anna wissen.

»Ja. Sie hat nach dir gesucht. Und jetzt werden sie wohl alle nach Althene suchen.«

»Was hat Elizabeth denn zum Abendessen gemacht?«

»Hühnchen und Quiche und Salat. Und noch irgendwas Kaltes.«

Anna nickte.

Ruth hätte sofort essen wollen. Ruth hatte fast immer unstillbaren Hunger gehabt. Aber Anna aß normal, ja sogar bescheiden. Vermutlich hatte sie sich nur aus Höflichkeit nach dem Essen erkundigt, um die Spannung ein wenig zu mildern.

»Möchtest du Tee oder etwas Kaltes zu trinken?«

»Nur ein bißchen Wasser«, sagte Anna.

Rachaela ging in die Küche und nahm eine Flasche Sprudelwasser aus dem Kühlschrank. Sie goß etwas davon in die hohen, grünen Weingläser. Anna pflegte beim Dinner ein Glas Weißwein zu trinken.

Verrückt, wenn man ihr Alter bedachte.

Aber Anna war kein kleines Kind mehr.

Sie verbrachten den Abend friedlich, aber getrennt. Anna spielte mit den Katzen und hörte sich Präludien von Rachmaninow an. Später legte sie ein Video auf: *Der Mann in der Schlan-*

genhaut. Anders als die Scarabae in dem Haus über dem Park mochte Anna ältere Filme.

Rachaela malte im fünften Zimmer, das sie als Atelier benutzte. Doch das Bild war sinnlos, es wollte sich nicht zusammenfügen.

Althene hatte gesagt, sie werde sechs oder sieben Tage fort sein. Rachaela hatte sie nichts mehr zu dem Besuch gefragt.

Drei Jahre lang – nein, länger – waren sie nicht voneinander getrennt gewesen. So war es eine Art Urlaub ... aber sie hatten sich ja schon getrennt. Anna hatte sie getrennt. Althene war für Rachaela keine Einheit mehr, kein ganzer Mensch. Sie war auf leuchtende und formlose Weise in ihre Doppelnatur geteilt: ihre Männlichkeit, die Rachaela für unsichtbar gehalten hatte, außer in manchen flüchtigen Momenten, trat nun stärker und drohender hervor.

Und ich mag Männer nun mal nicht, stimmt's? Ich begehre sie, aber ich mag sie nicht. Ich kann sie zwar nicht vergessen, habe aber nie einen geliebt.

Adamus, der sie in der Kirche auf den Mund geküßt hatte. Und dort, auf der Treppe jenes holländischen Hauses, der Mann, den Althene Cajanus genannt hatte, der eine Kußhand nach unten warf, während ein Licht in seinen blauen Augen erschien.

Ungefähr um zehn Uhr ging Anna zu Bett.

Kurz darauf stahl sich Rachaela in ihr Zimmer und wollte etwas tun – nachsehen, ob Anna etwas brauchte. Welch ein törichter Gedanke. Anna war kein Baby – auch wenn sie es eigentlich sein sollte.

Außerdem lag sie bereits ruhig und friedlich da und schlief.

Wie konnte ich das nur akzeptieren? Aber das habe ich ja gar nicht. Es ist einfach passiert.

Und doch war Anna in vielen Dingen noch so jung.

Dort in ihrem Arm lag Ursula der Fuchs, der seine Fellhaare im ganzen Bett ließ, und auf der anderen Seite lag das Kaninchen. Wie lange hatte Ruth ihren Bären behalten? Bis sie neun gewesen war, vielleicht zehn? Und damals hatte es keine Katze gegeben, und hier lag nun Jelka auf dem Kissen, ihr schwarzes Fell eine Untermalung des eisblonden Haares.

Ob dieser Raum, das zweite Schlafzimmer dieses großen, geschützten Hauses, Ähnlichkeit mit Ruths Zimmer in der Londoner Wohnung hatte?

Im schwachen Licht, das aus dem Korridor hereinströmte, sah Rachaela sich um.

Die Wände waren in Pastelltönen gehalten, auf dem Boden lag ein dicker dunkelgrüner Teppichboden. Ein altmodischer Kleiderschrank mit Intarsien und daneben die geschnitzte Truhe, die als Kleiderkiste verwendet wurde. Wandregale, auf denen sich die Bücher stapelten. Nur wenig Zierat – eine Muschel und eine bronzene Waage, mit einer bernsteingelben Marmorfrucht in einer Waagschale. Auf dem Boden keine Puppen, sondern ein paar Spieltiere, sorgsam hingesetzt, damit sie es auch bequem hatten. Ein Kaleidoskop und Farben – aber keine Bilder, soweit sie sehen konnte. Noch mehr Bücherstapel. Und dann die Matratze, Kissen und Decke mandelfarben, und der zusammengefaltete Patchwork-Bettüberwurf – dort hatte Jacob sein Nest und schlief, bevor er seinen nächtlichen Rundgang durch den Garten unternahm.

Sie mußte Althene sehr vermissen.

Hatte sie denn geweint, oder hatte sie die Tränen unterdrückt, dort am Flughafen?

Ruth war immer so schrecklich beherrscht gewesen.

Bis auf das letzte Mal, dort auf der Treppe. Als sie sie herauftrugen, schreiend. *Malach! Malach!*

Anna hatte die gleichen Haare wie er.

Sie hätte seine Tochter sein können.

Aber sie gehört mir.

Anna regte sich im Schlaf und drehte sich ein wenig, und Jelka ließ ein Maunzen hören. Anna öffnete die Augen, und als sie die Hand ausstreckte, um die Katze zu streicheln, sah sie Rachaela.

Glaubt sie, daß ich zu ihr gekommen bin, um sie im Schlaf zu ersticken? Wie die böse Stiefmutter?

»Hallo«, sagte Anna. »Wolltest du etwas von mir?«

»Ich wollte nur sehen, ob alles in Ordnung ist.«

»O ja. Danke. Ich hab' geträumt, Althene wäre in Amsterdam, an einer Gracht.«

»Da wird sie jetzt auch sein.«

»Ich hoffe, es geht ihr gut.«

»Ja?« Wieviel mochte Althene Anna anvertraut haben? »Du wirst sie sehr vermissen, aber sie kommt ja bald zurück.«

»Ich weiß«, sagte Anna.

Und Rachaela gewahrte die reine und vertrauensvolle Liebe in dem Kind, das im Schlaf gelegen und nun wieder zu ihm zurückgefunden hatte. Anna hatte nicht geweint. Anna hatte keine Zweifel. Althene liebte sie, und Althene würde zu ihr zurückkommen.

Aber die Welt ist nicht sicher, Anna.

Außer vielleicht für die Scarabae.

Rachaela verließ das Zimmer und lehnte die Tür an, wie Anna es gern hatte. (Ruth hatte immer ganz für sich sein wollen.) Sie ging nach unten und öffnete eine neue Flasche Wein. Dort saß sie mit dem Glas vor dem grausamen Fernsehen, das ihr die Nachrichten einer unsicheren Welt überbrachte.

In den Arztpraxen gab es neue Mahnungen, die neben den älteren hingen. *Die Fakten über Aids.* Und auf den Tischen Broschüren über Wechseljahre, richtige Ernährung und Kindesmißbrauch. Ein attraktives Poster über Alkohol informierte die Wartenden, daß mehr als zwei kleine Gläser Wein pro Tag ausreichten, um die Gesundheit einer Frau ernstlich zu untergraben. Es gab allerdings keine Warnungen vor BSE, radioaktiver Strahlung oder den Gefahren des Aluminiums in den Wasserleitungen. Doch die Plakate gegen das Rauchen waren riesengroß.

Ich weiß jetzt mehr, und es macht mich nur wütend, dachte Rachaela. *Oder ich werde ironisch.*

Der Fragebogen, den sie ausfüllen mußte, glich der Bewerbung für einen Top-secret-Job. Sie hatte nicht einmal alles ausgefüllt. Der Sprechstundenhilfe schien dies nicht aufzufallen, aber sie war auch in ein angeregtes Gespräch mit ihrer Kollegin verwickelt.

Die Vereinigung der Kassenärzte hatte ihnen einen Termin

zugestanden, da ihr Hausarzt nicht da war. Immerhin hatten sie Anspruch auf medizinische Versorgung.

»Mrs. Day? Doktor Collins will Sie jetzt sehen. Gehen Sie durch die rosa Tür.«

Sie standen auf, und Rachaela schritt mit Anna, die in ihrem modischen weißen Kleid sehr hübsch aussah, zu der Tür.

Doktor Collins war ungefähr dreißig, eine attraktive und gelassene Frau.

Sie hielt den Fragebogen, der durch eine Durchreiche gekommen war, in der Hand, sah ihn aber kaum an.

»Was führt Sie zu mir?«

»Das ist Anna, meine Tochter«, stellte Rachaela vor.

»Hallo Anna«, sagte die Ärztin lächelnd. Aus ihren Gesten und dem Ton ihrer Stimme konnte man erkennen, daß sie niemals grob sein konnte, außer vielleicht, wenn es darum ging, ein Leben zu retten.

Anna sagte kein Wort. Sie wartete.

»Anna hat ein paar Probleme mit der rechten Hand gehabt«, erklärte Rachaela. »Und können Sie sie auch untersuchen?«

»Worum geht es denn?«

»Um alles«, erwiderte Rachaela. »Ich weiß es nicht. Ich hätte gerne eine komplette Untersuchung.«

»Nun ja, Ihre Tochter ist in einem Alter – wir alle müssen das durchmachen. Mach dir keine Sorgen, Anna, ich werde nichts tun, was dir weh tut. Zieh einfach nur das Oberteil aus.«

Dann begann sie sehr vorsichtig und zurückhaltend Annas Brust abzuhorchen. Es schien, als sei sie auf die Spannung eingegangen, die zwischen Rachaela und Anna bestand. Aber je weiter die Untersuchung voranschritt, um so heiterer blickte die Ärztin. Rachaela erinnerte sich an Kate Ames. Doktor Collins war erfreut, weil alles in Ordnung war.

Zuletzt, nach Augen, Hals und Ohren, begutachtete die Ärztin Annas rechte Hand.

»Sie haben wirklich keinen Grund zur Sorge. Du bist Linkshänderin, Anna, nicht wahr?«

»Ja.«

Anna hatte es großartig gemacht.

Nackt zu sein vor einer Fremden, und dann noch vor dieser anderen Fremden, ihrer Mutter.

Rachaela hatte kurz hingeblickt und sofort wieder weggeschaut. Aber sie hatte es gesehen.

Schließlich wiederholte die Ärztin, daß Anna vollkommen gesund sei. Doktor Collins sagte, sie wünschte, alle jungen Mädchen wären so gesund. Sie habe vielleicht eine leichte Anämie. Aber da konnte man Eisen und Kalzium verabreichen. Und es war auch nicht ungewöhnlich, kurz nach Einsetzen der Menarche.

»Sie hat ihre Periode noch nicht«, wandte Rachaela ein.

»Ach? Wirklich? Dann würde ich auf jeden Fall eine Vitaminkur verordnen. So ungewöhnlich ist das auch nicht. Manchmal verzögert sie sich, weil man sich so viele Sorgen darüber macht.«

Nun saßen sie wie ein paar Verschwörer zusammen.

Ruhig und beherrscht hob Rachaela an: »Ich fürchte, ich habe den Bogen nicht vollständig ausgefüllt.«

»Ach, das macht doch nichts. Das können wir nachholen.«

»Wie alt würden Sie meine Tochter schätzen, Frau Doktor?«

Doktor Collins schaute wieder auf und warf Anna nun einen verschwörerischen Blick zu.

»Nun – ja. Anna scheint mir sechzehn zu sein. Vielleicht auch erst fünfzehn und gut entwickelt?«

»Meine Tochter, Frau Doktor, ist noch nicht einmal zwei.«

Doktor Collins lachte nicht. Etwas in ihrem klugen, schönen Gesicht zog sich zurück. Sie starrte Rachaela an. Dann sagte sie: »Mrs. Day, es tut mir leid, aber es warten noch viele Patienten auf mich, doch ich denke, wir sollten uns noch einmal darüber unterhalten. Vielleicht rufen Sie mich morgen nach halb zwölf an, wenn Anna in der Schule ist. Dann habe ich etwas mehr Zeit für Sie.«

»Gut«, sagte Rachaela. Sie erhob sich und nahm das Rezept für Kalzium und Eisen an sich und ging mit Anna hinaus; die Ärztin blieb nachdenklich hinter ihrem Schreibtisch sitzen. Natürlich hatte Rachaela nicht ihre richtige Adresse angegeben.

Draußen spazierten sie über die sonnige Straße, ohne ein

Wort zu sprechen. Autos fuhren vorüber. Große Häuser, Gärten mit gestutzten Koniferen und rosa Rosen. Der Sommer breitete wie zufällig sein letztes Gold aus: ein Blatt, ein Fensterbrett, eine schlafende Katze auf einem Weg.

»Ich weiß, daß du mir etwas sagen willst, Anna.«

Anna gab keine Antwort.

»Du mußt ja wütend sein. Es tut mir leid. Ich möchte mich bei dir entschuldigen. Aber nun ist es passiert.«

Ich habe sie nackt ausgezogen. Sie mit Demütigung gepeitscht.

»Warum hast du das getan?« fragte Anna.

»Warum ich dich zu einem fremden Arzt gebracht habe und dich untersuchen ließ? Weißt du es denn nicht?«

»Weil ich so schnell gewachsen bin.«

»Ja, Anna. Weil du so unwahrscheinlich schnell gewachsen bist.«

»Das dachte ich mir schon«, meinte Anna. »Manchmal tat mir alles weh. Althene sagte . . .« Anna schwieg.

»Sie sagte, das würde nichts ausmachen? Ja?«

»Sie sagte, ich wäre eben anders. Wir alle wären anders.«

»Du bist eine Scarabae.«

»Ja«, sagte Anna.

»Ich glaube, ich habe dich zu der Ärztin gebracht, um dich zu bestrafen, Anna. Und das ist ungerecht, weil es ja wirklich nicht deine Schuld ist. Wer auch immer du sein magst.«

»Ich bin Anna.«

»Ja?«

Sie schritten weiter. Die Straße endete an einer größeren Straße, und dort hielten sie an, reglos, und starrten einander an, während um sie herum der Verkehr brauste.

Wird sie bald so groß sein wie ich?

Anna, in ihrem kurzen weißen Kleid, ein hübsches Mädchen von sechzehn Jahren. Und so gesund, hatte die Ärztin gesagt. Doch sie hatte nicht ›schön‹ gesagt. Es war wie ein Messerstich ins Herz. Und auf Annas schöner rechter Brust war das Mal, wie eine blaßblaue Feder, der Geist des wirklichen Stiches – die Erinnerung an ein Messer?

»Jemand hat dich von den Zinnen gestoßen«, sagte Rachaela, »aber ich bin das Schloß, in dem du nun spukst. Du verfolgst *mich.*«

Anna blickte sie furchtlos an. Sie wirkte noch heiterer als Doktor Collins.

»Glaubst du, daß ich Ruth bin?«

»Ja. Und was glaubst *du*?«

»Ich weiß es nicht.«

»Du weißt es nicht?« wiederholte Rachaela eindringlich. »Nein? Kannst du dich denn an gar nichts erinnern –«

»Doch, sicher. Aber daran nicht.«

»Aber – an was?«

»An Orte«, sagte Anna sinnend. »Aber ich kann sie nicht malen. An Zimmer in alten Häusern.«

»Erinnerst du dich an ihn?«

»An wen?«

»Malach.«

Anna blickte Rachaela ins Gesicht, und einen Augenblick lang stieg eine Welle unter ihrer Haut auf; sie zeigte keine Gefühle, und doch war es wie ein Erröten.

»Althene hat mir den Namen gesagt. Ich kenne nur den *Namen.*«

»Was hat sie dir über ihn erzählt?«

»Nicht viel. Daß er lieb zu ihr war. Daß er viele Hunde hat. Er lebt auf einem Schloß.«

»Dann mußt du ihn verfolgen«, sagte Rachaela.

Unversehens begann Anna zu weinen. Die Tränen schossen ihr nur so aus den Silberaugen wie Wasser aus einer Regentonne ohne Boden. Rachaela konnte sie nur anstarren. Anna weinte. Anna, ihre Tochter.

Und Rachaela streckte die Hand aus, um Anna zu berühren, doch Anna stand da wie eine Salzsäule; unbeweglich und lautlos weinte sie, mitten auf der belebten Straße.

»Ich weiß nicht, was ich machen soll«, sagte Rachaela. »O Gott.«

Sanft und deutlich sagte Anna: »In einer Minute wird es vorbei sein.«

Und in einer Minute war es vorbei.

Als sie weitergingen, wurden sie von den Passanten neugierig beäugt; das herrliche blonde Mädchen, das sich den Regen von den Wangen wischte, und die schöne schwarzhaarige Frau, die viel zu jung schien, um die Mutter des Mädchen zu sein, die mit geballten Fäusten und gebeugtem Kopf neben ihr herging. Ein Liebespaar? Ein verkrachtes Pärchen?

Kapitel
sechs

Mit dem Zug brauchten sie eine halbe Stunde nach London. Am Bahnhof nahmen sie ein Taxi. Der Nachmittag im gelben Licht flog an ihnen vorüber, Madame Tussauds, der Park, der Fluß.

Anna schien nicht ängstlich zu sein. Sie hatte die Zugfahrt genossen. Und nun, im Taxi, blickte sie eifrig hierhin und dorthin, wie ein ganz normales Kind.

Sie trug eines ihrer kurzen weißen Kleider mit einem Blumenmuster in Blaßlila und Grün, dazu eine grüne Strumpfhose und grüne flache Schuhe. Um ihren Hals lag eine kleine, schlanke silberne Schlange, die Althene ihr gekauft hatte. (Ein Talisman?)

Das Taxi fuhr die Steigung hinauf.

Über ihnen der Park, das Haus mit den Türmen und den Fenstern, die wie Tarotkarten aussahen. Die Sonne neigte sich nach Westen und verlieh dem Himmel einen dramatischen, bronzenen Glanz.

Rachaela wandte sich zu Anna. Sie hatte sagen wollen: »Wie findest du es?« Aber Anna-Ruth hatte das Haus ja schon gesehen. Nur konnte sie sich nicht erinnern.

Anna blickte aufmerksam, aber das hatte sie während der ganzen Fahrt getan.

Sie stiegen aus; während Rachaela den Fahrer bezahlte, stand Anna auf dem Zufahrtsweg und blickte zum Haus hinauf.

Das Taxi wendete und rumpelte den Hügel hinunter. Aus einer der Hecken, die nun auf dem Kies wuchsen, flog ein Schmetterling auf. Anna streckte ihre Hand aus, und der Schmetterling ließ sich darauf nieder.

»Ist er nicht wunderschön, Rachaela?«

»Ja. Wie hast du das denn gemacht?«

»Was?«

»Nichts.«

Behutsam beugte sich Rachaela über den Schmetterling; er hatte eine zarte zitronengelbe Färbung, und seine Flügel vibrierten vor Leben. Und so plötzlich, wie er sich niedergelassen hatte, flog er auch wieder auf und in die Bäume hinter dem Haus.

Rachaela klopfte. Die grüne, menschenähnliche Fratze auf dem Türklopfer starrte sie an. Sie hatte nicht angerufen; der Besuch sollte eine Überraschung sein.

Ein aufrechter, nicht sehr großer alter Mann öffnete die Tür.

»Guten Tag, Michael.«

»Guten Tag, Miss Rachaela. Miss Anna.«

Ich hätte es wissen sollen – natürlich hat Althene sie insgeheim gewarnt.

»Hallo, Michael«, grüßte Anna.

Sie kamen in die prächtige Eingangshalle mit den Säulen und den Laternen. Die alten Buntglasfenster mit den Frauen gab es noch, ebenso die Barden über der Treppe. Diese Treppe war Ruth mit der Rasierklinge hinabgeschlichen. Und wieder hinauf, als der Mann in einer Blutlache auf dem Boden gelegen hatte, und Michael und Kei sie nach oben gezerrt hatten.

Doch nun kam jemand anderer die Treppe herunter.

Sie wußten es immer, wenn einer der Ihren gekommen war.

»Es tut mir leid, daß ich nicht angerufen habe, Eric. Aber ich wollte, daß du Anna kennenlernst.«

Bildete sie sich das nur ein, oder war er größer geworden? Straffer, härter? Es war gut möglich. Die Scarabae beherrschten die Kunst, jünger und kräftiger zu werden. Erics Haar war von einem sehr dunklen Grau, so daß es fast schwarz wirkte. Seine Augen leuchteten. In einer Hand hielt er ein großes Buch, aus dem ein schwarzseidenes Lesezeichen hing.

Er kam am Fuß der Treppe an und schritt auf sie zu. Er nahm Rachaelas Hand und drückte seine festen, trockenen Lippen darauf. Dann verbeugte er sich vor Anna.

»Meine Tochter von Althene«, stellte Rachaela vor. »Eric.«

»Ich bin froh, daß ihr gekommen seid«, sagte er.

»Vielen Dank«, sagte Anna, »für den freundlichen Empfang.«

Keiner von ihnen zuckte mit der Wimper.

Weiß er es denn nicht? Oder ist es unhöflich, einen alten Feind zu schmähen, wenn er in neuem Gewand erscheint?

Sie begaben sich in den weißen Salon.

Er war gründlich gereinigt worden und strahlte einen neuen Glanz aus. Blumen standen in einer Steinvase auf dem Tisch, und vor dem Fernseher lagen fünfundzwanzig bis dreißig Videofilme in knallig bunten Hüllen. Auf den Sofas lagen Bücher herum. Das Zimmer wirkte belebt. Als wäre es ein *Lebewesen.*

Sie setzten sich. »Michael wird uns eine Erfrischung bringen«, sagte Eric. »Möchtest du Tee, Rachaela? Und du, Anna?«

»Könnte ich bitte Kaffee haben?«

»Ich fürchte, wir haben keinen Kaffee«, sagte Eric bedauernd.

»Dann Tee, bitte«, sagte Anna.

Sie hielt sich großartig – wie eines jener hinreißenden jungen Mädchen des neunzehnten Jahrhunderts, das unter der Ägide ihrer Anstandsdame einen reichen Onkel besucht.

Ruth war niemals so gewesen.

Und Anna war auch nicht wie Ruth. Sie war von einer fremden Schönheit, einer unirdischen Anmut, die nicht der geheimnisvollen dämonischen Schweigsamkeit, die Ruth zu eigen gewesen war, entsprach.

Eric schlug das Buch auf, und Rachaela bemerkte eine Seite, auf der die Zeilen eines Paragraphen unterstrichen waren. Am Rand waren Notizen, säuberlich in winziger Schrift in einer Spalte untereinander geschrieben. Sylvian war der Herr über die Bücher gewesen, damals im alten Haus am Meer. Aber Sylvian hatte nie etwas in die Bücher geschrieben.

»Ich muß etwas hinzufügen«, erklärte Eric. »Die Geschichte – sie haben sie verändert.«

»Sie? Du meinst die Scarabae?« fragte Rachaela.

»Die Scarabae. Denn wir sind Geschichte. Wir sind die Wahrheit.«

Rachaela warf einen Blick zu Anna. »Dann ist auch Anna Wahrheit.«

»Natürlich.«

Anna lächelte; Sie lächelte Eric an. Und auch ihr Lächeln glich nicht dem Ruths, die so bezaubernd hatte lächeln können. Annas Lächeln war eher wie ein sanftes Licht.

Eric nickte.

»Leider ist Miranda nicht da«, sagte er. »Sie geht nun immer aus; sie liebt die Stadt. Aber Sasha wird herunterkommen. Ihr müßt Sasha verzeihen, wenn sie ein wenig abgespannt wirkt.«

Meinst du, wenn sie zugibt, wer Anna wirklich ist?

»Warum sollte Sasha abgespannt sein?« fragte Rachaela leichthin.

»In unserem Alter«, erwiderte Eric, »muß man uns eine gewisse Exzentrik zugestehen.«

Rachaela mußte lachen; er indes meinte es ernst. Wenn jemand zweihundert oder fünfhundert Jahre alt ist . . .

Dann sprachen Eric und Anna über Filme. Sie hatten vollkommen verschiedene Vorlieben; die Scarabae hier im Haus mochten Gewalt, Action und Abenteuer, brutale Morde und gnadenlose Gerechtigkeit, Schock und Schauder. Anna erzählte von Vivien Leigh in *Cäsar und Kleopatra* und *Endstation Sehnsucht*, von Bogart in *Casablanca*, Olivier in *Hamlet*, von Alec Guiness und *Der Mann im weißen Anzug*.

Doch sie waren sich einig darin, daß *Kleopatra* mit Claudette Colbert ein schöner Film war. »Die Ungereimtheiten machen gar nicht soviel aus«, erklärte Eric. »Was zählt, ist die Seele. Ein köstlicher Film.«

Doch Rachaela, deren Blick unwiderstehlich von den Videohüllen auf dem Teppich angezogen wurde, dachte: *Wie seltsam, Anna liebt es Schwarz/Weiß.*

Cheta und Michael servierten den Tee aus einer blauen Porzellankanne in einem blau-weißen Teeservice. Es gab Teller mit kleinen Kuchen und kandierten Früchten, dazu eine kleine Karaffe mit irgendeinem farblosen Likör.

Wie die Erfrischungen, die gereicht wurden, als Malach Ruth zum ersten Mal ins Haus geleitete.

Wo steckte Sasha? Wollte sie nicht herunterkommen?

Anna nahm einen der Kuchen und ein Stückchen von einer

Orange. Sie trank ihren Tee schwarz. Hatte sie das schon immer getan?

Von der Treppe her klang die Stimme eines Kindes, eines kleinen Mädchens mit einem schwachen, doch untrüglichen Akzent.

»Ich mag Erdbeeren am liebsten, Nan-Nan.«

Ja, das mußte Tray sein, die Tochter von Nobbi, dem Mann, dem Ruth mit dem Rasiermesser die Kehle aufgeschlitzt hatte. Wahrscheinlich hatten die Scarabae sie adoptiert. Ihre Stimme hatte sich verändert; sie sprach nun mit weniger Cockney-Akzent, klang jedoch auch nicht wie eine Erwachsene. Sie war damals ungefähr zwanzig gewesen, mußte daher nun zweiundzwanzig oder dreiundzwanzig sein. Doch seelisch war sie auf die Stufe einer Neun- oder Zehnjährigen zurückgefallen, damals, in jener Nacht des Blutes und der Schreie.

Würde Tray – oder Terentia, wie der römische Name lautete, den sie ihr gegeben hatten –, würde *sie* zugeben, wer hier saß, im weißen Kleid, die Dämonin-Mörderin? Oder stand das außer Frage?

Nebeneinander traten Sasha und Terentia durch die Tür, schlanke Gestalten, die mühelos einherglitten.

Sasha trug ein modernes pflaumenblaues Kleid, das einer schlanken Dame von achtzig wohl anstand. So sah sie jedenfalls jetzt aus. Ihr Haar trug sie nicht mehr hochgesteckt, sondern modisch geschnitten, so daß es eben noch ihre Schultern berührte; ein jugendlicher Stil, der ihr dennoch gut stand.

Terentia-Tray trug ein schwarzes pailettenbesetztes Kleid, das schwarze Haar hing fast einen Meter herab, die blauen Augen blickten groß und unschuldig. Sie schleppte einen Stofflöwen mit, den sie ihr nach Nobbis Tod gekauft hatten. Das Tier war abgegriffen, wie jedes geliebte Spielzeug, und beide Ohren waren mehrfach genäht worden.

Sasha wirkte nicht angespannt. Und im Gegensatz zu Terentia stand ihr die Weisheit im Gesicht geschrieben.

»Ach schau mal, Nan-Nan«, sagte Terentia. »Cheta hat mir ein paar mit Erdbeeren gemacht.«

»Natürlich hat sie das gemacht, Liebes«, sagte Sasha.

Vor drei Jahren war Miranda *Nan-Nan* gewesen. Aber vielleicht war sie nun zu jung für diese Rolle. Sasha hatte sie ersetzt.

Beide Frauen schritten nun über den sauberen hellen Teppich. Anna hatte sich erhoben, wie ein junger Galan mit guten Manieren.

Mit kindlichem Interesse blickte Terentia sie an, als sei sie ein anderes kleines Mädchen, das gekommen war, um mit ihr zu spielen.

Sasha machte ein seltsam ruhiges, finsteres Gesicht.

Dann brach sie auf dem Teppich zusammen.

Sie war so leicht, so zerbrechlich offenbar, daß es fast lautlos geschah, nur Terentia beugte sich voller Furcht über sie: »Nan-Nan! Was ist mit dir?«

Eric erhob sich und ging zu Sasha. Cheta kniete neben der Gestürzten. Dann kam Michael und trug sie auf eines der weißen Sofas.

Sie legten Sasha hin. Sie drehte den Kopf und schaute Eric mit müden, alten Augen an.

Eric hielt ihre Hand.

Die Scarabae konnten unerträglich mitfühlend erscheinen. Doch das täuschte; sie waren alt und stark, erneuerten sich ständig und konnten den Tod bringen.

Rachaela warf einen Blick zu Anna, die ernst, aber gefaßt wirkte. Rachaela sagte nichts.

Sasha hatte sich wieder aufgesetzt. Terentia saß neben ihr und hielt ihre Hand.

»Es ist schon wieder gut, Liebes«, sagte Sasha. »Sasha geht es wieder gut.«

Terentia ließ ihre Hand los und nahm wieder den Teller mit den Tröstungen, den kandierten Früchten, zur Hand. »Nimm auch eine, Nan-Nan.«

»Jetzt nicht. Iß eine für mich.«

Und Terentia begann von den kandierten Erdbeeren zu essen, nicht gierig, eher pflichtbewußt.

Die beiden schwarzweißen Katzen, die Kinder Juliets, waren nun auch in den Raum gekommen. Auch sie fühlten die Spannung.

Anna rief sie, und sie kamen zu ihr. Sie nahm sie auf und setzte sich mit den beiden Tieren neben Rachaela.

Cheta brachte Sasha einen Brandy.

»Du mußt das entschuldigen, Rachaela«, sagte Sasha. »Aber ich fühle mich heute etwas schwach.«

Und du hast gerade wieder Ruth gesehen: Ruth, die die erste Anna ermordete, indem sie ihr eine Stricknadel durchs Herz hämmerte.

»Ja, Sasha, ich verstehe das. Dies ist Anna.«

Sasha blickte wieder zu Anna.

»Anna, wie froh ich bin, daß du zu uns gekommen bist. Ich hoffe, ich habe dich nicht erschreckt.«

»Nein«, erwiderte Anna. »Es tut mir leid, daß du krank warst.«

»Nur für einen Augenblick; jetzt geht es mir wieder gut.«

Etwas stimmte an der Unterhaltung nicht; sie klang nicht einmal geschraubt, nur der Redestil der Scarabae war seltsam – ein fremdartiger Tonfall, der unhörbar, aber unabweisbar durchklang, Laute aus der Steppe und den eisigen Bergen.

»Und ich danke euch für meinen Namen.«

»Ach, Liebes«, sagte Sasha, »mein Liebes –«

»Es ist ein Name der Familie«, erklärte Eric. »Er steht dir zu.«

In beißendem Ton sagte Rachaela: »Biblische Namen sind immer so passend.«

In süßem Ton sagte Terentia zu Anna: »Nimm dir was Süßes, Anna.«

»Ich hatte schon. Sie sind gut, nicht wahr?«

»Ich mag die Erdbeeren am liebsten.«

Rachaela betrachtete die beiden; die Dreiundzwanzigjährige mit dem Stofflöwen auf den Schoß, auf der geistigen Stufe einer Neunjährigen. Und die Zweijährige, die schon sechzehn war und zwei Katzen im Arm hielt.

Da ging ihr der Schlüssel des Geheimnisses auf: Tray hatte ihre Erinnerung verloren, um den scheußlichen Mord an ihrem Vater zu vergessen. Und Ruth, die als Anna wiedergeboren war, hatte auch ihr Gedächtnis verloren, weil sie dieselbe Tat und ihre Folgen vergessen mußte.

Und die Scarabae? Für sie war Anna nicht Ruth. Und wenn doch, so konnten sie es vergeben, wenn nicht gar vergessen.

Nach dem Tee führte Eric Anna durch das Haus. Bäder in Weiß und Grün, prunkvoll geschmückte Schlafzimmer mit farbigen Fenstern. In seiner eigenen Kammer mit den orangefarbenen und grünen Flügelfenstern hatte er eine Maske geschnitzt, wie in den alten Zeiten. Sie lag neben einem halbfertigen Kopf, an dem er nun arbeitete. Es schien, als benutze er die Konturen der Maske als Vorlage für das Gesicht.

Terentia folgte Anna, offenbar sehr interessiert.

Zuweilen zeigte sie auf etwas; Anna durfte sogar den Löwen bewundern und in den Arm nehmen. Sie tat es. Aber sie hatte ja auch ihre Tiere.

Irgendwann ließ Sasha sie allein. Sie gesellte sich erst eine Stunde später wieder zu ihnen, als sie kurz davor waren, sich zu verabschieden.

In ihren mit altertümlichen Ringen geschmückten Fingern trug sie ein seltsames Gewebe. Es war fadenscheinig und mit spröden Mustern durchsetzt, die verwelkte Blütenblätter oder auch Motten hätten sein können . . .

»Das ist ein sehr altes Stück, Anna. Ein Schal, den Alice gewebt hat. Ich möchte, daß du ihn trägst.«

Sie legte ihn Anna in die Hände, und Anna hob ihn hoch. Im Gegenlicht konnte man Fragmente erkennen, die aus gehäkelter Spitze oder gestrickten Teilen bestanden.

Behutsam legte Anna sich den Schal um.

Und sie wurde sehr alt, sehr einfach.

Dann breitete sie die Arme aus, und Sasha ließ sich umarmen. Lange Zeit standen sie so, Sasha und Anna. Dann ließen sie einander los.

Eric küßte Anna die Hand und verneigte sich vor Rachaela. Michael öffnete die Tür, und sie gingen hinaus, in den Tag, der nun seine Schwingen zusammenfaltete.

»Möchtest du einen Kaffee?«

»Ja, bitte.«

»Mich hat das auch immer geärgert«, sagte Rachaela, »daß ich keinen Kaffee im Haus der Scarabae bekommen konnte. Aber dann haben sie mir doch welchen gemacht.«

Sie gingen in ein Café, in dem sich die Angestellten versammelten, die früher Schluß hatten, um Omelettes und Hawaii-Toasts, Wein und Perrier zu sich zu nehmen, bevor der abendliche Kampf in der U-Bahn einsetzte.

Anna nahm einen Kaffee mit Sahne und Rachaela ein Glas Weißwein.

An der Bar begannen zwei häßliche, nicht mehr ganz junge Männer mit einer lauten ›Schau‹ und riefen den geduldigen Kellnerinnen Witzchen zu. Rachaela merkte, daß sie Annas Aufmerksamkeit erregen wollten.

Es war nur natürlich; Anna strahlte vor Schönheit.

Der Schal war nun in einer grünen Harrod's-Tüte verstaut, die Cheta ihnen gegeben hatte. Nur sah Anna ohne ihn so berückend jung aus.

Sanft sagte Rachaela: »Anna, wie alt bist du? Ich meine, was glaubst du?«

Anna runzelte die Stirn. (Wollte diese schreckliche Ersatzmutter sie jetzt schon wieder in die Mangel nehmen?) Doch anmutig sagte sie: »Innerlich bin ich schon sehr alt.« Sie lächelte »Aber du ja auch, Rachaela.«

»Ich bin fünfundvierzig . . . Bin ich das? Ich kann mich nicht mehr erinnern.«

»So habe ich das nicht gemeint.«

Der jüngere häßliche Mann rief fröhlich: »Hast du den Salat auch brav in die Mikrowelle gestellt?«

»Klar«, gab die Kellnerin zurück, »damit er auch schön knackig wird.«

Anna grinste.

Es war wirklich ein Grinsen. Sie wirkte dadurch wie ein hübscher verschlagener Junge.

»Sie wollen, daß du zu ihnen hinübersiehst«, sagte Rachaela.

Nun lachte Anna und trank ihren Kaffee, weder schüchtern, noch geschmeichelt oder verächtlich.

Warum hab' ich sie bloß hergebracht? Will ich ihr etwas näherkommen? Ihre Schönheit ist entmutigend. War Ruth so schön?

Rachaela dachte: *Bin ich etwa dabei, mich in meine Tochter zu verlieben?*

»Althene hat gestern abend angerufen«, sagte sie.

»Ich weiß. Ich hab' das Telefon gehört.«

»Es tut mir leid, ich dachte, du wärst schon eingeschlafen. Ich wollte es dir eigentlich schon eher sagen . . . sie kommt morgen wieder.«

Anna blickte erfreut, wie ein Kind. »Ich hoffe, es ging gut.«

»Das nehme ich an.«

»Wirst du mitkommen, sie abholen?« fragte Anna.

»Wenn du es willst.«

Anna war weit weg. Sie senkte die glühenden Platinaugen, und ihre dunklen Wimpern – die nicht zu einem Albino paßten – berührten ihre Wangen.

Anna trug kein Make-up. Doch ihre Lippen waren in einem blassen Rosa gezeichnet. Ihre Lider wurden durch einen Hauch von Violett abgesetzt, und die dichten kohlschwarzen Wimpern zogen eine weitere Linie um die perfekte Form ihrer schimmernden Augen. Die Augenbrauen waren weiß, langgezogen und fein, und würden nie gezupft werden müssen. Annas Körper, das wußte Rachaela nun, war haarlos bis auf die Scham, wo das Haar in einem dichten Federbüschel wuchs wie frischgefallener Schnee. Ach ja, und stets rief Anna diese poetischen Beschreibungen in einem hervor.

Ich bin verliebt in sie.

Und sie gehört mir.

»Wir könnten heute abend ins Kino gehen«, meinte Rachaela abrupt, wie ein Heranwachsender bei der ersten Verabredung.

»In welchen Film denn?« fragte die vernünftige, unschuldige Anna.

»Einen, der Eric zu Tode langweilen würde. Im Programmkino. Ein Stummfilm: *Eine Mittsommernachts-Komödie.*«

»O ja«, stimmte Anna eifrig und erfreut zu.

Die Sonne senkte sich über der grellen, verfallenen Stadt, über dem Ruß und dem Schmutz und dem Schutt; die vergoldeten Hügel wirkten wie Schornsteine auf einem sinkenden Schiff. Das Café wurde vom roten Feuer der untergehenden Sonne erfüllt. Als die beiden Frauen sich erhoben, starrten die Männer Anna nach, mit unbewußtem Sehnen, das als Begierde getarnt war. Was für eine Schönheit, und die Ältere war auch nicht zu verachten. Aber als vielbeschäftigte Männer mit Verantwortung hatten sie es nicht deutlich genug gezeigt. Und außerdem warteten zu Hause die Ehefrauen, warteten mit dem Essen und ihren Sorgen, mit der Hypothek, der kaputten Waschmaschine, und ihren Klagen über den Verlust der Haare und der Freude am Leben.

Kapitel sieben

Faran stand auf einem teuren blauen Stuhl.

Er blickte nach draußen, über die Straße hinweg auf den weitläufigen herbstlichen Park.

Hinter ihm die kostspielige, in Blautönen gehaltene Wohnung, still in Erwartung des Mannes und der Frau.

In der polierten Scheibe konnte Faran auch sein eigenes Spiegelbild erkennen; ein Junge von sieben Jahren, schlank, schwarz. Er trug teure Bluejeans und ein schwarzes T-Shirt mit einem Elefanten und einer Aufschrift in Rot: ELFENBEIN IST NICHT WEISS.

Er mochte den Elefanten. Er besaß viele Bilder von Elefanten, seine Mutter hatte ihm erlaubt, sie in seinem Zimmer aufzuhängen. Doch die Aufschrift bereitete ihm Unbehagen; er wußte, sie bedeutete, daß weiße Wilderer den Elefanten die Stoßzähne geraubt hatten. Aber Schwarze hatten es doch auch getan, wie sein Vater ihm einmal traurig erzählt hatte.

Die Welt, so sagte Farans Mutter, wurde von skrupellosen und dummen Menschen zerstört. Bald würde nichts mehr übrig sein. Faran hatte dann nur noch eine zerstörte Erde zu erben.

Er hatte schon Alpträume davon gehabt.

Als er es ihnen erzählte, pflichteten sie ihm bei. Es war vernünftig, Alpträume zu haben. Gut gemacht, Junge.

Cimmie und Wellington Objegbo, Farans Eltern, sprachen beide mit übertriebenem Upper-Class-Akzent, obgleich Cimmi manchmal Redensarten benutzte, die aus einer afrikanischen Sprache stammten, wie sie sagte. Sie entwarf Ethno-Drucke, wobei sie alte Batik-Methoden benutzte – die, obwohl aus Java stammend, dennoch mit ihrer Kultur verbunden seien, so behauptete sie.

Cimmi war eine hübsche, schlanke Frau mit einer kakaobraunen Haut. Sie trug ihr Haar kurz und kraus, obgleich sie es auch länger hätte wachsen lassen können. Sie kleidete sich nach der westlichen Mode und trug Schmuck, der angeblich aus Afrika stammte, zum Beispiel Ohrringe aus Büffelhorn. Offenbar schien es nichts zu bedeuten, daß dafür Büffel hatten sterben müssen.

Wellington arbeitete bei der Regierung. Er sprach nicht viel darüber. Im Büro trug er Anzüge aus der Savile Row und Seidenkrawatten mit den Insignien seiner alten Schule, und im Winter – trotz seiner vierzig Jahre und seiner grauen Haare – den alten Schal seiner Schule. In der Wohnung lief er meistens in Jeans mit freiem Oberkörper herum. Er hatte einen phantastischen Körper, und seine dunkle muskulöse Brust war zum Vorzeigen wie geschaffen.

Wenn Wellington mit nacktem Oberkörper herumlief – und besonders wenn im Park auf der anderen Straßenseite Schnee lag – konnte Cimmi ihn einfach nicht in Ruhe lassen. Mehrmals am Tag verschwanden sie für eine halbe Stunde in ihrem Schlafzimmer, und bald schon hörte Faran seine Mutter schreien. Er hatte sich nie deswegen geängstigt. Irgendwie wußte er instinktiv, daß ihre Schreie aus der Lust, nicht aus dem Schmerz geboren wurden.

Früh schon hatten sie ihn aufgeklärt. Und er hatte begriffen. Erst als Cimmi hinzugefügt hatte, daß er eine Weiße heiraten müsse, war Faran ziemlich verwirrt gewesen.

Es stellte sich heraus, daß Cimmi und Wellington Rassisten waren. Sie mochten die Schwarzen nicht. Während sie in bezug auf ihre Herkunft die reinsten Faschisten waren – denn sie machten die Weißen früherer Zeiten für den Verfall ihrer Heimat verantwortlich –, hatten sie ausschließlich weiße Freunde. Und wenn diese zum Dinner kamen, kochte Cimmi französische Gerichte, zu denen sie italienischen und deutschen Wein sowie schwedische Schnäpse servierte.

Und sonderbar – die Weißen waren genauso rassistisch gegenüber den Angehörigen ihrer Hautfarbe eingestellt, und manchmal gab es fast einen Aufstand, wenn die vier oder sechs Freunde die zehnte Flasche Hock geschafft hatten: die Weißen schrien, alle Weißen sollten erschossen werden, und die Objegbos heulten, daß die Schwarzen ihre Ehre verwirkt hätten und nun nichts mehr wert seien. An diesen Abenden ging Faran – den man an dem Dinner und den Drinks teilhaben ließ – ins Bett, sobald er die Gefahrenzeichen erkannte. (Seine Mutter lachte zuviel, sein Vater nicht genug.)

Faran, nach einem afrikanischen Helden benannt, war sich bewußt, daß er seine Eltern nicht kannte.

Er mochte ja vieles begreifen, sie aber hatte er nie als Vertraute empfinden können.

Als Baby hatte er Cimmie gern gehabt, ihr indes nicht vertraut. Seit er zwei war, hatte sie ihn regelmäßig in der Obhut von Babysittern gelassen, weißen selbstverständlich.

Im Laufe der letzten vier Jahre hatte er auch Lehrer gehabt. Die weiße Mrs. Baldwin und den schwarzen Mr. Thorpe. Warum Mr. Thorpe, der Farbige, einen solchen Namen trug, wußte Faran nicht. Cimmie sagte, er habe zweifellos seinen Namen *geändert.* Sie behandelte Mr. Thorpe mit einstudierter Gleichgültigkeit, während Mrs. Baldwin zu einem Tee oder zu einem Glas Wein eingeladen wurde.

Faran fand die Mathematik- und Geographiestunden bei Mrs. Baldwin recht interessant, aber Geschichte und Englisch, was Mr. Thorpe ihn lehrte, erfüllten ihn mit einem Glücksgefühl. Mr. Thorpe war Ende Fünfzig, etwas korpulent und von einer Schönheit, die den Sternen eigen ist. Er war sehr dunkel, wie Faran, und seine Augen strahlten wie zwei schwarze Lichter. Andere fanden Mr. Thorpe nicht schön, aber vielleicht hatten sie ihm auch nie in die Augen schauen können.

Mr. Thorpe kannte auch Sagen und Legenden; er schien alle Kulturen zu kennen, ohne Vorurteile zu hegen. Seine Erzählungen ließen Farans kurzes Haar zu Berge stehen.

Einmal hatte Mr. Thorpe Hunger verspürt, als Cimmie ausgegangen war. Faran begab sich in die blitzende weiße Küche, die die (schwarze) Putzfrau in eine Art arktischen Himmel verwandelt hatte. Er bereitete Mr. Thorpe ein Sandwich aus Vollkornbrot, Endivien und kaltem Huhn, Pickels, Fleischtomaten und Mayonnaise. Dazu goß er ihm ein großes Glas Gewürztraminer ein.

»O Faran«, protestierte Mr. Thorpe. »Das ist doch zuviel.«

»Mein Vater ist gerade in Paris«, erwiderte Faran.

»Ein Grund mehr, um zu widerstehen.«

Faran setzte sich hin und blickte absichtlich betrübt, bis Mr. Thorpe das Sandwich aß und die Hälfte von dem Wein trank.

Dann leerte Faran das Glas.

Das schien ihm wie ein Versprechen; nun waren sie Brüder im Wein.

Der Altersunterschied störte Faran nicht. Er zog die Gesellschaft von Erwachsenen vor – es war ihm auch nicht erlaubt worden, viele Kinder kennenzulernen. Doch Cimmie und Wellington, deren Freunde und Baldwin zählte er nicht zu den Erwachsenen – Mr. Thorpe hingegen schon, und dann noch ein paar Leute, die er im Fernsehen sah oder über die er las. Faran begriff, daß auch er viel älter sein mußte, als er war.

Und Mr. Thorpe schien der gleichen Ansicht zu sein.

Dann kam eine Zeit, wo Mr. Thorpe den Versuch unternahm, Faran in Museen und Galerien, ja sogar ins Kino mitzunehmen. Cimmie hatte es widerwillig erlaubt. Aber als Wellington aus Kuwait zurückkehrte, machte er dem ein Ende.

Der Grund, wie Faran sofort erkannte, bestand darin, daß Mr. Thorpe ein sexuelles Interesse an Faran hegen könne.

Er wußte, daß es nicht so war. Aber er war ja nachweislich noch ein Kind. Seine Stimme hatte keine Bedeutung.

Und so verschwand Mr. Thorpe aus Farans sauberem, liberalem, bequemem und langweiligem Leben.

Nun stand Faran am Fenster und schaute in den Park.

Manchmal nahm ihn Cimmie zu Spaziergängen dorthin mit, wenn sie nicht einkaufen gingen, was sie jedoch weitaus öfter taten. Er bekam Designer-Jacken mit ausgefransten Bildern von Negern, die Speere warfen; stachelbewehrte Schmuckstücke, Malutensilien, Bildbände mit wundersamen Aufnahmen von Steppen, Löwen und Massai-Kriegern im Feuerschein. Seine T-Shirts kosteten pro Stück vierzig Pfund und zeigten tapfer aussehende Wildtiere, die im Regenwald dem Aussterben entgegengingen – und jedesmal, wenn er sie überstreifte, brach ihm das Herz, und das Blut gefror ihm in den Adern.

Doch im Park war das Leben einfach: eine Freude, dort umherzustreifen, und keine Schreie waren zu vernehmen.

Sie kauften Brötchen und fütterten die Enten und die Braungänse mit ihren blauschwarzen Zungen, die fast so groß waren wie Faran. Cimmie hatte ihm erzählt, daß Schwäne sich einen Partner fürs Leben suchen. Das sollte ein Vorbild sein.

Faran erinnerte sich aber, daß Wellington in äußerst unschwänischer Manier ein- oder zweimal auf Abwege geraten war, etwas, das Cimmie ihm immer wieder vorhielt, wenn sie stritten – Sie machte dann Anspielungen auf Wellingtons ›Frauen‹.

Der Park, von Faran durch die lärmende Straße und den Tumult der Autos, Taxis und Busse getrennt, träumte im Schmuck seiner herbstbraunen Blätter. Durch das dünner werdende Laub konnte Faran den rauchigen Glanz des Wassers erkennen. Und unten, im prächtigen Portal des Parks, stand der Mann und blickte zu ihm hoch. Faran hatte ihn schon einige Tage dort gesehen.

Es war ein Farbiger, ziemlich dick und mit einem modischen, aber billigen Regenmantel bekleidet. Auf dem Kopf trug er nichts, wie die meisten Männer heutzutage.

Faran schätzte, daß ihm noch fünf Minuten Zeit blieben, bis seine beschwipsten Eltern aus dem Savoy Grill, wo sie ihr Mittagessen eingenommen hatten, in die stille Wohnung einfallen würden.

Er hob den Arm und winkte dem Mann.

Und der Mann unter dem Tor, der eine große Ähnlichkeit mit Mr. Thorpe besaß – auch wenn er nicht dieser war –, hob ebenfalls den Arm und winkte zurück.

Da vernahm Faran den Aufzug.

Er sprang vom Stuhl und wischte den Samtstuhl ab. Dann stellte er ihn in die Reihe zu den anderen Stühlen. Er schlenderte in sein Schlafzimmer, wo der Aufsatz über die europäische Fleischproduktion auf ihn wartete, den Baldwin ihm aufgegeben hatte.

Kapitel acht

Zu Annas zweitem Geburtstag reisten sie wieder nach London, und wieder mit dem Zug, da Anna sagte, es habe ihr sehr gefallen. Sie sah immer noch aus wie eine Sechzehnjährige, kultiviert und beherrscht zwar, doch sie lächelte. Ihre Eltern, die beiden schönen, jungen Frauen, die man für junge Tanten oder Freunde der Familie halten konnte, saßen mit ihr im Abteil.

Herbstwetter in Messingfarben, in den Wäldern schwebten die Krähen. Die Häuser reihten sich wie in einer Prozession aneinander, als die Hauptstadt näherrückte.

Anna hatte sich ein schwarzes Kleid gewünscht, und unter Althenes Geschenken hatte sich ein solches befunden. Sie trug es nun, dazu ihren schwarzen Wollmantel und eine lange schwarze Strumpfhose mit goldenen Sonnen. An den Füßen hohe Schuhe aus silbrigem Leder, die sie brauchen würde, um über den Friedhof zu wandern – den berühmten Friedhof, den Anna so gerne sehen wollte.

Am Mittelfinger der linken Hand steckte der Ring, den Rachaela ihr geschenkt hatte; ein Turmalin, in Silber gefaßt, der Stein der Waage.

Der Morgen war nur von einem Kampf zwischen Juliet und Jacob überschattet gewesen, die sich jetzt oft angriffen ... spielten sie die Atmosphäre im Haus nach? Ansonsten verlief alles nach Plan; zuerst wollten sie auf den Friedhof, dann in eines der Restaurants, die sie vor Annas Geburt frequentiert hatten, und schließlich in einen Spätfilm, irgendein ausländisches Machwerk mit Dialogen in Englisch und Holländisch – ein Film, von dem Rachaela nie gehört hatte, und den sie nicht ganz verstehen würde. Anna beherrschte nun offenbar zwei Sprachen. Und vielleicht konnte sie noch mehr, denn ab und zu hörte Rachaela sie singen: in einem klaren, hellen Sopran sang sie ein paar Worte in Französisch und versuchte sich sogar an Elizabeths gälischen Wiegenliedern.

Sie stiegen aus dem Zug und wandelten im Sonnenschein zwischen den hohen Häuserwänden der Großstadt.

Sie nahmen den Lunch in einer Weinbar – Anna hatte es so gewollt. Sie trank ein Glas Burgunder zum Salat. Rachaela leistete sich eine ganze Flasche Mâcon.

Ich trinke zuviel, auch für eine Scarabae.

Sie schlenderten die Bürgersteige entlang. Die Leute starrten sie an, und ein paar Bauarbeiter auf einem Gerüst wären fast hinuntergefallen bei dem Versuch, ihrer Begeisterung Ausdruck zu geben. Zuweilen schritten Althene und Anna ein wenig schneller aus, aber nicht lange.

Rachaela wünschte sich, sie wäre mit Althene allein; sie hätten in ein feudales Hotel gehen, Tee trinken können, und später hätten sie in einem cremefarbenen Hotelzimmer Liebe gemacht. Sie hatten einander schon seit Monaten nicht mehr geliebt; Rachaela wollte nicht. Wegen Anna. Oder hatte sie gar keine Lust? Schließlich nahm sie die Pille. Das war keine Entschuldigung –

Und jetzt, da ihre Begierde von der Pilzquiche oder dem Wein geweckt war, sah sie Anna vor sich.

Sie sollte sich lieber vorsehen. Konnte es sein, daß sie Anna begehrte?

Anna, nun zur Frau herangereift. Anna, körperlich reif genug, um nichts dagegen zu haben. Und jung – kindlich – genug, um darin nichts Böses zu sehen.

Ich bin ganz schön verwirrt.

Seit Althenes Rückkehr waren sie so *enge* Freunde. Wir drei.

Althene hatte kaum etwas über ihre Reise erzählt. Sofie, ihre Mutter, war gar nicht mehr so aufreizend gewesen. Man konnte nicht viel tun. Die Familie paßte auf und würde sich um alles kümmern. An Malach hatte man sich nicht gewandt. Rachaela hatte Althene nicht anvertraut, daß sie Anna für Ruth hielt. Vermutlich wußte Althene auch schon alles, was sie wissen mußte.

Außerdem kann es ja auch meine eigene kleine Paranoia sein.

Daß Rachaela Anna zu einer fremden Ärztin gebracht hatte, erwähnte Althene mit keinem Wort. Rachaela hatte ihr nichts davon erzählt, und Anna wahrscheinlich auch nicht. *(Darf man keinem meine beschämenden Geheimnisse verraten?)* Der Besuch bei den Scarabae hingegen wurde offen besprochen. Althene hatte ihn ohne großes Gerede akzeptiert und gesagt, sie sei froh, daß Anna Eric und Sasha kennengelernt hatte, und dann hatte sie den alten Schal begutachtet und sich nach den Katzen erkundigt. Als sie allein waren, hatte Rachaela zu ihr gesagt, sie wisse nicht, ob sie Anna habe prüfen wollen oder ob sie sie zur Strafe dorthin gebracht habe.

»Wie es scheint, war es keines von beidem.«

»Sasha ist ohnmächtig geworden.«

»Sasha ist eine alte Frau.«

»Jetzt ja.«

Schließlich hatte Althene gesagt: »Aber Anna hat es dort gefallen. Sie wird sie wieder besuchen wollen.«

»Die Großmütter und Großväter«, sagte Rachaela, die sich an das erinnerte, was Ruth vor so vielen Jahren – vor einem Zeitalter – gesagt hatte. Auch auf Ruth war sie eifersüchtig gewesen. Sie wollte Adamus zwar nicht, doch Ruth sollte ihn auch nicht bekommen.

Rachaela hatte Anna eine CD mit einem Klavierkonzert von Benjamin Britten geschenkt. Wie immer lauschte Anna der Musik, als trete sie aus sich heraus. »Die Planeten tanzen«, sagte sie hinterher. Das hatte Rachaela auch immer gedacht.

Um drei Uhr erreichten sie das mächtige Tor des Friedhofs. An diesem Tag gab es keine Führungen, aber nach einem unbehaglichen Augenblick kam ein Angestellter und entschuldigte sich, und sie wurden ohne Führer in die grüngoldene Wildnis geschickt.

Das Kind auf dem Grabmal . . .

Warum war es so geheimnisvoll?

Sie standen vor den Türen des Mausoleums, die durch ein Vorhängeschloß gesichert waren, und blickten hinein zu der aufrecht stehenden Skulptur über dem Sarkophag. Das junge Mädchen aus Marmor, das vielleicht dreizehn Jahre zählen mochte, hatte den Kopf demütig von dem Engel mit den großen Schwingen abgewandt, der es umfaßt hielt.

Wollte sie nicht an den Ort, zu dem sie der geflügelte Bote bringen wollte? Aufwärts oder abwärts – in die weiten Hallen des Todes.

Und das Antlitz des Engels wurde durch ein Spiel des trüben Lichts, das durch das Steingitterwerk an den Türen hereinfiel, in Dunkel gebadet. Der Engel hatte kein Gesicht, und er war furchterregend.

Der Friedhof war ein magischer Ort. Niemand hinderte die seltenen, fast prähistorischen Pflanzen am Wachsen, und auf den großen Eichen grünte der Efeu. Aus der Wildwiese entsprangen Hundsrosen.

Und aus dem wilden Garten reckten sich die Grabsteine, Obelisken und Pyramiden, geflügelte Frauen; ein Löwe, der auf der einen Seite freundlich, auf der anderen jedoch finster dreinblickte und mit gefalteten Pfoten und gemeißelten Schnurrhaaren dalag wie die Göttin Sachmet. Auch standen dort Säulen, die an ein mystisches Epos aus ägyptischer Zeit erinnerten, und die steinernen Häuser hatten geschwungene Verzierungen, auf jeder Veranda stand der Name eines Besiegten, und die Türstürze waren mit Dornenrosen bewachsen und mit dem Blut des Lammes, mit Beerensaft befleckt.

Hier streunten bei Nacht der Fuchs, die Wühlmaus und der Igel.

Im Tageslicht spielten die Eichhörnchen auf den Wegen, und Libellen, grün wie Frösche, glitzerten über den bewachsenen Teichen.

An einigen Stellen des Friedhofs mühten sich Gärtner um dessen Instandhaltung. Nur einer von ihnen hatte sie höflich nach ihrem Begehr gefragt, aber Althene hatte irgendeinen Namen erwähnt, und der Mann hatte sie weitergewinkt.

Rachaela wandte den Blick von dem Mausoleum des Kindes ab, und da war ihr eigenes Kind, saß auf einem grauen Grab auf der anderen Seite des Weges.

Die Sonne spielte zwischen den Bäumen und ließ Annas Haar gleich einem Sturm aus goldenem Schnee leuchten. Althene saß neben ihr, sagte etwas, zeigte.

Da tauchte aus dem Unterholz, gleichsam wie ein struppiger, eingerollter Teppich, ein Dachs auf.

Der weiße Kopf reckte sich wie eine Schlange aus dem dunklen Körper. Der Dachs zockelte zu der Stelle hin, wo Anna saß, hielt dann verwundert inne und zögerte, vielleicht vom Sonnenschein geblendet – oder er spürte ihre Nähe.

Jetzt wird er gleich den Kopf in ihren Schoß legen, dachte Rachaela zynisch. *Das typische scheue Waldtier aus Märchen und Sage, gezähmt von meiner unheimlichen Tochter.*

Doch der Dachs schnüffelte nur in der Luft herum und zockelte weiter – linkisch und geschmeidig zugleich verschwand er in der lebenden Mauer der Bäume.

»Oh«, machte Anna.

»Es war Glück, daß wir ihn gesehen haben«, meinte Althene.

Einer der Gärtner, ein Mann in mittleren Jahren in einem schäbigen Overall, kam mit seinem Spaten die Allee entlang.

Er nickte Althene und Anna auf dem Grab grüßend zu, bevor er zu ihnen hinaufkletterte.

»Man sieht diese Kerlchen nicht oft bei Tag.«

Anna, voller kindlicher Begeisterung: »Das war ein Dachs.«

»Das war es«, stimmte der Mann zu.

Und indem er seine ganze Kraft in den Schlag legte, schwang er die Schaufel mit dem Griff voran gegen Althenes Bauch.

Wie eine Vorschau auf den seltsamen Film, den sie besuchen wollten, sah Rachaela, wie Althene bleich wurde, wie ihr Körper vornüberfiel und lautlos auf dem Bett aus Gras und Steinen liegenblieb. Sie war bewußtlos.

Und dann stand Anna ganz allein, die Sonnenstrahlen spielten auf ihr wie goldenes Eis.

Von irgendwoher tauchte ein zweiter Mann auf.

Er warf einen Blick auf Rachaela. »Daß Sie sich ja nicht von der Stelle rühren.«

Die Männer packten Anna bei den Armen. Sie war zu Tode erschrocken, wie ein Wesen ohne Verstand, ohne Seele. Mit

Leichtigkeit schleppten sie sie davon, bis zum Abhang hinter dem Grab, wo sie von den Bäumen verschluckt wurden.

Rachaela warf sich nach vorn; ihr Herz hämmerte zum Zerspringen. Doch sie erreichte nur Althene, kam nur bis zum Grab. Und dort strauchelte sie, und es war, als sei die Zeit stehengeblieben, oder als habe sie nie existiert.

Kapitel neun

Dieser Sommer war unangenehm gewesen.

Connor hatte dies auch erwartet, wie schon im vorigen Sommer.

Den er mit Camillo verbracht hatte.

Im ersten Frühling waren sie gut aufeinander eingespielt gewesen; Camillo auf seiner brandneuen Maschine, einer 89er Electraglide Classic, die nur in begrenzter Zahl gebaut wurde, brauste voran als schwarze Flamme aus einem Höllenofen, und Red folgte ihm, behelmt und schnell wie der Blitz. Nie gab es ein böses Wort zwischen ihnen.

Als sie Richtung Nordwesten fuhren, gewann Connors Armee Anhänger, bis sie schließlich die Stärke von zwanzig erreicht hatte. Camillos geldgieriges Heer, das mit wortlosen Eiden schwur, zu ihm zu halten, ihm zu folgen, wohin er sie auch führen mochte.

Als das Land in Blüte stand, waren sie der Blütenstraße gefolgt und ins burgenreiche Wales gelangt. Dann hatten sie monatelang einen Zickzackkurs an der Küste gehalten, um schließlich in der Mitte des Sommers wieder nach Osten und in die dunklen Hügel Derbyshires zu fahren, die von grauen Dörfern und alten römischem Fußstapfen gespalten waren.

Doch dann wurde Camillo rastlos; er führte teuflische Ausfälle gegen Red. Nur mit Worten, doch so klug und scharfsinnig, daß eine andere Frau in Tränen aufgelöst gewesen wäre. Tina weinte zuweilen, wenn sie ihn nur hörte. Verdammt, er hatte eine Zunge, dieser Camillo, wie ein Messer. Das Schwein. Und doch – er sah nicht mehr so alt aus. Während das Jahr älter wurde, verjüngte er sich in Schüben. Connor nahm es hin, andere aber setzten sich ab, schworen einem anderen die Treue. Und die Armee wurde kleiner.

Doch Connor erinnerte sich an das Haus, in dem sie Camillo aufgetan hatten, und an die Frau, die fünfundfünfzig war, aber ausgesehen hatte wie ein junges Mädchen. Und diese Leute in dem Haus konnten ein Video abspielen, Monate bevor der Film auf Video *erschien*. Connor bewahrte die Ruhe.

Sogar die neue Maschine hatte Camillo nicht besänftigen können; zuvor hatte er sein altes Motorrad, eine dreirädrige Maschine, getötet, hatte sie zu heiß gefahren, und als sie ihn endlich erreichten, entfernte er gerade den ausgestopften Pferdekopf von ihrem Bug und verbrannte sie dann am Straßenrand. Doch sie konnte natürlich nicht ganz verbrennen oder schmelzen. Sie ließen sie wie eine Unfallmaschine liegen. Und wenige Stunden später wurde das neue Rad, die Electraglide Classic, im hinteren Teil einer Garage von einem unauffälligen Lastwagen angeliefert.

Im ersten Sommer blieben nur Rose und Pig und Pigs Freundin Tina von dem alten Heer übrig. Cardiff, der sich auf der M1 das Bein gebrochen hatte, war ins Haus seiner Großeltern in Birmingham zurückgekehrt. Die Negerin Lou, die mit ihnen aus dem Haus geflüchtet war, hatte sich mit einem anderen Biker davongemacht, den sie auf einem Feld getroffen hatte, wo sie hingegangen waren, um Musik zu hören. Von dem neuen Heer, von den vierzehn, die geblieben waren, war Shiva der Beste. Als Halbinder war er so dunkel wie eine Gewitterwolke. Er ritt auf seiner Maschine wie ein Dämon auf den Schwingen des Sturms, sein zurückgebundenes schwarzes Haar dreimal so lang wie das Connors.

Vielleicht war es Shiva gewesen, der eines Abends im ersten Sommer in einem Landgasthof Camillos Abgang herausgefordert hatte.

Shiva hatte Rose von einem Hindugott erzählt. Rose war sehr interessiert gewesen, hatte eifrig Fragen gestellt. Shiva erklärte ihr, wie die Familien in den Schreinen Unterschlupf suchten und dort ihre Mahlzeiten zubereiteten, ein Opfer brachten und es dann verzehrten, um am Segen der Gottheit teilzuhaben. Auch der Rauch des Opferfeuers wurde aus demselben Grunde eingeatmet.

Camillo, der neunundfünfzig Minuten lang reglos dagesessen

hatte, sagte: »Und dann atmest du die Flamme ein und bläst sie als heiße Luft wieder aus.«

Shiva zuckte die Achseln. Er war wohl, so dachte Connor, an die Antworten von Schwachköpfen gewöhnt. Und Camillo, ihr König, hatte soeben wie einer gesprochen.

Viv, Connors gelb, schwarz und weiß gefleckte Hündin, spitzte ihr Ohr, das in die Höhe stand. Die Biker, die um vier runde Tische versammelt waren, taten desgleichen. Nur Viv wirkte nicht resigniert. Camillo wandte sich an Red: »Erzähl mir doch mal was Tolles über Feuerrituale.« Wie immer forderte er sie heraus, machte sich auf verletzende Weise über ihre Geschichtskenntnisse lustig. In Derbyshire hatte er an einem bestimmten Ort wissen wollen, welcher römische General dort sein Wasser gelassen hatte.

Red, die bei Tina, Josie und Viv saß, antwortete: »Die Karthager verbrannten Kinder bei lebendigem Leibe, um Baal Melkart zu ehren. Keltische Frauen sprangen über Freudenfeuer, um das Leben in ihrem Bauch zu schützen.«

»Und Jeanne d'Arc«, fuhr Camillo fort, »wurde am Spieß gebraten. Und solange du Luzifer hast, um dir deine Kippe anzuzünden, laßt uns froh und munter sein.«

»Ich mag die Hindugötter«, warf Shiva ein.

»Alle Götter sind Müll«, sagte Camillo. »Scheiße. Kacka.«

»Für dich vielleicht.«

»Jetzt sag mir mal«, wollte Camillo wissen, »ob sie deine Gebete erhören.«

»Ja«, erwiderte Shiva. »Auch wenn ich's nicht verdiene.«

»Außer deinem Gebet, daß ich mich verpissen soll.«

Shiva blickte Connor an. Der nickte. Shiva benahm sich untadelig – es war der König, der hier im Unrecht war.

»Morgen ist ein Festival, Camillo«, sagte Connor. »Richtung Ludlow. Willst du hinfahren?«

»Noch mehr von dieser Dröhnmusik?« meinte Camillo. »Ich bin zu alt für diesen Kram.«

Doch die Anlage auf der Electraglide dröhnte Iron Maiden über den Tarmac und das Schiefergebirge, so daß die unreifen Kornähren sich auf ihren Halmen bogen.

Red hatte ihr Chicken und Chips noch nicht aufgegessen. Sie gab Viv das meiste davon, und Viv strahlte. Sie ignorierte Camillo. Im letzten Monat hatte sie ihm nicht mehr gehorcht. Doch Camillo blieb höflich zu ihr; vielleicht beurteilte er sie – zu Recht – als den letzten Strohhalm, den Connor ihm reichte.

»Armer alter Tattergreis«, wiederholte Camillo. »Viel zu alt für diesen Kram.«

In der düsteren, verräucherten Kneipe wirkte er wie jemand um die Dreißig, dachte Connor. An manchen Tagen sah er wie ein Vierzigjähriger aus. Doch kaum je älter.

Basher war zur Jukebox gegangen, hatte ein paar Fünfzig-Pence-Stücke eingeworfen, und nun ertönte ›Hotel California‹ von den Eagles in voller Lautstärke.

Camillo grinste. In seinen Augen spiegelte sich die blanke Mordlust.

»Will Red denn nach Ludlow fahren?« fragte er.

»Ich hätte schon Lust.«

»Erzähl mir was über Ludlow.«

Red sah müde aus. Um ihre Augen liefen hauchzarte silberne Fältchen. »Nein. Du bist ja zu alt.«

»Ach«, machte Camillo. »*Bitte*«.

»Sechzehnhundertdreißig«, sagte Red. »Da wurde Miltons Maskenspiel *Comus* dort aufgeführt.«

»Dann kannst du ja hingehen«, meinte Camillo. »Ich aber nicht. Ich werd' woanders hingehen.«

Red starrte auf ihren Teller, und Viv leckte ihr die Finger, ungewöhnlich heftig, versuchte sie zu trösten. Connor spürte in seinem athletischen Körper sein Herz hämmern, auch die Fleischpastete, die er eben verdaute, machte ihm zu schaffen. Camillo brachte ihn durcheinander.

Beiläufig bemerkte Red: »Du weißt, Camillo, daß ich früher mal mit einem Mann von sechzig Jahren ins Bett gegangen bin. Er war durch seine Arthritis halb verkrüppelt, ich durfte mich nicht einmal auf ihn legen. Aber er war ein wunderbarer Liebhaber und ein netter Mann.«

»Und er starb«, sagte Camillo, »wie du mir erzählt hast.«

»Du aber wirst nicht sterben«, erwiderte Red.

»Oh, vielleicht doch. Armer altersschwacher Mann.«

»Du wirst nicht sterben, und du bist eine verdammte, selbstsüchtige Fotze«, sagte Red ruhig.

Sie erhob sich und ging zur Damentoilette, und Tina und Josie folgten ihr.

Viv trippelte über den Tisch und leckte Basher, Shiva und Rose, dann ließ sie sich auf Connors Knien nieder.

»Wir müssen uns trennen«, sagte Camillo.

Connor gab keine Antwort.

Camillo ging zur Theke und bestellte zwei Runden; es waren so viele Gläser, daß Basher und Rats aufstehen und ihm beim Tragen helfen mußten.

Als Red zurückkam, hatte sie immer noch trockene Augen und wirkte beherrscht. Mit Bedauern und Hoffnung blickte Connor sie an – saphirblaue Augen und frische rosige Haut, kupfernes Haar.

Doch dann sagte Camillo: »Nur du und ich, meine schöne Dame.«

»Warum?«

»Weil du kämpfen wirst.«

»Oh, ich werde kämpfen! Warum sollte ich?«

»Weil ich es möchte. Wohin sollen wir fahren?«

Red blickte Connor an; er nickte.

An jenem Abend, als sie unter den Sternen ihr Lager aufschlugen, fuhr Red mit Camillo auf der Electraglide davon, und wie ein Brausen verklang Iron Maiden in der Ferne. Als sie es nicht mehr vernahmen, hörten sie, daß die Jukebox im Pub ›Love Like Blood‹ von Killing Joke spielte.

Ein Jahr später im Frühsommer erzählte Red Josie, Basher, Connor und Viv bei einem Carlsberg über die Zeit, die sie allein mit Camillo verbracht hatte.

Sie waren durch Schottland gefahren und dann wieder nach Süden und hatten den Kanal beim ersten Seufzer des jungen Winters überquert. Weder Red noch Camillo war es übel geworden, aber überall um sie herum mußten sich die Leute übergeben. Der Lärm der Schiffsturbinen, die unruhige See und die Laute gequälter menschlicher Kehlen waren die Merkmale jener Überfahrt.

In Paris überwinterten sie in einem Luxushotel, aus dessen Fenstern sie Notre Dame sehen konnten, die wie eine Sphinx am Fluß der Gebärmutter lag. Zu jeder Mahlzeit tranken sie Champagner, der enthaupteter Könige würdig gewesen wäre, bis Red ihn nicht mehr sehen konnte.

Im Spätfrühling, den Sommer über und bis in den Herbst waren sie in Frankreich unterwegs. Schwarze Gebirgszüge und rötliche Felder, die unter der französischen Sonne leuchteten. Bauernhäuser aus dem neunzehnten Jahrhundert und Plätze, an denen 1793 die Guillotinen gestanden hatten, wie man auf den Gedenktafeln ablesen konnte. Marktplätze in der Provinz, Taubenschläge, Städtchen, die von Pappeln gesäumt waren, und Häuser mit blauen Fensterladen, an denen Jasmin wuchs. Durch die Gassen liefen Schafe, und die Weinberge des Midi bildeten jadegrüne Tunnel.

Camillo sprach kein Französisch, nur manchmal konnte ihn Red im Bad ein paar Worte murmeln hören. Auf den Dörfern sprach er etwas, das wie Polnisch klang, und wedelte dazu hilflos mit den Armen, nur um die Leute zu verärgern.

Sie kehrten nach England zurück, bevor die See rauh wurde und lebten in einem gemieteten Haus mit fünfundzwanzig Zimmern in Highgate. Camillo schlief mit den beiden spanischen Zimmermädchen – so, wie er in Frankreich mit mehr als dreißig Frauen geschlafen hatte.

»Er hat mich kein einziges Mal angerührt«, teilte Red ihnen mit, »nicht seit unserem Abend hier, als ich ihm von Anthony – meinem Lehrer – erzählt hatte. Er sagte immer: ›Da kann ich nicht mithalten, was? Vielleicht, wenn ich irgendwie zum Krüppel würde oder so was.‹ Er schien mir vorzuschlagen, daß ich ihn dazu machen sollte.« Viel mehr Vertrauliches verriet sie nicht, nur eines noch: »Manchmal sprach er im Schlaf von seiner Mutter. In Frankreich. Und auf französisch – allerdings in einem sehr kindlichen Französisch. *Maman, je t'aime.* Er sagte, sein Vater habe sie durch seinen Mangel an Liebe umgebracht.«

Und Connor erinnerte sich, daß die Frauen in dem altenjungen Haus (die nachtäugige Morrigan, Sex und Tod) gesagt hatten, Malach sei Camillos *Vater*. Malach, der so aussah wie Camillo in jüngeren Jahren – er mochte siebenunddreißig sein.

Red schwor, daß Camillo in London Tag und Nacht fort gewesen sei.

Anfang des Sommers benachrichtigte er Connor, und dann kehrten Red und Camillo zurück in Connors Welt der Pferde aus schwarzem Metall.

So erblühte der zweite Sommer, doch er erschien wie etwas, das sie beengte, diese zehn Fahrer und ihre Frauen, die zusammengeblieben waren: Connor, Rose, Pig und Tina, Basher und Josie, Rats, Shiva, Whisper, Owl, Blick und Cathy, Jas und Ray. Sie ritten auf Triumph Bonnevilles und Norton Jubilees. Und sie hatten nun mehr Hunde, Meato der Bastardfeind und Jezebel waren dazugekommen. Und sogar die Hunde spürten es – anders als die wohlerzogene Viv knurrten sie Camillo stets an, und nur Rats oder Blick konnten sie beruhigen. Auch die Motorräder machten Ärger.

Connor hatte seinen Treueid geleistet, und es gab kein Zurück. Wenn Camillo sein Heer wollte, mußte es auch einsatzbereit sein.

Doch Camillo war ein teuflischer Greis – oder tat er nur so? Er wirkte jetzt keinen Tag älter als siebenunddreißig. Trug weiße lange Dreadlocks, mit Perlen verwoben. Ringe an den festen braunen Fingern. Ein Gesicht, das jede Frau anmachen konnte, das war klar. Und schwarze Augen wie eine tote, doch in den Tiefen feurige See.

Er hatte den Pferdekopf behalten. Er steckte nun auf dem Bug der Electraglide wie schon während der Reise durch die Provence und die Bretagne.

Er bewegte sich mit Eleganz und Kraft, und eines Nachts verführte er die dumme kleine Tina. Pig schlug sie und verstieß sie, und sie mußten sie zu ihrer Mutter bringen, wo sie auf der Schwelle stand und weinte, als sie davonfuhren.

Zur Hölle mit Camillo. Dieser Alte. Dieser verdammte alte Bastard.

Ich werde ihm die verdammte Kehle durchschneiden. Aber ich muß zu meinem Wort stehen. Das sagte sich Connor in seiner Wut.

Und warum sollte er zu seinem Wort stehen? Weil Camillo einst zerbrechlich und uralt gewirkt hatte, als er im Feuerschein zum Strand hinunterschritt? Er hatte verrückt und verloren, doch wie ein würdiger exzentrischer Greis gewirkt. Wie eine Gestalt aus einer Sage.

Connor wartete darauf, daß Camillo etwas wirklich Furchtbares tat, damit er seine Treue zum Teufel schicken konnte.

Doch Camillo war heimtückisch wie altersschwache, schlaue Verrückte. Er gab ein hohes dümmliches Kichern von sich, und wenn er seinen Auftritt auf einer Dorfstraße zelebrierte, blickten ihn die jungen Mädchen an und erröteten.

Er sah wirklich aus wie dieser Weiße, dieser Malach.

»Vermißt du deinen Sohn überhaupt?« fragte Connor eines Abends, als sie langsam über eine holprige Dorfstraße fuhren.

»Ich habe keine Söhne.«

»Ja, dann deinen Vater.«

Camillo blickte nicht auf. Er sagte: »*Mon père est mort.*«

Später sagte Connor zu Red: »Hat er dir gesagt, daß sein Vater tot ist?«

»Hat er. Aber wer weiß das schon genau.«

Sie wirkte jetzt dünner, ausgebrannt, wie das Motorrad, das sie Camillo am Rande der Straße hatten verbrennen lassen.

Über ihr Haar lag ein dünner grauer Schleier gebreitet, den Connor an jenem Tage in der grellen Sonne gesehen hatte. Er blickte Red verlangend an, und indem er sich vorbeugte, küßte er sie auf die Lippen. Sie wich nicht zurück. »Danke, Connor«, sagte sie, »du läßt mich wieder menschlich fühlen. Aber ... du bist zu jung für mich.«

»Scheiß drauf«, gab Connor zurück. »Könntest du nicht warten?«

»Ich wäre dann auch alt«, entgegnete sie. »Und nicht so wie *er.*«

Dann gingen sie in einen Pub.

Dort gab es dicke, ausgestopfte Fische in Kisten, Balken an der Decke und keine Jukebox. Doch in einer Ecke – der Kaminecke vermutlich, dem erloschenen Ofen nach zu schließen – saß ein alter Mann mit einem aufgeschlagenen Buch und einer Flasche Bristol Cream. Er schenkte sich ein Glas ein und trank es langsam und stetig aus. Dann füllte er das Glas aufs neue.

Er hatte weißes Haar, und sein Gesicht war eine Palette voller Runzeln, die sich über feingebildete Knochen spannen.

»Hör mal«, sagte Connor. »Der ist alt genug.«

Red sah hin.

Leise ging sie durch den Pub und stellte sich neben den Alten, der alsbald den Kopf hob und sie bemerkte. Er schmunzelte, denn Red war ein erfreulicher Anblick; dann warf er einen unsicheren Blick auf die Motorradfahrer. Connor ging zu ihm hinüber, machte eine Verbeugung und sagte: »Sie hat sich gefragt, was Sie da lesen.«

»Kurzgeschichten von Kipling«, erwiderte der Alte. Er hatte eine melodische, volle Stimme. Er war stark.

»Darf ich Ihnen einen Drink ausgeben«, erbot sich Connor.

»Nein«, sagte Red. »Laß mich das machen.«

Connor zog sich zurück. Verstohlen beobachtete er den Alten, der erfreut, nachdenklich und freundlich wirkte.

Er ließ sie in Ruhe, und Camillo tat desgleichen. Er sagte nicht einmal etwas dazu. Basher hingegen tat es. »He Kumpel, du verlierst deine Alte.«

Und Cathy und Ray kicherten. Und Meato bestieg Jezebel, sehr zur Bestürzung einiger Damen, die nahebei saßen.

»Ihr Vater war sechsundfünfzig, als er sie zeugte«, erklärte Camillo. »Und er starb mit zweiundsiebzig. Da war sie vierzehn. Sie sucht immer nach 'nem weisen alten Trottel. Und der bin ich nun mal nicht.«

Connor merkte, daß Camillo nicht mehr so sprach wie damals, als er ihn kennengelernt hatte. Manchmal schimmerte es noch durch, doch das war alles. Camillo war nun ein anderer. »Owl«, meinte Connor, »ich möchte jetzt einen Cidre.«

Meato ließ von Jezebel ab, um Owl an der Theke zu überraschen.

Kapitel zehn

Kurz bevor der Pub zumachte, ging Reds neuer alter Mann heim. Red saß auf dem grasigen Abhang, auf dem sie ihr Lager aufgeschlagen hatten. »Ich könnte bleiben. Muß es aber langsam angehen lassen. Seine Frau ist gestorben, und er liebt sie immer noch. Aber sie war zwanzig Jahre jünger als er – an Leukämie gestorben, wie meine Mutter. Es ist schlimm.«

Connor dachte, daß es typisch für Red war, um die Frau des Alten zu trauern, auch wenn deren Tod ihr eine Chance eröffnete.

Oder hatte der Alte Red nicht für sich eingenommen?

Schließlich jedoch sagte sie: »Er heißt Mark.«

Sie wirkte schüchtern.

Vielleicht gab es für sie einen Ausweg.

Ungefähr um zehn Uhr am nächsten Morgen kam eine fröhliche Frau aus dem Pub zu ihnen herauf und sagte ihnen, daß sie im Garten des Gasthofs frühstücken könnten. Es war ein reichhaltiges englisches Frühstück, gar nicht fettig, sondern appetitlich – Würstchen und Pilze vom Markt und Bacon, Tomaten aus dem Garten, Eier (von freilaufenden Hühnern) und hausgemachter Toast.

Nach dem Mahl kam die Rechnung. Und der Besitzer des Pubs fragte sehr höflich und bittend, ob sie ihr Lager verlegen könnten. Sonst würden die Stammkunden vergrault.

Um Reds willen gingen sie nicht zu weit weg.

Über einer Kiefernpflanzung fanden sie einen Platz auf einer runden Hügelkuppe. Ein paar Meilen weiter lagen die Außenbezirke der Stadt, durch die sie vorher gefahren waren. Unter ihnen im Tal, inmitten der verwischten Konturen des Nebels, stand ein altes Haus mit Giebelwänden, ein Herrenhaus, und daneben war ein trockengelegter Teich mit zerborstenen Statuen.

Connor und Viv, Rose, Blick und Shiva gingen zusammen mit Cathy und Ray hinunter, um es anzuschauen. Die anderen wollten nicht mitkommen, und Red war eifrig damit beschäftigt, sich mit zehn Flaschen Evian und ein wenig Shampoo die Haare zu waschen. (Ein gutes Zeichen.) Camillo lag, wie die meisten der anderen und die Hunde, in der Sonne und schlief. Er hatte ihnen erzählt, sie würden sich Hautkrebs holen – das hatte ihn mit Schadenfreude erfüllt.

Das Herrenhaus erwies sich als leere Hülle, ein Teil des Daches fehlte, und innen wies es riesige leere Räume auf, deren Wände seltsamerweise frisch getüncht waren. Der Holzboden hielt ihren Tritten stand. Eine hölzerne Treppe mit geschnitztem Geländer, die sonderbarerweise noch nicht gestohlen war, führte ins Nirgendwo.

Theatralisch bellte Viv imaginäre Geister an.

Sie begaben sich zum Lager zurück. Red trocknete ihr Haar und las einen Roman von Muriel Spark. Viv rannte zu ihr.

»Wenn du heute abend wieder in den Pub fahren willst, können Rose und ich mit dir gehen. Das wird niemanden stören.«

»Ich kann gut alleine gehen«, meinte Red.

»Also, Whisper oder Rose können dich ja hinbringen. Und ich komme dann und schaue, ob ich dich auf dem Rückweg mitnehme. Dann mußt du nicht allein über die Landstraße.«

»Ich kann schon auf mich aufpassen.«

»Ja«, erwiderte Connor.

»Außer, wenn es um Camillo geht.«

Als die Sonne sich gen Westen neigte, fuhren drei oder vier Lastwagen und einige Autos durch das Tal und hielten auf der kiesbestreuten Einfahrt vor dem Haus.

Die Leute aus dem Lager, verborgen auf ihrem bewaldeten Hügel, sahen mit mäßigem Interesse zu.

Die Sonne ging in einem leuchtendgoldenen Bogen unter.

Aus dem offenen Dach des Herrenhauses wirbelten übernatürliche Strahlen, wie eingefangene Blitze.

»Da«, meinte Basher, »die haben was vor.«

Da setzte ein stampfender Beat ein, und Meato der Bastarddämon heulte vor Entsetzen.

»Ein Festival«, sagte Cathy erfreut.

»Nein, bloß 'ne Party«, meinte Connor. »Wir machen uns wohl besser davon.«

Er starrte in das Tal hinunter. Ihm war nicht wohl zumute: Musik war schon in Ordnung, aber bei einer Party ging es nicht um die Musik. Er erinnerte sich an eine Nacht, als er mit einem Mädchen auf dem Motorrad einen Ausflug zu den *Standing Stones* bei Calversham gemacht hatte und wie sie versteckt in den Büschen eine schwarze Kiste gefunden hatten, mit Schwertern und Gewändern und Kelchen und einer Phiole Amylnitrat. Sie hatten sich so schnell wie möglich aus dem Staub gemacht, er und das Mädchen. Natürlich hatten Feten nichts mit Schwarzer Magie zu tun – ihm aber vermittelten sie dieses Gefühl.

»Laßt uns die Maschinen holen«, riet Connor.

Dennoch hielt sie der Anblick der grellen Szenerie in ihrem Bann – die hämmernden Schläge von Trommel und Baß, die keine Melodie erkennen ließen, und das Aufflackern der gefangenen Lichtstrahlen, bald Rosa, bald Blaßorange, bald Schlangengrün.

Als sich der Nebel aus dem Tal erhob, und der Himmel zu einem faszinierenden Hintergrund aus Blau und Sternen wurde – wie der falsche Himmel in einem Planetarium – begannen Unmengen an Gefährten in das düstere Tal einzuströmen.

Die Scheinwerfer schnitten durch die Dunkelheit, flammten kurz auf und erloschen.

Unpassenderweise mußte Connor an die Geisterszene aus *Richard der Dritte* mit Laurence Olivier denken.

Viv zitterte, und er hob sie hoch.

»Laß uns fahren. Whisper, du kannst ja später mit Red eine Runde zum Pub drehen.«

Da sprach Camillo.

»Ich will da hingehen.«

Connor drehte sich um.

Camillo stand da in seiner Ich-bin-ein-armer-alter-Mann-Pose, die an einem gutaussehenden Mann Ende der Dreißig einfach kindisch und grotesk wirkte.

»Das bringt nichts, Camillo.«

»Nee«, pflichtete Basher bei, »bloß verdammte Arschlöcher da.«

»Eine Party«, beharrte Camillo. »Ich will mir das ansehen.«

Dann straffte er sich; wurde ein Mann von siebenunddreißig.

Unter ihnen riß der Strom von Colt GTIs und Fiat Unos nicht ab.

Nun stampfte der Beat in einem gleichmäßigen Rhythmus. Der Hügel vibrierte.

Viv winselte.

»Das kostet mindestens dreißig Eier Eintritt«, meinte Blick. »Und kein Alk. Die saufen oder kiffen kein bißchen, diese verdammten Kids. Meinen, das wär' nicht gesund.«

»Ich bin ganz verrückt vor Aufregung«, sagte Camillo. »Red, kommst du mit?«

Sie stand im Schatten, hinter ihm. Ihr Haar roch nach Pfirsichen. Ray legte Red die Hand auf den Arm. Und Red sagte zu Camillo: »Es ist eine schlimme Falle, Camillo.«

»Na schön. Mach dir um mich mal keine Sorgen. Denkst du etwa, ich bin zu alt dafür?«

Und Camillo begann, den Hügel hinabzusteigen, hinab zu dem Haus der bebenden Blitze.

»Ihr könnt ihn nicht einfach so gehen lassen«, rief Red. Sie klang wütend und erschreckt, als sei ihr Kind im Begriff, auf die Straße zu rennen.

»Nein«, sagte Connor. »Aber aufhalten können wir ihn auch nicht. Shiva, hast du noch Geld dabei?«

»Es reicht schon, Connor.«

»Rose?«

»Ich komm' klar.«

»Na schön«, meinte Connor. »Dann gehen wir mit ihm da rein.«

Die anderen gaben brummende Laute von sich, und Meato

bellte – entsetzt über das tödliche Gebell, das von unten heraufönte.

»Basher, du hältst hier Wache. Halt die Augen offen. Wenn wir in die Scheiße geraten, werd' ich euch alle brauchen.«

»Connor, du bist ja total bescheuert.«

Connor ließ sich auf keinen Streit ein. Er legte Viv Cathy in die Arme, und Viv knurrte ihn an. »Nein, Baby«, sagte er, »nun sei lieb zu Cathy. Du bist mein einziges Mädchen.« Viv klappte ihr hochstehendes Ohr herunter, so daß es mit dem anderen gleich war, das sie niemals spitzte. Cathy sah nervös aus – so war sie sonst nur, wenn Blick verdammt wütend war.

In das Tal der Feste ...

Camillo war schon voraus.

Seine Leibwache – Rose, Shiva und Red mit ihrem Anführer Connor waren ungefähr zehn Schritte hinter ihm.

Der Hügel war tückisch; im Dunkeln stolperten sie über Felsen und Grasbüschel.

Vor ihnen das *Licht*.

Es raste gen Himmel; stieg senkrecht auf, teilte sich, sandte Blitze und zerbarst.

Tschakrr. Tschakrr.

»Ist ja wie ein Migräneanfall«, meinte Red. »Wenn du plötzlich nichts mehr sehen kannst. Wie können die das bloß aushalten?« Sie zog ihre Sonnenbrille aus der Tasche und setzte sie auf.

Sie könnte jetzt mit ihrem Mark Sherry schlürfen, dachte Connor. Er glaubte, daß ihr Mark vielleicht jetzt im Pub saß, auf sie wartete. Sich alt und versetzt fühlte. Und Connor verspürte Traurigkeit und Wut.

Scheiß Camillo –

Die Kiefern machten dem Kiesweg Platz, und vor ihnen stand eine Menge Autos um das Becken mit den Statuen herum.

Aus einem Mini sprang eine Gruppe Jugendlicher und rannte auf das Portal des Herrenhauses zu, das – bald weiß, bald blau – die Pforte einer elektrischen Hölle zu bilden schien.

Camillo schlenderte hinter ihnen her.

Dann Connor und seine Getreuen.

»Willst du draußen bleiben?« fragte Connor Red.

»Ich kann es nicht hören . . . Nein.« Und Red ging neben ihm, Camillo auf den Fersen.

»Ach, da ist sie ja. Meine kastanienbraune Stute.«

Camillo legte ihr die Handfläche auf die Brust.

»Willst du wirklich hineingehen?«

»Na klar«, meinte Camillo. »Mal sehen, was die richtige Jugend so macht.«

Aus den Überresten eines Portals tauchten zwei bedrohlich aussehende, riesige Typen auf – die Rausschmeißer. Sie trugen weiße Shorts und T-Shirts in einem grellen Lippenstiftton. Die Lichter streiften sie und ließen sie die Farbe wechseln.

»Alle zusammen?« wollte der eine wissen. »Ihr seid aber nicht korrekt angezogen. Ihr wer't ja mächtig schwitzen.«

»Was macht das?« erkundigte sich Connor.

»Wie habt ihr's denn mitgekriegt?«

»Über 'n Flugblatt«, erwiderte Connor. »Radio.«

»Macht keinen Ärger«, sagte der andere nun, »verstanden?«

Shiva schlich sich nach vorn. Er warf einen Packen Banknoten auf den zerkratzten Holztisch.

Der erste Rausschmeißer zählte das Geld nach.

»Okay. Auf die Backe oder auf die Hand?«

»Hand.« Connor streckte die seine aus, und der zweite Mann sprühte ihm durch eine Schablone eine schwarze Blume auf die Haut.

»Ich will zwei«, befahl Camillo. Er streckte beide Hände aus. Der Rausschmeißer lachte bloß und tat wie ihm geheißen.

Shiva hatte einhundertundfünfzig Pfund auf den Tisch gelegt.

Dann traten sie ein, mitten zwischen die Wellen blutender Musik und die scharfen Wirbel schmerzenden Lichts.

Es roch durchdringend nach Menthol.

Cliv saß auf der Haube des Landrovers, genau unter der Treppe, die ins Nirgendwo führte.

Er fühlte sich wohl, er hatte die Dinge unter Kontrolle. Zuerst hatte er geglaubt, sie würden den Landrover nicht ins Haus kriegen, aber dann hatten sie irgendwas an der Tür gefummelt und es schließlich doch geschafft. Cliv liebte es, hoch oben zu sitzen.

Neben ihm stand der silberne Behälter mit einer Flasche Vollmilch zwischen schmelzenden Eiswürfeln. Immer wieder nahm er einen Schluck und prostete den Tanzenden zu.

Im Wagen hatte er die guten Sachen – die weißen Körnchen, ›E‹, gab es heute im Sonderangebot, nur zwölf Pfund die Tablette.

Cliv hatte braunes Haar, das zu einem kurzen Pferdeschwanz gebunden war. Er ließ sein Haar wachsen, aber das brauchte seine Zeit. Vielleicht sollte er sich ein paar Extensions anschweißen lassen. Er trug nur Shorts, sein Oberkörper war nackt. Ärgerlich war allein der Pickel, der genau zwischen seinen mächtigen Brustwarzen aufgeblüht war. Doch Zephie hatte ihn mit hautfarbenem Make-up überstrichen und Glitzerspray darüber gesprüht. Nun wirkte er wie ein Medaillon.

Alle Dreiviertelstunden rief Cliv Zephie über das Autotelefon an.

Dann erzählte er ihr, was sie nach der Party machen würden.

Die Tanzenden würden zu diesem Zeitpunkt weg sein, um frische Luft zu schöpfen. Cliv und Zephie nahmen kein Ecstasy.

Er fand es erregend, Zephie zu erzählen, was sie tun würden. Vielleicht noch erregender, als wenn sie es wirklich taten –

Er hatte schon ein bißchen Crack eingeworfen, bevor die Party startete. In einer Stunde oder so würde er noch mal etwas einklinken.

Crack gab einem die richtige Perspektive; dann siehst du, bis wohin du gehen kannst. Und ohne Grenzen.

Er blickte in die Eingangshalle des großen Hauses. Ein toller Anblick.

Der Typ, der die Musik machte, wußte, wie er sie alle drankriegte, und das Stroboskop reflektierte jede Farbe und Form, traf auf die weißgetünchten Wände und verlor sich im Himmel. (Soll der Alte da oben auch was davon haben.) An die Wände wurden Fraktale projiziert – phantastische Gebilde aus Schwarz und Rot, Formen, die ein Computer entworfen hatte, gedreht, gewendet und gesplittert. Wie eine Wendeltreppe, die durch eine Explosion zerstört worden war. Wie die Dornenkrone.

Hinter dem Landrover befand sich die Bar. Kalte Lucozade in Flaschen, Saft, französisches Mineralwasser – was hatte das für ein Gelächter gegeben, als die Jungs den ganzen Nachmittag lang die Flaschen am Wasserhahn aufgefüllt hatten. Auch den Saft hatten sie verwässert.

Aber die Kids mußten ja was trinken.

Sie tanzten wie verrückt.

Sie liebten das; sie liebten einander. Es tat ihnen gut.

Jemand drängte sich durch die Tanzenden.

Cliv versuchte, ihn durch die Lichter zu erkennen.

»Hi, Hyreesh. Guck mal.«

Clivs Bodyguard stand neben dem Landrover, beugte sich vor. Er war Inder, mittelbraun wie Milchkaffee, im Anzug, mit nackten Füßen. Zephie hatte immer gesagt, Hyreesh hätte klasse Füße, aber Cliv fand das nicht. Hyreeshs Fäuste waren viel besser.

»Alte Rocker«, meinte Hyreesh.

»Ja. Und was wollen die hier?«

»Müssen ja wohl geblecht haben.«

Cliv streckte sich, und das Make-up auf seinem Eiterpickel bekam Risse. Er konnte äußerst mitteilsam sein, falls diese Typen friedlich gesonnen waren.

»Hi. Wie ihr wißt, haben wir ganz tollen Stoff hier. Für euch nur fünfzehn.«

»Das ist Ecstasy, was?« meinte der Älteste.

Er war schon über vierzig, hatte aber ein seltsames Gesicht. Eine weiße Mähne wie ein Rocksänger. Die anderen trugen ebenfalls Leder, und dann war noch eine klasse Biene dabei.

»Das is' *E*, Kumpel«, gab Cliv zurück. »Zu Hause immer noch am besten.«

»Gib mir mal was«, sagte der alte Knabe.

Einer der Rocker hinter ihm, ein Typ mit Schwabbelbauch

und längeren Haaren als Cliv, klopfte dem Mann mit der Hand auf die Schulter.

»Nicht, Camillo.«

Der alte Knabe schüttelte ihn ab. Er sah schon jetzt ganz happy aus. Mit seiner beringten Hand – Schädel, Rosen und Schwerter – holte er drei Fünfer aus der Jacke. Cliv nickte, und Hyreesh nahm das Geld in Empfang.

Einer der Rocker war ebenfalls Inder, vermutete Cliv. Sein Haar reichte ihm bis zum verdammten Arsch.

Cliv drehte sich um, zog die Tür des Landrovers auf, und Hyreesh angelte eine weiße Tablette für den verrückten alten Knaben heraus.

Die anderen glotzten Cliv an, als sei er nicht der Weihnachtsmann, sondern der Teufel. Beides ganz schön kräftige Typen.

»So Leute wie euch seh'n wir ja nicht oft«, meinte Cliv.

Alle hatten schreien müssen, um die Musik zu übertönen. Plötzlich fand Cliv es ermüdend.

Sollten sie doch machen, was sie wollten.

Er sah sie abziehen, hinein in die tanzende Menge. Dann sagte er zu Hyreesh: »Schnapp dir Rhino. Sag ihm, er soll den anderen sagen, daß sie auf die da aufpassen.«

Quer durch den verdorbenen Pseudo-Orgasmus des Lichts gab Hyreesh ein Handzeichen.

Camillo schluckte sein Ecstasy nicht.

Er hielt die Tablette in der Hand und sagte: »Weiß wie 'n Kabeljau.«

Um sie herum die ausgeflippten Tänzer.

»Red«, rief Camillo mit sanfter Stimme über den Lärm, »was ist denn das nun für ein Festival?«

»Nein«, erwiderte sie nur.

»Aber ja. Sag's mir.«

Das macht er schon, seit sie sich kennengelernt haben, dachte Connor. *Fragt immer nach der Geschichte. Aber immer nur nach Kleinigkeiten.*

»Vielleicht dionysische Feiern«, erklärte Red. »Nur ohne Sex.

Oder ohne Wein. Sie wollen ihrem Gott nahe sein. Oder die Raserei der Cybele nachempfinden.«

»Ach so«, sagte Camillo. »Kastration.«

Die Luft war erfüllt vom stechenden Geruch der Nasensprays. Ein paar Schritte weiter tanzte ein Junge von etwa siebzehn Jahren in blauen Bermudas und T-Shirt; er wedelte und ruderte mit einem Arm, während er mit der anderen Hand Inhalationsstäbchen in beide Nasenlöcher steckte.

»Warum macht er das?« wollte Camillo wissen.

»Es macht ihm den Kopf frei«, erklärte Rose.

»Was für ein Dreck«, meinte Shiva.

Camillo drehte sich um, gab dem Sog nach. Es gab kein Entkommen – im gebrochenen Licht der Stroboskope, in dem stampfenden Beat ohne Melodie schwamm er sogleich dahin.

Er bewegte sich auf ein Mädchen von fünfzehn zu, deren kurzgeschorenes Haar im Licht glänzte. Sie trug einen kurzen weißen Rock aus Lycra und ein Top aus demselben Stoff, das ihre glatte, weiße Taille freiließ.

Sie tanzte, und als sie Camillo bemerkte, bewegte sie sich tanzend auf ihn zu und schlang ihre Arme um ihn. Ihr Gesicht war wie vom Licht gewaschen – jungfräulich und rein wie das Antlitz einer Heiligen.

»Ich liebe dich«, sagte sie zu ihm. »Ich liebe alle Menschen. Wir sind eins.«

Sie hielt ihn in den Armen, wie sie an diesem Abend wohl hundert Menschen gehalten hatte. Männer hatten ihr an die Brüste gefaßt, ja sogar ihre Scham berührt, als sie mit ihnen auf diese Weise getanzt hatte. Aber das hatte ihr nichts ausgemacht. Liebe war Liebe.

»Wie heißt du?« fragte Camillo.

»Ich heiße Love.«

»Und wer bin ich?«

»Love.«

»Nein«, sagte Camillo und wand sich mit ihr wie eine schwarzlederne Schlange.

»Doch. Dies ist die Wahrheit. Dies ist die Wirklichkeit, das Leben.«

»Meinst du denn, du wirst leben?« fragte Camillo.

»Für immer und ewig«, erwiderte das Mädchen.

»Wer würde das schon wollen?«

Sie lachte. Sie war süß und zart unter ihrem geschorenen Schopf und ihre Taille weiß wie Sand.

»Hab keine Angst«, sagte sie. Küßte ihn auf den Mund.

Wie eine Schlange schrak er zurück.

»Kleines Mädchen«, sagte er. »*Petite mignonne.* Hast du's genommen? Bist du auf *Ecstasy*?«

Wieder lachte sie. »O ja.«

»Du hungerst nach der Erkenntnis, nach dem Einssein mit den vielen«, sagte Camillo. »Aber hier wirst du's nicht finden.«

»Das Leben, der Tod, die Liebe«, erwiderte das Mädchen.

»Es frißt dir das Hirn weg«, erklärte Camillo. »Jetzt bist du glücklich. Aber später kriegst du Depressionen. Willst dich umbringen. Und wenn du Gott nur durch 'ne Pille sehen kannst, wie willst du dann überhaupt die Liebe finden? Meinst du, Gott liebt dich? Denkst du, *du* wärst die Liebe? Du bist ja verloren, *ma belle.*«

Sie schüttelte ihre leuchtende Aura ab und blickte ihn an unter der Folter der Stroboskope, die für sie die Erleuchtung waren.

»Hör zu«, sagte Camillo. Er zog sie zu sich heran und flüsterte ihr etwas ins Ohr.

Um sie herum die Tänzer.

Mit erleuchteten Gesichtern, innen war außen. Sie erhoben die Arme zum weißen Herzen des Stroboskops, wie die Sonnenanbeter der Antike die Arme zu ihrem Stern erhoben hatten.

Dionysos, Cybele ...

Der Wahn, der die Seele zu finden sucht und sie von der Last des Fleisches befreit.

Manche umarmten sich. Im Grab konnten sie es nicht mehr tun. Manche lachten nur vor lauter Glück.

Sie waren eins.

Camillo, seine Lippen an Ohren, die vor kurzem noch nur Körper gewesen waren, erzählte ihr ausführlich und gründlich, was ›E‹ ihr antun würde. Im Leben. Und im Tode.

Sie wollte es nicht glauben.

Wich zurück, doch er hielt sie fest.

Dann, schließlich, glaubte sie ihm.

Red hakte Connor unter. »Was tut er da bloß? Ach, ich kann diesen Krach nicht ertragen. Und das Licht – Connor –«

»Bring sie hinaus, Rose«, sagte Connor.

»Nein«, schluchzte Red. »Dieser verdammte Kerl, was hat er bloß zu ihr *gesagt?*«

Das Mädchen in Weiß war auf die Knie gefallen. Nun wand sie sich am Boden. (Die Fransen an ihrem Top hüpften.) Die meisten Tanzenden wichen erschrocken vor ihr zurück. Andere drängten näher.

Camillo schwebte zwischen ihnen.

Im stroboskopischen Farbpuzzle wirkte sein schwarzes Leder fest und glänzend wie ein Panzer. Er hob sie auf. Er sprach zu ihnen.

Da war ein Geräusch. Unterschwellig, es verdrängte den stampfenden, amelodischen Beat.

Wie ein Erdbeben, ein Aufschrei der gequälten Erde.

Am Telefon hörte sich Zephie immer blöd an. Aber sie war nicht blöd. Sie hatte einen klasse Körper und kämmte sich die Haare mit Gel, wie ein Typ. Rote Revlon-Lippen. Lange, blasse Augen.

»Und dann schmier' ich dich mit der Sahne ein und leck' sie ab, Zephie. Aber erst mix' ich noch was unter die Sahne. Und dann küssen wir –«

»Ist ja gar nicht richtig laut da«, meinte Zephie.

»Es is' immer laut«, gab Cliv rechthaberisch zurück.

»Nein, ich meine, es hört sich an wie – also, welches Stück ist das gerade?«

Cliv lauschte der Musik.

»Keine Ahnung.«

»Tja«, meinte Zephie.

Cliv hatte sich mit Hyreesh in das baufällige Haus zurückgezogen, während Rhino und Bobby auf den Landrover achtgaben. Hyreesh hatte die Kerze entzündet, und Cliv hatte aus einer Glaspfeife geraucht, die ihn irgendwie an ein Instrument aus einem Labor erinnerte. Höher und höher war er gestiegen, bis sogar Hyreesh gut ausgesehen hatte. Dann hatte Cliv, weil er ja vernünftig war, eine kleine Prise ›H‹ genommen, um die Wirkung etwas zu dämpfen.

Als Cliv zum Wagen zurückkehrte, öffnete er eine neue Flasche geeister Milch. Dann rief er wieder Zephie an.

»Es klingt wie Heulen«, sagte sie jetzt.

Als sie gekommen waren, hatte irgendwo ein Köter gebellt. Das war es vermutlich. Wirklich?

Cliv lauschte angestrengt.

Nicht so wie das Mädchen in Weiß, aber er gab sich Mühe.

Und dann hörte er es.

»Verdammte Scheiße. Zephie – ich ruf' später noch mal an.«

In der Halle der übliche Gestank nach Nasentropfen, Schweiß, Deo und durchgeschwitztem Lycra. Alles ganz normal.

Doch da war noch ein anderer Geruch. Ein saurer, undefinierbarer Duft.

Hatte einer von ihnen durchgedreht? Wie der Typ in Cleathorpes. Hyreesh hatte ihn in die Felder gelegt. Sollte ihn doch ein Bauer finden. Manchmal war ›E‹ . . . es gab Leute, die es einfach nicht vertrugen.

Er hatte geheult.

Und nun – nun waren es schon mehrere.

Immer noch strichen die Scheinwerfer über die Menge, und immer noch ließ die Musik den Boden erbeben. Aber der DJ gab ihm schon Zeichen, und er sah den riesigen Bobby auf sich zukommen.

»Was ist denn los?«

Hyreesh grinste nur. »*Doc*«, sagte er.

Cliv starrte ihn an. »Komm schon, du brauner Mistkerl. Was läuft hier?«

Hyreesh setzte eine gleichmütige asiatische Miene auf.

»Sie kommen nicht klar damit.«

»Stimmt was mit dem Stoff nicht?«

»Nein.«

»Was kann dann –«

»Mann, wir ha'm verschissen«, versetzte Hyreesh. Und legte die Hand an die kleine Automatik, die er an der Hüfte trug.

Cliv sah Leute auf dem Boden liegen.

Das hatte er schon einmal gesehen. Er versuchte es zu verdrängen. Als die IRA-Bombe hochging. Da war er erst siebzehn gewesen.

Doch dies hier sah – genauso aus.

Nur, daß hier kein Blut war und keine Kotze. Kein Glas. Nur die gebrochenen Strahlen.

Cliv war für die Party – Erfolg oder Scheitern – verantwortlich.

»Hol die Jungs«, befahl er. »Wir müssen das hier stoppen.« Dann zeigte er zum DJ. »Und sag dem Typen, er soll den Stecker rausziehn.«

Eine Träne kann den Ozean verändern.

So war es gekommen; sie waren zu einem Ozean geworden, hier, wo kein Mensch eine Insel war.

Das war der Grund, weshalb sie es taten – so versuchten sie es zu erklären; ungeduldig, wenn man sie nicht verstand, wenn man zu weit im Leben gekommen war, um noch etwas zu wagen oder zu glauben.

Sie waren jung, sie waren wissend. Die Jungen waren immer schon die Weisen. Sie wissen mehr, als sie wissen. Und auf dem Amboß des Lebens wird das Wissen stückweise abgeschlagen.

Die Droge machte sie zu einem Wesen. Mit einem Gruppenbewußtsein. Und sie teilten die Freude; die grenzenlose Energie und den gehirnerschütternden Beat, der sie zusammenwob wie die winzigen Kreaturen der ewig wogenden See. Wie der Schlag eines Herzens, das allen eigen war.

Sie tanzten. Stunde um Stunde. Mußten nicht aufhören. Brauchten kein anderes Stimulans, keinen Alkohol, der sie aufputschte, kein Nikotin zum Beruhigen.

Sie waren eins.

Doch dann wurde die vergiftete Träne in das goldene Wasser getropft.

Da sie eins waren, wurde das, was der eine fühlte, dem nächsten vermittelt. Gruppenwesen. Eines war verwundet worden, und nun spürten alle diese Wunde.

Wie Napalm verbreitete sich die Qual, verbrannte nicht die Haut, verbrannte die Seele.

Da lagen sie und heulten, und hielten nur inne, um Luft zu schöpfen und wieder zu heulen.

»Jesus«, sagte Cliv. »Was soll ich denn nur tun?«

»Wir müssen runter«, sagte Basher.

Meato winselte; Jezebel war unter Owls Jubilee gekrochen.

Ansonsten war es merkwürdig still.

Der Krach, der hämmernde Beat hatte aufgehört. Ganz plötzlich. Und die Scheinwerfer fuchtelten und krümmten sich wie gebrochene Flügel, verloschen in der Dunkelheit.

Sie fühlten sich taub, blind.

»Ich hab' mein Messer«, sagte Owl.

»Laßt uns nichts überstürzen«, meinte Jas.

Sie bestiegen die Maschinen, ließen die Frauen und Hunde auf dem Hügel zurück. Cathy war aufgeregt und Ray wütend.

Viv ließ sich nicht halten; sie saß aufrecht im Gras, bereit.

Und als die Biker den Hügel hinunterfuhren, rannte sie hinterher. Leise, ohne zu bellen.

Als sie den Kiesweg erreichten, zwischen Kiefern und Autos, schwenkten sie herum und hielten.

Nun konnten sie ein anderes Geräusch vernehmen.

Weinen, gedämpft und klagend.

So ein Laut mochte in Ägypten erschollen sein, als die Erstgeborenen gemordet wurden. In Rotterdam, als das Bombardement durch die Deutschen endlich aufhörte.

»Jesus Christus, was ist denn das?«

»'n schlechter Trip, Mann«, rief Whisper.

Sie sagten, er solle sein Maul halten.

Und als sie sich dem Haus näherten, erschien Camillo rüstig

und unerschüttert in der geschwärzten Tür, und hinter ihm kamen die anderen.

In der Tür versuchte ein großer, kahler Mann in Shorts Connor zu fassen. Doch Connor verpaßte ihm einen Hieb in den Unterleib, und der große Kahle ging zu Boden. Noch ein Aufpasser erschien. Er war dunkel, wie Shiva. Dann *sah* er Shiva und zögerte. Er hatte eine Waffe, da war Connor sicher, eine kleine, gefährliche Waffe. Doch er wandte sich ab, ging wieder ins Haus, als seien sie nicht da.

Jeder konnte sehen, daß Red weinte. Unter ihrer Sonnenbrille rannen klare Tränen hervor.

Rose kratzte sich an der tätowierten Rose auf seinem Kopf.

Ihrer aller Hände waren schwarz, als hätte man sie gebrandmarkt.

»Tja, Conn«, meinte Basher, »geh'n wir jetzt rein?« Auch er hatte den Mann mit der Pistole gesehen.

»Wir fahren«, erwiderte Connor.

»Und tschüß«, warf Camillo ein.

Connor starrte ihn an. »Ja?«

»Ja. Ich lasse euch frei. Und verlasse euch. Auch die Rothaarige. Sie kann bleiben. Ich hab' genug von euch. Du bist ja auch wie eine *Familie*, Connor, du mit deinem Stamm.«

Red trat ein paar Schritte zurück. Sie beugte sich vornüber und würgte auf den Kies. In der Dunkelheit glitzerte das Erbrochene.

Connor dachte: *Ihre Pisse ist wie Magma, ihre Scheiße wie Gold. Und jetzt geht sie mit diesem Alten mit, der Mark heißt.*

Doch nicht mit Camillo.

Camillo stieg nun den Hügel hinan, fort von ihnen, schritt seinem berühmten Motorrad entgegen.

Da kam Viv angerannt. Connor fing sie auf. Gott, wie er sie liebte, sie war sein einziges Mädchen. Vor Freude, daß er lebte, biß sie ihn ins Ohr. Er hätte sie zurückbeißen können.

Und hinter ihnen, in dem Haus, dauerten die schrecklichen Laute an.

»Laßt uns fahren.«

Mit röhrenden Maschinen fuhren sie wieder hügelan, den

Weg, den sie gekommen waren. Rose hielt Red im Arm. Sie hatte die Vergangenheit ausgekotzt; schließlich hatte sie Camillo doch satt gehabt.

Der düstere Himmel schien von den Stroboskopen zerkratzt. Sie ließen diesen Ort hinter sich, und schon bald umgab sie die Milde der Sommernacht, ein Duft nach Feldern, Pferden und Dung. Die Sterne wie Gemmen. Viv saß mit Schutzbrille in der Satteltasche, und Meato und Jezebel saßen hinter Owl und Rats. Sie waren eine Einheit.

Red fuhr mit Rose, den Kopf auf seiner Schulter ruhend.

Morgen würde er sie zu dem Pub bringen und abwarten, was sich ergab. Red würde bei Rose sicher sein.

Doch jenseits der Felder, dort, wo der ferne Schein der Stadt die Welt berührte, brauste Camillo davon. Er lenkte die schnaubende und schlingernde Electraglide auf den breiten betonierten Highway, ließ das ewige, von Sternen erleuchtete Land hinter sich und begab sich in die flache, ockerne Öde der Natriumlaternen. Und noch einmal dröhnte die Musik von seiner Maschine, um dann zu ersterben. Camillo war wieder unterwegs.

Kapitel elf

Als Rachaela vor dem Grab kniete, schob sich eine Wolke vor die Sonne.

Althene öffnete die Augen.

»Ich lebe noch«, sagte sie mit schwacher Stimme. »Du mußt gehen und Hilfe holen.«

Rachaela erhob sich. Althene drehte den Kopf, und ein Schwall Flüssigkeit quoll aus ihrem Mund, vermischt mit Blut.

»Ein Telefon«, hustete sie. »Ruf im Haus an.«

»Reg –«, begann Rachaela.

»Nein. Eric. Ruf Eric an. Er wird wissen, was – zu tun ist.« Rachaela wandte sich zum Gehen, und Althene fügte noch hinzu: »Erzähl keinem, was mit Anna geschehen ist.«

Normalerweise würde ich verzweifelt zur Polizei rennen, dachte Rachaela. *Wie das jede Mutter eines entführten Kindes tut. Oder würde ich es nicht tun?*

Sie hatte immer Angst vor der Polizei gehabt, nicht etwa, weil sie Unrechtes getan hatte, sondern weil sie keinem vertraute, und schon gar nicht einem Menschen in Uniform.

»*Duizelig* –«, murmelte Althene.

Rachaela rannte den Weg entlang, umgeben von grünen Türmen aus Gras und Efeu und grauen Gräbern.

Unter einem besonders prächtigen Grabmal rupfte ein dünner junger Mann an Unkrautbüscheln herum. War er ein richtiger Gärtner? Rachaela lief auf ihn zu.

»Meine Schwester –«, erklärte sie. »Meiner Schwester geht es schlecht. Ich muß unbedingt telefonieren –«

Sie mußte sehr verstört wirken, denn er stellte keine Fragen und führte sie zu einer kleinen, unter den Bäumen versteckten Hütte, gab ihr ein drahtloses Telefon in die Hand. Vermutlich wußte er schon, daß sie eine der drei Besucherinnen war, die man an diesem Tag ausnahmsweise hereingelassen hatte.

Rachaela stellte sich vor, wie Althene tot im Gras lag.

Das Telefon läutete. Dann hob Michael ab. Sicher würde er auch helfen können.

»Michael – Althene ist – verletzt. Schlimm.«

Michael zauderte nicht. Er fragte, wo sie wären. Dann kam Eric an den Apparat. Er sagte nur: »In zehn Minuten ist der Krankenwagen da.«

Das schien kaum möglich – doch dann erinnerte sich Rachaela, daß sie ja Scarabae waren. Es schien, als müsse sie sich immer wieder von neuem daran erinnern. *Sie – ich –*

Sie verließ die Hütte und konnte sich nicht mehr darauf besinnen, wo Althene gelegen hatte.

Sie stand mitten auf dem Weg, hatte die Arme vor der Brust gekreuzt und blickte hinauf in die Baumkronen, wo sich Vögel in der nutzlosen Sonne tummelten. Der Himmel hatte sich verdüstert.

Sie hätte hinter den Männern herlaufen sollen. Und dann? Sie hätten sie ebenso niedergeschlagen.

Der dünne junge Gärtner erschien wieder und sagte ruhig: »Ich habe eine Decke über sie gelegt. Es geht ihr immer noch schlecht. Haben Sie jemanden erreicht? Das ist gut.« Er schien auch Bescheid zu wissen und führte sie zu Althene.

Althene war bei Bewußtsein und litt schreckliche Schmerzen, wehrte sich jedoch gegen die Attacken, so wie Rachaela sie zuweilen erlebt hatte, wenn sie sich liebten.

Der junge Gärtner ließ sie allein.

Rachaela setzte sich neben Althene ins Gras. »Wo tut es weh?«

»Irgendwas – ist durchstochen. Krieg keinen Schreck, Rachaela. Es wird schon wieder heilen. Hast du Eric angerufen?«

»Er sagte – der Krankenwagen – wie willst du denn . . .? Ich meine, deine Kleider –«

»Oh.« Selbst im Schmerz konnte Althene noch ironisch und überlegen wirken. »Mach dir keine Sorgen, kleines Mädchen. Der Krankenwagen kommt ja nicht vom staatlichen Gesundheitsdienst.« Dann setzte sie mit schwacher Stimme hinzu: »*Mijn dochter* –« Meine Tochter.

Mache ich mir überhaupt Sorgen um Anna?

O Gott, mach, daß sie sich beeilen.

Sie beeilten sich.

Ein paar Minuten später kamen zwei Männer mit einer Bahre herbeigeeilt – das Bild paßte nicht auf den Friedhof, inmitten all der Toten, die nicht länger solche Dinge benötigten.

Als sie Althene anhoben, schrie sie auf. Mit unverwechselbarer Männerstimme.

Aber das würde nicht das Problem sein.

Das Privatkrankenhaus hatte eine tröstliche, angenehme Atmosphäre. Wände in Taubengrau und Altrosa. Überall Blumen.

In Althenes Krankenzimmer mit dem eigenen Bad türmten sich die Blumen – weiße Nelken, weiße Rosen, mauvefarbene Lilien und weißgelbe Chrysanthemen.

»Es ist kein Zufall«, erklärte Althene, »wenn man rote und weiße Blumen schickt. Das symbolisiert das Blut und die Verbände.«

Und Chrysanthemen bedeuten Tod, dachte Rachaela. *Aber nicht für die Scarabae.*

Es hatte Gemunkel über eine Bauchfellentzündung gegeben. Dann hatte sich das Gerede gelegt. Sie hatten Rachaela mitgeteilt, ihre Schwester – obschon sie ja nun wissen mußten, daß ihr Patient keine Frau war – sei sehr robust und habe die Operation bestens überstanden. Nun mußte sie nur noch wieder zu Kräften kommen.

Niedliche Krankenschwestern in schicken Trachten, Mädchen, die stets genug Schlaf bekamen, schwirrten um Althene herum und schäkerten mit ihr. Wußten es denn alle?

Am vierten Tag trug Althene purpurne dunkle Seide, ein leichtes Make-up, hatte sich die Haare gebürstet und ein wenig Parfüm aufgetupft. Ihr Gesicht wirkte nicht mehr eingesunken, nur noch blaß.

Rachaela hatte keine Angst um sie, eher Angst vor ihr.

Sie hatten Anna nicht erwähnt, nicht bis zu diesem Tag.

Althene machte den Anfang.

»Du hast mir Trauben mitgebracht. Wie passend.«

»Es tut mir leid. Ich hatte nicht dran gedacht. Aber ich glaubte, daß dir die Farbe gefallen würde.«

»Natürlich gefällt sie mir. Wir werden Trauben essen und Wein trinken. Eine Woche noch. Und dann – dann muß ich an Anna denken.«

»Du hast mir doch befohlen, ihnen nichts zu sagen.«

»Ja. Jetzt jedenfalls nicht.«

»Aber –«

»Allem Anschein nach«, sagte Althene, »bist du niedergeschmettert. Machst dir ja so viele Sorgen.«

Rachaela warf den Kopf zurück; sie starrte Althene an, wie sie auf dem Friedhof zu den Baumkronen hinaufgestarrt hatte.

»Was willst du damit sagen? Ich *fürchte* mich.«

»Weil sie entführt worden ist.«

»Warum nur?« fragte Rachaela.

Althene drehte den Kopf auf dem rosa Kissen mit dem Blumenmuster. »Irgend jemand wollte sie haben. Ich hätte daran denken sollen. Dummerweise tat ich es nicht. Es war mein Fehler, Rachaela.«

»Wer wollte sie haben? Wer hat sie entführt? Und warum? Was willst du denn jetzt tun?«

»So viele Fragen. Ich weiß es nicht.« Althene zögerte. Dann sagte sie: »Malach . . . wird davon erfahren.«

»Sie gehört doch *dir*«, betonte Rachaela.

»Und dir.«

»Uns beiden, schön. Und nicht ihm – er hat sie verstoßen.«

»Und irgendein anderer hat sie in seinem Netz.«

»Ich kann das nicht mehr ertragen, Althene«, sagte Rachaela. »Ich weiß nicht mehr weiter.«

»*Mijn dochter is zoek*.«

»Deine *Tochter* ist verlorengegangen. Genau.«

»Doch ich hatte sie schon verloren«, sagte Althene. Sie schloß ihre Augen vor dem Ansturm der Schmerzen. »Ich meine, sie hat sich selbst verloren.«

»Wie auch nicht? Sie hatte ja keine Wahl.«

»Mag sein.«

»Althene –«

»Höre, meine Schöne, laß mich jetzt allein. Du kommst und sitzt hier herum, und du hilfst mir damit kein bißchen, Rachaela. Geh nach Hause. Da hast du es bequemer. Ich komme schon zurecht. Und bald bin ich ja wieder daheim.«

»Ich habe es doch versucht –«

»Es reicht nicht, es nur zu versuchen.« Althene blickte durch sie hindurch. »Ich muß jetzt ein wenig schlafen.«

»Ich komme wieder –«

»Nein. Tu, was ich dir sage. Geh heim – in das Haus auf dem Hügel.«

»Und was soll ich ihnen erzählen? Elizabeth und Reg?«

»Was spielt das für eine Rolle?«

»Sie werden es wissen wollen.«

»Sag ihnen, ich hätte eine Blinddarmentzündung. Und Anna ist bei ihrer Freundin . . . in Frankreich.«

Rachaela grub ihre langen, unlackierten Fingernägel in die Handflächen. »Ihre kleine, zweijährige Freundin, die aussieht wie eine Siebzehnjährige. *Mich* schickst du weg wie ein unartiges Kind.«

»Du bist auch ein unartiges Kind.«

Was fühle ich denn jetzt? Nichts. Gar nichts.

Auf dem Heimweg nahm sie ein Taxi.

Der Fahrer war geschwätzig, aber nicht aufdringlich; sie erzählte ihm einen Haufen Lügen. Ihr Mann und sein Job in der City, den sie nicht begreifen konnte, und – wie seltsam! – ihre beiden Töchter, die auf dem Gymnasium waren.

Er fand, dazu sähe sie aber zu jung aus.

Sie erwiderte, jetzt habe er ihr den Tag gerettet.

Als sie die Stadt erreichten, ließ sie sich am Supermarkt absetzen. Sie mußte das Abendessen für ihre hungrige Familie einkaufen.

Sie warf einen kurzen Blick auf die Frauen, die im Laden durch die Gänge eilten.

Während sie den Hügel hinaufkletterte, die schwere Tasche am Arm, sprach sie zu sich selbst, und bald schon war sie außer

Atem. Als sie die Hausmauer erreichte, lehnte sie sich dagegen und schaute auf den Weg, den sie gekommen war.

So weit. Und immer noch so weit zu gehen.

Das Haus war geputzt und gelüftet, Elizabeth hatte für alles gesorgt. Im Kühlschrank befanden sich ein Salat mit geräuchertem Lachs und zwei Flaschen kalifornischer Weißwein. Jemand mußte ihr Kommen angekündigt haben.

Nach dem vierten Glas begab sich Rachaela in ihr Schlafzimmer, das sie mit Althene teilte.

Sie zog sich aus und betrachtete ihren makellosen Mädchenkörper im Spiegel.

Um sechs rief sie im Krankenhaus an, aber Althene, der es übrigens prächtig ging, hielt gerade ein Schläfchen.

Sagt ihr, daß ich sie liebe, dachte Rachaela, sagte es jedoch nicht laut. *Sagt ihr, daß ich mich allein fühle.*

Dann schaute sie sich einen Film an über eine Frau, die Kinder haben wollte und keine bekommen konnte.

Rachaela mußte lachen; sie lachte so heftig, bis sie schließlich anfing zu weinen.

Am Freitag morgen rief jemand aus dem Krankenhaus an: Althene hatte sich auf eigene Verantwortung entlassen lassen und war nun auf dem Heimweg.

Rachaela fühlte sich eigenartig, wie eine zarte Jungfrau aus viktorianischer Zeit, deren Verlobter Urlaub von der Front erhält. Herzflattern, das war das Gefühl.

Es war zehn, und sie lag immer noch im Bett. Nun nahm sie eine Dusche und kleidete sich an, puderte sich das Gesicht und schminkte Lippen und Augen. Sie hatte nicht viel Zeit. Althene würde ganz bestimmt mit dem Wagen kommen.

Um elf aß Rachaela eine halbe Scheibe Brot, versuchte, ein wenig Kaffee zu sich zu nehmen, konnte es aber nicht. Da goß sie sich ein Glas Wein ein – das Überbleibsel der beiden Flaschen – und trank dies.

Doch auch der Wein vermochte sie nicht wirklich zu beruhigen. Sie spürte, wie ihr Herz leicht und schnell schlug.

Am Mittag hörte sie den Wagen. Ein Rolls. Ja, natürlich, es war ja immer ein Rolls, nicht wahr? Das Rettungs- und Fluchtauto der Scarabae.

Rachaela schaute nicht aus dem Fenster.

Sie begab sich ins Wohnzimmer und blieb mitten auf dem chinesischen Teppich stehen.

Sollte sie zur Tür rennen? Und die Arme um ihre Geliebte schlingen – vorsichtig wegen der Verbände?

Sie hörte, wie die Tür geöffnet wurde.

Die Schritte in der Eingangshalle klangen nicht nach Althene; offenbar trug sie ihrer Genesung wegen keine hohen Absätze.

Eine Tasche wurde abgestellt.

Dann durchquerten die fremden Schritte die Halle, und jemand kam in das nur schwach erhellte Wohnzimmer, das die Sonne erst am Nachmittag erleuchten würde.

Ein Schreck – so gewaltig, daß es schmerzte – durchfuhr Rachaela, dehnte sich in ihrer Brust aus und verzweigte sich in Magen und Eingeweide.

Hätte sie immer noch das Glas in der Hand gehalten (denn sie hatte eine neue Flasche geöffnet), so hätte sie es fallen lassen. Doch zum Glück für den Teppich hielt sie kein Glas in der Hand.

Wer war das? Wer war *er*? Dieser Mann.

Adamus ...

Der Vater von Ruth.

Die erste Liebe. Der erste Dämon.

»Ich wollte dich nicht erschrecken«, begann er. »Es tut mir leid.«

»Es – ist schon okay« hörte Rachaela sich selbst sagen. »Es ist bloß – ich habe dich noch nie so gesehen, nicht wahr?«

Und sie begriff nicht, was sie da sagte.

Denn der Mann war jung, gutaussehend, überaus blaß. Er trug schwarze Hosen und ein schwarzes Hemd. Sein schwarzes Haar war nicht kurz, sondern schlicht zurückgebunden, so daß es in seiner ganzen Länge über seinen Rücken herabhing.

Ja. Adamus.

Eine Familienähnlichkeit also – sie sahen sich alle ähnlich. Auch Rachaela selbst. Auch Althene. Nun angezogen als das, was sie körperlich schon immer gewesen war – ein Mann.

»Ich hätte dich warnen sollen«, sagte Althene. »Setz dich doch.«

»Nun mach keine Geschichten. Ich werde schon nicht ohnmächtig. Du hast mich bloß überrascht – und das ziemlich heftig.«

Althene zuckte die Achseln. »Es gab da welche, die es so vorgezogen hätten.«

»Na ja, es liegt an dir, oder etwa nicht«, sagte Rachaela. Sie hörte sich kokett an. Idiotin.

Althenes Haar hatte immer noch seine weichen Wellen, auch wenn es nun so streng und maskulin zurückgebunden war. Nicht wie bei Adamus. Und ihr Gesicht war auch nicht sein Gesicht.

Tatsache war jedoch, daß Rachaela sie niemals so gesehen hatte; denn selbst im Bett gab es Seide und Spitze, Brüste, lange Locken und einen Hauch Puder für die Nacht. Das Parfüm einer schönen Frau.

Althene durchquerte den Raum; es war leicht, an der schlanken, leicht muskulösen Gestalt die Verbände zu erkennen. Althene – er – setzte sich aufs Sofa.

»Wenn du dich nicht setzen willst, ich schon.«

»Kann ich dir was bringen?« fragte Rachaela.

»Jetzt noch nicht. Laß mich erst erklären.«

»Das ist nicht nötig.«

»Natürlich ist es nötig. Hör mir einfach zu.«

Rachaela war auf dem Teppich stehengeblieben. »Na schön.«

»Ich muß Anna suchen. Ich muß – verschiedene Leute aufsuchen. Und so wird es leichter sein.«

»Anna«, sagte Rachaela.

»Anna. Die kleine Zweijährige, die aussieht wie siebzehn.«

»Weißt du denn schon, wo du suchen willst?«

»Vielleicht. Das sehe ich noch.«

»Und welche Rolle spiele ich bei alledem?«

»Ich fürchte, für dich ist es besser, wenn du einfach abwartest. Ich weiß, daß es hart ist.«

»Das war ja wohl zynisch gemeint«, sagte Rachaela.

Althene – der Mann – blickte sie schief an. Wie Adamus früher. Der eiskalte Priester. Aber so war Althene nie gewesen – bis jetzt.

»Deine Selbstverdammung, Rachaela, hat mich schon immer fasziniert. Ich versuche nur, dich zu trösten. Auch wenn du eifersüchtig auf Anna bist, so gehört sie doch zu dir. Und nun hat jemand sie entführt. Du bist alleingelassen. Du mußt warten. Wochen mögen vergehen, ohne daß du etwas von ihr hörst oder von mir. Ich sehe ein, daß es schlimm ist. Eine unangenehme Lage. Aber alles, was ich dir anbieten kann.«

»Tja, ich denke, ich habe das verdient.«

»Und zusätzlich zu deiner Selbstverdammung hegst du auch noch einen Schuldkomplex.«

»Fang nicht an, mich zu analysieren. Es ist schon so schlimm genug.«

»Das stimmt«, meinte Althene. Dann: »Würdest du mir etwas Wasser bringen? Mehr möchte ich nicht.«

»Aus dem Hahn? Oder kann ich feierlich eine Flasche Perrier öffnen?«

»Ich hätte lieber stilles Wasser.«

»So wie das Leben? Wir alle hätten es lieber still. Doch leider sind wir hier, in den schrecklichen Wogen eines alten Verrats.«

Althene erhob sich.

Für einen Mann war sie nicht sehr groß, doch größer als Rachaela. Und kräftiger gebaut; das Gesicht, das Haar. Sogar die Hände, auf denen nun ein männlicher Flaum gesprossen war. Keine Ringe mehr an den Fingern.

»Ich möchte, daß du mich in die Arme nimmst«, sagte Rachaela.

»Dann werde ich es tun.«

»Aber du bist nicht du.«

»Aber ja. Ich bin es immer. Ein Naturgesetz.«

»Deine Arme«, wandte Rachaela ein, »sehnen sich schon nach Anna.«

»Ich will Anna nicht als Geliebte.«

»Bist du sicher, Althene?«

»Absolut sicher.«

»Du siehst ihm nun ähnlich. Vielleicht mag sie das. Wenn du sie findest.«

»Wenn ich sie finde.«

»Oder Malach wird sie finden. Seid ihr dann Rivalen?«

»Rachaela, ich bin todmüde. All diese Stachel, die du in mich hineintreibst, machen mich nur noch müder.«

»Im Sarg des Vampirs«, gab Rachaela zurück. »Wenigstens hast du nie mein Blut getrunken, so wie er es tat.«

»Und du nicht meines«, sagte Althene. »Jetzt laß uns damit aufhören.«

Sie – er – verließ das Zimmer, und dann wurde in der Küche Wasser eingeschenkt.

Rachaela, die so voller guter Absichten gewesen war, hatte es vergessen. Noch mehr Wasser auf die Mühlen der Schuld.

Sie schliefen in ihrem gemeinsamen Bett. Das hieß, Althene schlief, völlig erschöpft. Rachaela wachte und schaute.

Als das Licht durch die Vorhänge zu sickern begann, legte Rachaela ihre Hand auf Althenes Nacken, vorsichtig, um ihn/sie nicht zu wecken.

Wie es wohl wäre, mit ihm Liebe zu machen? Mit *ihm?*

Erregend? Schrecklich? Oder das gleiche?

Ich werde es nie erfahren.

Rachaela ging ins Erdgeschoß, setzte sich neben das Sofa auf den Boden und trank noch etwas Wein.

Blau fiel das Licht herein, und in den dunkelbelaubten Pappeln tobten die Vögel.

Einmal hatte sie zu Althene gesagt: *Ich liebe dich. Verlaß mich nicht.*

Doch im All hatten sich ihre Hände getrennt; nun fielen sie auseinander, getrennt in den Abgrund.

Es war sehr traurig, doch noch spürte sie es nicht.

Noch nicht ganz.

Kapitel zwölf

Es war ein regnerischer, stürmischer Tag, aber Cimmie war gekleidet wie im Sommer. Ein türkisblaues Kleid, dazu Goldohrringe und beinerne Armbänder. Auch ihre Stimmung war sonnig, weil sie einkaufen ging und zum Friseur, um ihre zwei Zentimeter Haar auf einen stutzen zu lassen.

»Iß bloß nichts von dem Kuchen, bis Miss Baldwin kommt. Dann kannst du ein Stück essen, falls sie auch eins haben will.«

Faran gehorchte; er verhielt sich stets vernünftig. Sie hatten ihn schon mit fünf Jahren allein in der Wohnung lassen können. Er war kein Kind, das sich eine Schere in die Ohren steckte oder mit Streichhölzern die Wohnung in Brand setzte.

Der Kuchen stammte noch von der Dinnerparty am Vorabend, schwarze Trauben und Walnüsse in Sahne.

Cimmie und Wellington hatten sich in dieser Nacht dreimal geliebt und Faran mit ihrem Lärm aufgeweckt.

Nachdem Cimmie gegangen war, begab Faran sich in sein Zimmer, sammelte seine Geographiebücher und seine Rechenaufgaben ein und breitete die Unterlagen auf dem Eichentisch aus.

Dann nahm er sich einen Stuhl und ging zum Fenster.

Er sah über die belebte Straße hinweg: im Park rauschte der Regen schräg herunter.

Und der dicke Mann stand dort, im Tor.

Doch es hatte keinen Sinn zu winken. Der Mann würde es durch den Regen nicht sehen können.

Faran streckte seine Hand nach der Elfenbein-Stehlampe aus, die auf dem niedrigen Absatz am Fenster stand. Er schaltete das Licht ein, aus, ein und aus. Vielleicht half das ja, es war immerhin besser als nichts. Es mußte ja ungemütlich sein, dort im Regen zu stehen.

Faran ging zum Tisch zurück, fügte den Stuhl in die Reihe ein und setzte sich hin, um zu warten.

Eine halbe Stunde später wartete er immer noch.

Miss Baldwin verspätete sich nie. Sie kannte die Stadt genau und die Zeit, sie machte keine Fehler.

Es war schon seltsam.

Faran machte sich dennoch keine Sorgen um Miss Baldwin. Obgleich er ihr nichts Böses wünschte, konnte er sie auch nicht besonders gut leiden. Sie mußte sich schon um sich selbst kümmern.

In diesem Augenblick hörte der Regen auf, und ein heller, gebrochener Sonnenstrahl fiel ins Zimmer.

Faran ging wieder zum Fenster, um nachzuschauen, ob der Mann im Tor nun erleichtert war.

Der Mann sah aus wie immer, trug seinen billigen Regenmantel, glühte vor innerer Schwärze. Doch nun winkte er Faran zu.

Faran auf dem Stuhl winkte zurück.

Und dann gab ihm der Mann im Tor ein Zeichen.

Es war eine kleine, aber nicht geheime Geste.

Offenbar begriff der Mann nicht, daß Faran die Wohnung nicht verlassen durfte.

Bedauernd schüttelte Faran den Kopf.

Er kletterte vom Stuhl, ging an den Eichentisch zurück und widmete sich seinem Aufsatz über die Fischerei in Skandinavien.

Ungefähr um zehn nach vier, als Miss Baldwin immer noch nicht erschienen war, gab Faran seinen Büchern einen Schubs, daß sie über den Tisch rutschten.

Die Sonne schien nun in die Wohnung und beleuchtete die Schätze der Objegbos, die Körbe, die Skulpturen der Löwen und Elefanten und Cimmies Batiken und zersplitterte Masken, die an den Wänden hingen.

Faran blickte sich in dem riesigen Raum um. Die Sonne war grausam.

Er ging, um einen Blick in sein Zimmer zu werfen. Die dunkelgelben Wände waren mit Tieren bemalt – er mochte Tiere.

Aber seine ›Spielzeuge‹ waren bloß kluge Hilfsmittel, die ihm das Lernen erleichtern sollten; Puzzles und Tests. Er hatte noch nicht einmal einen Bären haben dürfen. Und auch die Bücher waren lehrreich, ein Roman handelte von Kindern, die zum Zeitpunkt der Atombombenexplosion in Nagasaki gelebt hatten, andere handelten vom Sklavenhandel, wieder andere von zehnjährigen jüdischen Flüchtlingen im Jahre 1940.

Die Sonne durchschnitt den Raum.

Faran spürte, daß er furchtbar ungeduldig mit Miss Baldwin wurde, die längst hätte hier sein sollen. Selbst ihre grimmige Gesellschaft war noch dieser plötzlichen, scheußlichen Enttäuschung vorzuziehen.

Tatsächlich traf Miss Baldwin keinerlei Schuld, denn sie saß mit mehreren hundert anderen Fahrgästen im U-Bahn-Schacht fest. Sie hatte wirklich Pech – dieser Zug war der einzige, der in dieser Woche aufgrund einer Störung im Energienetz nicht weiterkam.

Faran öffnete die Tür zum Arbeitszimmer seines Vaters, warf einen Blick hinein, machte die Tür wieder zu. Dann das Gästezimmer, das immer für angetrunkene Gäste bereitgehalten wurde, die jedoch gestern nacht alle nach Hause gewandert waren. Dann das Schlafzimmer seiner Eltern.

Über dem Bett hingen Ethno-Drucke aus Baumwolle, und die sieben Kissen waren mit einem Leinenstoff mit Zebrastreifen überzogen. Unter der Decke hing ein Speer mit einer purpurnen Troddel, genauso, wie der Cricketschläger über dem Schreibtisch seines Vaters hing.

Faran runzelte die Stirn.

Auf dem Schminktisch seiner Mutter türmten sich die Chanel-Flaschen, daneben eine Gesichtscreme in einer weißgoldenen Schachtel, die extra für schwarze Frauen hergestellt wurde und fünfunddreißig Pfund kostete.

Es machte ihn rasend. Und dann ihre Kleider in dem kleinen Ankleidezimmer. Und der Duft, den sie hinterließ, dieser pfeffrige, anziehende, fremde Geruch.

Gerade als Miss Baldwin zum fünfzigsten Male die Beine übereinanderschlug und sich den Schweiß von den Handflächen wischte und hoffte, sie würde nicht ohnmächtig, schlich Faran zurück zum Fenster und sah den Mann immer noch unten stehen.

Da ging Faran in die Küche, holte den Kuchen heraus und schnitt ein großzügiges Stück ab. Er steckte es in eine der Plastiktüten, die sie für Lebensmittel verwahrten, und bedauerte es, daß die Walnüsse sich in die Sahne quetschten. Schmecken würde es aber trotzdem. Dann nahm er eine silberne Kuchengabel aus der Schachtel und holte zwei lavendelfarbene und zwei blaue Servietten aus der Schublade.

Indem er alles vorsichtig balancierte, öffnete Faran die Wohnungstür.

Er ließ die Tür hinter sich ins Schloß fallen, denn Cimmie mußte um halb sechs wieder zu Hause sein, und auch wenn der Mann im Park ihn langweilig fand, konnte er immer noch zurückkommen und in der Vorhalle des Hauses warten.

Sie hatten Faran schon früh davor gewarnt, mit Fremden zu reden. Daß er *niemals* mit einem fremden Mann mitgehen solle.

Welch eine Warnung – einmal hatte einer von Cimmies und Wellingtons hochgelobten weißen Freunden Faran in der Küche in eine Ecke gedrängt und – eine neue Flasche kalten Riesling in der einen Hand – Faran mit der anderen Hand zwischen die Beine gegriffen. »Bald wirst du ein Mann«, hatte der Gast leutselig gesagt. »Lassen Sie mich los«, sagte Faran. Das tat der Mann und lachte. »Hab' nur Spaß gemacht.« Und außerdem hatten sie auch noch den schwarzen Mr. Thorpe verdächtigt und angeklagt, ein Kinderverführer zu sein, ein Gedanke, der ihm so ferngelegen hätte wie die Erde dem Andromedanebel.

Auf jeden Fall waren es die Bekannten, die eigentlich die Fremden waren. Das hatte Faran begriffen, auch wenn er es nicht so in Worte fassen konnte.

Wenn sie sich die ganzen Jahre so auf ihn hatten verlassen können, dann war es vielleicht deshalb gewesen, weil er keine andere Möglichkeit gehabt hatte.

Der Bürgersteig vor dem eleganten Wohnblock war naß, und

die Gebäude sahen wie feuchte Zeitungen aus. Es war nicht so besonders schwer, über die Straße zu gelangen; der Verkehr hatte nachgelassen, wie es manchmal geschah.

Faran rannte, nachdem er in beide Richtungen geblickt hatte, geschwind hinüber und auf das Parktor zu.

Der Mann lächelte ihm zu.

»Hallo Faran. Schön, dich mal zu treffen.«

Es war gar nicht seltsam, daß der Fremde seinen Namen kannte. Irgendwie war es sogar logisch.

»Ich habe Ihnen ein Stück Kuchen mitgebracht.«

»Nein, Faran, wie nett von dir. Danke schön.« Und der Mann nahm den zermanschten Kuchen und begann ihn gleich dort am Tor zu essen, mit der silbernen Gabel.

Faran sah ihm dabei zu. »Wer sind Sie?« fragte er.

»Nenn mich Danny«, antwortete der Mann. »Ich hatte gehofft, daß du runterkommst. Ich schätze, du würdest Mr. Thorpe ganz gern mal wiedersehen, oder nicht?«

Eifrig sagte Faran ›Ja‹.

»Dann bring' ich dich zu ihm.«

Sie spazierten durch den Park, und der Mann wischte sein rundes Gesicht mit den Servietten ab, knüllte sie dann zusammen und warf sie zusammen mit der leeren Plastiktüte und der Gabel des reichen Mannes in einen Mülleimer.

Faran sah all dem zu. Es störte ihn nicht. Er spürte schon etwas ... eine Vorahnung – wie ein Lied, das man kaum vernehmen kann.

»Ich muß aber um halb sechs zurück sein«, machte er dennoch geltend.

»Brauchst dir um gar nichts Sorgen zu machen«, erwiderte Danny.

Am Rande der Straße, die durch den Park führte, stand ein blaßgrauer Montego. Danny schloß auf, und sie stiegen ein. Danny streifte seinen Regenmantel ab. Darunter trug er einen schicken braunen Anzug und eine Krawatte, die wie ein Messer aus blaßblauem Wasser wirkte.

Er fuhr sicher, und Faran, der auf dem Vordersitz saß und angegurtet war, lehnte sich zurück und sah sich um.

Auf der anderen Seite des Parks dampften die Straßen von dem Regenguß und glitzerten in der Sonne.

Sie bewegten sich entlang der inneren Ringe der Stadt, wo sich die großen, grellfarbig beleuchteten Kaufhäuser erheben, und hoch über ihnen dräuten die Zinnen einer vergessenen und vernachlässigten Baukunst.

Faran sah junge Mädchen, schwarz und weiß und gelb und braun, Mädchen mit langen und kurzen Haaren, schöne und häßliche; Männer mit Regenschirmen und Hunde an der Leine. Er sah Leute in Hauseingängen hocken, und sie kamen ihm wie Kranke vor, in Leintücher gewickelt.

Vor einem großen Hotel mit steinernen Frauen am Portal und Pflanzen in Schalen hielt das Auto an.

Der Portier legte grüßend die Hand an die Mütze.

»Sie sind in der Lounge, Sir. Und warten auf dich, junger Mann.«

Innen war das Hotel in Kastanien- und Salbeitönen gehalten, mit Goldtupfern gesprenkelt. Riesige Schalen voller Früchte und Blumen erinnerten Faran an Füllhörner.

Jenseits eines dicken grünen Teppichs saß Mr. Thorpe mit einer sehr hübschen, dicken, jungen Schwarzen auf einem Plüschsofa.

Faran rannte nicht zu ihm.

Einen Augenblick lang stand er in ehrfürchtigem Staunen da. Doch die Ehrfurcht erwärmte ihn.

Mr. Thorpe trug einen Anzug, der noch eleganter war als der von Danny und sicherlich schicker als jeder von Wellington Objegbos Anzügen. Er war von einem lohfarbenen Grau, und sein Schnitt warf keinerlei Falten und verhehlte auch nicht Mr. Thorpes Fülle, sondern ließ ihn hingegen großartig und statuesk erscheinen. Mr. Thorpe wirkte wie ein mächtiger Staatsmann. Und er streckte Faran die manikürte Hand entgegen.

Faran ging auf ihn zu. Er nahm Mr. Thorpes Hand. Er fühlte sich so froh, als habe er seinen Vater getroffen. Wellington hatte dieses Gefühl nie in ihm hervorrufen können.

»Ich habe dich vermißt, Faran«, sagte Mr. Thorpe.

»Ja? Ich hab' Sie auch vermißt.«

Und dann beugte sich Mr. Thorpe herab und gab Faran einen ganz leichten Kuß auf die Wange. Danach zeigte er auf die Dame. »Das ist Estelle.«

Estelle lachte. Sie wirkte, als ob sie immer lachen könnte. Sie trug ein rosafarbenes Kostüm und einen langen rosa Schal mit schwarzem Rand. Sie war sehr dick und sehr, sehr hübsch. An ihren Ohren baumelten silberne Ringe. Sie roch nach einem leichten und etwas frivolen Parfüm.

Sie streckte die Hand aus und bat Faran, sie zu küssen.

Er gab ihr einen Kuß auf das rosige Dunkel ihrer Wangen. Sie sagte: »Sie sind sehr galant, Monsieur.«

Das gefiel Faran. Sie hatte es ernstgemeint. Sie sprach mit französischem Akzent.

Dann fuhren Mr. Thorpe und Estelle und Faran in einem vergoldeten Fahrstuhl mit Spiegel hinauf und kamen in einen Flur mit Spiegeln. Von dort gelangten sie in eine Zimmerflucht, die in Honig- und Orchideetönen gehalten war.

Dort nahmen sie einen üppigen Nachmittagstee ein. Unmengen kleiner, gurkengefüllter Sandwiches mit Brie und Lachs, heiße Muffins, Sahnetörtchen, Schokoladeneclairs und Himbeerschnitten.

Nach der ganzen Aufregung hatte Faran doch Hunger bekommen.

Als Estelle Tee aus einer silbergoldenen Kanne einschenkte, sagte er, daß er seine Mutter anrufen müsse.

»Man hat sich schon darum gekümmert«, erwiderte Mr. Thorpe.

»Und macht sie sich Sorgen?« fragte Faran. Mr. Thorpe lächelte. »Es könnte ja sein.«

»Auch darum wird man sich kümmern. Mach dir keine Gedanken, Faran. Du hast doch keine Angst, oder?«

»Nein«, erwiderte Faran langsam. Es stimmte; er war nicht im geringsten besorgt.

Cimmie schien ihm Lichtjahre weit weg zu sein.

Wie schon sein Leben lang.

»Wir wollen jetzt in ein Kino gehen, Faran«, sagte Estelle. »Was soll ich denn anziehen? Grün oder Rot?«

»Rot bitte«, erwiderte Faran. »Das wird gut aussehen.«

Estelle kicherte. »Gut. Für dich. Rot.«

»Was für ein Film wird denn gezeigt?« erkundigte sich Faran.

»Ein alter Film«, erklärte Mr. Thorpe. »Ich habe dir schon mal von ihm erzählt. *King Kong*.«

Faran dachte über den Vorschlag nach. Cimmie hatte immer gesagt, *King Kong* sei eine Farce; er erniedrige die Schwarzen.

Da wollte Faran den Film sehen.

Während sie darauf warteten, daß Estelle ihre makellosen Kleider wechselte, sprach Mr. Thorpe zu Faran wie in den alten Zeiten, als habe es nie einen Bruch gegeben. Dazu trank er einen Whisky, und Faran bekam eine Cola.

Als Estelle sich wieder zu ihnen gesellte, sah sie in ihrem burgunderroten Kleid unglaublich schön aus. Sie fuhren hinunter.

Danny fuhr jetzt einen anderen Wagen. Faran kannte die Marke nicht, aber er war groß und geräumig. Der Fahrersitz war links, und er hatte französische Nummernschilder.

Als sie auf dem Parkplatz des Kinos ausstiegen, kam ein Weißer auf sie zu, ein Bettler. Cimmie hätte ihn ignoriert, Danny aber steckte ihm ein paar Münzen zu.

»Meine Mutter meint, daß sie es bloß für Drogen und Alkohol ausgeben«, sagte Faran, als der Mann sich entfernte. Er hatte es aus reiner Gewohnheit wiederholt.

»Vielleicht. Oder für Essen und Obdach. Denn das ist ihre Wahl«, entgegnete Mr. Thorpe. »Bettler hat es immer schon gegeben – ob an den Toren des alten Roms oder an den Toren der Hölle.«

Faran entsann sich der Kranken in den Leintüchern. Sie waren die Heimatlosen.

Die Welt, das wußte er, war grausam. Menschen litten. Manchmal war der Ansturm des Schmerzes wie eine Donnerwolke. Doch jetzt war es noch nicht so schlimm.

Sie gingen in das Kino und nahmen ihre Plätze für *King Kong* ein.

Die dummen Dinge im Film zählten nicht. Faran fand ihn wundervoll. Wundervoll und entsetzlich zugleich.

Der riesige Affe erfüllte ihn mit Liebe. Er war ein prächtiges, außergewöhnliches Geschöpf, das das Wissen seiner Natur überschritt, bis es schließlich, gequält und verraten, geradezu göttlich wurde in seiner Wut.

Als Kong am Ende von den wespenhaften Flugzeugen getötet wurde, weinte Faran.

Mr. Thorpe hielt seine Hand.

Es war die Schönheit, die das Tier ermordete.

Auf der ganzen Rückfahrt redete Faran nur über den Film, und in der Hotelsuite bemerkte Mr. Thorpe: »Größe wird beinahe immer gefürchtet, Faran. Und auch ein Genie kann verwundet werden.«

Sie aßen im Zimmer. Estelle, so stellte sich heraus, war Vegetarierin, aber sie drängte niemandem ihre Vorstellungen auf. Mr. Thorpe aß Seezunge mit Limone und Rettich, und Faran einen warmen Hühnersalat. Mr. Thorpe und Estelle tranken Wein, aber Faran zog Saft vor, obwohl sie ihm Wein angeboten hatten.

Er wunderte sich ein wenig, was wohl Cimmies Gesinnungswechsel verursacht haben mochte. Vielleicht hatte sie herausgefunden, daß Mr. Thorpe wohlhabend war.

Als sie beim Nachtisch angelangt waren und Erdbeeren aßen, fragte Faran: »Wann muß ich denn zurück?«

Mr. Thorpe hörte auf zu essen.

»Also Faran, laß es dir erklären. Du mußt nicht zurückgehen.«

Und das erschreckte Faran; denn nie hatte etwas Schönes gedauert.

»Glaubst du mir, Faran«, sagte Mr. Thorpe, »daß ich dir nie weh tun könnte?«

»Ja.«

»Dann mußt du mir ein bißchen vertrauen. Wenn es soweit ist, werde ich es dir erklären. Kannst du so lange warten?«

»Nein«, erwiderte Faran. »Aber ich werde warten.«

Wieder lachte Estelle. Sie sagte: »*Pikanini induna.*« Das war offensichtlich kein Französisch. Es mußte eine afrikanische Sprache sein. Aber sie sah so freundlich und schön aus, daß er es ihr nicht übelnahm.

Als das Dinner abgetragen war, setzte sich Mr. Thorpe mit Faran auf die Couch.

»Ich möchte dich«, begann er, »zu ein paar Leuten schicken. Sie sind deine Freunde.«

Faran antwortete ehrlich: »Ich habe keine Freunde.« Er hielt inne und setzte hinzu: »Außer Ihnen.«

»Es sind Leute«, fuhr Mr. Thorpe fort, »die dich schon früher kannten – vor langer Zeit. Freunde, die dich schon kannten, bevor du geboren wurdest.«

Faran blickte verwirrt. »Aber wie kann das denn sein?«

»Nur sie allein können es dir erklären. Aber sie wollen dich haben, Faran. Du gehörst ihnen.«

Faran blickte auf den Teppich mit dem Blumenmuster.

»Was wird passieren?«

»Es ist ganz einfach. Am Morgen werden ein paar nette Leute kommen. Du gehst dann mit ihnen. Du wirst im Flugzeug fliegen.«

»In einem Flugzeug? Wohin?«

»Irgendwohin – weit, weit weg. Doch zuerst einmal mußt du überhaupt wollen.«

»Ich weiß es nicht«, sagte Faran.

Mr. Thorpe stand auf. »Komm mal mit.«

Faran begleitete ihn in ein anderes Zimmer der Suite. Mr. Thorpe schlug einen großen, ledergebundenen Ordner auf. Entnahm ihm ein Foto und reichte es Faran.

»Dies ist die Frau«, sagte Mr. Thorpe, »die Frau, die möchte, daß du zu ihr kommst.«

Es war eine Farbaufnahme, vorzüglich aufgenommen und ungefähr fünfundzwanzig mal zwanzig groß.

Faran hielt sie unter den Leuchter und schaute darauf.

Die Frau saß nicht in Pose, sie saß einfach vor der Kamera und blickte frei hinein, still und tief wie die Nacht.

Sie trug ein schwarzes Gewand, ein Kleid, doch hier und da glitzerte etwas, wie Regentropfen. Sie hatte ihre schlanken weißen Hände gefaltet, die Nägel waren mattrot lackiert. Sie trug einen ovalen Ring, der nicht glänzte.

Es war ihr Gesicht – dichte, buschige Brauen, langgezogene Augen, fast mandelförmig und mitternachtsschwarz, die den Ring und das Kleid unbedeutend erscheinen ließen. Eine lange Nase, wie die einer Katze. Lippen, die weder voll noch schmal waren, von einem blassen Rot. Sie waren wie . . . wie – und da kam ihm der Vergleich – wie ein Granatapfel.

Faran spürte, wie sein Blut durch seinen Körper rauschte und sich im Zentrum traf und verdickte.

Er hatte schon hin und wieder ein Gefühl verspürt, dort, im schlanken Finger eines Jungen-Penis. Doch jetzt schwoll er an, richtete sich brennend und majestätisch auf, hart wie Stein und bereit – und es tat weh.

Der Anblick der Frau tat weh.

»Sie heißt Lilith«, sagte Mr. Thorpe.

Wieder begann Faran zu weinen; die Tränen strömten aus ihm heraus, und damit verschwand auch die beängstigende Erektion, als habe er sie abgestellt. Er hielt die Aufnahme von sich weg, damit seine Tränen sie nicht verdarben.

Cimmie hatte ja gesagt, er müsse ein weißes Mädchen heiraten.

Und seltsam genug, jetzt schien er es zu tun.

Es war in einer Kathedrale. Steine wie riesige Spinnweben. Fenster wie aufgeplatzte Früchte.

Er stand mit ihr vor dem Altar, und über den goldenen Kreuzen leuchteten die Umrisse der Heiligen.

Sie war an seiner Seite, trug die Farbe ihrer Familie: Burgunderrot. Und auf ihrem göttlichen Kopf, über dem seidigen schwarzen Haar, saß ein Kranz roter Rosen.

Er hatte sie schon besessen. Im Garten ihres Vaters. Oder vielleicht war es gar nicht ihr Vater. Dort hatten weiße Blumen geblüht. Sie war keine Jungfrau mehr. Aber sie hing an ihm.

Er steckte ihr den dunkelgoldenen Ring auf den Finger.

Er war schwarz, kohlschwarz, und größer als sie. Er konnte

ihre Taille mit den Händen umspannen. Er wäre für sie in den Tod gegangen.

»Du bist galant.«

Und dann war er auf dem Fluß, und der Fluß war brauner noch als Bier. Er sah sie in einem kleinen, reetgedeckten Haus mit Alabastersäulen. Dann saß sie in der Mitte des Bootes. Zwischen seinen Schenkeln.

Er näherte sich ihr. Sie trug die Krone des Geiers.

Er war kein Neger. Ein Araber vielleicht? Er küßte sie auf den Mund.

Und dann unter dem Giebel im Rauch des Herdfeuers, ein kleiner Raum mit niedriger Decke, Balken und dazwischen aufgemalte kleine Blumen.

Seine Hand wie schwarze Kohle auf ihrer schneeweißen Brust.

Der Feuerschein flackerte über Blumen und Balken.

Sie war eine Eule. Eine Eule aus Blüten.

Sie saß rittlings auf ihm. Er entlud sich in ihr Innerstes.

Dann wiegte sie ihn, wie ein Kind.

»Komm zu mir zurück«, sagte sie. »Komm zu mir zurück.«

Ein Mund so rot wie Granatapfel, Augen schwarz wie die Nacht. Haar, wie der Fluß der Nacht, der dem Wasserfall entgegenströmt.

Eine kleine Stadt. Sie standen auf dem Hof hinter dem Haus.

»Sie werden uns töten.«

»Verlaß mich nicht«, bat er.

»Dann komm mit mir. Sonst verliere ich dich«, erwiderte sie.

Da krähte ein Hahn, und die Sonne ging auf, und sie beide gingen wieder zu Bett. Sie mochten den Tag nicht.

Sie trug rot, als sie ihn zum Manne nahm. Ihr Blut war auf dem Laken erschienen. Dennoch war sie keine Jungfrau mehr gewesen . . .

Im dunklen Loch des Hotels wachte Faran auf.

Das Hotel war nicht still. Es summte und brummte, es war voller hochmoderner Apparate. Er aber, er war weit weg gewesen . . .

Mr. Thorpe hatte gesagt: *Vielleicht wirst du dich an sie erinnern.*

Faran kannte sie, diese Frau, Lilith. Aber er konnte sich nicht erinnern –

Und dann diese Träume.

Sie waren ihm unheimlich erschienen, mittelalterlich und auch morgenländisch, und dann jener letzte, in einem kalten Land im Norden. Und er war ein Mann gewesen.

Aber sie, sie war immer dieselbe.

Seine Mutter.

Faran dachte scharf nach: sieben Jahre, wach in der murmelnden, elektrischen Dunkelheit des Hotels, und er wußte um ein Geheimnis – um seine Liebe.

Und so konnte er die anderen beiden vergessen, diesen Mann und diese Frau. Konnte alle vergessen.

Am Morgen würde er zu Mr. Thorpe sagen, daß er weggehen wollte.

Und so würde er zu ihr zurückgelangen.

Kapitel dreizehn

Anna lag auf der Seite.

Das Mädchen beugte sich über sie.

»Anna? Bist du wach? Wir landen ungefähr in einer Viertelstunde. Möchtest du auf die Toilette gehen?«

»Ja«, sagte Anna. Sie setzte sich auf, und ihr Kopf schien zu schweben.

Das Mädchen half Anna auf die Beine und geleitete sie durch die Flugzeugkabine zu einer winzigen Toilette. Anna durfte die Tür abschließen.

Schließlich konnte sie ja, wenn nötig, aufgebrochen werden.

Falls Anna plötzlich Schwierigkeiten machen sollte und nicht mitspielte.

Anna ging aufs Klo, wusch sich Hände und Gesicht. Im Spiegel sah sie ihre vertraute Blässe. Ringe unter den Augen.

Sie blieb einen Moment still stehen, um nachzudenken. Doch sie war zu keinem klaren Gedanken fähig.

In dem Haus hatten sie ihr ein Mittel verabreicht; das sehr wirkungsvoll gewesen war. Aber sie hätte auch sonst nichts tun können.

In den wenigen Sekunden, nachdem Althene zusammengebrochen war und die als Gärtner verkleideten Männer Anna fortgezerrt hatten, war sie erschrocken, fast gelähmt gewesen.

Geschwind hatten sie sie über den Friedhof geschleppt, der wie in einer verwischten grünen Wolke an ihr vorübergezogen war. Dann ging es eine Art Allee entlang, bis sie zu einem kleinen Seitentor gelangt waren, wo man den Stacheldraht entfernt hatte.

Vor dem Tor stand ein blauer Lada, und sie setzten sie hinein; sie zwangen sie nicht, dennoch wirkten sie unerbittlich.

Der Motor klang nicht wie der Motor eines gewöhnlichen Wagens.

Dann rasten sie mit ihr davon.

Einer der Männer saß hinten neben ihr, der andere vorne bei dem Fahrer. Der Mann neben ihr wußte sich zu benehmen; er rührte sie nicht an während der Fahrt.

Als sie auf eine Hauptstraße voller Läden und geschäftigen Treibens kamen, wurde Anna plötzlich hellwach.

»Was haben Sie vor?« fragte sie.

»Bitte reg dich nicht auf«, sagte der Mann neben dem Fahrer. »Dir wird nichts geschehen. Wir haben dir doch nichts getan, oder?«

»Nein. Aber warum haben Sie mich mitgenommen?«

»Jemand will dich sehen, Anna.«

Sie nahm es hin, daß sie ihren Namen kannten.

»Und warum?«

»Das können nur sie dir erzählen.«

»Wer?«

»Die Familie«, sagte der Mann neben ihr.

Familie bedeutete Eric, Sasha. Vielleicht sogar Holland. Doch warum sollte die Familie sie auf diese Weise holen?

»Die Scarabae?« fragte sie.

»Genau«, erwiderte der Mann, der neben ihr saß.

Anna dachte immer noch wie ein Kind. Sie war auch fast noch ein Kind, zwar oft schon wie ein Kind von zehn oder elf Jahren, manchmal jedoch erst sechs oder sieben. Und dann wieder sehr viel älter.

Doch nun dachte sie: *Sie lügen. Und trotzdem ist es wahr.*

Nachdem sie eine Stunde lang schweigend gefahren waren, nur vom Geräusch des starken Motors begleitet, bogen sie auf das Gelände eines Hauses ein, das von einer hohen Mauer umgeben war.

Es glich nicht dem Haus der Scarabae über dem Park; es hatte gläserne Verandatüren und große, unverhängte Fenster.

Nachdem sie höflich hineingeleitet worden war, sah Anna, daß niemand im Hause war. Ein paar Möbelstücke, mit Laken abgedeckt, kahle Böden, und ein verwilderter Garten.

Da kam eine junge Frau von etwa zwanzig Jahren herein. Sie trug modische, aber konservative Kleidung: einen schwarzen

Rock, der knapp unter ihren schlanken Knien endete. Ihr schwarzes Haar war kurzgeschnitten, und sie trug kein Make-up außer rotem Lippenstift. Sie sah nicht wie eine Engländerin aus und sprach in der Tat Spanisch mit dem Mann, der ihr ins Zimmer folgte. Anna verstand kein Spanisch.

Der Mann war sehr groß, wie die beiden falschen Gärtner, doch er trug einen dunklen Anzug. In seiner Jacke steckte eine Pistole.

Die junge Frau kam auf Anna zu. »Möchtest du irgend etwas?«

»Ich möchte nach Hause.«

»Aber dahin gehst du ja.«

»Ich meinte aber zu meinen« – hier zögerte Anna. Dann erklärte sie: »– zu meinen Eltern.«

»Ich fürchte, du mußt erst einmal mit uns kommen«, sagte die junge Frau. »Es wird dir an nichts mangeln. Deine Verwandten wollen dich unbedingt sehen.«

Es konnte nicht Eric sein. Und ganz bestimmt nicht die Familie in Holland.

Anna wußte, daß es noch andere Scarabae gab.

Und nun hatte sie ihre zweite Lektion gelernt – daß sie ihr gewiß nicht mehr preisgeben würden.

Dann nahmen sie in dem kahlen Zimmer ein kleines Mahl ein: kalten Hummer und Pasteten – die Anna weder mochte noch aß – dazu Kaffee.

Das Mittel war anscheinend im Kaffee gewesen.

Plötzlich schienen die Wände des Raumes anzuschwellen. Die Welt dehnte sich aus, und Anna fühlte sich wie in einer Glasflasche, die auf dem endlosen Boden schwankte. Sie fühlte sich nicht schläfrig, nur, als habe sie keinen Knochen mehr im Leibe. Unter großer Anstrengung versuchte sie ihre Hände zu heben.

»Du mußt keine Angst haben«, sagte die junge Spanierin. »Das hilft dir, dich zu entspannen. Es geht bald vorbei.«

Aber es ging nicht bald vorbei, und als sie sie hinaus zu einem anderen Wagen führten, konnte Anna sich kaum bewegen. Der Mann im Anzug hielt sie am Arm.

Draußen war es nun dunkel geworden.

»Laßt mich bitte gehen«, versuchte Anna zu sagen.

Doch sie konnte ihre Lippen ebensowenig bewegen wie ihre Beine, und es kam ihr in den Sinn, daß es das gleiche Gefühl gewesen war, als sie sich in ihrem ersten Lebensjahr ihrer selbst bewußt geworden war; als sie zwar schon die Worte wußte, aber noch keine Kontrolle über sich hatte, und als Althene immer da gewesen war, um sie aufzufangen, sie zu halten, zu helfen und zu überzeugen.

Anna wollte in Tränen ausbrechen. Was war mit Althene geschehen? Würde Rachaela ihr helfen können?

Doch es war sinnlos; nicht einmal ein Gefühl wollte sich einstellen.

Sie schien alles aus großer Entfernung oder großer Höhe wahrzunehmen, aber sie war an eine formlose Wahrnehmung von Zeit und Raum gewöhnt.

So nahm sie alles hin und kletterte in den Wagen.

Eine Limousine mit verspiegelten Scheiben und einem Diplomaten-Nummernschild.

Die Gärtner waren verschwunden. Auch dieser Fahrer trug eine Waffe. Sie fuhren zum Flughafen.

Als sie dort anlangten, befand sie sich schon in einem Tagtraum, und da die Männer sie in einen bequemen Rollstuhl gesetzt hatten, fiel es ihr nicht schwer, den Dingen ihren Lauf zu lassen.

Sie mühten sich nicht durch die Menge, sondern gingen durch einen leeren Flur und gelangten in einen kleinen Raum, wo ein Uniformierter auf französisch zu dem Mann im dunklen Anzug sprach. Danach wieder durch endlose Flure und Gänge und hinab in ein Flugzeug, einen schnellen Düsenjet, der nur auf sie gewartet zu haben schien.

Eine Stewardeß in cremefarbener Uniform mit rosa Paspeln brachte ihnen Getränke und Sandwiches. Dann wurden sie angeschnallt, Anna von der jungen Frau mit den roten Lippen.

»Nimm einen Schluck Wein«, riet sie. »Es wird ein langer Flug.«

Anna fragte gar nicht erst, wie lang – sie hätten es ihr ja

doch nicht gesagt. Nachdem sie an dem Wein genippt hatte, überrollte sie der Schlaf wie eine Woge.

Sie mußten nun abgehoben haben, denn die junge Frau löste Annas Sicherheitsgurt. Sie ermutigte Anna, sich auf den drei Sitzen auszustrecken und ein Kopfkissen zu nehmen. Anna schlief beim Gebrüll des Jets ein, in einem Schoß aus Stahl und Himmel gewiegt.

Die Landung war holprig. Anna hatte schon aus dem Fenster geschaut. Ein außergewöhnlicher Anblick – kahle braune Berge, aus erkalteter Lava geformt, von weißen Straßen und fernen Salzbergen durchkreuzt. Sie landeten mitten in einer Wüste.

Als sie aus dem Flugzeug stiegen, hörte sie ein Klingen in den Ohren. Es kam nicht von dem Mittel, es war eine neue Art der Stille.

Da hier das Gelände eben war, konnten die Piloten eine ausgedehnte, natürliche Startbahn anfliegen. Sie befanden sich in einer Art Arena, von braunen Felsen umgeben. Darüber ein goldener Himmel, der nur am Scheitelpunkt blau erstrahlte.

Ungefähr hundert Yards entfernt stand ein weiteres Flugzeug, ein Zwilling der Maschine, mit der sie gekommen waren. Für Anna sah es weiß aus, und die Beschriftung konnte sie nicht lesen, weil sie in der Hitze flimmerte. Außerdem kümmerte es sie nicht.

An der Piste standen zwei überdachte Jeeps geparkt, in der Farbe von dunklem Sand, mit Maschinengewehraufbauten zu beiden Seiten und Radarschirmen, die wie silberne Antennen wirkten. Aus den rückwärtigen Luken ragten M60-Gewehre wie Kanonen.

Dann sah Anna Männer, die sie für Soldaten hielt, da sie die universale braune Montur trugen. Ruger-P86-Waffen ins Hemd gesteckt.

Sie waren gesund und kräftig, diese jungen Männer, und manche sahen gut aus.

Zwei von ihnen kamen nun heran, um die junge Frau mit den

roten Lippen und den Mann zu begrüßen. Einer der beiden sprach französisch. Er sagte etwas über eine Verspätung. Dann wandte er sich halb zu Anna um, warf ihr durch seine langen Wimpern einen Blick zu. »*Comment allez-vous, Monsieur*?« fragte sie. Sie sprach zwar immer noch undeutlich, aber man konnte sie verstehen.

Er schmunzelte. Er nickte. »*Très bien, Mademoiselle. Enchanté de faire votre connaissance.*«

In englisch fragte Anna: »Was ist das für ein Gewehr?«

Und er antwortete in englisch, während er den langen Lauf des M16 berührte.

»Wo sind wir hier?« erkundigte sich Anna.

»In der Wüste, Mademoiselle.«

»Wie lange müssen wir noch warten?« fragte der Mann im Anzug.

Dann sprachen sie spanisch.

Anna warf einen Blick auf die braunen Berge um sie herum. Sie schienen näher zu liegen, als es vermutlich der Fall war, und sie selbst hatte wieder sprechen können. Dieses neue Mittel war offenbar schwächer gewesen. Aber das war kein Versehen – sie konnten ihr jederzeit eine neue Dosis verpassen.

Und außerdem, wohin sollte sie jetzt noch fliehen?

Der Soldat führte sie in den Schatten einer braunen Markise. Dann wurde aus der Feldküche etwas zu essen gebracht – Hamburger in Brötchen mit scharfer Sauce, Perrier in Flaschen.

Anna aß. Sie war sehr hungrig.

Die Frau mit den roten Lippen aß ihr Brötchen nicht auf. Natürlich mußte sie auf ihre Figur achten.

Nach der Mahlzeit – war es nun Frühstück oder Mittagessen gewesen? – schlief Anna auf einer Matratze unter der Markise. Sie träumte wie schon immer: Bruchstücke von Stimmen, fremde Räume, Irrgänge und Laute.

Als sie wieder aufwachte, gab es frische Hamburger, Tortillas und Obst.

Die Sonne versank in überirdischem Glanz, wie es nur auf der Erde geschehen konnte. Flammende Wolkenberge türmten sich über einer meergrünen Scheibe, die in strahlenden Bändern aus Topas, Iris und Mauve hinter den Felsen verschwand.

Hinter den Büschen, die ihren Umkreis abgrenzten, huschten Eidechsen entlang. Die junge Frau mit den roten Lippen zeigte auf die Spur einer Schlange, die unbemerkt an ihnen vorübergeglitten war.

Sie mußten nun nicht länger warten und begaben sich zu dem anderen Flugzeug.

In der Kabine gab die junge Frau Anna eine Tablette.

»Dann kannst du wieder einschlafen. Sonst wirst du dich zu Tode langweilen. Ich nehm' auch eine. Ich hasse diese langen Flüge.«

Sie verlieh ihren Worten Gültigkeit, indem sie die Schlaftablette vor Annas Augen hinunterschluckte. Oder zumindest so tat.

Doch Anna nahm ihre Tablette nicht.

Sie blickte aus dem Fenster, als der Jet hinauf in die Sterne schoß, und später sah sie die Sterne der Städte unter sich. Doch dann umhüllte sie Dunkelheit, und sie fiel wieder in Schlaf.

Sie träumte, ein Mann stünde vor ihr in einem Tunnel der Dunkelheit. Sein Haar war so weiß wie das ihre und lag eng am Kopf. Seine Augen blitzten wie Edelsteine.

Da rührte sich etwas in Anna.

Ihr Herz vielleicht. Oder etwas, das noch tiefer lag.

Irgendwo tankten sie auf. Sie roch, wie das Benzin in den Jet gepumpt wurde. Er saugte die Schläuche aus, ein Vampir.

Nun mochte ein ganzer Tag vergangen sein. Oder auch nicht. Vielleicht hatte die Frau mit den roten Lippen Anna in ihrer Schläfrigkeit dazu überredet, doch eine Tablette zu nehmen. Jedenfalls war der Tag verloren.

Und dann war wieder das Mädchen da, beugte sich über sie. »Wir werden in einer Viertelstunde landen.«

Wieder begab sich Anna auf die Toilette. Es kam ihr vor, als habe sie wochenlang nicht gebadet. Sie wollte sich die Haare waschen und die Zähne putzen.

Seltsam – sie hätte gedacht, daß die Scarabae, die laut Althenes Erzählungen und Rachaelas Kommentaren immer so aufmerksam waren, wenigstens Dinge wie Zahnbürsten oder sogar Shampoo bereitstellen würden –

Dann landeten sie.

Wolken hatten die Sicht versperrt. Anna hatte kaum etwas sehen können, bis die Ebene vor ihren Augen auftauchte.

Die Hügel waren weit entfernt, nicht wie die Berge in der Wüste. Diese Hügel waren mit windgepeitschtem Torf überwachsen.

Und der Wind fegte unter dem Himmel.

Als die Türen entriegelt wurden, spürte sie die Kälte.

»Wo sind wir?« fragte sie.

Die Frau mit den roten Lippen antwortete: »Auf dem Gipfel der Erde.«

Anna sagte nichts mehr.

Eine langgestreckte Baracke, darin eine primitive, aber funktionierende Dusche, aus der kochendheißes Wasser sprudelte. Seife und Shampoo, Zahnbürste und Zahnpasta, eine amerikanische Marke. Sonst nichts.

Vor der Duschkabine fand Anna einen Stapel Kleider. Sie hatten ihr gesagt, sie müsse sie anziehen.

Es war warme Unterwäsche, ein dunkelblauer Overall, eine Steppweste, ein Parka, eine Hose, schützende Manschetten für Hals, Kopf, Handgelenke und Knöchel, warme Socken und Stiefel, eine Haube und ein Hut, und eine Jacke, die zusammengeschnürt so aussah, als sei schon ein Mensch darin vermummt.

Draußen thronte mitten in der stürmischen Landschaft ein scheußliches Flugzeug, eine schwarze Ilyushin-76, auf der Piste.

Wieder trat ein anderer Mann zu Anna. Er war fast gleich gekleidet wie sie, trug aber ein Gewehr über der Schulter.

»Miss Anna. Wollen Sie jetzt bitte an Bord kommen?«

Sie folgte ihm.

Die Frau mit den roten Lippen und der andere Mann waren verschwunden.

Auf der anderen Seite des Flugfeldes konnte man vor dem wäßrigen Himmel und den Hügeln ein kleines Gebilde aus Stein erkennen. Es erinnerte sie an den Friedhof. Ein Grabmal? Das klassische Standbild des Mädchens, das zugleich eine Frau war ... Sie hatte ein kaltes, unfreundliches Gesicht, und zu ihren Füßen hatte irgend jemand ein Gebinde aus blutroten Blumen niedergelegt.

Das Flugzeug hatte keine Fenster.

Die Beleuchtung wirkte trübe wie in einem Unterseeboot.

Ein kleiner Junge, der bereits in der Kabine saß und mit einem riesigen, wolligen Lama gespielt hatte, blickte zu Anna auf. Er war wie sie gekleidet, doch in einer kleineren Größe und in Rosa.

»Ich bin Andy.« Er verbesserte sich. »Andrew.«

Anna blickte ihn an. Auf der einen Seite noch ein Kind, auf der anderen immer schon eine reife Frau, konnte sie mit seiner Jugend, mit seinem lieben Gesicht nichts anfangen.

Doch sie mochte das Lama. Es war von einem sanften, blassen Grau, und am Hals trug es Troddeln, in die kleine Spiegelstücke eingelassen waren.

»Wo fliegen wir denn hin, Andrew?«

»Fliegst du auch? Na schön«, sagte Andrew nachdenklich. »Wir fliegen zu meinem Onkel Kay –« hier unterbrach er sich, als hätte er noch etwas hinzufügen wollen, es aber nicht gekonnt.

»Warum?« fragte Anna, obgleich sie schon wußte, daß es keine Antwort geben würde.

»Weil's toll wird«, meinte Andrew.

Er sprach mit leichtem Südlondoner Akzent. Sein feines Haar war sehr dunkel.

»Warum?«

»Hab's ganz toll gehabt«, erzählte Andrew. »Hab' komisches Fernsehen gucken dürfen, und sie haben mir Musik vorgespielt. Und dann hab' ich das Lama hier gekriegt, und das ist echt klug. Ich darf jetzt auch Wein trinken.« Dann setzte er hinzu: »*Albeszent*.« Und dann: »Schneeweiß.«

Der Mann, der ähnlich gekleidet war wie sie, stieg nun ebenfalls ins Flugzeug. Er sagte ihnen, sie sollten sich jetzt setzen und sich anschnallen. Er werde Andrew bei seinem Gurt helfen. Und auch dem Lama, da Andrew wünschte, das Lama möge auch sicher angeschnallt sein.

Es war kein langer Flug. Jetzt war es nicht mehr so weit.

»Mein Onkel Kay hat ein riesiges Haus«, berichtete Andrew. »Mum kommt später nach.«

Die Ilyushin erhob sich wie eine schwere Konservendose, und sie wurden durchgerüttelt wie Erbsen.

»Dauert höchstens eine Dreiviertelstunde«, beruhigte sie ihr Begleiter. »Dann noch mal ein klitzekleiner Flug – vielleicht noch 'ne halbe Stunde.«

Jemand kam mit Limonade und Plätzchen.

Sie gingen über einer Schneewüste nieder. Jenseits des Wassers segelten blaugrüne Eisschiffe auf den grünblauen Himmel zu.

Der kleine Junge machte Schneebälle, warf sie jedoch nicht.

»Der Sommer kommt«, sagte der Mann und lächelte in die beißende Kälte.

Anna dachte: *Wohin du gehst, da will auch ich hingehen.* Wer hatte das noch gesagt?

Der Himmel dröhnte. Endlos, seelenlos, dehnte sich der blendende Schnee in der Ferne.

Kapitel vierzehn

Der Friedhof war mit Zedern bepflanzt, mit Stechpalmen und Koniferen. Selbst jetzt, zu Beginn des Winters, war er noch dunkelgrün. Entlang der Wege wuchs in Kübeln der Lorbeer, mit glänzenden gelben Flecken gesprenkelt. Die Gräber waren aus düsterem Eisen oder weiß und rein und nur wenig verwittert. Braune Statuen knieten im Efeu.

Roman harkte das Birkenlaub zusammen. Über ihm hingen, preisgegeben von den kahlen Bäumen, riesige verlassene Nester, die vor dem flachen Himmel wie schwarze Kleckse wirkten.

Roman blieb vor einem Grab aus Marmor stehen. *Hier ruht Magdalena Einer.* Er sah nach, ob der große Porzellanhund immer noch auf seinem Posten war und die tote Magdalena bewachte. Der Hund blickte traurig, sah aber nicht tragisch aus. Er kannte seine Pflicht. Roman beugte sich hinunter und streichelte seinen Kopf. »Guter Freund.«

Roman war siebzig, und wären seine Augen nicht gewesen, so hätte man ihn für fünfzig halten können. Doch diese waren in seinem langen, braunen, steinernen Gesicht eingegraben und von derselben Farbe wie das hölzerne Instrument, das er spielte. Und anders als das Gesicht des Hundes barg sein Gesicht eine gewisse Tragik. Es war nicht nur ein Ausdruck – das Leben hatte ihn so geprägt.

Indem er Magdalenas Grab hinter sich ließ, schlenderte Roman den Kiesweg entlang und hielt neuerlich inne, diesmal, um einem roten Eichhörnchen zuzuschauen, das einen Busch beschnupperte.

Der Garten des Todes steckte voller Leben. Im Frühling gab es hier auch Blumen – Gänseblümchen, Stiefmütterchen, Tulpen und Hortensien in Töpfen.

Das Eichhörnchen verlor das Interesse an dem Busch und flitzte einen Baum hinauf, leichter und schneller als ein Vogel.

Roman schritt weiter. Hinter den Zedern, wo der Friedhof an den Fluß grenzte, standen die schlanken Schilfrohre schon wie versteinert in der Kälte. Er lehnte seinen Besen an einen moosüberwachsenen Baumstumpf.

Er nahm eine Schachtel Gauloise aus der Manteltasche und steckte sich mit einem Streichholz eine Zigarette an. Rauchend betrachtete er die spiegelnde Wasserfläche, auf der nun kleine Regentropfen sichtbar wurden.

Bald schon kam der Mann am Ufer entlang; es war der, den sie Vonk nannten. Vonk war sehr dick und wirkte immer ein wenig schmuddelig, obwohl er es gar nicht war. Sein unrasiertes Schweinsgesicht verzog sich zu einem Grinsen.

»Roman. Du Teufel.«

Roman zuckte die Achseln. Sein Holländisch hatte nie seinen starken Akzent verloren, und er redete sehr wenig. Als er die Hand ausstreckte, um den Umschlag von Vonk zu nehmen, dehnte sich die Tätowierung auf seiner ausgetrockneten Haut. Er hatte sie in seiner Jugend erhalten.

»Für ihn?« fragte er.

»Für ihn. Für den Prinzen.«

»Er ist kein Prinz«, entgegnete Roman.

Nun zuckte Vonk die Achseln.

Das war alles; pfeifend schlenderte Vonk am Ufer entlang zurück.

Roman holte seinen Besen wieder und trat die Zigarette aus. Er ging zum Friedhof zurück und verstaute den Besen in dem Schuppen neben der nackten Göttin aus Stein. Dann holte er sein Fahrrad heraus.

Zuoberst im Korb lag ein gefalteter, graubrauner Regenmantel, den er nun überstreifte. Dann setzte er sich ein Barett auf den langen Schädel. Jetzt lag nur noch die Drehorgel in ihrer Regenhülle in dem Korb.

Sie würde es ihm schwermachen heute – bei diesem Regen. Seine *vrouw*, so nannte er sie – wie man einen Dudelsack einen Mann nennen konnte. Nußbraun, aus alten Möbeln gezimmert, mit Saiten und einer Kurbel, alle Tasten sicher im Kasten verstaut. Hexe.

Roman bestieg das Fahrrad.

Unter dem Regenmantel, in dem er den weißen Umschlag sicher verstaut hatte, konnte man eben noch seine Füße erkennen, die die Pedale traten.

Wie eine alte, krumme Motte kurvte er aus dem Garten des Todes heraus, passierte den malerischen Hang, den Fluß und die Baumruten mit dem gelblichen Laub. Zur Betonbrücke.

Auf einem Schiff bellte ein Hund.

Hinter dem Meer, vor dem Halbkreis seiner Grachten lag es – Atlantis, Amstelredam, die Stadt Amsterdam.

Als eines unter einer Million Räder bahnte sich Roman seinen Weg zwischen den Trambahnen.

Fuhr auf den geraden Straßen zwischen den Ufern, den Läden, den französischen Cafés, den Bars, und unter den Fahnen hindurch (*cineac*, Marlboro). Der zierliche dunkle Turm des Vestertoven spielte eine Melodie von seiner Musikbox: *Waar de blanke top der duinen.*

Roman radelte weiter bis zum Netz der Grachten, hoppelte über Kopfsteinpflaster. Auf den Straßen unter den kahlen, nach Rauch riechenden Bäumen lagen Blumen der Straßenverkäufer. Die Brücken warfen ihre unvergeßlichen Spiegelbilder in Form eines ›O‹ auf die reflektierenden Wasser. Boot-Taxis hupten.

Dann ließ er das Kanalnetz und den Tanz mit den gelben Bahnen hinter sich und begab sich allein auf die schnurgeraden, nassen Autobahnen, die aus der Stadt führten.

Nun goß es wie aus Kübeln. Die Straßen waren überflutet.

Autos rasten vorüber; zu ihren Seiten spritzte das Wasser wie Flügel.

Über dem eintönigen Grün der winterlichen Wiesen erstrahlte ein violettes Leuchten am Himmel.

Roman fuhr mit gekrümmtem Rücken, und vor ihm im Korb lag die Drehorgel wie das Glied eines Körpers.

Ein paar Kilometer weiter bog er auf eine gewundene, baumgesäumte Straße ein.

Der Prinz.

Es ärgerte Roman, wenn Vonk oder die anderen ihn so nannten. Aber es geschah aus Ehrfurcht.

Und was war ihm jener Prinz? Ein Dämon – vielleicht.

Der erste Eindruck – Roman würde ihn niemals vergessen können, und nun, während er atemlos durch die Nässe strampelte, sah er alles wieder vor sich.

Feuer war es gewesen, nicht Wasser. Eine Mauer aus brennenden Häusern und davor ein Schatten, der sich, Schwarz auf Rubinrot, über der Leiche eines deutschen Soldaten erhob.

Zuerst hatte er, Roman, geglaubt, daß einer aus den eigenen Reihen seinen Kameraden umgebracht haben müsse, denn die Gestalt trug eine deutsche Uniform, wie sie einem hochrangigen Offizier zustand. Doch dann sprach der Mann, der Mörder, Roman in akzentfreiem Holländisch an. Und aus dem Kragen seines Mantels ringelte sich eine erstaunliche Locke schlohweißen Haars.

So hatte er es stets gehalten; hatte sie verfolgt, im Schutz der Feuer, die sie gelegt, und später unter dem Mantel der Nacht, die sie selbst heraufbeschworen hatten. Und wie ein Leopard hatte er sich jeden einzeln vorgenommen. Sie glaubten, er sei einer der Ihren. Er sprach perfekt deutsch – und er schien ihnen arisch zu sein, ein Prototyp, weißblond, mit blauen Augen. Er schmeichelte ihnen, machte sich beliebt. Und dann – brach er ihnen den Hals, riß ihnen die Kehle auf.

Und danach verschwand er. In jener Nacht nahm er Roman mit sich.

Dies war der Beginn ihrer Verbindung, falls man es so nennen konnte.

Die baumgesäumte Straße verzweigte sich. Um sie herum grasige Felder, mit den unverwüstlichen, nassen schwarzweißen Kühen gesprenkelt. Dazwischen kleine Seen, mit Trauerweiden.

Dann rückten die Kastanien zusammen. Dahinter kamen die Kiefern.

Eine Elster saß auf einem Pflug und beschimpfte den Regen.

Roman radelte unter einem alten zerfallenden Torbogen hindurch, an dem ein Schild stand, daß der Zutritt nicht erlaubt sei.

Auf der anderen Seite mühte er sich durch ein Wäldchen und erreichte endlich den flachen Rasen vor dem Schloß.

Kraaienslot.

Und zur Bekräftigung des Namens segelten ein paar Krähen darüberhin, kämpften mit dem Regen.

Vier Rundtürme, kleine Seitentürme und das spitz zulaufende Dach des Torhauses, das sich ächzend gegen die rauhe Witterung stemmte. Mauern, die im Sommer oder Herbst sanft leuchteten, nun jedoch düstere Schatten warfen. Die Fenster wirkten wie leere Augenhöhlen. Hinter dem Schloß, eine halbe Meile entfernt, konnte man eben noch das Skelett der Windmühle, die Mina hieß, erkennen. Dann umschlossen die Kiefern den Kreis.

Um ganz Kraaienslot führte ein breiter Graben, in dem es seltsam brodelte. An ruhigen Tagen pflegten zwei oder drei gescheckte, rotschnäbelige Enten darauf zu schwimmen. Heute waren sie nicht da. Und keine Zugbrücke. Man kam nicht hinüber.

Roman lehnte sein Fahrrad gegen einen großen Baum, so daß es vor dem Regen geschützt war, und hob seine *vrouw* aus dem Korb.

Am Waldrand ragte ein Baumstumpf hervor, mit Efeu überwachsen. Es war seit dem letzten Frühjahr nicht gestutzt worden.

Roman kniete neben dem Stumpf nieder und tastete unter dem Efeu nach dem verborgenen Knopf. Er drückte ihn, und ein leises Zittern fuhr durch das Holz, als der Eingang darunter freigelegt wurde. Mit Leichtigkeit hob Roman den hohlen Stumpf vom Eingang des Tunnels. Es war schon eine raffinierte Schweizer Präzisionsarbeit.

Als er auf den Stufen war und sich an der schwachen Beleuchtung über seinem Kopf orientieren konnte, schob er den Stumpf wieder an seinen Platz zurück.

Sein Instrument im Arm haltend ging Roman den Tunnel entlang, an dessen Wänden das Wasser herabrieselte und dessen Boden stets von der Feuchtigkeit des Burggrabens überzogen war.

Man brauchte drei Minuten, um zu der anderen Treppe zu gelangen, wo ein wenig Tageslicht durch das Eisengitter darüber hereinströmte. Das automatische Licht schaltete sich ab.

Leicht stolpernd kletterte Roman aus dem Tunnel und schwang das Tor weit auf.

Dort saß ein Hund, einem Zerberus gleich; kohlschwarz und von unfreundlichem Wesen. Er erinnerte sich schwach an dieses Tier. Es trug ein Lederhalsband mit silbernen Nieten.

»Du bist sein Hund«, sagte Roman auf polnisch. Dann setzte er auf holländisch hinzu – weil der Hund vielleicht kein Polnisch konnte: »*Ich* bin sein Hund.«

Der Hund saß still da und beobachtete ihn.

Er machte keine Anstalten zu springen, und Roman ging an ihm vorbei.

Der Innenhof des Schlosses war mit Kopfsteinpflaster ausgelegt, und in der Mitte stand ein Brunnen, der von einer Art eisernem Vogelkäfig gekrönt wurde.

Zu allen Seiten die hohen, bleiverglasten Bogenfenster, die blind auf ihn herabstarrten.

Die Haupträume lagen nach hinten heraus, dort, wo die Treppe mit den geschnitzten Krähen war.

Hoch droben hatten die wirklichen Krähen zu kämpfen begonnen.

Eine tiefschwarze Feder trudelte zur Erde nieder.

Ein schlechtes Zeichen.

Der Regen hatte nachgelassen.

Roman befreite die Drehorgel aus ihrer Regenhaut. Er setzte sich an der Mauer nieder.

Das Instrument glänzte unter einem Nebel von Feuchtigkeit. Heute würde sie belegt klingen, eine Altstimme haben.

Sie und ihresgleichen waren im sechzehnten und siebzehnten Jahrhundert verbannt gewesen. Wenn man ihre Kurbel drehte, verdrehte man den Menschen den Kopf.

Roman begann die Kurbel zu drehen.

Er stimmte sie nach den Noten der Trambahnen, nach dem Lärm der Straße.

Während er sie auf den Knien hielt, drehte er mit der Rechten und drückte mit der Linken ihre feuchten Tasten.

Ihr Klang war tief und furchtbar rauh, doch trotzdem göttlich. Sie wußte, an wen sie geraten war.

Er spielte eine alte, vielleicht schon tausendjährige Melodie. *My love, you are leaving.*

Ja, sie klang wie eine Sirene, wie eine Zauberin. Circe... Diese Hexe. Für ihren Mann tat sie das nicht. Aber für *ihn*. Für diesen Dämon.

Der schwarze Hund kam herangetrottet, wie ein Faß auf Beinen. Die Musik schien ihm zu behagen. Sein Fell war wie rauher schwarzer Samt, doch darunter waren Narben zu sehen, als hätte ihn einst ein anderer Hund angefallen.

Roman spielte.

Seine *vrouw* wurde verrückt – wie immer.

Dann hörte er, wie hoch über ihm die Tür aufgestoßen wurde.

Kapitel fünfzehn

Malach stand auf der Treppe und winkte ihm näherzutreten.

Roman hörte auf zu spielen, und die Drehorgel gab einen abgehackten Seufzer von sich, wie eine Frau, die kurz vor ihrem Höhepunkt gebremst wird. Mit dem Instrument auf dem Arm stieg Roman die Treppe hinauf und folgte Malach in den großen, quadratischen Raum. Der schwarze Hund trottete hinterher.

»Laß dich nicht von Kraai beunruhigen. Er ist jetzt ganz zahm geworden.«

Roman warf einen Blick auf den Hund mit Namen Krähe – er war nach dem Schloß benannt worden.

»Ich erinnere mich noch daran, Mijnheer. Er war sehr tapfer.«

»Er ist immer noch ein Kämpfer. Aber nie gegen meine Freunde.«

Roman machte eine Verbeugung.

Vorsichtig legte er die Drehorgel auf den großen, blankpolierten Holztisch. Quer über dem Tisch lag ein Teppich in Altrot, und darauf standen ein Zinnteller und ein schlanker Pokal aus grünem Glas, der aus dem sechzehnten Jahrhundert stammte. Das Schloß selbst, so schätzte Roman, ließ sich auf das dreizehnte Jahrhundert datieren.

Es war ein hoher Raum, die Decke von einem großen schwarzen Hauptbalken getragen, von dem ein Messinggestirn herabhing, das mit Kerzen bestückt war. Dennoch gab es auch elektrisches Licht hier, wenn es auch selten benutzt wurde.

Der schwarzweiße Fußboden war sauber gewischt. Die alten Schränke und die bemalte Truhe, die Venus und Merkur in holländischer Tracht des vierzehnten Jahrhunderts zeigte, glänzte wie dunkle Melasse.

An den weißen Wänden hingen Schwerter und ein Gemälde aus dem siebzehnten Jahrhundert, das Roman immer verwirrte, denn es zeigte ein seltsames Feld, auf dem Köpfe geerntet wurden.

Sonst gab es nicht viel in dem Raum. Eine polierte Kugel stand auf dem hölzernen Überhang des Kamins, der mit blauen und weißen Tieren gekachelt war, mit Ziegen und Wildschweinen und Hasen. Blitzende Messingkerzenhalter standen dort in Reih und Glied, mit dicken weißen Kerzen bestückt.

Einer der Wolfshunde lag auf dem grünsamtenen Fenstersitz vor dem Fenster, von dem aus man durch kleine, quadratische, bunte Scheiben auf die Windmühle Mina und die Kiefern blicken konnte.

Malach begab sich zu einem Schrank, öffnete ihn und schenkte Roman einen französischen Brandy ein.

Ein tadelloser Gastgeber und ein gefährlicher Mann.

Der Hauch der Zeitlosigkeit haftete ihm an, und nun erschien er noch lebhafter als sonst.

Bei ihrem letzten Treffen im Frühling vor einem Jahr hatte er wie ein Sterbender gewirkt. Roman hatte sich schon gefragt, ob er... Auch Wesen wie Malach konnten sterben, doch dazu brauchte es mehr als das Alter. Ein Schmerz, ein seelischer Schmerz mochte es zuweilen bewirken, die Art Schmerz, die auch den normalen Sterblichen fällte.

Auch Malachs Schönheit würde Roman zum Lachen gebracht haben, wenn er nicht Malach gewesen wäre.

So ein Gesicht war albern – und doch, es war ein ehrliches Gesicht, wohlgeformt und mit eisigen rauchblauen Augen. Er trug schäbige, zeitgenössische Kleidung, die einmal sehr teuer gewesen sein mußte; Hemd, Hose und Schuhe, die keinesfalls zur Jahreszeit oder zu dieser Kälte passen wollten, die das Schloß jedesmal zu Beginn des Winters heimsuchte. Und dann sein Winterhaar, das ihm um die Schultern floß. Nicht einmal das Haar von Frauen konnte da mithalten – außer natürlich, das Haar *ihrer* Frauen. Der Scarabae-Frauen.

»Noch einen Brandy?«

»Danke, Mijnheer. Aber ich soll Ihnen dies hier übergeben.«

Roman streckte die Hand mit dem Umschlag aus.

»Setz dich, bitte«, sagte Malach.

Er ging zum Fenster, wo der Hund lag, und strich ihm geistesabwesend über den Kopf. Es war Enki, der hellere der beiden Wolfshunde. Kraai die Krähe sprang nun auch auf den Sitz. Malach streichelte ihn ebenfalls. Die Ringe an seiner Hand blitzten, als er den Umschlag aufriß.

Stumm las er die Zeilen.

Dann wandte er sich um. Seiner Miene war nichts zu entnehmen.

»Du mußt noch einen Brandy trinken.«

Er füllte Romans Glas – feingesponnener Bergkristall, ein paar hundert Jahre alt.

Da kamen die übrigen Hunde durch die andere Tür getrottet. Oscar, der zweite Wolfshund, und Tarash und Firs, die beiden rauhen Wolfsbastarde.

Sie liefen zu Malach und nahmen ihn in ihre Mitte. Enki kam auch dazu. Der Krähenhund war der letzte, der es merkte. Doch dann sprang auch er von dem Sitz herunter und gesellte sich zu den anderen. Sie waren Malachs Leibwache, machtlos zwar, aber bereit zu verteidigen, zu töten oder zu trösten.

Also gab es schlimme Neuigkeiten. Sie wußten es bereits.

Die Hand mit dem Glas hatte nicht gezittert; Malach war nicht blaß geworden. Aber sein Gesicht schien über den Knochen eingesunken zu sein. Im Licht der kalten prächtigen Halle, in der einst Rat abgehalten und Recht gesprochen worden war, hatte er nun das Aussehen des Alters, das *sie* nur dann befiel, wenn sie in ihrer Erscheinung eher jugendlich waren. Ein Alter von tausend Jahren. Ein Schädel mit weißem Haar und eingefrorenen Augen.

Leicht schritt Malach mitten durch die Hunde zur Truhe. Nahm den schwarzen Schlüssel von seinem Haken und schloß das altertümliche Schloß auf. Er entnahm der Kiste eine Handvoll Scheine, viele Fünfzig-Gulden-Noten.

»Das ist zuviel, Mijnheer. Immer – zuviel –«

»Nein. Es ist mir ein Vergnügen.«

Aus Malachs Hand fühlten sich die Scheine eiskalt an, doch vielleicht war es auch nur die eisige Luft im Schloß.

Roman mußte jetzt gehen. Sich auf den langen Rückweg machen. Manchmal lud ihn Malach zum Bleiben ein. Dann aßen sie zusammen, tranken Wein. Und er spielte auf *ihr. Sie* schnurrte, und die Hunde lagen zu ihren Füßen im Feuerschein oder in der Honigdämmerung eines Sommerabends.

Heute jedoch nicht.

Roman sagte: »Ich stehe zu Ihren Diensten. Wenn Sie mich benötigen.«

»Ich weiß es. Ich danke dir. Sei vorsichtig.«

Roman ging.

Malach bewegte sich durch seine Festung der Krähen wie ein Gedanke in einem steinernen Hirn. Ihm folgten die Hunde, die wilden Träume.

Er betrachtete die streng geschnitzten Holzstühle, die Wandbehänge mit den Jungfrauen und den Rittern, die Schränke mit den verborgenen Riegeln. An den Wänden hingen polierte Steintafeln, das Gesicht einer Frau im Stil des Mittelalters, rotgefärbte Lippen und ein Kopfschmuck, der wie Teile eines Apfels wirkte.

Steinböden. Schwarze und weiße Fliesen, auf denen man Schach spielen konnte. Der überwölbte Kamin der nächsten großen Halle, mit einem Grill und Eisenketten, von marmornen Karyatiden flankiert, deren Gesichter geschliffen und dann mit der Zeit verwittert waren. Im Korridor Glasvitrinen, altes blaßblaues Porzellan – wie Seewasser mit Milch vermischt –, dann Urnengräber, und schließlich ein Puppenhaus voller unheimlicher, schwarz gekleideter Puppen. Blutig-grüne Gläser. Alte Bücher, in Leder gebunden, die Verschlüsse mit Rubinen versehen.

In der Schlafkammer ein massives Bett, dessen Himmel mit Vögeln verziert war – Krähen, die Kirschen fraßen –, mit Fischen für die Fruchtbarkeit und einem weißen Hund für die Treue.

Der nächste Raum war für eine Frau hergerichtet.

Hier gab es damastene Bettvorhänge, und die Kissen waren bestickt. Daneben die bemalte Wiege.

Das Bett, die Wiege – leer.

Es roch nach Puder, Blumen, Kräutern. Auf den Wänden eine goldene Sonne und ein silberner Mond.

Er schritt auch durch die Waffenkammer, wo das Kettenhemd hing und die Streitäxte, die den Spitznamen *Gute Nacht* trugen. Der leblose Ritter in seiner Rüstung.

Die Hunde folgten ihm.

Manchmal rannten Firs oder Kraai voraus, um etwas zu beschnuppern. Sie waren auch die beiden jüngsten.

Die anderen blieben bei ihm, wachsam.

Unten in der rotgefliesten Küche glänzten die Kupferkessel, die Wärmpfannen und die Porzellanschüsseln. Dort stand auch der neue Kühlschrank, in dem Jutka für ihn gebratene Hühnchen und Schinken aufbewahrte, geräucherten Fisch, ein wenig Käse und Wein. Vor der Wand standen die Bierfässer aufgereiht. Und auf einem Teller lagen die Winterbeeren, die sie besorgt hatte.

Jutka war schon alt, und sie wohnte in einem gepflegten, modernen Haus jenseits der Wiesen. Im Sommer glich ihr Garten einem Kranz; und das Haus war von gelben und eisweißen Narzissen umgeben.

Jutka kam regelmäßig, doch nur dann, wenn Malach mit den Hunden einen Waldspaziergang unternahm, oder wenn er schlief. Dann arbeitete sie in aller Stille, schrubbte die Böden, polierte das Holz.

Sie buk auch Brot für ihn und brachte es wie einst in einem großen Korb. Ihr Mann schleppte Bier und Wein heran.

So hatte es ihre Familie jahrhundertelang gehalten: Dienstboten im Schloß zu sein.

Als sie in der Küche anlangten, fütterte Malach die Hunde mit Fleisch.

Enki winselte.

»Ja, ich gehe heute abend weg.«

Da winselte Kraai, und Oscar drehte sich um und leckte ihn.

Kraai war unter der Erde geboren worden, in der Grube. Und nun mußte Malach wieder hinuntersteigen, in die Hölle.

Eine Tür führte aus der Küche in den unterirdischen Gang, den Jutka benutzte; er führte wie der andere Gang unter dem Burggraben hindurch, bis er im düsteren Wassergarten auf dem anderen Ufer herauskam.

Einst war dieser Garten der ganze Stolz seiner Besitzer gewesen, doch diese waren nun lange tot. Hecken und Bäume waren beschnitten, es gab einen Obstgarten, einen Kanal. Nun wucherten dort immergrüne Pflanzen und schlossen sich über dem Wasser zu einem trunkenen Bogen aus Smaragd. Malach hatte den Obstgarten überlebt; es stand nur noch ein Baum darin, der alle drei oder vier Jahre ein paar bittere schwarze Früchte hervorbrachte, die jeder Beschreibung spotteten.

Eine Gitterwand mit Spalieren, blank wie Knochen.

Hier entriegelte Malach das Tor zu der Unterwelt. Zu der Welt, die er nicht wollte und selten besuchte.

Regentropfen schimmerten auf Bäumen und Wiesen. In der Ferne erhob sich Mina die Windmühle gleich einem Ameisenhügel mit gekreuzten Segeln.

Malach schritt zu dem baumumsäumten Weg, wo in einer versteckten Scheune der Wagen wartete, fahrbereit und blankpoliert von Jutkas Mann.

Es war düster dort, unter den Kiefern. Malach warf den Kopf zurück und schickte einen markerschütternden Schrei in den endlosen Himmel.

Die Krähen krächzten. Von der Straße her Autolärm.

Malach drückte auf den Knopf an der Scheunenwand.

Die Stadt bei Nacht. Filigrane Türme, warme, erleuchtete Fenster. Straßenlaternen, rote Neonleuchten. Die zweidimensionalen Fassaden hoben sich gegen den Nachthimmel ab, Abziehbilder einer kunstvollen Architektur. Die Trambahnen glühten. Zinn verdarb in den Grachten, die das Feuer widerspiegelten.

Auf dem Platz spielten Musiker aus Bolivien. Er lauschte

ihrem Spiel, und als sie fertig waren und um eine Spende baten, gab auch er ihnen ein paar Gulden.

Dann ging er in die Bar. Trank zuerst Bier, dann Genever. Bestellte zwei Gläser würzigen Gin, den er jedoch nicht anrührte.

Über der kleinen Theke hingen angeschlagene Kupfertöpfe, ein Stierkopf und ein Schädel mit Hörnern. Unter den rotgelben Fenstern standen Tonflaschen. Er aß eine israelische Orange, die er sich aus einem Korb genommen hatte.

Hinter der Bar, in der langen Straße, die nach einer Königin benannt worden war, setzte er sich unter die rotgrünen Fenster, die ihr Licht verloren hatten.

An dieser Wand hing ein Ziegenkopf, von hölzernen Trauben und Lilien umrankt.

Das hätte ihr gefallen, wie auch die gehörnten Schädel.

Er saß an einem Kamin, der durch schwarze und weiße Kacheln mit Bildern von Kirchen, Häfen und Burgen abgeschirmt war.

Ein kastanienroter Dackel kam und schaute ihn an, wackelte dann weiter.

Malach bestellte für sie beide.

Für sich selbst gebackenen Thunfisch und Sahnekartoffeln. Für sie eine Suppe aus grünen Erbsen mit Räucherwurst, dann Shrimps und ein *haché* mit Äpfeln. Als Nachtisch kleine Pfannkuchen mit Zucker.

Dazu zwei Flaschen Weißwein aus dem Keller.

Doch offenbar rührte sie das Essen nicht an, trank auch keinen Wein, wie sie auch den Genever nicht angerührt hatte.

Sie war nicht da.

Der Kellner kam an den Tisch. Er fragte, ob der Herr zufrieden sei.

Malach bejahte es.

»Sie kommt nicht?« fragte der Kellner.

»Nein.«

Malach nahm die Blume vom Tisch. Eine weiße Rose, die letzte.

Nachdem er für das Essen bezahlt hatte, trug er sie mit sich in die glitzernde Nacht.

Dort, wo die Gassen schmaler wurden , boten die immer zahlreicheren Neonschilder viele Attraktionen an. Malach ging mitten in die Lichter.

»Ah, guten Abend. Möchten Sie vielleicht die Show sehen?«

»Die Jüdin«, erwiderte Malach.

Die Miene des Mannes veränderte sich.

»Erwartet sie Sie?«

»Sie wird mich empfangen.«

»Dann geh'n Sie hinauf. Und keinen Ärger, ich warne Sie.«

Malach stieß ein kurzes Lachen aus.

Er stieg die Treppe hinauf, die schmal und krumm war wie das gebrochene Rückgrat eines Kindes.

Als er klopfte, hörte er sie auf der anderen Seite der Tür. Hörte ihre Kleider, ihren rasselnden Atem.

»Wer ist da?«

»Malach.«

Die Tür ging auf.

Das Zimmer war dreckig und stank. Ein halboffenes Fenster ging auf die Straße hinaus, auf die hellerleuchteten Reklamen für Mädchen, Bier, Hot Dogs und indonesische Restaurants.

Auf den zugedeckten Möbeln standen Teller mit klebrigen, stinkenden Resten und hohe Biergläser mit Weinlachen. Er reichte ihr die Rose.

»Du brennst ja«, sagte sie. »Immer brennst du. Setz dich dahin. Dein Feuer wird mir sonst noch die Kammer auffressen.«

»Nein, Liebling. Nur mich selbst.«

»*Nicht* nur dich, du Teufel.« Einen Augenblick lang sprach sie Jiddisch zu sich selbst, als müsse sie sich beruhigen. Dann fuhr sie fort: »Aber ich sehe dich gern an.«

»Es ehrt mich«, meinte Malach. »Schau nur.«

Da lachte die Jüdin.

Sie war scheußlich. Fett und verschrumpelt, als ob die Nahrung, die sie schluckte, ihren Körper zerstörte. Ihr dickes Gesicht zierte ein Dreifachkinn, das auf ihre geschwollenen, tiefhängenden Brüste niedersank. Sogar ihre Augen, dunkel wie das Holz alter Schränke, waren in Taschen wächsernen Fleisches begraben. Doch sie war ein hervorragendes Medium. Er hatte sie schon vor langer Zeit benutzt; tatsächlich erinnerte er sich auch noch an sie als junge Frau, als sie eine Wespentaille hatte und schwarzes Haar bis auf die Hüften, wovon jetzt nur noch trockenes Stroh geblieben war.

»Was willst du, mein *wit minnar*? Willst du nun endlich mein Blut? Trink doch, es ist mir scheißegal, und mach wieder ein junges Mädchen aus mir.«

»Du bist mir viel zu nützlich, meine Dame«, entgegnete Malach.

Die Jüdin hob die fetten Schultern in dem schmierigen, formlosen Pullover. »Also?«

»Ich habe dir von der Frau erzählt.«

»Von deiner verlorenen Liebe, die du wieder von neuem verloren hast.«

»Ich habe sie verlassen«, erklärte er, »und dann starb sie.«

»Aus Liebe gestorben? Wir alle sterben aus Liebe zu dir, mein Hübscher.«

»Nein«, erwiderte er. »Ein Messer, das ihr ins Herz gestoßen wurde. Ich habe es dir damals erzählt.«

»Ja. Ich erinnere mich. Ich habe sie gesehen. Eine Frau brachte sie um. Willst du diese Frau jetzt haben?«

»Du hast gesagt, sie würde zurückkommen.«

»In einem anderen Körper?« fragte die Jüdin. Sie streckte die Hand nach einem übriggebliebenen Glas mit schalem Wein aus, nahm einen Schluck und schmatzte mit den Lippen.

»Sie hat es getan«, sagte er. »Und ihr Name ist Anna.«

»Nun ja«, sagte die Jüdin.

»Nun hat sie aber jemand anders genommen.«

»Bevor du soweit warst? Oh, du hättest dich aber beeilen sollen, mein Weißhaariger. Du hättest sie ganz schnell holen sollen.«

»Sie war doch noch ein Kind«, sagte er.

»*Nein*«, gab die abscheuliche Hexe zurück. »*Nein*. Sie wurde schnell erwachsen. Und sie rannte auf dich zu.«

»Sag mir, wo sie jetzt ist«, befahl er, »oder ich drehe dir den Hals um.«

Die Jüdin gab sich den Anschein großer Würde. »Du tust Frauen kein Leid an. Ich fürchte dich nicht. Schäm dich. Schwindler.«

»Ich habe auch Geld«, sagte Malach.

»Ich will dein Blut. Wie letztes Mal. Es hat zwar nicht gewirkt. Aber vielleicht diesmal.«

Träge sagte Malach: »Vielleicht. Wenn ich alles weiß.«

Er streckte die Hand aus. Zog sie wieder zurück.

Die Jüdin erhob sich und begab sich schwerfällig zu ihrem vollgedeckten Tisch; dort lag das Tarot, eine Quarzkugel, ein Buchstabenbrett. *Paraphernalia.*

Sie schob alles beiseite und beugte sich vor, wobei ihr stinkendes Haar in Spinnweben und Staub badete.

»Ah«, sagte sie. »Ah.«

Er sagte nichts.

»Wirst du mich eine Minute lang aus deiner Vene trinken lassen?«

»Wenn du unbedingt willst. Mein Blut wird dich vergiften.«

»So verrottet bist du nicht, mein Prinz. Hör zu. Sie hat weißes Haar, wie du.«

»Das weiß ich. Man hat es mir berichtet.«

»Nun, mein Liebster. Ihr Haar hat sich über die Hügel gebreitet.« Die Hexe nahm eine geeiste Flasche zur Hand. »Ich habe hier weißen Brandy. Willst du auch *Eis*?«

Kapitel sechzehn

Obschon es nicht die richtige Jahreszeit war, blies der Khamsin, ein Wind, der fünfzig Tage lang wehen konnte. Die Fenster waren verriegelt und die Rolläden heruntergezogen, dennoch hatte sich überall auf den verblichenen Oberflächen des Hotelzimmers der Staub abgesetzt. Ärgerlich hatte er ihn vom Schreibtisch gewischt. Und zuweilen hörte er neben dem insektenhaften Surren des Ventilators seine Tochter im Schlafzimmer husten.

Er wünschte, sie möge ruhig sein.

Paul-Luc Lebas beendete seine Aufzeichnungen; er schrieb mit sorgfältiger, engzeiliger Handschrift in einem untadeligen, grammatikalisch korrekten Französisch. Er klappte das kalbsledergebundene Buch zu und griff nach seinem Diplomatenkoffer.

Draußen dauerte der ständige Lärm der Stadt an. Rufe, Flüche, Autos und Kutschen wetteiferten miteinander, dazu das Lachen der Esel. In den engen Gassen am Hotel drängten sich immer noch die Obstverkäufer und die Süßwarenhändler, Männer, die Armreifen und sexuelle Perversionen verkauften und schwatzten und lachten. Auf der Corniche am Fluß fuhren die absonderlichsten Gefährte, und die Vergnügungssüchtigen schlenderten ihres Weges. Das wilde Treiben würde nicht aufhören, bis der Morgen hereingebrochen war. Sogar der sengende Wind aus der Wüste, Seths Skorpionensturm, konnte es nicht bezwingen.

Paul-Luc Lebas entriegelte den Koffer und griff in das Geheimfach. Er zog die Karte heraus.

Er breitete sie vor sich auf dem Schreibtisch aus.

Sie war nicht größer als eine Fotografie, ein Schnappschuß, und das Papier war nicht besonders, nicht hier hergestellt. Er vermutete, daß die Karte um 1900 angefertigt worden sein mußte. Es war keine Fälschung, aber das spielte auch kaum eine Rolle, wenn sie aus Europa kam und so neu war. Entweder sie zeigte die Wahrheit – oder eine Lüge.

Zuerst war er aufgeregt gewesen, in seiner kühlen, distanzierten Weise. Dann hatte er Zweifel gehegt. Aber es hatte immer solche Geschichten gegeben...

Paul-Luc beschäftigte sich schon seit zwanzig Jahren mit Archäologie; er hatte die Ausgrabungsstätten anderer besucht und sich jedesmal Feinde gemacht, nicht nur, weil er neidisch war, sondern weil er ein Verfechter harter Disziplin war, eine tiefverwurzelte Verachtung für die arabischen Arbeiter hegte (Abschaum), keinem über den Weg traute und nichts tat, was nicht vernünftig oder berechenbar war.

Nun war er über diese Gelegenheit gestolpert, für die er teuer genug bezahlt hatte. Der Verkäufer war in Windeseile mit den französischen Francs und den amerikanischen Dollars verschwunden gewesen. (Was sonst konnte man von dem Abschaum erwarten?)

Paul-Luc, der mit seiner kleinen Tochter reiste, war auf dem Weg ins Landesinnere.

Es war schon anstrengend, sich mit dem Kind zu belasten. Aber wenn sie erst einmal älter wäre, würde sie aus allem ihren Nutzen gezogen haben, und er sah bereits voraus, daß sie ihm eines Tages nützlich sein könnte als Sekretärin, der er sein Geheimwissen anvertraute, das er vor anderen verborgen hielt. Es wäre auch schön, wenn sie – sobald sie es gelernt hatte – mit Frauenhand seine Manuskripte tippte sowie die Artikel und Kritiken, die er über literarische Werke und das klassische Theater schrieb. Dazu mußte sie natürlich Latein lernen und vielleicht auch Griechisch, vielleicht sogar ein paar Hieroglyphen. Und Frauen taten sich mit diesen Sprachen so schwer. Sogar im Englischen machte Berenice keine Fortschritte mehr, obwohl sie fast sieben war und diese Sprache schon seit zwei Jahren lernte.

Begierig studierte Paul-Luc die Karte.

Morgen –

Das Boot stand schon bereit, ein schreckliches Fahrzeug ohne anständiges Bad und mit einem Boden, durch den das Wasser leckte. Aber die Reise würde nicht lange dauern.

Und dann noch dieser verdammte Wind, der zu dieser Jahreszeit nicht wehen sollte. Sie waren abergläubisch, diese stinkenden Araber. Sie könnten es ablehnen, das Boot zu steuern, oder sie könnten höhere Löhne verlangen.

Aus Berenices Zimmer war ein sanfter Plumps zu hören; eben noch über dem wirren Lärm der Straße zu vernehmen.

Dieses Kind. Was tat sie denn jetzt wieder?

Paul-Luc erhob sich und ging über den berühmten, etwas fadenscheinigen Teppich, dessen steile, gewebte Spitzen nach Süden wiesen. Das Hotel war unmodern und ausgezeichnet, selbst im Sommer stellten sie keine ungesunde Klimaanlage an. Paul-Luc stieg immer hier ab.

Heftig klopfte er an Berenices Tür.

Nach einer Pause erklang ein dünnes Stimmchen: »Ja, Papa?«

»Was machst du denn da, Berenice?«

»Nichts, Papa.«

»Ich werde jetzt hereinkommen.«

Er ging in das Schlafzimmer.

Der Ventilator war ausgestellt; sie hatte gesagt, nachts mache er ihr angst, die Bewegung gleiche einer riesigen Fliege. Aber es war ja auch nicht besonders warm zu dieser Jahreszeit, nur der heiße Wind hatte die Luft drückend werden lassen.

Berenice saß auf der Bettkante, das Fliegennetz war beiseite geschoben.

Sie war nach einer Königin benannt worden. Leider.

Als Marthe, die Wölfin, sie gebar, hatte er den Namen für das Baby ausgesucht. Sie sollte in den Namen hineinwachsen.

Doch sie war kein hübsches Kind, manchmal meinte er sogar, sie sähe häßlich aus. Marthe hatte Schick, war eine schöne Frau. Doch ihm hatte das nicht viel genützt, denn vor drei Jahren hatte sie ihn verlassen. Sie hatte nur einen schwachen Versuch gemacht, ihre Tochter mit sich zu nehmen, und er hatte ihn sogleich unterbunden. Seitdem hatten sie nichts mehr von Marthe gehört.

Berenice hatte ein pummeliges Gesicht, und ihr linkes Auge war um einiges schmaler als das rechte, ein Umstand, der ein Gesicht sehr interessant machte, wie Colette einmal behauptet hatte, aber Paul-Luc hatte auch für Colette keine Zeit. Berenice hatte auch kurze Beine, und ihr Bauch war immer aufgetrieben wie ein kleiner Ballon. Ihr Haar war lang, aber sehr dünn. Er achtete darauf, daß sie es gründlich bürstete, doch es war stets strähnig und von schmuddeliger Farbe – kein Schmuck. Er war nicht stolz auf seine Tochter.

»Warum bist du nicht im Bett?«

»Es tut mir leid, Papa.«

»Du bist ein böses Mädchen. Du weißt doch, daß du schlafen sollst. Morgen stehen wir ganz früh auf.«

»Ja, Papa.«

»Geh wieder ins Bett. Beeil dich.«

In ihrem kurzen weißen Nachthemd krabbelte sie wieder unter das Laken.

Kein Kuscheltier auf dem Kissen. Sie hatte einmal eine Plüschkatze gehabt, ein gräßliches, schmuddeliges Ding, aber ein Zimmermädchen im letzten Hotel hatte das Tier anscheinend gestohlen, um es ihrem eigenen armen Bastard zu geben. Paul-Luc veranstaltete einen Aufstand, doch ohne Erfolg. Es war ohnehin schon beschämend, wegen eines solchen Dinges eine Szene machen zu müssen. Die Magd hatte natürlich alles abgestritten.

Berenice hatte geschluchzt; aber als er ihr sagte, sie solle aufhören, tat sie wie ihr geheißen. Wenigstens gehorchte sie ihm immer sofort. Er hatte sie auch nie geschlagen. Er hatte sie nie körperlich geschlagen.

»Nun beruhig dich mal. Sag dir deine Englisch-Lektion noch einmal vor. Ich habe dir schon mal gesagt, daß es dir beim Lernen hilft und daß du dann ruhiger wirst und schneller einschläfst.«

»Ja, Papa.«

Sie machte eine komische kleine Geste, unbewußt. Zu der Seite des Bettes hin, auf der immer das Kuscheltier gelegen hatte.

Unwillig erkannte er die Geste.

In den ersten Nächten, nachdem Marthe gegangen war, hatte er auch... Aber er war kein Idiot und kein Schwächling. Marthe war eine Schlampe. Einmal, im Zorn, hatte er es sogar seiner Tochter erzählt. Denn sie, häßlich wie sie war, würde immerhin nicht die Gelegenheit zur Untreue haben.

Berenice wälzte sich auf die Seite. Ihr schlechtgekämmtes Haar lag auf dem Kissen wie ein Rattenschwanz. »Gute Nacht, Papa.«

Unten im Speisesaal waren die Ventilatoren abgestellt.

Die hohen Fenster gingen auf den Fluß hinaus, der in Nebel gehüllt war und zuweilen unter den Lichtern der Straße aufleuchtete.

Paul-Luc setzte sich an den Marmortisch mit dem fransigen Tischtuch und nahm die Speisekarte zur Hand. Er wollte nur eine Kleinigkeit essen und dazu französisches Mineralwasser aus der Flasche trinken, nicht dieses Zeug, das sie aus dem Nil schöpften – dieser verachtungswürdige Abschaum.

Die Lampen in Form von Moscheen glühten hinter ihren hölzernen Verkleidungen, und jede verbreitete einen roten, staubigen Schein um sich. Über dem Lärm des Verkehrs heulte Seths Wüstenwind.

Das Restaurant war fast leer. Gelangweilt blickte er um sich.

Und dann war seine Aufmerksamkeit unversehens gefesselt.

An einem Tisch auf der gegenüberliegenden Seite des Saales, wo eine der riesigen grünen Palmen sich an eine Säule schmiegte, saß eine jung aussehende Frau. Eine Europäerin.

Ihre blonde Haarfarbe mochte unecht sein, wirkte jedoch elegant. Große, dunkle Augen und ein schmales, leichtgebräuntes Gesicht. Sie trug passend zum Haar ein helles Leinenkostüm und darunter einen seidenen Strickpullover, falls der Abend kühl wurde. Von ihren Ohrläppchen baumelten zwei silberne Tropfen. Er konnte ihre Beine unter dem Tisch nicht erkennen, aber er zweifelte nicht daran, daß sie wohlgeformt waren, und daß sie Strümpfe aus reiner Seide trug.

Als sie bemerkte, wie er sie anstarrte, erhob sie ihr getöntes Glas mit Absinth.

Eine sparsame, doch schmeichelnde Geste.

Es fiel ihm nicht ein, sie zu erwidern. Zumindest jetzt noch nicht.

Er dachte, sie könne ja immer noch hier sein, wenn sie aus der Wüste zurückkehrten. Und wenn nicht, war es ihm natürlich gleichgültig.

Das Kind störte ein wenig, aber er konnte Berenice einfach in ihrem Zimmer lassen. Das war anderswo auch schon geschehen.

Die Blonde wirkte nicht billig oder so, als sei sie leicht zu haben. Sie hatte den Habitus einer Adligen, einen Zauber, den selbst zweihundert Jahre Demokratie nicht hatten zerstören können.

Er hatte sie nicht gegrüßt, warf ihr aber Seitenblicke zu, während er im Menü blätterte.

Sie beobachtete ihn immer noch (sollte sie, er war es schon wert), und dann sah sie weg, ohne nervös zu werden.

Sie hatte Stil. Keine Französin, vielleicht eine Französisch-Schweizerin oder eine weitgereiste Norwegerin.

Da kam der Kellner mit seinem tiefroten Clownshut, und Paul-Luc zeigte ihm eines der französischen Gerichte auf der Karte. »Empfehlen Sie das Madame.«

»Sie hat bereits Couscous bestellt, Monsieur.«

»Dann hat sie Pech gehabt.«

Kapitel siebzehn

Das Leben hatte sich verändert, war zu einer Farce geworden, seit Althene abgereist war. Rachaela schlief nun die Tage durch, wachte am Spätnachmittag oder gar erst bei Sonnenuntergang auf. Die Uhren waren stehengeblieben, und nur die Nachrichten im Fernsehen hatten sie schließlich munter gemacht. Da stellte sie ein paar der Uhren auf die richtige Zeit um; andere blieben auf Sommerzeit stehen, wie zur Zeit des Abschieds.

Elizabeth und Reg, die jetzt ebenfalls den Code zur Haustür kannten, gingen aus und ein, wie sie es immer schon getan hatten. Manchmal weckte Elizabeth mit dem Staubsauger Rachaela für ein paar Momente auf. Sie hatten aber nicht viele Teppiche.

Sie hinterließ Nachrichten für Elizabeth; sie schrieb, sie habe die Grippe. Später schrieb sie einfach, der Kuchen habe wunderbar geschmeckt oder ein Spielzeug von Jelka oder Jacob oder Juliet sei an irgendeinem unzugänglichen Ort verlorengegangen, und ob Reg es bitte wieder holen könne. Oder sie bat um Kaffee oder Wein oder um Katzenfutter.

Althene hatte ihr einiges Bargeld dagelassen, und Rachaelas Konto auf der Bank blieb stets gedeckt. Rachaela erkannte, daß sie schließlich einmal zur Bank fahren und Geld abheben müßte, um Elizabeth und Reg ihren Lohn zu zahlen. Jetzt aber noch nicht.

Manchmal wandelte sie im Zwielicht durch den Garten. Dort wucherte das Unkraut, Statuen gab es jedoch nicht. Das war nicht der Stil der Scarabae.

Ansonsten verließ sie das Haus nicht.

Die Katzen, die sich immer anpaßten, schliefen mit ihr die Tage durch, schlüpften durch das Fenster in den Garten, wenn es nötig war, und kletterten am Baum herunter. Später gingen sie zu Elizabeth.

Manchmal saß Juliet nachts bei Rachaela auf dem Fußboden des Wohnzimmers. Sie leckte Milch oder Sahne aus einer Untertasse. (Rachaela trank langsam, aber stetig eine Flasche Wein leer. Später am Abend dann meist noch eine.) Jacob kroch draußen durchs Gras.

Jacob und Juliet kämpften nicht mehr; dafür war Jelka wild geworden – sie sprang auf die hohen Gartenmauern und auf das Dach des Hauses. Sie jaulte den Mond an und bekämpfte jede fremde Katze, die es wagte, in ihrem Revier zu erscheinen. Manchmal sogar ihren Vater.

Ob sie Anna vermißte?

Tue ich es?

Althene ist losgezogen, Anna zu suchen. Aber sie – er – wird Anna nicht finden. Althene wird nie zurückkehren.

War dies Rachaelas Verfolgungswahn?

Aber war sie denn je paranoid gewesen? Hatte sie nicht recht behalten mit ihrer Furcht, beobachtet zu werden – die Leute mußten wirklich dagewesen sein.

Und zweifellos hatte sie recht in bezug auf Althene.

Rachaela hatte sie ohnehin verloren; Althene war ein Mann geworden.

Ich war auch vorher allein. Dreißig Jahre lang. Und es hat mir gefallen.

Sie entsann sich ihres unsicheren, sorglosen Lebens. Sie hatte ihre eigenen Gewohnheiten gehabt; alle drei Tage Haarewaschen, ihre perlmuttfarbenen Beine rasieren, zum Waschsalon gehen, wenn es nötig war, sich selbst kleine, öde Mahlzeiten kochen, die wöchentliche Flasche Wein, die zwei oder drei Tage reichte.

Ich bin nicht länger sie. Die Sie, die ich einmal war.

Nun aß Rachaela die Gerichte, die Elizabeth für sie kochte, und an den Tagen, an denen Elizabeth nicht kam, aß sie bergeweise heißen, gebutterten Toast, Brie- und Cheddarscheiben und Dosenpudding, der im Sirup triefte.

Sie veränderte sich nicht im Aussehen, sowenig wie die unbeachteten Uhren. Keine Stunde, die sie nicht zur Kenntnis nahm, konnte ihr etwas anhaben. Ihre Haut blieb rein, ihre Taille schlank. Auf ihren Beinen wuchs kein einziges Haar mehr; vielleicht waren sie durch die rauhen Rasuren zerstört worden. Und ihr Kopfhaar wurde nicht fettig, obgleich sie es fünf oder sechs Tage lang nicht wusch.

Sie wechselte einmal in der Woche die Laken und wusch ihre Unterwäsche und Strümpfe aus. Das war alles.

Sie trank hellrosa Wein und betrachtete das Fernsehprogramm durch eine rosarote Brille.

Sie fühlte sich nicht unglücklich, verzweifelt, war nicht wütend, nicht beraubt.

Sie fühlte sich ... unwirklich.

Wie ein Geist strich sie um drei Uhr morgens durch das Haus – die Stunde des Wolfs, des Schattens. Juliet begleitete sie, manchmal auch Jacob.

Sie warf einen Blick in Annas Zimmer.

Elizabeth hatte das Bett gemacht. Ursula die Füchsin lag darin, umschlang das weiße Kaninchen, damit sie es bequemer hatten.

Zuweilen schlief auch Jelka hier, gekuschelt an Fuchs und Kaninchen, denen immer noch der ferne Duft einer verlorenen Liebe anhaften mochte.

Manchmal lag Rachaela mit einem Kissen unter dem Kopf auf dem Fußboden des Wohnzimmers und hörte Prokofjew, Tschaikowsky, Rachmaninow. Doch sie konnte sich nun nie mehr richtig auf die Musik konzentrieren; manche prächtigen Phrasen und goldenen Melodien erfüllten sie einen Augenblick lang, doch dann tauchte sie wieder weg.

Wenn sie Musik hörte, stellte sie fest, daß sie aus irgendeinem Grunde an ihre Mutter dachte, an ihr Leben davor. Es waren trübe, vielfach unerfreuliche Erinnerungen.

Dann eines Nachts, als sie mitten in der Nacht einen Horrorfilm gesehen hatte, fand sie sich um vier Uhr morgens in der Bibliothek wieder; sie fragte sich, ob sie dort vielleicht einen schwarzhaarigen Mann vorfinden würde, der sich aufgehängt hatte. Da hatte sie die Angst wie eine Woge überkommen. Sie sah den rachedurstigen Schatten Ruths mit einer brennenden Fackel durch die Büsche schleichen; sie wollte das Haus zerstören und Rachaela darin bei lebendigem Leibe verbrennen.

Aber Ruth konnte nicht nur ein Schatten sein. Ruth war in Fleisch und Blut zurückgekommen.

Eines Nachts schlief Rachaela bei der dritten Flasche Sauvignon ein und war bis neun Uhr am nächsten Morgen bewußtlos.

Als sie aus der Dusche kam und sich angekleidet und ein Handtuch um die Haare geschlungen hatte, hörte sie Elizabeth ins Haus kommen.

Neugierig ging Rachaela hinunter – sie wollte bloß sehen, wie Elizabeth jetzt aussah und was sie tat.

Elizabeth zuckte ein wenig zusammen.

Doch sonst sah sie aus wie immer, auch ihr leuchtendes Haar.

»Wie geht's Ihnen, Mrs. Day?«

Rachaela sagte, es ginge ihr gut. Sie wollte zum Kühlschrank, aber Elizabeth war schneller; sie briet Schinken und Eier und schmierte Butter auf das Brot, das sie am Abend zuvor gebacken hatte.

Gemeinsam aßen sie am Küchentisch, und die drei Katzen, die sehr zufrieden schienen, fraßen auch ihre Eier, dann spielten sie mit Gummimäusen unter den Fenstern, durch die die Sonne hereinschien.

»Sie müssen es nicht zu schwernehmen«, beruhigte sie Elizabeth. »Reg hat mich auch einmal verlassen. Aber er ist zurückgekommen.«

»Ach, Sie meinen, das ist passiert«, sagte Rachaela.

Elizabeth wurde rot.

»Es geht mich ja nichts an, aber trotzdem. Ich hab' mir geschworen, es Ihnen zu sagen.«

Nimmt sie nur an, daß Althene und ich uns als Frauen liebten, oder weiß sie auch, daß Althene ein Mann ist?

»Das ist lieb von Ihnen«, sagte Rachaela. »Aber ich würde sagen, es liegt alles etwas anders.«

»Na ja, warten Sie nur ab.«

Heute wechselte Elizabeth die Laken.

Rachaela saß vor dem Spiegel und schminkte sich; Puder und Rouge, Lidschatten, Maskara und Lippenstift.

»Ich könnte ja ein wenig ausgehen.«

»Das würde Ihnen nur guttun«, erwiderte Elizabeth, die die Kissen um Juliet steckte, weil diese sich entschieden hatte, dort jetzt ihr Nest haben zu wollen.

Wieder ein Klischee. Elizabeths simple Worte, die klangen, als entstammten sie einer Seifenopfer, hatten Rachaela gezeigt, daß es doch noch richtige weibliche Ziele und eine Hoffnung im Leben gab.

Sie mußte lachen.

Einem plötzlichen Anstoß folgend schritt sie den Hügel hinunter, umging die Stadt und betrat den Bahnhof. Kaufte eine Fahrkarte nach London.

Sie kannte London.

Was zum Teufel hatte sie bloß so lange hier draußen gemacht?

Im Zug sann sie über die letzte Fahrt nach. Mit Anna und Althene.

Die Scarabae lebten in London.

Aber sie wollte nicht die Scarabae besuchen.

Sie wußte, was sie tun würde. Sie hatten ihr viel Geld verschafft – sie hatte genug, um zu fliehen.

Sie würde in die Schaufenster der Immobilienmakler schauen. Eine Wohnung, groß genug für sie und die drei, die von ihr abhängig waren – Juliet, Jacob und Jelka.

Als sie aus dem Zug stieg, ging sie in ein Weinlokal, in dem Gurkengläser im Fenster standen. An den Tischen lungerten noch ein paar verspätete Mittagsgäste, ein paar, die ihre Spesen verfraßen, und halbbetrunkene Liebespärchen.

Rachaela bestellte Nudeln mit Käse und Pilzen und eine Flasche Verdicchio.

Dann ging sie in eine andere Bar und trank zwei Gläser trockenen Roten. Hier versuchte ein Mann sie aufzureißen. Was hätte sie noch vor Jahren getan? Ihn einfach nicht beachtet? Weggerannt, ihn fortgestoßen? »Wie nett«, sagte sie. »Ich nehme hundert Pfund. Ist das recht?«

»Jesus«, sagte der Mann bloß. Er wurde so rot wie der Wein und verdrückte sich, sein plötzlicher Schweißausbruch war trotz des Fabergé noch zu riechen.

Was hätte sie getan, wenn er einverstanden gewesen wäre? Wäre sie auf die Damentoilette gegangen und hätte sich – da sie auch nach ihren Exzessen mit dem Siruppudding immer noch schlank war – durch das Fenster aus dem Staub gemacht?

Sie schlenderte durch die Straßen. Sie schaute in die Fenster der Immobilienmakler. Die Wohnungen waren erschreckend teuer, und sie konnte sich jede leisten.

Aber sie war noch nicht zur Entscheidung bereit.

Immer wieder ging sie in eine Bar, sogar in einen Pub und bestellte sich ein paar Drinks. Keine Flirts mehr.

Die Straßen waren dreckig, die Häuser mit Schmutz und Alterspatina überzogen. Ab und zu konnte man einen Blick auf weiße Säulen, Kräne, Stahlträger, große, steinerne Verzierungen und Geranien erhaschen, die die Kälte in ihren Körben umgebracht hatte. Zwischen den hastenden Beinen pickten Tauben. Sie fühlte einen Stich des Mitleids mit ihnen. Sie wandte sich den Wohnstraßen zu.

Die Sonne ging unter, in einem erstaunlich lebendigen Farbton wie eingemachte Aprikosen, und das Zwielicht war wie Honig.

Nun hatte sie einen Park gefunden und erstieg einen dunkelgrünen Hügel.

Hier flogen Drachen vor einem Himmel aus flüssigem Glas. Eine Art ruhiger Versammlung hatte sich eingefunden, Menschen, die von unten heraufgestiegen waren, um das Ende eines Tages mitzuerleben.

Weit unten standen die höchsten Türme der Stadt wie auf einer Insel – eine Szene aus einem Science fiction-Film oder einer Neufassung von *Metropolis*. Als der Glanz des Himmels zu einem blassen Orange abschwächte, gingen die Lichter der Welt an. Und schon bald war der bewaldete Hügel von einem Lichterkreis umgeben.

»Anna!« schrie jemand.

Rachaela drehte sich um. War sie erschrocken oder nur erstaunt?

Doch es war ein ganz gewöhnliches Kind, das auf seine ganz gewöhnliche, liebende Mutter zulief.

Rachaela setzte sich auf eine Bank, in der Asche des Tages.

Plötzlich vermißte sie die drei Katzen; so sehr, daß ihr die Tränen in die Augen stiegen.

Sie mußte zurück. Den ganzen Weg zurück.

Sie ließ den Hügel hinter sich und suchte einen Pub auf, wo sie einen doppelten Brandy trank.

Dann entdeckte sie in dem feudalen Viertel eine Mietwagenfirma, wo man ein Auto auftrieb, das sie bis zu dem Haus auf dem Hügel bringen konnte.

Gott sei Dank schwieg der Fahrer.

Sie grübelte darüber nach, was sie getan hatte. Sie hatte gar nichts getan. Nichts erreicht. Nur zwei Gefühlsausbrüche, einmal für die Tauben, dann für die Katzen.

Zwei Abende später klopfte es nach Einbruch der Dunkelheit an der Haustür. Jacob stürzte hin, als wolle er öffnen, was er natürlich nie tat.

Rachaela dachte: *Ein gefährlicher Angreifer? Ein Mann mit einer Axt?* Oder einer von ihnen, einer der Scarabae?

Als Rachaela zur Tür gelangte, rannte Jacob davon.

Sie öffnete. Unklug. Vielleicht.

Draußen stand ein kleines Mädchen, ganz in fließendes Schwarz gekleidet. Sie trug eine weiße Maske, die ihr halbes Gesicht bedeckte, und ihr Mund war ungeschickt rot geschminkt worden. Sie grinste, und im Mund wurden gelbliche spitze Zähne sichtbar, die sie in einem Scherzartikelladen gekauft haben mochte.

Ein Vampir.

Ein kleines Vampirmädchen, ganz allein.

»Ja?« fragte Rachaela verblüfft.

»Schaden oder Spott?«

Es war Halloween, und die amerikanischen Gebräuche waren nun überallhin gedrungen, sogar bis auf den steilen Hügel.

Unten in den Pappeln regte sich etwas. Ein Erwachsener, der den kleinen Vampir begleitete, für alle Fälle.

Und doch, wenn sie wollte, konnte Rachaela sie ins Haus zerren. Die Tür zuschlagen. Sie ermorden oder Schlimmeres –

»Also lieber den Spott, was?«

Achtlos – der Erwachsene konnte ja eine Axt haben – ließ Rachaela die Tür weit offen stehen.

Sie ging in die Küche und holte ein paar von Elizabeths Schokoladenplätzchen aus einer Schale, goß ein Glas Rotwein ein und entnahm der Kleingeldschüssel auf dem Tisch zwei Pfund in Münzen.

Das alles reichte sie dem geduldigen kleinen Vampir.

»Paß auf, daß du dir nicht die Zähne an den Plätzchen ausbeißt.« Sie hörte sich schon an wie Elizabeth. »Und da kannst du mal dran nippen, und dann gibst du's deinem Daddy.«

Das kleine Vampirmädchen war glücklich. Viel zu glücklich, um sich zu bedanken, schoß es die Einfahrt hinunter, und der Wein funkelte im Licht, das aus dem Korridor nach draußen strahlte.

Eine rauhe, erkältete Männerstimme schrie ihr ein Dankeschön zu.

Ich hätte sie beide vergiften können.

Ich hätte sie hereinlocken und ihr Blut trinken können.

Sie schloß die Tür, und beim nächsten Morgengrauen fand sie das Glas halbvoll auf dem Vogelbad wieder. Kein Trinker. Kein Scarabae. Ein normaler Mensch mit einem normalen, schwierigen, leichten Leben.

Kapitel
achtzehn

Aus der geschwungenen Reihe der graublauen Häuser stach ein Haus in einem warmen Rosaton hervor. Im letzten Licht des öden Tages schien es wie eine warme Sonne in die Gracht.

Welch ein irreführender Eindruck.

Es war ein sehr kaltes Haus, denn als Sofie es vor dreißig Jahren modernisieren ließ, hatte sie keine Zentralheizung gewollt. Ihre eigenen Räume wurden durch elektrische Öfen beheizt, aber die anderen Räume und das Treppenhaus waren eisig wie ein Gletscher.

Ein wenig Charme jedoch war dem Haus verblieben; es gab schräge Korridore, die Deckenbalken bogen sich, und die Treppen, obgleich mit dicken schwarzen Teppichen belegt, schraubten sich verschnörkelt und gewunden in den oberen Stock. Die Wände jedoch waren in Rot und Mauve gestrichen; es gab moderne Gemälde mit Gegenständen wie zerbrochene Eier und zerfetzte Arterien – *das* Eine hingegen hätte sie nie erlaubt, und auch keine auffälligen Farben. Das Haus war nun ›up to date‹, wie sie es in englisch ausdrückte.

Der junge Mann stieg aus dem Auto und blieb auf dem Kopfsteinpflaster stehen, während der Wagen abfuhr. Die kahlen Bäume streckten ihre Äste nach dem verlorenen Sommer aus. Bald schon würde es Frost geben. Und auf den Grachten wären die Schlittschuhläufer unterwegs.

Amsterdam roch nach Kälte, Autoabgasen und ganz schwach nach der See.

Als er die abgetretenen Stufen hinaufgestiegen war, stellte er seine Tasche ab und läutete an der Tür.

Wartend stand er da, regungslos. Sofies Dienerin Grete würde eine Weile brauchen, um zur Tür zu kommen. Sie war alt und eigenwillig. Sie erzählte Sofie allen Tratsch, und manchmal zerbrach sie etwas. Sofie lachte dann nur – sie konnte sich jederzeit Neues kaufen.

Da hörte er einen schweren Schritt hinter der Tür, der nicht von Grete stammte, und die Tür sprang auf.

Ein Mann hatte sie geöffnet, er trug Jeans, einen karierten Pullover und einen Ledermantel. Ziemlich groß, ein wenig dicklich, nicht kräftig. Gelbliches Haar, wie ein Mop mal lang, mal kurz geschnitten. Das Gesicht besaß einige einprägsame Züge, doch das war auch schon alles, und gipfelte in zwei kleinen, hellen Augen.

»Hi. Wer sind Sie?«

Ein Amerikaner.

»Wo ist Sofie?« fragte der Besucher.

»Sofie? Ach Sofie. Da kommt sie ja.«

Der Besucher schaute an dem Dicken in der Tür vorbei auf den schwarzausgelegten Korridor, in dem eine Bronzestatue stand, die verschlungene Eingeweide darstellte. Sofie stand auf der Treppe.

»Johanon. Warum bist du zurückgekehrt?«

»Ich werde es dir später erklären.«

Sie war sehr überrascht, wußte aber, wer er war. Kein Zögern, kein Zweifel, obgleich sie ihn ein Leben lang – länger – nicht in dieser Erscheinung gesehen hatte. Ihr Sohn. Ihr Sohn, der beim letzten Mal als Frau gekleidet zu ihr gekommen war und sich auch wie eine Frau geschminkt hatte. Auch da hatte sie ihn Johanon genannt – der Name, den sie ihm als ersten gegeben hatte. Er hatte es schon vor langer Zeit aufgegeben, ihr zu sagen, daß es nicht der Name war, den er benutzte. Sie hatte sich niemals, niemals dazu herablassen wollen, ihn *Althene* zu nennen.

»Willst du also vor Bus nicht sprechen?«

»Nein, Mutter.«

»Du mußt aber. Bus ist mein Gefährte.«

Johanon blickte Bus an. Bus fand es schwierig, in diese kalten schwarzen Augen zu sehen, aber er, Bus, war ja bewaffnet, und gut bewaffnet. Sofie hatte ihm soeben die Waffe in die Hand gelegt.

»Ach, dann bist *du* also der warme Bruder, häh?«

»Geh mir aus dem Weg.«

Unwillkürlich trat Bus zurück. Dann warf er sich in die Brust.

»Klar, Baby, klar. Will doch nich', daß du dir 'n Nagel krümmst.«

Beunruhigt richtete sich Sofie zu ihrer vollen Größe auf.

Sie war klein, ein Körper wie der einer üppigen Tänzerin, mit großen Brüsten, zierlichen Händen und einem schlanken, biegsamen Hals. Sie wirkte wie dreißig, einunddreißig. Ihr schulterlanges Haar war fachmännisch gefärbt und frisiert. Die hellen, blaugrünen Augen waren sehr rund. Eine Eule mit dem Hals einer Schlange. Sie trug ein schlichtes blaues Kostüm und ein modernes Armband am Handgelenk, das aussah wie eine Sammlung von Krallen.

»Warum ist er immer noch da?« fragte Johanon in holländisch.

»Bitte sprich englisch, Johanon«, bat sie. »Bus versteht kein Holländisch.«

»Spricht er denn englisch?«

Sofie verzog das Gesicht. Ihre runden Augen wurden noch ein wenig runder.

»Bus ist mein Freund«, erklärte sie auf englisch.

»Sie wollten doch«, sagte Johanon, ebenfalls in englisch, »daß du dir einen anderen zum Freund nimmst.«

»Hey, hey«, warf Bus ein.

»Komm in den Salon«, bat Sofie.

Sie gingen; Sofie voran, dann Johanon, Bus hinterdrein. Bus flötete stumm und machte kleine Bewegungen, als müsse er sich zurückhalten, Johanon in den Hintern zu kneifen.

Der Salon lag im ersten Stock, ein großer Raum mit zwei scharlachrot gestrichenen Wänden, die beiden anderen in schwarz und pfirsichgelb. Ein besonders moderner Kronleuchter hing von der Decke herab, mit Eulenkrallen besetzt wie das Armband.

Bus ließ sich auf eine schwarze Ledercouch mit neongelben Kissen fallen, die wie Edelsteine geformt waren.

Der elektrische Kamin brannte, ein seltsames Gebilde mit einer Ummantelung aus schwarzem Marmor. Punktstrahler waren auf Skulpturen gerichtet, und in einer Vase verkümmerte eine einsame Gewächshaus-Lilie.

»Setz dich«, sagte Sofie. Sie setzte sich neben Bus und nahm seine Hand. Kichernd ließ er es geschehen.

Dann schrie Sofie. Sie schrie nach Grete.

»Jesus, für so 'n kleines Mädchen hast du ehrlich 'ne ganz schön große Stimme.«

Johanon hatte sich in einen rostfreien Stahlrohrstuhl gesetzt.

Das Zimmer war nicht mehr ›up to date‹. Es mutete eher museal an.

»Nun, Johanon, was willst du?«

»Allein mit dir sprechen, Mutter.«

»Ich habe gesagt, daß das nicht geht. Ich will Bus dabeihaben.«

»Es geht nicht um die Familie – wenigstens hat es nichts mit deiner Beziehung zu diesem Mann zu tun.«

»Hey, hey«, machte Bus wieder.

»Sie haben versucht, mich mit ihren Lügen zu vergiften«, klagte Sofie. »Sie müssen mich jetzt in Ruhe lassen.«

»Diese Familie«, sagte Bus. »Das sind doch diese ollen – äh – *Vampire*, häh?« Er grinste. Er hatte starke weiße Zähne.

Johanon sagte nichts darauf.

Grete betrat das Zimmer. Sie starrte Johanon wütend an. Hatte *sie* ihn erkannt? Vielleicht nicht.

»Ja«, sagte Grete.

»Bring uns den Tee.«

»Hast du ein Bier da?« fragte Bus.

»Und ein kaltes Bier für Bus.«

»Ja«, sagte Grete.

Sie warf einen Seitenblick auf Johanon, und plötzlich zog sie die Brauen hoch. Sie hatte verstanden. Wenn Sofie eine Eule war, so war Grete ein fetter Geier. Sie drehte sich um und stapfte hinaus.

»Nein, aber nun sag doch mal, mein Kätzchen«, wandte sich Bus an Sofie, »wie das ist mit diesen Scarabae.« Er sprach es Scarabei aus.

Johanon saß still da. Er schaute Bus an, aber Bus wich seinem Blick aus. Seine verglasten Augen glitten zur Seite.

»Ich habe dir die Wahrheit über sie erzählt«, entgegnete Sofie. »Sie sind Hunderte von Jahren alt. Sie leben von Blut und Macht. Ich habe nur die Hälfte ihrer verdorbenen Gene. Aber ich bin älter, als ich aussehe.«

»Du siehst einfach klasse aus, Honey.«

»Ach, das liegt doch in der Familie. Ich habe dich doch niemals angegriffen, Bus, oder?«

»Würd' dich auch nicht lassen, Baby.«

Hartnäckig sagte Sofie: »Ich habe es nie *versucht*, Bus.«

»Ja, Mutter«, sagte Johanon nun. »Ich weiß ja, daß du ihm alle diese interessanten Geschichten über die Familie erzählt hast. Ich weiß auch von dem Ring, den du ihm gegeben hast, und den er auf der Amstelstraat versetzt hat. Und wie die Familie ihn zurückbekommen hat. Ich weiß auch, daß er deine Geschichten in den ganzen verrufenen Vierteln verbreitet hat, wo er sich Pornofilme anschaut und Mädchen aufgabelt, und in den Cafés, wo er mit anderen Amerikanern Dope raucht. Ihr habt euch in der Nacht kennengelernt. Das ist vielleicht noch entschuldbar – der Rest aber nicht. Aber wir haben dieses Gespräch ja schon einmal geführt.«

»Ich sollt' dir sagen, du Arschloch –«, begann Bus.

»Du solltest mir sagen, daß du gehen wirst.«

Bus stand auf. Er streckte seinen wabbeligen Körper.

Dann kam er heran und stellte sich vor Johanon.

»Willstes mal versuchen, Süßer?«

»Bleib hier bei mir, Bus«, bat Sofie.

»Klar, klar. Schätze, dieser Kerl hier bringt auch nix als Gekläff.«

Bus drehte eine Runde durch den Raum. Vor einem Stahlschrank blieb er stehen. Darin standen drei unschätzbar wertvolle, verfilzte, gewundene Objekte.

In holländisch sagte Johanon: »Sofie, ich bin gekommen, um über meinen Vater zu sprechen.«

Sofies Gesicht wurde zu einer farblosen Maske. Sogar ihre Augen schienen alle Farbe verloren zu haben. Sie rang die

Hände, faßte sich an den Hals. Sie weinte: »Bus, Bus, verlaß mich nicht.«

Bus blickte sich wieder um, starrte Johanon an.

»Hey, du willst doch bloß Ärger machen. Da hab' ich 'ne Idee.« Bus grinste. »Warum kümmerst du dich nicht um dein' eigenen Kram?«

»Wirf ihn raus«, riet Johanon in holländisch.

Sofie sprang auf und rannte aus dem Zimmer. Ihre weichen Samtschuhe machten keinen Laut auf dem Teppich, sie verschwand einfach.

Bus zuckte die Achseln.

Er schlich wieder durch den Raum, ließ sich wieder auf das Ledersofa sinken.

»'n bißchen hysterisch, deine Mom. Darum mag sie mich ja auch. Braucht mich. Laß uns doch friedlich bleiben. Sie sieht gut aus für ihr Alter. Wie alt is' sie, sechsundvierzig? Klasse operiert. Wir kommen prima miteinander aus.«

Johanon erhob sich.

Bus leckte sich die Lippen und stand auch auf.

»Hey.«

»Bleiben wir doch friedlich«, sagte Johanon, »weil sie es so haben möchte. Da ist die Tür.«

Bus beugte sich vor. Er raunte: »Warum gehst du nicht einfach rauf und machst *deine* Extravorstellung. Sie hat mir davon erzählt. Zieh dein Kleid an. Mach schon. Würd' das gerne mal sehn. Ich wette, du siehst als Frau ganz toll aus. Laß dein Haar runter. Dann noch 'n bißchen Rouge und Maskara – Netzstrümpfe –«

Johanon erwischte Bus mit dem Handrücken mitten im Gesicht. Bus strauchelte. Blut schoß aus seiner Nase wie dicker Himbeersirup.

»Uh Jesus – uh Christus –«

»Jetzt geh. Bleib drei Tage weg. Bis dahin bin ich fort. Was ihr beide danach macht, ist eure Sache.«

»Uh, meine arme Nase – du hast sie mir gebrochen –« Schluchzend kniete Bus auf dem schwarzen Teppich, auf dem die dicken Blutstropfen nicht zu sehen waren.

Grete trat ins Zimmer. Sie blickte erst Bus an, ging dann um ihn herum und stellte das silberne achteckige Teeservice und das gekühlte Bier klirrend auf den Tisch.

»Ich will einen verdammten Arzt haben.«

Grete grinste. Sie rührte sich nicht vom Fleck. »Ja.«

»Sie wird es nicht mögen, wenn ich dich umbringe, Amerikaner«, sagte Johanon. »Aber ich werde dich töten. Nun, wo ich weiß, daß auf ihrem Teppich kein Blut zu sehen ist.«

Bus blickte an seiner geschwollenen, blutenden Nase vorbei zu ihm auf. Er hatte Angst.

Grete kicherte. »Ja«, sagte sie.

Bus stand auf. Stolperte hinaus. Und anders als bei Sofie hörten sie seinen lärmigen Abstieg und dann das Knallen der Tür, wodurch das alte Haus in seinen Grundfesten erschüttert wurde.

Er ließ das Tablett mit Tee und Bier im Salon stehen und schritt durch das kalte rosa Haus, hinauf zu dem krummen Flur, an dem ihr Schlafzimmer lag.

An der Tür rief er ihren Namen.

»Nein«, sagte sie, sie mußte genau hinter der Tür stehen.

»Dann warte ich unten im Salon.«

»Geh jetzt. *Ihm* hast du schon Angst und Schrecken eingejagt. Ich will meinen Freund, meinen Bus.«

»Er gehört nicht dir, Mutter. Er gehört vielen. Ihnen gibt er dein Geld und die Juwelen, die zu verschenken du kein Recht hattest.«

»Sie haben mir gehört!«

»Um sie zu bewahren. Unter den Scarabae weiterzugeben.«

»Fahr zur Hölle, du Ungeheuer. Du – bist kein Mensch –«

»Sofie, ich würde ja mit Freuden gehen. Aber es gibt da noch ein paar Fragen, die ich stellen muß.«

»Nein, nein.«

Er stieg wieder die Treppe hinab und trank im Salon Tee. Grete stand wie eine Puppe in der Ecke, unter der Lilie.

»Machst du mir das Zimmer auf dem Speicher fertig? Das sie mir immer gibt?«

»Ja.«

Grete machte keine Anstalten, sich zu bewegen, doch dann kam sie unversehens auf den Tisch zu und nahm eine der Bierdosen, die für Bus bestimmt gewesen waren. Das Eis war geschmolzen. Sie setzte die Büchse an und trank sie in einem Zug leer.

Dann stapfte sie hinaus.

An dem Speicher hatte Sofie nicht viel verändert, oder vielmehr hatte sie nicht gesehen, was sich verändern ließe. Die Decke neigte sich zu den Fenstern hinunter, die auf die dunkle Gracht hinausgingen. (Lampen und Glühwürmchen im Wasser, das in der Schräge über seinem Kopf gespiegelt wurde.)

Das Zimmer war weiß und eiskalt. Das Bett nicht bezogen. Eine Matratze und ein Kopfkissen ohne Bezug.

Sie hatte keine Verwendung mehr für den Raum hier oben und deshalb ihren Sohn dort untergebracht.

Er lag auf dem Bett, in der frühen Dunkelheit, und beobachtete die Wasser-Licht-Wellen über seinem Kopf.

Er hatte sich noch nicht ganz von dem Schlag erholt, der seinen Blinddarm hatte zerplatzen lassen und einen kleinen Teil des Darms durchlöchert hatte. Es ging leidlich, aber er war immer noch nicht so kräftig, wie er eines Tages wieder sein konnte.

Er lag da und starrte nach oben.

Es war im Grunde noch schlimmer.

Althene – sie – war seine Rüstung, seine nach außen gewandte Seele, und lastete auf ihm wie eine Blume aus Eisen.

Die arme Lilie – Althene hätte sie herausgepflückt und in irgendeine rauchige grüne Flasche gesteckt. Aber er war nicht Althene, zumindest im Augenblick nicht.

Sofie würde sich schon wieder beruhigen.

Sie war ziemlich wild geworden. Doch nach solchen Anfällen wurde sie gewöhnlich auch wieder zahm, manchmal sogar zugänglich.

Arme, blöde Hexe.

Müde schloß er die Augen und ruhte ein wenig.

Ungefähr um neun Uhr kratzte Sofie an der Tür.

»Johanon – willst du herunterkommen und mit mir essen? Nein, Grete hat nicht gekocht. Ich hab' etwas kommen lassen. Ein italienisches Gericht.«

Er sagte, er käme gleich und begab sich in das Bad, das sich an die Kammer anschloß. Keine Handtücher und keine Seife. Er benutzte die Utensilien, die er mitgebracht hatte, und putzte sich die Zähne.

Er ließ das lange Haar herabfallen, ohne hinzuschauen, und band es wieder aus dem Gesicht zurück.

Irgendwie wird man bei den Eltern immer wieder zum Kind, ob man nun dreißig ist oder dreihundert Jahre alt.

»Mut«, sagte er zu sich selbst. Das erinnerte ihn an Althene, und er schob den Gedanken beiseite. Er wollte nicht an sie denken, auch nicht an Rachaela oder Anna. Er hatte keine Zeit dazu.

Sofie war im Eßzimmer.

Es war ein kleiner, fensterloser Raum; früher einmal ein großer Schrank. Nun hatte man die Wände magentarot gestrichen, und in der Mitte stand ein Glastisch in Form eines Wasserspeichers, der auf einem Fundament aus Messing ruhte.

Das Essen selbst war schlicht, aber gut: frische Brötchen, Spaghetti und Saucen mit Basilikum und Walnüssen, Spinatpfannkuchen, Käse und eine große Rotwein-Karaffe, die leider wie zwei Hinterbacken geformt war. Doch als der Wein erst einmal in den Flötengläsern prangte, machte das nichts mehr aus. Es war ein sehr guter Wein.

Sofie trug ein Abendkleid. Natürlich – zu einem solchen Anlaß. Aber sie sah schön aus, mit hochgestecktem Haar und freien Schultern, die ein paar Zentimeter Busen sehen ließen, was Althene natürlich nie hätte wagen können.

Doch Sofie wollte nicht kämpfen.

Sie hatte ihren um Vergebung bittenden, vernünftigen Zustand erreicht.

Sie brachte einen alten Trinkspruch aus, in latein: »Möge eine Göttin an deiner Seite sitzen.«

Er verbeugte sich. Erwiderte auf holländisch: »Trage deinen Kranz, schöne Dame, Rosen und Weinlaub.«

Sie aßen schweigend, nur einmal sagte sie etwas darüber, wie unmöglich Gretes Kochkünste seien, und erzählte von einem schrecklichen Tag, als Grete ein Stück Fleisch hatte anbrennen lassen und das Haus sich mit dem Gestank gefüllt hatte, so daß selbst auf der Gracht die Leute in den Booten heraufgeschaut hätten. Er lachte.

Als sie beim Käse und den frischen Feigen waren, sagte sie: »Bitte, versuch das mit dem Amerikaner zu verstehen.«

»Ich werde es versuchen.«

»Ja, er hat mich betrogen. Aber – ich bin einsam. Und die Familie –«

»Du haßt sie. Oder du mißtraust ihnen.«

So wie Rachaela. Und Sofie war auch nur halb Scarabae. Sie hatte ihr langes Leben damit verbracht, vor den Scarabae zu flüchten und zu ihnen zurückzulaufen.

»Nun ja, sie behandeln mich auch nicht immer gut. Und ich war sehr böse auf dich, als du letztes Mal hier warst. Schicken dich her, meinen eigenen Sohn, damit ich meine Lebensweise ändern soll. Aber ich werde ihn noch los. Ja, das werde ich.«

Dann blickte sie ihn kokett durch die rote Lorgnette des Weines an. »Aber jetzt bewundere ich dich. Du bist ein Mann geworden. Hat sie das getan, deine Liebste?«

»Nein, Mutter. Jemand anders.«

»Nun, es ist gut, Johanon. Sehr gut.«

Er sagte nichts, und sie drängte ihn nicht.

Nach einer Weile begann sie wieder: »Bus langweilt mich. Ich werde ihn rauswerfen.«

Nach dem Essen kam Grete, den fetten Hals vorgestreckt, und räumte den Tisch ab, brachte Genever, Brandy, Tee und kleine Pralinen in Silberpapier.

Als sie wieder gegangen war, sagte er: »Ich will dir nicht weh tun.«

»Ach nein?« Nicht herausfordernd, nur verwundert.

»Sofie, das würde ich nie tun.«

»Nein. Und ich bin froh. Manchmal hatte ich nämlich Angst.«

»Sofie, ich brauche jetzt deine Hilfe. Ich muß – ich muß dich bitten, über ihn zu sprechen.«

»Über wen?« fragte sie, unschuldig wie ein kleines Mädchen.

Das kleine Mädchen, das ihn in einen kleinen Jungen von neun Jahren zurückverwandeln konnte, der vor Angst zitterte, mit Stöcken geschlagen wurde – nein, daran wollte er jetzt nicht denken.

Die Zeiten ändern sich, und sie fliegen dahin.

»Sofie, ich rede von Cajanus. Der Mann, der mich gezeugt hat, wie du mir erzähltest.«

Sie schlug die Augen nieder und griff mit beiden Händen nach dem viereckigen Brandyglas.

»Bitte. Nein, nein.«

»Man hat mir meine Tochter gestohlen. Anna. Ich habe dir doch von meiner Tochter erzählt. Und nach dem, was ich gehört habe – und ich glaube es jetzt auch – hat *er* sie entführt. Aber ich weiß nichts über ihn. Wo er sich aufhält – nur Gerüchte. Wir suchen ihn und stoßen nur auf hohe, dunkle Mauern. Ich kann ihn nicht finden. Und ich will ihn, Mutter. *Gib* ihn mir.«

Aus ihren türkisgrünen Augen warf sie ihm einen pfeilschnellen Blick zu.

»Du bringst mich noch dazu«, sagte sie.

»Ich muß dich auch dazu bringen.«

»Warum nur?«

»Weil ich einen Schlüssel brauche, Mutter. Einen Weg durch das Labyrinth.«

»Aber – es war doch – vor Hunderten – vor so vielen Jahren –«

Er griff über den Tisch und nahm ihre kleine Hand, die Hand einer dreißigjährigen Frau.

»Es ist alles, was ich habe. Verweigere es mir nicht.«

»Ich kann nicht.«

»Sofie, du gehörst zu den Scarabae.«

»Nein. Ich verleugne sie.«

»Das kannst du nicht, Sofie«, mahnte er leise. »Deine Schönheit kommt von den Scarabae. Deine Jugend. Erzähl es mir.«

»Nun gut«, meinte sie. »Aber erst muß ich für einen Augenblick hinausgehen. Ich verspreche dir, daß ich zurückkomme.«

Es war ihre unvergleichliche Art, sich für eine ihrer Körperfunktionen zu entschuldigen.

Er nickte und ließ sie gehen.

Er fragte sich, ob sie wohl in ihr Schlafzimmer springen und die Tür hinter sich verriegeln würde. Nur ihr Schlafzimmer besaß ein solches Schloß.

Doch irgendwie vertraute er darauf, daß sie zurückkam. Und wenn es nur deshalb war, weil er sie nicht in Ruhe lassen würde, bis sie ihm alles erzählt hatte. Es war hart. Aber nötig. Sie alle saßen auf der Folterbank.

Er nahm eine der kleinen Pralinen und bog die Silberblätter auf. Dunkel Schokolade mit Kirsch und Mandeln in der Mitte. Er legte sie wieder weg. Es war nichts Süßes an dem, was nun getan werden mußte.

Sofie kam fünf Minuten später wieder zurück. In der Hand trug sie zwei hohe rote Kelchgläser, französisches Design, *fin de siècle*. Dazu eine kleine rote Kristallflasche.

»Sieh mal, der wird dir besser schmecken. Armagnac. Aber ich weiß ja, daß dir meine Gläser nicht gefallen.«

Sie setzte die Kelche und die Flasche ab. »Ich mußte diese Dinge vor Bus verstecken. Er ist ein – wie hat er noch gesagt – ein Kretin, er weiß gar nichts. Aber er fragt die Leute immer. Weißt du, daß ein Türke fast den Siegelring aus Jaspis gekauft hätte – bevor die Familie ihre Agenten sandte, die ihn wiederholten? Der Türke war sehr erschrocken. Er hat mir einhundert Orchideen schicken lassen. Sie hielten sich nur einen Tag. Das Haus ist einfach zu kalt –«

Sie schob Johanon ein Glas hin und schenkte ein, dann sich selbst. Sie hob das rote Glas und nippte daran. »Etwas bitter«, meinte sie. »Aber das paßt ja auch.«

Er zog sein Glas näher heran, trank aber nicht.

Er wartete.

»Kannst du dich an ihn erinnern?« fragte sie. »An Cajanus?«

»Ja. Das war ein denkwürdiger Tag.«

Sie senkte wieder die Augen. »Gib nicht mir die Schuld.«

»Nein. Sprich weiter.«

»Er war zu mir gekommen, vor Jahren, aus der Dunkelheit.

Ich war allein. Und in der Nacht ritt ein Mann vor meine Tür. Er hatte die Macht von den Scarabae erhalten. Oder er hatte sie verdient.«

»Ich verstehe.«

»Wir aßen zusammen. Oh, nicht so wie wir. Erinnerst du dich an . . . natürlich erinnerst du dich an den alten Tisch aus Eichenholz – und er hat Kaninchen gegessen. Ich aber auch. Wir tranken Rheinwein dazu. Er war –« Sie sah sich um, als suche sie ihn, doch vergeblich. »Er war ein schöner Mann.«

Sofie trank nicht. Sie legte die Hände vor sich auf den Tisch. Ihre Hände waren leer.

»Er warb um mich. Er sagte, er sei mit einer Frau verheiratet, die ihm keine Söhne gebären könne. Er sagte, er wolle sich von ihr scheiden lassen. Er war so zärtlich. Seine Stimme. Es war – als ob ein Zögern in dieser Stimme war, eine Stimme wie ein Lied, als ob er die Worte erst in Samt hüllte, bevor er sie aussprach.«

»Er hatte schwarzes Haar«, sagte Johanon, »und blaue Augen.«

»Ja. Und er schien groß. Aber jetzt – Bus wäre größer. Du auch.«

»Vielleicht ist er nun auch größer. Wir wachsen ja.«

Sie schüttelte den Kopf. »Nun muß ich mich abwenden«, sagte sie. »Ich kann dir das nicht erzählen, wenn ich dir in die Augen sehe.«

Sie wandte sich ab. Drehte den Kopf weg.

»Er verführte mich«, sagte sie. »Mit Worten und mit Gedichten und mit zärtlichen Berührungen. Mich verlangte nach ihm. Und eines Nachts dann kam er in meine Kammer.«

Johanon wartete.

»Er sagte mir, er sei alt. Einer der ältesten von uns. Er sagte, ich solle ihn nicht Cajanus nennen, sondern Kain. Ich lachte. War sein Name so wie der Name in der Bibel? Da lachte *er*. Er gab mir keine Antwort darauf. Dann liebten wir uns.«

Sofie erhob sich. Sie schritt auf die magentarote Wand zu und blieb vor ihr stehen.

»Er war sehr liebevoll, bis die Kerze heruntergebrannt war.

Und dann, in der Dunkelheit, in der Dunkelheit, in der Dunkelheit –«

Johanon wartete.

Seine Mutter sagte: »Er schlug mir ins Gesicht und legte sich auf mich. Ich konnte mich nicht mehr bewegen. Er nahm mich wie ein Tiger. In Raserei. Er riß mich, schlug mich – innen – meinen Rücken – bis auf die Knochen. Ich schrie, und er riß mir Haare aus und stopfte sie mir in den Mund. Er trank mein Blut. Er war wie der Teufel, eiskalt. Oder glühendheiß. Ich weiß nicht, wann er ging. Ich dachte, ich würde daran sterben. Dann fanden sie mich. Die Scarabae kümmerten sich um mich. Ja, die Scarabae. Ich bin stark – wie sie auch. Ich lebte. Ich behielt die Narben auf meinem Rücken einhundertdreiunddreißig Jahre lang. Nun sind sie verheilt. Aber immer noch da. In meiner Seele. Das hat er getan. Dieser Cajanus. *Kain.*«

Johanon wartete. Dann fragte er: »Und wohin ging er?«

»Ich weiß es nicht. Ich weiß gar nichts.«

»Hat er dir nicht von irgendeinem Ort erzählt?«

Sofie schrie gegen die Wand: *»Ist es dir denn egal, was er mir angetan hat?«*

»Nein, es ist mir nicht egal. Laß mich ihn suchen.«

»Er hat mir nichts gesagt. Nur von seiner Frau, die er um meinetwillen verlassen würde. Er ist gegangen. Trink doch«, drängte Sofie. »Trink auf meine Zerstörung. *Trink.*«

Johanon nahm den Kelch mit Armagnac und tat einen tiefen Zug. Er war bitter, wie sie gesagt hatte.

»Und dann«, fuhr sie fort, »war ich schwanger. Ich brachte dich zur Welt. Vier Tage lag ich in den Wehen. *Vier Tage, vier Nächte.*«

»Ich weiß es doch, Sofie.«

»Du *Mann*. Du ahmst eine Frau nach. Was weißt du denn schon von Frauen? Du *Mann.*«

»Sofie, ich wollte dir keinen Kummer machen.«

»Nein, und damals, als du meinen Schoß gespalten hast, auch nicht. Sein Bastard. Blut und Schleim von seinem verfluchten, verrotteten Samen.«

Sie wirbelte herum. Sie war schon wieder rasend. Nun aber

schrie sie nicht, sondern sagte nur: »Geh ins Bett. Grete hat das Zimmer vorbereitet. Nimm den Armagnac mit.«

»Nein. Danke.«

Da nahm sie die rote Kristallflasche und warf sie gegen die Wand.

Wie das Blut auf dem schwarzen Untergrund gab es keinen Fleck; es war nur naß, wie Tränen.

Als er im Speicher anlangte, war ihm, als müsse er noch einmal mit ihr sprechen, und dann würde sie sich vielleicht beruhigen und sich erinnern – nein, das würde sie nicht tun. Alles, was sie konnte, hatte sie ihm bereits gegeben.

Wie es sie danach verlangt haben mußte, diesen Dornenstrauß in seine Hände werfen zu können. (Warum sollte er das nicht zugeben?)

Johanon war vollkommen erschöpft, seine Ohren summten, ihm war todübel. Der weiße Speicher, der kein Licht und keine Wärme hatte, wirbelte in langsamen Kreisen, und er fiel fast auf das schmale Bett, das jetzt frisch bezogen war.

Die Decke pulsierte unter den Lichtern der Straße, die ihm nun wie Blut erschienen. Ein weißes, blutiges Rad ...

Ja, dachte er. Seine Mutter mußte ihm etwas ins Glas getan haben. Hatte ihn schließlich doch noch erfolgreich umgebracht.

Und aus der Tiefe seines Herzens kam die schamvolle Erleichterung, daß er nun nichts mehr ändern konnte.

Kapitel neunzehn

In der Nacht erstarb Seths Wind.

Soviel zu einem Wind, der fünfzig Tage wehen sollte.

Der Fluß führte nicht viel Wasser, und als sie stromaufwärts fuhren, verbargen die Außenviertel der Stadt, die unter einem Wald von Antennen lagen, die großen Grabmale am östlichen Ufer in der Wüste.

Dann folgten rote Ziegelgebäude, an deren Kais Sandelholzboote vertäut lagen, Palmen, die wie grüne Taranteln aussahen, und Akazien. Manchmal traten Frauen in der Morgenkühle an das Wasser des Nils. Sie schöpften es aus den graubraunen Fluten in ihre Aluminiumtöpfe und Plastikbecher.

Man konnte gut glauben, daß dieses schmutzige, schlammige Wasser einst in Blut verwandelt worden war.

Doch dies war durch eine Explosion geschehen, nicht durch den Zorn eines Gottes.

Lebas, der Atheist war, stand zufrieden auf dem Deck. Er beobachtete, wie die Schwemmsandufer an ihm vorüberzogen, die Akazien, die Frauen. Einmal hatte sie ein lärmendes Motorrad überholt. Sie kamen nur langsam voran. Die Araber, die die Bootsbesatzung bildeten, waren natürlich ein faules, schmutziges und verschlagenes Pack. Und ihre ohnehin schon feindlichen Gefühle einem Europäer gegenüber waren durch den Krieg nur verstärkt worden. Es war bekannt, daß nun nicht mehr so viele Touristen die Stadt besuchten. Aber im Grunde war das ein Segen. Paul-Luc verachtete die Amerikaner, weil sie ordinär waren, die Engländer, weil sie so zugeknöpft und seelenlos waren, und die Deutschen als Tiere.

Berenice hatte er in der Kabine untergebracht und ihr befohlen, dort zu bleiben. Er traute den Arabern in bezug auf Kinder nicht, und außerdem neigte sie zu Halsentzündungen, und es war ein kalter Tag. Sie hatte ihre Englisch-Lektionen und ihre Lektüre zu ihrer Unterhaltung, und das würde sie, da sie noch langsamer war als das Boot, bis zum Abendessen beschäftigen.

Das Mittagessen war abscheulich gewesen: Reis und eine Soße, die wie Spülwasser schmeckte. Wenigstens tuckerte das Boot weiter. Sie lehnten es ab, nachts zu fahren, sagten, es wäre gegen das Gesetz. Nun, er würde darauf bestehen.

Er dachte über die Karte nach. Er wußte nicht genau, wo sie anlegen mußten, und welchen Weg er durch die Wüste reiten sollte. Sein Mittelsmann hatte ihm versprochen, die Esel würden am Dorf warten, aber darauf konnte er sich nicht verlassen, wie auf nichts in diesem Lande.

Er warf einen Blick auf den Kapitän im Steuerhaus.

Diese unbedarften Menschen waren also die Nachfahren des Alten Ägyptens.

Dann dachte er für einen Augenblick an die blonde Frau, die er im Restaurant des Hotels gesehen hatte. Sie war vor ihm hergegangen. Ihre Beine waren so anziehend gewesen, wie er es vermutet hatte – glänzende, helle Strümpfe und hochhackige Sandalen.

Dann vergaß er sie und grübelte wieder über die Karte nach. Was darauf verzeichnet stand.

Es hatte ein leichtes Erdbeben gegeben, das Felsen und eine Menge Sand verschoben hatte. Dies war auch vorher schon einmal geschehen, offenbar zu Beginn des Jahrhunderts, aber damals waren wohl die Einheimischen, die Bauern, dorthin gezogen und hatten alles wieder zugeschüttet. Doch dieses Mal hatte es noch keiner getan. Das moderne Leben besiegte die Ehre, oder sie hatten zu große Angst. Denn wie bei allen Gräbern der alten Welt hing auch über dieser Beerdigungsstätte ein Hauch des Aberglaubens und des Unheimlichen.

Es war ein Felsengrab in den Hügeln hinter dem Dorf, dessen Name ›Taube‹ bedeutete. Es war auf jeden Fall ungewöhnlich, ein Grab dieser Art in jener Gegend zu finden.

Es konnte sein, daß man ihn hereinlegen wollte. Paul-Luc hatte Feinde . . .

Aber er konnte es nicht riskieren, eine solche Chance zu verspielen, wenn das Grab echt war. Wenn es so war – dann wäre er berühmt. Nicht so etwas wie die Entdeckung der Grabstätte jenes Kindkönigs – Tutanchamun –, die damals in den Zeitungen derart überbewertet wurde. Und wie gut er sich noch an die Ausstellung in Paris in den Sechzigern erinnern konnte. Er war dem Rummel aus dem Weg gegangen.

Nein. Das hier war etwas ganz Besonderes. Einzigartig. Geheimnisvoll.

Er drehte sich um und sah Berenice an Deck kommen.

»Geh wieder hinunter«, rief er. »Es gibt gar nichts zu sehen, das Wasser ist zu flach.«

Sie jammerte: »Papa, in der Kabine ist es so heiß.«

»Kümmer dich nicht drum. Geh wieder nach unten.«

Die Sonne ging in einem Feuerschein unter, und der Nil verwandelte sich in Blut. Die verdurstende Blume des Winters, die man die Rose des Nils nannte, wurde purpurn, dann schwarz.

Noch mehr Spülwasser zum Abendessen. Paul-Luc schluckte ein paar Penizillintabletten.

Die Sterne, hell und funkelnd, durchbrachen das Firmament wie Dolche. Diese Sterne hatten auch einst über den Gefilden Unterägyptens geleuchtet. Und nun segelte der Gott unter der Erde durch die Hölle, durch den nächtlichen Nil des Todes, aus dem Khepri sich mit ihm zu Beginn der Dämmerung erheben würde –

Bewegt schrieb Paul-Luc zwei oder drei Zeilen eines Gedichtes in sein Notizbuch.

Ob illegal oder nicht, er hatte die Mannschaft dazu überredet, weiterzufahren.

Sie fuhren an Dörfern vorüber, die wie Träume aus einer vergangenen Zeit wirkten; rotbraune Fensterhöhlen und Rauch, der aus Herdfeuern emporstieg. Doch dann kam ein anderes Dorf in Sicht, neonbeleuchtet, mit einem Wasserturm und Fernsehantennen. Händler kamen vom Abendmarkt zum Ufer gelaufen und boten unreife Bananen und winzige Orangen an. Wie ein Geist erhob sich eine Frau, auf dem Kopf ein antikes

Gefäß. Die Laternen des Bootes erfaßten ihr tintenschwarzes Gewand, dann verschwand sie zwischen den Palmen.

Wenn er jetzt schlafen ging, würden sie vermutlich anlegen. Aber er war nun zu müde, und morgen sollte es wieder früh losgehen.

Berenice schlief in ihrer Koje, wie ein Wurm in vier Laken gewickelt. Sie schnarchte ein wenig, schnaubte durch die Nase. Er hoffte, es würde ihn nicht stören.

Die Muezzins weckten ihn mit ihrem Gesang von den hohen Türmen der Stadt, an der das Boot vor Anker gegangen war.

Lebas verfluchte sie.

Die Dämmerung hatte kaum begonnen.

Doch dann wurde es unversehens Tag, und Khepri hob die Sonnenscheibe in den Himmel.

Berenice murmelte im Schlaf.

»Was? Was hast du da gesagt?«

In französisch flüsterte sie: »Aus dem Dunkel erhebt er sich, der Herrscher der Nacht.«

Doch er verstand immer noch nicht.

»Räuspere dich und sprich deutlich«, befahl er.

»Ich weiß es nicht mehr, Papa. Ich hab's – vergessen.«

Auf dem Fluß segelte ein großer Zweimaster vorbei, mit Kalkstein aus den Steinbrüchen im Süden beladen.

Paul-Luc stritt mit seinem Kapitän. Er wollte nicht länger an dieser Stadt liegen, wo sie ohnehin nicht hätten landen sollen. Der Kapitän erklärte, daß die Flußpolizei ihnen befohlen hätte, anzulegen, sonst hätten sie Strafe zahlen müssen.

Paul-Luc fluchte.

Sie setzten ihre Reise fort.

Er hatte früher einmal die große Pyramide am Stadtrand besucht, war jedoch nicht sehr nah herangegangen. Er hatte das Kind mitgenommen. Als dann die Nacht hereinbrach, hatte die neonerleuchtete Metropole in Smaragdgrün, Gelb und Weiß gestrahlt und den Himmel unwirklich erscheinen lassen. Der flutlichterleuchtete Hügel hatte wie ein riesiges Dreieck aus einem zerbröckelten Kuchen gewirkt.

Paul-Luc hatte nur Verachtung verspürt. Solch ein Spektakel wollte er nicht sehen. Früher einmal – jetzt nicht mehr.

Als sie das Dorf namens Taube erreichten, war es fast Abend. Diese Nacht war nicht blutrot, sondern lohfarben. Wildenten flogen vor der riesigen Scheibe der Sonne. Im Fluß wuchsen zehn Fuß hohe Schilfrohre um eine trotzige, kleine Insel in der Fahrrinne. Kein Papyrus, irgend etwas Gewöhnliches.

Das Dorf selbst war ein Müllhaufen – armselige Lehmhütten, kleine Felder, Zuckerrohr, Mais, Bohnen und Nelken. Verkrüppelte Feigenbäume drängten sich aneinander. Es gab keinen Wasserturm. Und doch war da eine Straßenbeleuchtung, und auf einigen der baufälligen Dächer reckten sich die verfluchten Antennen.

Sie schliefen auf dem Boot, nur ab und zu geweckt vom Gelächter ihrer Mannschaft, die Karten spielte und mit den Dorfbewohnern aus einer Wasserpfeife rauchte.

Als die Sonne aufging, sagte er Berenice, sie müsse wieder unten bleiben.

»Aber, Papa, du hast doch gesagt –«

»Ich weiß, was ich gesagt habe. Wir sind spät dran. Es wird ein anstrengender Ritt. Wenn ich den Ort finde, komme ich zurück und hole dich.«

»Wirst du das tun?«

Er starrte sie an. Das schreckliche Essen – heute morgen hatte es eine Art Porridge gegeben – schien ihr zu bekommen. Sie war blaß, aber frisch, und ihre Augen hatten sich geweitet. So erkannte er, ohne es zu wissen, wie ihre seltsamen Augen erst wirken würden, wenn sie erwachsen wäre – leuchtend grau mit goldenen Punkten, anziehende Augen, unterschiedlich geschnitten. Und jedes schien seine eigenen Gedanken zu haben.

Zweifelte sie etwa an ihm? Wenn er etwas versprach, hielt er es auch.

»Berenice, nun sei nicht dumm. Lerne fleißig. Bleib in der Kabine. Ich bin vor Sonnenuntergang zurück.«

Berenice krümmte sich zusammen wie eine verdorrte Blume. »Ja, Papa.«

Er verließ das Boot und schritt eine Straße entlang. Aus den Hütten kamen Frauen mit Blechnäpfen. Wie Ratten.

Am Ende der Straße wartete ein Araber in weißer Dschellabah und Turban.

»Monsieur Lebas? Ich hoffe, Sie hatten eine angenehme Reise.« Er sprach ausgezeichnet Französisch.

»Nein, schlecht. Furchtbar anstrengend. Sind die Esel und die Männer bereit?«

»Die Männer werden dort zu uns stoßen. Und die Esel sind hier.«

Während er sprach, erschien wie durch ein Zauberwort ein Esel, der am Ende der Straße zwischen zwei windschiefen gelben Häusern dahintrottete. Auf seinem Rücken war ein großer Farbfernseher festgebunden, auf der anderen Seite durch das Gewicht eines Bimssteins beschwert.

Lebas riß die Augen auf.

Und als ob dies noch nicht genug war, folgte dem Esel nun eine blauverschleierte Frau, die etwas auf dem Kopf trug, das wie ein schwedischer Mikrowellenherd aussah.

»Was –?«

»Das hat nichts zu bedeuten, Monsieur. In diesen Dörfern kommt und geht der Reichtum.«

Ihre Esel standen unter einer Palme. Ein kleiner, fast nackter Junge hielt sie am Zaum.

Paul-Luc blickte noch einmal auf die Ansammlung elender Hütten, auf die winzigen Felder mit ihren kargen Brunnen. Dahinter sah er einen puderbraunen Streifen Wüste. Zur Seite erhoben sich die Hügel, die von nahem betrachtet wie Löwenrücken wirkten. Darüber der kalte blaue Himmel.

Während des Rittes wechselten sie kein Wort. Der Araber hatte ein paar Höflichkeiten austauschen wollen, es dann jedoch aufgegeben. Lebas war der Boß, und er zahlte.

Die Esel hatten offensichtlich Flöhe.

Sie ritten, den runden Hügel zur Linken und den spitzen Hügel zur Rechten.

Die Sonne schien hart wie Glas.

Lebas nahm einen Schluck aus seiner Evian-Flasche.

Es dauerte zwei Stunden (er schwitzte, dann trocknete ihn der Wind), bis sie ihr Ziel erreicht hatten.

Eine einsame Palme stand dort wie eine verbrannte Säule, von ihren Wedeln umgeben, und daneben saßen die vier Männer, die er angeheuert hatte, unter einer Markise. Sie rauchten und tranken Kaffee.

Als er sich näherte, erhoben sie sich und entboten ihm ein ›Salaam‹. Immerhin kannten sie ihre Stellung oder konnten es glauben machen. Ein kleiner Haufen Werkzeug lag auf Plastiksäcken.

»Frag sie, ob jemand neugierig geworden ist.«

»Sie sprechen alle französisch, Monsieur.«

Einer der vier, ein Mann mit drei sehr weißen Vorderzähnen, sprach für alle. »Keiner hat uns bemerkt, Monsieur. Wir gehen schon seit einer Woche hier in die Wüste. Wahrscheinlich glauben sie«, er grinste, »daß wir ein paar Jungen gefunden haben und nur so tun, als gingen wir in die Wüste.«

Die anderen lachten.

Paul-Luc, angeekelt, sagte nichts dazu.

»Nun dann«, meinte er.

»Ich werde es Monsieur zeigen«, sagte der mit den drei Zähnen. »Wir haben ein bißchen Sand weggeschaufelt.«

Mit seltsamem Widerwillen stieg Paul-Luc von seinem Esel ab; er fühlte sich ganz steif und mußte sich zusammenreißen, um es nicht zu zeigen.

Dreizahn schlich auf den nächsten Hügelkamm zu, der nur fünfundzwanzig Fuß entfernt war.

Lebas folgte ihm.

Der Mann schlängelte sich um die großen Felsen herum, die von weißen und rosa Linien durchzogen waren, kroch fast auf allen vieren, verschwand auf der anderen Seite und rief dann schmeichelnd: »*Hier,* Monsieur.«

Lebas berührte die Pistole in seiner Jacke.

Aber das war Unsinn. Sie konnten das Geld nur aus der Stadt erhalten, wenn er es anordnete.

Unbeholfen kletterte er um den Felsen herum.

O Gott – du Gott, den es nicht gab – *da war es.*

Der Sand umgab den Hügel wie ein Bettuch – dummerweise erinnerte ihn das an seine Tochter in ihrem Lakenknäuel –, aber dort droben hob sich das scharf gezeichnete Viereck einer roten Tür vom Hügel ab.

Roter Granit, glatt wie eine Perle –

Hier und da ein paar Schrammen, Schäden der Erdbeben, von damals oder von dem letzten – doch sehr wenig.

Über dem Sand, auf der Tür eingeritzt die Schultern eines Mannes, der den Kopf eines Skarabäus-Käfers trug – Khepri. Wie er es aus der Karte gelesen hatte.

»Du! Geh und hol die anderen. Ihr müßt den ganzen Sand abtragen.«

Dreizahn glitt den Hügel hinab, als trüge er Skier, und verschwand.

Flink und sanft, ohne nachzudenken, streckte Paul-Luc die Hand aus und fächelte den Wüstensand weg.

Die flache, geschnitzte Brust eines männlichen, ägyptischen Gottes kam zum Vorschein.

Da blickte Lebas auf.

Um den oberen Teil der Tür saßen Skarabäen, die Symbole der Wiederauferstehung. Sie waren bizarr – Käfer mit Flügeln und mit menschlichen Armen und Beinen. Er studierte die Hieroglyphen. Vermutlich die einundzwanzigste Dynastie, es waren Zeichen, die er schon kannte. *Keiner darf hier eintreten. Hüte dich.* Sollten sich doch die gemeinen Araber hüten. Die Warnung konnte bedeuten, daß man Gift in den Mörtel der Tür eingelassen hatte. Wenn man die Tür aufbrach, traf einen der Fluch. Er hatte seinen Arbeitern durch den Mittelsmann sagen lassen, sie müßten sich Masken und Handschuhe besorgen, um sich vielleicht zu schützen.

Er dachte nicht mehr daran. Denn dies hier – was war das? Die Bilderschrift war ja ganz deutlich –

Ein Papyrusblatt, ein Drache, das Knotenmaß für einhundert, ein Symbol, das mit der Unterwelt zu tun hatte –

Lautlos die Lippen bewegend, setzte er es zusammen.

Der Laut *Khau*. Ein Laut, der Scham bedeuten konnte oder ein Altargefäß oder auch die Krone eines Königs – aber dies hier bedeutete . . . *Dunkelheit*.

Khau-Khepri.

Also die Dunkelheit des Skarabäen-Gottes. Er, der die Sonne aufgehen ließ. (Und, in einem anderen Wortspiel, etwas, das erfüllt werden mußte.)

Die Schrift begann im Türsturz. Lebas nahm sich Zeit, sie zu lesen. Er war sorgfältig.

Dort stand: Ich bin der, der aus der Wüste kam. Ich bin der blauäugige –

Dann hörte die Schrift auf, ein Riß im Mauerwerk hatte sie gelöscht.

Blauäugig? Nein. Sie mochten ja Barbaren sein, aber die Ägypter vererbten keine blauen Augen. Nicht bevor Alexanders Griechen gekommen waren. Er mußte also von einer früheren Invasion stammen. Einer, der hoch genug im Rang stand, um dieses Grabmal zu verdienen.

Lebas dachte an Josef, den Hebräer, der sein Volk nach Ägypten geführt hatte, wo sie zuerst im Reichtum und dann in Verzweiflung gelebt hatten, versklavt, bis die zehn biblischen Plagen sie befreit hatten (Reichtum kommt und geht) –

Aber Josef wäre nicht hier gewesen, wäre nicht ›Dunkelheit‹ genannt worden.

Paul-Luc blickte wieder zur Tür hoch, und in den Felsmassen über ihm erkannte er schwach ein paar Hieroglyphen, die er als *Ukha na* identifizierte. Zwischen ihnen eine Lücke.

Doch irgend etwas ließ ihn zurückweichen.

Er wandte sich um, und da standen die arabischen Arbeiter, gehorsam am Fuß des Hügels versammelt.

»Fegt den Sand weg.«

»Monsieur«, begann der, der ihm auf der Straße im Dorf begegnet war, »dürfen wir erst unseren Kaffee trinken?«

»Nein, das dürft ihr nicht. Kommt jetzt herauf und kehrt den Sand fort.«

Dreizahn sagte: »Es ist Zeit für das Gebet. Wir dürfen jetzt nicht arbeiten.«

Lebas verspürte bohrende Wut. Er verfluchte sie in ihrer eigenen Sprache, schreckliche Worte, die verletzten, wie er wohl bemerkte. Er endete mit: »Tut, was ich euch sage.«

Denn dieses Grab war wirklich eine Entdeckung. Er würde sich nicht betrügen lassen.

Und da glitt das Kamel um den Felsen, wie ein honigfarbenes, prähistorisches Schaf, und blieb dort unten mit hängenden Troddeln stehen. Auf seinem Rücken saß eine schöne, blonde Frau. Sie trug eine weiße Hose und ein weißes Hemd und einen Strohhut mit einem langen, wehenden, weißgrünen Schal.

Sie rief Paul-Luc an.

»Monsieur Lebas. Entschuldigen Sie bitte den Überfall.«

Sie sprach wie eine Französin.

Er gaffte sie an.

Sie sagte: »Oh, lieber Monsieur, bitte vergeben Sie mir doch.«

Kapitel zwanzig

Wie war sie hergekommen? Mit dem Zug aus der Hauptstadt zu irgendeinem Dorf flußaufwärts und dann die Strecke zurückgeritten? Oder den ganzen Weg – und so schnell – auf dem Kamelrücken? Für wen arbeitete sie? Mit wem war sie im Bunde? Mit seinen Feinden? Einem Museum?

Mit seinen sechsundfünfzig Jahren kam er sich kindisch vor.

Und es gefiel ihm nicht.

Kalt sagte er: »Was haben Sie zu Ihrer Rechtfertigung vorzubringen?«

»Gleich, Monsieur Lebas. Einen Augenblick.«

Sie sagte etwas auf arabisch zu dem Kamel, und es kniete nieder – ein Bild beneidenswerten Gleichmuts. Anmutig glitt die Frau von seinem Rücken.

Die Araber bildeten einen Kreis um sie, und sie lächelte freundlich, gab dem Mann in der weißen Dschellabah ein wenig Geld in die Hand. Dann fragte sie sie in ihrer Sprache, ob sie den Korb von dem Tier heben könnten. Sie taten es. Dann verschwanden sie, und er hörte hinter dem Felsen ihr Männergelächter.

»Ich bestehe darauf«, sagte er.

»Oh«, erwiderte sie, »es ist mir so peinlich.« Sie senkte die großen, schönen Augen. »Aber ich muß es Ihnen gestehen.«

»Was gestehen? Wie konnten Sie Kenntnis von diesem Ort erhalten?«

»Hatte ich ja nicht, Monsieur. Ich habe – jemanden damit beauftragt, herauszufinden, wohin Sie fahren. Habe ihn ein wenig bestochen. Dann bin ich Ihnen gefolgt. Sie wissen ja, in diesem Land können die Leute alles erfahren und werden auch – alles verkaufen.«

»Sind Sie Französin?« stieß er hervor.

»Ich würde mir nicht anmaßen, das zu behaupten.« (Er nahm die Schultern zurück. Wider Willen mußte er das Kompliment annehmen.) »Vielleicht ein bißchen.«

»Und warum interessieren Sie sich dann für mich und meine Angelegenheiten?«

Sie blickte ihn an. Dann errötete sie in lieblicher Weise. Zumindest schien es so. »Sie machen mich sehr verlegen, Monsieur. Aber ich muß Ihnen die Wahrheit sagen. Sie haben mich schon durchschaut. Sie geben kein Pardon.«

»Nun?«

»Ich habe Sie im Hotel gesehen. Und dann – waren Sie verschwunden. Ich habe mir vorgenommen, Sie zu finden. War das sehr schlimm von mir?«

»Es war verdammt unverschämt. Wissen Sie überhaupt, was das hier ist?« Er machte eine Geste zu der Tür.

Sie schaute, dachte nach und sagte dann ganz ruhig: »Ich denke schon.«

»Dann können Sie ja verstehen, warum dies geheimgehalten werden muß.«

Sie sprach sehr leise, doch er konnte ihre Worte verstehen: »Nun, dann müssen Sie mich zum Schweigen bringen. Und der beste Weg, einem Menschen den Mund zu verschließen, ist ... ein Kuß.«

Paul-Luc funkelte sie wütend an; dennoch war er erregt. Sie hatte es so zweideutig gesagt: ein Kuß, der mehr bedeutete als ... einen Kuß.

»Das ist ja absurd«, sagte er.

»Dann muß ich Sie besänftigen. Ich verspreche Ihnen, daß ich nichts verraten werde. Sie allein haben diesen Ort gefunden. Ich bin eine Bewunderin von Ihnen, Monsieur Lebas. Ich habe alle ihre Artikel gelesen – über *Antigone, Elektra, Bacchus* und *Petronius*. Lange bevor ich Sie kennenlernte, wußte ich schon über Sie Bescheid. Und dann –« Wieder lächelte sie. »Und dann, darf ich es sagen? Dann schlug der Blitz ein.«

Er fand keine Worte, kam sich aber nicht mehr kindisch vor.

Sie war sehr, sehr attraktiv, atemberaubend. Ungefähr fünfunddreißig. Schlank, fast knabenhaft. Genau der Typ, den er mochte – Marthe war auch so gewesen. Aber Marthe hatte niemals seine Veröffentlichungen gelesen. Die Sonne schien in das Haar der Frau, so daß es fast engelhaft wirkte.

»Ich werde Sie Medea nennen«, sagte er. »Die schlaue Hexe.«

Sie lachte. Zeigte auf den Korb.

»Ich habe Ihnen einen Festschmaus mitgebracht. Wenn Sie mein Jason sein wollen.«

»Ich bin zu alt dafür.«

»Sie?« Augen wie warme, dunkle Blumen. »Ach, Monsieur.«

Dann öffnete sie den Deckel des Korbes, und er sah goldbraunes, ungesäuertes Brot, eines der wenigen Dinge in Ägypten, die er mochte; russischen Kaviar auf Eis, und kupferbraune Entenbrüste, auf Mahagoni-Stäbchen gewickelt. Zwei Flaschen kühlen roten Bordeaux. Sie sagte: »Ich weiß ja, daß Sie meinen, Wein sei etwas für Snobs. Doch diesen werden Sie mögen.«

»Ich hasse die Dumpfheit der Weintrinker«, erwiderte er. »Ich selbst trinke selten.«

»Aber nun – mit mir?«

Er lachte. »Wer kann schon Medea widerstehen? Doch wie heißen Sie eigentlich?«

»*Nennen* Sie mich Medea«, betonte sie. »Bis Sie mich besser kennen. Namen bergen einen Zauber in sich.«

»Sie kennen aber den meinen.«

»Sie sind auch etwas Besonderes.«

»Sie schmeicheln zu arg, Madame.«

»Gut. Dann werde ich nichts mehr sagen. Alles Nötige ist bereits gesagt worden.«

Sie setzte sich einfach in den Sand, und sogar durch die weite Hose konnte er die Umrisse ihrer schlanken, festen Schenkel und Waden erkennen. Sie hatte schmale, leichtgebräunte Hände – die Hände einer Südfranzösin. Sie hatte sehr weiße Zähne und trug heute keinen Lippenstift, so daß man das blasse Pflaumenblau ihrer Lippen sah. *Ein Kuß.*

Er setzte sich neben sie, und sogleich breitete sie eine weiße Tischdecke aus, bot ihm an, den Wein zu öffnen, während sie mit einem weißen Tuch sein Glas polierte.

Das Eis machte ihn neugierig. Wo hatte sie es bekommen? Im Dorf Taube . . .? Nun, wenn sie jetzt Fernsehen hatten, warum nicht auch Kühlschränke? Warum nicht auch Kaviar und Bordeaux?

Schon in der Vergangenheit hatten ihn manche Frauen verfolgt, doch nie so mutig und geschickt. Er mußte zugeben, daß es ihm gefiel. Und es war schon fast ein Jahr her, seit er sich eine Tändelei erlaubt hatte, da er mit Berenice belastet war. Diese Frau war in ihn verliebt. Er konnte sie für sich gewinnen, seine Medea. (Und warum auch nicht Medea? Die alten Griechen waren ein goldener Menschenschlag gewesen, anders als die öligen, schwarzhaarigen Schufte, die ihnen ihre Inseln gestohlen hatten.) Sie würde treu zu ihm stehen. Sie konnte ihm helfen. Vielleicht hatte er nun etwas gefunden, das so selten war wie das legendäre Einhorn – eine intelligente Frau.

Sie aßen. Er hatte Hunger, sie aber pickte mit ihrer Gabel in den Speisen herum, versuchte kleine Bissen, genoß, ließ sich aber nicht hinreißen. Sie achtete mehr auf ihn. Vielleicht spürte sie auch – trotz ihrer Kultur – Ehrfurcht. Vielleicht war sie ein wenig nervös.

Ihm machte das nichts aus. Ihr ebensowenig.

Er stellte sich vor, wie sie in einem kühlen Zimmer zu seinen Füßen saß, ihre kleine Hand auf seinen Schuh gelegt.

Er probierte den Wein. Ausgezeichnet. Leicht, aber reif, die beste Ergänzung zu dem Kaviar und der saftigen Ente.

»Ich habe einige Monate gewartet, um mir bei diesem Grabmal sicher zu sein.«

»Ich weiß«, murmelte sie. »Ich habe es herausgefunden.«

»Neugieriges kleines Wesen. Aber was wissen Sie denn nun?«

»Ich habe von dieser Grabstätte gehört. Es spricht sich herum.«

»Vielleicht wissen Sie ja mehr als ich.«

Bei der Vorstellung lachte sie hell auf. Sie schenkte ihm nach, sich selbst jedoch nicht. Es freute ihn zu sehen, daß auch sie kaum trank. Nicht so wie Marthe mit ihrer Leidenschaft für Cognac in Kneipen, die vom Zigarettenrauch vernebelt waren –

»Ich weiß ein wenig. Wer er sein soll. Der Leichnam im Grab.«

Unten am Abhang stand das Kamel – friedlich, als schliefe es.

Paul-Luc, der nun vom Wein entspannt war, nahm die Anspielung auf. Es war gut möglich, daß sie mit ihrer weiblichen Neugier über Tatsachen oder Andeutungen von Tatsachen gestolpert war, die man ihm vorenthalten hatte.

»Nun, sagen Sie es mir schon, blonde Medea.«

»Er war vielleicht ein Zauberer. Khau. Die Dunkelheit. Ein Mann mit blauen Augen, überaus gefürchtet. Sein Leichnam wurde von Men-Nefer, der Weißen Stadt, weggebracht und hier begraben. Vielleicht auch eine Sekundärbestattung. Weil man ihn ehren wollte und aus Furcht so handelte.«

»Ein Roman von diesem Scharlatan Rider Haggard. So hört es sich jedenfalls an.«

»Oh, Sie halten Monsieur Haggard für einen Scharlatan?«

Abweisend sagte er: »Wenn Sie am gleichen Ort studiert hätten wie ich, würden Sie ihn auch so bezeichnen.«

Darauf sie in bezauberndem Ton: »Aber für eine Frau ist er ein sehr anziehender Schriftsteller.«

Der Wein war ihm zu Kopf gestiegen. Er fragte sich nicht, ob nun eine Spur Ironie in ihrer Stimme lag. Er war fasziniert von ihrem schönen Mund, weniger von dem, was sie sagte.

Hinter dem Felsen herrschte Stille. Die verdammten, würdelosen Araber hatten sich wohl verzogen. Könnte es sein, daß er diese Frau bald hier, an diesem Ort, besitzen würde?

Seine eigene Bereitwilligkeit erstaunte ihn, störte ihn jedoch nicht.

»Und dieser Khau, dieser Zauberer«, fuhr er fort, »was wissen Sie über ihn?«

»Ein bißchen«, erwiderte sie.

»Dann sagen Sie es mir.«

»Er war ein König, doch sie löschten jede Spur von ihm von den Tempeln und den Mauern der Stadt Memphis. Voller Abscheu warfen sie seinen Leichnam in eine Krokodilgrube. Doch später wurden die Gebeine hierher gebracht.

Sogar im Tode noch hielt er sie in seinem Bann, sogar dann noch, als er ohne Namen war und der Unsterblichkeit verlustig ging. *Neshenti* – die Wut des Seth. Auch dies steht über der Tür zu seinem Grab geschrieben. Zumindest sagen die Leute es.«

»Die vielen geheimnisvollen *Leute*«, meinte Lebas. Heiter gestimmt lehnte er sich gegen den Abhang, gegen den Sandberg, den man vor das Grab Khau-Khepris, des Blauäugigen, geschaufelt hatte. Irgend etwas stach ihn in den Rücken, doch er kümmerte sich nicht darum.

»Ach, es ist natürlich Unsinn«, erklärte sie. Schenkte ihm nach. »Soll ich Ihnen noch den Rest erzählen?«

Lächelnd erwiderte er: »Meine Scheherazade, nicht meine Medea.«

»Khau der Herr war ein Werkzeug Gottes. Desgleichen sein Volk. Es ist die Sage von dem Verlorenen Stamm der Israeliter ... In dieser Geschichte waren sie schon vor dem Auszug aus Ägypten verloren. Doch dann wurden sie zurückgerufen, um dem Herrscher und Propheten Moses zu helfen, dem Jungen, den man im Schilf aussetzte, damit die Sonnenpriester ihn finden sollten.«

»Die Tochter des Pharao«, berichtigte Paul-Luc.

»Nein, da hat man die Geschichte fehlinterpretiert. Es war Brauch in Memphis – in Men-Nefer – die ungewollten Kinder der Bauern in Schlammkörbchen zwischen dem Papyrus auszusetzen, damit die Priester unter ihnen wählen konnten. Manche Kinder wurden in die Tempel gebracht. Manche im Fluß gelassen. Die Schlammkörbchen lösten sich auf, und der Nil verschluckte die Kinder. Doch Moses wurde erwählt. Haben Sie denn nie davon gehört, Monsieur, daß manche der alten Schriften bestimmte Tempel als ›Sohn des Pharao‹ oder als ›Des Pharaos Tochter‹ bezeichnen?«

Er nickte; er hatte wohl schon mal davon gehört, eine vage Erinnerung. Er fühlte sich schläfrig und doch von süßem Verlangen erfüllt. Die harte Kante des Felsens in seinem Rücken fühlte sich beinahe behaglich an. Nach einer Weile würde er die Frau an sich ziehen. Aber sollte sie ruhig mit ihrem Spiel fortfahren. Sie hatte eine wohlklingende Stimme. Und die Sonne schien nun warm und alt, wie die Sonne der Vorzeit, Aten, die Spenderin von Gesundheit und Freude.

»Der Pharao stellte sich, wie Sie wissen, gegen die Bitte des Moses, die Juden ziehen zu lassen. Und so kamen die zehn biblischen Plagen über die Stadt.«

»Der Nil wurde zu Blut«, warf er ein. »Man kann dies alles erklären –«

»O ja. Man kann alles erklären, Monsieur. Doch in der *Schrift*, Monsieur, in der *Schrift* steht, nachdem die ersten drei Plagen keinen Erfolg hatten – das Wasser, das zu Blut wurde, die Frösche, die auf das Land fielen, und das Ungeziefer – wurde eine vierte Plage heraufbeschworen.«

Paul-Luc Lebas schloß die Augen. Er fühlte sich großartig, rein, als habe eine religiöse Erweckung von ihm Besitz ergriffen. Es mußte der Wein sein. Nun ja, warum auch nicht. Hinter seinen Lidern, die von der goldenen Sonnenschale gerötet waren, sah er die Bilder, die sie beschwor.

»Da kam ein Wind auf, der heiße Wind des Skorpions aus der Wüste«, sagte sie. »Der Staub schlug in die Stadt ein. Die Sonne verdunkelte sich.«

Und aus dem Staub, aus dem Wind der Wüsten kamen sie. Man hatte keinen Namen für sie.

»Die Thora«, fuhr sie fort, »erklärt, daß sie *Arov* waren – doch diese Bezeichnung ist unter den Gelehrten sehr umstritten. Manche sagen, es bedeute wilde Tiere. Andere erzählen uns, daß die Fliegen über die Stadt des Pharao kamen. Oder Schlangen. Und wieder andere sagen, daß die Arov Blutsauger waren. *Skarabäen*.«

Aus der Wüste schritt staubumwirbelt die Plage auf bloßen Füßen, die die Gluthitze des Sandes nicht spürten. Sie trugen schwarze Umhänge. Schwarzes Haar wehte ihnen ins Gesicht. Ihre Augen waren wie Gemälde an Grabwänden – mandelförmig, mit einem schwarzen Rand umgeben, die Iris schwarz wie eine Kugel aus Dunkelheit.

Skarabäen. Arov.

»Sie traten in die Straßen der Stadt, und der Wind umhüllte

sie wie ein Mantel. Der Sonnenvogel wurde in einem Netz aus Schatten gefangen. Denn *sie* liebten die Sonne nicht.«

Sie kamen in die Paläste und in die Hütten. Sie waren – wie sie sagte – zu prächtig, als daß man ihnen hätte widerstehen können.

Und sie tranken das Blut der Menschen.

Sie rissen Kehlen auf, schlugen ihre Zähne in Hälse, sie sogen das Lebensblut aus Men-Nefer, dessen weiße Mauern im tödlichen Schatten nun blutbespritzt waren.

Und wie zuvor floß der Fluß scharlachrot wegen der Toten, die man hineingeworfen hatte.

»Vampire?« erkundigte er sich. Belustigt. Aber seine schleppende Stimme ärgerte ihn.

»Ja Monsieur. Köstliche Vampire. Lieblich – bis sie zum Angriff übergingen. In Men-Nefer starben manche der Bürger aus purer Angst und manche wegen des Blutgeruchs. Manche, die sich nicht ergeben wollten, wurden hingeschlachtet. Und die Straßen waren rotgefärbt, und der Fluß war rot, und auch die Sonne leuchtete rot am schwarzen Himmel des Tages.«

Er sah es vor sich. Es war schrecklich – aber gerecht.

Er wollte fragen: »Und dann?«

»Es war noch nicht genug. Der König, der Pharao, war unnachgiebig. Und so kamen die anderen Plagen über Men-Nefer. Die Krankheiten, die die Arov-Vampire mit ihren Bissen gebracht hatten. Brennender Hagel. Heuschrecken, die die Ernte fraßen. Und dann – die Dunkelheit. Eine Dunkelheit, die man *berühren* konnte.«

Paul-Luc spürte die Härte unter dem Sand, als sei sie in ihn hineingewachsen. Als ob sie ihn durchbohren wollte. Mit einem Mal wurde er sich bewußt, daß es eine Kante des Sarges sein könnte, die ihn drückte. Er wollte ein Stück weiterrutschen. Die Stelle vorsichtig freilegen.

Er konnte jetzt sagen: Und nun wollen Sie mir erzählen, daß die – welche war es doch gleich – die neunte Plage, die Dunkelheit, Khau-Kehpri war. Ihr Zauberer und König.

Und als hätte er es laut gesagt, hob sie an: »Er kam wie sein Volk aus der Wüste. Die Ägypter glaubten, es sei Seth selbst, wie er auf seinem Esel ritt, mit wehendem schwarzem Haar. Seine Augen strahlten wie Lapislazuli, wie der Himmel in der Dämmerung, wenn der Morgenstern erstrahlt.«

Paul-Luc sagte nichts, bewegte sich nicht.

»Nun werden Sie aber sagen, was ist mit der zehnten Plage. Ich erzähle es Ihnen. Khau nahm ihnen die Erstgeborenen weg. Er beraubte sie ihrer Kinder.«

Paul-Luc bewegte sich nicht. Er dachte: *Dieses Ding. In meinem Rücken.*

Er bemerkte, daß sie aufgestanden war. Nun war sie wie ein weißer Schatten, von der alten Sonne umstrahlt. So hell. Und doch – düster.

»Er nahm die Kinder hinweg und ließ die Stadt beraubt zurück.«

Paul-Luc bewegte sich nicht.

»Und dann kehrte er in die Wüste zurück, mit seinem Volk, den Skarabäen, und den Kindern von Men-Nefer. Und nur die Juden waren vor ihm sicher, denn sie hatten ihre Türstürze mit Blut bestrichen.«

Paul-Luc bewegte sich nicht.

»Todesengel ist ein anderer, besserer Name für ihn. Monsieur.«

Dann wartete sie und schaute Paul-Luc Lebas an, der mit dem Rücken gegen den Sand gelehnt dasaß. Er hielt immer noch das Glas in den Fingern, auf den Knien. Seine Augen blickten ins Leere, als sähe er immer noch die Bilder, die sie beschwor.

Aber nun war er tot. Es war in dem Stoff gewesen, mit dem sie sein Glas abgerieben hatte.

Schließlich trat sie ihn in die Seite, und er kippte um und rollte den Abhang hinunter, bis er unten im Sand liegenblieb.

(Das Kamel gab ein Schnauben von sich, einen prustenden, spöttischen Ton.)

Auf der Haut des Mannes, auf dem Rücken unter der Jacke, waren spiegelverkehrt die Hieroglyphen eingeritzt, die auf der Tür zu lesen standen: *Neshenti.*

Die Frau drehte sich um und rief etwas auf arabisch.

Die Männer warteten schon. Nun würden sie das Grab

zuschütten und versiegeln. Und im Dorf Taube wartete bereits die Belohnung auf sie; Satellitenschüsseln, die hoch über den Dächern ihrer Lehmhütten angebracht werden sollten.

Berenice hatte sich gefürchtet.

Zuerst noch nicht, als sie die Bootsmannschaft gehört hatte, wie sie Musik spielen ließen, einander zuriefen, und als aus dem Dorf Ziegen und Schreibmaschinen zu hören waren.

Aber dann war es still geworden, und als sie schließlich ungehorsam war und an Deck ging, war sie allein. Die Männer hatten das Boot verlassen. Das Führerhaus war leer. Und auf den Straßen des Dorfes regte sich nichts.

Der Himmel war bedeckt, wie beschlagenes Glas.

Und es war – wie schon in der Hauptstadt – kalt, aber dennoch stickig.

Sie ging zur Reling und schaute ins Wasser. Es sah nicht so aus, wie sie es in Erinnerung hatte – aber was meinte sie denn damit?

Sie erinnerte sich – zweifellos aus einem Buch oder einem Film – an einen Nil, klar wie Bier, in dem Unmengen an Flußpferden schwammen. Aber dieses Wasser war schlammig, krank und dem Verderben nahe. Sie trauerte darum.

Und dann blickte sie auf; das hohe Ufer mit den Feigenbäumen und den lehmigen Häusern, und dahinter ein schwacher, brauner Schein – die Wüste.

Sie wußte, daß ihr Vater sie nicht leiden konnte. Er hatte sie nur behalten, weil ihre Mutter verrückt war und eine Schlampe. Vielleicht war er nun ihrer müde geworden. Ihrer Begriffsstutzigkeit, die ihn so aufbrachte. Ihrer Erscheinung.

Sie fing an zu weinen.

Und seltsam, während sie weinte, schien es ihr, als weinten andere mit ihr, die Geister zu Land und zu Wasser. Hier hatten die Frauen jahrhundertelang geweint. Ihre Tränen hatten den Nil gefüllt.

In der Abenddämmerung lag sie in ihre Laken gewickelt in ihrer Koje, halb schlafend, halb bewußtlos, als die Dame die Kabine betrat.

Sie war ganz in Weiß gekleidet und hatte wunderschönes goldenes Haar. Berenice hatte sie im Hotel gesehen.

»Hab keine Angst, mein Kleines. Es wird alles gut. Armes kleines Mädchen.«

Berenice setzte sich auf.

»Wo ist Papa?«

»Er mußte zu einem anderen Dorf reisen. Deshalb bin ich gekommen, um mich eine Weile um dich zu kümmern. Das macht dir doch nichts, oder?«

Berenice starrte sie nur an.

Die Frau war wunderschön. Schön wie eine andere, vor langer, langer Zeit. Und sie lächelte Berenice an, mit jenem wahrhaften Lächeln, das man nie falsch verstehen kann – dem Lächeln des Verlangens, das besitzen will.

Kapitel

einundzwanzig

Sie waren zu einem Leben auf den Bäumen zurückgekehrt.

Sie lebten in dem, was man aus dem Abfall wiedergewonnen hatte: In Pappkartons.

Am Rande der Wüste aus grauem Zement standen die windschiefen Behausungen, die Zelte der Ärmsten. Gerüste und Stangen und Planen, die man von Baustellen geklaut hatte, Backbleche, die einst warm gewesen waren vom frischgebackenen Brot. Eisentonnen, alte Mülleimer. Und die Pappkartons, auf denen Elektrolux stand, Cape-Trauben und Hundefutter.

Hier und da brannten Feuer. Ein Hund, der vielleicht nie Hundefutter gesehen hatte, kratzte sich und freute sich auf Schinken und Ei, das es vielleicht heute geben würde.

An die schwarzen Fundamente der gleichgültigen Gebäude gelehnt, lagen oder saßen weitere Kreaturen, in Schlafsäcken, kämmten sich mit gelben Fingern die Haare aus den Augen.

Nicht weit davon strömte der Fluß aus geschmolzenem Metall mit Sphinxen und Obelisken an seinen Ufern. Die Stadt aus Stahl und Stein, unter der die Krypten lagen, die Pesthöhlen, römische Bäder aus dem siebzehnten Jahrhundert und die Tempel des Mithras, Überbringer des Lichts.

Das Licht mühte sich in den Wintertag.

Die Köpfe hoben sich, als die Amerikanerin, die immer am Montagmorgen erschien, mochte es regnen oder schneien, an den Reihen der Hütten, Kartons und Plastiktüten vorbeischritt.

Sie hatte einen Einkaufswagen dabei, auf dem sich Würstchen im Teigmantel, Saft in Pappkartons, Apple-Pies und Bananen türmten, dazu Thermoskannen mit Kaffee, den sie in kleine Plastikbecher einschenkte.

Sie selbst mochte über siebzig sein, schlank und adrett im dunkelgrauen Mantel, der zu ihren Haaren paßte. Ein faltiges, gepudertes, hübsches und trauriges Gesicht. Sie hieße Adoreen hatte sie denjenigen gesagt, die sie danach gefragt hatten. Sie blickte trauriger als sie, denn sie hatte ihr Los nie akzeptieren können.

»Das ist für dich, Honey«, sagte sie. Obwohl sie seit vierzig Jahren in London lebte, sprach sie immer noch mit einem leichten New Yorker Akzent. »Und das hier auch. Magst du keinen Apfelkuchen, Honey? Ich hab' auch noch einen mit Erdbeeren.«

Und die Stimmen, heiser von den Kippen, die sie auf dem Bürgersteig gefunden hatten, und den Dosenresten Carlsberg aus den Mülltonnen, heiser von den Minusgraden der letzten Nacht, dankten ihr, krochen vor ihr oder verhielten sich diesem Engel des Morgens gegenüber gleichgültig wie die Gebäude.

»Gott segne dich, Liebes.«

»Ja. Dank.«

»Hnph.«

Adoreen schritt die lange Kurve der Obdachlosensiedlung entlang, bis zu dem trüben Tunnel zwischen dem Eastern House und dem Thurlough Centre.

»Hi, Honey. Wie geht's dir heute?«

»Mir geht's gut«, erwiderte Lix, die aufrecht in ihrem Schlafsack saß. Sie hatte blaue Augen, scharf wie gebrochenes Glas.

»Das ist für dich«, sagte Adoreen und reichte ihr das Essen. Lix nahm es an. Sie mußte sich nie das Haar kämmen – es war stoppelkurz geschnitten; sie machte das regelmäßig selbst vor dem Spiegel in der öffentlichen Toilette, benutzte ihre kleine Schere, die sich auch einmal in die Hand eines Angreifers gestoßen hatte.

Lix biß in die Apple-Pie.

»Köstlich.«

»Das freut mich«, sagte Adoreen. Dann ging sie zu dem Mann hinüber, der ungefähr fünf Fuß weiter in eine Decke gewickelt lag. Er rührte sich nicht.

»Ich glaube, er ist tot«, sagte Lix.

»Ach Gott«, machte Adoreen. Sofort wurde ihr liebes Gesicht von Trauer überzogen. Sie zog ihre sanfte Hand zurück.

Lix fuhr fort zu essen, während Adoreen sich über den Toten beugte, der, erfroren in der Kälte, zu einem blaßschwarzen Stock erstarrt zu sein schien. Die Polizeistreife würde später kommen, ihn finden. Man konnte nichts mehr tun.

Adoreen schob ihren Einkaufswagen weiter, umrundete die Ecke des Eastern House, trat ins grimmige Tageslicht.

Lix verschluckte die letzten Krümel und leckte sich die Lippen. Trank Saft aus der Packung und wärmte sich abwechselnd die Hände an der Plastiktasse mit dem Kaffee.

Der Tote neben ihr blieb ruhig.

Dann fiel ein Schatten durch die andere Öffnung des Tunnels. Kamen jetzt schon die Bullen? Nein. Lix saß ganz still. Drei alte Männer, Penner, schlurften die Durchfahrt entlang. Einen von ihnen kannte sie – Two Hats. Er trank aus einer Flasche Melissengeist, die er zweifellos gestohlen hatte. Für ihn war das wie feiner, alter Brandy. Den, der hinten ging, hatte Lix ab und zu gesehen, wie er auf den Straßen bettelte und am Fluß rauchte.

Der erste paßte nicht ins Bild.

Er war jünger – vielleicht fünfundvierzig, achtundvierzig. Das mochte bedeuten, daß er in den Dreißigern stand. Doch das war es nicht, was ihr so falsch vorkam.

Er trug einen Mantel mit Gürtel, der vor Schmutz ganz steif war. Wie bei den anderen hatte auch seine Haut dieses hölzerne Aussehen, wie eine Maske, von Schmutz und Wetter gegerbt. Es waren die Augen: schwarz und glänzend, der Blick stechend.

Auch er hatte das Haar kurzgeschnitten, doch bei ihm stand es in Büscheln wie bei einem Kakadu. Es war schneeweiß.

Nun kamen sie näher und beugten sich über Lix, wobei sie den vertrauten Gestank nach alten, ungewaschenen Klamotten, Rauch und anderem ausströmten – den säuerlichen Geruch menschlicher Absonderungen.

»Guckt mal, da hat einer abgenippelt«, sagte Two Hats. Er lachte meckernd. Er kniete sich hin und drückte der Leiche den Mund auf. »Ich will seine Zähne haben.« Er nahm sie heraus, wischte sie am Ärmelaufschlag ab und steckte sie in seine Tasche.

Da sagte der Weißhaarige: »Und *ich* will sein Auge.«

Two Hats lachte meckernd.

Lix saß ganz still. Aus dem Augenwinkel sah sie, wie der Mann sich über den Toten beugte und ein Auge aus seiner Höhle drückte. Es blitzte, so sauber war es. Echtes Glas.

»Das ist ja hübsch«, meinte Two Hats.

Er und der dritte wühlten unter der Decke und in den Taschen des Toten, entdeckten Dinge, warfen sie beiseite.

Lix trank ihren Kaffee aus. Es könnte Ärger geben, und sie mußte den Kaffee schnell hinunterbringen, damit die ihn nicht bekamen.

Der Mann mit dem weißen Haar starrte auf sie hinab.

Plötzlich sagte er: »Und was ist mit *deinen* Augen?«

Lix glitt aus dem Schlafsack und stellte sich darauf.

Doch er sagte nur: »Sie sind ja sehr blau, nicht wahr?«

»Verpiß dich.«

»Und du sprichst auch nicht wie die anderen«, fuhr er fort. »Ich hab' gehört, wie du mit der Amerikanerin geredet hast. Hast einen netten Mittelklasse-Akzent.«

Lix bückte sich, raffte ihren Schlafsack und das verschimmelte Kissen zusammen, das sie beim Schlafen unter den Kopf schob. Sie stopfte beides in ihren Matchbeutel.

Unversehens brach er in ein Giggeln aus – in einem hohen, dünnen Sopran. Sie fühlte sich an ein verrücktes Pferd erinnert, es war ein Laut . . . wie ein Alptraum.

Sie nahm ihren Matchbeutel, hängte ihn um und marschierte davon. Er folgte ihr.

Schulter an Schulter schritten sie auf die belebte Straße, wo die Büroangestellten entlanghasteten, um zu ihren wichtigen, stupiden Jobs zu gelangen, oben in den Computersälen, von Kopfschmerzen und anderen Leiden geplagt.

Lix bog um die Ecke, doch der Mann blieb ihr auf den Fersen.

Ihre sonstigen Verehrer waren nicht so geschickt. Die anderen beiden folgten nun auch, teilten sich den Melissengeist.

An der Ecke befanden sich die guten alten, öffentlichen Waschräume. Lix stahl sich zur Seite, in die Damentoilette.

Der Anstand würde ihn nun vielleicht bremsen.

Es schien geholfen zu haben; er folgte ihr nicht.

Aber als sie eine halbe Stunde später herauskam, war er immer noch da, saß auf einer der Bürotreppen und hielt ab und zu eine offene Hand in den Strom der gleichgültigen Passanten.

Die anderen beiden waren auf der anderen Seite der Treppe. Janice und ihr Mischlingsköter, der einer Spülbürste glich, hatten sich zu ihnen gesellt.

Über den Bürgersteig schritt der Plakat-Mann; bis zum Kinn war er vorn und hinten mit Papptafeln behängt, so daß er wirkte wie eine Art Kartenhaus. Zwischen seinen Lippen die ewig nichtangezündete Kippe. Die sorgfältig geschriebenen Worte auf seinen Plakaten lauteten: DAS ENDE IST NAH. Feierlich schritt er vorüber.

Lix spazierte hinter ihm her, grüßte lediglich Janice.

Ihr Verfolger gab sich nun keine Mühe mehr, warum sollte er auch?

Der kurze Tag ging langsam in Rauch auf.

Auf der Straße bedeutete die Zeit gar nichts. Die Dämmerung zog herauf und mit ihr das Flackern der Neonlichter.

In den Gassen der Heimatlosen wurde ein Sechzehnjähriger erstochen. Sie verließen die Gegend.

Die mit den Hunden hatten es besser. Frauen beugten sich herab und sagten: »Füttern Sie den Hund doch, ja?« Und gaben fünfzig Pence oder gar fünf Pfund.

Sie waren wie eine Warnung. Was einem passieren konnte. Es war ja so einfach. Verlier deinen Job, verlier dein Haus, verlier deine Familie. Die Pforten der Hölle stehen Tag und Nacht offen ...

Abends sammelten sie sich in den Suppenküchen. In schmetterlingsgelb gekleidete Stammesbrüder der Hare-krishna-Sekte brachten ihnen scharfes, würziges Essen, und ein einsamer Anwalt im Anzug servierte Brötchen und Saft und Tee.

Dann zog sie der alte Fluß an, die Gezeiten, die mehr dem Leben als dem Tode ähnelten.

Auf dem öden, geriffelten Matsch, unter den Bögen der

Brücken entzündeten sie Freudenfeuer, orangefarbene Lichtblasen, ins Dunkel der Nacht genäht.

In tiefster Nacht trat er an ihr Feuer, wo sie mit den anderen saß.

Funken flogen auf, und er sagte zu ihr: »Ich will dich ficken.«

»Ja und«, gab Lix zurück.

Sich neben sie hockend, fragte er: »Was glaubst du denn, wie alt ich bin?«

Sie gab keine Antwort. Saß still da und starrte in die biegsamen Flammen.

»Du bist erst dreißig, Schatz«, sagte Janice. »Guck mal, mein Hund mag ihn.«

Und der Weißhaarige streichelte Janices' Hund, der ihr an diesem Tag zehn Pfund eingebracht hatte.

Der Mann stank nicht; er roch nur nach Schlamm und Kälte und Nacht. Es war, als sei er im Fluß gewesen.

Lix warf einen verstohlenen Blick auf ihn. Es schien, als habe er sie dazu gebracht, denn im Grunde war er ihr völlig egal.

»Ich bin alt«, sagte er nun zu Lix. Hinter ihm schlenderten Two Hats und der andere heran. Sie erinnerte sich nun auch an seinen Namen, Vinegar Tom, denn er führte sein bevorzugtes Getränk mit sich, eine Flasche sauer gewordenen Weißwein.

Lix schaute ins Feuer.

Ashy versetzte dem Weißhaarigen einen Rippenstoß. »Camillo, siehst du da die Korken auf'm Wasser schwimmen? Weißt du, was das heißt?«

Weißhaar – Camillo – sagte: »Nein.«

Sie reichten ihre Kiste weiter; es war ein Kübel mit Weißwein und Rotwein, mit Heineken, Pepsi und einem Viertelliter Satin Gin, den sie im Müll gefunden hatten.

Sie tauchten die Plastiktassen hinein. Alle tranken, auch Lix und Camillo.

»Die Korken sin' aus den Flaschen der Ertrunkenen«, erklärte Ashy. »Hab's einmal geseh'n. 'n junges Ding noch. Kommt von der Vauxhall-Brücke und läuft runter. Lange, schwarze Haare bis zum Arsch und 'n Gesicht wie 'ne Schaufensterpuppe. So 'n enges schwarzes Kleid, das nur über 'n halben Hintern geht und Schuhe mit Absätzen. Und dann hat sie noch 'ne Flasche Margorks –«

»Woher wolltest du das wissen?« fragte Camillo.

»Hab's doch geseh'n.«

»Und ich wette«, sagte Camillo, »*sie* wußte, wie man's ausspricht –« Doch Lix achtete nicht auf ihn.

Ashy fuhr fort: »Sie watet raus, und die Flut kommt. Sie geht ins Wasser wie in 'ne Badewanne. Und dann liegt sie da und treibt und nuckelt ihren Wein. Und als sie alles genuckelt hat, geht sie unter. Is' weg. Und da schwimmt die Flasche, und da schwimmt der Korken. Ich hab' sie dann noch geseh'n, als sie tot war«, setzte er hinzu. »Die chemi-sche Um-welt-schmutzung hat ihr die ganze Farbe aus 'n Haarn gewaschen. Sie hat bloß mausbraune Haarn gehabt. Und 'ne grüne Haut.«

»Ophelia«, meinte Camillo. »Mit Margaux.«

»Aber ohne die Weide«, sagte Lix. Sie wußte nicht, warum sie ihm dies erwidert hatte. Doch sie hatte es getan. »Sie ist nun tot«, sagte er. Doch Lix sagte nichts mehr.

»Ich könnt' ja zu meiner Schwester geh'n«, meinte Janice, »aber da is' der Mann von ihr. Läßt mich nich in Ruh.«

Sie sannen eine Weile schweigend vor sich hin, und die Kälte stand wie Stahlträger in der Nachtluft, so hoch wie die Laternen der Brücken. Dort oben war die Zivilisation, Busse und Menschen in richtigen Kleidern. Aber wie lange noch?

Vinegar Tom rülpste.

»Komm her zu mir, Blau-Auge«, sagte Camillo.

»Wenn du unbedingt willst«, erwiderte Lix. Sie stand auf. Doch Camillo lachte nur – sein hohes Pferdewiehern. Sie setzte sich wieder. »Wie alt bin ich?« fragte er. »Zwölf? Dreihundert?«

Sie nahm einen Schluck aus der Kiste und sagte: »Love like Blood.«

»O ja, das Lied kenn' ich.«

»Mein Sohn hat es früher gespielt«, sagte sie.

Das war alles.

Die Flut schlug gegen das schlammige Ufer, und oben am Himmel hupte es, schrie und knurrte.

»Da ist noch 'ne alte Bombe in der Nähe, unter der Brücke«, meinte Two Hats. »Wie so 'n großes Ei aus Eisen. Hab' sie runterkommen seh'n. Wird noch mal irgendwann losgeh'n. Die Deutschen ha'm sie fallenlassen. Bäng.«

Sie starrten ins Feuer. Das Feuer war ewig. Feuer hatte es immer gegeben. Auch die Welt würde eines Tages im Feuer enden, vielleicht. (Das Ende ist nah?)

Camillo legte seinen Arm um Lix. Sie ließ es geschehen. Er legte den weißen Kopf auf ihre Schulter. Er sagte: »Du bist wie meine Mutter, Blau-Auge.«

Kapitel zweiundzwanzig

Vielleicht hatte es einst ähnliche Räume wie diesen hier gegeben. Oder gab es sie noch? Ein seltsamer Raum, der nichts Einfaches an sich hatte. Voller Bilder, Objekte und gemalter Gefährten.

An den Wänden Streifen von schlanken grünen Schilfrohren, durchsetzt mit Lotus, weiß und rosa und taubenblau. Durch das Schilf stakten Reiher, Ibisse. Darüber im Blau des Himmels flogen schwarzweiß gefleckte Eisvögel. Vogeljäger im Schilf, ockerbraune Männer, die Netze auswarfen. Gelbbraune Katzen kauerten sprungbereit, um die Vögel zu fangen, die die Bogenschützen vom Himmel holten.

Über allem die Sonne. Aus purem Gold gemalt, sehr alt, abgeschabt, und dennoch glänzend. Und mitten auf der Sonne ein schwarzumrandetes Auge.

Die Decke des Raumes war dunkelblau gestrichen, und an manchen Stellen breiteten sich die Köpfe der Papyrushalme bis in diese Höhe aus.

Der Boden war aus geädertem rotem Stein, zerkratzt und poliert wie die Sonne.

Inmitten halbdurchsichtiger weißlicher Vorhänge, die durch das Lampenlicht gelb erschienen, stand ein Bett auf goldenen Katzenfüßen. Es neigte sich ein wenig, das Kopfteil mit der purpurroten Nackenrolle war ein paar Zentimeter höher als das Fußteil. (Sie hatte das Gefühl gehabt, als müsse sie auf einem Balken balancieren.)

Vor dem Bett stand ein goldener Fußschemel mit Katzenklauen. Bett und Stuhl waren mit einem blutroten Seidenstoff überzogen.

An einer Seite stand ein Tisch, der ganz und gar wie eine langgestreckte Katze geformt war, schwarz mit goldenen Augen und Ohren. Auf dem Tisch lagen Spiegel, Kästchen und Flaschen aus grünem milchigen Glas und hellem Alabaster. Auch die hohen Stehlampen waren aus Alabaster und warfen ein zartes Licht, bald gelb, bald rot.

Es war beinahe authentisch. Sogar die hochgebaute Marmorbadewanne, obwohl sie einen Hahn hatte – ein goldenes Krokodil. Die Fenster stimmten natürlich nicht. In so einer Wohnung hätte es keine Fenster zum Durchschauen gegeben. Sie waren damals noch nicht erfunden.

Auch die Stilrichtungen waren bunt durcheinander gemischt. Dieses Gefäß mochte griechisch sein, und jener Kamm – römisch? Und auch die Wärme war künstlich ... und hinter jener bemalten Tür (das Bild einer Dienerin mit goldenen Ohrringen) gab es ein schmuckes Badezimmer, wie im Palast eines morgenländischen Herrschers. Doch es war modern. Eine moderne Toilette, Schränke voller moderner Toilettenartikel, ein Waschbecken, das keine Krokodile, sondern Delphine als Hähne hatte.

Auch das Essen war nicht ägyptisch gewesen, weder altertümlich noch aus der heutigen Zeit. Es gab zwar Zugeständnisse – ein paar schwarze Feigen und grüne Trauben auf einem Silbertablett. Aber der Rest bestand aus magerer, fade schmeckender Hühnerbrust, und als Beilagen Bohnen und Reis. Dazu gab es Mineralwasser einer Marke, die sie nicht kannte. Das Kelchglas war schief und dunkeloliv. Römisch – oder so gemacht, daß es einem Römerkelch ähnelte.

Wahrscheinlich war das meiste hier nachgeäfft, denn nur Weniges war wirklich alt. Alles erst vor einigen Jahren oder Jahrzehnten hergestellt. Obschon die bemalten Wände älter erschienen, da die Farbe an manchen Stellen verblichen war oder winzige Risse aufwies, und hier und da zeigte sich eine kleine leere Stelle oder eine Verschönerung, die nicht ganz zum übrigen passen wollte.

Auch hing ein schwaches Summen im Raum, ein elektrisches Summen, das geradezu hypnotisch wirkte. Es war im ganzen Haus zu hören. Ein Generator.

Am Ende würde sie sich noch daran gewöhnen. Ihn gar nicht

mehr hören. Wie lange würde das dauern? Und wie lange müßte sie wohl hierbleiben?

Anna trug immer noch das weiße Kleid, das sie ihr gebracht hatten, die beiden Frauen. Das Kleid war wie ein ärmelloses Gewand aus dem Griechenland der Homerzeit – doch sein Faltenwurf war gefälscht. Es hatte – und sie mußte lachen, als sie das sah – einen Reißverschluß.

Als das kleinere zweite Flugzeug rot wie ein Marienkäfer in der Eiswüste gelandet war, hatte ihr Führer oder Wächter sie und den kleinen Jungen nach draußen geführt.

Die Frau hatte ja vorher gesagt, daß sie sich auf dem ›Gipfel der Erde‹ befänden. Dann war dies hier sicher das Ende der Welt.

Zu allen Seiten hin erstreckte sich die weiße Einöde, wie bei ihrer letzten Zwischenlandung, doch hier war es ein absolutes Weiß. Es gab keinen Blick auf eine weitentfernte See, keine langsam dahintreibenden, burghohen Eisberge.

Der Himmel war strahlend, durchsichtig, grünlich-blau. Anna hatte noch nie zuvor so einen Himmel gesehen.

»Es ist Sommer, nicht?« fragte der kleine Junge. »Die Sonne geht niemals unter.«

»Fast richtig«, meinte der Mann.

Da erschien etwas Dunkles auf dem Schnee, doch nicht, als käme es aus der Ferne, sondern als hätte es sich aus der Berührung mit dem kristallgrünen Himmel gebildet.

Im Grunde war die Luft wie eine eiskalte Wand.

»Setzen Sie Ihre Gesichtsmaske auf«, sagte der Mann. »Miss Anna.«

Auch er hatte ihren Namen gewußt.

Doch nun war sie schon vollkommen machtlos.

Sie reisten zum Haus des Onkels des kleinen Jungen, Onkel Kay, wie in einem Märchen. Wie es schien, war die Schneekönigin letzten Endes doch von Kay überwältigt worden, und er hatte alles geerbt. Gab es auch eine Tante Gerda? Und würde Hans Christian Andersen den Vorsitz führen?

Das Dunkle war ein Schlitten, der von einer Horde rennender, schnaufender, pelziger Hunde gezogen wurde. Sie sahen aus wie Wölfe mit schwarzweißen Masken, seltsam hübsch und wild zugleich. Der Schlitten hielt an. Die Hunde wedelten mit den Schwänzen.

Andrew, das Kind, rannte auf sie zu, das Lama im Arm, und rief nur: »Wolf! Wolf!«

Der Mann hielt ihn zurück.

»Besser nicht. Sie könnten beißen.«

Doch dann warf der Schlittenführer, der gekleidet war wie sie und eine Maske gegen die Kälte trug, einen Anker in den Schnee, um den Schlitten zu halten, und sprang herab. »Es ist in Ordnung«, sagte er zu dem kleinen Jungen. »Du kannst den Leithund kennenlernen.« Und er führte Andrew zu dem ersten pandaartig gefärbten Wolf, und der Wolf erlaubte Andrew, ihm den schönen, gefährlichen Kopf zu streicheln.

»Sie *sind* halbe Wölfe«, erklärte der Mann aus dem Flugzeug. »Das macht sie so interessant.«

Der Hund wog über hundert Pfund. Er rieb sich an der Hand des Kindes. Dann ging auch Anna auf den Hund zu und berührte durch den Handschuh seine üppige Gestalt aus Fell und lebendigem Fleisch. Man setzte sie in den Schlitten, und der Mann aus dem Flugzeug stieg ebenfalls ein.

Der andere Mann löste den Anker und trieb die Hunde an. Einige hatten in den Schnee uriniert und ihn zum Dampfen gebracht. Selbst durch die Gesichtsmaske konnte man den Fischgeruch des Urins wahrnehmen.

Der Schlitten fuhr an.

»Ist es weit?« fragte der Junge.

»Nicht weit.«

Doch es war weit.

Oder war es nur weit erschienen, weil das Bild sich nie verändert hatte?

Der durchsichtige Himmel, die unendliche Weiße von Schnee und Eis. Keine Wegemarken. Nichts.

Dies war nicht das Ende der Welt, sondern ein anderer Planet.

Endlich – doch wann? – senkte sich eine Art Nacht hernieder. Ihr voran gingen ein türkisgrüner Sonnenuntergang und eine blaue Sonne, die zu versinken schien. Und danach war der Himmel immer noch wie Glas, doch nun marineblau, mit ein paar angestrahlten Wolken.

Andrew blickte hinauf zu den unsteten Sternen.

»Schütze«, sagte er. Und dann: »Mum ist Zwilling.« Und dann: »Sie kommt bald nach. Aber die Kälte wird sie nicht mögen.«

Es stimmte schon, die Kälte war furchtbar, wer konnte so etwas mögen? Sie war streng, unerbittlich. Anna schloß oft die Augen, um die Kälte auszuschließen, doch dann mußte sie wieder hinsehen. Dieses Land zwang sie, hinzusehen.

In der Dunkelheit fuhren sie ein wenig langsamer, doch sie hielten nicht an. Sie hatte im Grunde erwartet, daß man eine Rast einlegen würde.

Schließlich schlief sie ein – eine Nachwirkung der Tabletten, die man ihr gegeben hatte, oder auch schlicht Übermüdung. Als sie wieder erwachte, stützte der Mann aus dem Flugzeug sie mit seinem Körper ab. Verwirrt rückte sie von ihm fort. Sie hatte niemals über längere Zeit die Nähe eines Mannes erfahren, außer der Nähe ihrer Vater-Mutter, Althene. Die Erinnerung ließ sie fast in Tränen ausbrechen. Und, wie schon zuvor, wenn sie weinte, schien es ihr, als habe sie nie weinen können bis zu eben diesem Augenblick. Man konnte sich die Augen aus dem Kopf weinen, doch es ging auch schnell vorüber. Und es war sinnlos. Alle Tränen verbraucht.

Der Morgen graute.

Die Dämmerung war wie grünlicher Bernstein, und gegen das Licht sah Anna über dem Eisteppich die Gipfel dreier Berge aufragen, weiß vor weißem Grund, und doch in Umrissen, die wie mit einem groben Bleistift gezeichnet waren – kahle, uralte Felsvorsprünge.

Die Berge rauchten.

»Sind das –«

»Vulkane«, erklärte der Mann aus dem Flugzeug. Dann fügte er hinzu: »Aber auf keiner Karte verzeichnet.«

Sie fuhren zwischen weißen Hügeln, und der aufgewirbelte Schnee flog gleich Flügeln zu beiden Seiten auf. Als die Sonne in einer Säule des Lichts aufging, stimmten die Hunde ein Geheul an.

Über ihnen glitzerten blaue Eiszapfen.

Und dann kam der letzte Gipfel in Sicht.

Sie erkannte es sofort, das Kind auch, obgleich niemand es ihnen gesagt hatte – und Andrew winkte und hielt sein Lama hoch, damit es auch schauen konnte. »Das ist da, wo der *Onkel* wohnt.«

Es war unglaublich; ein Berg in der Form des ältesten Grabmales der Welt, in Form einer weißen Pyramide, mit schwarzen Felsstufen belegt, ragte wie ein Turm in einen Himmel, der nun mazarinblau war. Und als sie zwischen den Abhängen aus Eis höher fuhren, sah Anna unterhalb der Pyramide einen gläsernen Fluß.

»Aber das Wasser müßte doch gefroren sein«, sagte sie laut.

»Weiter weg ist es das auch. Hier aber nicht. Es wird vom Generator erwärmt«, erklärte der Mann.

Das Fundament der Pyramide in der Schneewüste über dem Fluß war schwarz.

Anna erwartete fast, ein ägyptisches Boot mit schrägem Segel und hohem Bug auf dem Fluß zu sehen.

Doch da waren keine Boote und kein lebendes Wesen außer ihnen. Die Pyramide hätte ebensogut ein Streich der Natur sein können.

Die Hunde, nun ganz aufgeregt, erkannten die Heimat wieder, und froh darüber, daß die Jagd nun ein Ende nahm, galoppierten sie immer tiefer in das Tal unter dem Berg und neben dem kalten blauen Fluß her, in dem die Eisschollen wie Schuppen dahintrieben, und dann weiter zu einer Stelle, die wieder gefroren war, wo sie hinübersprangen und weiterrasten in einen Tunnel, der wie ein Hohlweg in einem Gletscher wirkte.

Die Hunde bellten, und Geisterhunde bellten zurück.

Eine sehr hohe Stahltür, wie das Tor einer Fabrik, trüb vor Kälte, versperrte ihnen den Weg.

Sie hatte niemals so etwas wie dies hier gesehen. Nicht im Leben – und nicht in ihren Träumen. Und sicher niemals in einer Erinnerung. Irgend jemand hatte sie hierhergebracht. Irgend jemand, der sich ihrer entsann, der sie kannte, wie sie sich selbst nicht einmal kannte.

Die Tür würde sich öffnen, und sie würden hineingehen.

Oder würde die Tür geschlossen bleiben?

Hinter der Tür lag die Schwärze. Das Tor zum Tod oder zur Hölle . . . Black Dis – die Unterwelt.

Und dann erspähten die angestrengten Augen einen schwachen Lichtschimmer. Der Generator des Hades hatte elektrisches Licht geliefert.

Der erste Eindruck mutete nicht magisch an.

Alles war aus Stahl, man sah Pfade, die im Dunkel verschwanden. Das Innere einer primitiven Fabrik, wie schon durch die Stahltür angedeutet. Es roch nach Gummi, Paraffin, Ozon. Doch sie wurden eilig hindurchgeschleust, als ob weder sie noch der Junge es sehen sollten.

Die Wärme war nun fast nicht zu ertragen, und in einer Art Nebengasse wurde ihnen von einer Frau die schwere Winterkleidung abgenommen.

Die Hunde waren mit dem Schlitten verschwunden, und die Frau, die ein einfaches, dunkles Kostüm trug, eine Art Uniform, brachte Anna und Andrew und das Lama in einen Aufzug. Sie drückte die Knöpfe.

Der Aufzug fuhr nicht nach oben in den Berg. Er fuhr *abwärts*.

Natürlich. Die Hölle lag ja unter der Erde.

Als die Türen sich öffneten, waren sie wieder an einem ganz anderen Ort. Ein derart seltsamer Ort, daß Anna nicht umhin konnte zu schmunzeln, so wie sie später über den Reißverschluß lachen sollte.

Eine andere Frau stand in einem Korridor, und beides, die Frau und ihre Umgebung, wirkte fehl am Platz: Sie stammten aus einem anderen Zeitalter.

Dieser Gang hatte keine stählernen Wände und wurde von einem Licht erwärmt, das nicht von elektrischen Lampen stammte, sondern von Feuer. Fackeln brannten über ihren Köpfen und verströmten einen Duft nach Weihnachten, wenn sich der Duft des Baumes mit den Kerzen und Althenes Parfüm vermischte. Doch hier paßte er nicht.

Die Frau, die vor dem warmen Schein blaß wirkte, trug einen weißen, gerafften Rock, nach ägyptischer Manier gefältelt, wie Anna sogleich erkannte. Die eine Brust lag frei, und um ihren Hals lag die ägyptische Kette, goldene Klingen und rote Perlen. Ihr Haar war so geschnitten, daß es wie ein indigoblauer Klumpen wirkte, oder vielleicht war es auch eine Perücke, die eben noch ihre Schultern berührte.

Sie kreuzte die Hände über der Brust und machte eine Verbeugung.

Anna und der kleine Junge traten aus dem Aufzug und hörten, wie die Türen geschlossen wurden und der Aufzug wieder nach oben fuhr. Es schien unklug, sich umzublicken, denn das Zusammenfallen zweier so unterschiedlicher Szenerien mochte zu einer Erschütterung führen.

Die Frau sprach kein Wort. Mit einer Handbewegung bedeutete sie ihnen, ihr zu folgen. Dann machte sie kehrt.

»Wir sollen mit ihr gehen«, sagte Andrew ungeduldig, als Anna sich nicht rührte. »Komm schon.«

Er war gar nicht erschrocken.

Aber es war ja auch, als betrete man den Set eines tollen Films, oder besser gesagt, eines Traums.

Der Gang führte eine Weile geradeaus, und dann erschienen die Bilder an den Wänden: blaue Flußpferde und schwarze Schakale – Tauret, Anpu-Anubis. Piktogramme, Hieroglyphen, Palmwedel. Augen, Bäume und Sonnen.

Schließlich gelangten sie an mehrere Türen, und wie in der Bibel öffnete die Frau diese Türen, indem sie klopfte.

Vermutlich waren es automatische Türen, denn bei den ersten stand niemand dahinter. Die nächsten wurden von jeweils zwei Männern geöffnet, die Leinentuniken trugen und geschorene Köpfe hatten. Wie die Frau wirkten auch sie wie

Statisten in einem Film, denn sie sahen nicht unbedingt wie Ägypter, ja nicht einmal wie Orientalen aus. Ihre Haut war blaß. Die Augen jedoch waren tiefschwarz. Schwarze, *alte* Augen, verschleiert, als wären sie blind. Sie mußte an Michael denken, den Diener im Haus der Scarabae in London.

Auch diese hier waren Scarabae.

Der Gang führte weiter, andere Korridore zweigten ab. Alle mit Wandbildern und von Fackeln beleuchtet.

Dann kam ein Gang, in dem die Lampen aus Alabaster waren – sie kannte diese Lampen aus Büchern, das rötliche Feuer, das durch die helle Oberfläche schien. Und sie standen auf bronzenen Sockeln, genau wie in den Büchern.

Dann gelangten sie endlich an Türen, die sich zu einem großen Platz öffneten, eine Erleichterung nach der Enge des Ganges und der bedrückenden Hitze der Fackeln.

Es war eine Art Hof, und in der Mitte stand ein steinernes Becken. Der Feuerschein der Alabasterleuchten spiegelte sich im dunklen Wasser. Lilien wuchsen in dem Becken, oder war es Lotus?

Vier Statuen standen im Hof. Anubis aus schwarzem Obsidian, Bast, die Katzengöttin, in Grün, dann aber ein römischer Recke, der eine Schlange tötete, aus weißem Marmor, und eine weiße, dezent bemalte Göttin, offenbar griechisch, mit langen, dunklen Locken.

Anna blickte nach oben. Der Hof war nicht zum Himmel hin offen, wie sie zuerst geglaubt hatte. Statt dessen füllte ein Mosaik die Decke aus. Dieses sah im Gegensatz zu den anderen Dingen wirklich antik aus; es war an manchen Stellen zerborsten. Es stellte ein Wagenrennen dar.

Neben dem Eingang führten zwei schwarze Türen in andere Räume. Eine zweite, ebenfalls nach ägyptischer Art gekleidete Frau kam nun herbei und hielt Andrew die Hand entgegen.

Sogleich ging der kleine Junge mit. Er sagte nur: »Das hier ist mein Lama. Es ist ganz naß. Aber man kann es waschen. Ist also in Ordnung.«

Und die Frau erwiderte: »Ja, Master Andrew.«

Sie hatten alle modernes Englisch wie in einem amerikanischen Schauspiel gesprochen, und so klang es nun unpassend, dieses *Master Andrew.*

Doch nun waren Andrew und sein Lama und die andere Dienerin hinter einer der Türen verschwunden. Die erste Frau führte Anna jetzt zu der anderen Tür, die auf sanften Druck nachgab.

In dem kurzen Gang hinter der Tür stand eine ägyptische Statue, ob ein Gott oder nur ein einfacher Mann, wußte Anna nicht. Vor seinem starren, flachen Körper hielt er einen Speer. Er war so alt wie die Zeit. Er *stank* nach Alter.

Die Frau schritt um ihn herum zu einer weiteren Tür. Auf der Tür war eine Tafel aus Lehm.

»Ich werde nun das Siegel aufbrechen«, sagte die Frau.

Anna stand da und sah zu. Und zum ersten Mal seit langer Zeit spürte sie den Turmalin-Ring, den Rachaela ihr geschenkt hatte, an ihrem linken Mittelfinger.

Da schlug die Frau auf die Tafel, und diese zerbrach.

Die Tür führte in eine Wohnung, die wie die Ausstattung zu einem Film wirkte; ein Stuhl aus Ebenholz, eine runde Badewanne, ein Bett mit vergoldeten Vorhängen.

»Das ist Ihr Zimmer, Miss Anna. Sie haben zwei Dienerinnen zu Ihrer Verfügung, die bald eintreffen werden. Alles soll nach Ihren Wünschen geschehen.«

Die Frau sprach mit Akzent, aber ganz sicher nicht mit dem des alten Ägyptens. Ihre Augen waren nicht schwarz, sondern grünlich – und doch glasig, verhangen. Wie Michaels Augen. Schlimmer als Michaels Augen.

Später kamen die beiden Dienerinnen.

Sie verneigten sich vor ihr, wie sie es bei der ersten Frau gesehen hatte – die Hände vor der bloßen Brust gekreuzt.

Anna hatte nie nackte Brüste gesehen, nur ihre eigenen. Rachaela war sehr zurückhaltend gewesen. Und Althene – Althenes Brüste waren künstlich gewesen, nicht aus Fleisch und Blut.

Diese Frauen hatten schwarze Augen und schwarzes Haar,

das ihnen bis auf die Schultern fiel. Sie nannten ihre Namen: Mesit, Shesat.

»Ihr seid Ägypterinnen«, meinte Anna.

Sie starrten sie bloß an.

Anna seufzte und wandte den Blick ab.

Sie hatten ihr eine Kanne Kaffee und ein paar verlockende Sandwiches gebracht. Schinken, anscheinend.

Und dann mußte sie lachen, als sie den Reißverschluß entdeckte.

Am Morgen – war es schon Morgen oder noch Nacht – nachdem sie auf dem geneigten Bett erwacht war, kamen die beiden Frauen und badeten sie. Sie ließ es geschehen, aus dem törichten Grund, weil sie ja vor weniger als zwei Jahren noch ein hilfloses Baby gewesen war und weil sie damals hatte gebadet werden müssen. Sie wuschen und kämmten ihr das Haar und steckten kleine Silberperlen an die Enden. Dann zogen sie ihr das Kleid an, das griechische, mit einem Reißverschluß versehene Kleid. Darunter trug sie seidene Unterwäsche und einen BH aus Paris.

Anna dachte: *Cecil B. De Mille bestand darauf, daß selbst die Unterwäsche authentisch zu sein hatte.*

Doch sie spielte nicht in einem Film; dies hier war eine neue Welt, die man aus hundert verschiedenen Zeitaltern zusammengebraut hatte. Wie es gerade paßte.

Die Möbel waren ziemlich neu, sonst wären sie vermutlich zusammengebrochen. Die Statuen waren neu, um die zu ersetzen, die geborsten oder verlorengegangen waren. Und manche Dinge waren *schrecklich* alt.

Und nun war sie hier. Anna. Außer an diesem Morgen nannte Mesit – die Shesat bis aufs Haar glich, als ob sie Zwillinge waren, und warum sollten sie es auch nicht sein? – sie niemals mehr bei ihrem Namen.

Kapitel
dreiundzwanzig

Sie hatte einen Traum.

Es war nach dem Essen, und nachdem sie über das Kleid gelacht hatte.

Sie hatte auf dem Ebenholzstuhl gesessen und ihre Füße, die nun in mit silbernen und roten Perlen verzierten Sandalen steckten, auf den Löwenschemel gelegt.

Wieder hatte sie gedacht: *Ich bin hier.*

Aber da schlief sie schon – aufrecht und still auf ihrem Stuhl, wie eine tote Königin auf ihrem Thron in Alexandria.

Der Fluß glänzte golden; Barkassen segelten auf den Fluten.

Die Sonne glitzerte auf dem Wasser und auf den Rudern, die gold und scharlachrot und blau bemalt waren. Sie ruderten flußabwärts.

Unter einer grünen Markise, die Schilfrohren im Frühling glich, wartete das Mädchen Ankhet furchterfüllt, wagte nicht, sich zu bewegen.

Die Priesterin saß mittschiffs auf einem Thron aus Gold und Elfenbein. Wie eine Königin. Doch sie war mehr als eine Königin.

Ankhet hatte gesehen, wie Statuen den Fluß hinabgezogen wurden. Sie rührte sich nicht. Ein Mädchen mit einem Palmwedel hielt die Hitze und die Stechmücken des Flusses von ihr fern.

Der Fluß schien nun unbesiegbar, seine flüssigen Muskeln trugen die drei Barkassen. Und die Soldaten in den Waffenröcken standen vor der Markise und erduldeten schweigend die sengende Sonne, die Ra sandte.

Über ihnen gab der Gong den Ruderern die Schlagzahl vor.

Die Dienerinnen sangen. Sie waren barbusig, wie Göttinnen.

Das Lied war seltsam und schien keinen Sinn zu ergeben, bestand nur aus unzusammenhängenden Wörtern.

Frühling, Frühling, Geburt und pralle Knospe.

Wir. Die Löwenmutter.

Mutter und Königin.

Wir, Frühling, die Katze, wir ...

Ein endloser Singsang.

Ankhet zitterte. Sie hatten sie aus ihrem Dorf geholt. Etwas anderes hatte sie nie gekannt. Doch nun –

Ihre Angst stieg und fiel. Wie die Ruder.

Schuppige Rücken tauchten im Fluß auf und versanken wieder. Vogelschwärme schossen gleich Pfeilen aus den schlanken, hohen Schilfhalmen.

Frühling, Frühling, Gold und Silber.

Nun beschrieb das Ufer einen großen Bogen, der Rudermeister brachte den Gong zum Schweigen. Die Ruder hoben sich wie Flügel. Im ersten Boot, in diesem und in dem, das folgte.

Sie trieben dahin, nur von den Kräften des Flusses getragen.

Und als sie die Flußbiegung umrundet hatten, sah Ankhet die Körbchen, die am Rande des Schilfs trieben, und in jedem Korb lag ein Baby. Manche weinten, manche schliefen, und manche strampelten. Sie waren mit Riemen festgebunden, um nicht in den Fluß zu fallen. Braunglänzende Babys, puppengleich.

»Da«, deutete die Priesterin mit dem goldenen Finger. Der Nagel war lang und blau.

Einer der Soldaten ging zum Bug des Bootes und rief zu dem Boot vor ihnen: »Dies da. Dort.«

Ein anderer Soldat auf dem vorderen Boot beeilte sich, das angezeigte Körbchen aus dem Fluß zu bergen. Das Kind darin schlief nicht, weinte nicht, es lag nur da, hellwach. Seinem Aussehen nach konnte es kaum älter als zwei Monate sein.

»Das ist es. Ein anderes nehmen wir nicht«, sagte die Priesterin.

Der Soldat auf ihrem Boot rief zu dem anderen: »Keines mehr.«

Dann brüllte der Rudermeister, und die Ruder tauchten mit einem heftigen Schlag ins Wasser.

Wieder ruderten sie mit aller Kraft und ließen die weinenden, festgebundenen Babys hinter sich, die wie Schildkröten auf dem Fluß schwammen. Weiter ging es durch die Mauer der grünen Halme.

Die Löwin, Silber und Gold ...

Ankhet war sechs oder sieben Jahre alt. Ihr waren die Babys sehr jung, ja unwirklich vorgekommen. Sie kümmerte sich nicht um sie; sie kannte den Brauch.

Dieser Junge würde dem Tempel des Ptah, dem Künstler und Schaffer, bestimmt werden. (Die anderen würden ertrinken. Oder vielleicht würden sie von Frauen herausgefischt werden, die keine Kinder bekommen konnten.)

Er weinte nicht.

Sie jedoch auch nicht.

»Die Dame Nefertun befiehlt euch aufzustehen. Hinter der nächsten Biegung nähern wir uns der Stadt.«

Alle Dienerinnen hatten sich erhoben. Nun hoben sie auch die Arme, so daß ihr Brüste und ihr Gesang sich zu einem freudigen, zitternden Gleichklang vereinten.

Der Fluß erglänzte wie flüssige Bronze im Licht der untergehenden Sonne, und auf den Ufern lag Dunst, so daß man die ferneren nicht mehr erkennen konnte.

Sie umrundeten die Uferlinie, und Ankhet, im Boot der Priesterin Lady Nefertun stehend, sah die Stadt vor sich, ein schimmerndes Wolkenschiff mit unglaublichen Erhebungen, durch die Entfernung jedoch schlecht zu erkennen.

Die Stadt war eine Insel. Sie war so weiß wie nichts sonst auf der Welt.

Men-Nefer.

Nefertun erhob sich von ihrem Sitz und streckte nun ihrerseits die Arme aus, der sinkenden Sonne entgegen.

Und auch Ankhet erhob sich von dem Ebenholzstuhl und hob die Hände – und erwachte.

Hier bin ich.

Der Raum wirkte fast derb, so neu.

Sie probierte den Namen im Munde.
»Men-Nefer.«
Weiße Mauern. »*Wunderschön.*«
Und als hätte sie das Ende ihres Traumes abgewartet, erschien nun Shesat in der Tür.
»Sie kommen nun mit mir, Lady Ankhet.« (Der neue Name. *Lady*, nicht *Miss*.)
»Nennen sie dieses Haus die Weißen Mauern?« fragte Anna.
Shesat starrte sie verständnislos an.
Es war wohl die einfachste Lösung, mit ihr zu gehen.

Sie hätte nie den Weg durch diese Gänge gefunden, ohne einen Führer wie Shesat.
Die Wände waren sandfarben, bemalt, vom Fackelschein erhellt.
Und dann umhüllte sie Dunkelheit. Der Gang hatte sich zu einer riesigen, steinernen Vorhalle erweitert, wie der Eingang zu einem Palast oder einem Tempel. Schwarze Säulen ragten empor, und die Decke schien eine Meile hoch. Der Boden leuchtete.
Sie schritten hindurch.
Und dann, nach der tiefsten Schwärze, ein viereckiger Raum, in rosarotes Dämmerlicht getaucht.
Es war der Eingang zu einer anderen gewaltigen Halle.
»Ich darf nicht weitergehen«, sagte Shesat.
»Warum nicht?«
»Dies ist das Heiligtum. Bevor ich nicht hier diene, darf ich nicht hinein.«
»Was ist das denn?«
»Die Halle der Nut.«
Und sie wies nach oben.
Anna schaute; es war atemberaubend, selbst nach allem, was sie bisher gesehen hatte.
Die Decke bestand aus einer großen gekrümmten Eisenplatte, und darauf erstreckte sich das Bildnis der Nut, der Göttin des Ursprungs, des Himmels. Sie war in reinstem, ägyp-

tischem Stil gemalt, das Gesicht im Profil, aus der Entfernung nur als Schwärze wahrzunehmen, doch auf ihrer Stirn stand ein glänzender, goldener Stern. Auf der Brust die goldene Sonne und der goldene Mond, die Sichel und die Scheibe auf ihrem Bauch vereint. Und auch ihre Beine, die sich in der Ferne der gegenüberliegenden Wand verloren – mehrere hundert Fuß entfernt – waren mit winzigen Sternen bedeckt.

Wie im Mythos berührte sie die Erde nur mit Händen und Füßen, wölbte sich über das Himmelszelt.

Gewaltige karneolrote Säulen wuchsen zu ihr empor, auf deren Spitzen gebändigte Flammen züngelten – scharlachrote Kerzen, die sich im schimmernden Schatten des Bodens spiegelten.

In den Boden waren funkelnde Blumen eingelassen. Oder waren es Edelsteine? Grüner Jaspis, blauer Straß, milchig scheinender Kristall.

Das Glitzern der Edelsteine war wie ein Funkenfeuer, ein Meer von Glühwürmchen.

Wieder blickte Anna auf den Bogen der Nut. Auch aus ihrem Bauch hingen sternengleich die goldenen Lichter.

»Sie müssen weitergehen«, mahnte Shesat.

Aber es mußte schrecklich sein, allein in diese brennende Leere zu treten, unter der Riesin durchzuschreiten.

Und im Schatten der Säulen stand etwas und beobachtete sie.

Anna rührte sich nicht.

»Sie wartet«, sagte Shesat.

»Wer?«

»Die Mutter.«

Dann drehte Shesat sich um und glitt zurück in die Dunkelheit der Vorhalle.

Sie konnte nichts anderes tun; entweder dort stehenbleiben oder weitergehen.

Anna betrat den Boden der Lichter und Spiegelungen, der an einen Fluß erinnerte.

Nein, dies war nicht wie der Set eines Films.

Sie trat auf die Edelsteine, und sie verloschen und blitzten wieder auf, wie Augen, denen man nichts anhaben konnte.

Die Kerzensäulen waren so groß. Es hätte vielleicht sechs oder sieben Leute gebraucht, um sie zu umschlingen.

Unter ihr glitt ihr Spiegelbild. Und hinter den Säulen sah sie nun die alten Götter. In schwarzen Granit gehauen stand Isis, vom Mond gekrönt, Osiris mit einem Reif aus Schilf, der falkenköpfige Horus als Kind auf seiner Mutter Hüfte. Und hier Nephthys, dort Seth mit einem bizarren Schweinskopf, auf dem das rote Licht sich spiegelte, als wäre er naß.

Andere sah sie, die sie nicht erkennen konnte; manche grobgehauen und antik, von unbekannter Herkunft, dann wieder andere, die im griechischen Stil gehalten waren.

Auch einige Tiere waren vertreten. Ein assyrischer Löwe und eine Kobra. Und in einer Höhle eine griechische Sphinx: sie kauerte, knochengelb. Ihre Brüste waren zerborsten, nicht aber ihre Klauenfüße.

Die Halle war endlos.

Unter Nuts Schenkeln begegnete Anna dem Gott des Grabes, Sokar, mit seinem gewaltigen Falkenkopf, dem ein Horus nicht gleichkam. Auf ihm saß eine käferartige Gestalt. Und dann dräute Sachmet, die steinerne Frau mit einer goldenen Tasse in der Hand und einer goldenen Löwenmaske.

Hinter Sachmet war eine große, hohle Nische und ein letztes Dunkel, in Blau.

In die pulsierende Bluthöhle der Halle war ein fernes Fenster eingelassen; aquamarinblau, die Farbe der Straßblumen, trübe und leuchtend zugleich.

Eine Treppe führte zu ihm hinauf; sie konnte die Stufen im Schatten unter den Lampen undeutlich erkennen.

Dort oben saß etwas, ein Umriß vor dem blauen Fenster. Auch dieses Wesen war dunkel.

Und dann schlichen zwei andere Schatten, düster und blaß zugleich, auf sie zu.

Als der erste ins Licht der Lampen trat, sichtbar wurde, erschien er ihr wie ein Geist, den es hier nicht geben sollte.

Es war ein ausgewachsener Tiger, mindestens zehn Fuß lang. Ein Albino.

Auf dem hellen Fell bräunliche Streifen. Die Augen gemahnten an das Fenster und die Straßblumen und an alle schmerzhaft blauen Dinge.

Er fauchte ein wenig, war aber ein sanftes Tier. Anders als die Sphinx, die Götting Sachmet, hatte er seine Krallen nicht ausgefahren.

Der andere tauchte nun auch aus dem Schatten auf. Er war ein wenig kleiner, von eisigem Weiß, in dem sich die Streifen deutlicher, fast schwarz, abzeichneten. Auch er hatte stechende, schrecklich blaue Augen.

Anna streckte die Hände aus, damit die Tiger schnuppern konnten, wenn sie es wollten.

Die Köpfe der Tiere reichten ihr bis zur Brust.

Als sie geschnuppert hatten, berührte sie die Tiere. Der Weißere wich vor ihr zurück, schüttelte sich. Der andere blieb bei ihr, und sie streichelte sein rauhes, kräftiges Fell. Er roch leicht nach Fisch. Mit seinen Zähnen hätte er ihr den Arm abreißen können. Um den Hals trug er ein silbernes Halsband mit tiefblauen Saphiren. Der Weiße hatte ein goldenes mit schwarzen Steinen.

Dann wandten sich die Tiere von Anna ab und trotteten auf die Stufen zu, die zu dem blauen Fenster hinaufführten.

Und die Gestalt streckte ihre Arme aus und streichelte sie.

Die Tiger streckten sich unter dem Stuhl aus, auf dem der Schatten thronte.

Der Schatten schwieg.

Anna schritt auf ihn zu.

Das Fenster war ziemlich groß, oval geformt, sechs Fuß im Durchmesser.

Draußen glitzerte eine Gletscherhöhle – oder war es das Wasser *unter* dem Eis? Es lag so still da, so eisig in seiner Leere, man vermochte es nicht zu sagen.

Und vor dem blauen Schein saß der Schatten und wirkte selbst wie das Wasser.

Dennoch hatte sie den Eindruck, es sei eine weitere Göttin.

Anna sagte kein Wort.

Der Schatten, der eine Frau war, verharrte in Schweigen.

Auf den Stufen peitschte heftig ein weißgeringelter Schwanz, einmal, zweimal.

Und dann bewegten sich die Hände der Frau – sie waren blaß wie das Tigerfell, nur durch einen Ring geschmückt. Und zwischen ihnen sprang wie ein Blitz eine Flamme auf.

Wie unpassend – sie mußte ein Streichholz entzündet haben. Doch es wirkte wie ein Zauber.

Eine niedrige Alabasterlampe flackerte auf.

Das Licht traf die Frau auf der rechten Seite, zu ihrer Linken blieb der tiefblaue Schatten.

Ja. Sie war Sachmet, denn sie hatte das Antlitz einer Löwin, die niedrige, breite Braue und die lange Katzennase, den weichen Mund eines Menschen, in durchsichtigem Rot bemalt. Ihre Augen waren schwarz und endeten in langgezogenen, gemalten Flügeln von blasser bleierner Farbe. Das schwarze Haar, nach ägyptischer Art geschnitten, reichte ihr bis zu den Schultern und war mit kleinen Goldknospen verziert.

Sie war jedoch nicht wie eine Ägypterin gekleidet. Ihr Kleid lag eng am schlanken Körper, die Ärmel wirkten wie Handschuhe. Vorn war ein tiefes weißes V eingeschnitten, und an einer Kette aus glutroten, goldenen und grünen Perlen hing ein gelblicher Skarabäus-Anhänger mit Flügeln aus verblichenem Schwarz und Gold.

Die Frau betrachtete Anna, die im Licht stand.

Sie hatte Licht gemacht, um sehen zu können, nicht um selbst gesehen zu werden.

Ihre Nägel waren tiefrot. Sachmets Klauen, in Blut getaucht? Und Granatapfel auf ihren Lippen –

Dann sprach die Frau. Sie hatte eine leise und ernste Stimme, flach.

»Du bist Anna. Aber er hat dir einen neuen Namen gegeben. Haben sie dir das nicht gesagt? Ankhet Persephone. Das Menschenkind, das geraubt und in die Unterwelt gebracht wurde.«

»Ich werde Anna genannt.«

»Jetzt nicht mehr.«

»Doch.«

»Du bist störrisch«, sagte die Frau. »Das wird ihm gefallen. Oder hast du bloß Angst?«

»Natürlich«, erwiderte Anna. »Jeder würde Angst haben.«

»Tatsächlich? Ich habe vergessen, was Angst ist. Wie ist Angst?«

Anna erwiderte nichts, und die Frau fuhr fort, sie anzuschauen. Sie war schön – wie ihr Anhänger. Fehlerlos und unberührbar. Vielleicht auch grausam, oder sie schien nur so, brodelte unter ihrer quarzenen Schale.

»Sie nannten Sie die Mutter«, sagte Anna.

»Und diese sind meine Kinder«, erwiderte die Frau. Sie wies auf die beiden Tiger. »Du verstehst wohl sehr gut, wie lange wir leben können.«

»Ach ja?«

»Natürlich. Sonst sterben wir und kehren zurück. So wie du.« Anna senkte den Kopf. »Schämst du dich deiner Wiedergeburt?« Sie fuhr fort: »Es liegt auf der Hand, daß wir schamlos sind, unsere Rasse. Wir sind die Ältesten. Ankhet, Ankhet Persephone. Erinnerst du dich nicht?«

»Nein«, sagte Anna. »Warum sprechen Sie nicht Altägyptisch?«

»Oder eine semitische Sprache oder mittelalterliches Russisch oder das Französisch des achtzehnten Jahrhunderts. Ich habe sie alle vergessen, wie die Angst. An meine Kindheit kann ich mich erinnern«, sann die Frau. »Ich spielte im Schlamm, und meine Schwester brachte mir kleine bunte Tiere, die sie gemacht hatte – Flußpferde und Krokodile. Und ich kann mich an drei Flüsse erinnern.«

Dann sagte sie etwas in einer Sprache, die Anna nie vorher gehört hatte. Sie klang, als sei sie mit einer Schicht überzogen, kehlig und mit Messern geschnitten, im Rhythmus fließender Wasser.

Dann sprach die Frau wieder in gewöhnlichem Englisch: »Wir haben deine Sprache gelernt und die der anderen. Was nun noch? Mein Name ist Lilith. Hast du ihn schon einmal gehört? Es gibt eine Dämonin in den babylonischen und jüdischen Schriften ... und in der Alchemie, die diesen Namen trägt. Es gab auch noch andere Namen – Lilith wird aber für dich der leichteste sein.«

Anna fragte: »Soll ich Sie so nennen?«

»Ja. Aber wir werden uns kaum sehen.«

»Was wollen Sie?« fragte Anna.

»Nichts. Obwohl –« die Frau namens Lilith blickte durch Anna hindurch in weite Fernen. »Er sagte, daß einer zu mir kommt. Eins der Kinder. Das hat er mir versprochen. Aber vielleicht hat er gelogen. Der Junge gehört ihm. Und du gehörst ihm.«

»Wem? Wer ist er?«

»Mein Herr«, erwiderte Lilith. Ein kleines Lächeln hob ihre Mundwinkel – doch nicht sehr. Sie hatte auch vergessen, wie man lächelt, es war nur ein Reflex. »Er wird dich bereits gesehen, beobachtet haben. Und wenn er will, kann er dir wie ein Gott erscheinen. Ganz plötzlich. Es stimmt, du hast eine Menge zu fürchten.«

»Diesen Mann – mit Namen Kay.«

Lilith stieß ein lautes Lachen aus; es war ein kalter metallischer Laut. Der dunklere Tiger erhob sich, und sie legte ihre beringte Hand auf seinen Kopf. Tief grub sie ihre Finger in sein Fell.

»Hat ihn der Junge so genannt? Nun, er hat viele Namen. Er war einst Pharao. Kann dich das beeindrucken?«

»Ich glaube nicht, daß es wahr ist.«

»Doch. Er war Zauberer und Pharao. Die Nacht des Seth. Der Spender von Dunkelheit und Verlust. Er hat einen schwarzen Stein in seinen Gemächern. Darauf steht ein Satz im Latein der Römer – *Tenebrae sum*. Was hast du denn gelernt? Verstehst du den Satz?«

»Ich weiß, was er bedeutet.«

Lilith bewegte sich, flüsterte; dann kauerte sie wie die griechische Sphinx. »Und was bedeutet er? Sag es.«

Langsam sagte Anna: »Dunkelheit, ich.«

»Und das ist er.« Sie schwieg einen Moment. »Wir alle vielleicht. Woran erinnerst *du* dich, Anna-Ankhet?«

»An nichts.«

»Wie alt bist du?«

»Ich weiß es nicht. Siebzehn.«

»Nein. Du bist zwei Jahre alt. Er hat dich lange vor dem Raub beobachtet. Ja, bevor du geboren warst. Er weiß alles über dich.«

»Er weiß, wer ich bin? Wer ich wirklich bin?«

»Vielleicht nicht. Vielleicht doch. Er scheint es zu wissen. Und du bist so zierlich und schlank. Du wirst ihm gefallen. Du bist so groß wie er, verstehst du? Er hat schon so lange gelebt. Und einstmals war er groß.«

Der weiße Tiger wandte den Kopf, dann der dunkle.

In dem blauen Fenster war eine Bewegung wahrzunehmen.

Lilith schaute gleichfalls hinaus, sah nicht länger Anna an.

Und irgend etwas spiegelte sich in den lebhaften, seelenlosen Augen der Tiger. Doch Anna konnte es nicht erkennen.

»Ich sitze hier sehr oft«, begann Lilith wieder. »Monatelang. Doch heute ist etwas durchs Wasser geschwommen. Ein Fisch oder ein Seehund. Oder etwas aus älterer Zeit. Um dich zu ehren, was meinst du?«

»Warum hat er mich hergebracht, dieser Mann?«

»Was glaubst du?«

Anna dachte nach. Es war das, was ihrer Mutter – Rachaela – geschehen war. Genau das gleiche. Sie hatte es fast augenblicklich erraten. Sie sagte nichts.

Lilith erhob sich.

Sie mochte schon sehr groß sein, aber vielleicht war es auch nur ein Effekt des Lichts oder des Blickwinkels.

Sie schritt die Treppe hinab und wehte wie ein Nachtwind an Anna vorüber, und hinter ihr schlichen die beiden Tiger mit den silbernen und goldenen Halsbändern.

»Bleib oder geh – wie du willst«, sagte Lilith.

»Ich weiß nicht, wie ich wieder hinausfinden soll«, erwiderte Anna.

»Dann bleib. Dies ist das Herzstück seiner Welt.«

Das Feuer der Leuchten hüllte sie ein wie ein Vorhang, und als sie an der Löwengöttin vorüberschritt, fiel ein goldener Funkenregen auf sie nieder.

Anna ging die Stufen hinauf. Sie betrachtete den schwarzen

Stuhl mit den Armlehnen in Löwenform. Lilith hatte einen Duft hinterlassen, rauchig, trocken wie manche Weine.

Im Blau des Fensters war nichts zu sehen.

Ein paar Tage verstrichen. Anna war in ihrem Zimmer – in ihrer Wohnung, wie sie es nannte.

Seither hatte sie über die ernste Einfachheit gestaunt, die hier herrschte. Als sie aus Liliths Nische gekommen war und über den Edelsteinboden der Halle zurückging, hatte sie Mesit schon auf der Schwelle warten sehen, vermutlich um Anna den Weg zu zeigen. Sie hatte sie dann zu der ›Wohnung‹ geleitet.

Und so ging es hier zu.

Alles war – einfach. Geradeheraus.

Dreimal am Tag gab es Essen, wie in einem geregelten, gewöhnlichen Zuhause. Rachaelas und Althenes Haushalt hatte nur deshalb so gut funktioniert, weil Elizabeth sich um alles gekümmert hatte. Und an Tagen, an denen sie nicht dagewesen war, hatte es nicht mehr geklappt. Das Essen hier war verwestlicht – und sehr *einfach*; Hühnchen, Fisch, Gemüse, Nudeln, Brot. Kaum Kartoffeln. Kaffee und Tee. Und nun auch jedesmal ein Glas Rotwein zum letzten Gang. Anna war nun als Erwachsene anerkannt. Als habe sie etwas zu feiern.

Dann bekam sie auch Bücher, die von männlichen Trägern gebracht wurden, von einer der Frauen überwacht. Die Bücher waren in Kisten mit Stroh verpackt. Offenbar sollte Anna Vergnügen daran finden, sie auszugraben, und es machte ihr sogar Spaß. Es waren hauptsächlich Romane, zeitgenössische Romane verschiedener Epochen. Keine geschichtlichen Werke. Doch es gab auch ein paar Bände über Tiere, Löwen, Elefanten und Füchse. Einige davon waren genau die Bücher, die Anna auch in England besessen hatte.

Als sie um Musik bat, erwiderte Shesat, daß dies nicht vorgesehen sei. Ganz einfach, sie konnte es nicht bekommen.

Am Morgen und am Abend – zumindest nahm sie an, daß es zu jenen Tageszeiten geschah – wurde sie gebadet.

Die Frauen wußten sich geziemend zu betragen. Nur einmal,

als Mesit die Seifenschale aus der Hand glitt und Anna sie auffing, erlaubten sie sich ein Kichern. Als Anna nicht mitlachte, hörten sie sogleich auf.

Jeden Tag bekam sie frische Kleider. Unterwäsche und Kleider waren immer dieselben. Die Slips und BHs stammten aus Paris, die Kleider hingegen trugen keine Markennamen, hatten aber Reißverschlüsse. Am vierten Abend brachte Anna ihrem Kleid einen kleinen Schnitt am Kragen bei – sie hatten ihr eine Nagelschere und andere Toilettenartikel gegeben. Zwei Tage später bekam sie dasselbe Kleid. Also waren es nicht unendlich viele; zwei oder drei nur.

Zuweilen begab sich Anna durch ihren Gang, an dem Wächter aus dunklem Stein vorbei in den Hof mit den vier Statuen. Shesat hatte ihr gesagt, es handele sich um Bastet, Anpu, Herkules und Astarte. Im Teich sollten Fische sein, aber sie sah keine.

Es war ihr nicht verboten, den Hof zu verlassen und in die Seitengänge zu gehen. Nur hätte sie sich dort verirren können, und daher wagte sie es nicht.

Eines Tages nach dem Mittagsmahl befand sich Anna im Hof, als der kleine Junge Andrew sich ebenfalls dort einfand, von einem Sklaven begleitet.

»Hallo«, sagte er in beiläufigem Ton.

»Wo bist du gewesen?« fragte Anna.

»Bei dem Onkel«, erwiderte Andrew. (War dies immer noch sein Name?)

Andrew war nun im Stil von Onkel Kays Pyramide gekleidet – war dies lächerlich oder geheimnisvoll oder wieder nur *einfach*? Er trug ein enganliegendes Oberteil aus braunem Stoff und einen weißen gerafften Kilt mit goldenem Gürtel. Über der Brust trug er eine leichte Goldkette. Und ein goldenes Armband. Sie hatten ihm den Kopf geschoren und nur ein Büschel auf der rechten Seite stehenlassen, in das Golddraht geflochten war.

Er war nun ein kleiner Prinz – der Sohn des Ramses vielleicht, aus De Milles *Die Zehn Gebote*. Die Verkleidung schien ihm weder zu gefallen noch ihn zu stören. Er schien sie nicht wahrzunehmen.

Und er war bei dem ›Onkel‹ gewesen.

»Wie sieht dein Onkel denn aus?« wollte Anna wissen.

»Oh, er is' irre«, sagte Andrew in seinem starken Südlondoner Akzent.

Dann, nicht weiter interessiert an dem Mädchen, spazierte er weiter, und der Diener führte ihn durch die andere Tür aus dem Hof.

Glaubte Andrew immer noch, daß ›Mum‹ auftauchen würde? Vielleicht kümmerte es ihn nicht mehr.

Anna starrte in das Becken, in dem keine Fische schwammen.

Als sie in ihre Wohnung zurückkehrte, begann sie nach Löchern in der Wand, nach Spionen zu suchen. Denn ›Kay‹ beobachtete sie und hatte sie beobachtet, noch bevor sie geboren worden war.

Rachaela war von den Scarabae zu deren Haus gebracht worden, für den einen, der Adamus hieß. Und Rachaela hatte das Kind des Adamus empfangen, wie es geplant gewesen war.

Anna konnte sich nicht entsinnen, daß Rachaela oder Althene ihr davon erzählt hätten.

Doch irgendwie war Annas Kindheit von Ruth überschattet gewesen. Ruth, die das Ergebnis von Rachaelas Verführung durch den ersten Mann der Scarabae war.

Denn Adamus war der erste und Althene der zweite. Als dritter kam Malach, der Unbekannte, dessen Haar weiß war, wie Annas Haar. Und nun kam der vierte. Der sie beobachtete. Der aus der Dunkelheit.

Sie hatte den Ebenholzstuhl an die bemalte Wand gestellt und suchte über den Köpfen der Jäger und Schilfhalme nach der Öffnung, durch die man in den Raum spähen konnte.

Da die Dinge hier so einfach waren, mußte es bestimmt irgendwo auch ein ganz einfaches Loch geben.

Und dann kam ihr, während sie auf dem Stuhl stand, die letzte schreckliche Einfachheit zu Bewußtsein.

Sie vernahm nichts, keinen Laut, kein Knarren der Tür, schon gar keine Schritte oder ein höfliches Hüsteln.

Dennoch drehte sie sich um.

Von oben blickte sie in das Zimmer.

Dort stand er.

In ihrem Zimmer.

Er stand ganz still.

Der Mann, auf dessen Befehl sie hergebracht worden war.

Leichtfüßig wie eine Katze sprang Anna von dem Stuhl. Es war ihr nicht so wichtig, höher zu stehen. Sie wollte lieber festen Boden unter den Füßen spüren.

Auf gleicher Höhe mit ihm stellte sie fest, daß er – wie die Frau gesagt hatte – nur ein paar Zentimeter größer war als sie selbst.

Für seine Größe war er breit, doch gut gebaut. Er trug eine lange, dunkle Tunika, die ihm bis zu den gestiefelten Knöcheln reichte. Alles an ihm war einfach, selbst der Gürtel, der das Gewand um die Taille hielt, ein Ledergürtel mit einer Schnalle aus angelaufenem Silber.

Sein Haar war mitternachtsschwarz, dickes Haar wie ein Wasserfall, und es schimmerte wie Gefieder. Es ergoß sich um sein Gesicht und reichte bis über den Gürtel.

Und aus dem Haar blickte das Antlitz, auf der Säule des Halses.

Er schien um die Vierzig zu sein. Ein gestählter Vierzigjähriger, Haut und Muskeln straff wie die eines viel jüngeren Mannes.

Er hatte eine kurze Nase und einen breiten Mund, eine große Stirn wie ein Buch. Doch die Augen beherrschten das Gesicht – groß und wie gefaßte Edelsteine in die Züge eingelassen. Blauer als die blauesten Augen von Liliths Tigerkindern. Vielleicht hatte er sie gezeugt. Denn auch er schien wie ein Tiger – ein schwarzer Tiger, das Wesen einer langvergangenen Nacht.

Von allen neuen und alten und gemischten Dingen dieser seiner Unterwelt war er das Herz, das Fundament. Die griechische Sphinx, vor der vielleicht ein Alexander bewundernd stehengeblieben wäre, war ein Kind im Vergleich zu diesem rätselhaften Mann. Und der neue Ebenholzstuhl, der von einem geschickten Tischler Anno Domini 1920 oder 1970 hergestellt worden sein mochte, wirkte in seiner Gegenwart mit einem Mal vernarbt und zerschunden.

Zeitlosigkeit – schon die Frau hatte eine Spur davon besessen, aber sie war bewegungslos, gefroren, hing wie eine wunderbare Spinne auf ewig in ihrem Netz der Träume.

Ob er träumte? Oder *lebte* er nur?

Der breite Mund vezog sich zu einem freundlichen Lächeln. Es war ein sehr reizendes, fast – unschuldiges Lächeln.

Er sprach zu ihr.

Er hatte die schönste Stimme, die sie je gehört hatte; eine seltsame, verhaltene Melodie, als stecke hinter jedem seiner Worte ein Gedanke.

»Anna«, sagte er.

Nicht Ankhet, obgleich er die anderen zu diesem Namen anhielt. Anna.

Und dann: »Ich habe dir ein Geschenk mitgebracht.«

Er streckte ihr mit seinen kundigen Händen, die aussahen, als hätten sie das Stück selbst gefertigt, eine herrliche jadeblaue Tasse aus Fayence entgegen. Der Stiel der Tasse wurde durch ein stehendes Mädchen gebildet. Auf jeder Seite wuchs ein Entenkopf aus dem Gefäß. Der Rand war mit Blättern verziert, die denen der Winde glichen.

Sie nahm die Tasse nicht an.

»Sie ist für dich«, sagte er. »Sehr alt. Und ziemlich wertvoll. Schau mal, ich stelle sie hierhin.« Und er stellte sie auf den Tisch.

Er schien nicht ungeduldig oder ärgerlich, nicht überrascht oder erfreut. Er hatte nichts Bedrohliches an sich.

Dann sagte er: »Mein Name ist Kain.«

Als er den Namen aussprach, schien ein gewaltiger Donner, still und ohne Widerhall, durch den Raum und durch Annas Körper zu gehen. Warum nur? Es war doch nur ein Name aus der Bibel. Die Scarabae schienen solche Namen zu mögen.

»Der kleine Junge sagte, Ihr Name wäre Kay«, sagte Anna.

»Ja. Aber er verstand ihn nicht.«

»Und ich soll nun Ankhet Persephone genannt werden. Aber Sie nennen mich nicht so.«

»Ich brauche das nicht. Die anderen müssen es tun. Das ist der Name, unter dem sie dich kennen sollen.«

»Ich würde Anna vorziehen. Das ist mein Name.«

»Dann werde ich dich Anna nennen.«

»Danke für die Tasse«, sagte sie. »Darf ich sie benutzen?«

»Natürlich. Sie gehört dir.«

»Und angenommen, ich zerbreche sie?«

»Dann bringe ich dir eine neue. Aber das wäre dann nicht mehr dieselbe.«

Anna ging zu ihrem Stuhl und setzte sich.

Er blieb stehen. Offenbar war er vollkommen mit sich im Einklang. Aber wenn er so lange gelebt hatte, war er auch an alle möglichen Dinge gewöhnt, an Leben und Tod, Trauer und Wut und Liebe, und an Niedersetzen und Stehenbleiben.

Ruhig sagte sie: »Sie wollen mich nicht gehen lassen.«

»Willst du denn so verzweifelt von hier fort?«

»Ich bin eine Gefangene.«

»Aber gar nicht. Du bist mein Gast.«

»Ich wurde für Sie hierher gebracht.«

»Um mir eine Freude zu sein«, erwiderte er. »Und das bist du bereits.«

Sie senkte die Augen.

Dann hörte sie, wie er für sie eine Art Gedicht rezitierte. Nun klang das Zögern in seiner Stimme deutlicher. Es war, als übersetzte er ins Englische.

»Sie ist die eine in einer Million. Ihre Schönheit wiegt mehr. Siehe, sie ist gleich dem Morgenstern, der über einem Fest sich erhebt. Milchweiß glänzt ihre Haut. Die wunderschönen Augen sehen, und die prallen Lippen scheinen geschaffen für liebliche Worte und Küsse.«

Anna errötete.

Es erschreckte sie. Sie spürte, wie ihr das Blut durch die Adern rauschte.

Er fuhr fort: »Wie Feuer, das den Alabaster erleuchtet. Ich glaube, du bist die lieblichste Frau der Welt, Anna. Aber das habe ich auch schon vorher gedacht.«

Da schwand das Blut dahin. Sie wurde bleich.

Sie blickte ihm direkt in die Augen, in die blaue Iris, die nichts versprach und nichts preisgab, wie die Wellen des Meeres.

»Es geht um die Scarabae, nicht wahr? Wir leben Hunderte von Jahren, oder wir kommen wieder zurück – werden wiedergeboren.«

»Du bist hier«, sagte er; das gleiche, das sie zu sich selbst gesagt hatte.

»Wer war ich?«

»Du selbst.«

»War ich denn diese andere – *Ruth*?«

»Ach«, sagte er, »Ruth. Diese kleine Mörderin. Sachmet, die Herrscherin der Zeit, die das Feuer sät. Wenn du sie warst, kümmere dich nicht darum.«

»Ich erinnere mich nicht«, sagte sie.

»Erinnere dich an andere Dinge. Das wird dir hier leichtfallen.«

»Aber, wenn es stimmt – wenn ich Ruth *war* – dann müßte ich doch hier anfangen.«

»Nein«, erwiderte er. »Ruth war ein Irrtum. Eine Frau, die vor Schmerz fast verrückt geworden war, jagte Ruth ein Messer in die Brust und ließ sie im dunklen, nassen Wald liegen.«

»Und Malach?« fragte Anna. Sie wußte es nicht, fragte sich auch nicht, warum sie nun diesen Namen nannte.

Doch Kain, der Herr des Berges, der Gott des Hades, der Dunkelheit, Kain runzelte einen Augenblick lang die Stirn.

So sanft wie sein Haar sein würde, wenn er es über ihren Handrücken streifte, sagte er: »Vergiß Malach. Er gehört der Vergangenheit an.«

»Dann erzählen Sie mir von ihm.«

Wieder lächelte Kain. »Nein, Anna. Jetzt mußt du dich mir zuwenden.«

Kapitel

vierundzwanzig

Miranda schaute direkt in das verweste Gesicht eines Ungeheuers, dessen zentimeterlange Zähne vor Blut trieften. Sie gab ein leises, kehliges Lachen von sich. Doch unter ihrem Mantel aus malvenfarbener Wolle zitterte sie. Aber nicht aus Furcht.

Bonanza-Video war mit Weihnachtslametta geschmückt. In dem winzigen Baum auf der Theke blinkte und blitzte eine Lichterkette.

Der ziemlich dicke junge Mann war Miranda von der Theke in den Ladenraum gefolgt.

»Der da ist ganz gut. Hat aber 'n schwaches Ende.«

»Warum?« fragte Miranda.

»Sie jagen ihn mit Dynamit in die Luft. Das kann man doch mit 'nem Vampir nicht machen.«

»Nein?«

»Nun, Sie sind doch eine Kennerin, wie ich. Es muß doch ein Pfahl sein oder ein Feuer, nicht?«

Miranda senkte die Augen. Ihre Wimpern, überaus lang und schwarz und sorgfältig mit Boots Nr. sieben (Kosmetik ohne Tierversuche) getuscht, lagen auf den rosigen Wangen.

Sie war kein junges Mädchen mehr, sah auch nicht so aus. Vielleicht neununddreißig oder vierzig, dachte der junge Mann. Aber mein Gott, was war sie sexy. Und so geheimnisvoll.

Er bewahrte ihr immer die Vampirfilme auf. Sie sah sie so gerne.

Sie hätte auch gut in einen hineingepaßt, wenn man es mal genauer betrachtete; schulterlanges schwarzes Haar mit einem Hauch Grau, schwarze Unterwäsche und blutrote Fingernägel. Und die weißen Zähne.

Man nannte sie Miranda – so hatte sie ihm erzählt. Sie hatte mit ihm geflirtet. Da hatte er sich nicht dick gefühlt, sondern sehr lebendig.

»Tja, ich nehme ihn trotzdem. Und den, den Sie mir aufbewahrt haben.«

Sie gingen zurück zur Theke. Er sagte, wie schon einige Male zuvor: »Ich wette, Sie sind Schauspielerin.«

»Nein«, erwiderte sie.

Reicher Ehemann, dachte er. Oder ob sie allein ist? Nein, soviel Glück haben wir nicht.

Sie wirkte zufrieden, ausgefüllt. Wie eine Frau, die schwanger war . . . mit sich selbst.

Der schlanke junge Mann, der immer kam und Tierfilme und Reiseberichte auslieh, stand nun vor der Theke. Der dicke junge Mann hatte ihn nie ausstehen können, diesen Schlanken mit den schwarzen Augen.

Er sah, wie der Schlanke nun Miranda einen dunklen Blick zuwarf.

»Guten Abend, Sir. Hat Ihnen der Film über Indien gefallen?«

»Ja«, antwortete der schlanke junge Mann.

»Was ich nicht ausstehen kann«, sagte der Dicke, »sind diese fürchterlichen amerikanischen Kommentare, die sie reingeschnitten haben.«

»Ich dreh' den Ton ab«, meinte der andere.

Miranda zauberte ein paar Pfund-Noten aus der Tasche ihres eleganten Mantels. Sie hatte nie eine Handtasche bei sich, trug aber makellose Stiefel aus rötlichem Leder.

Vor einer Stunde war sie mitten in der Stadt gewesen und hatte in einem düsteren, schicken Hotel Champagner-Cocktails getrunken. Leises Klavierspiel war erklungen, und sie hatte ihre Drinks geschlürft. Auch diese hatte sie aus ihrer Manteltasche bezahlt.

Sie mochte Handtaschen nicht. Sie behinderten sie. Was sie hingegen mochte, war, ihre schlanken Beine in den rötlichen Stiefeln übereinander zu schlagen, so daß man einen Blick auf ihre violetten Nylonstrümpfe erhaschen konnte. Die Männer schauten ihr nach. Als sie frierend am Trafalgar Square stand, war ein indischer Gentleman zu ihr gekommen. Er war einen Kopf kleiner als Miranda, die selbst nicht sonderlich groß war, und er hatte einen Goldzahn. Er bot ihr eine Wohnung in Knightsbridge an. Mit einem verführerischen Lachen hatte Miranda abgelehnt.

Das Taxi hatte sie zu ihrem Londoner Viertel zurückgebracht. Aber sie hatte noch keine Lust gehabt, nach Hause zu gehen, zu dem Haus.

Sie fühlte sich so jung. Übermütig, nannte man das nicht so? *Zalotna.*

Sie hatte den jungen Mann, den Schlanken, schon früher gesehen.

Er war ein ruhiger Typ, ein Gelehrter. Sie stellte sich ihn in einem dunklen Turm vor, von Büchern umgeben. Gut sah er aus.

Sie nahm die Videos in ihre blassen, schmalen Hände; die Nägel waren frisch manikürt, doch nicht rot lackiert, und als Schmuck trug sie einige Ringe, darunter einen, der aus einem Adelshaus des sechzehnten Jahrhunderts aus Italien stammte.

Sie pflegte die Vampirvideos heimlich in ihrem Zimmer anzuschauen.

Porno.

Sie machten ihr Spaß. Noch war sie nicht erregt. Noch nicht ganz bereit. Aber bald.

»Entschuldigung«, sagte der schlanke, dunkle junge Mann an der Tür. »Sie haben etwas fallen lassen.«

»Tatsächlich?« Sie wußte, daß dem nicht so war, denn es handelte sich um ein Zwanzig-Pence-Stück. Miranda nahm immer nur Scheine oder große Münzen mit, warf alle kleineren Geldstücke fort. Sie fragte sich, ob er schäbig war oder bloß vorsichtig, ob er nicht mehr für sie geben wollte.

»Ja. Ich hab' es fallen sehen. Ist ja nicht viel«, gab er zu, »aber es läppert sich.«

Sie nahm die Münze an. »Stimmt.«

Er hielt ihr die Tür auf.

Miranda schritt auf die eisige Straße. Auf den Dächern lag

der mauvefarbene Schein des Sonnenuntergangs, ein Hauch wie Glas. Es paßte zu ihr.

»Sie gehen diesen Weg. Ich ja auch.«

Er lügt schon wieder, dachte Miranda. *Was für ein Spaß.*

Sie schritten zwischen den Häusern hindurch auf den Park zu; es waren große Häuser mit Fachwerkaufbauten, die über weiten, ergrauenden Rasenflächen in die Höhe ragten. In einem Fenster ging ein Licht an.

»Das Haus da drüben«, bemerkte er. »Ich arbeite dort im Garten.«

»Ach, Sie sind Gärtner.«

Jesus Christus hatte man schon fälschlich für einen Gärtner gehalten.

Doch dieser hier sagte: »Ich heiße Sam.«

»Ja? Ich bin Miranda.«

»Sie wohnen in diesem großen Haus da, nicht wahr? In dem phantastischen Haus mit den bunten Fenstern.«

»Ja.«

»Ich hab' Sie einmal herauskommen sehen«, sagte er.

»Ach ja?«

»Ein wunderschöner Bau.«

Sie lächelte. *Meint er mich*?

Er spazierte neben ihr her. Sie dachte: *Ich bin jetzt bereit*? Aber sie wußte, daß sie es nicht war.

Und da erschien das wunderbare Haus über ihnen am Hang, hinter den anderen Häusern, inmitten rauschender Bäume.

Der Himmel dahinter schickte sich zu einem Flammenspiel an.

»Das ist wie etwas aus einem Film«, sagte er.

»Ach ja?«

»Ich nehme nicht an«, begann er wieder, »daß Sie jemanden für den Garten brauchen? Ich mache es gut. Und ich nehme nicht zuviel dafür. Es ist ein Trick, wissen Sie. So komme ich um die Steuer herum.«

»Wie alt sind Sie?«

Er wirkte scheu, vielleicht auch nur schüchtern.

»Dreiundzwanzig.«

Ich werde bald dreiundzwanzig sein, dachte sie.

»Vielleicht brauchen wir ja jemanden«, sagte sie.

Sie überquerten die stille Straße und stiegen die Einfahrt hinauf.

Und dort, vor der Front des Hauses, stand ein großes Motorrad, eine Harley Shovelhead, schwarz und schwer wie ein Standbild. Jemand stand neben der Maschine, straffte sich nun. Er hatte jettschwarzes Haar, das zurückgebunden war. Er wirkte so hart wie seine Maschine, wie Stahl.

»Wer ist da?« fragte Miranda.

Der junge Mann neben ihr straffte sich. »Was gibt's denn?«

Und dann sprach der andere vom Motorrad her. »Du wirst dich nicht mehr erinnern. Ich war mit eurem Camillo zusammen. Er ist aber nicht hier.«

Und aus dem Schatten erklang leises Bellen.

»Connor«, sagte Miranda, »und Viv.«

Sie saßen im weißgoldenen Zimmer und tranken Elsässer Rosé, Miranda, Connor und Viv.

Sonst war niemand zugegen, außer dem ältlichen Mann, an den Connor sich noch vage erinnern konnte; er hatte die beiden Flaschen serviert und sich dann wieder zurückgezogen. Der junge Mann, der bei Miranda gewesen war, hatte sich auch davongemacht, war in der Dämmerung fortgeschlichen wie ein junger Wolf. Connor hatte die Worte ›Garten‹ und ›morgen‹ aufgeschnappt, aber er war nicht besonders interessiert. War der Junge etwa Mirandas Liebhaber? Konnte schon sein. Connor fand ihn aber nicht besonders. Sie würde doch gewiß mehr Geschmack haben?

Ihr Haar war nun kürzer geschnitten, und dunkler. Und sie war auch um einiges jünger, seit er sie das letzte Mal gesehen hatte. Das erschreckte ihn nicht; daß sie ihr Haar geschnitten hatte, überraschte ihn schon eher.

Sie hatte ihm kaum etwas erzählt. Camillo war nicht im Haus gewesen. Dies hatte er schon von der ältlichen Frau – Cheta? – erfahren, die ihm die Tür geöffnet hatte. Miranda rief wieder nach dem Mann-der-nicht-Michael-war. Die anderen, an die Connor sich erinnern konnte, waren nicht da: der Mann Eric, die Frau Sasha und dieses hübsche, törichte junge Mädchen . . . Tray.

Er war natürlich auch nicht mehr da – Malach. Das *weiße Haar* – Camillos *Vater*.

»Aber du bist allein«, bemerkte Miranda, als die erste Flasche zur Neige ging.

»Stimmt.« Sie waren am Straßenrand gestürzt. Nein, das war nicht wahr. Nur einer. Die anderen hatten sich einfach zerstreut. Zuerst ging Red zu ihrem Mann in dem Pub, zu Mark. Sie wollte ihm bei einer Untersuchung oder etwas Ähnlichem helfen. Die Art Entschuldigung, die Leute gebrauchen, wenn sie spüren, daß sie noch nicht die Erlaubnis haben, zusammen zu sein. Basher hatte etwas weniger Ausgefallenes getan, desgleichen Josie, Cathy und Rats. Shiva war ins Haus seiner Mutter gezogen. Sein Vater, der Hindu, war gestorben, und nun war die englische Mutter mit ihren drei Töchtern allein. Shiva war nun Familienoberhaupt geworden. Es schien ihn nicht zu stören. »Ich werde heiraten«, erzählte er, »und ein Mädchen glücklich machen. Meine Mutter ist allerdings ziemlich orthodox, sie hält alle Feiertage ein. Sie hat immer mit Daddyji geschimpft, weil er nicht fromm war.«

Pig hatte sie verlassen, dann Whisper. Cardiff war zurückgekommen.

Und dann diese Nacht, in den Hügeln im Norden.

»Sein Bein, siehst du, war nicht mehr so gut zu gebrauchen«, erklärte Connor. »Er hatte es ja gebrochen, war monatelang nicht mehr gefahren. Vielleicht ist das wie bei Pferden. Du mußt die Kontrolle behalten.«

Er öffnete die neue Flasche.

Miranda saß still in ihrem mauvefarbenen Kleid, lauschte.

Und Connor erzählte ihr von der schwarzen nassen Straße, und wie Cardiff, stockbesoffen und rülpsend – dies ließ er jedoch aus – einem unsichtbaren Geisterfahrer in der Dunkelheit nachgejagt war.

Sie fuhren hinter ihm, und dann sah Connor in einer bizarr

erhellten Szene – wie in einem Spiegel, den es nicht gab, denn dort waren keine Straßenlaternen (vielleicht hatte ihm sein Gedächtnis einen Streich gespielt) – wie Cardiff die Kurve in der abgehackten Fahrweise eines betrunkenen Kutschers nahm. Sah, wie Cardiff und seine Maschine in einem Augenblick sinnlosen Ruhms hoch in die Luft sprangen, um dann zu stürzen.

Er raste mit dem Kopf voran in einen Baum.

Und dann prallten er und seine Maschine ab und lagen nebeneinander auf der Straße.

Als Connor und Owl zu ihm eilten, abstiegen und sich neben ihn hockten, sahen sie, daß trotz des Helms, der seinen Kopf geschützt hatte, Cardiffs Hals fast ganz vom Körper abgetrennt war. Er war tot, dennoch entwich seinem Körper eine letzte grüßende Blähung, die in der plötzlichen Stille der Nacht geheimnisvoll und schrecklich klang.

Dann begann der Hund Meato, der immer noch bei ihnen war, rauh und schrecklich zu heulen. Viv verhielt sich still.

Ray sagte, man müsse die Polizei rufen.

Die anderen hörten nicht auf ihn.

Sie trugen Cardiffs Leiche und die Überreste seines Motorrads über die einsamen Hügel zu einem alten Leuchtfeuer.

Dort verbrannten sie Cardiff und die Maschine. Die Flammen schlugen in den Himmel und sangen zu den zerbrechenden Knochen.

Eine Woche später fuhren Connor und Owl zu dem Haus von Cardiffs Großmutter in Birmingham und brachten ihr die Sachen, die sie aus den Überresten hatten retten können, und die sie zuvor gewaschen hatten.

Sie weinte nicht. Sie war eine alte Frau mit müden Augen, die schon alles gesehen hatten. Sie sagte, es wäre lieb von ihnen, zu ihr zu kommen und es ihr zu sagen, so als habe Cardiff in der Schule nachsitzen müssen. Sie reichte ihnen schwarzen Tee und Pflaumenkuchen, den sie hinunterwürgten. Es war wie bei einer Totenwache, wie sie so im Vorderzimmer ihres alten Hauses mit der Terrasse saßen. Einem Haus, das den Krieg überstanden hatte sowie den Krebs ihres Mannes und nun stumm über dem

Schatten von Cardiffs Tod und seinem unaussprechlichen letzten Laut stand.

Miranda stieß einen Seufzer aus.

»Der Tanz des Todes«, sagte Connor.

»Es tut mir so leid.«

Camillo hatte sie verachtet, weil sie eine Familie waren, das Heer der Rocker. Nun fühlte Miranda mit Connor, dem Hinterbliebenen.

Sie tranken.

Connor erhob sich. »Ich muß jetzt gehen.«

Er wünschte, er könnte sie noch einmal bitten, mit ihm zu kommen, aber sie hatten eben erst über den Tod eines Fahrers gesprochen.

Und Miranda sagte: »Komm und besuch mich mal, wenn du in der Gegend bist.« Eine seltsame, dumme kleine Redensart, die nicht passen wollte, ihm aber Hoffnung gab.

»Ich fahre nach Schottland. Und im Frühling – wirst du mich nicht brauchen.«

»Nun, du mußt es versuchen und dann verstehen.«

Viv leckte den Rest Wein aus einer weißen Porzellanschüssel, die an ein kostbares chinesisches Gefäß erinnerte. Viv lächelte Miranda zu, und Miranda hob sie auf ihren teuren Rock und küßte sie auf die Braue, zwischen dem hochstehenden und dem hängenden Ohr.

»Gute Nacht«, sagte Connor.

Er wünschte zu fliehen, sehnte sich zu bleiben.

Doch draußen wartete die Nacht. Die Welt mit ihrer Drohung von Zerstörung und Zusammenbruch. Wieviel Zeit würde ihnen noch bleiben, um zu fahren, zu trinken, zu singen und zu küssen?

Nun, wenigstens bis nächstes Frühjahr.

Als sich die Tür hinter Connor und Viv schloß und die Shovelhead unter Dröhnen startete, begab sich Miranda mit den Vampirfilmen in der Weihnachtstüte von Bonanza-Video in ihr Zimmer.

Kapitel
fünfundzwanzig

In der Tür ...

Rachaela stand dort.

Sie war verändert.

Ihr Haar kürzer und blond, die Augen grünlich.

Das war nicht Rachaela.

Er versuchte, etwas zu sagen. Doch nun konnte er den Namen, der ihm wieder einfiel, nicht herausbringen. *Sofie* –

»Bist du wach?« fragte sie.

Sie sprach holländisch, und einen Augenblick lang konnte er die Worte nicht verstehen. Er hatte in englisch gedacht. Oder latein. Irgend etwas.

»Johanon«, drängte sie. »Antworte mir doch.«

»Ich bin – da.«

»Gut. Es ist Zeit für deine Medizin.«

Er sprach, versuchte zu sprechen. »Bin ich denn krank gewesen?« Aber natürlich war er krank gewesen. Irgend etwas hatte ihn innerlich verletzt, als Anna entführt worden war. Ach nein, das war ja in England gewesen. Diese Verletzung war verheilt.

Das war falsch, dachte er. Und dann bewegte er sich leicht und erinnerte sich wieder, wie er – Althene war. Aber er war als Mann hierher gereist. Es sollte alles leichter machen.

Sofie sagte: »Bus kam mittags wieder, aber ich habe ihn weggeschickt. Wir wollen Bus nicht hier haben, nicht wahr? Wir wollen allein sein.«

Johanon spürte auf seinem Männerkörper ein Nachthemd aus reiner Seide. Es war vertraut und dennoch verkehrt. Kein Hemd seiner Mutter konnte ihm passen, er war zu groß. Irgendwie mußte sie ein Nachthemd für eine große, schlanke Frau aufgetrieben haben.

Er drehte den Kopf. Sein Haar war weich und über das ganze Kissen ausgebreitet. Es roch nach Christian Dior. *Er* roch danach.

»Wie lange –«, fragte er, nun mit deutlicher Stimme.

»Oh, eine Nacht und einen Tag. Ich habe dir etwas eingegeben.«

»Das weiß ich. Warum?«

»Damit es dir besser ging.« Sofie war verrückt, er hatte es immer gewußt, und nun hatte die verrückte Sofie ihn unter Drogen gesetzt. Sie kam näher. »Und ich habe dir eine kleine Spritze gegeben. Bus hat mir das einmal gezeigt. Es ist ein ganz sicheres Mittel.«

»Was denn, in Gottes Namen?«

»Nur etwas zum Entspannen. Es ist ganz angenehm. Ich mag's.«

Der Raum drehte sich sanft, wie ein Schiff, das in eine Flaute geraten war. *Mach sie nicht wütend. Reg sie nicht auf.*

»Alles in Ordnung, Sofie. Ich hab' gut geschlafen.«

»Magst du dieses Seidenhemd? Ich habe drei oder vier für dich bestellt. Ich weiß doch, daß du sie lieber hast. Ich weiß noch, in dem alten Haus . . .wie du dich da angezogen hast.«

»Ja, Mutter. Und du wolltest mich daran hindern.«

»Aber du warst ja so clever als Kind, Johanon. Du hast die Mägde bestochen, damit sie dir halfen. Und dann bist du in Unterröcken und Hauben im Haus herumgelaufen –«

»Ja, Mutter.«

»Sie haben es dir immer gesagt, wenn ich herunterkam, nicht wahr? Und dann hast du dich versteckt. Du wolltest unbedingt ein kleines Mädchen sein«, setzte sie in sanftem Ton hinzu. »Sogar wenn ich dich geschlagen habe.«

Keine Antwort aus dem Bett.

Beruhigend fuhr Sofie fort: »Jetzt gebe ich dir deine Medizin, und dann kümmern wir uns um dein Gesicht und deine Fingernägel. Wir wollen doch, daß du hübsch aussiehst.«

Johanon unterdrückte die Worte. Die Bilder.

War dies ihre Rache? Oder nur Verrücktheit?

Er versuchte sich aufzurichten, wollte sehen, wie sein Körper reagierte. In seiner Blase verspürte er die dumpfe Vorahnung von Schmerz.

»Ich fürchte, ich muß auf die Toilette, Mutter.«

»Nein«, sagte sie. »Darüber machen wir uns keine Sorgen.«

»Aber was ist, wenn ich dir in deine hübschen Laken pisse?«

»Das sind keine hübschen Laken«, entgegnete sie. »Mich kümmert's nicht.«

Also sollte er in seinem eigenen Dreck liegen. Vielleicht konnte er, wenn sie gegangen war, versuchen die Toilette zu erreichen. Doch das würde er kaum schaffen.

»Jetzt gebe ich dir etwas«, sagte sie. Beugte sich zu ihm. Sie roch nach irgendeinem billigen, süßen Parfüm, das sie vermutlich von dem Amerikaner Bus geschenkt bekommen hatte. Sie hielt ein kleines Glas in der Hand.

»Was ist das, Mutter?«

»Etwas Köstliches.«

»Was?«

In vernünftigem Ton sagte sie: »Entweder du nimmst es jetzt, Johanon, oder ich spritze es dir zwischen die Zehen, wie beim letzten Mal.«

Er versuchte, das Glas zu greifen, um daran seine Körperbeherrschung zu testen, aber er konnte weder seine Hand noch seinen Hals oder seinen Körper zum Gehorsam zwingen.

Sie setzte ihm das Glas an die Lippen.

Es war im Wein, was immer es auch sein mochte.

Er ließ eine Menge danebenlaufen, als könne er nicht anders. Und er konnte auch nicht.

Sofie kicherte wie ein kleines Mädchen.

»Ist schon in Ordnung«, sagte sie auf englisch mit starkem amerikanischen Akzent. »Hab' es besonders stark gemacht.«

Er legte sich zurück, und eine furchterfüllende Welle schlug über ihm zusammen, dann eine Woge betäubender Gleichgültigkeit. Das Schiff legte ab, er war auf See.

Sofie schwamm durch den lichtdurchfluteten Raum. Es mochte später Nachmittag sein, einen Tag oder einen Monat, nachdem er nach dem Essen hier heraufgestiegen war – nachdem sie ihn mit ihrem roten Kelch vergiftet hatte.

Sie hielt etwas Glänzendes in der Hand.

»Weißt du noch, wie du zuerst daran gekommen bist? An den Zaubertrank für dein Gesicht? Der Mann besorgte ihn, aus Amerika, nicht? Der Trank entfernte die Haare. Er war ein *Geheimnis*. Aber die Scarabae können ja alles bekommen.« Sie kam noch ein wenig näher, und er roch ihren reinen Atem, den Atem einer Teufelin. »Aber jetzt sehe ich da doch ein paar Stoppeln, nicht wahr? Und ein paar Haare auf deinen Händen und deinen Armen und deinen Beinen. Magst du nicht, was?«

»Es macht mir nichts aus«, entgegnete er.

Sie mußte es gehört haben.

»Aber ja doch. Ich möchte nur, daß wir glücklich sind. Und ich kann dich nun glücklich machen. Schau mal.«

In einer Hand hielt sie einen Pinsel voller Schaum.

In der anderen ein scharfes Rasiermesser.

»Halt nur still, Liebling«, sagte sie.

Kapitel sechsundzwanzig

Er erinnerte sich an eine Hymne, die seine Mutter – eine überzeugte Atheistin – immer besonders gehaßt hatte. Allerdings konnte er sich nicht vorstellen, wo sie diese Hymne gehört haben mochte. Die Worte klangen geheimnisvoll: Fern von hier liegt ein grüner Hügel, ohne die Mauer einer Stadt. Warum sollte man einen Hügel mit einer Mauer umgeben?

Doch hier gab es nun einen solchen Hügel, grün und üppig, von hohen Ruinenmauern umgeben.

Faran stellte sich kurz vor, wie Cimmie, seine Mutter, diesen Hügel betrachten mochte. Doch der Gedanke an sie war wie Glühwürmchen, die mit der Dämmerung kommen – Funken, die man sogleich wieder vergißt.

Die Kinder wohnten in einer Art Siedlung von Bungalows aus gelblichem Gips unter dem subtropischen Hügel. Wenn sie wollten, durften sie mit einer Begleitung die Ruinen besichtigen. Faran war einmal dort gewesen. Das kleine Mädchen Berenice hatte nicht dorthin gewollt. Berenice war immer nur traurig.

Manchmal wurde die Hügelkuppe von Wolken eingehüllt, und die Berge in der Ferne verschwanden oft im Nebel, als ob sie gar nicht da wären. Der Himmel war weit, und riesige Vögel schwebten gleich schwarzen Drachen darüber hin.

Berenice hatte etwas über ein verlorenes Volk, ein ausgelöschtes Volk erzählt, und verwirrt hatte Faran geglaubt, sie meine die Juden. Cimmie, die antisemitisch eingestellt war, hatte dennoch oft von der Judenverfolgung durch die Nazis erzählt. Aber Berenice meinte nicht die Juden. Sie sprach von einem Volk goldhäutiger Menschen mit tintenschwarzen Haaren, die die Sonne angebetet hatten.

Der griechische Junge hatte sie ausgelacht. Ihr Englisch war nicht gut.

Faran hatte zu ihm gesagt, er solle den Mund halten. Berenice wußte eine ganze Menge.

Es gab nur sechs Kinder hier, darunter Faran und Berenice. Unter den Jungen war ein Grieche und ein Schwede und einer aus Kanada, der französisch sprach. Dann noch ein Mädchen aus Wales.

Sie konnten sich im Grunde nicht besonders gut leiden, hatten nichts gemeinsam. Sie waren zwischen sechs und neun Jahre alt. Der Kanadier und Faran waren die ältesten der Jungen. Alle konnten etwas Englisch, doch Berenice, die sich als Pariserin am besten mit dem Frankokanadier hätte verständigen können, redete nur mit Faran.

Er betrachtete es als seine Pflicht, im Grunde wollte er sich nicht wirklich mit ihr abgeben.

Die ganze Zeit über dachte er an die Frau. An die Frau auf dem Foto, das Mr. Thorpe ihm gezeigt hatte, bevor er zu seiner langen Reise aufgebrochen war. Faran hatte nie wieder von ihr geträumt. Oder vielleicht doch, aber es war ein unzusammenhängender Traum gewesen, den er nicht wieder einfangen konnte. Er spürte, daß ihn eine große Erregung, ja fast ein Schrecken, im Bann hielt. Sie war nicht seine Mutter, und doch dachte er in dieser Weise an sie.

Berenice hatte nur Angst.

Faran verstand es so, daß ihr Vater unfreundlich zu ihr gewesen war – nicht bloß ein Dummkopf, sondern auch hart und kalt. Sie war zwar schüchtern, aber klug. Und sie hatte wunderschöne Augen, mit Inkagold gesprenkelt. Jedes Auge schien seine eigenen Gedanken zu hegen.

Sie hatten ihr das Haar schulterlang geschnitten und wuschen es jeden Tag. Es war so fein wie Seide, mit Licht erfüllt.

Die Erwachsenen, die sie versorgten, sich um ihre Körperpflege, ihren Komfort und um die Ausflüge kümmerten und ein paar einfache, doch interessante Unterrichtsstunden abhielten, waren immer hilfreich und trugen stets ein Lächeln auf den Lippen.

Faran mochte sie nicht, traute ihnen nicht. Nachdem

Mr. Thorpe gegangen war, hatte er große Unruhe verspürt. Aber schließlich mußte man in ein paar Dingen Vertrauen haben.

Überdies war es nun zu spät; Faran hatte ja zugegeben, daß er keinen Deut auf Cimmie und Wellington gab. Er sollte zu der Frau mit dem Gesicht einer Löwin gebracht werden. Der Frau namens Lilith.

Seine Erinnerung an sie war verblaßt. Dennoch hielt ihn die Schönheit der ersten Träume, die niemals wiederkehrten, immer noch gefangen.

Er machte sich insgeheim Sorgen, daß die arme kleine Berenice in ihn verknallt sein könnte. Sie bedeutete ihm gar nichts.

Faran war der einzige Schwarze. Aber sie alle waren grundverschieden, und doch wiederum – obwohl sie einander nicht sonderlich ausstehen konnten – in einer bestimmten Weise gleich. Frühreif, nicht unbedingt altklug oder furchtbar intelligent, aber *alt*. Alte Kinder. Alte Menschen in zu engen Gußformen, wundgescheuert, wütend und verwirrt.

Der Grieche war der schlimmste – er hatte Alpträume. Er träumte von Soldaten und Schlachten, von Mord und Kampf. Und obgleich jedes Kind seine eigene Schlafkammer besaß, wurden sie von den Schreien Cristos', des Griechen, geweckt. Dann begann die Waliserin Linnet – neun Jahre alt – zu weinen, der Schwede Jan schrie etwas auf russisch und Pierre, der Kanadier, kochte im stillen vor Wut. Berenice blieb zusammengekrümmt in ihrem Bett liegen. Nur einmal hatte Faran sie weinen hören, und das war in dem Hof oder Garten gewesen, der sich hinter dem Haus befand.

»Was hast du denn? Vermißt du deine Mummy – *maman*?«

»Ich – meine Katze.«

»Ach, ja. Na, das würde mir auch so geh'n. Was war denn das für eine Katze?«

»Ach, es war nur – ein Stofftier. Irgend jemand hat sie gestohlen.«

»O Scheiße«, meinte Faran. »Das ist aber schlimm.«

Dann, nach einigem Nachdenken, versuchte er Berenice zu

erklären, daß die Katze, obwohl sie Berenice auch vermißte, nun ein gutes Leben haben würde, daß man sich um sie kümmerte. Wenn sie gestohlen worden war, hatte man sie auch unbedingt haben wollen.

Kleine Wesen – Kolibris? – schwirrten um die Blüten.

Berenice beruhigte sich. »Glaubst du, sie wird glücklich sein?« fragte sie Faran.

»Stofftiere vergessen dich«, erwiderte er. »Sie müssen das, wie die richtigen Tiere.«

Vielleicht war sein Verhalten ein Fehler gewesen, denn nun begann Berenice in ihrer verschlossenen, lammfrommen Art ihm nachzulaufen.

Doch sie tat ihm auch leid; immerhin hatte sie sich große Sorgen um das Wohlergehen der Katze gemacht.

Das Waliser Mädchen war gemein; sie versetzte einem Tritte, wenn man nicht aufpaßte. Sie weigerte sich, englisch zu sprechen, obwohl sie es beherrschte. Natürlich sprachen die Erwachsenen walisisch mit ihr.

Sie waren alle nun schon zu lange hier.

Faran hatte mit einer der Erwachsenen, der Frau mit den roten Lippen, gesprochen.

»Wann reisen wir weiter?«

»Reisen wir denn noch weiter?« hatte sie heiter zurückgefragt.

»Das wissen Sie doch. *Wir* wissen es.«

»Wie könnt ihr das wissen?«

Er dachte, daß sie als einzige die Kinder wie kleine Kinder behandelte.

Er sagte: »Ich weiß, daß ich Lilith kennenlernen werde.«

»Aha«, machte die junge Frau. Sie holte tief Luft. Dann sagte sie: »So soll es sein. Aber ihr müßt euch noch ein wenig gedulden.«

»Warum?«

»Ihr sollt auch ihn kennenlernen. Den Mann, unter dessen Obhut ihr stehen werdet.«

»Wer ist das?« wollte er wissen.

»Wart's ab und du wirst es sehen«, erwiderte sie.

Faran blickte zu ihr auf. Er *wußte*, daß sie jünger war als er, obschon sie fünfzehn Jahre älter schien und zwei Fuß größer war. Trotzig sagte er: »Mr. Thorpe hat aber gesagt –«

»Wo du schon einmal hier bist«, unterbrach sie ihn, »möchtest du gern den Tempel besichtigen?«

»Ja, gern. Aber –«

»Du mußt Geduld haben.« Plötzlich sah sie ihn mit einer Art Angst an. »Bitte«, sagte sie. »Du bist etwas Besonderes. Ich befolge nur meine Befehle. Ich *weiß* nicht, wann sie nach dir schicken werden. Und weißt du, daß es dort furchtbar kalt ist?«

»Ja.« Die gelegentlichen Schulstunden hatten sie, neben anderen Besonderheiten, auch darüber belehrt.

»Nun, dann genieß die Sonne, solange du es noch kannst. Dies ist das Land der Sonne. Dort ist es wochenlang *Nacht*. Sie – mögen die Nacht.«

»Dann werde ich sie auch mögen«, sagte er. Und dann: »Wer ist der Mann, dieser Mann, zu dem wir gehen müssen?«

»Señor Kain«, erwiderte sie. Dann lachte sie, als schäme sie sich.

Und Faran fühlte einen Stich der Eifersucht.

Kain – aus irgendeinem Grunde erinnerte ihn dieser Name an die dunklen Cocablätter, die Männer auf den Gebirgspfaden an die Wagen verkauft hatten, als sie in der dünnen, kalten Luft mit einem eigenen Bus zu diesem Haus gebracht worden waren. Oder es war ein Wortspiel, das ihn verwirrte – Ko-Kain. Die Droge, die einen tötete.

Da fiel ein kalter Schatten auf ihn. Faran wandte sich um. Es war Berenice.

Sie mußten ihr eine neue Katze besorgt haben, denn sie hielt das Tier vorsichtig im Arm. Sie war zu alt für diese Tiere. Aber schießlich war sie auch zu alt – wie alle hier – um noch ein Kind zu sein.

»Komm und sieh dir den Tempel an, Berenice.«

Berenice hielt die wollige Katze an ihr Gesicht und fragte sie fürsorglich, ob sie gern den Tempel sehen wolle.

»Die Inkas halten da Pumas an der Leine«, sagte Berenice. »Meinst du, die gibt's immer noch?«

»Vielleicht ihre Geister.«

»Ja«, erwiderte sie. Lachte. Ein Licht schien aus ihr. Nun ja – wenn Lilith ihren Señor Kain hatte, so hatte Faran Berenice als Ersatz.

Kapitel siebenundzwanzig

Das Flugzeug war gelandet. Es war nur dreizehn Minuten am Boden geblieben. Der Pilot wollte diesen Ort so schnell wie möglich verlassen.

Zu beiden Seiten der braunen Piste lag der Dschungel wie ein Teppich, ein undurchdringliches Grün, schwirrend und summend, voller Leben: gefleckte Katzen und Schlangen, Affen, Papageien. Als ob dieses Leben durch nichts gestört werden konnte.

Auf dem Flugfeld stand ein Mann in seiner sandfarbenen Kleidung und wartete. Blendend weiß breitete sich sein Haar über die Schultern. Er stand unbeweglich wie ein Stein.

Die Zikaden kreischten.

Dann bewegte sich der Dschungel.

Sechs Männer, wie Drachenzähne dem Grün entsprungen. Khaki und grün, getarnte, unrasierte Gesichter. Sie rannten auf ihn zu.

Der Anführer blieb vor Malach stehen. Er war Engländer, groß und muskulös, das lange, wellige Haar gelb gesprenkelt. Eine große Waffe, eine Glock 17, ragte wie ein Auswuchs aus ihm hervor. Er drückte sie gegen Malachs Stirn.

»Guten Morgen«, grüßte Malach auf englisch.

»Halt's Maul. Wer bist du?«

»Keiner, den du kennst.«

Der Söldner drückte die Waffe fester an Malachs Stirn, und der wandte den Kopf ab. »Paß bloß auf«, meinte der Soldat. »Nimm die Hände über deinen verdammten Schädel.«

»Nein.«

Ein neues Geräusch; nicht die Zikaden, sondern der Motor eines Jeeps.

Die Söldner, die das Flugfeld bewachten, drehten die Köpfe. Der Engländer mit dem Gewehr schaute sich nicht um.

»Jetzt bist du dran, du Arsch.«

Malach lächelte.

Aus dem ersten Jeep stieg der dicke junge Mann mit den fettigen Haaren, der Sonnenbrille und einem seidenen Fünfhundert-Dollar-T-Shirt in der purpurgrünen Farbe des Dschungels. Sein Fahrer, eine schöne Frau in Khaki, schritt neben ihm.

Die Söldner warteten.

Die Frau ging direkt auf den Mann mit der Glock 17 zu. Auch sie war sehr gut gekleidet, hatte das Haar zurückgebunden wie eine Tänzerin.

Sie schlug dem Engländer ins Gesicht.

Er taumelte.

Die Söldner zogen sich zurück.

Der Dicke trat zu Malach, drehte dem Wald und den Männern die Schulter zu. Er verneigte sich, streckte die Hand aus. Malach schüttelte sie. Der Mann sprach spanisch.

»Würden Sie uns in das Haus begleiten, Señor? Wir haben eisgekühlte Drinks und einen wundervollen schottischen Whisky.«

»Danke, nein. Wo sind meine Begleitfahrzeuge?«

»In fünf Minuten, Señor. Sie wurden aufgehalten. Verzeihen Sie diesen . . . bedauerlichen Zwischenfall.«

Die Frau starrte Malach offen an.

Als ihre Augen sich trafen, lächelte sie.

Malach lächelte nicht.

Dann kam der zweite Jeep, Soldaten mit SA 80-Gewehren.

Der erste Trupp duckte sich am Waldrand. Der Engländer sah schlimm aus. An der Stelle, wo die Frau ihn getroffen hatte, war ein Striemen. Sie trug einen Ring.

Aus dem zweiten Jeep sprang ein Infanterist und rannte zu ihnen herüber. Er blieb hinter dem Dicken stehen.

»Können meine Leute Ihnen irgend etwas herunterschicken, Señor?«

»Nein. Lassen Sie nur meine Fahrzeuge durch.«

»Señor, ich bin tief betrübt. Es war mir eine Ehre.«

Malach warf einen Blick auf die Frau. Der Dicke sagte: »Alles, was Sie wünschen, Señor.«

»Danke. Nichts.«

Die Frau runzelte die Stirn. Sie war sehr schön, goldhäutig, geschmeidig wie ein Jaguar.

Nun schritt sie hinter ihrem Besitzer her, zurück zum Jeep. Der Infanterist folgte ihnen.

Der junge Mann wischte sich den Schweiß aus dem fetten Gesicht. Auf englisch sagte er: »Du weißt nicht, warum wir so handeln müssen, was, Rosa?«

»Nein.«

»*Scarabae*«, erklärte er.

Unter ihrem Make-up erblaßte die schöne Rosa, ihre Züge erschlafften. Sie leckte sich die Lippen und sprang auf den Fahrersitz, plötzlich bestrebt, fortzukommen.

Kapitel achtundzwanzig

Frauen betraten das Zimmer.

Es waren nicht ihre Dienerinnen, Shesat und Mesit. Dennoch bedeuteten sie ihr durch Gesten, daß sie ihnen gehorchen mußte – oder daß sie ihr gehorchen würden. Sprachen sie denn kein Englisch?

Anna willigte ein, etwas anderes blieb ihr nicht übrig. Sie wußte, worum es ging, er hatte es ihr gesagt. Er war nicht mehr lange bei ihr geblieben.

Das Bad war das übliche, doch nun hatten sie schwere Düfte untergemischt – Zypresse vielleicht oder Zedernholz. Vorsichtig rieben sie ihr mit schmalen, festen Händen das Parfüm auf die Haut. Berührten sie überall, außer an den verborgenen Stellen zwischen ihren Schenkeln.

Am Ende war sie angekleidet, diesmal in ägyptischem Stil: gerafftes weißes Leinen, an Schenkeln und Waden so eng, daß sie nur ganz kleine Schritte machen konnte. Über der Brust ein Kreuz und ein harter, panzerartiger Umhang über Schultern und Oberarmen, flügelgleich.

Eine führte sie zu dem Katzentisch, und dort schminkten sie ihr das Gesicht.

Eine Salbe, die nach Honig duftete, darüber ein feiner, durchsichtiger Puder, mit Quasten verteilt, doch ob die Quasten modern oder alt waren, konnte sie nicht schnell genug erkennen – sie mußte die Augen geschlossen halten.

Auf ihren Lidern verteilten sie etwas Sanftes, Blaues. Dann nahmen sie von einer Palette ein Dunkelgrün, sicher zerstoßener Malachit, der wie eine edle, dunkle Salbe erschien.

Sie tuschten ihr die Wimpern. Maskara. Im alten Ägypten hatte es kein Maskara gegeben.

Zum Schluß schlangen sie ihr das Haar zu einem strengen

Knoten, und seltsamerweise rief das eine Erinnerung wach, aber Anna konnte sich nicht genau entsinnen. Hatte Althene ihr jemals die Haare hochgesteckt? Oder Rachaela? Oder – als sie Ruth war – und dann –

Sie stülpten ihr eine Perücke aus dunkelblauen Locken über, vielfach geflochten und mit goldenen Plättchen und winzigen Muscheln versehen.

Zu zweit hängten sie ihr eine schwere Kette aus grünen und goldenen Steinen um, die sie am Hals befestigten. Auf ihrem Rücken hing nun ein Schmetterling aus grünem Straß.

Ein Stück unter der Taille legten sie ihr einen goldenen Gürtel um, der mit roten, grünen und blauen Perlen besetzt war.

An ihren Füßen befestigten sie Goldsandalen mit einem breiten Knöchelriemen, mit Blumen bestickt.

Dann lackierten sie ihr die Fußnägel und die Nägel der Hände in einem satten Goldton. Und an die Augenwinkel wurden winzige goldene Pailletten gesetzt.

Anna erhob sich und erblickte durch das hauchzarte Gewebe den rosigen Schimmer ihrer Brustwarzen, doch das rauchige Mal auf ihrer linken Brust war nicht zu sehen. Der weiße Rauch war weiter unten, das Zentrum ihres Geschlechts war nun nicht mehr von französischer Unterwäsche verborgen. Sie fragte sich, ob er sie belogen hatte – er hatte nur etwas von einem Festessen gesagt.

Goldene Armbänder.

Eine Frau bot Anna eine Schale mit Rouge an.

Deutlich sagte sie: »*Pour les lèvres.*«

Anna nahm die Schale – Alabaster, wie ein Grashüpfer geformt – und schminkte sich die Lippen.

Wie schön sie in den Spiegeln aussah.

Anna jedoch sah nur, daß sie nun eine Ägypterin war.

Hundert Lampen mußten es sein, gelben Sternen gleich, die in der Halle der Nut von der Decke hingen.

In dem unvergleichlichen Fußboden spiegelten sie sich in wilder Lieblichkeit.

Lichter standen auch vor den Gruppen der Götter, vor Isis, vor der Familie des Seth. Vor Sachmet mit ihrem goldenen Katzenantlitz. Dahinter leuchtete das wasserblaue Fenster schwach wie ein weiterer unterirdischer Edelstein. Niemand saß dort.

Die Plattform stand in der Mitte des gewaltigen Raumes, genau unter dem bestirnten Bauch der Nut.

Darauf zwei leere Stühle aus schwarzem Metall, es mochte Eisen sein. Goldene Löwenmasken auf den Armlehnen, die Füße goldene Stierhufe. Davor standen zwei niedrige Tische, weiß. Blumen schwammen in Wasserschalen. Kerzen auf goldenen Sockeln flackerten hell. Fayence-Tassen wie die eine, die er ihr geschenkt hatte, doch in weiß und schwarz, warteten darauf, gefüllt zu werden.

Neben der schwarzen Tasse lag ein grüner Miniaturgletscher. Ein Smaragd? Ein riesiger, ungeschliffener Stein, blankpoliert, der ein sanftes grünes Leuchten ausstrahlte.

Um die Plattform standen weitere niedrige Tische, daran niedrige Stühle und Hocker, auf denen Menschen saßen. Eine Gemeinschaft.

Sie waren mit verblichenen Leinengewändern und Juwelen angetan. Manche der Männer hatten kahlgeschorene Köpfe, andere trugen schwere Perücken. Die Frauen hatten dunkelgrüne und blaue Perücken.

Die Leute lachten und führten oberflächliche, seichte Gespräche, wie die Gäste in einem schicken Restaurant im Londoner West End.

Bis auf einen gelegentlichen Seitenblick nahmen sie keine Notiz von Anna, die nun von ihrer Dienerin drei Stufen hoch auf die Plattform geleitet wurde, zu einem einzelnstehenden Alabastertisch.

Es war ein ägyptisches Festmahl.

Sklaven kamen herein, bedienten. Die Frauen waren barbusig und trugen eine einzelne goldene Klammer, die ihre durchsichtigen Röcke zusammenhielt. Bei manchen konnte man über dem Schamhaar, kaum sichtbar durch den Stoff, ein Perlengeflecht erkennen.

Überall Blumen. Und Flammen.

Ein Duft nach Parfüm und Wein.

Eine Priestergestalt schritt zwischen den purpurnen Säulen auf und ab. Sein Kopf war geschoren, und an der rechten Körperseite hing ein geflecktes Leopardenfell – ein echtes? – herab. Er brachte Isis eine Schöpfkelle voller Parfüm oder Öl oder Alkohol dar, goß die Flüssigkeit vor ihr aus, berührte seine Lippen mit der Rechten, verneigte sich.

Die Gäste achteten nicht auf ihn.

Das Opfer dampfte im Feuerschein unter dem Knie der Göttin.

Nun stand Mesit neben Anna.

Sie beugte sich vor. In der Hand hielt sie einen bläulichen, exquisit geschliffenen Glaskrug, ein Stück aus einem Museum . . .

»Soll ich ihnen einschenken, Lady?«

»Was ist das?«

»Das ist französischer Rotwein. Wir haben auch einen Wein aus Amerika. Oder vielleicht möchten Sie Ksantha, den gelben Wein, der mit Honig verdünnt ist.«

Anna hielt ihr die pastellfarbene Tasse hin. Tänzer waren darauf abgebildet, nackte, lächelnde Tänzer.

»Ich nehme diesen. Danke«, fügte sie hinzu.

Mesit wiegte sich wie eine Weinranke und verschwand.

Anna schaute sich um – die gewaltige Halle, die Kerzen und die lachenden Unbekannten.

Sie zeigte keine Furcht.

Der Wein war herb und trocken.

Jemand lachte sehr laut.

Anna blickte auf. Ein Funkenregen sprühte aus einer Leuchte in Nuts Gürtel und erlosch, bevor er den Boden erreichte.

Eine andere Sklavin erschien an ihrer Seite.

Sie sagte: »Gestatten Sie.«

Und als Anna es nicht verwehrte, goß die Sklavin ihr aus einer konischen Flasche, die wie ein Pfefferstreuer aussah, Parfüm auf die Perücke.

Anna erinnerte sich, diese Flaschen oder Kegel in Reproduktionen von Grabgemälden gesehen zu haben; die Gäste trugen sie auf dem Kopf, und man hatte angenommen, es handele sich um parfürmierte Wachshauben. Natürlich war es nur ein Symbol – ein Symbol für den Duft des Festes, den Duft der Freude. So wie die übervolle, überfließende Tasse das Symbol für den Liebesakt war.

Musik setzte ein.

Eine altertümliche, durchdringende, atemlose Musik. Glöckchen, Flöten und eine Harfe mit einem beißenden Klang.

Noch nie hatte Anna solche Musik gehört. Oder doch?

Man konnte ein wenig von den Musikern hinter den Säulen erkennen. Ja, sie glichen den Musikern auf den Grabgemälden. Doch da spürte sie plötzlich eine Präsenz – wie von einem wilden Tier. Sie wandte den Kopf und sah, daß nun *sie* erschienen. Der Meister und die Meisterin. Beherrscher dieses Festes. Die Frau. Der Mann.

Lilith.

Kain.

An den Tischen erhoben sich die Männer und Frauen. Anna stand auch auf, vielleicht in Abwehr.

Sie sah die beiden durch die roten Schatten schreiten, über den blumenbestreuten Boden. Man hatte Lilien oder Lotusblumen gestreut, die Blumen des Totenreiches.

Lilith zertrat die Blüten und auch die Pfoten der beiden Albino-Tiger, die an ihrer Seite schlichen, zerquetschten sie. Lilith trug ebenfalls gerafftes Leinen, doch es war schwarz und halb durchsichtig, ließ ab und an einen Schimmer des blassen, straffen, schlangenartigen Leibes erkennen. Auf dem Haupt trug sie einen goldenen Kopfschmuck, der ihr Haar verbarg und glänzende Blitze auszusenden schien.

Er ging neben ihr, neben dem dunkleren der beiden Tiger. Offenbar wollte er sich nicht der königlichen Kleiderordnung unterwerfen. Sein langes Gewand war dunkelrot – die Hochzeitsfarbe der Scarabae aus einer anderen Zeit, wie Althene gesagt hatte.

Doch sein Halsschmuck war eine prunkvolle ägyptische Kette. Silber, viel wertvoller als Gold, und Karneol, mit orangeroten Jaspisstücken und einem Skarabäus aus Türkis. An jedem Finger trug er einen goldenen Ring – am Mittelfinger der linken Hand drei.

Er lächelte huldvoll. Er erschien gütig, bedächtig, als sei dieses absurde, farbenprächtige und wahrhaft abartige Festmahl ein ganz alltägliches Ereignis.

Als er an Anna vorüberschritt, starrte er sie an.

Das Licht von ihrem kleinen Tisch fing sich in seinen Augen.

Samten wirkten sie – mitternachtsblau. Ruhig. Er sagte nichts.

Zusammen stiegen die beiden, Lilith und Kain, die Stufen zu ihren Tischen hinauf.

Die Frau setzte sich, und die Tiger rollten sich zu ihren Füßen zusammen.

Kain blieb stehen. Er hob die Hand, und die Musik erstarb.

Seine Stimme war wohltönender als der Klang der Instrumente.

»Möge er, der das Leben im Tode ist, unser Mahl segnen. Möge jedes Übel mich, euren Vater, befallen, auf daß ich es von euch nehme. Alle, die in meinem Hause essen, sollen in Sicherheit sein.«

Kains Gäste – ob sie Gefangene waren? – hoben die Becher. Sie tranken.

Er hatte englisch gesprochen. Hatten sie ihn verstanden?

Wieder erklang die Musik, und Kain ließ sich auf seinem Eisenstuhl nieder, hob den schon gefüllten dunklen Becher und nahm einen Schluck.

Er sah es nicht noch einmal an, das Mädchen, das wieder Ankhet Persephone genannt wurde.

Wünschte sie, daß er es täte?

Als das Essen aufgetragen wurde, kam es Anna eigenartig vor. Es war wie das Essen in einem Weinlokal, nur anders serviert.

Shesat war näher getreten und hatte Annas Hände mit Duftwasser gewaschen. Andere Diener kümmerten sich um andere Gäste. Alle lachten laut und viel. Vielleicht kam es vom Wein. (Anna war eine Schale mit niedrigem Fuß vorgesetzt worden, die Ksantha enthielt, ein dickflüssiges weißes Getränk mit Honig – und mit Evian verdünnt, soweit sie feststellen konnte.)

Kains Diener trugen Räucherstäbchen herum, und der Duft des Moschus vermischte sich mit dem der Speisen.

In großen gold- und gemmenverzierten Schalen erschienen scharfe weiße Sprossen und Bohnen und blasse Melone, mit kleinen Zwiebeln vermischt. Lauchstreifen und Porzellanschüsseln mit einem leuchtendroten Linsenpüree. Diese Speisen wurden von Tisch zu Tisch getragen. Man stippte Brotstücke in die Linsen und aß.

Dann kam Fisch, scharf gebraten, das Fleisch hell und rosa und knusprig. Es gab auch Fleisch, das Anna nicht kannte und von dem sie nichts nahm. Sie erkannte jedoch den fetten, süßlichen Geruch einer gebratenen Gans.

Feigen und Datteln auf Tabletts mit dünnen Bronzeblättern, die fast eßbar wirkten. Darüber Honig, auch auf den runden rötlichen Trauben. Süßigkeiten, die wie mehlgepuderte Früchte aussahen.

Das Essen dauerte an. Immerzu neue Gerichte. Übelkeit erregende Vielfalt.

Sie wurde es müde.

Sie wußte, daß auch dies ein Brauch war. Wenngleich nicht so modern wie die ausgedehnten Mahlzeiten in den Häusern der Scarabae, von denen man ihr erzählt hatte.

Sie achtete darauf, nicht zu ihm aufzuschauen, nicht zu sehen, was er aß und trank.

Doch plötzlich hörte sie einen der Tiger leise knurren, und dann murmelte Liliths sanfte, dunkle Stimme: »Nein, laß es ihm. Hier – das ist für dich.«

Lilith fütterte die weißen Katzen von ihrem Teller.

Anna wagte einen flüchtigen Blick. Und da strahlte das grüne Licht auf, und sie sah ihn. Er betrachtete sein Festmahl wie Nero durch die Linse des grünen Juwels. Ein Saphirauge hinter einem Smaragd.

Anna wandte den Blick ab, und als hätte das Licht nur darauf gewartet, wurden auch die Lampen schwächer. Wie machten sie das nur? Es war, als würde in einer Bar das Licht gedimmt.

Nun wurde etwas in den trüben Teich der Halle gebracht.

Auch Anna sah es, ein riesiges goldenes Etwas, das langsam durch den Rauch und das Licht näherrumpelte, wie das Ungeheuer in einem Märchen ... Wie die *Mumie*.

Es *war* eine Mumie, zumindest ihr Sarg. Drei Männer mußten ihn stützen, während er auf einem schmalen, bereiften Schlitten näherrollte. Blumen blühten auf der Figur, die schwarz und goldüberzogen und mit scharlachrot glitzernden Steinen besetzt war. Das Gesicht war olivgrün bemalt, mit einer schweren Perücke aus Email gekrönt. Seine ruhigen toten, nachdenklichen Augen, schwarz umrandet, so daß sie wie zwei Fische wirkten, starrten blind über alle Köpfe hinweg an die Decke, auf den Bauch der Göttin.

Anna hörte, wie er sich erhob, wie die lange Tunika raschelte. Das Klirren, als ein Kelch abgesetzt wurde.

»Seht, wie wir enden werden.« Seine Stimme klang voll, doch sanft, trotz der zähflüssigen englischen Sprache und der Entfernung, die es zu überwinden galt. »Wir müssen leben und lieben, denn das Leben ist nie lang genug.«

Und wieder lachte es, sein Volk: Es erhob sich. Die zu betrunken waren, rollten sich über die blumengeschmückten Tische und die erloschenen Lampen.

»Seht, wie wir enden werden!« Nun begriff sie; manche von ihnen sprachen englisch, andere etwas anderes.

Sie lachten und lachten.

Und auch er lachte kurz auf, als hätten sie ihm eine Freude gemacht.

Der Mumiensarg wurde an Anna vorbeigefahren.

Lotusblüten wurden vor ihm aufgehäuft, sie mußten immer wieder beiseite gefegt werden, damit der Sarg weitergeschoben werden konnte. Vor dem brotförmigen Leib brannte ein Netz aus Räucherstäbchen.

»Bringe dein Opfer dar«, sagte er über ihr, nur zu ihr. »Einen Kuchen, Ankhet.«

Und sie nahm einen der vergoldeten Kuchen, die sie nicht angerührt hatte, und ließ ihn inmitten der Blumen auf den Schlitten fallen.

Dann wurde der Mumiensarg weggezogen.

Eines der Räder quietschte wie eine empörte Maus.

Nun gewahrte sie ein Kind, das zwischen den Tischen und den Betrunkenen hereingeführt wurde.

Es war der kleine Junge, Andrew.

Er trug die Kleidung eines jungen Pharaos und war am ganzen Leib mit Gold behangen. Aus der Haarlocke, die sie ihm gelassen hatten, hing ein Krokodil mit meergrünen Augen.

Immer noch stand Kain über ihr.

Sie hörte es, sah jedoch nicht, wie er dem Jungen eine Hand entgegenstreckte.

Andrew lächelte und stieg eifrig die Stufen hinauf.

Wieder sprach Kain zu allen: »Dies ist mein Neffe, Harpokrates.«

Das war also der neue Name.

Man applaudierte.

Nachdem der Tod seinen Auftritt gehabt hatte, kam nun das Versprechen neuen Lebens.

Onkel Kain legte seine Hand auf die Schulter des Andrew-Harpokrates.

»Sieh sie dir an«, sagte er. »Sieh ihnen direkt in die Augen. Du mußt es lernen.«

»Ja, Onkel Kay.« Dann hörte Anna ihn sagen: »Kann ich die Tiger von der Frau streicheln?«

»Frag sie. Nenn sie Lilith-Eset.«

»*Lily Is It*«, fragte Andrew. »Kann ich?«

Und Lilith mußte genickt oder anders ihre Zustimmung bekundet haben, denn Anna hörte, wie der Junge zu ihr ging, und dann seinen schnellen Atem, als er das gestreifte Albinofell tätschelte und rieb.

»Sind sie nicht zahm?« fragte er.

Lilith antwortete: »Sie kennen nur Menschen. Außer ihrer Mutter, die gestorben ist. Nun können sie sich nicht vermehren. Sie sind die letzten ihrer Art.«

»Wie heißen sie denn?«

»Sie haben keine Namen. Brauchen keine Namen.«

»Sie sin' Klasse«, sagte Harpokrates.

Einer der Tiger schnurrte. Vermutlich der dunklere, er war zutraulicher.

»Ankhet«, sagte Kain. »Nun mußt du zu mir emporsteigen.«

»Muß ich?«

»Natürlich. Sie müssen dich sehen.«

»Warum?«

»Weil du mir gehörst.«

Da drehte sie sich um und blickte ihn an.

Wer hatte das zu ihr gesagt? Irgend jemand hatte das einmal gesagt.

Du gehörst mir. Bis zum Tode. Bis die Sonne im Fluß der Unterwelt stirbt. Du bist mein.

Sie versuchte nicht, sich zu widersetzen. Seinen Augen, die durch die ihren drangen und sanft die verborgensten Winkel ihres Geistes zu berühren schienen, konnte man keinen Widerstand leisten. Anna wollte ihre Kraft nicht in nutzlosen Kämpfen vergeuden. Hatte sie das je getan?

Sie stieg die Stufen hinauf, und er nahm sie bei der Hand, und hinter ihm saß die düstere Königin der Sage auf ihrem schwarzen Stuhl, ihr Kopf eine Sonnenexplosion, die eine Schlange an ihrer Stirn gebar. Und zu ihren Füßen hatte das Kind seine Wange an die Flanke eines schnurrenden Tigers gelegt.

Doch Kain hielt Annas Hand fest und sprach zu ihnen.

»Dies ist die Tochter meiner Tochter, Ankhet Persephone.«

Sie tranken ihr zu. Sogar die Betrunkensten bemühten sich.

»Bin ich das?« fragte sie ihn.

»Was, Ankhet?«

»Die Tochter deiner Tochter.«

»Ja.«

»Rachaela«, sagte Anna zweifelnd.

»Nein«, erwiderte Kain mit einem Hauch Verachtung in der Stimme. »Deiner *Vater*-Mutter. Althenes Tochter.«

»Aber –«

»Sie ist ein Mann«, sagte er. »Doch ich weiß es. Ich ehre sie mit ihrer eigenen Lüge. Meine Tochter, nicht mein Sohn.«

»Dann bist du mein – Großvater.«

»Ja, wenn du so willst. Glaubst du, mir gefällt das?«

Sie blickte in die Ferne, wie er es getan hatte, über die Mumie, über die Feiernden hinweg. Über ihren Köpfen tropfte das Gold wie Tränen vom Bauch der Nut.

»Anna«, sagte er. »Du bist schon jetzt eine kleine Göttin. Hat dir jemals einer gesagt, wie schön du bist.«

Irgend jemand, früher, dachte sie. Doch es war nicht Althene gewesen, die ihre Schönheit immer als Tatsache genommen hatte. Nein, es war jemand anderer gewesen – wer nur? – der ihre Schönheit als Wunder geschätzt hatte. Wie dieser Mann hier?

»Eset, wenn sie mit dem neuen Mond aufsteigt, Isis den Griechen, Mutter, Schwester. Ras Tochter.«

Anna, die sich nun an etwas anderes erinnerte, meinte: »Ich wette, das sagst du zu allen Mädchen.«

Er lachte, nun aus voller Kehle. Nicht sein Schauspielerlachen. Dieses kam aus den Tiefen seiner Lunge.

»O du«, meinte er. »*Du.* Du weiße Hexe. Du Teufelsmädchen. Bist du für mich geschaffen?«

Seine Hand war warm, fest, trocken – und fühlte sich gut an. Machtvoll, energisch und jung.

Ihr Großvater.

Sie entzog ihm ihre Hand und schaute statt dessen auf die schwarze Schachkönigin der Nacht, auf Lilith.

Lilith schien sie nicht zu bemerken.

Und dann sagte er: »Wir gehen.« Und dann etwas in einer anderen Sprache, die wie Vogelrufe klang.

Lilith hatte ihre weißen, umschatteten Lider gesenkt. Sie streckte die Hand nach ihrem Becher aus, und der hellere Tiger stand auf und schüttelte sich.

»Komm mit mir«, sagte er zu Anna.

»Wohin?«

»Der Morgen dämmert. Magst du die Sonne?«

»Ja.«

»Das ist gut. Wir gehen in die Sonne.«

Er führte sie die Stufen hinab. Nur Andrew-Harpokrates blinzelte schläfrig hinter ihnen her.

An den Tischen erhoben sich die, die noch stehen konnten.

»Wer sind sie?« fragte sie.

»Diese Leute?« meinte er. »Niemand. Nur du und ich.«

Aus dem roten Glühen der erlöschenden Feuer schritten sie in die Dunkelheit des Vorbaus.

Venus stand am Morgenhimmel, ein sprühender Pfeil.

Sastrugi, Schneewehen gleich Rippen, wie die See sie am Strand hinterließ, wuchsen am Gestade.

Der Himmel war von der Farbe eines blauen Chrysopras, sehr klar. Schrecklich klar. Als sei die Luft verweht und habe doch eine Farbe hinterlassen.

Über ihnen die weiße Pyramide mit ihrem feuchten, brackigen Fundament.

Und unter ihnen der Fluß.

Sie hatte sich ein ägyptisches Schiff vorgestellt, mit einem Lotusbug und einem dreieckigen Segel. Nun gab es eines, und sie war an Bord.

Das Boot war golden erleuchtet und schimmerte im Wasser. Das Segel blaßblau, wie der Himmel oder das Eis.

Eisschollen, nicht Flußpferde, schwammen vor ihnen dahin.

Es war still. Kein Laut außer dem Flüstern der Ruder.

War der griechische Charon der Fährmann, der Sklave in seiner wattierten, modernen, wollgefütterten Kleidung?

Sie saßen in der Kabine mit den Säulen, doch auch sie waren für den bitteren Frost der Außenwelt gekleidet, eingemummt, wie auf Annas Reise zu diesem Ort. Die Gewänder waren warm und aus einem Stück, schwarz. Man hatte sie in einer Stahlkammer des Berges umgezogen. Auch er hatte sich vermutlich umziehen müssen, doch es war heimlich geschehen. Er mußte immer der Magier sein, kommen und gehen, ohne daß man ihn sah, seine Gewänder hinter einem Schleier wechseln ... ein Zauberer oder eine Hure.

Über ihre praktischen Anzüge hatte er, wieder wie durch Zauberhand, einen schwarzsamtenen Umhang ausgebreitet, ein zeitloses Stück.

Er trug keine Ringe mehr.

Die kalte Luft, das Wasser glitten in Zeitlupe vorüber.

»Ist es schön für dich?« fragte er.

»Ja. Gibt es hier keine Vögel?«

»Es ist zu kalt, meine Taube.«

»Warum willst du mich?« fragte sie.

»Weil es dich gibt«, erwiderte er. »Hat dich nie jemand um deiner selbst willen gewollt, Anna?«

»Ich weiß es nicht«, sagte sie.

»Dann gibt es keinen.«

Im Mantel und in dem Pelzsaum seiner Kapuze erschien sein unbedecktes Gesicht matt und voller dünner, formender Linien, wie Bleistiftstriche. Seine Augen glühten blauer als alles andere, als Himmel, Eis, oder die Spiegelungen des Flusses.

»Dies ist also Ägypten«, sagte sie.

»Ja, mein Kind. In gewisser Weise.«

»Ich habe von einem Fluß geträumt.«

»Dies«, erklärte er, »muß jedoch der Nil-eh gewesen sein. Der Blaue, die Lotusblüte.«

»Der Nil«, wiederholte sie.

»Wenn du es wünschst.«

»Würdest du mich immer noch wollen«, fragte sie, »wenn ich einen Menschen getötet hätte?«

»Hast du?«

»Ich . . . weiß es nicht.«

»Töte, wenn du mußt, Anna. Ich würde dich wollen. Wenn du es wirklich bist.«

»Wer bin ich?«

»Oh.« Er sog die Luft ein und ließ sie wieder ausströmen, blickte zum Himmel empor. Sein Atem war wie eine weiße Wolke. In ihr bildeten sich kleine Kristalle, fielen auf sie herab. »Du bist der Anfang, Anna.«

»Aber ich will es wissen.«

»Du mußt mir Zeit geben.«

Wieder blickte sie ihn an. Er hatte sie um etwas gebeten.

Kain legte seinen Arm um sie, um das Mädchen, und das Boot fuhr weiter über den eisigen Fluß.

»Vor langer Zeit«, hob er an. »Du warst so jung.«

»Du hast mich ein Kind genannt.«

»Du bist mein Kind.«

»Nein.«

»Doch. Du bist mein.«

Mein hallte es in ihrem Kopf.

Sein Arm war warm, als brenne ein großes Feuer in ihm und hielte die Kälte ab.

Anna schloß halb die Augen. Es war wie ein Traum.

»Du und ich, wir sind gestorben«, sagte er. »Du und ich, wir haben gelebt. Ich kann dich lieben wie kein anderer.«

»Lilith«, sagte sie traumverloren.

»Lilith ist mein Schatten. Du bist meine Morgenröte.«

Etwas flog am Himmel.

»Du sagtest doch, hier gäbe es keine Vögel.«

»Manchmal sieht man ein Flugzeug. Für gewöhnlich meiden sie die Gegend.«

»Warum willst du mich?« fragte sie wieder.

»Will ich dich?« fragte er zurück. In neckendem Ton. Er sah nun, so dachte sie, sehr jung aus, sehr unschuldig, glücklich und friedfertig. Es gab niemanden sonst auf der Welt. Vorsichtig streifte er den dünnen Schleier ihrer schützenden Maske beiseite. Die Kälte drang herein. Er schickte sie fort. Er küßte sie auf die Lippen, langsam, ohne Gier, wie ein warmer Schneefall, wie eine Mutter. Wie der erste Vater, den sie in ihrem Leben hatte.

Kapitel neunundzwanzig

Harpokrates' Mutter, Sharon Ferris, stieg die schmale, teppichbespannte Treppe hinunter und blieb vor der Haustür stehen. Sie konnte diese Tür nicht mehr leiden – aber im Grunde konnte sie gar nichts mehr leiden.

Vielleicht brauchte sie nicht zu öffnen. Dann gingen sie meistens wieder. Nur die Zeugen Jehovas waren hartnäckiger, läuteten sonntags morgens, wenn Sharon allein im Ehebett unter dem Duvet lag und Smarties aß. Das Duvet war schon seit sechs Wochen oder länger nicht mehr gewechselt worden. Schokolade klebte darauf. Und es roch nach Schokolade. Das half.

Aber jetzt war doch ein Wochentag, oder etwa nicht? Und früher Nachmittag. Und die Klingel schlug nun schon zum fünften Mal an.

Man mußte tun, was die Leute wollten. Man mußte ihnen sogar die Tür öffnen, wenn sie so hartnäckig waren. Man mußte sagen: »Nein danke. Tut mir leid. Ich glaube nicht an Gott.« Aber sie gingen immer erst dann, wenn sie anfing zu weinen und zu erzählen, daß sie ihren kleinen Jungen verloren hatte. Und selbst dann noch war einer von ihnen stehengeblieben und hatte etwas vom Trost in Jesus erzählt – bis die alte Frau ihm unversehens die Hand auf den Arm gelegt und ihn zurückgezogen hatte. Bis zum nächsten Sonntag.

Barfuß ging Sharon zur Tür. Öffnete.

»Oh, guten Tag. Ist Mrs. Ferris da?«

Weil man ja die Wahrheit sagen muß, antwortete Sharon: »Ich bin Mrs. Ferris.«

»Oh! Ach, Mrs. Ferris. Schön.«

Und plötzlich wußte Sharon, wer die Besucherin war; es kam wie eine Offenbarung über sie, denn nie hatte sie diese Frau so erschrocken gesehen. Es war ihre Hausärztin, die Frau, die Wayne so toll gefunden hatte. Schlank und blühend, mit kastanienrotem Haar, in einen schicken, enggegürteten Mantel gehüllt.

»Frau Doktor«, sagte Sharon nur. Sie bat die Ärztin nicht ins Haus. Nicht, weil ihr die Kraft dazu fehlte oder weil sie ihre guten Manieren vergessen hatte – nein, Sharon war nur sehr weit weggewesen, an einem fernen Ort.

»Meine Güte, Mrs. Ferris. Ich kann mich noch genau erinnern, wie ich Ihnen eine Diät vorgeschlagen habe. Eine *Diät*, Mrs. Ferris. Ich meinte nicht, daß Sie sich zu Tode hungern sollten.«

Sharon dachte nach, konnte sich aber nur vage erinnern; es war schon seltsam, denn sie konnte sich nur an die Diät erinnern, die sie kaum einen Monat lang befolgt hatte, und bei der sie fast verhungert *war.*

»Herzlichen Glückwunsch jedenfalls, Mrs. Ferris.«

Sharon starrte die Ärztin an.

»Aber deswegen bin ich nicht gekommen«, fuhr diese fort. »Darf ich hereinkommen?«

»Ach – so. Ja.«

Sharon trat beiseite, und anmutig glitt die Ärztin ins Haus. Kam merklich rümpfte sie ihre ungepuderte, makellose Nase. Im Haus der Ferris roch es – nach ungespültem Geschirr, ungeleerten Kehrichteimern und nach Staub auf der Heizung, die zu hoch eingestellt war.

Sie gingen in Sharons Wohnzimmer. In einer Vase standen verwelkte Blumen und vermischten ihren Duft mit den Gerüchen im Haus. Überall lagen zerknautschte Strümpfe und Kleenex-Packungen herum. Auf dem Tisch Schokoladenpapier. Ein Teller mit geronnener Sauce. Splitter des Lebens, als sei das Leben selbst zerbrochen.

Die Ärztin ließ kein Wort darüber fallen. Sie nahm in einem Sessel Platz, in dem schon einige Stofftiere saßen. Als sie zusammengedrückt wurden, bat Sharon: »Setzen Sie sich nicht dahin. Entschuldigung – könnten Sie sich bitte auf den anderen Stuhl setzen?«

Mit einem Seitenblick erhob sich die Ärztin und setzte sich in den anderen Sessel, auf dem nur eine alte Zeitung lag. Neben dem Stuhl standen zwei leere Limonadenflaschen.

»Sie haben alles ein bißchen schleifen lassen, nicht wahr, Sharon«, bemerkte die Ärztin und redete Sharon beim Vornamen an, als höre es sich so netter an.

»Ja, das hab' ich wohl.«

»Nun, so geht es nicht, und das wissen Sie ja sehr gut.«

Sharon warf ihr einen Blick zu, schaute wieder weg. Sie setzte sich auf die Couch, öffnete eine Schachtel Matchmakers und bot sie der Ärztin an. Die lehnte mit strenger Miene ab.

»Die sollten Sie nicht essen, Sharon. Sie werden alle Ihre Pfunde wieder zulegen.«

Sharon steckte sich die Pfefferminz-Schokoladen-Täfelchen in den Mund. Wieder verspürte sie die vertraute Liebkosung der Süßigkeiten, die vom Magen bis in den Kopf stieg. Sie nahm noch drei.

»Ich weiß, daß ein paar schlimme Dinge passiert sind, Sharon«, fuhr die Ärztin fort. »Aber Sie müssen auch bedenken, was Ihnen geblieben ist. Es gibt so viel Schreckliches auf der Welt. Sie sind doch noch gesund und kräftig. Was ist denn mit den armen Menschen, die das nicht mehr haben? Ihrem Mann zum Beispiel?«

»Wayne?«

»Ja, Sharon.«

»Ach«, machte Sharon.

»Ich fürchte, Sie haben sich da sehr unfair verhalten, Sharon. Tatsächlich bin ich hier, weil man mich gebeten hat, mit Ihnen darüber zu reden.«

Sharon lehnte sich zurück und drückte die Matchmakers-Schachtel an ihren großen, doch wohlgeformten Busen. So hörte sie der Ärztin zu, die weiterredete, immer weiter. Es klang weit, weit weg.

Sharons Haar war schulterlang geworden. Sie hatte es schon lange nicht mehr gewaschen, vielleicht sogar seit jener Woche. Hätte man noch Farbe in ihrem Haar gesehen, so wäre es ein kräftiger Ton gewesen, zitronengelb.

Ihre Pfunde waren wie ein Clownskostüm aus mehreren Lagen von ihr abgefallen. Es war wie ein Wunder.

Es war vor einigen Monaten gewesen, an dem Tag, als Andy bei Tesco's verschwand und niemand ihn wiederfinden konnte.

Die Polizei hatte ihr Bestes getan; Sharon hatte jedoch gespürt, wie sie mit der Zeit das Interesse verloren. Wayne hatte sie immerzu angeschrien, ihr aber war alles nur wie eine Art Film erschienen, der vor ihr auf einer Leinwand abgespult wurde. Es war wie beim Fernsehen, wo sie auch nicht besonders viel mitbekam – Farben und Geräusche, die zuweilen viel zu laut und zu grell waren.

Und immer noch kochte sie für Wayne – daran konnte sie sich noch erinnern – obgleich er kaum noch zum Essen heimkam. Er zog nun die Gesellschaft anderer Frauen vor. Es war ihre Schuld, daß sie Andrew verloren hatten – *seinen* Sohn. Sie war eine blöde, nutzlose Kuh.

Wenn Wayne nicht nach Hause kam, aß Sharon ihrer beider Essen. Im Grunde aß sie ständig: Fleischpasteten und Waffeln, Eier und Pommes frites mit brauner Sauce, mit Marmelade gefüllte Kuchen, süße Brötchen und Eclairs und Cadbury-Schokolade – sieben oder acht Tafeln am Tag – Pudding, Marshmallows, und nachts trank sie Ovomaltine, immer wieder einen Schluck, weil sie immer wieder aufwachte.

Sie lag im Bett, den Mund voller Süßigkeiten, den Bauch vollgeschlagen und zufrieden, und dachte an Andrew. Und die Pfunde schmolzen nur so dahin – irgend etwas in ihr hatte sich verändert. Sie wurde so schlank wie die Models in den Zeitschriften, die sie sich immer gekauft und besorgt studiert hatte, als erblickte sie darin Wesen von einem anderen Stern. Sie wurde erst schlank, dann dünn. Wie Perlen schimmerten die Spitzen ihrer Hüftknochen, und ihr Gesicht erschien wie gemeißelt.

Doch dann meldete sich die Polizei nicht mehr bei ihr, man fragte sie nichts mehr, hörte auf, ihr Hoffnungen zu machen.

Sie selbst hatte ohnedies aufgehört zu hoffen, nein, sie hatte gar nicht erst damit angefangen.

An einem heißen Sommerabend, als sie gerade eine Shepherd's Pie zubereitete und neben ihr auf der Anrichte ein Himbeer-Quarkkuchen auftaute, kam ein Polizist.

Es war einer, den sie noch nie zuvor gesehen hatte, und er wurde auch noch von einer Polizistin begleitet. Beide hatten besorgte Mienen aufgesetzt.

Sie fürchteten, daß es sich um ihren Mann handelte.

Sharon starrte sie nur an. Ihr Mann war Wayne. Was war denn nur geschehen – hatte er sie endlich doch verlassen, und war die Polizei aus dem Grunde gekommen, ihr dies zu erzählen?

Es stellte sich heraus, daß dem nicht so war.

Wayne hatte an jenem Morgen das Fernsehgerät einer attraktiven, wohlhabenden Brünetten repariert, die in einer exklusiven Wohnung am Park lebte. Plötzlich hatte es eine Explosion gegeben, und Wayne war zehn Fuß weit durch das Zimmer gegen eine geschmackvoll tapezierte Wand geschleudert worden.

Die Brünette, die mit Kaffeekochen beschäftigt gewesen war, kam ins Zimmer gerannt und fand Wayne schielend und blutend auf ihrem Axminster-Teppich.

Der Strom hatte irgend etwas in dem Gerät durcheinandergebracht; schlimmer – und bleibender – jedoch war der Schaden im Kopf von Wayne Ferris.

Sie fuhren sogleich mit Sharon ins Krankenhaus. Vorher tat sie noch etwas Dummes: sie griff sich einen der kleinen Bären ihres Sohnes und steckte ihn in die Tasche. Sogleich erkannte sie, daß dies ein Fehler gewesen war. Schließlich war es ja nicht Andrew, den sie besuchen wollte.

Wayne war aus der Intensivstation entlassen und wurde nun einer Menge Untersuchungen unterzogen. Frisch gewaschen und immer noch unrasiert, lag er schielend auf einem Berg weißer, harter Kopfkissen. Das Zimmer roch nach einem starken Desinfektionsmittel und nach Pisse – Wayne auch.

Sharon blickte auf ihn hinab. Er bedeutete ihr nichts.

Schließlich wurde sie in ein Sprechzimmer geführt, wo ihr ein gutaussehender, indischer Arzt erklärte, es bestünde leider keine allzugroße Chance, daß es Wayne irgendwann einmal wieder bessergehen würde. Er könne atmen und schlafen und schlucken, doch obgleich er urinieren und Stuhlgang haben könne, so ginge es nicht ohne Hilfe, und manchmal könne es auch unversehens geschehen. Er müsse gefüttert und gewaschen werden. Er würde wie ein hilfloses Baby sein.

Sharon fand überhaupt nicht, daß Wayne wie ein hilfloses Baby war. Sie fand eher, er war immer noch der ausgewachsene Mann, der sein Leben lang nie viel getan hatte, und dem man nun sogar noch beim Scheißen helfen mußte. Das sagte sie allerdings nicht laut, nicht einmal zu sich selbst. Im Grunde dachte sie gar nicht viel darüber nach.

Sie ging auf die Toilette, und allein in der Kabine zog sie Andrews Bär aus der Tasche und gab ihm einen Kuß. Dann gingen sie heim.

Wochen später, nachdem sich Sharon von allen möglichen Leuten alles mögliche hatte anhören müssen, nahm Waynes Mutter den Invaliden in ihrem kleinen Haus auf und brachte ihn im Gästezimmer unter. Dort verbrachte er den Tag im Bett, schiß und pißte unversehens und glotzte auf die Mattscheibe. Waynes Mutter war vor zwei Jahren von ihrem Mann wegen einer anderen Frau in Brighton verlassen worden. Doch jetzt hatte sie ja Wayne.

Sie führte lange wütende Telefongespräche mit Sharon. Hielt ihr vor, sie sei eine liederliche, verkommene Schlampe.

Sharon ging zu Bett und trank Ovomaltine und aß Schokolade. Auch sie sah viel fern.

Sie hatte immer gewußt, daß sie Andrew nie wiedersehen würde. Nun würde sie vielleicht nicht einmal Wayne wiedersehen müssen.

Doch jetzt saß die Ärztin in ihrem Wohnzimmer. Sie unterstrich ihre Ausführungen mit eleganten, kleinen Bewegungen. Sie nannte Sharon nicht eine blöde, nutzlose Kuh oder eine widerliche, verkommene Schlampe. Sie betonte jedoch, daß Sharon eine Verantwortung habe.

»Ich habe Mrs. Ferris versprochen«, sagte die Ärztin nun, »daß Sie sie besuchen werden. Heute abend noch. Und das werden Sie doch tun, nicht wahr, Sharon?«

»Ja gut, in Ordnung.«

Sharon hatte immer getan, was Leute mit einem starken Willen ihr zu tun befahlen.

Sie blickte auf den Panda und die Bären und die Drachen in dem anderen Sessel. Sie saßen ganz ruhig da. Plötzlich fing sie an zu grübeln – wenn Waynes Mutter Mrs. Ferris war, wer war dann sie, wer war Sharon? Und sie entsann sich ihres Mädchennamens – Timberlake. Er hatte ihr immer gut gefallen. Sharon Timberlake. Sharon und Andrew Timberlake. Sie seufzte.

»Und Sie werden heute abend zu ihr gehen? Vielleicht gleich jetzt, Sharon. Ich kann Sie ja hinfahren. Vielleicht sollten Sie sich zuerst die Haare bürsten.«

»Ja«, sagte Sharon.

Mrs. Ferris bewohnte das Eckhaus. Es dunkelte schon, und unter dem umbrabraunen Himmel leuchtete ihr Vorderfenster in einem dottergelben Farbton.

Sie bat die beiden sofort herein – es war, als habe sie hinter der Tür auf der Lauer gelegen. Die Ärztin wollte jedoch nicht bleiben.

»Es tut mir leid, ich muß zu einer Operation. Aber ich bin sicher, Sie werden allein damit fertig.« *Zwei erwachsene Frauen*, schien sie damit andeuten zu wollen, von der Höhe ihrer beruflichen Kompetenz herab. Sie selbst hatte sich nie um eine unangenehme Pflicht gedrückt – doch sie liebte auch die Macht, die ihr diese Pflicht über andere verlieh. Kein innerer Zweifel hatte je ihrer Gesundheit oder ihrer Haut geschadet. Sie ließ die beiden allein. Da saßen sie nun.

Im Vorderzimmer war alles noch so, wie Sharon es in Erinnerung hatte. Die eiterfarbenen Vorhänge mit den braunen Blumen, die braunroten Wände, der Teppich und das Sofa, alles in verschiedenen Mustern. Es gab gläserne Gazellen und nie benutzte Aschenbecher, und über dem Gasofen hing das gemalte Bild eines kleinen Jungen in einem viel zu großen Mechanikeranzug. Mrs. Ferris liebte kleine Jungen. Sie hatte auch Andrew geliebt, obschon sie sich manchmal gesorgt hatte, weil er nicht ungestüm genug war.

Überall hingen Fotos von Andrew und auch Bilder von Wayne als Kind. Hinter einer Vase mit künstlichen Blumen, die regelmäßig abgestaubt wurden, stand das Hochzeitsbild von Wayne – Sharon in wallendem Kleid mit dickem Bauch und Mr. Ferris Senior im Anzug, nun für alle Zeiten von zwei großen, plustrigen Narzissen verdeckt.

»Nun ja. Endlich«, begann Mrs. Ferris. »Du kommst jetzt am besten gleich mit und siehst ihn dir an.«

Sharon wollte eigentlich nicht, aber so mutig konnte sie nicht sein. Sie folgte Mrs. Ferris nach oben ins Gästezimmer.

Es war ganz in Rosa gehalten, und in dem schmalen Bett lag Wayne.

Er schielte nicht mehr. Er schaute sich das Kinderprogramm an.

»Ich halte ihn sauber«, erklärte Mrs. Ferris, als böte sie Wayne zum Verkauf an. »Und ich füttere ihn regelmäßig. Du wirst sehen, daß es ihm an nichts fehlt.«

»Nein«, gab Sharon zu.

»Also, wann wirst du ihn nehmen, he? Es ist höchste Zeit. Ich weiß ja, daß du wegen Andy einen Schock hattest, aber nun mußt du dich allmählich zusammenreißen. Ich schaff' das alles nicht mehr in meinem Alter, und dazu noch dieser Schweinehund, sein Vater, der mich verlassen hat. Und ich sag' dir auch gleich, daß ich es satt habe, deine Hypothek von den Versicherungsprämien zu bezahlen. Da mußt du dich jetzt selber drum kümmern, Sharon, und um die Rechnungen auch.«

Sharon schaute auf Wayne.

Plötzlich drang vom Bett ein kranker, nach Obst riechender Gestank.

»O Gott«, sagte Mrs. Ferris. »Mein Gott, womit hab' ich das nur verdient?«

Sharon verließ das Zimmer, ohne auf Mrs. Ferris zu achten, die hinter ihr herschimpfte, während sie Wayne versorgte.

Unten im Wohnzimmer vermied sie es, auf die Bilder von Andrew zu schauen; ihre eigenen zu Hause hatte sie schon lange in den Schränken vergraben.

Als Mrs. Ferris wieder herunterkam, war sie blaß, wütend, hatte den Stachel erhoben wie ein wütendes Insekt.

»Ich will es jetzt nicht mehr«, erklärte sie. »So ein großes, gesundes Mädchen wie du – du mußt dich jetzt um ihn kümmern.«

»Er hat mich nicht geliebt«, sagte Sharon. Sie war nicht sicher, warum sie etwas gesagt hatte, das so offensichtlich und unbedeutend war. Wayne hatte auch seine Mutter nicht geliebt.

»Hat dich nicht geliebt? Dann hättest du ihn eben in Ruhe lassen sollen, du kleines Flittchen. Hast dich in die Familie reingedrängt und ihn zur Heirat gezwungen. Ich sag' ja nicht, daß Andy nicht reizend war. Aber du konntest ja nicht mal *ihn* halten, oder?«

In Mrs. Ferris' Welt waren kleine Jungen in Ordnung. Sie brauchten die Mutter. Aber Andrew war entkommen.

Sharon zog einen Riegel Mars aus der Tasche. Sie bot ihn Mrs. Ferris an.

»Meine Güte, guck dich doch bloß mal an. Bist ja richtig schokoladensüchtig. Du bist einfach verrückt.«

Sie begab sich zu einem Spiegel und fing an, sich das Gesicht zu pudern, schaffte es aber nicht, den Puder gleichmäßig zu verteilen. Dann fuhr sie sich mit einer Bürste durchs Haar.

»Ich jedenfalls geh' jetzt, Madam. Ich muß einkaufen. Du kannst ja hierbleiben und deinen Mann versorgen. Und wenn ich zurückkomme, machen wir reinen Tisch. Wenn du ihn nimmst. Hab' ich mich klar genug ausgedrückt?«

Sie sah äußerst häßlich aus, als könne sie mit Puder und Bürste nicht umgehen.

»Ja, Mum«, erwiderte Sharon.

»Und nenn mich nicht Mum. Dazu hast du kein Recht mehr. Hast schließlich selber eine Mutter, auch wenn sie eine Idiotin ist und zu nichts nutze.«

Vage dachte Sharon an ihre Mutter. Sie hatte Sharons Schwangerschaft nicht gutgeheißen. Bei der Hochzeit hatte sie dabeigesessen, als litte sie Schmerzen, und kurz nach Andrews Geburt war sie nach Yorkshire gezogen.

Vergangene Weihnachten hatte Sharon noch mit ihrer Mutter

telefoniert, und auch Andrew hatte ein paar Worte zu ihr gesagt. Sharons Mutter konnte Kinder jedoch nicht ausstehen.

»Entschuldigung.« Sharon steckte das Mars wieder in die Tasche zurück und wünschte, sie hätte eines von Andrews Stofftieren mitgebracht, doch das hätte die Ärztin bemerkt.

Endlich zog Mrs. Ferris ihren Mantel an, nahm ihre Einkaufstasche und verließ türenschlagend das Haus.

Sharon stand allein im dottergelben Licht.

Andrew war tot.

Es war, als sei ihr dies eben erst bewußt geworden.

Sie brach nicht in Tränen aus, nach den ersten zwei Monaten hatte sie keine Tränen mehr gehabt. Sie hatte nur das Gefühl, die Welt sei weit entfernt, ganz weit weg. Sie begab sich in Mrs. Ferris' Küche und fand im Kühlschrank eine Packung Törtchen zum Aufbacken. Sharon nahm nur eins.

Dann stieg sie wieder die Treppe hinauf zu ihrem Mann.

Während der letzten zwanzig Minuten hatte er sich nicht gerührt. Und doch, wie verwandelt war er – früher hatte er nach den Parfüms anderer Frauen gerochen, und nun stank er nach Fäkalien und einem Desinfektionsmittel, das man in offene Gräber sprüht.

Sharon beobachtete ihn aufmerksam, als könne er sich unversehens erheben und ihr vorhalten, wie dick sie war, wie schlecht sie den Haushalt führte, und daß sie seinen Sohn verloren hatte. Aber Wayne glotzte lediglich auf den Bildschirm.

Da ging Sharon zum Fernseher und drückte den Knopf eines freien Kanals, und das Bild verschwand, und statt dessen erschien eine Welt im Schneegestöber, weiß und blau.

Dann ging sie wieder nach unten und verließ das Haus durch die Vordertür.

Während des ganzen Abends, während Sharon packte, schrillte unablässig das Telefon.

Sie ging nicht dran, doch schließlich nahm sie den Hörer ab und ließ ihn pendelnd hängen. Das Telefon summte wie eine wütende Mücke. Dann war es still. War es denn immer so einfach?

Sie hatte nicht viel in die große blaue Tasche zu packen.

Die meisten Kleider paßten ihr nicht mehr. Sie nahm ein paar weite T-Shirts und Pullover mit und einen Rock, der aus der Zeit vor Andrews Geburt stammte und der aus irgendeinem Grunde übersehen worden war, als Wayne ihre alten Kleider aussortiert hatte und ihr befahl, sie zur Heilsarmee zu schaffen.

Sie hatte auch schon zwei kleinere BHs gekauft, dazu Baumwollunterhosen und ein paar Strumpfhosen.

Es gab fast nichts im Haus, was sie mitnehmen wollte außer Andrews CDs, die er sich von Waynes Geld hatte kaufen dürfen. Sie hatte die CDs nie angehört – Rachmaninow, Strawinsky – schon die Namen versetzten sie in ehrfürchtiges Staunen. Nun aber würde sie zuhören. Und sie nahm alle Stofftiere mit: Die vier Bären, den Panda, den Drachen, die Schlange, die Maus und das Huhn. Behutsam setzte sie die Tiere auf ihre Kleider, damit sie es bequem hatten.

Sie nahm auch Schokolade mit.

Sie packte die Kulturtasche, die sie immer im Urlaub gebraucht hatte. Da fiel ihr ein, daß sie baden und sich die Haare waschen müßte, doch noch war es nicht soweit.

Sie ging zu Bett und schlief nach der ersten Dosis Ovomaltine ein.

Am Morgen lag Post auf der Fußmatte. Gewöhnlich pflegte sie sich nicht um die Post zu kümmern, besonders nicht um die braunen, amtlich aussehenden Umschläge. So einer war auch darunter.

Doch es waren auch einige Werbegeschenke durch den Briefschlitz geworfen worden: Eine neue Schokoladensorte, eine Probe Kräutershampoo und ein kleiner Umschlag mit einem Parfüm.

Die Schokolade essend ging Sharon ins Bad, nahm eine Dusche und wusch sich das Haar mit dem Shampoo. Dann betupfte sie sich mit dem Parfüm.

Im Schlafzimmer saß sie in sackartigen Jeans und einem zu weiten Pullover vor dem Spiegel und schminkte sich, wie früher.

Nun besaß sie wieder Augen und einen Mund.

Wer war sie?

Sie war Sharon Timberlake.

Sharon Timberlake kannte die englische Küste. Wayne hatte nie dorthin fahren wollen. Er liebte Spanien, die heißen Strände, an denen sie es nie gewagt hatte, ihren fetten Leib zu zeigen. Doch tief in ihr lebte noch die Erinnerung an kleine Städte an der Küste und an reifende Felder (zu Lebzeiten ihres Vaters war die Familie immer spät im Jahr in Urlaub gefahren, es lag an seinem Job). Die Städtchen hatten ulkige, verschrobene Namen gehabt, und in der Erinnerung suchte sie und wählte einen dieser Namen als Ziel.

Es würde sich natürlich inzwischen verändert haben. Aber das machte nichts.

Sharon schritt über einen amtlich aussehenden Brief hinweg – irgendeine Forderung für irgend etwas – und verließ das Haus.

Sie vergaß, die Tür abzuschließen.

Auf der Fußmatte lag der Brief. Er lag dort lange Zeit.

Er stammte von einer illustren Firma und trug als Aufschrift einen beeindruckend klingenden Titel. Irgend jemand hatte erfahren, daß Sharon ihren Sohn verloren hatte. Irgend jemand drückte ihr sein Beileid aus. Er könne jedoch nichts tun, und doch werde er, wenn sie es wolle, eine bestimmte Summe zur Verfügung stellen. Wenn es eine Hilfe bedeute. Sie müsse sich nicht bedrängt fühlen. Er habe großes Mitgefühl.

Weitere Briefe dieser Art waren verschickt worden . . .an diesen oder jenen Ort.

Die geheimnisvolle Firma. Der Mann mit dem imposanten Titel.

Briefe nach Wales, nach London – Cimmie und Wellington hatten gestrahlt, hatten vielleicht an das *echte* schwarze Kind gedacht, das sie mit dem Geld aus Afrika holen konnten . . . Und Briefe an andere, weit entfernte Orte. Auf eine abgelegene griechische Insel. Nach Toronto in Kanada. Göteborg in Schweden. *Nicht* nach Paris.

Doch hier lag der Brief auf der Fußmatte, und als die Tür aufschwang, blies der Winterregen darüber hin und löste ihn auf.

Während der Zug durch die feuchte Landschaft ratterte, dachte Sharon mit Staunen an ihr Geld.

Sie war zur Bausparkasse gefahren und hatte etwas Geld abgehoben. Ihr Vater hatte das Konto angelegt, als sie noch ein Kind war. Nun stellte sie fest, daß es sich mit Zinsen auf fast fünftausend Pfund belief. Und sie konnte zweihundertfünfzig auf einmal abheben. Es war ihr Geld. Es gehörte Sharon Timberlake.

Als die Dämmerung wie Regen niederfiel, stieg Sharon aus dem mechanischen Wurm aus und spazierte in eine Stadt, an die sie sich noch gut erinnerte und die sich seltsamerweise gar nicht so sehr verändert hatte.

Man hatte eine Promenade angelegt, nun gut, aber es gab immer noch viele kleine Wege, über die man zum Strand gelangen konnte. Dort war das Meer – grollend wie ein heller Tiger unter dem aufgehenden Wintermond.

Sharon fand ein Hotel garni, wo man ihr morgens Ei mit Schinken, Tomaten und Pilzen, Marmelade und Toast servieren würde. In dem sauberen, nicht rosa getünchten Zimmer fanden sich neben einem Wasserkessel Tee- und Kaffeebeutel, Zucker und Kakao und kleine Sahnedöschen. Und in der ganzen Stadt konnte man leckere Fish & Chips bekommen.

Abends ging sie ohne Furcht aus, ohne auf die einladend wirkende Pizzeria zu achten, in der sie sich später nach Herzenslust satt essen würde.

Sie nahm Andrews kleinsten Bären mit, damit er einen Blick aufs Meer werfen konnte.

Als sie dort auf dem silbernen Sand stand, erblickte sie die nach Fisch riechenden Wasser der Erde, die spielerisch näherwogten, sich ihr zu Füßen legten und wieder davonjagten.

Sanft rieselten einzelne Schneeflocken. Wie in dem Fernseher. Es fühlte sich an wie ein Kuß.

Sharon Timberlake blickte in die Welt hinaus und war eins mit ihr.

Und als sie sich wieder den grellen Lichtern der Stadt zuwandte, um eine riesige Pizza mit Käse und Schinken und Wurst und Peperoni und danach Kuchen und Eis zu verputzen, da fand Sharon eine Muschel zu ihren Füßen, eine Schnecke, so golden wie der Mond.

Sie hob die Muschel auf.

Sie hielt sie dem Bären ans Ohr. Er lauschte.

Dann an ihr eigenes Ohr.

Sie vernahm den ungebrochenen Rhythmus des Lebens, eine schwermütige Furchtlosigkeit, die in weiter Ferne toste und ihr doch näher war als das eigene Herz.

Kapitel dreißig

Mit einem viel lauteren Tosen war die andere Muschel herabgesaust.

Es war keine Muschel.

Es war eine Bombe.

Manche fielen lautlos in der rotschwarzen Nacht jenes Luftangriffs im Jahre 1940. Doch diese hier heulte.

Sie fiel durch die Schichten des zerstörten Straßenpflasters, dann tiefer durch Lagen aus Beton, Schutt, Rohren und Ziegelsteinen, bis sie in einem Hohlraum landete.

Eine andere Bombe, die dicht daneben niederfiel und explodierte, verwischte ihre Spuren.

Im Labyrinth der Grube summte die Bombe.

Wenn sie nicht mehr summte, würde sie detonieren. Doch dann wurde die Explosion durch irgend etwas – einen Zündungsfehler vielleicht oder den Willen des Schicksals – verhindert. Unversehens hörte das Summen auf.

Wie eine gewaltige metallene Biene lag sie da, ungefähr acht Fuß lang und drei Fuß im Durchmesser. Sie ruhte.

Über ihr wurde die Stadt wieder aufgebaut.

Als Lix Camillo wiedersah, spielte er vor dem pakistanischen Verbrauchermarkt mit Janices Spülbürsten-Hund.

Der Besitzer des Ladens hatte ihnen ein paar Pfefferminzkuchen herausgebracht, deren Verfalldatum abgelaufen war, und Janice und der Hund hatten sich daran gütlich getan.

»Ich hab' dich so vermißt«, sagte Camillo zu Lix.

Janice watschelte zu Lix und reichte ihr einen Kuchen.

Lix nahm ihn und kaute, sehr langsam, sehr vorsichtig.

»Sie kann sich nicht an unsere Liebesnacht erinnern«, bemerkte Camillo.

»Ach, hattet ihr eine?« fragte Janice. Unversehens begann sie, mit knarrender Stimme aus Novellos *Glamorous Night* vorzutragen, und traf einen sehr hohen Ton überraschend gut. »Hab' immer in der Kantine gesungen«, erklärte sie. Was immer das bedeuten mochte.

»Die Sonne wird in einer halben Stunde untergehen«, sagte Camillo.

Lix sagte nichts darauf. Natürlich hatte es keine Liebesnacht gegeben. Damals, vor Wochen, hatte Camillo sie am Flußufer bei dem spuckenden Feuer sitzenlassen und war mit Vinegar Tom und Two Hats auf den Fersen verschwunden.

Lix blickte die düstere Straße entlang. Sie war grau wie der Himmel, der schwer darüberhing. Nur der pakistanische Supermarkt war hell erleuchtet, das Licht spiegelte sich in Papiergirlanden und grünem Lametta, um die europäischen Kunden zu erfreuen.

Das war nun ihr Weihnachten: Sie sah mit ihren blauen Augen in die Fenster der Geschäfte und auf den Trafalgar Square, wo sich der große Baum erhob, als wolle er dem Mahlstrom unter sich einen Segen erteilen.

Weihnachten war gestrichen. Für immer.

Eine junge Inderin verließ den Laden. Sie trug einen roten Wollmantel über einem roten und purpurnen Sari. Sie trug zwei Plastiktüten, die zum Bersten gefüllt waren.

Während sie Camillo und die beiden Frauen nervös beäugte, hastete sie die Straße hinunter.

»Es is', wie sie einen angucken«, meinte Janice.

»Als ob man Dreck wär'«, pflichtete Camillo ihr bei. »Sind wir ja auch.«

Er sah dem schlanken Mädchen nach, wie es die Straße überquerte und um die Ecke hinter den grauen Häusern bog, wo Vinegar Tom und Two Hats mit einer Inspektion der Mülltonnen beschäftigt waren.

Sie vernahmen einen gedämpften Laut.

»Da«, sagte Janice. Ihr Hund bellte.

Früher hatte ich Leute wie mich so satt, dachte Lix. *Ich gab Leuten wie mir Geld und versuchte, nicht hinzuschauen.*

Das indische Mädchen war von der Straßenecke zurückgewichen.

Hinter ihr stolzierte Two Hats und wedelte mit einem Mistelzweig, den er irgendwo gemopst hatte.

»Muß 'n Kuß!« heulte er. Völlig high von dem Melissengeist, den Vinegar Tom mit ihm geteilt hatte.

Das indische Mädchen war in die Enge getrieben, seine großen Augen wurden vor Angst noch größer.

Lix verspürte kein Mitleid mit ihr, nur Gewissensbisse, so als habe sie vergessen, das Gas abzudrehen und müsse nun zurück, um nachzusehen. Sie rührte sich nicht vom Fleck.

»Verdammte Dreckschweine!« schrie Vinegar Tom, der nun auf die Straße stürmte. »Haben alle Tonnen geleert, diese Idioten. Nich' mal das darf man noch haben.«

Das indische Mädchen ließ seine Einkaufstüten fallen, beide Tüten, sie fielen mitten auf die Straße. »Nehmt es! Nehmt es!« schrie sie mit schriller Stimme. Und rannte an ihnen vorbei und davon, ihr langer Zopf peitschte ihren Rücken, peitschte sie vorwärts.

Verblüfft starrte Two Hats auf die Tüten.

Ein paar Eier waren herausgerollt und zerbrochen, bildeten einen lebhaften Farbklecks auf dem Pflaster. Auch am Himmel zerbrach ein Ei, und der dottergelbe Schein der untergehenden Sonne brach plötzlich durch die Wolken.

»Mal gucken, ob ihr Portemonnaie da drin is'«, meinte Vinegar Tom und beugte sich über die Tüten.

Doch sein Geld hatte das herzlose indische Mädchen behalten.

Es hatte ihnen nur Pakete mit Linsen, zerbrochene Eier, Gewürze und Vollkornbrot hinterlassen, dazu fünf Peperoni und einen Blumenkohl.

Der Besitzer des Ladens war auf die Straße getreten. Mit traurigem Blick starrte er sie an.

»Ich geb' euch was zu essen, und ihr, seht nur mal, wie ihr mir das dankt. Vertreibt mir meine Kunden.«

»Tut uns leid, Schätzchen«, sagte Janice. »Meine Freunde ham's nich' so gemeint.«

»Ist hart, ein Fremder zu sein, was?« meinte Camillo. Der Pakistani zwinkerte. »Ein Ausgestoßener. Ein Paria.«

»Ich bin hier geboren«, erwiderte der Mann ärgerlich. »1943. In Wandsworth.«

Camillo stieß sein schrilles, wieherndes Lachen aus, und der Pakistani ging wieder in seinen Laden zurück und schlug die Tür hinter sich zu.

»Du mußt ihn nicht beleidigen«, sagte Janice. »Er hat meinem Hund schon mal 'ne ganze Packung Schinken gegeben.«

»Hunde und Schinken sind ihm widerlich«, gab Camillo zurück.

»Nein, das stimmt nich'. Er is' echt ein netter Kerl.«

Two Hats stand mitten auf der Straße und aß ein Vollkornbrot ohne Butter.

»Ihr habt mir nicht geglaubt, was«, meinte er. »Das mit der Bombe.«

»Jemand hätte eigentlich die Eier da essen können«, bemerkte Janice.

»Wie 'n Ei«, fuhr Two Hats fort. »Hab' sie runterkommen sehn. Ich weiß, wo sie is'.« Er hickste, drehte sich um und kotzte das Brot und den Alkohol in einem einzigen Schwall aus. Als er sich aufrichtete, schien er wieder ganz in Ordnung. Er wischte sich die Lippen am Ärmelaufschlag ab und fragte: »Du willst sie sehn, was, Camillo?«

»Die Bombe, die irgendwann hochgehen soll. Könnt' schon sein. Interessiert mich.«

»Laßt uns doch erst zur Küche gehn«, meinte Vinegar Tom. »Heut' ist Heinz-Nacht.«

Ein Feinschmecker-Abend, dachte Lix. *Zuerst zur Suppenküche an der Brücke und später ein Spaziergang am Strand, um eine Mine zu besichtigen.*

Sie dachte: *Ich denke ja schon so, wie er spricht. Wie Camillo.*

In der Suppenküche trafen sie andere: Ashy und Pug und den schwarzen Arthur, die blasse junge Kirstie, die immer hinterherzockelte, und noch zwei, drei andere.

Nachdem sie sich mit der mehligen, verwässerten Fleischbrühe die Bäuche vollgeschlagen hatten, wanderten sie hinunter zu der pulsierenden Ader des Flusses, der sie stets in seinen Bann schlug.

Two Hats ging voraus, und er und Vinegar Tom tanzten auf dem Sand wie die Eule und das Kätzchen. (Sie hatten eine Flasche sauren Wein aufgetrieben.)

Die Nacht war kalt, furchtbar kalt, und bald begann Janice, und nach ihr Kirstie, zu jammern, sie sollten doch ein Feuer anzünden. Aber keiner wollte Halt machen. »Im Krieg gab's 'ne Menge Feuer«, sagte Pug.

»Ich bin auch nich' erst gestern gebor'n«, schnappte Janice.

Der Fluß wand sich dahin, die Flut ging zurück, das Wasser erschien wie schwarzes Glas. Kein Mondlicht, nur die orangefarbenen Laternen der anderen Welt am Flußufer leuchteten über ihnen.

Sie gelangten an ein besonders ödes Uferstück, an dem der Strand ungeheuer breit und lang zu sein schien. Hinter ihnen hing eine Brücke in der Luft in einer Art Nebel, der vom Boden emporstieg. Die Brücke schien meilenweit entfernt. Vor ihnen die Dunkelheit – geisterhaft weiß blitzten die Spitzen der Gebäude, von denen ihnen keines real oder vertraut vorkam.

Unter den Brückenbögen lagerten riesige Stapel Holz und Müll. Ein Wrack, vielleicht ein altes Boot, und sogar Teile eines Autos, offenbar von der Brücke heruntergeworfen.

Sie bahnten sich ihren Weg, nur Janice und Kirstie und der Hund setzten sich am Eingang nieder und wollten nicht weitergehen. Kirstie sagte, die Umgebung erinnere sie an schlechte Träume.

Mit rücksichtsloser Gewalt warf Two Hats Eisendeckel und längst verfaulte Holzbretter aus dem Weg.

Dann waren sie in einer Art Höhle, unter den Schienen der Stadt, denn über sich hörten und spürten sie die Erschütterungen.

Es war ein schwarzer Tunnel, in dem es stank wie in einem kalten Dschungel. Auf dem Boden lagen Knochen, Rattenkadaver, Hunde und zweifellos auch menschliche Überreste.

»Ich kam einmal her, um hier zu schlafen«, erklärte Two Hats. »Hab' kein Auge zugekriegt.«

Camillo sagte: »Und dann hast du die Bombe gefunden, an die du dich von früher noch erinnert hast, wie sie genau hier runtergefallen ist.«

»Kann sein«, meinte Two Hats geheimnisvoll.

Ihre Stimmen wurden von einem Echo aufgefangen, auf die Wände gesprüht, als würden sie registriert, wie Kunden überprüft in einem Laden, wo man die Ein- und Ausgehenden überwacht.

Auch alte Kisten lagen in dem Tunnel. Es war der Eingang zu einer Grabstätte.

Nachdem sie eine zerstörte, einstmals mit Holzplanken gestützte Wand passiert hatten, erreichten sie einen hochgewölbten, riesigen, gemauerten Tunnel, dessen Decke sich in der Dunkelheit verlor.

Auf dem Boden waren in exakten Abständen Metallrohre verlegt, die beim Darauftreten einen hohlen Ton von sich gaben. Manche waren sehr lang, und andere maßen zwölf Zoll im Umfang. Sie waren aus Gußeisen, an den Nahtstellen porös und rauh wie verrunzelte Ellbogen, doch dies fühlten sie mehr, als daß sie es sahen. Um die Rohre wanden sich Stränge aus Kabeln der British Telekom, bleierne Würmer.

Nun stank es nach verfaultem Schlamm, oder es mochte auch der vergiftete Fluß sein. Dann gab es keinen Boden mehr. Sie machten sich an den Abstieg.

Vor ihnen ragte etwas in die Höhe, und fieberhaft versuchten sie, ihre Streichhölzer zu entzünden.

»Ich hab' 'ne Kerze«, sagte Pug.

Der Schwarze Arthur kicherte. »Wissen wir doch, wo die war.«

Doch sie zündeten die Kerze an. Und sahen im spärlichen Licht Two Hats metallenes Ei, von grünem Moos überwuchert, mit schwarzen Flecken übersät und vom Licht überrieselt, so daß es aussah wie Tränen.

»Is' das 'ne Bombe?«

»Das is' 'ne Bombe.«

Wie Pilger standen sie vor dem Altar. Schweigend.

Dann sprühte Vinegar Tom ein wenig von dem Wein auf die gerundete Fläche. Nun war sie naß und glänzte.

»Hab's euch ja gesagt«, meinte Two Hats. Er schwieg und sagte dann: »Sie hat gesungen, als sie runterkam.«

»Was hat sie gesungen? ›*Knees up Muvver Brown*‹?«

»Wie das Meer«, erwiderte Two Hats. Im Kerzenschein sah er wie ein Priester aus. Er hatte sie hierhergeführt, zu seinem geheimen Heiligtum.

»Tja, Camillo«, meinte Pug. »Warum is' sie denn nich' hochgegangen?«

»Sie is' gestorben«, antwortete Camillo. Er lächelte. »Oder sie schläft.«

Plötzlich schoß er vor und versetzte der Mine mit einem Eisenstück, das er irgendwo aufgehoben hatte, einen harten Schlag.

»Paß auf!« schrie Arthur.

»Wie lang liegt sie denn schon hier?« wollte Camillo wissen.

»Seit 1940«, sagte Two Hats mit ehrfurchtsvoller Miene. Seine Augen leuchteten. Er trank von Vinegar Toms Wein.

»Älter als der Paki-Typ«, meinte Vinegar Tom.

Wieder schlug Camillo auf die Bombenhülle. Dann beugte er sich vor und hielt sein Gesicht an die Rundung, als wolle er sie liebkosen. »Nichts zu hören. Sie ist ruhig. Kümmert sich nicht um uns.«

Lix kletterte über die Rohre und legte die Hände auf die eiskalte Schale der Bombe. Sie wußte nicht, warum sie das tat. Sie hatte keine Angst. Es war so lange her, seit sie sich Sorgen gemacht hatte. Sie kämpfte darum, den Drang zum Überleben wiederzufinden, denn sie hatte keine Angst vor dem Tod. Sie hatte den Tod mit eigenen Augen gesehen. Nachdem einem dies widerfahren war, konnte nichts mehr wirklich wichtig sein.

»Nun komm schon«, sagte Camillo. Er versetzte dem Todesei einen Tritt.

Lix stieß einen Schrei aus. Auch sie bearbeitete das Ei nun

mit den Fäusten, holte sich Schrammen und blaue Flecken. Sie stieß es mit dem Knie. Tat sich selbst weh – und was war mit der Bombe?

Dann stolperten die anderen näher.

Sie reichten sich gegenseitig die beiden Flaschen und stießen und schlugen das kalte Metall. Ab und zu legten sie ein Ohr auf die Bombe. Sie war so still, wie sie es zuvor gewesen waren.

Camillo zerrte Lix von der Bombe weg.

»Das reicht.«

»Warum?« fragte sie.

»Ich habe dich noch nie glücklich gesehen.«

»Ich bin nicht glücklich. Was ist Glück?«

»Komm schon. Ich will dich wieder traurig machen. Dann erinnerst du mich an meine Mutter.«

In wilder Raserei schlugen die heruntergekommenen Männer auf die tote Bombe ein. Pug stieß Lix beiseite, und sie wäre beinahe hingefallen. Mit eiserner Kraft ergriff Camillo ihren Arm und zerrte sie davon.

Er zog sie zurück, durch den Tunnel.

Plötzlich fühlte sie sich den Tränen nahe. Sie wollte nicht mitgehen. Aber sie konnte nicht widerstehen, keinen Protest erheben. Nun ging sie an seiner Seite.

Als sie über den Schutt am Eingang des Tunnels geklettert waren, sahen sie Janice und Kirstie schreckerfüllt am Ufer des Flusses stehen.

Aus den Eingeweiden des Beton drangen wilde Laute, und das Gebrüll verstärkte sich, als die Schläge und Tritte zu einem Crescendo anschwollen.

»Hier entlang«, befahl Camillo. Er beugte sich hinunter und hob den zitternden Spülbürsten-Hund auf, der ihm unsicher das Gesicht leckte.

Dann rannten sie alle vier den Strand entlang. Janice humpelte, so gut sie es vermochte.

»Warum rennen wir denn?« keuchte Kirstie.

»Weil's dir guttut«, gab Camillo zurück.

»Ich hab' Seitenstiche.«

Sie rannten.

Die geisterhafte Brücke rückte näher, wie ein riesiger funkelnder Vogel mit ausgebreiteten Flügeln.

Sie erreichten den Schatten der Brücke, und der Verkehrslärm wehte zu ihnen herab.

Sie hielten an.

»Wird sie hochgeh'n?« wollte Kirstie wissen.

»Was?«

»Diese Bombe.«

»Da ist überhaupt nichts«, erwiderte Camillo.

Janice setzte sich am Ufer nieder. Nun war ihr warm geworden, sie trocknete sich das Gesicht ab. Der Hund, den Camillo wieder abgesetzt hatte, sprang um sie herum.

Kirstie fing an zu weinen.

Camillo zog Lix an sich.

»Warum riechst du nicht schlecht?« fragte er. »Du bist viel zu sauber.«

»Ich wasche mich. In den öffentlichen Toiletten.«

»Hör auf damit. Ich will, daß du schlecht riechst. Das ist der richtige Geruch.«

Lix sagte nichts. Camillo küßte ihr nichtvorhandenes Haar.

»Meine Mutter hatte blaue Augen.«

»Fick doch deine Mutter.«

»Oh, das hätte ich tun können. Aber sie ist gestorben.«

»Ja, sie sterben einem weg, nicht wahr?«

Der Fluß flüsterte dem Ufer zu, daß er zurückkommen würde. Hoch oben auf der Brücke schrie ein Mädchen, aber sie war betrunken, nicht ängstlich.

»Wer ist gestorben?« fragte Camillo.

»Verpiß dich.«

»Sag's mir.«

»Jeder.«

»Nein. Wir sind doch hier.«

»Was bedeutest du denn schon?« sagte sie.

»Armer alter Mann«, meinte Camillo. »Keiner will ihn haben.«

Lix stieß ihn zurück.

Sie drehte sich um und sah hinten am Strand die fröhlichen

Raufkumpane wie schwarze Ameisen aus dem Loch unter der Stadt steigen; sie beeilten sich.

Sie sprangen förmlich aus dem Loch. Ruderten mit den Armen, und man hörte ihre Schreie.

»Ach Gottchen«, machte Camillo.

Lix begann sie zu zählen. Zuerst kamen der Schwarze Arthur und Pug, die kannte sie gut genug, um sie auch über die Entfernung hin zu erkennen. Dann kamen die drei, die sie nur vom Sehen kannte, die mit den Wollmützen. Und dann Vinegar Tom, der hinstürzte und aufs Gesicht fiel.

Dann veränderte sich das Bild: Es wurde scharlachrot, und ein weißer Kegel, umringt von mauve und grün, explodierte wie ein Schneeball.

Lix spürte einen Stoß vor die Brust. Sie fand sich flach auf dem Rücken liegend wieder, Camillo lag mit gespreizten Armen und Beinen über ihr, und in diesem Moment fielen ihr Filme ein, über die sie immer gelacht hatte, Filme, in denen irgendein muskulöser Held sich über die Heldin warf, um sie zu retten. Irgend etwas pfiff an ihr vorbei und schoß in den Fluß. Und dann warf das Wasser Blasen wie Öl in einer Pfanne.

Der Krach schien erst Stunden später zu kommen, ein langes ersticktes Knurren.

Lix' Ohren begannen zu klingeln.

Sie wandte den Kopf, und ein Bienenschwarm von *Teilchen* flog über ihr Gesicht hinweg, knapp an ihr vorbei. Sogar ein Stück Holz schlug mit einem lauten Platsch im Wasser auf.

Danach Totenstille.

Lix setzte sich auf, schob Camillo von sich. Er lachte.

Sie sah Janice auf ihrem Hund liegen, eine leidenschaftliche Nachahmung der Position des Helden. Der Hund, der auch unverletzt war, heulte. Kirstie, ebenfalls nicht verletzt, schrie mit schriller Stimme.

Als ihre Ohren wieder Geräusche wahrnahmen, erfaßte sie auch die anderen Dinge, die sichtbaren.

Alle Männer lagen nun am Strand, außer dem Schwarzen Arthur und Pug, die dort tanzten, allerdings nicht wie die Eule oder wie ein Kätzchen: Ihre Kleider waren zerfetzt, ihre Hosen verschwunden. Die Explosion hatte ihnen die Kleidungsstücke vom Unterleib gerissen, und Arthur bedeckte sich mit einer Hand, während er panische Schreie ausstieß.

Das rote Licht erlosch, ein anderes Licht war nicht zu sehen. Die Gebäude, die sie flußabwärts gesehen hatten, waren verschwunden. Die Brücke war nur noch ein nachtschwarzer Umriß, von den Flammen erhellt. Keine Laterne brannte mehr. Kein Schrei von oben zu hören.

Einen Augenblick lang wollte Lix zurückrennen, zurück zu den Männern, die am Strand lagen, zu den beiden Tanzenden, Arthur und Pug. Doch dann verließ sie der Mut.

»Ich möchte, daß du mich heiratest«, sagte Camillo.

Janice sagte: »Ich dachte schon, es wär' das Ende der Welt.«

Oben auf der Brücke war der Mann mit dem Plakat, auf dem stand, daß das ENDE NAHE, von den Füßen gerissen worden. Er lag in voller Länge äußerst ungemütlich auf seinem Brett, und über ihm gingen Feuerwolken nieder.

Es war ihm nie in den Sinn gekommen, daß das Ende der Welt im Feuer sich bloß darauf beziehen könne, daß die Erde nach Jahrhunderten unausweichlich in die Sonne stürzen würde.

Von dem Krach war er taub geworden, und nun sah er, daß der Himmel rot war. Mit einer klammheimlichen Freude hielt er seine nie angezündete Zigarette in der Hand und steckte sie an den fallenden Scheiten an.

Im ›Bienenkorb‹ hatte Connor Lasagne und Pommes frites gegessen und Bier dazu getrunken, als er das entfernte Grollen vernahm und alle Lichter ausgingen. Eine Bombe?

In der klebrigen Dunkelheit hörte er eine verängstigte Frau sagen: »Ist ja wie in *Schock*.«

Doch in *Schock*, dachte Connor, wäre der Dialog besser gewesen.

Er streichelte Viv, und sie kuschelte sich an ihn. Er gab ihr ein paar Pommes frites zu fressen. Irgend jemand hatte Kerzen auf die Theke gestellt, und plötzlich befanden sie sich im viktorianischen London, aber mit Mädchen in Miniröcken und tätowierten Männern und dem Schlepper an der Tür der Männertoilette, der schon versucht hatte, Connor ein illegales Geschäft schmackhaft zu machen.

Die Kerzen erinnerten ihn jedoch auch an Miranda. Er sah sie vor sich – auf einem kerzenerleuchteten Boden in einem gewaltigen Raum, in einem hohen Turm über der See. Aber morgen würde er nach Norden weiterfahren.

In Wirklichkeit hielt sich Miranda auf dem Dach des Scarabae-Hauses auf, das sie mit den beiden schwarzweißen Katzen erklommen hatte.

Sie blickte auf das Häusermeer von London, das für gewöhnlich ein Panorama aus Lichtern bildete. Heute nacht war eine Lichterbahn nach einem Laut, der wie ein Hüsteln geklungen hatte, erloschen.

Miranda hatte gerade *Blood from the Tomb* angeschaut. Im spannendsten Augenblick, als das Blutsaugen begann, hatte dieser Laut aus der Außenwelt sie aufgestört.

Die Katzen hatten gespielt und sich gejagt, während sie sie die Treppe hinauf begleiteten, und nun saßen sie auf der Fensterbank des Speichers und starrten wie sie aus dem Fenster.

Doch den Katzen bedeutete die plötzliche Dunkelheit nichts, gar nichts.

Rachaela öffnete eben die dritte Flasche Wein und saß auf dem Boden vor dem Fernseher, als sie die Nachricht vernahm, daß verschiedene Viertel der Hauptstadt einen Stromausfall hatten. Man verdächtigte Terroristen, eine Bombe geworfen zu haben.

Ohne Umschweife mußte sie an Ruth denken, an ihre dämonische Tochter, die das Feuer beschwören konnte und gemordet hatte. Und dann dachte sie an Onkel Camillo.

Doch wie der Wind wirbelten die Gedanken davon, hier in

diesem Haus, das eine leere Höhle war. Sie wirbelten davon wie Althenes beharrliches Schweigen und wie Annas Verschwinden; wie alles.

Wein kann alles überwinden.

Sie trank. Wie immer standen noch einige Flaschen mehr im Kühlschrank.

Kapitel einunddreißig

Während er vor Sofies Hintertür wartete, hatte Bus Muße zu beobachten, wie drei Fahrzeuge die Gracht passierten. Sofie brauchte lange, um die Treppe herunterzukommen. Oder vielleicht kam auch Grete. Irgendwie aber wußte er, daß Sofie, und nicht Grete, die Tür öffnen würde.

Er hatte recht.

»Hi, Honey-Bun«, sagte Bus.

Sofie war verrückt, völlig bekloppt, das hatte er schon immer gewußt. Doch sie war immer untadelig gekleidet gewesen. Heute jedoch sah sie schlimm aus: Sie trug ein Paar alter Hosen mit Staubflecken und einen ärmlichen Pullover mit einem Loch in Höhe des Schlüsselbeins, das wie eine Verzierung aussah. Keinen Schmuck und kein Make-up. Hatte sie sich überhaupt die Haare gekämmt? Ihre blaugrünen Augen blickten verrückter, wirkten älter. Sie glotzte ihn an.

»Was willst du?«

»Dich sehen, Baby. Mein Mädchen sehen.«

»Jetzt nicht, Bus.«

»Aber Honey, du würdest mich doch nicht wegschicken. Ich mein', ich bin schon mal dagewesen, und da sagte mir Grete, daß du mich nicht sehen willst. Das war ganz schön bös, Sofie. So kann man 'nen Mann nicht behandeln.«

»Grete ist weg«, sagte Sofie unerwartet.

Wieder war Bus überrascht. »Was meinst du damit?«

»Ich habe sie weggeschickt. Nach Utrecht, zu ihrer Schwester.«

»Warum hast du 'n das getan, Honey?«

»Es tut mir leid, Bus«, sagte Sofie. »Du mußt jetzt gehen.«

Er richtete sich auf, dräute über ihr mit seinem großen, ungeschlachten Männerkörper. »Nix. Mach' ich nicht. Ich will mein Mädchen sehen.«

Da blickte Sofie furchtsam die Straße entlang.

An diesem eiskalten Tag wirkte das Wasser immer noch wie gefroren – was es einen Monat zuvor noch gewesen war und in Kürze wieder sein konnte. Die kahlen Bäume standen steif da, als fürchteten sie, sich zu bewegen. Ein Mann spazierte mit seinem Hund über die Brücke. »Dann komm' rein«, sagte sie, »aber schnell. Und nur für einen Augenblick.«

»So ist's recht, Honey«, erwiderte Bus und schlenderte in das eiskalte Haus.

Sie führte ihn in den oberen Salon.

»Warte bitte hier, Bus. Ich möchte nicht, daß du das Zimmer verläßt.«

»Was ist denn los, he? Was hast du vor?«

»Tu einfach, was ich dir sage, Bus, bitte. Ich hab' etwas für dich. Ich bringe es dir. Aber du mußt hier im Zimmer bleiben.«

Bus zuckte die Achseln. Er setzte sich auf das Ledersofa. Es brannte kein Feuer im Kamin, und das Haus schien wie immer kälter als die Straßen draußen.

Er hörte sie den Flur entlangtrippeln.

Welches Spiel spielte sie jetzt wieder?

Er blieb sitzen, nicht, weil er ihr gehorchen wollte, sondern weil er unfähig schien, sich zu rühren. Außerdem brauchte sie gar nicht lange.

»Schau her, Bus. Ich will dir dies hier geben. Und dieses Mal wirst du keinen Ärger bekommen.«

»Was ist es denn?«

Sie hielt ihm den Gegenstand unter die Nase.

Es war ein Ring, für einen kleinen, schlanken Finger gefertigt. In Gold gefaßt ein Schädel aus gelblich weißem Material, in den Augen Saphirsplitter und die Zähne mit Diamantensplittern besetzt.

»Das ist ja ein verrücktes Ding«, meinte Bus.

»Er ist sehr alt. Siebzehntes Jahrhundert. Aus Knochen gemacht.«

»Du meinst wohl Elfenbein?«

»Nein. Menschenknochen.«

»Ach, hör doch auf«, sagte Bus wegwerfend.

»Du wirst überhaupt keinen Ärger bekommen, Bus«, wiederholte Sofie. »Sie wußten nie, daß ich ihn habe.«

»Die Familie.«

»Die Familie. Er ist sehr wertvoll.«

»Wieviel?«

»Kann ich nicht sagen. Unbezahlbar vielleicht . . .«

»Tja, ich werd' das nachprüfen.«

»Tu das, Bus. Und geh jetzt.«

»Es tut mir ziemlich weh«, sagte Bus, »wie du mich einfach so abschiebst. Hast du vielleicht 'nen anderen da oben?«

Abrupt lachte Sofie auf. Nun sah sie aus wie eine verrückte Eule. »Nein, Bus.«

»Tja, ich schätze schon, ihr feinen Damen müßt eben eure Geheimnisse haben. Aber du weißt ja, daß der alte Bus drüber nachdenken wird. Und du weißt ja, daß ich rauskriege, was du im Schilde führst, klar?« Bus schwieg einen Augenblick. Dann fragte er: »Wo ist denn der Schwule?«

Sofie straffte sich. »Mein Sohn ist abgereist.«

»Ach ja? Und wann ist er weg?«

»Letzte Woche«, erwiderte sie.

Bus dachte, daß dies die Antwort sein müßte; der Homo war oben, und Sofie und der Homo hatten irgendwas laufen. Vielleicht hatte der Homo interessante Angewohnheiten, irgendwas, das noch besser war als Drogen oder es von hinten machen. Aber es war am besten, wenn er jetzt erst mal nichts sagte, sie in Sicherheit wiegte. Wenn sie sich aufregte, konnte sie eine Pest sein.

»Okay, Süße. Ich lass' dich jetzt allein. Aber ich komme wieder. Kann nicht so lange ohne mein Mädchen sein.«

Mit flüchtigen, mäusehaften Bewegungen entließ sie ihn wieder auf die Straßen von Amsterdam.

Nachdem sich die Tür hinter ihm geschlossen hatte, stand er da und schaute an ihrem rosafarbenen Haus empor. Doch es gab nichts zu sehen: Keine Lichter, nicht einmal zugezogene Vorhänge. Aus irgendeinem Grunde wurde sein Blick vom Speicher angezogen, doch auch dort war nichts zu sehen. Zumindest nichts, das er hätte erkennen können.

Die gelbe Straßenbahn, die Richtung Osten fuhr, bewegte ihre Fühler, nahm Bus auf und trug ihn durch den Nachmittag.

An der Zwartkerk stieg ein Mann ein und begab sich zu einem der rückwärtigen Sitze. Er war noch jung, drei- oder vierundzwanzig, und nur wenige Stoppeln durchbrachen seine milchweißen Wangen. Er trug eine braune Lederjacke und eine eckige Kappe.

Eine Minute später stemmte Bus sich hoch und begab sich auch in den rückwärtigen Teil der Straßenbahn, ließ sich dem Mann gegenüber nieder.

»Ich hab' mich schon gewundert, ob du immer noch die Tour machst, Sparky.«

»Ich mach' immer noch die Tour.«

Sparky war der Name, den die Amerikaner dem jungen Mann gegeben hatten, da sie unfähig waren, seinen richtigen Namen auszusprechen – oder den Namen, den er ihnen angegeben hatte.

Sparky roch nach der eisigen Straße und nach Gauloises.

Teilnahmslos saß er da und blickte stur geradeaus, während die Bahn ihre vorgezeichneten Wege fuhr. Alle drei oder vier Tage fuhr Sparky mit dieser Linie, stieg an der Zwartkerk ein und am Flohmarkt wieder aus. Die, die ihn suchten, wußten, wo er zu finden war.

»Ich hab' was«, sagte Bus. »Wüßt' gern, was du davon hältst.«

Sparky streckte die Hand aus. Er hatte sehr saubere und ziemlich lange Fingernägel. Er nahm den Ring mit dem Schädel entgegen. Betrachtete ihn ohne ein Wort.

»Na?«

»Wo hast du den her?«

»Wo auch das andere her war. Sie sagt, es gäb' diesmal keinen Ärger.«

»Sagt sie.«

»Also – gib mir was dafür, und du kriegst ihn. Frag mal rum. Ich weiß, daß ich dir trauen kann, Sparky.«

»Natürlich. Nimm das hier.«

Sparky steckte Bus einen braunen Umschlag zu, den er aus

der Innentasche seiner Jacke gezogen hatte. Sparky reiste immer mit einem guten Polster. Die Junkies waren klug genug, ihn nicht zu überfallen.

Behende zählte Bus das Geld im Umschlag; mehr als tausend Gulden.

»Also glaubst du, daß er echt was wert ist, he? Gibt also morgen noch mehr, hm?«

»Wenn er uns gefällt.«

»Du wirst mit der Bahn fahr'n.«

»Ich werde mit der Bahn fahren.«

Die Straßenbahn ratterte über ein Gewirr von Gleisen und fuhr zischend auf den Flohmarkt ein, wo Bücher verkauft wurden. Erbsengrüne Telefonzellen leuchteten aus dem düsteren Dämmerlicht des Abends. Bus war glänzender Laune.

Eine Menge Frauen und älterer Männer stieg in die Bahn. Sparky schlängelte sich zwischen ihnen hindurch und war verschwunden.

Bus schob den Umschlag mit dem Geld in seine eigene Lederjacke.

Bus ließ es sich gutgehen, bis er high war. Er saß eine Stunde lang herum und trank Grolsch und rauchte einen wirklich guten Stoff, er verwöhnte sich.

Es war nicht bloß der Ring. Je mehr er trank und rauchte, um so deutlicher konnte Bus erkennen, daß etwas Neues und Nützliches auf ihn wartete. Sofie hatte sich irgendwie fürchterlich in die Klemme gebracht. Um Himmels willen, vielleicht hatte sie sogar diesen Homo umgebracht und die Leiche im Keller. Sie würde Bus' Hilfe brauchen, und wenn er ihr geholfen hatte, würde sie dafür sorgen müssen, daß er den Mund hielt. Denn natürlich würde Bus Gewissensbisse haben. Das war schon einmal passiert.

Er hatte eine Glückssträhne.

Als er erst einmal genug Marihuana geraucht hatte, begab sich Bus zu einer Bar, wo es fette, brutzelnde Hamburger gab. Hier lernte er ein völlig ausgeflipptes, englisches Mädchen kennen; sie war ungefähr neunzehn, schlank und langbeinig, hatte schwarzgefärbte Haare und trug einen schwarzweiß gestreiften Zebrarock, den er sehr witzig fand.

Sie sprach zerstreut und doch konzentriert – erzählte ihm, daß sie in ihrem Zimmer, in dem Zimmer, wo sie zur Zeit wohnte, einen ganz tollen Stoff hätte, und Bus verstand soviel, daß es ein besseres Zeug sein müsse als das, was man sonst zu rauchen bekam.

Als sie die Bar verließen, war die Sonne eben untergegangen, und der Himmel hing in einem tiefdunklen Lavendelton über der Stadt. Die Häuser wurden dunkler, und die Grachten wirkten wie Silberfolie, mit roten und gelben Neonlichtern durchsetzt.

Das Mädchen führte Bus durch eine Reihe von Gäßchen, bis sie wieder zu der baumbestandenen Gracht gelangten, und sie erzählte währenddessen ein paar lustige Touristenwitze, die Bus zum Lachen brachten.

Dann machten sie Halt und zündeten sich einen Joint an.

Während sie noch mit dem Anzünden beschäftigt waren, bemerkte Bus einen der unzähligen Amsterdamer Radfahrer, der über das Kopfsteinpflaster auf sie zuradelte.

Der Mann sah einer Krähe ähnlich; sein graubrauner Mantel umflatterte ihn, während das Fahrrad gefährlich schwankte und zitterte. In dem Korb, der vorn befestigt war, erhob sich etwas Großes, Langes, wie ein großes Stück Fleisch.

Amüsiert sah Bus dem Radfahrer zu.

Mit halbgeschlossenen Augen sog das Mädchen an der Zauber-Zigarette.

Dann fuhr das Fahrrad im Bogen auf sie zu, und etwas geschah.

Bus erhaschte einen Blick auf ein langes, knochiges, hölzernes Gesicht, das von einem schwarzen Barett gekrönt wurde. Dann schien das Fahrrad das Gleichgewicht zu verlieren, und er glaubte schon, es werde in ihn hineinfahren. Er sah, wie der Radfahrer seinen stockähnlichen Arm ausstreckte, der ihm sehr lang vorkam – der Arm ruderte, und Bus erkannte plötzlich, daß er ihn an der Brust erwischen würde.

»Hey!« warnte er.

Roman, der Leierkastenspieler, der Malach, aber auch den Scarabae diente, ließ sich nicht beirren – seine Hand schnellte vor, und mit dem großen Messer schnitt er Bus die Kehle bis zum Rückgrat durch.

Bevor die Flüssigkeit sprudeln konnte, hatte er seinen Arm schon wieder zurückgezogen und war verschwunden.

Das Mädchen sprang zurück, um das Blut nicht abzubekommen.

Bus taumelte auf der Straße, starrte sie an, gurgelte.

Das Mädchen, das schon zuvor den Umschlag in seiner Jacke bemerkt hatte, flitzte auf ihn zu und riß den Umschlag heraus. Als sie zum zweiten Mal zurücksprang und wegrannte, beschrieb Bus einen langsamen Bogen und fiel mit einem gedämpften Platsch in die Gracht. Sogleich schloß sich das Wasser über ihm. Es blieb nur ein roter, öliger Kreis, der langsam schwarz wurde.

Kapitel zweiunddreißig

Der Sturm.

Unter einem Haufen lebenden Fells gleich einem Umhang lag der Mann und stellte seine Seele der schrecklichen Nacht entgegen.

Auch die Hunde winselten, knurrten, gruben sich tiefer ein.

Es gibt eine blendende Helligkeit, die auch Dunkelheit ist. Das erlebten sie nun. Der Schnee vermischte sich mit dem schwarzen Nichts. Kein Mond. Keine Sterne.

Zuweilen sprach er zu ihnen, mit zärtlicher Stimme, und sie antworteten ihm, wedelten mit den Schwänzen unter den Eisklumpen, die auf sie herabgeregnet waren.

Sie umringten ihn, ihre Pfoten unter seinem Gesicht, das eine Kapuze, eine Schutzbrille und eine Schneemaske trug. Eng drückten sie sich an ihn.

Seth kam mit dem Sturm. Ja, er *kam*, in jedem Sinne, eine Ankunft, ein Höhepunkt. Doch dies war in der heißen Wüste geschehen. Hier aber war die weiße Eiswüste. Und doch.

Die weiße Bosheit schlug und peitschte sie.

Sie bildeten einen Hügel, einen kleinen Berg. Und der Schnee, der auf sie geblasen wurde, formte einen Wall.

Die Hunde waren jetzt ruhig. Und er, Malach, grub sich in die lebendige Wärme ihrer verschlungenen Gliedmaßen. Auch er schwieg.

Ihr Haar hatte die Hügel bedeckt ...

Er war schon einige Zeit auf der Suche gewesen.

Dann hatte er gefunden.

Sie. Anna. Ruth. Keine der beiden. *Sie selbst. Sie.*

Danach die lange Reise, die Schiffe, die Flugzeuge, heiße

Länder, Räuber, Gewehre und eisgekühlte Limonade. Und dann der letzte Flug. Das Eis. Die Russen, die er im grünen Zwielicht dieser Eiswelt traf. *Dobroye utra* hatten sie höflich gesagt und ihn aus ihren blauschwarzen Uniformen angelacht.

Sie hatten die Hunde mitgebracht, er übernahm das Rudel und zähmte es. Der Leithund, ein Tier von hundertzehn Pfund, war fast schwarz. Er liebte diesen Hund, als hätte er wieder einen Bruder gefunden. Sie hatten im Schnee miteinander gerungen, und er hatte den Hund gebissen, durch sein dickes Fell aus Pelz und Öl. Danach war der Hund sein.

Sie fuhren in der Nacht, der schwarze Himmel leuchtete wie ein Teller mit Radium, sternenbesetzt. Das Sternbild des Schützen. Der Adler.

Sie näherten sich dem Ziel.

Doch dann – der Sturm.

Der *Sturm*.

Die Hunde heulten und rannten durcheinander. Er hielt sie in Schach. Es gab kein Zelt. Keinen Schutz außer der Thermokleidung, der Maske und der Schutzbrille. Die Hunde hatten nur ihr Fell.

Malach, dessen Haar weiß war wie das Weiß dieser Hügel. Die Hunde waren seine Krieger.

Die beiden Weibchen kamen in der Nacht zu ihm. Er hielt sie im Arm, die Gesichter an seines gepreßt. Süß war ihr nach Fleisch riechender, langsamer Atem.

Es war die Liebe, die ihn am Leben erhielt.

War es denn immer die Liebe gewesen?

Am Morgen ein smaragdgrüner Himmel, dazwischen weiße, fliegende Wolken, wie Baumwollflocken, die durch die Ewigkeit segelten.

Die Hunde heulten und bellten. Der andere Lärm war vorüber.

Die Hunde pißten in den Schnee. Es dampfte.

Er fütterte sie mit Preßfutter.

Der Schlitten war aus Holz mit Plastikkufen. Er grub ihn aus, mit der Hilfe der beiden Hündinnen und des Leittieres.

Er warf einen Blick auf den Sextanten.

Dann rief er die Hunde auf, die schon in ihren Positionen vor dem Schlitten lagen. Sie waren müde. Er legte sein ganzes Herz in seine Stimme, und nun antworteten sie mit einem Wedeln der weißen Schwänze.

Was immer ihm auch passieren sollte, sie würde er gut behandeln. Sie waren so wertvoll wie Gold an dem Ort, zu dem er sie lenkte.

Als der Schlitten ihn weiterbrachte, den gesichtslosen Mann, sah er die tellerförmige Gestalt der Erde im türkisblauen Himmel aufgehen.

Er selbst jedoch hatte die Gestalt des Menschen. Einzigartig und ewig. Straff und hager. Unter der Kapuze ein Strom weißen Haares. Seine Augen hinter der Schutzbrille versteckt. Und sein Herz, das er in seine Stimme gelegt hatte, war hinter den Schwertern vieler, vieler Jahre verborgen.

Kapitel dreiunddreißig

Der Abend kam über die leuchtende Stadt, und mit ihm bewegte sich die Prozession unter der sinkenden kupfernen Sonne.

Am Himmel erstrahlte ein Meer des Lichts, und die Spitzen der Häuser und der von Gold übergossenen Sonnenstrahlen-Obelisken warfen das Netz des Lichts zurück.

Über dem Fluß segelten träge Vögel mit honigfarbenen Schwingen.

Der Schatten der hereinbrechenden Nacht senkte sich langsam auf die Straßen.

Jedes Sistrum, das aus dem Schatten ragte, funkelte und glänzte, und die Spitze des großen weißen Fächers, der vor dem Bildnis Sachmets der Löwin hergetragen wurde, leuchtete wie Feuer. Auch die Göttin war wunderbar erleuchtet; sie stand auf ihrem Schlitten in einem offenen Haus aus Grün und Rot und Gold. Sie war aus einem Stein mit rosafarbenem Glanz gefertigt, mit goldenem Antlitz, einer Goldkette auf den nackten Brüsten und einer goldenen Schürze über dem gefältelten Rock aus gelbem Leinen.

Hinter der Göttin Sachmet wurde in einer vergoldeten Sänfte Sachmet, die Frau, getragen.

Wie die Göttin war auch sie in gelbes Leinen gekleidet, die bloßen Brüste rund und jung. Sie war von der Farbe feinsten hellen Akazienholzes. Das Gesicht wurde von einer Maske der Göttin, einer goldenen Maske, verborgen; die Perücke, die ihre Schultern berührte, war steif und schwer von Henna, der Farbe der Sachmet, und mit eingeflochtenen Goldknoten.

Ihre Arme und Schultern, Handgelenke und Finger waren mit Gold übersät. Sie war gefangen in Gold, eingehüllt.

Die Priesterinnen sangen ihr unmelodisches Lied.

Das Lied erzählte, wie Sachmet zu ihrem Mann, zu seinem Palast gebracht wurde, zum Tempel des Ptah.

Und die Menschen an der Straße und auf den Dächern der Häuser sangen das Lied mit. Manche warfen Blumen – Winden, die Blumen der Liebe, und Lotusblüten, die Lilien der Toten.

Spatzen flogen von der purpurfarbenen Straße auf in das Feuer des Himmels.

Sie passierten das Tor des kleines Tempels der Sonnenscheibe, und das Mädchen wurde beim Aufschauen von der geflügelten Sonne über dem Tor geblendet. Ihre Goldmaske blendete die Menschen auf der Straße.

Sie verneigte sich vor dem Tempel.

Dann wand sich die Prozession um die bunten Häuser mit den Treppen und Säulen und den mit Inschriften versehenen Torbögen, die mit Blumen und Schilfrohr geschmückt waren, zog weiter zwischen den steilen Mauern, hinter die erste Große Mauer und hinaus auf den großen Platz des Ptah, Vater von Men-Nefer, Hafen des Guten.

Zwei gewaltige Masten, wohl an die hundert Fuß hoch, stiegen im Bogen zum Gluthimmel auf. Das Tor zwischen ihnen stand weit offen. Dort warteten die Priester in einer Reihe, in Gewändern aus weißem Leinen, das mit den Häuten toter Tiere verwoben war.

Sie begrüßten die Besucherin Sachmet mit Gesten, die an den Flug der Vögel über dem Fluß gemahnten, dann traten sie beiseite, um sie einzulassen.

Wie es Brauch war, hatte Sachmet durch ihr bloßes Kommen bekundet, daß sie willens war, Ptah, den männlichen Gott, zum Gemahl zu nehmen. Indem sie seinen Torbogen passierte, hinter ihr die Sänfte mit der jungen Priesterin, wurde die Hochzeit vollzogen.

Hinter den Masten dann der riesige Hof, der drei- oder vierhundert Fuß breit war. Er lag schon im Schatten, doch der Schatten war wie Gold. Zwei Wasserbecken blitzten im Licht, darin sprangen Fische gleich blinzelnden gelben Augen.

Hinter dem Hof erhob sich der Portikus mit den zwei gewaltigen Standbildern – Osiris, aus hellgrünem Stein, von Schilf gekrönt, den Dreschflegel in der einen Hand, die Sichel in der anderen. Das zweite Standbild war der Schöpfergott und Künstler Ptah. Er trug noch die Mumiengewänder des Grabes, nur Kopf und Hände waren frei. Sein Kopf war der eines Mannes, schön und fremd, mit der Locke eines Kindes an der Seite geschmückt. Er hielt einen Zauberstab, der mit den Symbolen des Lebens bemalt war. Der Gesang der Priesterinnen verklang.

Eine tiefe Stille senkte sich hernieder, die gar keine Stille war. Fern hörte man den Fluß, und auch von den Straßen waren Leute zu vernehmen – Zikaden aus den Gärten, ein rufendes Kind, irgendwo eine Maschine, die Wasser pumpte. In den Lichtkreisen summten Insekten. Der Himmel verdunkelte sich zu einem klaren Rot.

Man half dem Mädchen aus der Sänfte, und nun stand es vor der Göttin. Es hob die Hände, dann wandte es sich um und grüßte Ptah, den Schöpfer, und Osiris, den Totengott.

Dann wurde Sachmet in den Tempel getragen, und das Mädchen, das in Sachmets Feuerschatten sehr klein erschien, folgte ihr.

In den langen Hallen mit den quadratischen, schwarz und ocker und grün bemalten Säulen wurden Opfer dargebracht – auf dem Altar des Brotes, des Weines und des Öls – und dann, schnell und verstohlen, ein Opfer auf dem Altar des Blutes.

Der Tag verstrich, und es kam die Nacht, und alle Fackeln und Feuerschalen, die an langen Bronzeketten hingen, wurden entzündet.

Aus den Tiefen des Tempels waren andere heilige Laute zu vernehmen, die man aus der Umgebung der Sachmet nicht kannte. Doch hier führten die Tore in ein Labyrinth, und weiter zur Pforte des Totenreiches. Und in seiner anderen Gestalt wartete Ptah, als falkenköpfiger Zwerg Sokar.

Das Mädchen, das Sachmet war, folgte der Göttin.

Sie betraten einen gewaltigen Raum, und hier legte sich das Mädchen auf einer Art Altar nieder, und man schlug ihr das Leinengewand von Bauch und Beinen und hakte den Gürtel auf.

Dann kam der Stier. Er wurde von zwei Priestern hereingeführt, die sie nicht anblickten, denn es bedeutete Gefahr, die Schenkel der Sachmet anzuschauen.

Doch der Stier schaute. Er wußte, daß er es tun mußte.

Er war von heller Farbe, doch nicht so hell wie das Mädchen. Auf seiner breiten Stirn stand das weiße Dreieck des Zehuti. Er senkte den Kopf und schnupperte an ihrem Geschlecht.

Das Mädchen zuckte nicht zusammen. Dies mußte sein.

Und er war auch sehr sanft, roch nach Düften und der robusten Gesundheit eines Rindes und nach den Zwiebeln, die sie ihm gegeben hatten, weil er ein Gott war, auch wenn die Priester sie niemals essen durften.

Die feinen Haare seiner Nase kitzelten ihre samtene Haut, und unwillkürlich mußte sie lachen.

Der Stier hob den Kopf.

Es war die Inkarnation des Amun. Nun sah er ihr milde ins Gesicht.

Dann dachte sie: *Als nächstes wird mich ein Mann berühren.* Und dann: *Nein. Ptah wird mich berühren.*

Der sanfte Stier wurde weggeführt. Sie ordneten ihre Kleider und hoben sie hoch, dann begaben sie und Sachmet sich zur Hochzeitskammer.

Ihr Name war Ankhetari. Sie war vor vielen Jahren in einem Dorf am Fluß ausgewählt worden. Beim Steigen der Flut waren die Böden der Hütten auf dem Hügel feucht geworden. Sie war an die Musik des Flusses gewöhnt gewesen und an das Ächzen der hölzernen Geräte, die das Wasser pumpten und zu den Feldern brachten.

Dann kam sie in den schweigenden Tempel. Sie erinnerte sich noch an die Fahrt zur Stadt, im goldenen Boot, an die Priesterin Nefertun mit den blauen Nägeln. An das steile Ufer von Men-Nefer. Dann war sie in den Tempel der Sachmet gekommen, der Göttin mit der roten Sonnenscheibe auf dem Haupt. Die Löwin, die Pest und Feuer brachte. Sachmet, die wie die Zeit eine Zerstörerin sein konnte, die Gattin des Ptah, des Schöpfers.

Zu Anfang hatte Ankhet gewußt, daß ihre Mutter Ehebruch

begangen hatten, aber dies war ein schreckliches Geheimnis, denn ein solches Verbrechen wurde mit Verunstaltung bestraft. Sogar Ankhets ›Vater‹ hatte die Mutter davor beschützt.

Im Tempel, wo sie sie lehrten, der Göttin, der Löwin, zu dienen, wußten sie, daß Ankhet nicht ganz die ihre war – das spürte sie. Sie wußte, daß sie deshalb danach strebten, sie an die Regeln zu binden, sie wie eine Rebe zu *beschneiden*.

Aber da sie selbst nicht wußte, wer sie sein könnte, machte es ihr nicht viel aus.

Doch es schien, daß er, der Mann für diese Nacht, der ausgewählt war, um die Stadt zu vertreten und den Gott Ptah – daß auch er auserwählt war, aus einem Korb im Fluß. Er war sechs oder sieben Jahre jünger als sie.

Der Tempel der Sonnenverehrung hatte ihn für sich haben wollen, denn er war ein schönes, ein *kluges* Baby. Doch dann wollte ihn Khuen-Aten, die Tochter des Königs, nicht nehmen. Ptah nahm ihn, und nun sollte er Ptah sein.

Der Vorraum war aus dunklem Stein, niedrig hängende Leuchten spendeten schattenhaftes Licht. Die Schatten glühten wie im Sonnenuntergang. Im Raum hing der Duft von Räucherstäbchen, von Ölen der Blumen.

Die Frauen ließen sie vor dem Altar allein. Dünner Rauch stieg auf und zitterte vor ihrem Atem. Auf dem Altar stand die goldene Kiste, in der das Bild des Ptah verborgen war.

Es konnte ihr Tod sein, wenn sie das Siegel erbrach und einen Blick hineinwarf.

Sachmet hatten sie an der Seite stehenlassen. Sie, und nur sie allein durfte das Siegel brechen.

Im nächsten Augenblick würde er den Raum betreten.

Ankhetari wartete.

Sie war zweiundzwanzig, sehr reif für eine Frau aus Atert-Meht, dem Oberen Land. Doch sie wirkte wie fünfzehn, jung und wunderschön. Unter der Maske der Sachmet war Ankhetari noch schöner, wenn ihr Gesicht auch die gleichförmige Schönheit einer Maske besaß. Offen fiel ihr das schwarze Haar bis zu den Kniekehlen. Auch ihre Augen waren schwarz, schwarz wie der Fluß in der Nacht.

Die Türen öffneten sich, und Ptah betrat den Raum.

Während sie jünger wirkte, als sie war, schien er, der erst sechzehn war, wie man ihr gesagt hatte, ein Mann zu sein, älter als sie.

Er war groß und schlank. Anders als der Gottesfigur hatten sie ihm weder den Kopf geschoren noch das Haar zurückgebunden – er trug, wie sie, eine schwere Perücke, die ihm bis auf die Schultern reichte und irgendwie sogar zu seinem schlanken Körper paßte.

Er war in Leinen gekleidet, mit Gold umgürtet, auf dem die Symbole des Ptah abgebildet waren; die Hände und die Werkzeuge, das Zeichen des Lebens und der Ewigkeit.

Sie hatte noch nie ein Antlitz wie das seine erblickt.

Aber sie war ja auch immer von Frauen umgeben gewesen, hatte kaum Männer um sich gesehen – und diese waren dann Wachen oder Priester gewesen. Doch dieser hier wirkte mehr als alle anderen wie ein Priester.

Einer aus jener Kaste lief ihm voraus und stellte eine Vase auf den Altar, und Ptahs Priester, der Ptah war, ging zu ihr hin und zerbrach sie mit der Faust, so daß kleine Juwelen aus Öl und farbigem Glas auf dem Stein liegenblieben.

Er blickte sie an, und der andere Mann verließ den Raum.

Wieder schlossen sich die Türen, dann wurde draußen der mächtige Riegel vorgeschoben.

»Ich bin Reptah«, sagte er. Er war arrogant, kalt und mächtig wie die Säulen in seinem Rücken, die das Dach des Raumes stützten.

»Ich bin Ankhetari.«

Nun hatten sie sich aus ihren Herzen etwas eingestanden – ihre irdischen Namen.

»Doch ich grüße dich als Ptah«, setzte sie hinzu.

Und er antwortete: »Und ich grüße dich, meine Dame. Als Sachmet, die Flamme.«

Auch er hatte schwarze Augen. Wie sie – und doch wieder nicht. Wenn ihre Augen dem Flusse bei Nacht glichen, so waren seine wie der Fluß bei Tage im tiefen Schatten. In ihnen war ein Funkeln des Lichts, ein Geist, der wie ein Vogel daherstrich, bereit aufzufliegen.

Sie hatte keine Angst gehabt, denn sie kannte ihre Pflicht. Und doch war sie Jungfrau, und sie wußte, daß dieser Mann – anders als der sanfte Stier des Amun – sie durchbohren mußte, in sie hineingleiten und vielleicht ihren Schoß mit einem Kind erwecken würde.

Verlangte es sie nach ihm? Er war schön und wohlgestalt. Doch noch so jung, auch wenn er nicht so wirkte. Und grausam, ja gleichgültig.

Ohne ein weiteres Wort zu wechseln, begaben sie sich hinter den Altar, in den zweiten Raum.

Dort war alles vorbereitet: sie konnten baden, wie es die Pflicht eines Priesters war, einmal in der Nacht und dann wieder in der Morgendämmerung. Ein bemalter Wandschirm, hinter dem sie sich erleichtern konnten. Auch Speisen waren bereitgestellt, einfache Speisen, dazu Wein und zwei Becher, eine flache Schale für die Frau und ein hohes Kelchglas für den Mann.

Das Bett war für den Liebesakt bestimmt, nur am Kopfende leicht geneigt, doch es gab zwei halbmondförmige Kopfstützen für den Schlaf.

Sie dachte, dies müßte eine Nacht sein, in der Eset ihren Mann Osiris suchte, als heller Stern über dem halbrunden Boot des Mondes.

Aber sie würden ihn nicht sehen, denn es gab keine Fenster.

Schüchtern legte sich Ankhetari auf das Bett, spreizte die Beine ein wenig und ließ die Hände locker neben sich liegen.

Da lachte er.

»Nicht, wie du es für den Stier gemacht hast«, sagte er. Und dann, etwas ernster: »Nimm wenigstens deine Maske ab, meine Dame. Ich möchte vielleicht deine oberen Lippen schmecken.«

Ankhetari, die von Sex nichts wußte, die in ihrer Zeit bei Sachmet keine einzige sexuelle Phantasie gehabt hatte, weil all ihre Sinne auf die Göttin gerichtet waren, gehorchte. Sie nahm die goldene Maske ab und legte sie vorsichtig auf den Boden, auf einen wunderschönen, gewebten Teppich aus Scharlach und Grün.

»Und die Perücke ...«, bat er. »Haben sie dir den Kopf geschoren?«

»Nein.«

»Dann laß uns beide die Perücken abnehmen. Die Nacht ist noch lang.«

Gehorsam hob Ankhetari die rote Perücke hoch, und hervor rieselte wie Seide ihr eigenes Haar, bedeckte Brüste, Schultern und Arme.

Er schaute zu. Dann hob auch er den Helm der Perücke.

Sein Haar war schwarz, wie die Perücke, doch es glänzte. Wie ihres fiel es ihm den Rücken hinab bis zu den Knien. Er hatte sehr kräftiges Haar, und wieder mußte sie an den Fluß denken.

Dann füllte er beide Becher mit dem roten Wein und brachte sie zu ihr. Er setzte sich aufs Bett und reichte ihr die flache Schale.

»Hast du Angst?«

»Nein.«

»Doch, du hast Angst. Du lügst.«

»Ich habe keine Angst, Reptah, Erstgeborener des Ptah.«

Er zog seine schwarzen Brauen hoch. »Du ehrst mich. Ich aber habe Angst. Ich mag es nicht«, fügte er kalt hinzu, »wenn ich teilen muß.«

»Doch du teilst den Gedanken mit mir«, entgegnete Ankhetari.

»Das tue ich. Und vielleicht kann ich das übrige auch tun.«

»Wir müssen es tun.«

»O nein. Ich kann dich mit allem entjungfern. Mit meiner Hand oder irgendeinem passenden Gegenstand hier im Zimmer.«

»Aber«, widersprach sie, »sollte es nicht – Freude machen? Sie sagten –«

»Für mich bringt es wohl Vergnügen. Doch für dich, Mädchen, ist es ein Akt, der großen Schmerz bringt. Wie die Geburt, nur auf umgekehrtem Weg.«

»Versündigen wir uns nicht?« fragte sie erstaunt.

»Es ist keine Sünde. Dein Siegel muß gebrochen werden, und ich muß etwas von mir in dich hineinbringen. Mein Finger würde schon reichen. Und ich muß meinen Samen zu Ehren des Ptah verströmen, doch das habe ich schon vorher getan.«

»Wie ist es?«

»Seltsam«, erwiderte er. »Ein Geschenk an die Dunkelheit. Hast du dich niemals selbst berührt – dort, wo der Stier dich berührt hat?«

»Schon oft, natürlich. Beim Baden.«

»Und hast du nie etwas gespürt?«

Ankhetari senkte die Augen. »Doch. Und dann habe ich meine Hand weggenommen.«

Sie tranken ein wenig. In einer der Öllampen brummte der Docht, und eine keine Rauchwolke stieg in die Luft. Sie blickten auf die Lampe, dann wieder einander an.

»Laß mich dich nackt sehen«, sagte er.

Ankhetari setzte ihren Kelch ab und rutschte von der Liegestatt. Sie flocht ihren Gürtel auf und ließ ihn zusammen mit dem Rock aus feinem Byssus-Gewebe auf den Teppich fallen.

Sie war sehr schlank, doch mit Kurven wie eine Vase. Sie hatten ihr alle Haare vom Körper geschoren, auch die auf dem Venushügel. Geheimnisvoll und verschlossen wirkte die Schale ihrer Lenden, wie ein Lotus auf einem Stiel aus Schatten.

Er betrachtete sie, und sie mußte es geschehen lassen, obgleich sie nun zum ersten Mal eine Art Ärger verspürte. Sie wollte sagen: *Warum mußt du mich so ansehen?* Sein Blick war nicht freundlich, nicht achtend. Es schien, als ob er sie haßte.

Dann stand er auf, löste seine Gewänder und ließ sie zu Boden fallen.

Sein Leib war straff und muskulös wie der eines Löwen. Eine Skulptur, breit in den Schultern, und schmal an der Hüfte. Auch er war ohne ein Haar am Körper, und so lag die Schlange unbedeckt in seinem Schritt, groß, aber bewegungslos, von stumpfer Farbe. Sie stand nicht aufrecht, wie sie ihr erklärt hatten. Sie war nicht erregt. Sie hatte ihn nicht erregt.

Verächtlich sagte er: »Mein Körper erweist dem deinen keine Ehrerbietung. Vergib meinem Körper. Ich bin geschlagen worden, weil ich ihm Freuden erlaubte, und nun erwartet er Schmerzen als Belohnung.«

So kalt wie er sagte Ankhetari: »Dann such dir ein geeignetes

Objekt und nimm meine Unschuld. Falls das nicht Sünde ist. Dann kannst du schlafen gehen.«

Und zu ihrer Bestürzung rannen ihr zwei große Tränen aus den Augen und rollten ihre Wangen herunter. Sie hatte jahrelang nicht geweint, nicht mehr seit jenen frühen Tagen an Sachmets Hof, als sie die derbe Familie in der feuchten Hütte und ihre ehebrecherische Mutter vermißt hatte.

Doch Reptah schien von ihren Tränen verstört. »Ich wollte dich nicht verletzen«, sagte er. »Nein – wenn wir müssen, dann werden wir zusammenliegen. Streck dich wieder aus, Ankhetari.«

»Du hast mich nicht verletzt. Ich bin nur nervös. Ja – laß es uns tun und hinter uns bringen. Es macht nichts, wenn du mir weh tust. Ich werde nicht laut schreien.«

Sie legte sich hin, und er, als habe er sich plötzlich entschieden, legte sich neben sie.

Und ihre Körper berührten sich.

Bis zu diesem Augenblick hatte es keinen wirklichen fleischlichen Kontakt zwischen ihnen gegeben.

Haut rieb sich sanft an Haut, und beiden schien es, als durchströme sie eine Woge, ein Strom. Sie setzten sich wieder auf. Starrten einander an.

»Was ist das?« fragte sie.

»Das Wissen«, erwiderte er. »Einmal habe ich die Füße der Statue in diesem Schrein hier berührt. Das war genau so – und doch auch nicht so.«

Langsam streckte Ankhetari die rechte Hand aus und legte sie auf seine rechte Schulter. Er erschauerte, und sie fühlte, wie etwas durch sie hindurchging, durch die Länge ihres Armes bis in Brust und Bauch – ein warmes Zucken wie ein Licht oder Hitze, und doch etwas anderes.

Er nahm ihre Hand, bevor sie sie zurückziehen konnte, und hielt sie fest in der seinen. Dann sagte er mit einer Stimme, die nicht mehr kalt klang, sondern hart wie im Feuer gehärtetes Eisen: »Wir sind vom selben Blut. Fremde in diesem Land. Sie haben mich in einem Korb im Fluß ausgesetzt, weil ich keiner der ihren war. Und du –«

»Mein Vater«, flüsterte sie, »aber wer er war –«

»Es heißt in den Sagen, daß Seth in den Marschen gejagt habe«, erzählte er, »und mit den Frauen im Schilf Unzucht trieb. Er kam schnüffelnd zu den Hütten wie ein rotes Schwein mit Augen blau wie Lapislazuli.«

»Sind wir also verflucht?«

»Das wissen nur die Götter. Aber wir sind eins – Bruder und Schwester. Blutsverwandte. Keine Kinder des Oberen Landes.«

Etwas ließ sie aufschauen, und nun sah sie, daß er sich aufgerichtet hatte; er war riesig, ein Standbild, viel zu groß für sie – doch nun wollte sie sein Eindringen, wollte von ihm zermalmt und aufgerissen und genommen werden.

Er küßte sie, und seine Zunge glitt in ihren Mund, und sie konnte sich nur noch an ihn lehnen, verloren in der Verwunderung über diese erste Inbesitznahme.

Als er sie sanft auf den Rücken legte, deckte er sie mit seinem Körper zu, seine Beine umschlossen die ihren, seine Hände ruhten zu beiden Seiten ihres Kopfes. Er küßte sie tiefer und tiefer, und sie spürte sein Gewicht, und sie konnte sich nicht bewegen, als habe er sie in die Erde verankert.

Dann begann er ihren Leib zu küssen, als wolle er alles an ihm berühren. Er nahm ihre Brüste zwischen die Lippen und verwandelte ihre Brustwarzen in süße Freude. Er küßte ihre duftenden Achselhöhlen, die weiche Haut an der Innenseite ihrer Arme, er formte ihre Taille mit Händen und Zunge und wandelte ihren Nabel zu Flammen. Am Tor zu ihrem Geschlecht zögerte er, doch dann fand seine Zunge auch hier ihren Weg, und eine herrliche schmelzende Lust brachte sie dazu, laut herauszuschreien, auch wenn sie es vorher anders gesagt hatte.

Er sagte ihr, sie schmecke nach Minze und Honig.

Er küßte ihre Füße und ihre Kniekehlen, er nahm sogar ihr Haar zwischen seine Zähne.

Als er in sie eindrang, schien ihr ganzer Körper Raum zu schaffen – sie zerbrach und formte sich neu.

Sie liebte den Schmerz, als sei es kein Schmerz. Von fern hörte sie die Töne des Sistrums und einer Harfe in ihrem Blut singen.

Und dann trug er sie wie der Fluß dem Tode zu.

Sie sagte zu ihm, sie würde sterben.

Er sagte, das sei es nicht, auch wenn es sich so anfühlte.

Und dann starb sie, und aus ihrer Seele entsprang ein blauer Vogel mit einem Menschenantlitz, und sie flog hinauf zum Dach, das mit goldenen Sternen bemalt war. Von dort sah sie den Höhepunkt seiner Lust. Sah, wie er auf sie niedersank. Und da öffnete sie die Augen, und sie war unter ihm, und sie war am Leben.

Sofort verspürte sie eine unbändige Traurigkeit, denn sie hatte nach diesem Augenblick nicht weiterleben wollen. Ausgelöscht zu werden mit ihm – das war der Höhepunkt. Es konnte keinen Grund geben zu leben, nachdem sie sich vereinigt hatten.

Doch nach einer kleinen Weile zog er sie hoch, und sie badeten in dem geheiligten Wasser, das mit Blütenblättern bestreut war und in das die Ibisse ihre Schnäbel getaucht hatten.

Und danach liebte er sie ein zweites Mal und auch noch ein drittes Mal.

Jedes Mal war gleich oder noch besser als das erste Mal. Jeder Tod ein wenig heftiger. Jede Wiedergeburt trauriger und langsam und in Dunkelheit gehüllt.

Am Ende weinte sie.

Er hielt sie in seinen Armen. Sie sprachen nicht.

Sie legten sich nieder mit den Halbmonden unter ihren Köpfen und blickten zu der Himmelsdecke auf, bis sie einschliefen.

Als es dämmerte, wurde laut an die äußere Türe geklopft. Sie erwachten.

Die Lampen waren heruntergebrannt, doch durch viele Hunderte winziger Ritzen sickerte ein fernes perlenreines Licht.

Bald würde Ra aus dem Fluß der Toten reiten und den Himmel in zwei Teile spalten. Auf Antlitz und Flanken der großen Sphinx in der Wüste das Gold der Sonne schimmern wie Öl. Im Tempel zwischen den Pfoten der Sphinx würde man der Sonne Wein und Blumen und Blut zum Opfer bringen. Und von den

Obelisken der Stadt würden die Sonnenstrahlen in glühenden Linien erstrahlen. Über den hohen Toren würden die Hörner erschallen. Ein Morgen in Ägypten.

Doch für Ankhetari war es ein düsterer Tag. Sie würden sich trennen. Sie würden einander nie wiedersehen.

Am Hals fühlte sie einen schwachen Schmerz. Einmal hatte er sie gebissen und Blut von ihr gesaugt wie das Blut von einem Opfertier. Etwas von ihr war nun für immer in seinem Leib. Und in ihrem Schoß mochte sein Samen sein. Obgleich sie daran zweifelte – sie fühlte sich leer – dort. Und im Herzen.

Sie badeten und kleideten sich an. Sie sprachen immer noch kein Wort, nicht bis sie in die äußere Kammer mit dem Altar traten.

»Ich will nicht von dir gehen«, sagte er. »Vielleicht können wir uns wiedersehen.«

»Aber wie? Es wäre unser Tod.«

»Wir sind verheiratet. Mann und Frau.«

»Nur für eine Nacht.«

»Du glaubst es doch auch nicht«, widersprach er. »Du gehörst mir. In diesem Leben, in dem Leben nach diesem Leben, in den goldenen Feldern der Ewigkeit, durch die Osiris der Herr mit seiner Sichel schreitet.«

»Vielleicht gehe ich nie in die Ewigkeit ein«, sagte sie. »Vielleicht werde ich für meine Sünden verschlungen.«

Er lächelte. »Welche Sünden? Niemals. Du meine Schwester.«

Sie opferten vor dem Feuer, vor dem einzigen Feuer, das noch brannte, und um sie herum erstand in gelbem Jaspis das Tageslicht, das durch die winzigen Öffnungen dieser Räume zu ihnen drang.

»Wir werden wieder zusammenkommen«, sagte er. »Es wird einen Weg geben. Du bist mein bis zum Tode und über den Tod hinaus. Bis Ra auf dem Fluß in der Unterwelt stirbt.«

Sie senkte die Augen. Das Feuer rauchte. Hatten die Götter zugehört?

Als die Tür geöffnet wurde, traten sie hinaus, und im Korridor sah sie einen Schreiber eine Bilderschrift auf die Wand malen, einen Käfer über einer Sonne. Er benutzte rote Sprühfarbe, und außer dem sauren Farbgeruch konnte man den Duft der Heinz-Tomatensuppe riechen, der aus der Thermosflasche kam, die neben ihm stand.

Kapitel vierunddreißig

Das Erwachen war seltsamer als der Traum.

Anna war in ihrer ägyptischen ›Wohnung‹ unter dem Berg. Und Kain war es, der sie an diesem Morgen bei Sonnenaufgang geküßt hatte. Mehr war nicht geschehen.

Der Traum handelte von Dingen, an die Anna bisher nicht gedacht hatte – von sexuellen Dingen, die ihr stets sehr fern erschienen waren.

Außerdem war der Mann aus dem Traum, der Priester mit Namen Reptah, nicht Kain. Er ähnelte ihm nicht einmal.

Doch der Traum war so klar und deutlich gewesen; selbst die Sterne an der Decke des Zimmers und der Blutstropfen, der nach seinem Biß an ihrem Finger verblieben war. Ebenso der Schmerz und das herrliche Gefühl, als er in sie eindrang.

Reptah war ihr vertraut erschienen. Als habe sie ihn schon früher gekannt. Doch sie hatte ihn nie zuvor gesehen.

Es war vermutlich schon spät am Tag, denn sie hatte stundenlang geschlafen, nachdem sie in die Pyramide, in den Berg, zurückgekehrt war.

Zuerst hatte sie Ruhe und fast so etwas wie Freude verspürt. Vor dem Schlaf. Doch beim Erwachen fühlte sie nur Bestürzung. Sie war verwirrt. Und als sie so auf der Bettkante saß, auf einem Bett, das nicht für den Liebesakt gemacht war, fing Anna an zu weinen. Sie war nur ein Kind, ein kleines verlorenes Kind. Sie wollte zu Althene. Doch es gab keine Althene. ›Mum‹ kam nicht, sie war nicht eingeladen, das würde Harpokrates, Kains kleiner Liebling, inzwischen auch begriffen haben.

Kain hatte ihr gesagt, daß Althene sein eigener Sohn war – seine *Tochter*.

Doch selbst das würde nicht zählen.

Anna hatte Kain um eine Musikanlage gebeten, und er hatte

zugestanden, daß er ihr vielleicht eine beschaffen mochte. Dann bat sie um eine Uhr – und er hatte nur gelacht. Sachmet, die Herrin der Zeit. Sie gehörte ihm – Kain, nicht Reptah. Wer auch immer Reptah sein mochte – oder gewesen war.

Schließlich kam die Frau namens Ast, und wieder wurde Anna gebadet und gesalbt. Sie bekam ein weißes griechisches Gewand mit Reißverschluß und wurde auf zeitgenössische Weise geschminkt.

Sie stellte keine Fragen, und Ast teilte ihr nur mit, daß später jemand kommen würde. Sie sagte nicht wer oder warum oder wann.

Sie legte Anna eine Kette aus gehämmerten goldenen Muscheln um. Diese Kette war echt und auf widerliche Weise alt.

Es sollte kein Festmahl sein, es war ein trautes kleines Dinner, eher römisch oder griechisch als altägyptisch. In einem weißen, marmorgetäfelten Raum, der von der Halle der Nut abging, waren niedrige Couchen mit Kissen an niedrigen Tischen aufgestellt worden. Die Frauen – es waren zwei – saßen aufrecht, und die Männer lehnten sich bequem zurück. Es waren vier Männer.

Lampen hingen an Ketten herab. In Vasen standen große Blumen.

Irgendwo spielte Musik, ganz gewöhnliche klassische Musik – Bach. Sie kam aus einer versteckten Anlage.

Die erste Frau war Lilith. Sie trug eines ihrer langen schwarzen Kleider. Keinen Schmuck außer einem Kranz dunkelroter Blüten und einem einzelnen dunklen Ring. Die andere Frau trug wie Anna ein reichdrapiertes Gewand und mehrere Schmuckstücke, die entweder echt waren oder hervorragende Kopien antiker Stücke. Auch sie zierte ein Kranz frischer gelber Blumen.

Die vier Männer waren nach zeitgenössischer Mode gekleidet – teuer und lässig, Hemden ohne Krawatten, keine Jacketts.

Der fünfte Mann, Kain, trug Dunkelblau, die Tunika, die er

meistens zu tragen pflegte. Keine Juwelen, keine Ringe. Er lehnte sich nicht zurück, sondern saß aufrecht wie die Frauen.

Auf dem Tisch standen schon Schalen mit Nüssen und Leckereien und Früchten, dazu *flagons,* römisch aussehende Krüge.

Außer Lilith und Kain waren alle vollkommen betrunken und lärmten, wie bei dem letzten Festmahl.

Doch etwas war anders; sie waren zu aufmerksam, suchten einander fieberhaft an Brillanz zu überbieten. Sie hatten Angst, das war es.

Kain winkte Anna an seine Seite; sie setzte sich zu ihm auf das Sofa. Er wirkte heiter und gelassen, überhaupt nicht wie die anderen. Lilith schien nur ins Leere zu starren. Sie hatte ihre Tiger nicht dabei. Plötzlich sah Anna auch den Jungen, Harpokrates, ebenfalls mit einem Kranz geschmückt. Er saß auf einem kleinen goldenen Kinderstuhl im Schatten von Kain. Trank Wein aus einem kleinen Kinderkelch.

»Sag, wie der Wein schmeckt«, forderte Kain ihn auf. Der Lärm im Raum erstarb, und alle lauschten respektvoll.

»Nach Rosen«, erwiderte das Kind.

Die fünf Gäste gaben ausgelassene Laute von sich. Lilith nahm keine Notiz davon. Anna bemerkte an ihr die Zeichen des hohen Alters, es war nicht Senilität, eher ein Rückzug in sich selbst. Als schwebe sie auf einer Wolke. Nur ihre beiden Albino-Tiger verbanden sie mit der Erde, und diese waren nicht hier.

Wie seltsam dann, daß sie Anna an jenem unterseeischen Fenster erwartet und so lange mit ihr gesprochen hatte. Warum war das geschehen? Hatte Kain Lilith vorausgeschickt? Oder war sie für einen Augenblick aus dem Trüben aufgetaucht, wie in einer bestimmten Planetenkonstellation, die einmal im Jahr oder nur alle hundert Jahre einmal auftritt? Lilith war in jenen Augenblicken eine Jägerin gewesen, eine langsame, umsichtige Bogenschützin, die ihre schmalen Pfeile in den Rauch des Himmels sandte. Doch nun war der Köcher leer. Sie war eine Puppe, für eine halbe Stunde lebendig geworden, nur um zu zeigen, daß sie es vermochte.

Ein Mädchen, nach ägyptischer Art gekleidet, kam heran

und krönte Annas Haar mit einem Kranz aus weißen Blumen, wie ihn auch der Junge trug.

»Und nun beschreibe du mir den Wein«, sagte Kain etwas leiser zu Anna.

Sie nahm einen Schluck. »Burgunder.«

»Falsch«, erwiderte er, »aber nicht dumm. Deine Mutter, die auch dein Vater war, wird dir solche Dinge sicher beigebracht haben.«

»Ja«, sagte Anna.

»Und hat sie auch Liebe mir dir gemacht?« fragte Kain.

»Nein.«

»Wie schade, so eine Gelegenheit verpaßt zu haben«, bemerkte er. Seine Augen glühten in Hitze. Es schien, als sei er darauf aus, ihr bewußt zu machen, daß er selbst nach ihr verlangte. Dies war ein seltsames Gefühl nach ihrem langen Traum, in dem ein anderer ihr Liebhaber gewesen war, ihr die Unschuld genommen hatte und sie hinab in den Fluß des Todes und wieder hinauf gebracht hatte, bis der Morgen graute.

Anna schaute Kain an – nun endlich schien sie die Kraft oder wenigstens die Kühnheit zu besitzen. Sie hatte von Anfang an gewußt, warum er sie hierhergebracht hatte. Er hatte sie geküßt. Aber kam er nun zu spät? Als habe er soviel bereits erraten, hatte er sie schon gefragt, ob es vor ihm jemanden gegeben habe.

»Ist das ein römisches Essen?« fragte Anna. »Es werden aber keine Haselmäuse serviert?«

»Nein. Haselmäuse gibt es nicht. Ein französisches Essen. Sie«, er wies auf die betrunkenen, lärmenden Gäste, »mögen es. Es ist etwas Besonderes für sie.«

Lilith seufzte.

Anna hörte es und starrte sie wieder an.

Lilith saß ganz ruhig, ihr wundervoller Katzenkopf ruhte auf der beringten Pfote. Langsam hob sie einen grünen Kelch und trank von dem schweren Rosenwein, der wie Burgunder schmeckte.

Leise sagte Anna zu ihm: »Haßt sie mich?«

»Wie die böse Stiefmutter im Märchen? Sie haßt niemanden.

Ihre Gefühle sind verkümmert, man muß sie manipulieren. Vielleicht können wir das tun – oder ein anderer. Aber nicht jetzt. Noch nicht.«

Nun kamen Kains ägyptische Sklaven mit Tellern, die aus irgendeinem modernen, exklusiven Geschäft stammen mochten. Die Gerichte waren, wie er gesagt hatte, französischer Art oder immerhin ähnlich: ein weißer, gebratener Fisch, mit Brie und Knoblauch gefüllt, Gemüse in Pasteten mit Butter, eisgekühlte Suppe und Erdbeeren, die nur durch den Zucker süß waren.

Bach spielte ohne Pause; das Band oder die CD nahm kein Ende, schien auch keine Passagen zu wiederholen, doch das konnte nicht sein. Auch dies war wie alles andere – eine Wiederholung, die jedesmal ein wenig anders, ein wenig verändert schien und doch vielleicht nur das Ewiggleiche wiedergab.

So etwas hatte sie schon einmal erlebt. An einem anderen Ort.

Anna dachte an das Haus der Scarabae über dem Park. Nein, dort war es nicht. Es war in einem anderen Haus, vor dieser Zeit ... Ein paillettenbesetztes Kleid, eine große Katze, ein Grab – ihr schien, als drehe sich ein Messer in ihrem Kopf, ohne daß sie Schmerzen verspürte.

»Wer sind all diese Leute?« wollte sie von ihm wissen.

»Das hast du mich schon einmal gefragt.«

»Du hast mir keine Antwort gegeben.«

»Sie gehören mir.«

»Sind sie alt? Haben sie Hunderte, Tausende von Jahren gelebt?«

»Wer weiß?« gab er lächelnd zurück. »Du klingst wie ein kleines Mädchen. Es ist deine Kleinmädchenstimme, so würde ich sie nennen. Aber du bist nicht so klein, nicht wahr, meine Anna-Ankhet?« Er reichte ihr eine besonders blutrote Erdbeere. Die Farbe der Sachmet –

»Du«, erwiderte sie. »Und du wirkst jung. Aber du bist es *nicht*. Du gehörst zu den Scarabae.«

»Wie taktvoll von dir, mein Kind. Ich sehe in deinen jungen Augen nicht mehr jung aus. Doch ich bin auch einer der

Ersten«, sagte er. Seine Stimme klang fast übermütig. »Wie lautet mein Name? Erinnerst du dich nicht? Ich habe meinen Bruder am Rande des Feldes geschlagen, unter Gottes eifersüchtigem Auge. Und Gott verstieß mich, damit ich der Erde meine mörderischen Kinder gäbe, und verlieh mir ein Mal, damit sie mich meiden sollten, die Kinder der anderen, die schon auf dieser Erde lebten.«

»Ja«, erwiderte sie.

»Ah, du glaubst mir demnach.«

»Es ist wahr«, sagte sie. »Auf irgendeine Art ist es wahr.«

»Iß die Erdbeere, die ich dir gab.«

»Sie schmeckt nach nichts.«

»Erdbeeren haben nie Geschmack – sie haben nur einen Duft, der mit Geschmack verwechselt wird.« Er sah sie aufmerksam an. »Unser Essen kommt von weit her. Es verliert seinen Geschmack. Und wir haben keine Uhren. Hier ist immer Tag – oder Nacht. Anna wird eines Tages gehen wollen.«

»Du würdest mich nicht gehen lassen.«

»Nein, ich würde dich nicht gehen lassen.«

Da verspürte sie ein seltsames Hochgefühl. Aufs Geratewohl sagte sie: »Vielleicht kommt jemand, der mich sucht.«

»Ja. Woher weißt du das?«

»Althene –«, begann sie.

»Althene nicht. Althene könnte nie den Weg finden.«

Anna biß in die Erdbeere. Nun schmeckte sie rot, doch wie roter Samt, nicht wie eine Frucht.

»Wie teuer du mir bist, Anna. Du darfst niemals gehen.«

Das Essen neigte sich dem Ende zu. Karaffen mit Brandy wurden serviert, der nach Rauch und Birnen duftete. Sogar der kleine Junge, der still geblieben war, bekam einen Fingerhut voll Brandy.

Wie beim letzten Mal waren die Gäste immer lauter geworden, und nun konnte man die Musik kaum noch hören.

»Wovor haben sie nur solche Angst?« fragte Anna.

»Kannst du dir das nicht vorstellen?«

»Vor dir.«

»Vor mir, aber das hat einen ganz bestimmten Grund. Nein,

versuche nicht, ihn herauszufinden. Schau nur zu.« Er lächelte in den weißen Raum hinein.

Dann erhob er sich, und sofort verstummten alle. Sogar die Musik verklang.

Die Frau mit den augustinischen Juwelen und dem gelben Kranz hielt sich die Hand vors Gesicht, beugte sich zur Seite und übergab sich plötzlich auf den Marmorfußboden.

Kain achtete nicht auf sie, keiner sah zu ihr hin.

Kain sagte: »Das Essen, die Musik und die Blumen. Und nun zu unserer Lotterie.«

Aus der Tür, die zu der roten äußeren Halle führte, schritt eine Frau im schwarzen Gewand. Sie sah pittoresk, fast komisch aus, denn sie trug eine derbe Maske, die einen Totenschädel darstellte. Doch jetzt lachte keiner.

In ihren glatten und jugendlich aussehenden Händen trug sie eine Kupferschüssel.

Der Gestank des Erbrochenen der juwelengeschmückten Frau war immer stärker geworden, als ob auch er einen bestimmten Zweck erfüllte.

Die Frau in Schwarz ging zu ihr und hielt ihr die Schüssel hin. Schnell steckte die Frau ihre Hand hinein und zog ein kleines Ding aus Lehm heraus. Sie warf es zwischen ihre Füße, und es zerbrach. Das war alles. Doch die Frau steckte die Faust in den Mund und begann zu schluchzen.

Und die Todesbotin schritt weiter mit der Schüssel.

Sie kam zu den vier Männern, die nun auch steif und aufrecht dasaßen. Sie griffen in die Schüssel und nahmen jeder einen der Lehmklumpen in die Hand.

Dann warf jeder seinen Klumpen zu Boden, und er zerbrach.

Aus zwei Klumpen rollte etwas Schwarzes heraus, wie eine verbrannte Erde.

Anna wollte aufspringen und klatschen. Die ganze Szene war absurd, theatralisch und lächerlich. Hätte die Frau mit dem gelben Kranz nicht erbrochen, Anna hätte es alles nur für ein Spiel gehalten.

Aber die zwei Männer, die die schwarzen Erbsen erhalten hatten, standen nun auf.

Sie sahen fast gleich aus, vertrocknet und grau, obgleich der eine von ihnen ein starres, dümmliches Lächeln auf dem Gesicht trug.

Kain schritt durch den Raum.

Zärtlich und sanft umarmte er die beiden.

Dann verließ die Todesbotin den Raum, schritt in die Halle der Nut, und die beiden Männer folgten ihr.

Draußen in der rotglühenden Düsternis waren Bewegungen zu erkennen, als wären dort viele Menschen, ein Handgemenge – dann das Geräusch eine Schlags.

Das war alles.

Kain kam zu Anna zurück. Er nahm keine Notiz von den anderen, sah nur den Jungen an. Er legte ihm die Hand auf die Schulter. »Anna, nun werde ich dich prüfen«, sagte Kain. »Bist du bereit?« Sie starrte ihn nur an. Da sagte er zu dem Jungen. »Und du? Wirst du mich enttäuschen?«

»Nein, Onkel Kay«, erwiderte Harpokrates. Seine Augen blitzen von dem Wein und dem Tropfen Brandy, und sein Kranz war verrutscht. Ein kleiner Lebemann.

Kain warf einen Blick auf die Frau, der schlecht geworden war. Sie hatte aufgehört zu schluchzen. »Warum hattest du solche Angst? Willst du mich nicht glücklich machen?«

»Vergebt mir«, sagte die Frau. Und dann entströmten ihrem Mund Worte einer fremden Sprache, hoch und zischend.

Kain wandte ihr den Rücken zu, und sie verstummte.

Die Halle war nun sehr rot, als sähe Anna sie durch einen Filter, als habe man ihr Linsen vor die Augen gesetzt.

Rot, die Farbe der Heirat.

Sachmets Farbe.

Die Farbe der Frau – Sex und Geburt und Leben. Die Farbe des Feuers. Des Blutes.

Sie schritten durch die rote See.

Lilith und Kain, hinter ihnen Anna und der kleine Junge Harpokrates.

Niemand anders war zu sehen. Alle waren verschwunden.

Nur die Göttergruppen standen noch in der Halle, Isis, die Eset war, ihr Mann Ousir-Osiris, Seth und sein Weib Nebthet. In ihrer Schattenhöhle kauerte die griechische Sphinx – ihre Blässe nun von Rot übergossen.

Harpokrates hatte Anna bei der Hand genommen. Nicht aus Trost, dachte sie bei sich, sondern mit einer Art Entschlossenheit, sie weiterzuführen.

Sie spürte die Angst schwer auf sich lasten. Sie konnte nicht entrinnen. Sie würde nicht vergeblich einen Fluchtversuch wagen.

Vor ihr erhob sich Sachmet, das Antlitz wie eine Gasmaske aus Gold mit dem einer abgeflachten Flasche ähnelnden Mund, den hübschen runden Ohren und den Schlitzaugen.

An die gewaltige purpurrote Säule vor ihr waren die beiden Männer gebunden worden, jeder an einer Seite – die Männer vom Festmahl, die französische und italienische Kleider getragen hatten und handgenähte Schuhe, und die zuviel getrunken und hysterisch gelacht hatten.

Nun waren sie nackt, gelblichweiß und rot übergossen, wie die Sphinx.

Jeder Mann nahm die Form eines X ein, Arme und Beine gespreizt. Die Fesseln waren Bronzeketten – so sah es jedenfalls aus.

Der Kopf des einen baumelte herab. Es mußte der sein, der versucht hatte, der Fesselung zu widerstehen – wie hatte er nur glauben können, daß er es konnte? Dies hier, was immer es auch bedeuten mochte, war unausweichlich – man konnte ihm nicht entrinnen.

Der andere Mann war wach.

Er hielt die Augen geschlossen und flüsterte immer wieder das gleiche, während er das Gesicht an der karneolroten Säule vergrub. Aus seinem Mund rann Speichel. Betete er?

Sie waren stehengeblieben.

Das Kind ließ Annas Hand fallen.

Das rote Licht, die Düsternis war so fremdartig, daß jeder Gegenstand zweidimensional erschien, oder als sei er nicht wirklich. In der schlechten Luft brannten die Fackeln in verwischten gelben Flecken, die keinen rechten Eindruck der Szene geben wollten –

Kain.

Kain stand ein wenig abseits, und nun besaß er eine neue Kraft, die ihn größer und massiger erschienen ließ ... Hinter ihm wuchs sein Schatten wie Donner in der Dunkelheit, doch gegen Kain wirkte er verbraucht, als habe dieser seinen eigenen Schatten überlebt.

Er streckte die Hände aus, hielt sie über die brennenden Schmucksteine des Bodens, zog sie dann wieder zurück und führte sie an seine blaue Tunika. Mit einem gewaltigen Ruck riß er sie entzwei, und das Gewand fiel in zwei Teilen von ihm ab.

Nun war er nackt, wie die beiden Männer an der Säule. Sein Körper war dunkler, terrakottafarben in dem blutroten Licht. Sein schwarzes Haar floß ihm wie ein Regen geschmolzener Tinte den Rücken hinab, und in der Mitte seines Körpers erhob sich aus dem schwarzen Nest seiner Schenkel eine Waffe, eine so gewaltige Waffe, daß sie schon unecht schien, fast wie eine Monstrosität aus einem Kabinett auf dem Jahrmarkt, wo er zweifellos geübt haben mußte.

Anna war aufgerüttelt, geschockt. In ihrem Traum ... hatte sie einen Mann nackt gesehen. Doch nicht so. Es war eine Stange der Kraft gewesen, aber nicht einer solchen Kraft. Dies hier war ein Schwert –

Kain stolzierte. Ja, er stolzierte hinter dem Bug seiner großen kriegerischen Erektion.

Das Licht begleitete ihn und schlug ihn, tauchte ihn in Blut. Ein tieferes Rot legte sich über die Szene.

Anna sah durch Blut.

Sie sah, wie Kain zu dem Mann kam, der bei Bewußtsein war und mit Bronzeketten an die Säulen gefesselt, und wie er seine Waffe aus Fleisch in den Körper des Mannes stieß.

Der Mann schrie.

Dann ritt Kain ihn.

Anna sah alles, durch einen Schleier aus Blut und Feuer und Rauch. Arme und Beine im Winkel zueinander, zwei Oberkörper gleich Schlangen, die aneinander hingen, vor und zurück schnellten. Ein Rhythmus – den sie aus ihrem Traum erkannte. Dort war es Seligkeit gewesen. Hier – Schrecken. Agonie.

Der Mann fuhr fort zu schreien.

Der Schatten sprang durch die Halle, streifte die Säulen, stieg hinauf bis in den Bogen der Nut, als wolle er auch sie aufbrechen, ihren Schoß berauben –

Und dann fuhr Kains Gesicht schlangengleich vorwärts. Wie Blitze erschienen zwei weiße, lange Zähne.

Der schreiende Mann schrie einmal mehr, und aus seinem Hals ragte eine rote Masse hervor, die schwarz erschien, die hervorschoß, zu Boden rann.

Kain hatte –

Kain hatte ihm die Kehle herausgerissen.

Kain trank von dem rinnenden Blut, stärkte sich, dämmte seine Gewalt. Und dann löste er seinen Körper.

Leichten Schrittes trat er zurück. Behutsam.

Er war immer noch groß, angeschwollen. Doch für den Augenblick hatte er sein Tun beendet. Seiner Kraft tat dies keinen Abbruch.

Von seinen Lippen bis zu seinen Schenkeln und bis zu dem juwelenübersäten Fußboden schimmerte das Blut seines Opfers und floß wie scharlachrote Farbe. Doch tiefer im Ton und viel feuchter. Die feuchteste Flüssigkeit, die es auf Erden gab.

Und dann sprach er über die Entfernung zu ihnen, mit seiner normalen, schönen und kultivierten Stimme.

»Komm, Harpokrates. Komm, Anna. Kommt und versucht dies Blut.«

Harpokrates, Eifer und Reinheit im Gesicht, setzte sich sofort in Bewegung.

Und in diesem winzigen Bruchteil der Zeit sah Anna, daß Kains Blick auf etwas anderes gerichtet war, als auf seine eigene Lust und seine geraubten Kinder. Sie sah, daß er etwas hinter ihr in der schattenhaften Höhle anstarrte.

Vielleicht nur, damit sie ihn nicht länger ansehen mußte, drehte Anna sich um.

Und da war jemand – am anderen Ende der Halle war jemand eingetreten.

Auch andere standen dort, weiter weg als er, eine Begleitung, die ihn bis hierher geführt haben mußte, es aber nicht wagte, selbst so nah zu kommen.

Er trug dunkle Kleidung, und darüber schimmerte es weiß, so wie Kain von einem roten Schein umhüllt gewesen war.

Ein hochgewachsener Mann mit weißem Haar, für die Oberwelt aus Schnee und Eis gekleidet. Und er brachte das Eis mit.

Durch das trübe Licht der Halle konnte Anna sein Gesicht erkennen. Augen wie Gletscher, ein Mund wie ein Strich aus Schnee.

Sie kannte ihn.

Sie wußte.

Und im Bruchteil einer Sekunde hatte sie sich erinnert.

An alles.

Nicht an Ägypten, nicht an etwas aus der Zeit dazwischen, das von Bedeutung gewesen wäre.

Es ging nur um dieses letzte Mal, das eine Mal, als sie ihn gekannt hatte. Als er sie fand und nahm und der ihre gewesen war und sie dann fallenließ. Sie betrog. Nein schlimmer, sie nicht gewollt hatte.

Ihre Hand lag schwer auf ihrer rechten Brust. Dort schmerzte es, als wäre sie getreten worden.

Sie taumelte, richtete sich wieder auf. In ihrem Kopf kochte es – schreckliche Dinge, schrecklicher als die, deren Zeuge sie eben gewesen war.

Doch es war nicht der weißhaarige Mann am anderen Ende der Halle, der nun zu ihr sprach.

Es war Kain.

»Oh«, sagte er. »*Ruth*. Ruth, komm her zu mir. Komm und schmecke dieses Blut, Ruth.«

Und Ruth wandte sich um und schritt zu ihm, zu Kain.

»Es wird nicht so sein, wie du es in Erinnerung hast«, sagte er. »Dieses hier ist süß. Besser als Erdbeeren. Besser als Wein.«

Und sie ging zu der Leiche an der Säule und legte die Lippen auf ihren zerfetzten Hals, auf die Drüsen und Adern und das Fleisch und saugte das Blut.

Es war süß. Es war besser.

Kapitel
fünfunddreißig

Näher schritt Malach durch die Halle des Bergkönigs, durch die Halle der Schneekönigin. Kains Diener hatten ihn nicht aufzuhalten gewagt oder vom Innersten des Berges fernzuhalten vermocht. Kain war Kain, doch Malach erkannten sie auch wieder. Nicht als den, der er war; vielmehr als *was* er war. Ein weiterer König, ein Ritter-Priester-König, aus der Welt von Schnee und Eis.

Noch immer trug er die schwarze Thermokleidung, die er für die Eiswüste angezogen hatte. Nur Kapuze und Schutzmaske hatte er abgenommen. So flammte das weiße Haar um ihn, in verschwenderischer Fülle, wie ein Banner.

Nur er bewegte sich. Die anderen standen still, wie in einem Gemälde.

Kain in seinem Gewand lehmroter Nacktheit. Anna, die einst und nun Ruth war, stand immer noch als schmale weiße Säule neben dem Leichnam ... Nur ihr Mund war rot, wie er seinerzeit gemalt worden war. Irgend etwas hatte bestimmt, daß ihre Lippen ihre Ebenmäßigkeit behalten sollten und von dem Blut nur wie durch einen Lippenstift umrandet wurden. Und dann rann ihr ein einziger scharlachroter Faden über das Kinn und auf ihr weißes Kleid, auf die Brust. Die linke Brust. Als hätte man sie mit einem scharfen Gegenstand durchstoßen.

Hinter diesen beiden, Kain und dem Mädchen, der andere Mann, bewußtlos, aber nicht tot. Dann das Kind in Weiß und Gold und die vierte, Lilith, eine schwarze Säule.

Malach überwand die Entfernung.

Zehn Fuß vor Kain verhielt er, zehn Fuß vor Ruth, die Anna gewesen war.

Sein Gesicht war, wie die Oberwelt, von Höhen und Tiefen durchfurcht. Eine Landschaft im Schnee. Seine Blässe ließ seine

Augen dunkler, fast schwarz, erscheinen. Nun sah er, außer dem blassen Haar und der Haut, dem Mann in Annas Traum sehr ähnlich. Reptah, der Priester des Gottes.

Doch als den kannte sie ihn nicht.

Sie kannte ihn nur als Malach. Als Ruths Malach.

»Nun«, begann er. Und dann sagte er etwas Großes, Abgehacktes in latein. Kain lachte, ein wiehernder Laut.

Sonst geschah nichts.

Doch dann regte sich Lilith, glitt zu dem Toten. In einem goldenen Kelch fing sie die letzten Tropfen seines Blutes auf.

Sie ging um Anna-Ruth und Kain herum, kam zu Malach und bot ihm den Kelch dar.

Er blickte sie an, dann tauchte er zwei Finger hinein.

Als er sie wieder herauszog, waren sie hellrot.

Und er führte sie an die Lippen.

Mit ausdrucksvollem Gesicht wandte Lilith sich von ihm ab. Sie brachte den Kelch der Göttin Sachmet und fügte ihn in die Hand der Frau aus dunklem Stein. Die Hand unter dem Löwenmaul war so geformt, daß sie ihn halten konnte.

Malach blickte das junge Mädchen in Rot und Weiß an.

Er sagte nur: »Hunger.«

»*Satt*«, gab sie zurück. Sie lächelte und wischte sich das Blut aus dem Gesicht.

»Anna«, begann Malach, ruhig, immer noch mit flacher Stimme. Auch er leckte sich das Blut von den Lippen. Sie waren blaß.

»Nicht Anna«, erwiderte das Mädchen. »Und nicht für dich.«

Wieder lachte Kain – diesmal ein kurzes, höfliches Lachen. Wie der Gastgeber auf einer tadellosen Dinnerparty, wo eben eine Kleinigkeit schiefgegangen war.

»Du gehörst nicht ihm, Anna«, sagte Malach. »Erkenne das. Du kannst frei wählen. Darum habe ich dich gesucht.«

»Damit ich *dich* wählen kann?« fragte sie. Grinste. Hob den Kopf, und der Wasserfall aus weißem Haar schwang zurück und fiel gleich schimmerndem Rauch.

Sie hätte seine Tochter sein können, seine Schwester. Es war, als habe sie sich nach seinem Bild geschaffen. Doch das war, bevor sie sich daran erinnerte, was er ihr angetan hatte, denn sie hatte zwar vergessen, jedoch nicht vergeben, und nun konnte sie sich auch wieder an alles erinnern.

Er hatte sie gelehrt, die Opfer auszuwählen – mit ihm war es immer die *Wahl*. Verschone diesen. Nimm jenen. *Manche Dinge gehören zu einem Menschen von Geburt an. Ein Geschenk. Eine Umarmung. Oder sogar der Tod.* Aber immer war er der Gebieter. Er der Befehlshaber, der oberste Richter.

Und endlich hatte sie ihren unausweichlichen Fehler begannen, sogar nach seinen Lehren. Sie hatte einen Mann getötet, den Malach nicht als des Todes würdig angesehen hatte. Und so hatte Malach sie verlassen. *Sag meinen Namen nicht*, hatte er zu ihr gesagt. Und während sie seinen Namen schrie, hatten sie sie ins Gefängnis geschleppt. Später aber war sie entkommen, und dann, im nassen Wald, durchdrang das Messer ihr Herz.

Er war das erste Messer gewesen. Ihr Herz war vorher schon gestorben. Sie hatte ihn geliebt. Er hatte ihr gesagt, sie sei seine Seele. Und doch hatte er sie verlassen. *Er verließ sie*. Und nun war es wieder einmal *zu spät*.

»Anna«, sagte er wieder.

Hinter Stein und Schnee erkannte sie in seinem Gesicht die Kraft, das Verlangen.

»Tu das nicht«, sagte sie zu ihm. »Sprich meinen Namen nicht aus.«

»Ach«, sagte er. »Du hegst Groll. Wie kleinlich, Anna. Nach allem, was war.«

»Dann bin ich eben kleinlich. Ich werde so kleinlich sein, so böse und so *anders*. Dann wirst du mich nicht mehr kennen. Dann kannst du weggehen.«

Sanft sagte Kain: »Ist das alles, was du willst, Ruth?« Und höflich zu Malach: »Deine Hunde werden natürlich gut versorgt. Du aber wirst vielleicht nicht so gut behandelt werden.«

»Nein«, stimmte Ruth zu.

Sie erinnerte sich an Malachs Schönheit, an seine Schönheit, wenn er nackt war, wie sie ihn schlafend beobachtet hatte, ächzend vor Verlangen. Sie hatte für ihn sterben wollen. Wieder und wieder hatte sie den Tod in seinen Augen erlebt, einen Tod, der sie verbrannte –

Und nun war er eins mit dem anderen Bild. Mit dem Körper Reptahs, wie er vor Tausenden von Jahren auf dem ihren lag in der Kammer im Tempel.

Ein Gefühl wie ein Orgasmus durchfuhr sie. Und tief in ihrem Bauch zerbarst ein Kristall. Sie spürte das erste Opfer von Annas blutjungem Körper durch ihre Lenden strömen, und dann blühte die rote Rose auf ihrem Kleid. Nun war sie ein zweites Mal entjungfert worden.

Sie hatte für ihn sterben wollen.

Sie war gestorben.

Anna, die Ruth war, ging schnell auf ihn zu, und als sie Malach erreichte, schaute sie ihm in die Augen. Sie war gewachsen während der Zeit im weißen Berg. Obgleich er größer war als Kain, war sie groß genug.

Sie spuckte ihm ins Gesicht.

Der Speichel traf ihn wie ein silberner Faden.

Er rührte sich nicht. Wischte ihn nicht einmal ab.

Und nun sah sie, daß Malach sie liebte; etwas, das Ruth nie wirklich hatte wissen können. Er liebte sie, trotz all dessen, was er gesagt hatte, obwohl er sie verlassen hatte.

Sie war nun Ruth und Anna. Sie war Anna, doch Anna *wußte.*

»Nein«, sagte Anna. »Das ist noch nicht alles, was ich will. Kain, um meinetwillen, nimm ihn gefangen. Laß ihn fesseln und schlagen. Für *mich*. Ich will, daß er leidet. Ich will, daß er sehr viel leidet.«

Kapitel sechsunddreißig

Im Park und auf dem Kiesweg vor dem Haus waren die violetten Krokusse verblüht.

Hinter dem Haus wagte kein Gewächs zu einem so frühen Zeitpunkt hervorzukommen.

Sam, der dunkelhaarige Gärtner, hatte das Wildgras mit der Sense gemäht und es nur an einigen Stellen um den alten Apfelbaum und um den Fischteich stehenlassen. In seiner Nähe saß Terentia auf einer Bank mit einem Stofflöwen im Schoß. Sie trug einen langen, dicken, schwarzen Pullover, darüber eine lange schwarze Wolljacke und einen mit Perlen bestickten, langen schwarzen Seidenschal.

Sam und Terentia wechselten kein Wort miteinander, aber sie waren, wie es so oft zwischen den sehr Jungen und den sehr Alten geschieht, in eine Art stummes Gespräch verwickelt – so dachte Miranda.

Sie hatte angenommen, daß es Terentia guttäte, dazusitzen und Sam bei der Arbeit zuzusehen. Sam hatte nichts dagegen. Es schien, als habe er ihr, sobald er sie sah, seine Aufmerksamkeit zugewandt, und das war bei seinem zweiten Besuch im Haus geschehen. Er hatte sich Eric und Michael gegenüber sehr respektvoll verhalten.

Ein seltsamer Junge. Wie der sprichwörtliche Held einer Kurzgeschichte mit dem Titel ›Der Untermieter‹ oder ›Der finstere junge Mann‹.

Sasha war nicht im Garten. Sie saß in ihrem Zimmer vor dem Fernseher und strickte einen neuen schwarzen Wollmantel.

Auch Eric hielt sich in seinem Zimmer auf. Er hatte es aufgegeben, die Geschichte umzuschreiben, und statt dessen begonnen, eine kleine Holzfigur zu schnitzen, wobei ihm das Monokel, das er sich ins linke Auge geklemmt hatte, eine große

Hilfe war. Die Figur stellte eine Frau dar, mit einem Fuchskopf. Eine Erinnerung in Holz?

Sie hielten sich nun immer in ihren Zimmern auf, wie Insekten in ihren Waben. Nur Miranda nicht.

Behende stieg sie in ihren schwarzen Jeans hinter Connor auf die Maschine, und Viv hüpfte aufgeregt in die Satteltasche.

Er war früher zurückgekommen, als er gesagt hatte – schon vor dem Frühling.

»Es bedeutet Dunkelheit«, murmelte Miranda abwesend.

»Was denn?«

»Sam, in Hieroglyphen.«

»Altägyptisch. Du hörst dich an wie Red . . .«

»Und Dunkelheit mähte das Gras«, sann Miranda. Sie lachte.

»Bist du bereit?« fragte er.

»Oh, *ja*.«

Ganz plötzlich fragte er sich, ob sie je miteinander schlafen würden; falls es dazu käme, würde er sie ebenso höflich fragen, ob sie bereit wäre.

Unter donnerndem Gebrüll fuhr die Maschine an, und er hörte ihren Aufschrei. Es war keine Furcht, vermutlich gefiel es ihr sehr.

Dann brausten sie die Einfahrt hinunter, fort von dem düsteren Haus.

Miranda hielt sich an Connor fest, ihre Hände umklammerten seinen Ledergürtel. Sie trug den Ersatzhelm. Sie und Viv starrten durch ihre Schutzbrillen, während die Welt an ihnen vorüberflog.

Miranda machte nicht den törichten Versuch, etwas zu sagen. Man hörte nichts außer dem gutturalen Röhren der Maschine.

Miranda legte sich ohne Furcht in die Kurven, wie er es ihr vorher erklärt hatte. Sie fuhren durch das Labyrinth der Straßen, zwischen den roten Hügeln der Busse, durch die Abgasströme. Der Regen schräg, leicht wie Nebel, waberte in der Luft.

Um zwölf Uhr hatten sie den Rand der Vorstadt erreicht und fuhren in den Hof eines Gasthauses ein. Der Besitzer war ein

Bekannter von Connor und kam nun heraus, um seine Maschine und sein Mädchen zu bewundern.

Miranda sah großartig aus mit ihren langen schwarzen Stiefeln und dem schlanken Körper, der von Kopf bis Fuß in schwarzen Samt gehüllt war. Ihr Haar quoll unter dem Helm hervor. Ihre Zähne waren so weiß wie die eines Kindes. Hatte sie die alten verloren und neue bekommen, oder hatte sie alle überkronen lassen? Sie sahen nicht im mindesten falsch aus.

Connor, Miranda und Viv aßen Steak und gebackene Kartoffeln und tranken dazu zwei Flaschen hellroten Gallo-Wein, den Miranda ausgewählt hatte. Sie zahlte auch – ganz offen und tat sehr vornehm, als ob es ihr großen Spaß machte. Connor war stolz auf sie. Sie und Viv hatten auch das meiste getrunken.

Zwanzig Minuten später hatte sich die Landschaft verändert; die fernen Hügel blieben in immer gleicher Entfernung, während sich der Vordergrund veränderte. Fabriken, Schulen und dunkelbraune Bürogebäude. Dann offenes Land, nur unterbrochen durch Scheunen und windschiefe Häuschen, alte Kirchen und gelegentlich eine Darre am Rand eines Dorfes.

Sie sausten durch Ortschaften, die Namen zu tragen schienen wie Whippum und Flittham, Burry und Warry. Es gab neue urige Pubs mit niedrigen Türen und Balken und großen, modernen Schildern, auf denen fröhliche Ernteleute und Stiere und Stachelschweine zu sehen waren.

Auf einem nassen Feldweg sah sie aus einer Hecke ein Fuchs an, Viv quiekte vor Empörung.

Um zehn nach drei gelangten sie ans Meer.

Eine solche Stelle hatte er gesucht; kein Mensch zu sehen, schwarz und flach, inmitten der Felder aus schwarzem und vertrocknetem Grün, von hochaufragenden, windgepeitschten Zedern umstanden, und mit einem leeren, steinigen Strand, an dem nur ein oder zwei obligatorische Hütten standen und ein Mann mit seinem Labrador spazierenging. Und dahinter die geschwungene Wasserlinie, grau, mit einem gelben Saum, und noch weiter entfernt der hohle, farblose Himmel.

Sie stellten das Motorrad auf der schlammigen Straße ab.

Sie setzten sich und betrachteten das Ende der Welt.

»Oh, Connor, es ist wunderschön. So öde und verlassen.«

»Ja«, sagte er zufrieden.

Sie spazierten am Strand entlang, und Viv rannte bellend auf die Wellen zu, und die Wellen spielten mit ihr ein sorgloses Spiel.

»Bin als Kind öfter hiergewesen«, behauptete Connor. Er log.

Sie sprachen nicht viel. Der Wind blies vom Meer und trug die Brecher bis zu ihren Füßen.

Als Viv erschöpft war, kam sie zu Connor, um sich tragen zu lassen.

Außer dem Mann mit dem Labrador bekamen sie keinen Menschen zu Gesicht. Sie machten ihren Spaziergang, kehrten um und stiegen wieder aufs Motorrad. Folgten der Straße, die oberhalb des Strandes verlief.

Schließlich kamen sie zu einem langgestreckten, flachen Hotelgebäude, das windumtost und verlassen erschien, seltsamerweise aber doch geöffnet hatte. In der Bar zündete eine Frau, die grau war wie die See, ihnen den elektrischen Kamin an und servierte Tee und Kuchen.

»Vor sechs Uhr können Sie keinen Drink haben«, verkündete sie. Sonst sagte sie nichts.

Dann redeten sie. Connor erzählte seine Motorradstories, seine Erlebnisse auf der Straße, traurige, schreckliche Geschichten, die er kaum verschönte; und sie – vielleicht enttäuschte sie ihn – Erinnerungen aus London. Von dem Hotel, wo man Cole Porter auf dem Klavier spielte, und wo alte Männer und Jungen auf geheimnisvolle Weise oben in versteckten Zimmern verschwanden; von dem Inder, der ihr eine Wohnung verschaffen wollte; und wie sie sich einmal bei Harrod's einen ganzen Nachmittag lang verirrt hatte und nicht zum Ausgang fand, bis der Laden schloß.

»Du erzählst nichts über die Vergangenheit«, bemerkte er.

»Ach, die Vergangenheit. Da gibt es viel zuviel.«

»Findest du?«

»Findest du nicht?« wich sie aus.

Er dachte nach, erwog es sorgfältig und fühlte sich schließlich bemüßigt, ihr zuzustimmen. Seit er ein Kind gewesen war, schienen in der Tat Jahrhunderte vergangen, und überdies hatte er sich selbst so oft verändert. Er wollte nicht über den Anfang sprechen, über den gräßlichen Vater und die Mutter, die ihn schlug, über die geliebte Schwester, die mit einem verheirateten Mann durchbrannte, und von der nie mehr gesprochen werden durfte, und die er niemals hatte finden können.

»Du hast mir einmal etwas von einer Hochzeit erzählt«, sagte er, während sie den schwachen, heißen Tee schlürften und Butterkekse für sich und Viv stippten.

»Hab' ich das?«

»Eine Hochzeit in früherer Zeit. Du hast damals ein Pferd geritten.«

»Nun ja, ich bin sehr alt, Connor, das weißt du. Damals haben wir solche Dinge getan. Jetzt aber bin ich auf deiner tollen Maschine geritten.«

»Wir fühlen uns geehrt.«

Sie lachte. Sie hatte ein nettes Lachen.

Es gab einen sicheren Platz für das geehrte Motorrad, und so gingen sie schließlich wieder aus und schritten wieder an den Steinen des Ufers entlang.

Das Tageslicht zog sich in Richtung Land zurück. Ein grauer Sonnenuntergang ohne Sonne. Doch als die Dämmerung heraufzog, wandte sie sich ihm zu, und höflich fragte er: »Darf ich dich auf den Mund küssen?«

»Was glaubst du?« fragte Miranda.

»Ich glaube schon, daß du es erlaubst.«

»Dann werde ich es tun.«

Also küßte er sie, auf schickliche Weise, mit geschlossenen Lippen.

Sie schmeckte süß, der Lippenstift frisch wie eine Rose. Er mochte diesen bonbonartigen Geschmack. Viv, die eifersüchtig war, rannte wieder davon und kläffte die Wellen an. Worauf eine auf sie zurollte und ihr eine tüchtige Dusche verpaßte.

»Oh, die arme Viv!« rief Miranda aus, aber Viv sprang lediglich zurück, nieste und bellte noch wütender. »Als ich ein kleines Mädchen war«, erklärte Miranda, »hat mir die See dies auch einmal angetan. Und ich war nicht tapfer. Ich heulte.

Aber dann tat ich so, als sei nur mein Gesicht vom Meerwasser naß geworden.«

Er dachte, wo mag das nur gewesen sein? An welchem Strand, im Mittelalter oder während der Renaissance? Er fragte nicht. Er küßte sie wieder, diesmal heftiger, und sie ließ es geschehen. In ihrem Mund schmeckte er den warmen Sonnenschein, um den der Tag ihn betrogen hatte – saftig, vielversprechend.

Als er sie rief, rannte Viv wieder zu ihnen zurück. Miranda nahm ihren roten Seidenschal und trocknete Viv ab, während Connor sie beide umarmt hielt.

Im Hotel waren inzwischen ein paar Lampen angezündet worden. Die Bar sah aus wie auf der *Marie Celeste*, das Teegeschirr war nicht abgeräumt worden, die Flaschen blitzten im trüben Licht.

»Wollen Sie jetzt einen Drink?« fragte die Frau, indem sie sich hinter der Theke erhob, wo sie vielleicht zusammengerollt gelegen hatte.

»Es ist noch nicht sechs«, erwiderte Miranda.

»Ach was. Nehmen Sie den ersten auf Kosten des Hauses.«

Hell strahlte der elektrische Kamin. Die Frau hatte nichts dagegen, Viv auch eine halbe Pinte in eine Schüssel zu gießen. Sie sagte: »Oben ist ein Zimmer, falls Sie interessiert sind. Aber ich nehme ja an, daß Sie im King's übernachten.«

»Nie gehört«, erwiderte Connor. »Wir wollten zurückfahren.«

»Es wäre nett zu bleiben«, widersprach Miranda. »Ja, das würde mir gefallen.«

Connor zögerte, und die Frau sagte: »Sie können das beste Doppelzimmer zum Preis eines Einzelzimmers haben. Jetzt ist ja keine Saison.«

Connor blickte Miranda an. Sie sagte: »Das wäre wundervoll.«

Resigniert bohrte Viv ihr Maul in den Drink.

In der Nacht erwachte Connor und sah Miranda friedlich neben sich schlafen.

Ihre nackte Schulter glänzte im Mondlicht, das durchs Fenster ins Zimmer fiel. Sie hatten die Vorhänge nicht zugezogen.

Es war ein Viertelmond, ein Mond für ein junges Mädchen.

Miranda hatte einen reifen Körper, vielleicht wie der Mond, wenn er Halbmond war. Weiße Haut, üppig. Feste Muskeln. Kein Gramm Fett zuviel, alles straff und reif wie bei einer weichen, süßen Pflaume.

Sie hatten es von der Seite gemacht. Er glaubte nicht, daß sie gekommen war, aber er konnte nicht sicher sein. Ihre Befriedigung war heftig und echt gewesen. Es konnte daran liegen – wenn man ihr Alter bedachte – daß sie lange Zeit keine Liebe mehr gemacht hatte. Jahre, Jahrzehnte. Sie hatte etwas darüber gesagt . . . daß sie alles wieder lernen müsse.

Doch sie hatte ihr Freude an ihm gehabt. Hatte ihn auf die geschlossenen Lider geküßt.

Und ihm, ihm hatte es sehr gefallen. Zu sehr. Sie hatte ihn auf eine seltsame, neuartige Weise erregt, die er noch nicht kannte. Wie die Göttin auf dem Berg. Perversitäten. Na und – es war eine gute Nummer gewesen. Eine gottverdammt gute Nummer.

Viv schlief auf dem Kissen, sie hatte ihm vergeben.

Viv war seine Liebe, auch jetzt noch.

Aber was, was war ihm dann Miranda?

Als der Mond untergegangen war, und die Sonne noch nicht entschieden hatte, ob sie aufgehen sollte, als der Himmel die Farbe des perlgrauen Meeres annahm, erwachte er und spürte Mirandas Lippen, und, Gott, er schwoll an wie alle Meere dieser Erde.

Fast zu spät gab sie ihn frei und setzte sich auf ihn, schlank und samtblaß, und er mußte die schlimmsten Erinnerungen heraufbeschwören, um auf sie zu warten. Sogar Cardiff kam ihm zu Hilfe, Cardiff, der auf dem Leuchtfeuer verbrannt war. Und die Oma mit dem Kuchen. Doch Cardiff hätte ihm bestimmt vergeben, wie auch Viv, die jetzt ein Auge öffnete und es aus Höflichkeit sogleich wieder schloß.

Diesmal kam sie, ihr Rücken wölbte sich wie ein Bogen, und ihrem Mund entströmte ein langes, scharfes Zischen.

Doch jetzt konnte er nicht kommen, er konnte nur kraftlos niedersinken. Aber es war die Sache wert gewesen und überdies nur gerecht. Einmal er, einmal sie.

»Es ist Morgen«, sagte sie schließlich.

Die Sonne hatte ihre Entscheidung getroffen.

»Ich muß dich zurückfahren.«

»Ich wäre gern durch die Nacht geritten«, sagte sie, »aber schließlich hatte ich auch so meinen Nachtritt, oder?«

Er wußte nicht, ob er sagen sollte, daß er sie wieder begehren würde, also schwieg er.

Sie lagen da, entspannt, und auf dem Meer lag das gelbe Licht.

Viv erkletterte die Fensterbank, um hinauszublicken.

Als Miranda aufstand und ins Bad ging, sah Connor etwas Dunkles an ihren Schenkeln, und einen Augenblick lang machte er sich Sorgen. Dann jedoch fiel ihm ein, daß sie wahrscheinlich nur ihre Periode bekommen hatte – ausgelöst durch die nächtlichen Aktivitäten.

Er hörte sie im Badezimmer singen. Es war eine unbekannte Melodie, aber alt hörte sie sich nicht an. Natürlich nicht.

Kapitel siebenunddreißig

Kerzen brannten in allen Räumen, die um einen rechteckigen Hof lagen. Der Hof gehörte keiner bestimmten Epoche an; er war nur dunkel wie die Nacht, die hohe schwarze Decke mit goldenen Sternen bemalt. Auch im Hof brannten die Kerzen, in hohen, hölzernen Haltern.

An eine Hofwand war ein Fresko gemalt, das schwach an den pompejischen Stil erinnerte: eine Art Rennen in verblichenen Rot- und Ockertönen.

Perlmutfarbene Karpfen schwammen in einem Becken, versteckten sich unter den großen Blättern. Sonst gab es keine Tiere, keine anderen Pflanzen; keine Zeichen einer Existenz, außer der seinen.

Kain schritt durch die Räume. An manchen Tagen war dies seine einzige Beschäftigung. Die Räume, zehn an der Zahl, waren miteinander verbunden, bis auf das Badezimmer, das sehr modern war, weiß und funktional, mit einer Dusche statt einer Wanne. Es wirkte wie etwas, das man in eine Wohnung in Soho in London hineingepreßt hatte, etwas, an dessen Einbau erst nachträglich gedacht worden war.

Es gab auch ein Schlafzimmer. Das Bett wirkte dem Stil nach viktorianisch oder sogar wie Regency. Es hatte einen dunkelblauen Überwurf, der mit einer Staubschicht überzogen war.

Alle Räume waren staubig, nur das Bett nicht, das Kains Sklaven jeden Tag reinigten. Der Staub rührte nicht von der eisigen Umgebung der Außenwelt, er stammte von kleinsten Partikelchen aus Holz und Fasern und Stoff. Und von Kain selbst. Denn seine Haut, wenn auch anders als die der Menschen, war doch menschlich genug, um Schuppen zu verlieren, und mit seinem Haar war es nicht anders.

Einst hatten sie sein Haar aufbewahrt. Seine Kissen waren

mit seinem eigenen Haar und dem abgeschnittenen oder verlorenen Haar der Frauen, die er geliebt hatte, gefüllt gewesen. Doch das war so lange her, daß selbst die Kissen inzwischen zerfallen waren. Oder konnte er sich nicht mehr erinnern?

An manchen Tagen machte Kain keine Wanderung durch die Räume. Dann saß er stundenlang ohne sich zu rühren in einer der Kammern, auf einem Sitz oder einem Stuhl in europäischem, antik griechischem oder italienischem Stil.

Es gab nur wenig Möbel. Und nur ein gewaltiges schwarzes Klavier nahm wirklich einigen Raum ein. Auch dieses war von einer Staubschicht überzogen. Die Tasten waren aufgeworfen, gelblich verfärbt und klemmten. In seinen harfenähnlichen Eingeweiden hatte eine Spinne gehaust. Vielleicht war sie von jemandem mitgebracht worden oder in einer Obst- oder Bücherkiste hierher transportiert worden aus einem Land, wo es Spinnen gab.

Es gab eher viele kleine Gegenstände als Möbel.

Sie mochten vielleicht wertvoll sein, weil sie alt waren, aber das war der einzige Grund. Steine und Stäbe, Tonscherben, Stöpsel, Flaschen, Eisenbolzen, Schlüssel. In einem Zimmer hingen Messingkäfige von der Decke. In einem anderen lag der Schädel irgendeines Tieres auf dem Boden. In den anderen Räumen nichts dergleichen.

Wieder in einem anderen Zimmer hingen Porträts oder Kopien von Bildern. Offenbar keines von Kain, dessen einzigartiges Gesicht nirgendwo wiedergegeben wurde, außer in dem runden Bronzespiegel, der dem blauen Bett gegenüber hing. In diesem Porträtzimmer gab es drei Darstellungen von Lilith; eines eine Skulptur aus altem braunem Marmor, griechisch vielleicht, sehr gut getroffen. Sie wurde von marmornen Blumen gekrönt. Ein anderes Bild zeigte sie in einem hellgoldenen Rahmen, ein Gemälde aus dem siebzehnten Jahrhundert, französische Schule, sie sah matt und schlecht getroffen aus, war jedoch immer noch unter dem Gazeschleier zu erkennen.

Das dritte Bild war ein bräunliches Foto. Lilith sah darauf ganz fremd aus. Unter einem schweren schwarzen Hut wirkte sie wie eine Matrone, und in ihrer steifen, einstudierten Pose zeigte sich ein Funken Lebendigkeit, den sie nicht länger besaß.

Auf einem Tisch stand eine fußhohe Glaspyramide mit einer tiefroten Flüssigkeit, darin eine silberne Blase. Das Kerzenlicht erleuchtete die rote Flüssigkeit, die Blut sein mochte. Oder auch nicht.

Wenn die Kerzen niederbrannten, wechselte Kain sie manchmal aus. Oder seine Sklaven taten es, wenn sie die Räume betraten.

Im Zimmer an der westlichen Seite des rechteckigen Hofs standen moderne Gegenstände. Ein schwarzer Metallschreibtisch mit einem Apple-Computer. Daneben lagen Disketten verstreut, als sei der Computer wenigstens einmal benutzt worden. Es gab auch eine Musikanlage, aber die hatte man offensichtlich niemals benutzt, denn sie war mit einer dicken Schicht Spinnweben überzogen, fast so dicht wie das Klavier. Platten oder Kassetten waren nirgends zu sehen.

Dann gab es noch verschiedene Geräte mit Knöpfen. Man hatte sie benutzt und wieder hingelegt, und das vor gar nicht langer Zeit.

Nun betrat Kain das Zimmer, doch nur für einen Augenblick. Mit ausdrucksloser Miene schaute er alles an.

Er sah nicht alt aus, wenn er auch für ein Kind oder ein Tier so wirken mochte. Der Junge schätzte ihn vermutlich, ohne groß darüber nachzudenken, auf über sechzig. Nur Ankhet, die auch noch ein Kind war, schien ihn alterslos sehen zu können. Ankhet-Ruth. Dachte er über sie nach? Oder über Malach? Gab es da etwas? Gab es nichts?

Alte Männer ... konnten verbohrt, kleinlich, boshaft werden. Die Jugend hingegen war zum Bersten mit sich selbst erfüllt, wußte alles. Und Kain war beides. Zu jung – und zu alt.

Oder war dies alles hier eine sorgfältig inszenierte Lüge? Ein gesunder und intelligenter, gebildeter und enorm reicher Mann von vierzig Jahren. Ein Verrückter, der sich selbst für so alt hielt, daß sogar seine Frau gefälscht modelliert und gemalt und fotografiert werden mußte. Der sich mit antiken Schätzen und, noch listiger, mit antiken Mittelmäßigkeiten umgab. Als habe er die im Laufe tausender Jahre auf seinem Lebensweg gesammelt –

Kain wandte sich um und schaute auf das Becken mit den ältlichen, weißglitzernden Karpfen.

Seine Augen waren wie Tunnel in der Nacht.

Er durchquerte den Raum und stand über dem Fischteich. Auf einem Silberteller lagen irgendwelche Reste. Er nahm sie und hielt sie ins Wasser, und die Karpfen kamen herangeschwommen und fraßen aus seinen unberingten Händen.

Hatte eine geschickte Operation seine Augen verändert?

Wie war das gemacht worden? Die Schwärze des Alls hinter das Blau des irdischen Himmels zu setzen?

Im fünften Zimmer lag der Stein auf einem Granitsockel. Der Stein, in den die Worte eingraviert waren, die Lilith dem weißen Mädchen in der Halle der Nut gesagt hatte.

Tenebrae sum. Ich bin die Dunkelheit. Dunkelheit. Ich –

Die Karpfen fürchteten Kain nicht, sie hatten keinen Grund.

Sie knabberten an seinen Händen, und er ließ sie gewähren, wie er auch Fliegen und Käfer über seinen Leib hatte kriechen lassen, Eidechsen, Schlangen und Krokodile, ohne daß sie ihm ein Leid getan hätten.

Die Jugend war frisch und wußte alles, und das Alter war in sich gekehrt und wußte auch alles, es waren zwei verschiedene, entgegengesetzte Charaktere.

Mehr als ein Mensch – ja, vielleicht. Aber das Gehirn, die Psychologie – war *nur* Mensch.

Kain erhob sich vom Karpfenteich, wo er jeden Tag zu einer festgelegten Zeit die Tiere fütterte.

Kain, die Dunkelheit, schritt quer über den Hof zu der Wand mit dem gemalten Rennen, und vor ihm glitt die verborgene automatische Tür zur Seite.

Die Frau stand in der Oberwelt, in der wirklichen Welt auf dem Berg, an einer Stelle, wo der Fluß wieder überfroren war. Nach Süden hin erstreckte sich ein gewaltiger grüner Gletscher, wie ein Schatten unter dem Eis.

Lilith war in graue und schwarze Pelze gehüllt. Wie er verhüllte auch sie ihr Gesicht nicht gegen die beißende Kälte, obschon es heute viele Grade unter Null war.

Ein Stück weiter standen ihre Diener in Thermokleidung, die Gesichter ebenfalls unbedeckt.

Die Gruppe stand da und sah zu, wie die beiden Albino-Tiger über das Eis rannten.

Sie waren eine halbe Meile entfernt, wo man ein paar Tiere an die Küste gebracht und freigelassen hatte. Die Katzen hatten ihre Beute schon ausgesucht und jagten nun gemeinsam wie Kinder, anders hatten sie es durch ihre Verbindung mit Lilith nicht gelernt.

Sie rissen das Tier nach einem kurzen Spurt, viel zu kurz, um ihnen wirklich Bewegung zu verschaffen.

Die beiden schneeweißen Raubtiere warfen sich auf den Boden und rissen den warmen Kadaver in Stücke, während die anderen Beutetiere ziellos davonwanderten.

Aus dem Opfer stieg Dampf auf, als brenne das Eis.

Bald schon würden sie zu ihr zurücklaufen, die Mäuler rot vor Blut, die Zungen rot. Sie würden ihr ein Stück des Fleisches bringen, und sie würde es annehmen, um ihren Instinkt zu besänftigen. Sie, die alte Tigerin, die die Rolle ihrer toten Mutter übernommen hatte.

Ihr Kopf . . . sie war noch nicht senil, und doch war es so ähnlich: Erinnerungsfetzen durchzuckten sie wie das Peitschen der beiden weißen Schwänze auf der gründurchbrochenen Eiswüste, Gedanken, die sich erhoben wie der zarte Dampf des Blutes.

Und sie war auf einem Meer, das sie wiegte, sie sanft vorwärtstrug. Doch das Schiff hatte seine Segel verloren (und wie war die Redensart: Ein Schiff ohne Segel ist wie eine Frau ohne Brüste). Nun war sie nur noch ein Mast schwarzer und weißer Knochen.

Da erhob sich, meilenweit entfernt, hinter ihren fressenden Söhnen, den Tigern, die Insel eines neues Gedankens. Ein Kind. Nicht die beiden, die *er* für sich benannt hatte, Harpokrates und Ankhet – es gab noch andere, die kommen sollten, *andere*

Kinder. Und darunter ein Kind, dieses Kind, das eine schwarze Haut hatte. Er würde auf der Oberfläche des Schnees so fest und wirklich erscheinen.

Faran.

Ja, dieser Name war es, kein Name, den ihr Herr geschaffen hatte, dieser Name war zu ihr gesprochen worden. Faran, der sieben oder acht Jahre alt war. Der schwarze Ritter für die schwarze Königin. Eine Insel in ihrem Meer.

Denn er bedeutete ihr etwas. Sie wußte auf unbestimmte, unbegreifliche Weise, was er ihr war. Sie mußte ihn halten. Ihn vor sich halten.

Hatte sie aus diesem Grunde mit dem Mädchen gesprochen, das Ankhet genannt wurde, Anna, Ruth? Weil dieses Mädchen ein Vorgeschmack auf ihn war – auf Faran. Auf *ihr* Kind. Liliths Kind.

Mit ihm sollte sie wahrlich eine Mutter mit einem Sohn sein.

Und schließlich eine Geliebte. Eine Ehefrau.

Und dann, als letztes, von der Frische seines jungen Körpers angeregt, mit Samen erfüllt, das Gefäß für ein Kind, das endlich ihr eigenes sein sollte –

Der dunklere Tiger erhob sich und schüttelte sich.

Die Gedanken verschwanden.

Sie sah nur noch die beiden Katzen auf sich zuspringen, das Eis sprühte unter ihren breiten Pfoten.

Sie nahm aus ihren roten Mäulern die kleinen Fleischfetzen entgegen, und als sie sich umdrehte, war Kain an ihrer Seite, Kain, ihr Gebieter, Phrah, Magus, ihr Mann. Und die Sklaven hatten sich zurückgezogen.

Er sprach zu ihr in einer der ältesten Sprachen der Erde. Die wohlklingenden Laute beraubten die Worte fast ihrer Bedeutung, dennoch verstand sie, was er sagte.

– *Bald. Lilith. Spürst du Furcht? Schlägt dir das Herz in der Brust?*

– *Vielleicht, mein Gebieter.*

– *Doch es muß sein. Du darfst mich nie enttäuschen.*

– *Was immer du wünschst, mein Gebieter.*

Und dann sprach er zu ihr in zeitgenössischem Französisch,

passend zu seiner Kleidung – denn er sah aus wie einer der großen Entdecker in der Eiswüste, bis auf das maskenlose Gesicht –: »Hast du an ihn gedacht? An den Jungen, den ich für dich geholt habe? Der schwarze Junge, der glänzt wie Ebenholz. Mit den krausen Haaren. Den Katzenaugen. Ja?«

»Wer?« fragte sie.

»Oder ist es Malach, an den du denkst?« fragte Kain in einem obskuren holländischen Dialekt. »Bedeutet dir Malach etwas?«

Lilith gab keine Antwort. Der hellere Tiger leckte ihre bloße Hand und färbte sie mit Blut.

Nun sprach Kain englisch. »Vielleicht werde ich sie doch beide für mich nehmen. Deinen schwarzen Jungen. Ihren weißen Priester. Dann bleibt nur noch Kain, um den ihr Frauen euch schlagen könnt.«

Lilith riß die Augen auf; sie blitzten wie Quecksilber in ihrem weißen Gesicht.

»Du sagtest, der Junge würde zu mir kommen.«

»Dann macht es dir etwas aus?« fragte er auf französisch. *»Hélas. J'ai perdu, mon amour.«*

Doch nun war die Flamme in ihren Augen erloschen. Sie warf ihm einen Blick zu. Sie redete in einer Sprache, die fast so alt war wie die, die er zuerst benutzt hatte, nannte ihn *Phrah* – Pharao. Es klang wie eine längstvergessene Koketterie.

»Du hast Ankhet«, sagte sie. »Du hast Ankhet für dich.«

Doch ihre Augen waren nun sanft, trübe, wie der Schnee in der Weite, der vom Wind aufgewirbelt wurde.

Ankhet Persephone Anna Ruth hat sich als Ruth angezogen, wie Ruth es haben wollte.

Sie hatte den Frauen, Shesat, Mesit und Ast, gesagt, was sie tun sollten, und jene hatten sofort und ohne zu zögern gehorcht. Sie war, auf Ruths Art, sehr höflich zu ihnen gewesen. *Danke schön,* hatte sie gesagt. Sie war wie Ruth ein wenig prüde, aber das mußte sie ablegen. Die Ägypter waren oft barbusig gegangen.

Die Perücke hing ihr bis auf die Schultern herab. Sie war aus dichtem schwarzem Haar, und viele Strähnen waren geflochten, am Ende mit goldenen Lünetten versehen, durch die Karneole gesteckt waren. Auch ihre Ohrringe waren aus Gold, mit drei Jaspissteinen besetzt.

Das Kleid war aus durchsichtigem, milchweißem Leinen und so eng an den Beinen, daß sie kaum laufen konnte. Eine Brust lag frei – die rechte, so daß die linke, die das blaue Wölkchen der Narbe trug, verborgen war. Gekreuzte Klammern aus Gold hielten den Rock, und wo sie einander trafen, steckte ein roter Skarabäus. Ihr Schamhaar wurde von einem Netz aus Gold verdeckt, das durch das Leinen hindurchschimmerte.

Ihe Augenlider waren golden bemalt und an den Rändern dunkelgrün. Sie ließ sie auch Maskara benutzen. Auf ihren Lippen lag das Rot des Skarabäus, dunkel wie oxidierendes Blut.

Sie hatte ihren Turmalinring, das Geschenk von Rachaela, abgezogen.

Sie mochte ihr Äußeres. Das war nicht sie, nicht im geringsten, und doch eine ganz andere, die sie wirklich war.

Tief unten in der Düsternis, die Kain unter der weißen Pyramide geschaffen hatte, befand sich Malach.

Während Ankhet Ruth angekleidet hatte, hatte man ihn, passenderweise, ausgezogen. Nackt.

Für sie würde es keine Überraschung sein. Kain hatte es ihr gesagt. So war es Brauch. Und Ruth – Ruth hatte Malach nackt gesehen. Sogar Anna hatte ihn so gesehen, im Traum.

Sein Leib, vom trüben Licht einer Fackel hoch oben an der steinernen Wand beleuchtet, war wie ein universelles Siegel der Körper aller Gefangenen. Obgleich stark, wohlgeformt und schön unter anderen Umständen, sah er nun erniedrigt aus, verletzlich, scheußlich. In der Farbe fast grau, vom Feuerschein gestreift.

Wieder erinnerte die Szene an einen Film, allerdings an einen *schlechten* Film. Und Malach war eine Person aus einem Film, so wie er scheinbar immer eine Rolle gespielt hatte – ein Mensch, der in Liebe, Lieder und eine Geschichte verwoben war. Zu einem Schicksal verurteilt, heldenhaft, bestimmt – und ohne Sinn. Ein Räuber der Ungerechtigkeit, ein Retter, ein weißer Ritter.

Sein Kopf pendelte, und das lange, lange Haar fiel um seine Schultern. Sie hatten es nicht abgeschnitten. Ruth, die Ankhet Persephone war, hatte gesagt, daß sie es nicht wolle. Sie wollte es tun, wenn sie es wünschte. Doch niemand sonst.

Herrisches kleines, verdorbenes und wütendes Kind. Ein Kind, für die Liebe getötet. Ein Kind, das mit dem Tod der Liebe gestorben war.

Auch ohne Sinn. Wieder eine Gestalt aus einer Geschichte.

Wenn sie all diese Jahrhunderte gelebt hatten, und nun, wenn schon nicht im gleichen Körper, dann in einem anderen Körper wiederkehrten, so daß nur noch eine schwache Erinnerung an die frühere Existenz bestand – wie konnten sie dann nur so weit kommen? Nichts zu fühlen als diese armselige Feindseligkeit?

Sie hätten fast Götter sein können. Sie dachten wie Menschen. Sie liebten und haßten und wollten verletzen und sich retten in einer Art, wie es nur schwache Menschen dürfen, Menschen, die gequält und verstümmelt werden und die nur ein Leben haben.

Und dies war es, was er sagte, ganz ruhig, doch er sagte es in einer anderen Sprache, und sie verstand ihn nicht.

Aber Ruth hätte nie verstanden.

Er hatte erst begonnen, sie zu lehren.

Und dann verstummte er.

»Wie geht es dir, Malach?«

Während sie fragte, stand sie auf den Stufen, die zu ihm hinabführten, genau wie die böse Frau in dem alten Mythenfilm.

»Sehr gut«, erwiderte er. »Und dir?«

»Sollen wir das Wortspiel spielen? Ich sage ein Wort und du sagst, was dir dazu einfällt. *Fehler.*«

Malach lächelte. Er hing in den stählernen Fesseln, die Kain speziell für ihn hatte anfertigen lassen – denn Malach war stark – und lächelte milde.

»Sprich weiter«, sagte sie. »Ich will es. Ich könnte dir vielleicht vergeben, wenn du sprichst.«

»Und vielleicht auch nicht.«

»Willst du denn nicht fragen, was ich dir vergebe?«

»Ich weiß, was.«

»Gut. Er wird alles tun, was ich wünsche. Er wird dich schlagen lassen, peitschen lassen.«

»Meinst du nicht geißeln?« fragte er mit sanfter Stimme – eine vorsichtige Anspielung, daß er immer noch nicht ganz die Rolle in ihrem Film akzeptiert hatte, oder nur mit Humor akzeptieren konnte.

»Dann eben geißeln«, erwiderte sie. Ruth hatte nie einen besonderen Sinn für Humor besessen. Anna vielleicht auch nicht. »Vielleicht sogar kastrieren.«

»Nein, ich glaube nicht, daß er das tun wird.«

»Weil die Scarabae die Zeugung verehren? Das ist ihm egal. Du bist mein Spielzeug. Er hat dich mir geschenkt.«

»Nein. Anna. *Ich* habe mich dir geschenkt.«

»Und war das nicht dumm?«

»Was hätte ich sonst tun sollen? Ich dachte, er hielte dich hier gegen deinen Willen fest.«

»Er würde mich nie gehen lassen.«

»Würde er schon. Wenn ich hier bin, und du es wünschen würdest.«

Sie schien darüber nachzudenken. Dann sagte sie: »Aber er will mich.«

»Ich will dich.«

»Nein. Es ist zu spät. *Blut*, Malach. Woran denkst du, wenn ich das sage?«

»Daß er es gern trinkt. Oder so tut.«

»Ich auch.«

»Anna –«

»Nun klingst du anders. Aber nenn mich nicht Anna. *Sie* haben mich so genannt. Jetzt bin ich Ankhet.«

»Althene hat dir den Namen gegeben. Willst du auch Althene verleugnen?«

»Althene hat mich nicht gesucht.«

»Sie hätte es versucht. Aber etwas – nein. Nur ich konnte dich finden. Es war meine Bestimmung.«

»Ja, du hast recht. Damit du der *meine* wirst. Einst war ich deine Gefangene. Und du hast mich bestraft.«

»Ja.«

»Nun bist du mein Eigentum.«

»Seines«, entgegnete er. »Das ist der Fehler, von dem du sprachst.«

Sie kam die Stufen herunter und schritt auf den Platz vor Malach, wo er in den Ketten hing. Seine Arme waren über den Kopf gezogen worden. Es mußte schmerzen, seine Atemzüge behindern, aber dennoch schien er entspannt. Sie konnte keine Male feststellen.

»Ich bin Linkshänderin«, sagte sie nun. Sie streckte die linke Hand aus. »Das kommt von dir. *Sinister – unheilvoll.*«

»Ich weiß.«

»Ich bin ein Unheil.«

»Wenn ich dich Ruth nenne«, begann er, »wirst du mir dann zuhören?«

»Nicht, wenn ich nicht will.«

»Du willst«, sagte er. »Nur einen Augenblick.«

Sie blickte ihm in die Augen.

Ihre eigenen, die von der Malachit-Paste zu der Form zweier Fische gerahmt waren, glitzerten. Das Gold glänzte. Sie fragte: »Erinnerst du dich noch an mich, als ich so aussah?«

»Nein. Ich erinnerte mich nur an *dich*. Und du hast dich vergessen. Doch ich verspreche dir eins, was auch immer Kain mir antut oder nicht – das, was er von dir will, ist nichts als die alte, alte nutzlose Nichtigkeit. Davor hat deine Mutter Angst. Er will eine Bruthenne. Seine eigene Frau kann es nicht – sie ist nur eine Schale. Du hast sie ja gesehen. Du aber, du bist neu. Er will sich ein Ebenbild aus dir schaffen. Das ist sein Interesse. Ein Ebenbild aus deinem Fleisch. *Adamus*. Adamus war nichts im Vergleich zu diesem hier.«

»Ich höre dich«, erwiderte sie. »Und es kümmert mich nicht. Ich kann Babys haben. Ich kann ganz leicht immer wieder Babys haben. Und immer noch ich bleiben. Warum nicht? Ich kann ihn glücklich machen. Er will mich. Er hat mehr Blau in den Augen als du.«

»Oder du kannst mit mir gehen und frei sein. Denk daran, Anna. Frei mit mir, und frei von mir, wenn du willst.«

»Wie, hat er dich gezähmt? Du hast dich ihm *gebeugt*.«

»Der Schein kann trügen.«

»Du kannst nicht gewinnen.«

»Doch, wenn du es willst.«

»Ich will«, sagte sie, »daß du zerschmettert und zerstört wirst. Ich will, daß du stirbst. Ich hasse dich«, sagte sie ruhig, »ich hasse dich so sehr, daß ich es nicht einmal spüren kann. Ich fühle nichts. Ich will, daß du vor Schmerzen schreist, damit ich wieder etwas fühlen kann.«

»Du würdest nie etwas fühlen können«, erwiderte er. »Warte nicht darauf.

»*Ja*. Ich liebte dich. Wirklich.«

»Dann komm mit mir. Dieser Ort ist nicht einmal ein wirklicher Ort. Es ist eine Einbildung. Ein Wahn. Die Erde dreht sich weiter, wie sie es schon immer getan hat.«

»Soll sie sich ohne mich drehen«, sagte sie.

Dann wandte sie sich zum Gehen. Sie war ein schlanker Glitzerstreifen, ein glänzendes Bild, ein goldener Käfer, wie Ruth es immer gewesen war, und nun auch Anna, in der ihr eigenen, blaßglühenden Weise. Ankhet winkte. Dem Mann, der oben im Schatten der Fackel gestanden hatte.

»Schau«, sagte sie.

Der Mann trug eine Art Lederschurz und an den Armen Eisenbände. Er hielt eine Geißel, deren Enden mit Metall versehen waren. »Bist du bereit?« fragte Ruth Malach.

Es gab keine Antwort.

Ruth winkte wieder, und der Mann kam die Stufen herunter und stand vor Malach, der nackt und gefesselt an der Wand hing, und hob die Peitsche.

»Tu es.« Sie legte den Kopf auf die Seite.

Und der Arm des Mannes holte aus, weiter und weiter, und schoß vor wie eine Faust aus Regen und Hagel und Feuer. Stille.

Das Blut, das aus Malachs Leib kam, sprühte ihr ins Gesicht. Sie leckte es von den Lippen und wich ein paar Schritte zurück, um dem Schauer des nächsten Schlages zu entgehen.

Kapitel achtunddreißig

Louis der Priester bohrte in der Nase.

Er tat es hastig, um es hinter sich zu bringen, bevor die anderen kamen, seine Gemeinde.

Er sollte es nicht tun.

Das tat man nicht. Aber andererseits –

Dann wäre nichts jemals richtig. Schließlich gehörte er nicht mehr zu dieser Kirche, zu diesen Children of Time, abgekürzt, Cot. Cot und Gott. Und sogar sein Name war damals im Eimer gewesen, 1793 in Paris, unter den Zähnen der Guillotine.

Als er erst einmal nachgedacht hatte, war ihm alles klar und deutlich wieder eingefallen. Der Karren und die schreiende Menge, sogar die Planke, auf die sie ihn geworfen hatten, und dann die widerliche Art, wie die Guillotine einem das Leben nahm –. Zum Glück waren die Bilder verblaßt, unscharf geworden. Und obgleich er den Lehren der Reinkarnation die Treue hielt, war sein eigner Glaube getrübt gewesen.

Er war vierzehn gewesen, als er zu der Sekte kam. Er war aus dem Zug gestiegen und in London umhergewandert, mit großen, dummen Augen, in der Tasche zehn Pfund, die er seiner Mutter gestohlen hatte. Er hatte von ihnen weggewollt, von seinen Eltern, von den Hinterhäusern im Norden, der Schule und der Aussicht, später in die Fabrik zu müssen.

London hätte ihm alles mögliche antun können, Heroin und Prostitution, einen schnellen Tod in einer Gasse, der dem in Paris würdig gewesen wäre. Doch irgendwie führte ihn die Großstadt, nachdem er nach drei Tagen ohne Essen fast verhungert wäre, in die Halle von Cot.

Die Cot-Leute hielten ihre Sekte für jeden offen. Sie glaubten an die Reinheit des Körpers und an freien Sex, sei es nun zwischen gleich- oder verschiedengeschlechtlichen Partnern –

denn wenn man von einem anderen Menschen angezogen wurde, so war es vermutlich deshalb, weil man schon einmal in einem früheren Leben mit ihm oder ihr geschlafen hatte. Und da Reinkarnation die Geschlechtergrenzen überschritt, konnte man nun eine Frau sein, wenn man vorher ein Mann gewesen war, oder umgekehrt, und die andere Frau, die man begehrte, war vielleicht in einem früheren Leben die rechtmäßig angetraute Ehefrau gewesen.

Dies alles kam ihm gut zupaß.

Die Cot-Leute ernährten sich auch gut. Sie stellten sich in ihren hübschen grünen Umhängen auf die Straße und bettelten, und manchmal arbeiteten sie auch, um den gemeinsamen Fonds für alle zu füllen, der von einem Komitee verwaltet wurde.

Die Regressions-Sitzungen hatte Louis zuerst überaus lächerlich gefunden – sein Name war damals nicht Louis gewesen. Doch dann verliebte er sich in ein Mädchen von siebzehn Jahren, das glaubte, das letzte Mal in Frankreich während des ersten Weltkrieges gestorben zu sein.

Sie weigerte sich, mit Louis Liebe zu machen, weil er, wie sie sagte, noch nicht bereit war. Er verstand es so, daß er noch nicht in die Reihen der wahren Cot-Gläubigen aufgestiegen war.

So begann er mit den Regressions-Sitzungen und erlaubte den Priestern des Ordens, ihn in Trance zu versetzen. Doch ob hypnotisiert oder nicht, Louis erhielt nicht den Eindruck, daß sich Außergewöhnliches ereigne. Meist fühlte er sich nur in seine Kindheit zurückversetzt, als seine Mutter ihn beim Masturbieren erwischte oder als er helfen mußte, den brandigen Fuß von Onkel Joseph zu waschen.

Dann bat Louis einen der Priester von Cot, ob sie etwas über sein letztes Leben herausfinden könnten, damit er versuchen könnte, ein paar Gefühle dazu zu entwickeln.

Einer der Priester setzte sich sofort mit ihm hin und kritzelte mit geschlossenen Augen einen langen Sermon in ein Übungsheft von Woolworth's.

Der andere Priester las es Louis unter einigen Schwierigkeiten vor. Es erklärte, daß Louis Louis geheißen hatte, als er verschwunden war, und warum er verschwunden war – er war ein Verfasser von Flugblättern gewesen, der mit der Pariser Verfassung in Konflikt geriet: Am Schluß stand der Vorschlag, Louis sollte nun selbst etwas darüber herausfinden.

Louis war seltsam aufgeregt. Es war ein paar Tage nach seinem fünfzehnten Geburtstag, und er hatte zwar kein eigenes Geld, aber die Siebzehnjährige, die nicht mit ihm schlafen wollte, hatte ihm zwei Flaschen Brown als Geschenk gekauft.

Betrunken begab sich Louis in seiner sauberen grünen Montur in eine öffentliche Bibliothek und las den ganzen Tag lang über die französische Revolution.

Als er herauskam, barst er vor Überzeugung und dem Drang, aufs Klo gehen zu müssen – in der Bibliothek hatte es keine Toiletten gegeben – und weil ihm so schwindlig war, stand er auf der Westminster Bridge, dem Ort der vertraulichen Geständnisse, und spürte eine starke Schizophrenie, ein Gefühl von zwei Leben, die es gleichzeitig zu leben galt.

Er kriegte das Mädchen nie ins Bett, aber sie war auch mit jemand anderem zugange, der vor zweihundert Jahren ihre Mutter gewesen war. Louis hörte auf, sich darüber zu ärgern.

Er wandelte durch das London der siebziger Jahre mit einer neuen, hellen Freude, einer fast zärtlichen Belustigung, mit allem zufrieden, begierig, alles kennenzulernen – denn alles war ewig und doch im Wandel, man kam immer wieder zurück, der Tod spielte keine Rolle, und die Menschen, wie schlecht sie einen auch behandeln mochten, würden eines Tages alle gut sein, und eine vereinte Seele besitzen.

Es waren glückliche und aufregende Jahre für Louis.

Er wurde aus freiem Willen ein Priester der Cot, und die ganze Auflösung und der Aufruhr der Großstadt erfüllten ihn nur mit einer bittersüßen traurigen Hinnahme. Er half, wo er nur konnte. Er war freundlich, nachsichtig und weise und konnte besser in die Zukunft schauen als jeder andere; besser als der Mann, der versuchte, ihn zu erstechen; als der Landstreicher, der in seinem Armen starb (ungetröstet von Louis' sanften Worten); als die wütende Polizei und die verlorenen jungen Seelen, die sich durch die Massen der Großstädte drängten.

Louis war keine junge Seele. Er war ein Funken in seiner letzten Reife, fast alt zu nennen. In zehn weiteren Leben mochte er es vielleicht erkennen. Aber wie faszinierend würde es sein zu sehen, wie selbst diese verödete Welt sich entfalten konnte. Denn er würde die Zukunft sehen, so wie jeder Mensch. Und am Ende würden die Guten, Klugen und Duldsamen die Erde besitzen. Dann gäbe es keine Schatten mehr.

Manchmal mußte er vor Glück über diese Vorstellung weinen.

Und dann, irgendwann als er Anfang dreißig war, verlor Louis seinen Glauben.

Gott mochte wissen – falls es wirklich einen Gott gab – warum dies geschah.

Doch es geschah.

Einen Tag war es so, als ob er durch ein dunkles Glas gesehen hätte, so wie ein Kind sieht, und als ob er nun die Welt wie ein Mann sähe. Den Schrecken und die Angst. Und da wußte er, in einem blendenden Augenblick der Offenbarung, daß es im Grunde für nichts einen Sinn gab. Man lebte nicht ewig. Man litt und man starb und das war's.

Er versuchte, seine Glaubenskrise zu verarbeiten, doch keiner konnte ihm helfen, und am Ende verließ er die Sekte und begab sich hinaus in die gefallene Stadt.

Er nannte sich immer noch Louis, nach demjenigen, der er einmal geglaubt hatte zu sein. Er rühmte sich immer noch, ein Priester gewesen zu sein, und nahm an den Sterbezeremonien, den Geburten und den Hochzeiten der Cot-Mitglieder teil. Er verteidigte noch immer die Reinkarnation, obschon er nicht länger unbedingt daran glaubte.

Denn wie konnte man es *wissen*?

Wie? Erst, wenn man tot war.

Und dann war es verdammt zu spät. Louis hielt Ausschau und sah seine Gemeinde am Ufer des grauen, eingesunkenen Flusses daherkommen.

Es war Camillo, der es so gewollt hatte, hier unter der Brücke.

Und wer zum Teufel war Camillo? Er war alt und jung und verrückt wie ein Wasserhuhn.

Louis, ein unschuldiger Mann, der zuviel und auch zu wenig gewußt hatte, bürstete den fleckigen grünen Umhang, den er normalerweise in der Tasche trug. Seine Nase war jetzt frei, und so fühlte sich auch sein Kopf klar. Er würde sein Bestes tun.

Lix hatte ihr Haar wieder kurz geschnitten und die Stoppeln mit Shampoo gewaschen. Sie trug ihre andere Jeans, und auf den Mantel hatte ihr Janice eine schmutzige, rote Mohnblume geheftet, die vom Poppy Day übrig geblieben war.

Camillo hatte es nicht gefallen.

»Viel zu sauber. Du hast dich schon wieder gewaschen.«

Janice sagte: »Du willst sie doch heiraten.«

Kirstie kicherte.

»Es ist keine richtige Hochzeit«, sagte Lix.

»Doch«, entgegnete Camillo. »Ist es.«

Lix war es egal. Sie hatte sich gewaschen, weil sie es gewohnt war. Es machte zwar nicht viel aus, aber sie haßte es, wenn sie stank. Den Gestank der anderen nahm sie kaum wahr. Außerdem roch Camillo nach nichts, nur nach dem Schlamm auf seinem Mantel. Er war wie etwas sehr, sehr Altes, das mit den Jahren keinen Geruch mehr verbreitete. Vertrocknet.

Sie machte mit, weil man es ihr aufgedrängt hatte. Ihr bedeutete es nichts.

Der verrückte Priester, der an die Reinkarnation glaubte, wartete schon unter der Brücke, wo Camillo die Zeremonie stattfinden lassen wollte.

Die Leute taten, was Camillo befahl.

Sogar Two Hats, der bei der Explosion der Bombe gestorben war. Und Vinegar Tom, der nun halbtaub war und immer so eine Musik in seinem Kopf hörte. Er und Pug trugen neue Hosen, die schon schmutzig waren, Hosen, die Camillo irgendwo gefunden und den Männern gegeben hatte, die nach der Explosion halbnackt dagestanden hatten.

Pug, der sich nun auch dazu gesellte, war des Trinkens wegen gekommen.

Camillo hatte auch das Geld für die Kiste gehabt, hatte es

einfach aus der Tasche gezogen. Es war eine wohlgefüllte Kiste mit Rotwein und Brandy und weißem Martini. Die Zutaten waren in einer zerbrochenen Vase, die sie zwischen den Mülltonnen gefunden hatten, vermischt worden, und daher roch das Getränk nach alten Chrysanthemen.

Plötzlich mußte Lix an Ron denken, als sie trank. Der arme Ron. Sie dachte nie mehr an ihn. Einen Gin Tonic vor dem Dinner, dann drei Gläser Klarett oder einen französischen Weißwein zum Essen. Ab und zu ein Whisky als Schlaftrunk. Ach ja, und Whisky und heiße Milch für die Grippe. Greg hatte mehr getrunken. Aber Greg war auch noch jung gewesen –

Nun warte mal. Warum hatte sie denn jetzt an die beiden gedacht? Sie hatte schon lange nicht mehr an sie gedacht. Sie waren verschwunden.

Sie konnte sagen: *Tut mir leid, Camillo. Ich bin verheiratet.*

Aber selbst das stimmte ja nicht.

Nein, sie war frei. Kein Ring am Finger. Wo war der nur abgeblieben? Ach ja – jemand hatte ihn ihr vom Finger gezogen, während sie so tat, als schliefe sie. Sie würden ihr auch den Finger nehmen und als der Ring herabglitt . . .

Hatte sie danach geweint?

Sie hatte nie geweint.

»Das ist er. Er ist total irre«, sagte Janice und zeigte auf Louis unter der Brücke.

»Um so besser«, meinte Camillo. »Die Verrückten haben Angst.«

Der Nachmittag war weiß und laut. Vermutlich Viertel vor vier.

Oben auf der Brücke brauste der Verkehr, und die Menschen zogen vorüber wie im Zeitraffer.

Unter der Brücke hing dichter Schatten. Bewegungslosigkeit.

Zwei Fuß dick Schlamm, und im Schlamm lagen Abbilder wie Fossilien, Teile von Einkaufswagen, tote Fische, der Kieferknochen eines großen Hundes, ein Hund der Baskervilles, hierhergestreunt, um zu sterben. Dann kickten sie Flaschen mit Bleichmitteln aus dem Weg und Flaschen mit Stärke, als wäre dies ein Fluß, an den verrückte Frauen kämen, um ihre Wäsche zu waschen.

»Viel zu sauber, du Hexe.«

»Na schön«, meinte Lix.

Sie setzte sich hin, legte sich dann in den Schlamm und wälzte sich.

Schlammverklebt kam sie wieder hoch, das Gesicht wie mit Kriegsfarbe bemalt. »Besser?«

»Viel, viel besser. Hübsch für mich. Hätte nicht gedacht, daß du das tust.«

Janice sagte na, na.

Camillo sah aus wie sechzehn, wie ein alter Sechzehnjähriger von der Straße.

Er nahm Lix am Ellbogen und glitt mit ihr unter die Brücke.

Die anderen folgten ihnen. Janice und Kirstie und der Hund, Pug und der bombentaube, grinsende, rauchende Vinegar Tom, der auf die Marseillaise in seinem Kopf lauschte. Louis hielt die Zeremonie ab, so gut er sich ihrer entsinnen konnte.

Er sprach alle mit feierlicher Stimme an.

Sie hielten sich gut; Janice wirkte sogar ehrfürchtig, und der Hund bellte nicht. Manchmal gähnte Kirstie, aber das kam daher, weil sie möglicherweise krank war und immer ein wenig lethargisch. Vor ein paar Jahren noch hätte Louis nichts dagegen gehabt, die Trinkkiste mit so einer wie Kirstie zu teilen, aber nun spürte er einen lauernden Zweifel. Und doch, wenn es da nichts gab, warum sollte er sich Sorgen machen?

Louis erinnerte sich daran, etwas zu teilen, und sie teilten sich brüderlich die Kiste.

Dann sprach er zu Lix.

Er fragte sich, ob sie frei sei, Camillo zu heiraten und ob sie es wolle? Lix erwiderte ja, sie wäre frei, sie wolle. Er fragte sie nicht, ob sie ihren Mann lieben, achten und ihm gehorchen wolle, er fragte sie nur nach der Liebe. Ob sie ihn immer und unter allen Umständen lieben wolle und seine Freiheit achten und ihn ehren. Camillo fragte er dasselbe. Louis war sehr überrascht, als beide mit *Ja* antworteten, und er wurde sich auf schmerzliche Weise seiner eigenen Unzulänglichkeit bewußt. Denn wenn sie geglaubt hätten, daß er irgendwelche Autorität besaß, um diese Messe zu zelebrieren, würde keiner von ihnen mit einem Ja geantwortet haben.

Wieder ging die Kiste herum.

Louis sprach ein Gebet.

»Das Leben ist ein harter Lehrmeister, und wir lernen durch unser Leben, die Erfahrung ist unser Rohrstock. Wir leiden und quälen und sind oft beschämt über das, was wir getan haben. Aber am Ende wird ein goldenes Licht durch unsere Dunkelheit scheinen. Und obgleich der Weg aus Dunkelheit geformt zu sein scheint, gibt es immer noch einen Pfad zum Licht. Wir müssen nur uns selbst trauen und der Ewigkeit, die uns stets leiten wird.«

Janice hatte Tränen in den Augen.

Louis verspürte eine tiefe Traurigkeit für ihren Glauben, der soviel stärker war als der seine.

Er schloß mit einem Segen.

Wieder ließen sie die Kiste herumgehen.

Louis sagte: »Du darfst die Braut jetzt küssen.«

Camillo drehte sich um und nahm Lix' Kopf in die Hände. Er wirkte wie ein Junge, wie Louis, als er vierzehn war und in die Halle von Cot getaumelt war, mit einem knurrenden, verdorbenen Magen und zweieinhalb Pence in der Tasche. Und doch war Camillo eher wie ein Wilder, seiner selbst sicher. Wie eine Taube, denn die wissen auch am besten, wie man überlebt. Camillo, die Taube, küßte Lix mit seinen grausamen Schnabellippen.

Sie ließ es geschehen.

»Da!« rief Janice.

Und dann geschah etwas Seltsames.

Über die Brücke mußte ein Windstoß gefegt sein. Er wirbelte den leichten Abfall des Tages durcheinander und wehte ihn über die Brüstung und dann hinunter, immer weiter durch die kalte weiße Luft.

Mit ihm kam der Geruch der Rush-hour – Zigaretten und U-Bahn-Gestank, die Abgase der Autos und der Busse, Schweiß von desodorierten Körpern, bedrängt von Gefühlen, die sie nicht zulassen durften.

Zerrissene, gallgrüne Wettscheine, Liebesbriefe auf Duftpapier, mit einem Revlon-Kuß besiegelt, schöne Technicolor-

Farben von den Schmetterlingspapierchen der Quality-Street-Pralinen, die man eilig oben auf der Brücke gegessen hatte. Busfahrkarten, aussortierte Rechnungen, die einem bei der Steuer nichts nutzten, eine zerfetzte Karte von einem abgelehnten Liebhaber. Zwei bunte Kleenex-Tücher, das eine mit Rotze, das andere naß geweint.

All dies segelte herab, wurde vom Wind unter die Brücke geblasen.

Das Hochzeits-Konfetti.

»Ohh, schaut nur«, sagte Janice.

»Es ist wie –«, begann Kirstie.

Pug starrte nur und meinte: »Jaa.«

Und in Lix' stacheligem Haar blieb ein goldener Schokoladenflügel hängen. Dann segelte er herunter. Wie ein abgerissener Ring. Wie ein Splitter der verschleierten Sonne.

»Nun geht's in die Flitterwochen«, verkündete Camillo. »Wer will mitkommen?«

»Du nimmst niemand mit in die Flitterwochen«, riet Janice.

Und ihr Hund bellte mißbilligend.

Doch Camillo sagte: »Das hier ist etwas anderes.«

Er führte sie an – sogar Louis trottete hinterher – und sie marschierten den weißen Strand entlang neben dem Fluß, wo keine Frau mehr ihre Wäsche wusch.

Sie erklommen die glitschigen Stufen.

Und da, am grauen Bordstein der Straße, mitten im rauschenden Verkehr der Stadt, standen zwei große schwarze Wagen.

»Mensch!« sagte Janice.

»'n Rollsie«, meinte Pug.

»Seid meine Gäste«, sagte Camillo. »Lix und ich nehmen den einen da. Siehst du die weißen Bänder, Lix? Und der Rest von euch nimmt den anderen.«

Mürrisch stand Janice am Straßenrand, ihre Tasche und ihren Hund an sich gedrückt. Neben ihr Kirstie, leer wie ein Haus. Doch Pug sagte: »Ja.« Und Vinegar Tom, der sich von seiner Musik losriß: »Werd' ich tun.«

Camillo ging zu dem ersten Wagen und klopfte an die Rauchglasscheibe.

Ein Chauffeur stieg aus. Und noch einer aus dem zweiten Wagen.

Um sie herum der Lärm von der Brücke.

Lix stieg in den ersten Wagen, dann Camillo, und lautlos schloß sich die Tür.

Sie schaute nicht, wer in den zweiten Wagen stieg. Sie sah Janice und Kirstie und den Hund und Louis wie ausgesetzt auf dem Bürgersteig stehen.

Dann fuhr der Wagen an.

Der letzte Wagen –

Doch damals war es nicht so gewesen wie jetzt.

»Hier ist Champagner«, sagte Camillo.

Und sie vernahm den Korken, der mit einem Plopp aus der Flasche kam.

Irgendwo – vielleicht in der Nähe der Euston Station – befahl Camillo dem Fahrer zu halten. Er und Vinegar Tom und Pug stiegen aus, um einem Mann in dreckigen schwarzen Klamotten vom Bürgersteig aufzuhelfen.

»*Fokken, fokken, fokken*«, sagte der Mann. Seine Unterlippe war dünn und braun wie Zigarettenpapier von dem unablässigen Sermon, den er brabbelte.

Aber ansonsten protestierte er nicht, als sie ihn in den zweiten Rolls-Royce verfrachteten.

Nach zehn Minuten mußte er kotzen und verpestete alles mit seinem Gestank.

Doch Pug und Vinegar Tom bedienten ihn lediglich aus der Kiste und danach sich selbst; keiner beschwerte sich.

Lix fragte nicht, wer er war oder wohin sie fuhren.

Camillo sagte es ihr.

»Wir hätten einfach nicht genug Ärger, wenn wir ohne ihn zu meiner Nichte führen.«

Kapitel
neununddreißig

Jemand hatte den Lieferwagen gestohlen. Und es tat ihnen sehr leid, daß sie deshalb diese Woche nicht liefern konnten. Vielleicht nicht einmal nächste Woche. Sie entschuldigten sich vielmals – schließlich war sie eine sehr gute Kundin. Jede Woche dreißig Flaschen Weißwein, manchmal auch einen Rosé oder ein paar Flaschen Roten, und ab und zu einen Liter Gordon's, einmal im Monat vielleicht. Dazu noch das Mineralwasser und manchmal Orangensaft. Es war schon ein Unglück, das mit dem Lieferwagen.

Rachaela sagte, es wäre schon in Ordnung.

Sie mußte dann eben den Hügel hinuntergehen und selbst Wein kaufen. Reg und Elizabeth hatte sie kurz vor Weihnachten weggeschickt – sie wollte es nicht haben, den Hausputz und das Essen und die ganze Aufregung, wenn es nur für sie allein war. Also war auch kein Wagen da. Aber es gab ja Taxiunternehmen. Dort würde sie anrufen.

Als der Mann vom Taxiunternehmen den Mann von der Spirituosenhandlung mit vier Kisten Wein, Wasser, Saft und Gin sah, erkundigte er sich grimmig: »'ne Party?«

»Stimmt.«

Sie dachte: Eine Party für mich allein. Sie versuchte nachsichtig zu sein – der Mann bekam vermutlich nur an Weihnachten oder zu seinem Geburtstag eine Flasche Wein zu sehen, oder wenn er ›die Frau‹ zum nächsten Chinesen ausführte. Und wenn er Auto fuhr, wann sollte er dann trinken? Dennoch ärgerte es sie – dieser Neid. Es war die alte Geschichte, überall lauerten die Feinde. Es schien, als sei sie fähig gewesen, die Feinde lange Zeit zu meiden. Doch nun mußte sie wieder einer schmutzigen Welt gegenübertreten – Beleidigungen und Drohungen, kleinlichen neugierigen Blicken.

Als sie den steilen Weg zum Haus hinauffuhren, sagte der Taxifahrer: »Das lohnt ja kaum. Sie hätten den Bus nehmen sollen. Den Hügel hier wären Sie auch zu Fuß raufgekommen.«

Rachaela biß die Zähne zusammen. Nach der langen Abgeschiedenheit war alles nur schlimmer geworden. Wie sehr doch die Scarabae, und vor allem Althene, zwischen ihr und der normalen Welt standen – wie eine kugelsichere Scheibe.

Gerade in diesem Augenblick wurde die neidische Aufmerksamkeit des Fahrers von etwas anderem gefesselt.

»Schau'n Sie mal.«

Rachaela schaute. Zwei jettschwarze Rolls-Royce waren hinter ihnen aufgetaucht und glitten den Hügel hinauf.

»Wohl so 'n verdammtes Begräbnis, was?«

Rachaela antwortete nicht. Schweigend sah sie zu, wie die beiden haiähnlichen Wagen zwischen ihren Gartenmauern weiterfuhren.

Scarabae.

Wer sonst?

Sie mußten es sein.

Althene? Nein –

Und dann verspürte sie eine undeutlichen Stich von Furcht – oder Neugier – im Magen.

»Ich werd' nicht rauffahren«, sagte der Fahrer. »Wenn diese dicken Schlitten da reinfahren, kann man kaum noch drehen.« Er warf einen Blick auf die Kisten im Kofferraum. »Kann Ihnen leider nichts abnehmen. Mein Rücken.«

Rachaela wartete, bis er den Kofferraum geöffnet hatte, dann schleppte sie die Kisten bis knapp hinter das Tor, während der Fahrer ungerührt zuschaute. Er berechnete zuviel, und sie gab ihm auch noch Trinkgeld, wunderte sich, warum sie das tat – aber auch dies war eine Art Verteidigung. Er wußte ja, wo sie wohnte.

Als er davonfuhr, stand sie neben den Kisten und blickte zu den beiden Rolls hinauf, die vor den kahlen Pappeln geparkt hatten.

Bis jetzt war niemand ausgestiegen.

Rachaela hob eine der Weinkisten auf und trug sie die Einfahrt hinauf.

Als sie das zweistöckige weiße Haus erreichte, warf sie einen Blick zurück auf die schwarzen Wagen. Nichts regte sich. Rauchglasfenster – man konnte nicht hineinsehen.

Rachaela drückte die Knöpfe auf der Tafel, und das Haus tat seine Pforten auf. Sie trug die Kiste hinein und stellte sie im Korridor ab. Als sie sich wieder aufrichtete, ging flügelgleich die Tür des vorderen Wagens auf.

Ein Mann stieg aus. Nein, es war nicht Althene, auch nicht in ihrer neuen Gestalt. Es war ein schlanker Mann, ungefähr siebenunddreißig, in einem langen Mantel mit Gürtel. Dieser war steif vor Schlamm und Dreck. Sie kannte ihn nicht, wußte nur, daß er zu den Scarabae gehören mußte. Er hatte deren Aussehen. Und sein fransig geschnittenes Haar war weiß. Jemand, der etwas mit Malach zu tun hatte?

Dann wandte er sich um, um jemand anderem aus dem Wagen zu helfen. Und da sah sie es an den Bewegungen – oder am Profil. Er war Camillo.

Der andere Insasse des Wagens war eine kleine Kindfrau in Jeans und Anorak. Sie trug einen Proviantbeutel. Auch ihr Haar war zu einem stacheligen Igel geschnitten. Auf Kleidern und Gesicht war etwas Schwarzes. Vielleicht Farbe.

»Da sind wir«, sagte der Mann, der Camillo war. »Sollen wir dir mit diesen Kisten helfen?«

Ein erschreckend smarter Chauffeur war etwas zu spät aus dem Wagen gestiegen, um die Tür zu öffnen.

»Holen Sie die Kisten am Tor«, befahl Camillo.

Der elegante Chauffeur begab sich wortlos zum Tor.

Dann schlich Camillo zu dem anderen Wagen und klopfte an die Scheibe. Und wie von einem Uhrwerk aufgezogen, erschien ein zweiter Chauffeur und öffnete den Schlag.

Zwei unglaublich stinkende und vom Leben gezeichnete, alte Männer taumelten heraus, überschlugen sich fast, hustend und lachend. Zwischen sich stützten sie eine Art Sack, schwarz und dreckig mit einem entfernt an einen Menschen erinnernden Kopf, der von grauem Haar und Schlamm verklebt war. Der Sack sank auf die Knie und sagte immer nur, »Fokken, fokken«, und kotzte genau unter das Vogelbad.

»Freunde«, erklärte Camillo. »Auf Wochenendbesuch.«

»Es ist aber nicht Wochenende«, widersprach Rachaela.

Während sie dastand und Camillo anstarrte und den ersten Chauffeur mit zwei Kisten Wein zum Haus kommen und den anderen an ihm vorbeigehen sah, vermutlich, um seinem Kollegen zu helfen, taumelte einer der alten Männer an ihr vorüber. Er stank, ein unglaublicher Geruch von lebender Verzweiflung.

Dann war er im Haus. Er stieß gegen eine der Weinkisten. Hielt inne, um sie zu untersuchen – sie hörte, wie die Flaschen aneinander klirrten.

Der Mann mit dem schwarzen Mantel hatte sich ausgekotzt.

»Fokken«, sagte er und sah ihr wütend in die Augen wie ein tollwütiger Hund, der alles wußte.

Camillo sagte: »Ich dachte, du könntest ein wenig Gesellschaft gebrauchen. Ist nicht gut, allein zu sein.«

»Ich ziehe es vor, allein zu sein.«

»Dann mußt du dich eben damit abfinden, nicht wahr?« Wieder drehte er sich halb um. »Das ist meine Frau. *Mon amour. Ma femme.*« Rachaela schaute die Frau mit den Jeans an. Sie hatte sehr blaue Augen. Und das war auch das Schönste in ihrem Gesicht – die Augen.

Der zweite Chauffeur kam mit dem restlichen Wein, dem Wasser und dem Gin.

Die beiden anderen schmutzigen Männer wanderten an ihr vorbei ins Haus.

Sie hatte nicht versucht, sie aufzuhalten; allein der Versuch hätte ja bedeutet, sie berühren zu müssen. Sie waren ohnehin nicht aufzuhalten. Warum hätte er sie sonst mitbringen sollen? Camillo, der Rächer. Immer auf dem Sprung, ihr Böses zu bescheren aus irgendeinem Grund –

Im Haus zersprang etwas, möglicherweise eine Flasche.

»Das ist meine Nichte Rachaela«, stellte Camillo vor. »Lix, sag ihr guten Tag.«

»Hallo«, sagte sie Frau mit den blauen Augen mit einer kultivierten, toten Stimme.

Wie hatte er sie gefunden? Die Scarabae konnten immer ihre Familie finden.

Einen Augenblick lang erwog sie, im Haus über dem Park anzurufen, doch dieser Impuls verging schnell. Camillo hatte ihnen diesen Auftritt erspart. Und was sie anging, nun ja. Der Rest ihres Lebens war versickert, und Camillo mit seinen gräßlichen Possen war nur eine weitere Facette dieses Lebens. Und doch war es seltsam.

Die alten Männer wälzten sich zuerst in die Küche. Sie öffneten den Kühlschrank, also wußten sie vermutlich, wozu Kühlschränke dienten – dabei wirkten sie so vorsintflutlich, oder zumindest wie Figuren von Dickens oder Thomas Hardy ...

Es war nicht besonders viel im Kühlschrank. Ein kleines Steak, ein wenig abgepackter Schinken, Camembert – sie mochten seinen Geruch nicht – Tomaten und drei Becher Joghurt. Immerhin gab es auch noch eine letzte Flasche Wein.

Einem der alten Männer war die Flasche völlig schnuppe – er sagte, daß dieser Wein ›zu neu‹ sei. Und als nächstes vernahm Rachaela, wie er die Treppe hochstieg, dieser alte Mann allein. Sie folgte ihm, denn nun hatte sie die Flasche für sich selbst geöffnet, und sie war neugierig.

Der alte Mann ging in das erste Badezimmer, das Anna gehört hatte. Er fing an, in den Schränken herumzuwühlen.

»Ha'm Sie keine Reinigungsmilch, Miss?«

»Da«, zeigte sie.

»Ah ja.« Der alte Mann nahm die halbvolle Flasche Aprikosen-Reinigungsmilch aus dem Schrank, dazu noch eine Flasche Gesichtswasser. Anna hatte sich manchmal diese Artikel gekauft, jedoch selten benutzt, hatte meist ihr weißes Gesicht nur mit Wasser gewaschen, hatte nie zu trockene oder zu fettige Haut gehabt.

Der Geist von Anna betrat das Bad.

Doch der alte Mann sah ihn nicht.

Er schraubte die Milch auf und probierte, schmatzte mit den Lippen. Zufrieden prostete er dann Rachaela zu.

»Is' gut. Ha'm Sie noch mehr?«

»Ich werde mal nachsehen.«

Sie ging aus dem Bad, schenkte sich dabei ein, die Flasche Wein in der einen Hand, das Glas in der anderen, und öffnete den großen Schrank im anderen Bad, das sie mit Althene geteilt hatte.

O ja, das hier würde er mögen.

Er war ihr in das andere Bad gefolgt.

»Suchen Sie sich was aus.«

»Prost«, sagte der Alte. Er stand hinter ihr, und sein abstoßender, schneidender Gestank mischte sich mit dem Duft von Coty und Lancôme, Boots Nr. sieben und dem allgegenwärtigen Geruch nach Cold Cream.

»Möchten Sie auch was?« fragte er.

»Nein, vielen Dank. Ich nehm' es nur fürs Gesicht.«

»Brauchen Sie nicht«, sagte er galant. »So ein hübsches Mädchen.«

Mit der freien Hand, in der er keine Aprikosenmilch und kein Gesichtswasser hielt, griff er in den Spiegelschrank, und heraus purzelten die Sachen und fielen ins Waschbecken.

»Tut mir leid, Miss.«

Rachaela ließ ihn allein. Sie konnte das andere Bad oder das Klo unten benutzen, wenn sie mal pinkeln mußte. Oder wenn ihr schlecht war. Was war denn nun mit dem anderen, wenn dem wieder schlecht wurde? Sie zweifelte nicht daran, daß es wieder passieren würde.

Der andere saß unten auf dem chinesischen Teppich mit einer Flasche Colombard. Der Teppich hatte schon Falten bekommen, war schon verdorben. Der dritte Stadtstreicher lag auf dem Sofa, die Stiefel auf den Kissen. Auch er trank träumerisch von dem Wein.

Camillo saß auf einem Stuhl, und die Frau, die er Lix nannte, saß mit gekreuzten Beinen auf dem Boden. Sie trank nichts. Camillo auch nicht.

»Das ist Pug«, stellte Camillo vor. »Und der oben – hat er dir viel zerbrochen? – ist Vinegar Tom. Den hier kennen wir selber nicht. Wie heißt du denn, Daddy?«

»Fokken, fokken«, sagte der Mann, der erbrochen hatte. »Fokken kümmer dich um fokken, fokken.«

»Ein bewundernswerter Kerl«, sagte Camillo mit unverhohlener Zuneigung.

Der namenlose Mann wiegte sich auf dem Teppich hin und her, schaffte es aber nicht aufzustehen. Er ließ sich wieder zurückfallen und trank aus seiner Flasche.

Rachaela ließ sie wieder allein.

Sie stand im Korridor und lauschte. Sie konnte hören, wie der andere – Vinegar Tom – im Zeitlupentempo oben herumtapste.

Plötzlich schoß Juliet die Treppe hinunter. Ihr weißes Gesicht sah aus wie eine erschrockene Maske, als sie stehenblieb und Rachaela anstarrte.

Rachaela spürte, wie ihr das Herz noch tiefer sank, sie hatte die Kerzen vergessen.

»Ja«, sagte sie. Sie ging zu Juliet und hob sie hoch. Juliet protestierte in schrillen Tönen. »Nicht kratzen.« Rachaela trug Juliet zu dem Schrank, der sich gegenüber der Treppe befand. Als sie die Tür aufschwang und Juliet, die vor Wut das hohe E sang, hineinschob, warf das schreckliche Buntglasfenster sein ersterbendes Licht auf sie beide, das rot und grün und goldene Fenster mit Persephone und ihrer Mutter, mit der entführten Persephone. »Nur für eine halbe Stunde«, log Rachaela.

Sie sperrte Juliet die Tür vor der Nase zu und drehte den Schlüssel im Schloß herum. Diesen Schrank hatte man immer abschließen können. Gott mochte wissen warum. Jetzt war es aber ganz nützlich. Sie behielt den Schlüssel in der Hand, zusammen mit ihrem Glas.

Es mochte sein, daß Juliet mit Absicht in den Schrank schiß, und wer sollte es ihr übelnehmen?

Rachaela begab sich wieder nach oben. Sie wußte, wo Jelka, die schwarze Katze, war –

Jacob war meistens draußen. Er war hoffentlich zu vernünftig, hereinzukommen.

Als sie die Treppe halb hinaufgestiegen war, verschüttete sie ihren Wein. Sie stellte das Glas ab und behielt nur noch die Flasche in der Hand.

Vinegar Tom war in ihr Schlafzimmer gegangen, in das Zimmer, das sie mit Althene geteilt hatte. Er saß auf ihrem Bett, einen Zigarettenstummel im Mund, und roch an einem Kissen, das immer noch einen Duft ausstrahlen mochte und in einer Minute Feuer fangen konnte.

Annas Tür stand offen.

Rachaela ging hinein.

Jelka lag zusammengerollt und schlafend auf Ursula, dem Fuchsfell, und hatte den Kopf auf den Bauch des weißen Kaninchens gebettet.

Ein Schreck überfiel Rachaela.

Sie hob die Flasche und setzte sie an, aber der süße Wein half nicht.

Um Gottes willen, was war das. Die Wirklichkeit. Die Wahrheit.

Sie stellte die Flasche auf den Boden und krabbelte vorsichtig – sie hatte Angst – zu Jelka auf das Bett. Schließlich konnte sie nicht wissen, ob einer der Alten einer Katze etwas antun würde. Camillo würde es sicher nicht tun. Oder hatte er sich auch in dieser Hinsicht verändert?

Sanft hob Rachaela den Fuchs, das Kaninchen und Jelka in die Arme. Hielt sie an die Brust gedrückt.

Jelka erwachte mit einem leisen Schnurren und blickte schläfrig in Rachaelas Augen.

»Alles ist gut, mein Kleines. Komm und setz dich zu deiner Mutter.«

Jelka blieb ganz ruhig und ließ es zu, daß Rachaela sie die Treppe hinuntertrug.

Es war schwer, den Schrank wieder aufzuschließen, ohne daß Juliet dabei entwischen konnte. Rachaela hätte es sicher nicht geschafft, wenn sie dazu noch die Flasche balanciert hätte. Sie war froh, daß sie sie losgeworden war.

Nachdem sie die pelzige Masse aus Katze, Fuchs und Kaninchen in den Schrank gestopft hatte, vor eine erstaunte und jaulende Juliet, alles abgeschlossen und den Schlüssel wieder abgezogen hatte, setzte sich Rachaela auf die Treppe.

Es war kaum ein Laut zu vernehmen. Der Mann oben mußte nun wohl auf ihrem Bett liegen und am Kissen saugen – sie konnte keinen Rauch riechen. Die beiden unten tranken. Und Camillo und seine Frau – war sie wirklich seine Frau? – waren still.

Sie konnte so tun, als wäre sie allein.

Doch sie war es nicht.

Wenn sie allein gewesen wäre, hätte sie es wie immer gemacht und langsam und gründlich ihre Medizin der Heiterkeit getrunken. Und der Fernseher wäre gelaufen. Und die stille Nacht würde sich über das leere Haus gesenkt haben.

Es war schon seltsam; sie hatte an Camillo denken müssen, als einige Londoner Stadtteile einer Bombe wegen einen Stromausfall erlitten hatten. Und jetzt war er hier.

Was wollte er nun wirklich?

Rachaela kümmerte es nicht. Sie litt Schmerzen, eine See voller stiller Schmerzen, die in dichten Wellen über ihr zusammenschlugen.

So lange hatte sie es zurückgehalten. Die Schmerzen. Sex und Geburt und Verlust. Am meisten der Verlust. Ja, so war es.

Sie dachte an Althene, die nun wieder ein Mann war. Sie wirkte so zerbrechlich als Mann. Und doch wieder wie aus Stahl. Alle hatten sie verlassen. Erst Adamus, dann Ruth. Dann Anna. Und Althene. Allein. Doch sie war gern allein. Nein, sie war nur daran gewöhnt.

Sie fragte sich, ob sie wohl weinen würde. Das wäre keine gute Idee, denn Camillo würde es spüren und zu ihr kommen und sich über sie lustig machen, oder schlimmeres.

Wie auch immer, sie würde nicht weinen. Dieser Schmerz, dieser neue Verlust, war viel zu dürr für Tränen.

Mit schrägem Blick hielt sie nach der Flasche Ausschau. Wo hatte sie die bloß gelassen? Egal. Es gab noch andere Flaschen in der Küche, wo die höflichen Chauffeure sie abgestellt hatten.

Waren sie weggefahren? Sie hatte kein sanftes Brummen von Motoren gehört.

Sie stand auf, ging zur Haustür, öffnete sie und blickte hinaus.

Die beiden Rolls-Royce standen immer noch in ihrer Einfahrt, hinter dem Vogelbad mit dem Kreis aus Erbrochenem, das im letzten Licht des Tages lachsrot glänzte.

Rachaela machte die Tür wieder zu.

Sie durchquerte den Flur in Richtung Küche, trat ein und knipste die Deckenbeleuchtung an.

Als sie eine neue Flasche öffnete, kam Camillo in die Küche.

»Da bist du ja«, meinte er. »Ich dachte schon, du wärst weggelaufen.«

»Warum sollte ich? Es ist mein Haus.«

»Ach ja? Ich dachte, es wäre Althenes Haus. Die schöne, glanzvolle Althene. Hast du etwas von ihr gehört? Irgend etwas? Was hat sie gesagt?«

»Ich habe nichts von ihr gehört.«

»Ihr Männername ist Johanon«, erklärte Camillo. »Hast du das gewußt? Die Mutter hat ihr den Namen gegeben. Sie haben dir ja von Sofie erzählt. Von der verrückten Sofie. Gott weiß, was sie vorhat. Denk nur. Tsk – verrückt zu sein.«

»Althene sucht Anna«, erklärte Rachaela.

»Anna ist verlorengegangen, wie Ruth«, meinte Camillo. »Das weiß ich doch. Ich weiß alles. Althene ist zuerst zu Sofie gefahren. Ist vermutlich dageblieben. Von Sofie in eine Falle gelockt worden.«

Rachaela goß Wein in drei Küchengläser aus blaßgrünem Kristall.

»Ich nehme an, daß deine Frau etwas trinken möchte.«

»Kann sein, daß sie was will. Ich kenn' sie nicht so gut.«

Camillo nahm ein Glas. Zusammen verließen sie die Küche und begaben sich ins Wohnzimmer.

Nun erstarb das Licht in den Tierkreisbildern der oberen Fenster, an vier Stellen leuchtete es königsblau wie die Augen von Camillos Frau.

Blaue Augen. Die Augen von Althenes Vater waren sehr blau gewesen, hatte sie erzählt. Cajanus. Der, den sie vielleicht suchte. Der, der vielleicht Anna entführt hatte. Wenn es ihn gab. Wenn es Anna gegeben hatte.

Rachaela schloß die Augen; sie konnte sich jetzt nicht mehr daran erinnern, was Althene ihr erzählt hatte, und was sie selbst erraten und daraus verstanden hatte. Nichts davon ergab nun einen Sinn. Und daher, nahm sie an, war alles auf eine absurde Weise vorbestimmt – war schon geschehen und konnte wieder geschehen. Und wo paßte sie ins Bild?

»Danke sehr«, sagte die Frau mit der kultivierten Stimme, die Camillos Frau oder Eigentum war.

Rachaela hatte ihr das Glas gereicht, ohne sie anzusehen.

Pug auf dem Sofa war eingeschlafen, mit seiner leeren Flasche.

Auf dem Teppich saß der Mann, der ›fokken‹ gesagt hatte, und schaukelte trübsinnig eine neue Flasche Brandy.

»Erinnerst du dich an mein Pferdchen?« sagte Camillo zu Rachaela.

»Ja.«

»Ich habe es irgendwo an einem sicheren Platz gelassen. Das arme Ding, es muß mich ja vermissen. Sonst wohl keiner. Böser Camillo. Weg mit dir.«

Rachaela trank von dem Wein. Er schmeckte wie bleiernes Wasser. Nutzlos.

»Man kann sehen, daß sie deprimiert ist«, erklärte Camillo. »Jemand hat ihre Tochter gestohlen. Und dann ist Rachaelas Liebhaberin auf die Suche nach dem Kind gegangen, und nun hat die verrückte Sofie *sie* einkassiert. Heija, das Leben ist ja so lustig.«

Lix starrte Rachaela an.

Abrupt fragte sie: »Kann ich mal baden?«

»Ja, wenn Sie wollen. Oben sind zwei Bäder. Camillos alter Landstreicher ist in einem der Schlafzimmer – er hat wahrscheinlich den Badeschaum getrunken. Und im Schrank oben auf dem Flur finden Sie Handtücher.«

»Die perfekte Gastgeberin«, meinte Camillo.

»Werden diese Leute den Katzen etwas tun?« fragte Rachaela.

Camillo zuckte die Achseln.

Doch der Mann auf dem Teppich sah mit funkelnden Augen hoch.

»Sie sind draußen, die Katzen«, erklärte Rachaela. »Manchmal sind sie tagelang weg.«

Lix stand auf. Sie war sehr klein, dünn und drahtig. Das Schwarze auf ihrem Gesicht war nur eine Art Schlamm. Darunter sah sie sauber aus, roch sauber. Sie verließ den Raum.

Rachaela wollte nicht mit Camillo allein bleiben. Sie erhob sich ebenfalls und folgte Lix.

Auf der Treppe drehte Lix sich um. »Ich werde das Bad hinterher auswischen. Ich bin aber nicht krank, soweit ich weiß.«

»Aber das kann man nie so genau wissen«, sagte Rachaela.

»Ja, das stimmt.«

»Es macht auch nichts«, erklärte Rachaela. »Es heißt von dieser Familie, daß sie gegen die meisten Krankheiten immun ist. Ich selber habe erst zwei Mal in meinem Leben die Grippe gehabt. Und nie sehr schlimm. Und nur eine Zahnfüllung, als ich noch ein Kind war. Wenn wir Kinder kriegen, ist es wie . . . Erbsenenthülsen.« Sie fragte sich, warum sie Lix dies alles erzählte.

Lix sagte: »Sie sind sehr nett.«

»Nein, ich bin völlig herzlos. Bloß ein Feigling.«

»Es tut mir leid. Mit Ihrem Haus.«

»Ach, machen Sie sich nichts draus.«

Lix lag in der Badewanne, bis zu den kleinen Brüsten im warmen Wasser. Ihr Körper hatte eine fremde Unterwasser-Tönung angenommen, wie in einem Gemälde von Waterhouse.

Sie hatte nicht mehr in einer Badewanne, einer richtigen Wanne gelegen seit – nun ja, das zählte nicht.

In jenem anderen Haus – in Rons Haus – hatten sie zwei Bäder gehabt. Das eine hatte Greg allein gehört und war immer schmutzig gewesen. Die Putzfrau murrte immer, aber niemals allzu sehr – Greg war einfach zu jung und hübsch, ein Klischeebild der Jugend, voller Leben. Und im neuen Haus hätte es dann ja auch drei Badezimmer gegeben.

Ron war ein lieber Kerl, ein bißchen langsam, ziemlich kahl und mit einem Bauchansatz. Aber das störte sie nicht. Lix konnte mit ihm ins Bett gehen und sich vorstellen, es sei Sean Connery, in dessen Armen sie lag, aber in Wirklichkeit wußte sie ganz genau, daß es Ron war, und es machte ihr nichts aus. Nein, insgeheim war sie froh darüber. Denn wenn auch Sean Connery ganz wunderbar war, so kannte sie ihn doch nicht. Und alles, was sie an Ron kannte –gefiel ihr.

Sie hatten geheiratet, als sie sechzehn gewesen war und er zwanzig. Sie hatten es gewußt, von Anfang an. War es Liebe? Oder Wissen? Auf jeden Fall hatte es sie sehr eng aneinandergebunden. Und Greg, das Produkt ihrer Liebe am feurigen Beginn, war ein Vermächtnis ihrer beiden Seelen.

Sie war sehr glücklich gewesen; nicht in einer wilden Weise, nicht im Aufschrei der großen Leidenschaft. Alles war so selbstverständlich gewesen – Aufwachen und Zusammensein. Miteinander einschlafen. Geborgen sein.

Und warum sollte es nicht ewig dauern, oder warum sollten sie nicht zusammen alt werden.

Auch um Geld brauchten sie sich keine Sorgen zu machen. Was für ein Glück. Ihr Sohn war am College und würde Designer werden, seine Zukunft war gesichert. Und sie, sie waren durch Rons Job im Business abgesichert. So sicher, daß sie sich das größere, schönere Haus mit den drei Bädern und den sechs Schlafzimmern leisten konnten, das sie an jenem Abend angeschaut hatten.

Sie hatten in einem Landgasthaus zu Abend gegessen, und Ron war so vernünftig gewesen, er hatte nur ein Glas Weißwein getrunken. Sie und Greg mußten sich keinen Zwang auferlegen und hatten zwei Flaschen leergemacht und hinterher noch Cointreau getrunken. Eine Feier. Greg wollte sich eine Wohnung in der Stadt nehmen und sie an den Wochenenden besuchen. Er hatte es witzig klingen lassen – ein Wochenende auf dem Land. Er sagte, er wolle Füchse jagen, schießen – natürlich nur mit der Kamera.

Füchse.

Sie fuhren erst sehr spät zurück, und als sie nach London hineinfuhren, wie leer und kalt hatte die Stadt da gewirkt, erfroren im öden Licht der orangefarbenen Laternen. Betrunkene und Bettler. Ein Wrack von einer Stadt. Sie waren so froh, daß sie wegziehen würden.

Irgendwo in der Nähe des Hydepark. Sie fuhren zügig, doch nicht zu schnell. Es war ungefähr ein Uhr, und Greg sagte eben zu Ron: »Komm schon, Dad, hör einfach mal zu.« Und Ron hatte erwidert: »Na schön, na schön.« Lachend. Und auch Lix, die schläfrig auf dem warmen Rücksitz des dahinbrummenden Wagens gelegen hatte, lauschte der Musik. Eine Kassette von Greg; *Killing Joke: Love Like Blood*. Ron lauschte aufmerksam. Dann sagte er: »Gar nicht schlecht. Ganz gut eigentlich.« Und sie hatte gedacht: *Mag er das Lied nun wirklich, oder versucht er nur klug zu sein?* Aber sie selbst mochte die Musik auch, und Ron war offen für alles mögliche, hatte einen katholischen Geschmack.

Und in diesem Augenblick rannte der Fuchs über die Straße. Ein Fuchs vom Land, auf einer breiten Straße mitten in London.

Wahrscheinlich war die Straße naß gewesen. Vorher, als der Nieselregen einsetzte, hatten sie noch ihre Scherze gemacht.

Ron riß das Steuer herum. Er würde eher sterben als ein Tier überfahren.

Dann überschlug sich die Welt. Stand Kopf.

Sie wußte nicht, was passiert war, hatte es nie genau wissen wollen. Doch vermutlich hatten die Gurte der Vordersitze ihren Mann und Sohn fest, und doch nicht fest genug gehalten. Und sie, ungesichert, war aus der aufspringenden Tür geflogen, als habe sie Flügel, und hart auf einem seltsamen Nichts aufgeschlagen, das der Asphalt war.

Als sie die Augen öffnete, zehn oder zwanzig Sekunden später, stand das Auto in Flammen, Ron und Greg in den Sicherheitsgurten waren bewußtlos, und die Hupe, die sich Ron in die Brust gebohrt hatte, schrillte – und – das Seltsamste von allem – die Musik spielte noch. *Love Like Blood*. Bis die Kassette schmolz.

Endlich, wieder fünfzig Sekunden später, erhob sie sich und versuchte, um das Auto herumzugehen, um zu sehen, ob sie nicht auch hinausgeschleudert worden waren. Doch sie wußte, daß es nicht so war. Und sie hatte recht.

Wenn sie ehrlich war – sie hatte nur die Umrisse der beiden sehen können, dort im Wagen, von Flammen umhüllt. Was in dem erfrorenen Licht nicht gerade realistisch aussah. Ein zweidimensionales, flaches Bild. Keine Schatten.

Irgendwo, weit weg, bellte ein Hund.

Sonst schien die Stadt völlig verlassen.

Langsam humpelte Lix davon. Sie war mit Ruß und Schürfwunden bedeckt.

Sie humpelte eine Stunde lang, bis sie zum Fluß kam, und da setzte sie sich hin, weil ihr schlecht geworden war. Und dort schlief sie ein und starb. Im ersten harten Dämmerlicht des Morgens wurde sie rauh von einem jungen Polizisten gerüttelt. der ihr sagte, sie solle weitergehen.

Und hier war sie nun, wiedererwacht, wiedergeboren. Für den Rest ihres Lebens.

Lix drehte sich ein wenig in der Wanne. Irgend jemand war an der Tür – vielleicht Vinegar Tom – aber sie hatte zugesperrt.

Camillo hatte gesagt, die schöne schwarzhaarige Frau sei seine Nichte.

Stimmte es wirklich, daß auch sie ihren Liebsten und ihr Kind verloren hatte?

Rachaela lehnte im Türrahmen des Wohnzimmers und beobachtete Camillo und den Fokken-Mann, der seine dritte Flasche trank und ab und zu wütende Blicke auf unsichtbare Feinde warf und sie verfluchte.

Ganz schwach konnte sie auch die Katzen im Schrank hören, die wütend herumkratzten und verwirrt miauten. So würde es nicht gehen.

Dann hörte sie wieder ein Miauen, diesmal viel näher. Sie blickte nach unten. Jacob war aufgetaucht. Er mußte sich irgendwo im Haus versteckt haben.

Nun schlenderte er direkt an ihr vorbei – und sie setzte nicht einmal ihr Glas ab, um ihn hochzunehmen. Sie hätte es einfach fallen lassen sollen.

Camillo wandte sich halb um, aber es war der Fokken-Mann, der sich nun auf die Knie hievte.

»Fokken Ungeziefer«, grummelte er. »Fokken, fokken.«

Und dann sprang er, die schwarzen gebrochenen Nägel nach Jacobs weißem Fell ausgestreckt.

Jacob wich aus, und der Mann richtete sich auf, stand auf seinen Füßen. Weit holte er zu einem Tritt aus.

Rachaelas Herz schlug im Hals. Sie warf sich nach vorn, und das Glas fiel ihr aus der Hand. Doch Jacob war schon wieder geflüchtet, saß nun auf dem großen Tisch, wo die Bananenschale stand.

Leichtfüßig rannte die Katze und sprang vom Tisch, als der Mann dagegenstieß.

»Hören Sie auf!« schrie Rachaela. Was er natürlich nicht hörte.

Der Penner schlug sich den Arm an der Bananenschale, hob sie auf und schmiß sie gegen eines der Fenster. Die Schale zerbrach. Mit einem Gebrüll drehte er sich um. »*Fokken, fokken*!« kreischte er. Seine Augen waren rot. Rachaela wünschte, sie hätte das Glas in der Hand behalten – dann hätte sie es als Waffe benutzt. Hin- und hergerissen zwischen dem Wunsch, auf sie loszugehen, und dem Wunsch, die Katze zu töten, schwankte der Mann im Zimmer umher.

Da kam Camillo angekrabbelt. Er krabbelte wirklich, wie eine Art Krebs. Er lächelte.

Peitschend zuckte sein weißer Kopf nach vorn, vom Gewicht des dünnen, stählernen Körpers unterstützt, und Rachaela vernahm das unglaubliche Geräusch, als ein Schädel auf den anderen prallte.

Camillo tänzelte zurück. Mit einem tiefen, kehligen Stöhnen kippte der Penner um und lag zwischen den Tischbeinen, laut schnarchend.

»Er wird ersticken«, sagte Rachaela.

»Wollen wir's hoffen«, erwiderte Camillo. »Komm, mein Kätzchen.« Und er streckte die Hand zu dem Sessel aus, auf den Jacob sich geflüchtet hatte und hob ihn hoch, wobei zwischen Jacobs angstvollen, wütend verkrampften Klauen die Stoffetzen hängenblieben.

Rachaela nahm den Kater. Er war gar nicht erfreut und peitschte sie mit dem Schwanz. Es tat weh.

»Na schön«, sagte Rachaela.

Sie trug Jacob zur Haustür. Während sie ihn festhielt, klinkte sie die Tür auf und näherte sich dem Rolls-Royce, der näher beim Haus stand. Der Chauffeur, der neben dem Wagen in der kalten Dämmerung wartete, öffnete ihr sogleich die Tür. Sie warf den heulenden Jacob ins Auto. »Schließen Sie bitte die Tür. Es kommen noch zwei.«

Sie hatte nur Schwierigkeiten mit Juliet, die kratzte und schrie, aber als alle drei, Jacob, Juliet und Jelka, im Fond des Autos zwischen Fuchsfell und Kaninchen lagen, und die Tür geschlossen war, sagte sie zu dem Chauffeur: »Fahren Sie mich zurück nach London. Zu dem Haus über dem Park. Wissen Sie, wo das ist?« Der Mann erwiderte: »Ja, Madame.«

»Ich brauche nicht lange.«

Es überraschte sie nicht besonders, als Camillo ihr zu helfen begann, während sie Althenes kleinere Schätze einsammelte – die Schädel, und dann Annas gesamtes Spielzeug aus ihrem Zimmer im oberen Stock. Sogar Lix kam dazu, gebadet und wieder mit ihren schäbigen Kleidern angetan, und machte Rachaela auf dieses und jenes aufmerksam, das sie vielleicht noch mitnehmen könnte. Was das Ganze einfach nur ein Plan gewesen, um sie loszuwerden? Der andere Penner im Schlafzimmer schlief und ließ sich nicht stören. Seine Zigarette war erloschen. Das Schlafzimmer stank.

Sie wußte nicht genau, was sie mitnahm, was sie tat. Sie nahm Althenes Unterwäsche, ganze Hände voll, und stopfte sie in die Tasche. Es gab auch noch ein paar neue Sachen im Keller, aber die würden nun vielleicht für immer dort unten bleiben.

Lix schleppte die Taschen mit den Schädeln und den Kleidern nach unten.

Pug war in aller Unschuld auf der Suche nach mehr Wein im Flur umhergestreift. »Er's hinüber«, sagte er und zeigte mit dem Daumen auf den Fokken-Mann auf dem Fußboden.

»Beachy Head«, sagte Camillo. »In den Kofferraum. Los.«

Alle, auch Pug, halfen Rachaela die Taschen in den ersten Wagen zu stellen, ohne daß die Katzen entkommen konnten.

Als der Rolls davongebraust war, schenkte Camillo drei *kleine* Gin ein, für Pug, Lix und sich selbst.

»Beachy Head«, sagte er wieder und erhob sein Glas zu dem schnarchenden Fokken-Mann.

Kapitel vierzig

Wie verzaubert: Eine Seereise in der Nacht.

Die Größe des Schiffes hatte sie überrascht; einem weißen Hochzeitskuchen gleich, mit Lichtern besteckt, glitt es durch die Dunkelheit.

Es wirkte stark und unzerstörbar, und innen war es verschwenderisch ausgestattet, mit Cafés und Läden, Fahrstühlen und teppichbespannten Treppen. Als das Schiff ablegte, stand sie auf einer dieser Treppen und spürte nur ein winziges Schlingern.

Die See war ruhig. Die Nacht unermeßlich. Von einem der äußeren Decks schaute sie alles an – sie hatte das Gefühl, es tun zu müssen, da sie noch nie so gereist war. Sie hatte nicht fliegen wollen.

Tief hing die Mondsichel. Die Sterne glänzten hell. Das Meer auch.

Sie sollte das Schiff nicht ein ›Es‹ nennen. Es war eine *Sie*. Weiblich. Sie war der Fisch, der sie verschlungen hatte, und sie würde nun versuchen, in dem Fisch zu schlafen. Am Morgen würde sie wiedergeboren aus dem Bauch des Fisches erstehen.

Sie hielt sich nicht bei den Restaurants auf, sondern begab sich zu ihrer Erste-Klasse-Kabine. Als sie auf dem meergrünen Bett lag, klopfte es.

In den Kabinen gab es keinen Room-Service. Aber für eine Scarabae ...

Sie hatten ihr einen Hühnersalat gebracht und warmes frisches Brot, eine gebackene Kartoffel, dunkelgelben Saft und zwei Flaschen weißen Grenache. Auch Kaffee in einer silbernen Kanne.

Weit lagen sie zurück, ihre ersten Tage bei den Scarabae, als sie vergeblich um Kaffee gebeten hatte.

Sie aß und trank auf dem sanft schaukelnden Bett. Der Rhythmus war angenehm. Wie der Wein würde er ihr beim Einschlafen helfen. Sie hatte nur drei Gläser getrunken.

Nachdem sie geduscht und sich die Zähne geputzt hatte, legte sich sich nackt zwischen die weichen weißen Laken und lag im Dunkeln still da, unter einem tanzenden, doch bleibenden Glanz, der sich an der Decke spiegelte.

Ich bin Rachaela. Das ist mein Name.

Aber ich bin mehr als das.

Vor ihren Augen rollte ihr ganzes Leben ab – es erschien irgendwie passend, hatte sie sich doch auf eine Art dem Ertrinken ergeben. Der erstaunliche Beginn. Die Begegnung mit den Scarabae. Das erste Haus am Meer. Adamus. Und dann die Mühsal. Ruth. Ruths Leben, das einem Furcht einjagte, und das kam und ging wie der brennende Wind aus der Wüste, der Khamsin.

Und Althene. Und Anna. Die wie Schnee hinweggewirbelt war.

Während sie dalag, versuchte Rachaela sich Anna vor Augen zu rufen. Nicht Althene, ihre Geliebte, ihren Mann, ihre Frau, die sie nun zu suchen ausgefahren war. Althene kannte sie. Es war Anna, die sie sich vorzustellen versuchte.

Ihre weiße Haut, das flachsene Haar mit dem silbernen Blitz der Wurzeln, das aus dem Mondquarz ihrer Haut wuchs. Ihre dunklen Wimpern. Das kleine Mal auf der Brust.

Doch Anna war verschwunden. Es war, als wäre Anna nun gestorben, so wie Ruth gestorben war, draußen im Wald oder in jenem Augenblick, als Malach sie verlassen hatte.

Anna war nicht mehr.

Das machte es im Grunde leichter. Es war Althene, die sie wollte.

Die Entscheidung war leicht gewesen. Sie hatte sie nicht einmal treffen müssen, sondern sie war einfach gefallen. Als sie die Tasche packte und die Schädel mitnahm – und aus irgendeinem seltsamen Bedürfnis nach Trost das Spielzeug – da hatte sie es schon gewußt. Und als sie im Fond des Rolls-Royce gesessen hatte, Juliet knurrend auf dem Schoß, Jacob kratzend an ihrer Seite, und Jelka, plötzlich aufmerksam geworden und mit den Pfoten am Fenster, wo sie hinausstarrte wie ein nervöses Kind – da hatte Rachaela es glasklar gespürt. Sie konnte sich selbst durchschauen – wer sie war und was sie wollte.

Hatte sie das jemals zuvor erkannt?

Sie erreichten das Haus der Scarabae, als es schon dunkel war, doch die farbigen Scheiben waren erleuchtet, wie um sie willkommen zu heißen.

Cheta ließ sie ein, und dann waren alle fast augenblicklich versammelt: Miranda sah im Lampenlicht ungefähr wie zwanzig aus, Sasha sehr viel älter, und Eric wirkte wie ein Mann im mittleren Alter. (Tragy-Terentia war nicht da.) Michael brachte ein üppiges kaltes Mahl – der Gier der Scarabae angemessen – und Rachaela erzählte ihnen, was sie von Camillo erfahren hatte, als hätte sie es vorher nie gehört: daß Althenes Mutter verrückt war. Und da sie seither nichts von Althene gehört habe, wollte sie ihr nachreisen.

Keiner widersprach ihr.

Eric sagte, das könne arrangiert werden. Und am nächsten Morgen war es schon geschehen.

Während sie in dem starren, erdverbundenen Bett lag, in dem Zimmer, das einst ihr gehört hatte, dachte sie darüber nach, daß sie sich auch irren konnte, und daß Camillo wieder nur bösartig gewesen war. Althene konnte die Frau namens Sofie, ihre Mutter, bereits verlassen haben. Althene konnte überall sein.

Eric, der vielleicht auch daran gedacht hatte, sagte ihr, daß sie in Amsterdam nicht ›allein‹ sein werde. Andere Scarabae würden ihr offenbar helfen. Malach jedoch nicht. Malach war nicht in der Stadt. Aber andere würden helfen. Andere Leute.

Am Morgen erhellte sich das Taubenfenster des Zimmers, und Cheta kam mit einem üppigen Frühstück. Später besuchte sie Miranda, saß auf dem Bett und spielte mit Jelka und ihren beiden schwarzweißen Geschwistern. Miranda erklärte, daß die Überfahrt für die kommende Nacht geplant sei.

»Du siehst sehr gut aus«, sagte Rachaela zu Miranda.

Miranda lächelte wie eine Frau hinter einem Fächer. »Ja, das ist wahr.«

Sie war einst sehr alt gewesen. So wie Sasha jetzt. Grau, versponnen, mit langen verfärbten Zähnen. »Fallen die aus?« fragte Rachaela. Sie meinte die Zähne. Es war eine häßliche, taktlose Frage, aber sie hatte es ernst gemeint.

Miranda verstand. »Ja. Es ist ziemlich schrecklich. Verstehst du, sie brechen ab. Aber dann kommen die neuen. Wie bei einem Kind. Aber ich hebe sie nicht für die gute Zahnfee auf – sie sind nicht schön genug.«

Die drei Katzen tobten herum. Nur Juliet und Jacob hatten sich mürrisch unten niedergelassen, wo ein Feuer brannte und mehrere Näpfe mit Fisch aufgestellt worden waren.

»Danke, daß du's mir erzählt hast. Hatte mich schon gewundert. Und was ist mit dem Übrigen?«

»Dem Übrigen?«

»Ich meine – du bist jünger geworden. Ist das – in allem so?«

Wieder der unsichtbare Seidenfächer und das Lächeln. »O ja. Ganz natürlich.«

»Ist das natürlich?« Rachaela wartete, fragte dann: »Wird das auch mir passieren, Miranda? Und – macht es dir angst?«

Miranda lachte nur, und Jelka und die beiden anderen Katzen sprangen auf das Bett und zirpten, um ihre Aufmerksamkeit zu erregen.

»Wie habt ihr sie genannt?«

»Sie haben keine Namen. Sie sind Die Katzen.«

Sie haben keine Namen. Sie sind Familie.

Sie sind Scarabae. Ein Geschlecht, kein Name.

Das Auto, mit dem sie zum Schiff gebracht wurde, war nur eine Limousine.

Nur Eric und Miranda verabschiedeten sich von ihr, Sasha saß wohl auf ihrem Zimmer und strickte. Sie war heute ein wenig müde. War Sasha denn dazu bestimmt, zu sterben, nach Art der Scarabae? Es zerrte an Rachaelas Gefühlen; sie erinnerte sich an Sasha und Anna, wie sie sich hier im Haus umarmt hatten, an jenem Tage, als Sasha ohnmächtig geworden war und dann den Schal gebracht hatte. Der Schal war nach Hause zu Annas Spielsachen gekommen, er gehörte dazu, denn er wurde um zwei kleine braune Bären gewickelt, um sie warm zu halten.

Sie hatte sie umarmen wollen, die Familienmitglieder, aber irgendwie kam es nicht dazu. Nun ja. Sie würde wiederkommen.

Rachaela drehte sich auf die Seite.

Über dem Meer zu liegen war wie in einem Schoß zu liegen.

Sie hatte diese sanfte Bewegung schon vorher gespürt, in der Höhle aus Blut und Herz in ihrer eigenen Mutter. Das Wesen des Wiegenliedes – auch das war eine Seereise in der Nacht.

Kapitel einundvierzig

Sie waren am ersten April losgesegelt, ein ungünstiger Tag. Doch sie hatten keine Wahl gehabt. Die Fracht mochte aus Wein und Holz und Stoffen bestehen, aber sie würden es nie erfahren. Die Besatzung war bestochen, das Schiff legte ab. Die Überfahrt würde lange Zeit dauern, doch die Reise zu Land war ebenso beschwerlich gewesen. Es war, als seien sie jahrelang unterwegs.

Da sie das Licht nicht liebten, waren sie tagsüber unter Deck geblieben. Die Frauen teilten sich die eine Kabine, die Männer die andere. Es war ein Provisorium; sie hatten nichts anderes erwartet.

Besonders den Seeleuten mißfiel die Vorstellung, so viele Frauen an Bord zu haben. Eine einzige Frau schon konnte das Meer wütend machen. Und am fünfzehnten Tag war es soweit; der Himmel wurde grün und das Wasser weiß.

Das Schiff begann zu schlingern und zu stoßen.

Dies war der Tag, an dem Camillo nach oben ging. Und der Tag, an dem Stephans Kind in Sashas Bauch seine ersten Bewegungen machte.

Die vergebliche Hoffnung, daß es nicht geschehen sollte, bevor sie die Küste erreichten, die rauhe englische Küste, von der man ihnen erzählt hatte. Sie konnten der Gewalt der See nicht entrinnen – und es war um mehr als einen Monat zu früh.

Sie hatten sie auf die Koje gebunden, sie mußten es tun, damit sie ruhig lag.

Als die Krämpfe der See begannen und alles von seinem Platz fegten, blieb Sasha ganz ruhig. Und als ihre eigenen Krämpfe einsetzten, als das Baby im Bauch herumwühlte, schrie sie nicht.

Sie wirkte jung, wie Anna und Miriam und Livia, ungefähr fünfundzwanzig oder achtundzwanzig. Ihr langes schwarzes Haar lag als Zopf auf dem Kissen. Grusha hatte es geflochten, und nun legte sie nasse Tücher auf die Stirn der keuchenden Frau. Nur Anna und Sasha blieben ruhig; die anderen waren nervös, verwirrt.

Die Wehen der See, Sashas Wehen –

Dann kam die Nacht. Dann ein Tag, kaum von der Nacht zu unterscheiden. Und wieder eine Nacht.

Die Seeleute murmelten Flüche, und da Camillo nun unter ihnen war, wurde es schlimmer. Inzwischen war ein Mann über Bord gegangen, und Camillo hing am Großmast, dessen Segel schon lange eingezogen waren. Camillo lachte aus vollem Halse, und dann und wann schrie er in den Sturm, mit der Stimme eines Irren, zum Fürchten: »*A tenger! A tenger*!« (Die See! Die See!)

Sie versuchten ihn herunterzulocken. Aber er wollte nicht hören. Der höfliche Beiname *Onkel* konnte ihn auch nicht besänftigen, auch wenn er vorher auf diesem Namen bestanden hatte, in dem alten Haus, wo sie ihn oft hatten einsperren müssen.

Das Haus lag nun weit hinter ihnen. Sie hatten viele Meilen zurückgelegt – durch die Tundra, über Berge, Felder, und staubige, später dann schlammige Straßen. Dann endlich gelangten sie an das große Wasser, das aussah wie zerbrochenes grünes Glas.

Über ihnen schaukelte der Himmel, und es war, als fielen Teile vom Himmel auf das Schiff herab. Es gab auf der Welt keinen ruhigen Platz für sie. Überall war es wie hier, wie das wütende Meer, das sie abzuschütteln suchte.

Und die Seeleute sprachen davon, sie zu ermorden. Vergangene Nacht hatten ein paar Betrunkene unter ihnen Lose gezogen, um drei Männer zu finden, die hinuntergehen und die unerwünschten Passagiere zu Tode prügeln sollten. Und dann über Bord mit ihnen. Wer würde es je erfahren?

»*Sie* würden es erfahren«, hatte der Kapitän gesagt. »Hätte ich sie denn mitgenommen, wenn ich nicht müßte? Laßt sie in

Frieden.« Er sprach mit ukrainischem Dialekt, wiederholte seine Worte aber in einer Art Gälisch, denn viele seiner Leute waren Iren. »Wenn einer von euch sich an ihnen vergreift, kriegt er's mit mir zu tun. Verstanden?«

Mit der Dämmerung begann der dritte Tag von Sashas Wehen.

Der Sturm hatte die Sonne verdunkelt, und zu viert – George und Kare, Dorian und Stephan – stiegen sie an Deck.

Sie sprachen mit dem Kapitän. Mehr Gold wurde überreicht. Sie hatten ihn bezahlt, damit er ein neues Faß Wein anschlug. Betrunken waren die Seeleute letztlich doch umgänglicher und nicht so geschickt.

Man flüsterte über den Mann, der von Bord gefegt worden war. An seinem Hals waren Male zu sehen gewesen.

Stephan mußte laut lachen, als ihm dies berichtet wurde. Er war kräftig und stark, wirkte wie ein Mann von fünfunddreißig Jahren, mit einer Mähne von schwarzem Haar. Es waren gutaussehende Leute, selbst die murrenden Seeleute konnten das nicht leugnen, und ihre Frauen waren sehr schön, aber das machte die See nur noch wütender.

In ihrem Träumen wurde die Mannschaft verführt und vergiftet. Nach fünf Tagen Fahrt waren sieben Männer krank geworden und klagten, daß sie im Schlaf das Gewicht von Körpern auf sich spürten.

»Glauben Sie wirklich, wir würden diesen Abschaum anfassen?« sagte Stephan geradeheraus auf russisch zu dem Kapitän.

Der Kapitän zuckte die Achseln. »Ich stelle keine Fragen. Aber sie stehen kurz vor einer Meuterei. Sie haben Angst vor Ihrem Mädchen da – Ihre Frau, nicht? Kriegt ein Kind! Das reicht, um alle Götter der Meere zu verärgern.«

Die vierte Nacht kam. Sasha war nicht mehr bei Bewußtsein.

Grusha beugte sich über sie, und Anna rieb ihr vorsichtig den angeschwollenen Bauch, versuchte dem Kind seinen Weg zu erleichtern.

Frances und Stephan und Jack standen mit Michael und Carlo vor der Tür zu der Kabine der Frauen. Sie hatten vier

Pistolen, und Carlo hielt die große Axt, die er mitgenommen hatte.

Gewöhnlich gingen die Geburten rasch voran.

Die See ergoß sich in schwarze Täler und schleuderte sie wieder hinauf auf weiße Schaumtürme.

Sasha stieß einen Schrei aus.

Sie öffnete sich weit, spreizte Mund und Schenkel.

Endlich kam das Kind, sehr rasch, in einer Welle aus Blut und Wasser und Schleim herausgerutscht.

Die Frauen waren erstaunt. Sie standen wie angewurzelt, vor Schreck.

Denn Sasha hatte eine Meerjungfrau geboren.

Sie war mit scharlachroten Striemen bedeckt, doch darunter schimmerte etwas Weißes wie Marmor, als sei dieses Geschöpf aus Eis gemacht und nicht aus Fleisch.

Es war auch kein Baby. Es war schon größer. Fast zwei Monate zu früh geboren, hatte es das Aussehen eines zweijährigen Kindes. Von dem weißen Gesicht, von Blut umrandet, strömte langes weißes Haar, das sich zu einem nassen Seil verflochten und das Kind erdrosselt hatte.

Es gab keine Nabelschnur. Das Kind hatte kluge, tote Augen, rotumrandet, die dem alten Silber aus der See glichen. Und es schaute, es schaute sie an, als könnte es im Tode noch sehen.

Und gerade noch konnte man die schlanken Beine erkennen, im silbrigen Schleim des Schwanzes.

Es war Anna, die vorstürzte und den Galgenstrick aus Haar von seinem Hals zerrte, die es hochnahm, kopfunter hielt und es schlug, schüttelte, versuchte, es zum Leben zu bringen.

Doch sein Genick war gebrochen. Es war schon eine Weile tot.

Aber die heftigen Bewegungen lösten den Mutterkuchen, der um seine Beine gewickelt gewesen war, und als er hinunterglitt, sahen sie, daß es doch ein gewöhnliches Kind war.

Um das Schiff bebte die See ein letztes Mal, erschauerte und war still.

Es war, als habe man ihr ein Opfer gebracht. Ein totes Ding, das hatte sie ersehnt.

In der stillen Kabine wuschen die Frauen Sasha und auch das weiße Baby.

Sie halfen Sasha, sich aufzusetzen.

»Gebt sie mir.«

»Sasha, Sasha, sie ist tot.«

»Sie wurde tot geboren, Sasha. Die Reise hat sie getötet. Ruh dich aus, Sasha.«

»Nein, ich möchte sie halten.«

So reichten sie ihr die schöne, schneeweiße Leiche, und Sasha hielt sie im Arm, eingewickelt in einen Schal, den Alice gestrickt hatte, ein Schal wie Mottenflügel. Und Sasha wiegte das tote Kind und lehrte die verschlagene See, wie es gewesen sein könnte.

»O Sasha, Sasha. Sie ist tot.«

»Ich weiß. Laßt sie mir noch ein wenig.«

Dann bat sie, daß Stephan hereinkommen möge, und er tat es. Er stand da und schaute Sasha an und das hübsche Albinokind, dessen Sternenaugen sich nicht hatten schließen wollen.

Oben auf Deck konnte man, nun da der Sturm nachließ, die Flüche der Seeleute deutlicher vernehmen.

Doch Camillo kreischte immer noch: »*A tenger! A tenger!*«

Schließlich beugte sich Stephan hinab und küßte das tote Ding zwischen die wachen Augen.

»Ich weiß, sie wäre so gut für uns gewesen«, sagte Sasha. »Ich weiß, daß sie schon vorher bei uns war.«

Sanft nahm ihr Stephan den Leichnam aus den Armen, und sie ließ es geschehen.

Dann trug er es hinweg, hinauf in die erwartungsvolle Stille des ruhigen Schiffes.

Als er zurückkehrte, trug er nur noch den Schal. Er bot ihn Alice an, sie aber nahm ihn und gab ihn wieder Sasha.

Und Sasha schlief lächelnd mit dem Schal, der ihr totes Kind umhüllt hatte, unter der Wange.

Camillo schrie: »Die See! Die See!«

Stephan sagte: »Sie schläft nun im Meer.«

»Warum«, fragte Unice, »muß uns alles genommen werden? Das erste Kind – nach so langer Zeit –«

Doch Anna blickte Stephan an. Anna, die Stephan einen lebenden Sohn gebären würde, in ein paar Jahren, in England, ihrem Ziel. Anna sagte: »Wir müssen stark sein. Wir müssen es aushalten.«

»Und wir tun es, meine Anna«, erwiderte Stephan. »Oder nicht?«

Kapitel zweiundvierzig

Während der Morgenstunden wurden sie in den großen Raum geführt.

Dort sprach ein Mann zu ihnen, auf englisch und französisch.

Es war ein Neuer, schlank und ziemlich dick, mit einer schrecklichen glänzenden Brille. Es war wie eine der Unterrichtsstunden, die sie schon vorher erhalten hatte, ungezwungen und ziemlich interessant.

Zuerst sprach er über allgemeine Dinge aus ihren Heimatländern. Es war nichts Persönliches, auch wenn einige von ihnen unruhig wurden, als er damit anfing. Sie hatten einander kaum etwas über ihre Eltern oder ihre Erzieher oder ihre Heimat erzählt – außer Berenice, die Faran gegenüber ihren unfreundlichen Vater erwähnt hatte.

Der griechische Junge, Christos, belehrte den Lehrer in einem bestimmten Punkt. Es ging um eine Statue. Faran war nicht sonderlich interessiert.

Dann sprach der Mann mit der Brille über den Ort, an den sie gebracht werden sollten. Dies war schon vorher geschehen. Keiner von ihnen horchte auf, bis er sagte: »Heute nachmittag werdet ihr euch auf den letzten Teil eurer Reise begeben.«

Nun wurden alle aufmerksam und flüsterten und murmelten. Jan der Schwede, der sechs war, fragte kühn: »Meinen Sie damit, daß wir nun doch dorthin reisen?«

»Ja«, erwiderte der Mann mit sanfter Stimme. »Endlich. Ihr habt lange warten müssen, ich weiß. Ihr wart sehr gut. Geduldig.«

Der griechische Junge sagte: »Wir hatten keine Wahl.«

Pierre, der Frankokanadier, sagte: »*Tais-toi. Continuez, Monsieur, s'il vous plaît.*«

»Ja, ich werde fortfahren«, sagte die Brillenschlange. Er warf einen Blick auf Faran, als erwarte er auch von ihm, daß er Widerrede erhebe. Faran nickte nur, er solle fortfahren. »Man hat euch ja gesagt, daß es sehr kalt werden wird. Ihr werdet für den letzten Teil der Reise Spezialkleidung bekommen. Ihr müßt genau das tun, was man euch sagt. Das ist zu eurem eigenen Schutz. Inez wird später mit euch darüber reden, euch alle Einzelheiten erklären. Ich weiß, daß ihr alle vernünftig sein werdet.«

Das Mädchen aus Wales zischte etwas auf walisisch.

Der große, dicke Mann nahm keine Notiz von ihr. Er wußte, daß sie englisch verstand. »Nun«, sagte der Mann. Er machte eine weitausholende Geste. Er hob den Kopf, wie es manche Menschen während einer religiösen Erleuchtung tun mögen – selbst Faran hatte dies schon einmal im Fernsehen gesehen. »Nun muß ich euch etwas sagen, von dem ich weiß, daß ihr es nicht verstehen werdet. Ich möchte, daß ihr nun alle ganz still seid und diesen Begriff mit offenem Geist annehmt.«

Faran fand, daß die Brillenschlange sie nicht als Kinder, sondern wie junge Studenten von fünfzehn oder sechzehn Jahren behandelte. Er wartete, um den ›Begriff‹ zu hören.

»Ich weiß, daß Señor Stampa euch schon ein paarmal über den Begriff der Reinkarnation erzählt hat. Ich denke, daß ihr alle das Prinzip verstehen könnt. Als er euch fragte, wart ihr, so glaube ich, euch alle darin einig, daß es so etwas geben könnte. Daß man nach dem Tod wiedergeboren wird.«

Faran verzog das Gesicht. Der Dicke war irgendwie peinlich. Es war klar, daß sie darin einig waren; man war sich einig mit Lehrern, die einen langweilten. Es war der schnellste Weg, um sie zum Schweigen zu bringen. Und von allen Leuten, die hier in ihr Leben getreten waren, hatte ihnen Señor Stampa mit dem kehligen Lispeln und dem zerknitterten weißen Hemd am wenigsten gefallen. Er hatte schwarze Zähne und rauchte wie ein Schlot. Das hatten sie schließlich mit seinem quasispirituellen Thema assoziiert – den Rauch. Es war, so hatte der Kanadier gesagt, wie ein Zwangsgebet.

»Nun werdet ihr«, fuhr der Dicke fort, »zu einer sehr wichtigen Familie gebracht. Einer großen Familie, vergleichbar nur den Fürstenhäusern der Renaissance oder den italienischen und französischen vor dem Krieg. Und der Gentleman, der sich um euch kümmern wird, ist einer der führenden Häupter dieser Familie.«

Faran warf einen Blick zu Berenice. Sie saß sehr still mit der Stoffkatze im Schoß und schaute dem Mann aufmerksam zu. So machte sie es immer – als ob sie das nervöse Bedürfnis verspürte, jedem zu helfen.

Der Dicke fuhr fort: »Der Name dieses Gentleman ist Kain. Und ihr wurdet von Kain auserwählt. Nun werde ich euch erklären, wie es dazu kam: ihr werdet es vielleicht nicht verstehen, aber ihr solltet es versuchen. Mr. Kain glaubt, daß ihr alle, jeder einzelne von euch, Reinkarnationen von Mitgliedern seiner großen Familie seid. Daß euch nur ein Zufall oder ein Mißgeschick aus seinem Haus entfernen konnte. Nun sollt ihr zurückgebracht werden.«

Diesmal sagte keiner etwas.

Faran dachte, daß sie es alle wissen mußten – oder immerhin wußten, daß die Erwachsenen daran glaubten. Er selbst – nun, er hatte die Frau, die Löwin, auf dem Bild wiedererkannt. Aber das hätte auch auf anderem Wege geschehen können. Er ärgerte sich über den Dicken, über dessen banale Art, etwas so Absurdes – das vielleicht stimmen mochte – herzusagen. Aber schließlich waren die Erwachsenen oft über die Belange der Kinder hinweggegangen.

Der Dicke schien irgendwie aus dem Konzept gebracht, als keines der Kinder eine Reaktion zeigte. Was hatte er denn erwartet?

Er starrte Berenice an. Sie errötete und sagte: »*Merci, Monsieur.*«

Das war alles.

Ein Bus brachte sie zur Startbahn. Der erste Flug sollte ein paar Stunden dauern. Sie hatten nichts dagegen, denn es war eine Abwechslung, nachdem sie nun so lange, Monat um Monat, an einem Ort gewesen waren.

Die grünen Hügel versanken unter ihnen.

Im Flugzeug bekamen sie Hamburger im Sesambrötchen, Pommes frites und Tomaten und hinterher Obstsalat und Eis. Dazu Limonade oder Cola oder Pepsi. Dann schauten sie ein paar Filme an, zuerst *Superman*, den der schwedische Junge und das Mädchen aus Wales zwar schon einmal gesehen hatten, aber nichts gegen eine erneute Aufführung einwendeten. Dann sahen sie Cartoons, hauptsächlich *Bugs Bunny* und *Tom und Jerry*, ziemlich alte Cartoons, aber alle mußten darüber lachen. Sogar Faran. Und manchmal sogar Berenice.

Sonst aber sah sie sorgenvoll aus und war sehr blaß im Gesicht. Faran beschloß, sich zu ihr zu setzen. Er tauschte den Platz. »Hast du Angst? Komm schon, erzähl's mir.«

»Ja, aber das ist es nicht.« Durch die Unterhaltung mit Faran hatte sich ihr Englisch sehr verbessert, und sie hatte viele Londoner Slangbegriffe gelernt, die Faran nun, da ihn keine Cimmie mehr daran hindern konnte, ungestraft benutzen konnte. »Es ist diese andere Sache. Mit der Wiedergeburt.«

»Ach das.« Faran sah zu, wie Tom Cat von einer Eisenstange im Maul getroffen wurde. Alle Zähne fielen ihm aus, und Berenice grauste es. »Ist doch nicht schlimm. Guck mal, in der nächsten Szene sind sie schon wieder nachgewachsen.«

»Papa sagte, es gäbe keinen Gott«, sagte Berenice. »Es gäbe gar nichts. Nur dieses Leben.« Sie blickte auf ihre Stoffkatze hinunter und sagte zu ihr: »Einmal kam eine Schwester – eine *Nonne* in unsere Wohnung. Sie kannte meine Mummy. Als Papa nach Hause kam, hat er sie rausgeworfen. Er hat sie fast die Treppe hinuntergeworfen, und sie hat geschrien. Das war ganz schlimm.«

»Dein Vater war aus einer anderen Welt«, sagte Faran. Er liebte diesen Ausdruck und glaubte, ihn selbst erfunden zu haben. Jedenfalls paßte er gut als Beschreibung auf Berenices' Vater.

»Er hat mich einfach da vergessen, auf dem Boot. Und dann kam diese Dame. Aber er hat mich verlassen.«

»Vergiß ihn«, riet Faran. »Dieser Kain muß einfach besser sein.«

»Aber ich werde bestimmt etwas Falsches tun«, wandte Berenice ein. »Ich bin so dumm. Und dann wird er mich nicht mehr mögen.«

»Du bist nicht dumm. *Ich* mag dich.« Faran fragte sich, ob er gut beraten war, so etwas zu sagen, aber nun war es zu spät. Und sie sah sehr glücklich aus. Sie sagte zu der Katze: »*Tu es folle*!« und ließ das Tier mit dem Kopf wackeln.

Jerry platschte in die Butter.

Eine sehr helle, fast stechende Sonne stand am Himmel, als sie aus dem zweiten Bus stiegen und sich auf das zweite Flugfeld begaben.

Faran wußte zwar nicht, wie spät es war, aber er hatte das zwingende Gefühl, daß die Sonne nicht mehr scheinen sollte. Die Himmelshülle sah zu dünn aus und konnte vielleicht daher kein Licht in sich bergen.

Und hier, in einem langgestreckten niedrigen Gebäude, bekamen sie ihre neuen Kleider, warme, unförmige, mit Wolle gefütterte Anzüge in fröhlichen grellen Farben, grün und orange. Es war bereits kalt, und über der Ebene blies ein Wind, ließ das trockene Gras rascheln. In der Ferne konnten sie knochige Hügel erkennen.

Sie bekamen heißen Kakao.

Vor ihnen auf der Piste stand ein kleines rotes Flugzeug.

»Was ist das für eins?« erkundigte sich Greg.

Einer ihrer Begleiter erklärte ihm, es sei eine viermotorige DC 6 mit feststehenden Rädern.

Die Begleiter würden nicht in das Flugzeug steigen, nur der Pilot. Er würde ihnen sagen, was sie tun sollten, und sie müßten ihm gehorchen. Der Flug würde einige Stunden dauern. Sie würden nur einmal auftanken müssen.

»Da ist der Pilot.« Jan zeigte mit dem Finger.

Ein Mann mittlerer Größe und Statur, mit dunklem Gesicht, gegen den Wind vermummt.

Er schritt am Stacheldrahtzaun entlang und warf einen Seitenblick auf etwas Weißes, das dort stand, eine Art kleiner Statue, vielleicht ein Standbild der Jungfrau Maria, ein Votivbild wie jene, die sie beim Landen an der Piste gesehen hatten.

Miguel Chodil marschierte.

Dabei schlug das winzige Medaillon, das er sich umgehängt hatte, immer wieder gegen seine Brust.

Sie hatten ihm erst gestern gesagt, welche Fracht er befördern sollte – kein Obst, kein Fleisch und keine Bücher diesmal, sondern lebendige Kinder, sechs an der Zahl. Er war nicht sonderlich begeistert. Kinder waren wie Affen. Was konnten sie nicht alles anstellen, wenn man nicht aufpaßte – wie die Hunde der Entdecker zum Beispiel, wenn sie während des ganzes Flugs im Cockpit Kämpfe ausfochten. Aber es hatte keine Sinn zu protestieren. Er hatte sich vor langer Zeit verpflichtet.

Hinter einem großen Fenster des Gebäudes konnte er sie sehen, wie sie zu ihm herüberstarrten. Fünf bleiche Gesichter und ein schwarzes. Sie sahen ziemlich ruhig aus. Hatten wahrscheinlich Angst.

Chodil trat zu dem Flugzeug. Er legte eine Hand auf die Seitenfläche. Es fühlte sich leblos an. Er kannte diese Art Maschine, war sie schon geflogen, konnte aber mit ihr nichts anfangen. Sie war nicht weiblich.

Er hatte sich keine Fragen über seine lebende Fracht gestellt, ob sie nun gehorsam sein würde oder nicht.

Chodil kletterte ins Flugzeug.

Er dachte über die Frau nach, die er in der Stadt gehabt hatte, es war immer eine andere Frau. Und später hatte er das Medaillon aus der Schachtel genommen, in der er die Andenken an seine Mutter bewahrte, und hatte es sich umgehängt.

Draußen auf der Piste standen zwei Wachen mit umgehängten Kalaschnikows müßig herum.

Dann strömten die Kinder in einem wohlgeordneten Zug aus dem Gebäude, von zwei Erwachsenen geführt. Sie rannten nicht und schrien nicht. Ja, sie waren ruhig. Der Schwarze war sehr hübsch, wie aus Ebenholz geschnitzt. Und diese Kleine da mit dem Stofftier. Sie hatte was.

Er dachte nicht mehr über sie nach.

Sie mußten tun, was er ihnen befahl, aber das hatte man ihnen natürlich eingebleut. Und man hatte ihnen etwas zum Schlafen gegeben. Dessen war er versichert worden.

Chodil berührte die Instrumente. Einen Augenblick lang verspürte er eine Fremdheit wie nie zuvor: zu diesem Flugzeug, zu dem Ort, an den er flog, und auch zu sich selbst, einem Wesen mit Kopf und Leib, Armen und Beinen, Händen und Füßen und einem Bild der heiligen Jungfrau auf der nackten Brust –

Aber das Gefühl ging vorbei.

»Ich hab' unheimlich lang geschlafen«, sagte Berenice. »Aber schau mal, es ist ja immer noch hell. Guck mal – da – was ist das denn?«

Faran lehnte sich über sie zu dem kleinen Fenster.

Sie befanden sich nun über dem Packeis, die See unter ihnen wie dunkelblaue Tinte, Eisschollen gleich dahinsegelnden weißen Blättern.

»Das ist Schnee«, sagte Faran.

»Ob es da Pinguine gibt?«

»Vielleicht.«

»Und Eisbären?«

»Nein, das glaub' ich nicht. Nicht hier.«

»Oh.« Sie war enttäuscht.

Nun erwachten auch einige der anderen, der Schwede und der Kanadier. Der Grieche schnarchte, was er normalerweise nie tat.

Faran wußte, daß man ihnen etwas gegeben hatte. Er sagte es Berenice jedoch nicht. Es war wie Cimmies Tabletten, die sie manchmal nach einem Streit mit Wellington geschluckt hatte.

Ein Bild kam ihm in den Sinn, ein Riff an einer Küste, dahinter Berge wie schwarzweiße Wale. Hatten sie ihm solch ein Bild gezeigt? Vielleicht Mr. Thorpe. Er konnte sich nicht erinnern.

»Glaubst du, daß wir bald da sind?« fragte Berenice mit ängstlicher Stimme.

»Ja. Hab keine Angst.«

»Nein.«

Faran fragte sich, wie er mit Berenice zurechtkommen sollte, wenn er sich erst einmal auf die Frau, auf Lilith, konzentrieren würde. Er würde sehr lieb sein müssen.

»Meine Katze ist aufgeregt«, sagte Berenice beschwichtigend.

»Gut.«

Die Katze sah nun lebendiger aus, sie nahm eine Persönlichkeit an in dem Maße, wie Berenice ihr Aufmerksamkeit zuwandte. Es war dasselbe mit Menschen. Faran hoffte, daß Kain Berenice zu schätzen wußte. Aber er mußte es ja, er tat es bereits, oder warum hätte er sie auswählen sollen?

Irgend etwas zerrte an Farans Gedanken, die immer noch eingeschläfert waren. Sie alle waren Einzelkinder. Sogar die Waliserin und der Grieche. Alle – wie hieß es noch – Erstgeborene.

Warum hatte er sich nun daran erinnert? Die Erstgeborenen in Ägypten und der Engel, der über ihnen schwebte. Was hatte der Engel nur getan?

»Ich muß immer wieder an Mama denken«, sagte Berenice. »An meine Mutter. Ich hab' früher nie an sie gedacht. Ich frag' mich, ob sie wohl glücklich ist.«

»Vielleicht kannst du sie ja eines Tages sehen«, erwiderte er. Seine Vorstellung der biblischen Bilder war in nichts zerstoben.

»Ja, das wäre wirklich toll. Ja, das würde ich gern. Wenn ich erwachsen bin.«

»Willst du denn erwachsen werden?«

»Ja. Dann werde ich es leichter haben.«

»Oder wird nicht alles genauso sein?«

»Nein, das kann es nicht«, entschied sie, für alle.

Das Flugzeug bebte und surrte. Der Pilot hatte kein Wort gesprochen. Er war wie ein Roboter.

Wieder wurde Faran von einer Welle des Schlafs überrollt; er schob sie beiseite, wehrte sich.

»Ist das Meer immer noch dunkel?« fragte er.

»Ja«, erwiderte Berenice, und dann mußte etwas ihre Aufmerksamkeit gefesselt haben, denn sie machte eine eifrige Bewegung und sagte: »Schau mal, Faran!«

Und Faran schaute.

Doch in diesem Augenblick wurde der Himmel weiß.

Von unten gesehen war das Flugzeug da, und auch wieder nicht. Es veränderte sich, wurde ein weiches Bild mit aufgelösten Konturen – und dann sehr grell, ein aufgeplusterter Ball aus rosa Flammen. Und aus dem Ball stachen dunkle Objekte, die bald herunterfielen und lautlos davonflogen, Sekunden vor der Explosion.

Der Lärm war hart und rauh, doch irgendwie weit entfernt. Unbedeutend. Wie etwas, das noch vergessen worden war.

Teile des Flugzeugs, Teile von Sitzen und Metallstreben, Teile des Rumpfes und verbrannte Leichenteile regneten still herab, manche kratzten und rasselten ein bißchen, als sie aufs Eis schlugen. Dann versanken sie in der tintenblauen See.

Eine Rauchfahne durchschnitt den Himmel. Dann verblaßte sie.

Nichts blieb übrig.

Kapitel dreiundvierzig

Kain schritt durch die fackelerhellte Düsternis seines Berges, seiner Pyramide, und gelangte in den Hof mit den vier Statuen. Anubis und Bast, Herkules und Astarte: Seele, Freude, Kraft und Lust. Und das Becken mit den Lotusblüten im Schein der Alabasterleuchten.

Hier hielt er inne.

Er trug schwarz; dazu seine Kapuze aus schwarzseidigem Haar, so lebendig und pulsierend, daß es fast wie ein Tier schien, das sich um sein Gesicht schmiegte, ein symbiotischer Gefährte – ebenso seine Augen, die, in diesem Gesicht, wie symbiotische Augen wirkten. Doch jetzt waren sie verschleiert und ruhig.

Er blickte kurz zu der Wohnung hin, die er dem Jungen zugewiesen hatte. Dann schritt er weiter und öffnete die äußere Tür zu den Gemächern der Frau.

In der Hand hielt er den schwarzen Plastikapparat mit dem einzelnen roten Knopf. Das war alles.

Er ging an der Wächterstatue vorüber.

An der inneren Tür klopfte er.

Drinnen antwortete sie, die Frau. »Bist du es?«

»Kain«, antwortete er.

Er sprach seinen Namen mit unbeschreiblichem Appetit aus, so wie ein Mann den Namen derjenigen ausspricht, die er haben will und bekommen wird. Ihren Namen sprach er nicht in dieser Weise, obgleich er ihn ihr gegeben hatte und sie ihn nun benutzte.

Sie öffnete selbst die Tür.

Er ging hinein, in den reichgeschmückten, goldenen, mit Malereien verzierten Raum.

»Ich fragte mich schon, wann du wohl kommst. Warum hast du so lange gebraucht?«

»Du solltest mich nie fragen«, erwiderte er. »Ich antworte nur, wenn ich es will, und wenn es so ist, werde ich es dir auch ohne Fragen erzählen.«

»Na gut«, gab sie zurück. Sie war nicht verärgert. Ankhet war sie nun, so, wie er sie gewollt hatte, weder ganz Ruth noch Anna. Ein neuer Mensch. Der seine?

»Ankhet«, begann er, »du bist jetzt allein mit mir.«

»Ja.«

»Ich meine damit nicht, daß wir nicht zusammen sind. Ich meine, daß es keine anderen geben wird.«

»Andere?«

»Ich habe sie getötet. Nur du bedeutest mir etwas. Und du hast deinem Liebhaber abgeschworen.«

»Malach«, sagte sie, »Ja. Der Mann peitschte ihn mit dem Riemen. Dann bin ich weggegangen.«

»Und ich«, sagte er, »kam zu dir. Da ist natürlich noch der Junge. Er bedeutet mir etwas, lag mir einst am Herzen. Er wird sich auch noch daran erinnern. Er ist mir treu ergeben und wird es als Erwachsener noch mehr sein. Aber wenn du es wünschst, Ankhet, werde ich ihn töten lassen. Schmerzlos und rasch. Dann wird es nur noch dich und mich geben.«

»Und Lilith?« fragte sie. Ihr Gesicht war das maskenhafte Gesicht von Ruth, eine gemeißelte Porzellanmaske ohne Ausdruck. Leer. Göttlich. Und dennoch wirkte diese Leere voll und gesättigt.

»Lilith. Lilith und ich sind getrennt.«

»Und du würdest ihn umbringen lassen, den kleinen Harpokrates?«

»Andrew«, sagte er wegwerfend.

»Nein«, erwiderte sie. »Mir macht es nichts aus. Behalte ihn.«

»Und nun«, hob Kain an.

»Nun willst du mich lieben«, setzte es fort. Es schien ihr nun, als könne sie sich an viele Liebesakte erinnern. Mit Malach, mit anderen Männern. Oder war es immer Malach gewesen, Malach in anderen Körpern, anderen Leben? Sie selbst mußte oft gestorben und wiedergekehrt sein. Sie konnte es nun förmlich vor sich sehen, wie ein gewundener Gang mit vielen Türen. Sie sagte: »Tu, was du willst.«

»Das ist nicht sehr einladend«, meinte er. »Sag mir etwas anderes.«

»Das werde ich. Ich schlafe mit dir. Ich werde deine Kinder austragen.«

»Oh«, meinte er. Lächelte. »Ankhet. Versuch dich zu erinnern.«

»Was? An dich und mich, vor langer Zeit?«

»Nein. Das wäre neu, vielleicht. Du und ich.«

Er kam auf sie zu und legte ihr sanft seine Hände auf die Arme. Ohne Angst blickte sie zu ihm auf. »Wirst du mir weh tun?«

»Niemals. Ich würde dir nie weh tun.«

Sie runzelte die Stirn. »Aber sie sollte doch weh tun, die Liebe, oder etwa nicht?«

Er senkte den Kopf und blickte ihr tief in die Augen; die seinen waren blau und ruhig und leuchtend. Er sah aus, als würde er gleich wieder in Lachen ausbrechen, wie der Junge, der er oben auf dem Boot gewesen war, als sie den quecksilbrigen kalten Fluß hinabsegelten, das Ebenbild des Nil.

Und doch war er es, den sie einem Mann die Kehle hatte herausreißen sehen – ein Sodomit und ein Mörder und ein blutüberströmtes Bild –

Sie legte ihm die Arme um den Hals.

Er gab einen schwachen Laut von sich, ein Laut der Zustimmung, der Freude.

Dann umarmte er sie und zog sie an sich und küßte sie auf eine Art, die sie nun wieder erkannte – seine Zunge schwoll in ihrem Mund, ein willkommener Erstickungstod.

Hinter ihren geschlossenen Lidern regte sich der andere, als wäre er schon in ihrem Körper. *Malach.*

Ankhet erprobte ihren Willen; er war viel stärker, als sie gedacht hatte. Sie trieb Malach aus.

Kain führte sie zum Bett, schlug die Decken beiseite und bettete sie, so daß sie mit dem Kopf am Fußende zu liegen kam.

Langsam zog er sie aus, sich selbst jedoch nicht. Sie protestierte nicht. Sie konzentrierte sich auf seine Berührung, die sie vibrieren ließ, sie erregte. Sie wußte, daß ihr Körper nun bereit sein sollte.

Er hatte gesagt, er würde sie nie verletzen, aber natürlich mußte er es tun. Anna war Jungfrau, sie war verschlossen. Nun würde die gewaltige Waffe, die sie vorher nur als ein Todesinstrument gesehen hatte, auch in sie, in ihr Innerstes gestoßen werden. Er *würde* sie verletzen, doch er würde ihr keinen Schaden zufügen, wie er versprochen hatte.

Sie sah ihn durch einen dünnen Tränenschleier.

Sie wußte nicht, warum sie weinte, ob sie weinte.

Er leckte ihr die Tränen ab, seine Zunge rauh wie die einer Katze.

Dann saugte er an ihren Brüsten.

Ihr Blut begann im Takt seines Herzens zu strömen; sie fühlte, wie sein Herz gegen ihren Bauch pochte. Und dann preßte er sein Gesicht in ihre Lenden und trank von ihr, und sie schmolz hinweg wie glühender Honig.

Doch sie hielt die Augen weit offen und sah ihn an. Sie wollte nicht einmal für eine Sekunde vergessen, daß er es war, Kain.

Endlich durchbohrte er sie, und sie erkannte den Schmerz sogleich, doch nun war es anders, weniger und doch mehr. Wie damals zwang sie sich, das Maß der Klinge zu erdulden. Sie faßte ihn um die Taille. Sie blickte zu ihm auf, sah ihn und nur ihn. Nun waren sie vereint, im vielleicht einzigen Augenblick, wenn zwei Dinge auf der Welt eins sein können.

»Wirst du auch mein Blut trinken?«

»Ja, Ankhet Persephone.«

»Dann bin ich die Deine?«

»Du warst es von Anbeginn. Doch wir werden es besiegeln.«

»Sind deine Götter echt?« fragte sie.

»Ich habe keine Götter.«

Er bewegte sich in ihr wie ein Donner. Da schloß sie wieder die Augen. Es war nun anders geworden – sie brauchte nicht mehr zu sehen.

Als er sich auch in ihren Hals bohrte, erhob sie keinen Protest. Sie fühlte ihr heißes Blut am Hals herunterlaufen so wie seinen Samen in der inneren Höhle. Ein ferner Schauder überrollte sie, der Orgasmus derjenigen, die sie einst gewesen war, oder die sie einmal sein würde. Es war nicht leidenschaftlich, nicht einmal schön. Es war noch nicht der ihre.

Kain lag auf Ankhet. Sein Leib war schwer, warm und fest, und doch biegsam, wie die Gestalt eines großen Tieres.

Sie lag bewegungslos unter ihm und spürte, wie er sich aus ihr zurückzog. Und aufstand.

Er sah ernst aus, fast ruhig, als habe er den Akt vorweggenommen, statt ihn zu genießen.

»Steh auf«, sagte er. »Schau in den Spiegel.«

Sie tat, wie er ihr geheißen hatte. Sie würde immer tun müssen, was er ihr befahl. Sie durfte nur ihm gehorchen. Es war fast eine Erleichterung.

In dem gewöhnlichen, fleckigen Glas sah sie ihr Spiegelbild – ein junges, weißes, nacktes Mädchen, und hinter ihr Kain, voll angekleidet, düster. Er ließ den rechten Arm um ihren Leib gleiten und nahm ihre linke Brust in die hohle Hand und drückte sie zärtlich. Mit der Rechten streichelte er ihren Hals, die Stelle, wo er sie gebissen und ihr Blut getrunken hatte.

»Warum?« fragte sie. Doch so meinte sie es gar nicht – sie waren Vampire, deshalb. Ruth hatte es gewußt. Dennoch stellte sie die Frage. Um ihn zu prüfen?

»Das Gesetz Gottes«, erwiderte er und überraschte sie damit, denn sie hatte keine Erinnerung, die darauf zutraf.

»Du sagtest doch, daß du nicht an Götter glaubst.«

Er lächelte. »Gewohnheit«, sagte er. »Vielleicht gab es einen Gott – vor langer Zeit.« Dann brachte er sein Gesicht neben das ihre, wie ein Vater neben sein Kind.

Sie sah sie an, die beiden Gesichter, seines und ihres. Sie war wie ein weißer Schatten von ihm. Ein *lebender* Schatten. Er war nun entspannt, verspielt. Ihr Gesicht blickte immer noch angespannt, aufmerksam.

»Und bist du nun die meine?« fragte er. »Sag's mir.«

»Ich bin dein.«

»Für immer«, bekräftigte er.

»Ja.«

»Dann kann ich ihn gehen lassen«, sagte Kain.

Sie sagte nicht *Malach*.

»Aber wenn ich wollte, daß du ihn tötest?«

»Ich habe erst einmal genug getötet«, erwiderte er. »Und ich werde sie mit mir herumtragen müssen, drei Tage lang.«

»Die Kinder.«

»Ja. Damit habe ich es getan.« Er zeigte auf das schwarze Plastikding mit dem Knopf, das auf dem Tisch lag. Daneben lag eine Art mittelalterlicher Beutel, den er am Gürtel getragen hatte. Er sagte: »Darin sind sie. Geh und sieh nach.«

Folgsam ging sie zu dem Beutel und öffnete den Verschluß; innen lagen sechs gewöhnliche, unscharfe Schnappschüsse. Sechs Kinder. Sie waren, ohne es gewahr zu werden, an verschiedenen Plätzen aufgenommen worden: auf einer staubigen Straße, einem Säulengang, vor einem alten Gebäude, einem Bahnhof, dem Eingang von Harrod's und einer auf einem Fahrrad in einem grünen Feld. Der Junge, der vor Harrod's stand, war ein Farbiger, und eine schwarze, schick angezogene Frau mit großen weißen Ohrringen hielt ihn an der Hand.

»Mein Opfer für dich«, sagte er. »Für Ankhet, die Göttin.«

Sie legte die Fotos in den Beutel zurück. Auch sie hatte einst Kinder getötet. Aber nicht aus der Ferne – von Angesicht zu Angesicht, mit scharfen Waffen.

»Danke«, sagte sie. Ruths Stimme. Kühl und prüde.

Da war es, als lachte er, aber stumm, wie eine Katze, die leise miaut.

»Ich kann sie nicht wieder zurückbringen«, sagte er, als habe sie ihn darum gebeten. Er klang – befriedigt. »Sie sind tot.«

»Kann Malach sterben?« wollte sie wissen.

»O ja. Jeder von uns kann sterben. Aber ich werde Malach leben lassen. Er soll mit der Erinnerung an dich leben, und wie du ihm gesagt hast, daß er von dir weggehen soll.«

Sie sagte: »Ich habe Angst vor Langeweile.«

»Ich weiß.«

»Dieser Ort«, meinte sie.

»Ich werde dir die Eiswelt zeigen«, erwiderte er. »Ich bin bei dir. Und wenn du dieser Welt müde wirst, können wir woandershin gehen. Ich habe mich noch nicht darum gekümmert, aber die Möglichkeit steht uns offen. Sie könnte mich sogar wieder interessieren, die Welt. Langeweile, ach Ankhet. Wir können uns doch amüsieren.«

Sie stellte sich vor: sie beide irgendwo auf der Erde und Malach irgendwo anders, zurückgelassen, in der Entfernung immer kleiner werdend. Bis er verschwand. Ein Schmerz drückte ihr die Brust zusammen, nahe am Herzen, und dann wurde der Schmerz köstlich, hier, unter seinen Händen, den Händen ihres Liebhabers, der sie für immer wollte und sie in die Welt mitnehmen würde. Er war viel zu zart mit ihr gewesen.

»Liebe mich noch einmal«, bat sie. »Ich will verstehen –«

»Sie befiehlt mir«, sagte er, lächelte aber nur. »Dann gib dir Mühe – damit ich dich wieder begehre.«

Ihrer selbst sicher wandte sie sich um, das weiße Rückgrat dem Spiegel zugedreht, und ließ ihre schmalen Hände, die keine Ringe trugen, über sein bernsteinfarbenes Fleisch gleiten.

Lilith sah dem Jungen Harpokrates zu, wie er mit den Tigern spielte. Sie beobachtete ihn schon seit einer Stunde.

Vor ihnen erstreckte sich die gewaltige Halle der Nut, die scharlachroten Säulen und das Eisendach der Leuchten. In Liliths Rücken, im blauen Fenster, regte sich nichts. Es war, als sei das Fenster am Ende gestorben; ein totes blaues Auge.

Er hatte es ihr gesagt, als er den Jungen brachte.

Als der Junge furchtlos mit den beiden großen Katzen zu spielen anfing, hatte Kain ihr in der Sprache eines toten Meeres gesagt, daß es nun keine weiteren Kinder mehr geben werde.

Und am Horizont von Liliths Denken, im Nebel, war ein schwarzes Bild davongewandelt. Verschwunden. Auch Kain hatte sie verlassen.

Dann saß sie reglos da, und der kleine Junge spielte mit den Katzen und sie mit ihm.

Nun, als sie sich erhob, drehte nur der hellere Tiger den Kopf über dem goldenen Halsband, wie von einem Uhrwerk aufgezogen.

Sie sprach das Wort zu ihm, das ihm erlaubte zu bleiben, und da wandte er den Blick ab und hob eine riesige Pfote, die Krallen eingezogen, um dem Jungen eine spielerische Ohrfeige zu versetzen, so daß er sich kichernd auf die Seite wälzte.

Dies mußte das Kind sein, das schon vorher Katzen gekannt hatte. Er hatte keine Angst vor ihnen. Und die Tiger spielten wunderschön, majestätisch und vorsichtig, wie mit einem Wölfling.

Der dunklere der beiden blickte ihr nicht einmal nach, als sie davonging.

In den Gedanken des schwarzen Faran war Lilith verankert gewesen.

Aber nun hatte er keine Gedanken mehr. Sein Gehirn war zu Asche verbrannt.

Es war, als werde sie ausgelöscht.

Sie kannte ihn nicht, wußte nicht, wer er gewesen war und einmal sein würde – sie hatte nur die intuitive Vorahnung eines gemeinsamen Lebens empfunden.

Aber nun, als er nicht mehr an sie denken konnte, war sie erloschen.

Auch Lilith schritt unter dem Berg und kam an den Hof zwischen den Korridoren und Zimmern.

Da gab es eine Tür, die, gleich einer Bombe in einem Flugzeug, auf den Druck eines Knopfes reagierte.

Hinter der Tür war es schrecklich kalt.

Die Frau im schwarzem Kleid mit dem Golddiadem der Schlange auf ihrem Haupt schritt in die Kälte, und die Tür schloß sich hinter ihr.

Eis hatte sich gebildet; Wände und Schranken, Mauern und Fenster. Und dahinter, im Eis, die Umrisse.

Es war eine Grabkammer, eine Totenstadt.

Man mußte nicht über einen Fluß oder einen See, um dorthin zu gelangen, und vielleicht waren auch die alten Riten der Einbalsamierung unnötig, die man hier angewandt zu haben schien.

Die Mumiensärge standen aufrecht, vom Eis gestützt, schwarz und smaragdgrün und gold. Und dazwischen die schlanken Statuen des Anubis und des Thot-Zehuti. Führer der Seelen, Sinnbilder des Gleichgewichts; dann die Schlange der Hölle, Aataru, die es nach Blut dürstet, Herrin der Ungeheuer, die alles zerreißen, und der geflügelten Führer; und hinten auf den Wänden hinter weißen Kristallen die Gemälde, goldene Felder an einem ewigen Tag, das Land des Ra jenseits des Flusses.

Dann erhob sich eine große Barke von grünlicher Farbe, vom gleichen Ton wie die Särge, die Farbe des Osiris, die Farbe der Auferstehung. Eisscherben hingen herunter.

Über kristallenen Hecken schwebte der Geist des Lebens und der sexuellen Energie, der menschenköpfige Vogel Ba und wachte über alles.

Während Lilith weiterschritt zwischen den Dingen des Todes, murmelte sie die Namen jener, die hier lagen. Eine endlose Liste, niemand durfte ausgelassen werden: *Du, der du an mir vorübergehst, sprich meinen Namen, auf daß ich nicht vergessen werde –*

In den Alkoven standen Puppen als Sklaven, die Toten zu bedienen, Vasen mit Datteln und Granatapfelwein, nun zu braunem Staub verwandelt.

Eine Vision des alten Ägypten, doch leicht getrübt ... Hier eine griechische Amphore, dort eine Schale mit einer Darstellung des Bacchus, ein Frauenhandschuh im Stil des achtzehnten Jahrhunderts – willkürlich verstreute Gaben, Opfer, und gefrorene Blumenkränze, die in den Klauen des Eises schwarz geworden waren.

Auch reglose Schmetterlinge gab es, in den Farben von Blut und Gold und Saphir. Schmetterlinge, die einst gelebt haben mochten und nun mit ausgestreckten Flügeln wie ein Atemhauch auf Steinhänden ruhten, auf der Schnauze des Anubis, des Schakals, und den Locken eines assyrischen Löwen.

Lilith schritt an den Sargreihen vorüber, an den Totenbooten und unter dem Schatten der goldenen Götter.

Dies hier war wie eine Spiegelung ihrer Gedanken, ein Traum für kurze Zeit wahr geworden.

Dann hatte sie es hinter sich gelassen.

Ein Tunnel der Dunkelheit, mit Tonscherben übersät, mit echten oder falschen Schmuckstücken, die man zerbrochen hatte. Und dahinter die offene Grotte aus Eis, die unter einem Gletscher in Kains Berg ausgehöhlt worden war.

Graublau erhoben sich die Wände, schimmerten feucht. Stalaktiten aus Eis richteten ihre Spitzen zu Boden und umrahmten den Ausgang zu der weißen Einöde vor der Höhle.

Mit einer leichten, mädchenhaften Bewegung schleuderte Lilith ihre Sandalen von sich.

Barfuß und mit leeren Händen, Gesicht und Kopf ungeschützt, und nur mit dem schwarzen Leinengewand angetan und der goldenen Schlange im Haar schritt sie einsam aus der Grotte.

Ihr Umriß wurde im Schnee zu einer dunklen Gestalt.

So schwarz wie Faran schritt sie den Hügel aus allerweißestem Schnee hinan.

Weder schnell noch langsam schritt sie in die Eiswüste, schaute nicht zurück. Wurde immer kleiner. Verschwand.

Malachs Antlitz unter der Fackel, erleuchtet, wieder dunkel. Es war unmöglich, darin zu lesen . . .

Das weiße Haar strömte an ihm herab, verschwand in trüber Dunkelheit.

Weiße Verbände an seinem Oberkörper. Nach dem Mann mit der Peitsche kam ein anderer, um die Striemen zu reinigen und zu verbinden. Rot, das im halben Fackellicht schwarz wirkte, besudelte die weißen Bandagen.

Wenn er auf etwas wartete, so bemerkte es keiner, und vielleicht wußte es Malach nicht einmal selbst. Doch er hätte es sich denken können.

Kain würde zu ihm kommen. Kain mußte es tun.

Und Kain betrat die Höhle des Gefangenen, oder wie immer man es nennen wollte, diesen Kerker, der aus einem Film der fünfziger Jahre stammen mochte.

Kain, in Schwarz gekleidet, passend im Gegensatz zu der Blässe Malachs.

Kain sagte, wie schon andere vor ihm: »Hier bin ich.«

Und Malach? Malach erwiderte nichts.

»Sie will dich also nicht mehr«, sprach Kain, »nach allem, was geschehen ist. Wie schade, daß du dir solche Mühe gegeben hast. So eine lange Reise.« Seine Stimme klang voll, hielt bei jedem dritten oder vierten Wort inne und erfreute sich sichtlich des Gesagten, oder ließ es nachhallen. »Was soll ich nun mit dir machen?«

Malach schwieg beharrlich.

»Warum sprichst du nicht zu mir?« fragte Kain. »Wir haben damals geredet, in der Vergangenheit.«

»Das war damals«, entgegnete Malach.

»Und wann?« fragte Kain, fast schüchtern.

»Ab und zu. Hie und da.«

Kain hatte als Sprache Holländisch gewählt, Malachs angenomme Sprache. Aber er sprach es nachlässig, ließ andere Wörter einfließen –Französisch, Latein, sogar Deutsch. Malach hatte ebenso geantwortet. Nun sagte Kain: »*U vergist zich.*«

»Kein Irrtum«, erwiderte Malach. »Oder warst du es nicht?«

»Du und ich«, gab Kain zurück. »*Skheru* – die Verdammten. Doch ich ändere mich. Malach bleibt immer derselbe.«

»Unwandelbar«, stimmte Malach ihm zu.

Er hatte den Kopf nicht gehoben und tat es auch jetzt nicht, als Kain näherkam. Er redete nun in einer noch älteren Sprache.

»Erinnerst du dich an Seth und Horus, wie die beiden Götter in Seths Garten spielten und Horus seinen Samen auf den Salat ergoß und Seth den Salat aß, ohne es zu ahnen. Und später weinte der Samen: *Hier bin ich nun in Seth begraben.*«

Wieder sprach Malach kein Wort.

Kain sagte: »Du bist hier mein Sklave. Du mußt dich in meine Hand begeben. Du weißt, was ich mit dir tun muß.«

Da blitzte Malachs Antlitz im Licht auf. Es war das Gesicht eines hungernden Wolfes. Seine Augen waren wie Eis.

»Deine Vorstellungen der Rache sind sowohl haarsträubend als auch melodramatisch.«

»Und ich werde dich verletzen«, versprach Kain, »mein Liebster.«

Als Kain einen Schritt vorwärts tat, regte sich auch Malach in seinen stählernen Fesseln. Doch er konnte sich nicht rühren. Irgend jemand, der seinen Leib noch den Peitschenhieben verbunden hatte, hatte auch seine Knöchel gefesselt. Malach fiel in die Ketten zurück, und Kain war über ihm wie ein Tiger, ertastete ihn in zielstrebiger Weise mit glühendheißen Händen.

»*Sie* hätte dir das angetan, wenn sie es vermocht hätte«, sagte er. Seine großartige Stimme schwoll nun vor Begierde, doch es war die Gier nach Macht, nicht nach Sex. Dies war die älteste Methode, einen Feind zu unterwerfen. Erniedrigend, gräßlich – man machte ihn zu einer *kat tahut*, der Fotze einer Hure.

Kain fand Malachs untere Leibesöffnung und schob den Rock seines Gewandes hoch, während er Malach mit dem anderen Arm hielt.

Malach hatte aufgehört, sich zu wehren. In reinstem, ältestem Ägyptisch sagte er: »Möge Seth dich ficken.«

Kain spürte, daß Malach seine Muskeln gegen ihn verhärtet hatte, so hart wie ein Stein. Kain versuchte es mit der Hand, um seinen flammenden Penis, mit dem Samen des Horus geladen, in Malachs Leib zu stoßen. Er stieß mit aller Kraft und schaffte es nicht. Malach hatte gewonnen.

Kain ließ Malach los und trat zurück.

Kain war nun gebieterisch, geradezu frostig, fest feminin in seiner Verachtung angesichts der Niederlage.

Malach war es, der zitternd und schwitzend in seinen Ketten hing, den Mund zu einem lautlos schreienden Rechteck verzogen, die Augen im Licht der Fackeln wahnsinnig. Malach, unverletzt, hatte verloren.

»Nun denn, ich werde ohne dieses Glück auskommen«, sagte Kain.

Da gab Malach einen Laut von sich; er war leise und rauh, der Laut eines Hundes, wenn er die Verletzung zum ersten Mal spürt.

Kain zuckte die Achseln.

»Sie werden dir zu essen bringen. Sie werden dich herunternehmen und dir deine Schlitten und die Hunde und deine Kleider zurückgeben, und was du sonst noch brauchst. Dann kannst du zurückfahren.«

Allmählich wurde Malachs Gesicht klarer. Leer.

Er hing still. In lächerlichen Fesseln.

»Hast du irgendeine Botschaft an sie?« fragte Kain auf holländisch. »Sie wird schon zuhören, wenn ich es ihr befehle.«

Malach ließ den Kopf sinken.

Das weiße Haar fiel nach vorn über sein Gesicht.

»Jetzt könnte ich dich nehmen«, sagte Kain. »Aber nun gibt es keinen Grund mehr. Oder?«

»Nein«, sagte Malach.

»Dann sind wir fertig miteinander.«

»Ja.«

»Geh zurück«, riet Kain. »Geh zurück zu deinem bezaubernden Leben. Finde eine etwas uninteressantere Frau, die dich bedient und dich warmhält.«

In der Stille sagte eine Stimme: »Warm.«

Das war alles.

Kapitel vierundvierzig

Am Hafen war sie von einem großen schwarzen Wagen abgeholt worden.

Der Fahrer sprach englisch. Er versicherte ihr, daß fast jeder hier es konnte.

Wie Rachaela gebeten hatte, fuhren sie geradewegs in die Stadt, über schnurgerade Straßen, von wäßrigem Grün umgeben. Lastwagen fuhren an ihnen vorbei, die *floris* auf die Seiten gespinselt hatten. Der Himmel war vom Regen verhangen.

Amsterdam erwachte, es wimmelte von Fahrrädern und Straßenbahnen. Sie bahnten sich ihren Weg bis in die ruhigen Kopfsteinpflasterstraßen an den Grachten. Die Stadt kam ihr vertraut vor. Vielleicht war es mit allen Städten so. Es kam ihr in den Sinn, daß sie alle diese Orte schon einmal gesehen hatte, vor langer Zeit. Als sie eine andere gewesen war.

Sie hatte sich entschieden; sie konnte es im Hinterkopf fühlen, sie war programmiert wie ein Computer.

Die Häuser sahen wie Puppenhäuser aus, Sofies Haus war dunkellila gestrichen. Es wirkte sehr freundlich, nicht wie ein Haus der Scarabae.

Rachaela stieg die Treppe hinauf und läutete.

Sie wartete.

Niemand kam.

Am Hafen hatte sie eine Nachricht erhalten, daß Sofie zu Hause wäre. Die Nachricht war jedoch nicht von Sofie selbst geschickt worden. Vielleicht war sie gerade einkaufen gegangen – nein, dafür gab es ja das Dienstmädchen, Grete. Dann eben zu irgendeiner Feier, von der die Familie nichts wußte.

Rachaela blickte an der rosafarbenen Zuckerbäckerfassade hoch. Nichts. Keine Regung. Es war, als hielte das Haus den Atem an. *Sie war hier.*

Rachaela läutete wieder. Mit der anderen Hand schlug sie gegen die Tür.

Plötzlich flog die Tür auf.

Die Frau war klein, kleiner als sie. Sie erinnerte Rachaela an einen kleinen, ulkigen Vogel. Ein rot und dunkelgrau gestreiftes Kleid, eine Kette, die aussah wie drei silberne Streichholzschachteln. Runde blaue Augen. Sofie.

Mit schriller Stimme fragte die Frau: »*Wat ist er aan den hand*?«

»Es tut mir leid, ich spreche nicht Holländisch«, erwiderte Rachaela.

Die Frau wich von der Tür zurück. Sie sah tatsächlich jünger aus als Rachaela und war nur ungefähr fünf Fuß groß, so daß sie nun zunehmend kleiner zu werden schien, wie durch das umgekehrte Ende einer Flasche gesehen.

»Was?« fragte sie auf englisch. »Wer sind Sie?«

»Ich bin Rachaela. Ich bin Althenes Gefährtin.« Rachaela hielt inne. Mit fester Stimme fügte sie hinzu: »Althene – Ihr Sohn.«

Die Tür stand immer noch weit offen.

Rachaela ging in den Korridor, der mit einem schwarzen Teppich ausgelegt war. Dort stand eine seltsame Statue, und Sofie stand geduckt davor. Sie quietschte – *piepste* –: »Komm ja nicht rein. Wie kannst du es wagen? Was willst du?«

»Ich will Althene sehen.«

»Es ist keine – es ist niemand hier.«

»Ich glaube, Sie nennen sie Johanon. Also dann Johanon.«

»Nein. Er ist weg. Es ist schon vor Wochen abgereist.«

Rachaela glaubte Sofie kein Wort. Sofie war geisteskrank. Und es war zu spüren, daß Sofie auch große Angst hatte.

»Es tut mir leid«, sagte Rachaela. »Aber ich werde selbst nachsehen. Bitte entschuldigen Sie mich. Verzeihen Sie, daß ich Ihnen nicht glaube.«

»Du Hure«, sagte Sofie, nun mir ruhiger Stimme.

»Oh, so würden Sie mich nennen? Aber Sie kennen mich doch gar nicht.«

»Hure! Hure! Du Schlampe! Hinaus mir dir! Hinaus!«

Die ganze Ruhe wie weggeblasen.

»Ich werde nicht gehen«, sagte Rachaela. »Nicht bevor ich sicher sein kann, daß Althene nicht hier ist. Wo soll ich anfangen?«

Da stürzte sich Sofie mit ausgebreiteten grauroten Schwingen auf sie.

Rachaela hatte sich nichts vorgenommen, aber das Programm in ihrem Kopf dachte für sie. Sie versetzte Sofie einen heftigen Schlag, mit dem Handrücken ihrer rechten, beringten Hand, und Sofie stürzte, brach mit einem Stöhnen unter der Statue zusammen.

Dort lag sie zusammengekrümmt. Sie weinte große, runde Tränen, ein Sturzbach aus ihren Augen. »Scarabae«, sagte sie nur. »Scarabae.«

»Ich *bin* eine Scarabae«, sagte Rachaela.

Dann ging sie zur nächsten Tür und öffnete sie.

Es war eine Art Arbeitszimmer, sehr staubig, in aggressivem Braun gehalten, mit einem nierenförmigen Schreibtisch. Dahinter lag ein anderes Zimmer, in trübem Orange. Beide Zimmer waren leer.

Als Rachaela wieder in den Korridor kam, lag Sofie immer noch auf dem Teppich. Auf ihrem Gesicht war ein dicker roter Striemen zu sehen, der von ihrem Kleid heraufgewandert schien.

Rachaela dachte: *Wer bin ich jetzt. Adamus oder Malach?* Und der Gedanke belustigte sie ein wenig.

»Wirst du mich jetzt hinführen oder soll ich das ganze Haus durchsuchen?«

»Der Speicher«, sagte Sofie.

»Der Speicher?« Rachaela dachte an die verrückte Mrs. Rochester und mußte lauthals lachen. Sofie begrub ihr Gesicht in den dünnen Händen.

Rachaela rannte die bucklige, gewundene schwarze Treppe hinauf. Ein Motor trieb sie an, und ihr Blut pumpte in ihrem Herzen wie eine Trommel.

Sie lief an Sofies häßlichen Zimmern vorbei, in denen scheußliche Bilder an den Wänden hingen, wie Autounfälle.

Das Haus war eiskalt, aber Rachaela spürte es kaum, so sehr glühte sie vor Entschlossenheit.

Die letzte Treppe war grotesk gebaut, und sie ging etwas langsamer. An der Tür ließ sie das eigene Ungestüm zögern.

Sie hatte vorher nicht darüber nachgedacht: was hatte diese verrückte Mutter ihrem abtrünnigen Kind *angetan*?

»*O Gott.*«

Die Tür war nicht verschlossen. Sie gab nach.

Ein unbeschreiblicher Gestank empfing sie.

Rachaela hielt den Atem an.

Dann sah sie ein Bild, das auf dieser Dreckflut auf sie zu schwamm: Auf dem Bett lang Etwas, dort, wo sich die Decke zu den Fenstern neigte, die das dünne Licht des Morgens hereinließen. Etwas –

Sie ging darauf zu. Sie hielt inne.

Auf dem Bett lag ein kranker Mann. Er hatte langes, schmutziges Haar, in das etwas zerquetscht worden war, irgendeine Essenz – Gott mochte wissen, was – rot, rosa, unbeschreiblich – und sein Gesicht war eine Fläche aus Haar und Wunden, offenen Schnitten, die nicht verheilt waren, Eiter, und – Kosmetika. Rouge und Puder. Verfaulte Duftwässer vermischten sich mit den Ausdünstungen.

Auch im Haar waren Kosmetika. Verschüttet . . . sie konnte es sehen.

Der Leib war eine aufgeweichte Masse.

Jedes Exkrement eines körperlichen Bedürfnisses hatte den Weg nach außen gefunden. Und dies alles in und auf einem Nachthemd aus korallenroter Seide, das mit kostbaren rosa Spitzen verziert war.

Das Herz des rosa Hauses. Ein Schrecken in Rosa.

Rachaela stand starr, und der Kaffee, den sie am Hafen getrunken hatte, kam ihr wieder hoch. Sie schluckte ihn ein zweites Mal.

Was war das?

Lebte es?

»Rachaela«, sagte das Ungeheuer. Irgendwie konnte es den Mund bewegen, der von Schleim und Wunden und einem glänzendroten Lippengloss und einem starken rauhen Bart überzogen war. »Oder – träume ich nur von dir?«

»Du träumst nicht.«

Es war Althene.

Nichts war mehr wichtig. Nicht der Gestank, nicht der Schrecken. Althene war am Leben. Unter der Tagesdecke der schweren Blätter der Dunkelheit. *Althene.*

»Ich muß Hilfe holen«, sagte Rachaela. »Unten ist ein Mann –«

Ein raschelndes Klirren in der Tür ließ sie herumfahren.

Ein verrückter Anblick.

Auf leisen Sohlen hatte sich Sofie angeschlichen, wie in *Psycho* den dünnen Arm hoch erhoben, doch mit einem lächerlichen kleine Messer ausgerüstet, und hinter ihr stand in der Tat ein Mann, aber nicht der Fahrer. Er trug ein Barett und sein langes, braunes, hölzernes Gesicht war vor Anstrengung verzerrt. Er drehte ihr das Messer aus den Fingern.

Es fiel zu Boden.

Sofie kreischte. Wie eine Eule.

Der Mann versetzte ihr einen Stoß, und sie war verschwunden. Ein Zauber.

Auf englisch sagte der Mann: »Ja, Sie werden Hilfe brauchen, Madame.«

»Sie sah aus wie ein vierzehnjähriges Schulmädchen, das einen Exhibitionisten gesehen hat.«

»Ja«, sagte Rachaela. »Es tut mir leid.«

»Es muß dir – nicht leid tun. »*Mir* tut's leid. All – das.«

In Laken gehüllt lag Althene an sie gelehnt im Fond des Wagens. Man hatte sie duschen können, aber das war auch alles. Und irgendwann mußte sie aussteigen – vor dem teuren Hotel, in dem die Familie Zimmer für sie bestellt hatte. Aber dafür würde gesorgt sein. Sie mußten es schaffen. Und dann würde andere Hilfe kommen. Der Familie wurde immer geholfen.

»Ich glaube«, sagte Althene, »sie hat mich irgendwie süchtig gemacht. Ich weiß aber nicht mal, was es war. Sie ließ mich allein – monatelang, nicht wahr? Ich hab' versucht nachzurechnen, wie lange. Aber es klappte nicht. War nutzlos. Was für ein Dummkopf. Sie hat das Interesse an mir verloren, verstehst du?«

»Ja, Gott sei Dank.«

»Ich werde nicht sterben, Rachaela. Was immer sie mir auch angetan haben mag. Ich bin sehr stark.«

»Ich weiß. Ich weiß, daß du nicht sterben wirst. Ich würde es nicht zulassen.«

»Ich habe – ich habe sie nicht gefunden –«

»Wir können später darüber nachdenken.«

»Sie hatte solche Angst, was sie ihr antun könnten«, erklärte Althene. »Sofie. Wie sehr sie mich hassen muß.«

Rachaela spürte, wie der Wagen vor einem weißgelben Gebäude einen Bogen beschrieb. »Wir müssen ein Stück laufen. Ungefähr fünf Meter. Er – Roman – wird uns helfen. Kannst du –«

»O ja.« Althene lehnte sich zurück, mit ihrem ganzen Gewicht. Sie war viel zu leicht.

Das Auto hielt an.

Der Mann mit dem Gesicht einer klugen Geige stieg aus. Vom Hotel kamen noch zwei Leute, um zu helfen.

Rachaela wollte Althene nicht loslassen, aber sie mußte es tun. Nur so lange, bis sie im Hotel waren.

Kapitel
fünfundvierzig

Der Sommer hatte die Stadt in einen Glutofen verwandelt. Die Bäume waren zwar grün, doch die Teiche strömten an manchen Stellen einen säuerlichen Geruch aus. Rote Blüten flammten in Fenstern. Autoabgase verdichteten sich in der Luft.

Im Hotel hatten die hohen Räume ein wenig Kühle bewahrt.

Im Salon funkelte das Sonnenlicht auf dem polierten Kronleuchter und den makellosen Aschenbechern, zauberte große, helle Flecken auf die Sofas, die mit weißer Seide bezogen und zitronengelb gestreift waren, und auf den Armsesseln in königlichem Dunkelgrün. Auf dem Boden lag gewachstes Parkett. Die wunderschöne Frau, die nun den Raum betrat, ging vorsichtig, ihrer hohen Absätze wegen.

Sie sah zerbrechlich aus, die Frau, als sei sie lange krank gewesen. Ihre helle Haut, makellos in sanften Beigetönen geschminkt, wirkte ein wenig trocken und gespannt, und ihre Augen waren nicht ganz klar.

Althene trug ein hellblaues Kleid, das ihren Körper sanft umschmiegte. Ihre Magerkeit wirkte nun wie die eines Models. Unter der rechten Schulter trug sie ein Blatt aus Mattgold. An der linken Hand einen großen Ring, der ein Mischwesen zwischen Kuh und Schlange darstellte, der goldgehörnte Kopf ruhte auf dem zusammengerollten Schwanz.

Nun saß sie und wartete.

Neben ihr auf dem Tisch stand ein vergoldetes Tablett mit Earl-Grey-Tee und den obligatorischen französischen Plätzchen, die, wie sie sehr wohl wußte, keiner von ihnen anrühren würde.

Sie beugte sich zu dem Tablett hinüber und schenkte eine Tasse Tee ein. Ungerührt beobachtete sie, wie ihre Hand dabei zitterte; vor zwei Monaten war es noch schlimmer gewesen. Und davor – viel, viel schlimmer.

Als die Tür geöffnet wurde, sah sie nicht sogleich auf.

Er kam zu ihr herüber und berührte sie leicht an der Schulter. Er hatte sie nie anders behandelt als eine Frau.

Da blickte sie zu ihm auf.

Er hatte sich verändert. Sie hatte es geahnt und gewußt.

Malach erschien nun wie ein Mann von fünfzig, fünfundfünfzig, eher abgezehrt als dünn. Das Gesicht eines Wolfes, hungrig und unbefriedigt. Und von seinen Zügen, die noch immer jeden Künstler erfreuen mochten, war die lange weiße Mähne zurückgestrichen und hinter dem Kopf fest zusammengebunden worden.

Seine Kleidung war dunkel, unauffällig, etwas Leichtes für den Sommer, nichts Besonderes.

Es schien, als hätte er nicht auffallen wollen.

Also empfing sie ihn mit einem Gemeinplatz.

»Es ist heiß.«

»Ja. Wo ist sie?«

»Rachaela ist zu der Straße bei der grünen Eisenbrücke gegangen – so nennen wir sie – um Schmuck zu kaufen. Sie hat neuerdings eine Leidenschaft für bizarre Ringe entwickelt. Schau dir diesen hier an – meine Kuh, Hathor in ihrer besten Erscheinungsform.«

»Er muß ja schwer sein.«

»Ja. Drei Monate lang konnte ich ihn nicht tragen. Ich habe ihn dann unter mein Kissen gesteckt, als Glücksbringer.«

»Und nun kannst du ihn tragen.«

»Jetzt ja.«

»Du siehst so schön aus wie immer«, bemerkte er.

»Danke für deine Lüge«, gab sie zurück. »Du siehst alt aus.«

Er lächelte. »Sei nicht so unfreundlich zu mir, *lieveling*. Davon hatte ich bereits genug.«

Althene schenkte ihm Tee ein. Er beobachtete sie dabei. Sie unterdrückte das Zittern.

»Du denkst«, begann er, »ich sollte auch nichts anderes erwarten. Ich bin sehr hart gewesen. Nun fällt es alles auf mich zurück.«

»Das hat dich früher aber nie gestört.«

»Früher. In einem anderen Land.« Sie hatten englisch gesprochen, sie hatte so begonnen, von Rachaela daran gewöhnt. Nun sagte er auf holländisch: »Ich muß dir nun als einziges sagen, daß ich sie gefunden habe. Wo du und ich geglaubt haben, daß sie zu finden wäre.«

Althene lehnte sich zurück. Sie runzelte die Stirn. Sie sagte: »Also gibt es diesen Ort wirklich.«

»Ja – natürlich gibt es ihn. Was sonst sollte zu ihm passen?«

»Und – er hat sie.«

»Und sie hat ihn.«

»Du mußt mir erklären, was du damit meinst«, bat sie.

»Nein, das werde ich nicht. Er hat sie zu seiner Geliebten gemacht, zu seinem Weib, seiner Tochter. Und sie will alles, was er will.«

»Hast du mit ihr gesprochen?« fragte Althene leise.

»O ja.«

»Und sie zog es vor – sie wünschte –«

»Sie wünschte bei ihm zu bleiben.«

»Er ist ein Zauberer«, sagte Althene. »Es könnte sein, daß er sie verhext hat.«

»Du vergißt, wer sie ist.«

»Mein Kind.«

»Nein«, erklärte er. »Sie hat dich benutzt. Dich und Rachaela. Sie ist niemandes Kind, nur das seine.« Malach hob die Porzellantasse hoch und schaute auf den Tee, dann setzte er sie wieder ab. »Du kannst noch ein Kind haben.«

»Das hört sich so einfach an. Dazu braucht es zwei Menschen.«

»Such dir eine andere Frau –«, er zögerte. »Um dich warm zu halten.«

»Rachaela ist die Frau, die ich will.«

»Dann finde dich mit Rachaela ab.«

»Ich werde nicht fragen –«, begann Althene.

»Dann frage auch nicht.«

»Aber ich muß – eines wissen. Ist er – ist er immer noch so, wie er war?«

»Wie war er denn?«

»Ich meine seine Macht«, erklärte sie. »Daß er so anders war. Ist er jetzt älter – oder jünger – verändert –«

»Er ändert sich in einer Art, wie sich Landmassen bewegen«, sagte Malach. »Kaum wahrzunehmen, aber endgültig. Er sah sehr jung aus. Er nährt sich von allem und jedem. Nichts kann ihn aufhalten – keine Gesetze, keine Hindernisse. Und er muß sie immer schon für sich gewollt haben. Wir glaubten, daß er vergessen hätte. Aber das kann keiner von uns.«

»Gab es denn keinen Augenblick, wo du ihn –«

»Wo ich ihn hätte umbringen können. Doch. Einige Male. Aber er hat mir das Herz ausgesaugt.« Malach lehnte sich zurück. Mitten in seinem gealterten Antlitz schimmerte die Jugend durch, sein Gesicht war aufgerissen, mit Augen wie Wüsten aus bleichem Licht. »Er hat mich ausgepumpt. Aber er ist ja auch ein *Vampir.* Was kann man da schon erwarten?«

»Du wirst heilen«, meinte sie. »Wir können das.«

»Ach ja? Dann muß es ja so sein, weil wir es wollen.«

Irgendwo in der heiteren Stille des Hotels war ein schwacher Laut zu vernehmen.

Althene sagte: »Rachaela könnte zurückkommen. Willst du –«

»Nein. Ich will Rachaela nicht sehen. Sag ihr, was du willst.«

»Die Wahrheit«, sagte Althene. »Ich glaube, das wird ein paar Stunden dauern.«

»Nur ein paar Stunden?«

Er erhob sich. Althene erhob sich ebenfalls. Über die Sonnenstrahlen und den unberührten Tee hinweg starrten sie einander an.

»Du hast mir einst sehr geholfen«, sagte sie. »Ich wünschte, ich könnte dir auch einen Gefallen erweisen.«

»Doch das kannst du nicht. Ein Leben ist jedem einzelnen von uns genug – es will gemeistert werden. Und dann währen unsere Leben auch so lange.«

Als er sie verlassen hatte, nahm sie eines der Plätzchen und zerkrümelte es langsam. Sie wußte nicht, warum. Etwas Zartes, Süßes, etwas Verlorenes.

Jutka, die alte Frau, die im Krähenschloß diente, hatte ihm von dem Fuchs erzählt, einer Füchsin. Er sah Jutka nicht oft. Aber einmal hatte er sie in der Kammer, der Frauenkammer, vorgefunden, wie sie den Boden langsam und gründlich aufwischte. Sie hatte sich nicht entschuldigt. Sie stand vor dem Himmelbett und schaute auf die bemalte Wiege.

Sie hatte ihm erzählt, eine weiße Füchsin sei in ihren Garten gekommen.

Er sagte, das müsse ein Hund sein. Hier gäbe es keine Füchse.

Sie beharrte nicht auf ihrem Standpunkt. Das tat Jutka nie.

»Ich lasse ihr ein gekochtes Hühnchen draußen liegen«, sagte sie.

Vielleicht war die Füchsin einem Privatzoo entsprungen. Oder Jutka hatte alles nur geträumt.

Die Hunde waren zuerst begeistert gewesen, waren ihm im Galopp hinterher gesprungen, wobei Firs und Kraai sich am verrücktesten gebärdeten, auf den Möbeln herumsprangen und auf den Fliesen rutschten.

Doch nach und nach übertrug sich seine Stimmung auf die Tiere. Es tat ihm leid, es mitanzusehen. Sie rannten durch das Labyrinth des überwucherten Gartens, der die Ewigkeit symbolisierte, sie bellten wie verrückt und versuchten, ihn zum Spielen zu verlocken. Sie bissen in die Feuerköpfe der Tulpen, die von der Zuchtwut um 1600 übriggeblieben waren, und grollten dann, weil er sie nicht zur Ordnung rief. Ließen die Schwänze hängen.

Enki und Oscar hielten am längsten aus, wollten einfach nicht aufgeben, bohrten die Schnauzen in seine Hände.

Er konnte sich keinen Tag vorstellen, an dem es anders sein würde.

Die Geschichte mit dem weißen Fuchs ärgerte ihn.

Es war natürlich Ruth, das Symbol von Ruth und Anna, zu einer Person vereint. Irgendeine Projektion seines eigenen Unterbewußtseins oder irgendein Geist ihres *Ka*, das weit entfernt in Kains Gruft existierte.

In der Bar mit den Kupfertöpfen und den gehörnten Schädeln betrank er sich, den ganzen Nachmittag über, mit Bier, Genever und Brandy.

Keiner achtete auf ihn, nur der ältere Mann, dem er stets ein paar Drinks ausgab.

Später senkte sich die hyazinthenfarbene Dämmerung herab, die Neonlichter erwachten und die Laternen und die Lichtbögen über den Grachten.

Selbst da wartete er noch, sah den Betrunkenen zu, die durch die Bar trudelten, er selbst so nüchtern wie der Kopf des Todes bei einer Feier. Die zweite Flasche Brandy war bereits leer.

Es war zwei Uhr am Morgen, als er sich schließlich zu ihr begab, in die enge Gasse. Der Mann an der Tür kannte ihn, das müde, rußige Mädchen jedoch nicht, und sie versuchte, ihn zurückzurufen.

Am Ende der wackeligen Treppe klopfte er. Dann lauschte er auf ihren rasselnden Atem. Die Stadt war ungewöhnlich still. Endlich hörte er eine sabbernde Stimme, nicht die ihre, die ihn hereinbat.

Sie saß an ihrem Tisch, mitten im Unrat und Durcheinander und Gestank ihres Zimmers. Die Jüdin. Nein, sein Blut hatte ihr nicht gut getan, auch wenn sie so begierig darauf gewesen war. Sie war dicker geworden, ein gewaltiger Klumpen Fleisch, und ihr Haar war dünner und strähniger, wie verbranntes Stroh. Nur ihre dunklen Augen grinsten ihn an, der lilafarbene Mund zog sich nach unten.

Die andere Frau war alt und dünn wie ein Stock, mit Streichholzhänden, in denen sie eine 357er Magnum hielt, den Lauf auf Malachs Brust gerichtet. Ohne zu zittern. Sie kicherte, es gefiel ihr, was sie tat. Aus ihrem Mund ragte eine Lucky Strike hervor, und der dünne Rauch erhob sich wie eine Ranke ihrer Seele.

»Brauchst du nicht. Leg sie weg«, sagte die Jüdin. »Das hier ist der Böse. Er ist mein Freund, der Scheißer.«

Die zweite Tante ließ die Waffe ohne Mühe sinken. Sie nahm die Zigarette aus dem Mund und ließ einen Schwall blauen Rauchs entweichen. »Das ist der, den sie Prinz nennen.«

»Prinz«, stimmte die Jüdin zu. »Prinz vom Rauch.«

»Sag ihr, sie soll gehen«, sagte Malach.

»Diesmal ganz privat, was, mein Hübscher? Doch so hübsch

bist du nicht mehr. Diesmal würde ich dein Blut nicht wollen. Ist es nicht wert.«

»Nein, du würdest mein Blut auch nicht bekommen. Ich hab' dir einen Arm voller Gulden mitgebracht.«

Die dünne Tante kam schlurfend auf die Beine. Sie legte die Magnum auf den Tisch neben ein Kartenspiel und schmierige Kerzen, die in zerbeulten Zinnhalter staken. Auf einem Teller mit Krümeln sammelten sich die Motten und fraßen mit bebenden Flügeln, ohne auf das Kerzenlicht zu achten.

In der Tischmitte stand eine tote Rose mit guterhaltenem Kopf in der Farbe von Tabak in einer grauen Vase mit Sprung.

»Siehst du«, sagte sie. »Ich hebe Erinnerungen an dich auf.«

»Wie unklug«, erwiderte er.

Er setzte sich an den Tisch, ihr gegenüber, während die andere kichernd aus der Tür stakelte.

Die Jüdin hob den Kopf. Im weißen Pudding ihres Gesichts, inmitten der Falten und Runzeln, bewegten sich die Augen, als gehörten sie nicht zu ihr. Und ihre dicken, dunklen Lippen.

»Was willst du?« fragte sie.

»Erzähl mir von ihr«, bat er.

»Laß sie gehen«, riet die Jüdin.

»Niemals.«

»Ich bin das einzige Mittel, durch das er an sie herankommt. Warum hast du sie nicht genommen, als du es noch konntest? Sie wäre dir wie eine reife Frucht in den Mund gefallen.«

»Warum«, sagte er. »Ich weiß es nicht. Vielleicht will ich nur den Schmerz des Verlusts haben. Ich bin daran gewöhnt.«

Wütend blickte sie ihm in die trockenen, kalten Augen. »Weine nicht an meinem Tisch«, befahl sie. »Du bringst Unglück.«

»Du bist Unglück, Lady.«

»Kein so schlimmes wie das, das dich befällt.«

Dann krümmte sie sich zusammen, preßte schamlos ihre Hände auf Brüste und Schenkel. Sie starrte nach unten, in ein Reich unter der Welt.

»Schon jetzt«, sagte die Jüdin, »ist sie sein. Schon jetzt. Und was sehe ich da? In ihrem Bauch. Sein Kind.«

Malach sah der Hexe zu.

Er blinzelte einmal, mehr nicht.

Die Jüdin hustete. Ihr Atem stank scheußlich, aber er zuckte nicht zurück. »Gib mir jetzt das Geld.«

Er legte ein braunes Päckchen auf den Tisch und schlitzte es an einem Ende auf. Heraus schauten die bunten Geldscheine, wie eine Parodie auf ihre Karten.

»Dann«, sagte sie, »kann ich dir auch noch ein letztes offenbaren.«

Er wartete.

Die Jüdin sagte: »Sie ist weiß wie Schnee, das Kind in ihrem Schoß ist schwarz. Schwarz wie Kohle.«

Sie hob den Kopf und verkündete dem schweigenden Raum.

»Eine *neue* Dunkelheit.«

ENDE

Band 13 498

Tanith Lee

Unstillbares Verlangen

Am Rande Londons führt Rachaela Day ein graues, ereignisarmes Leben. Von ihrem kargen Buchhändlerlohn kann sie kaum die Miete zahlen. Als sie völlig überraschend mysteriöse Briefe von den Scarabaes erhält, folgt Rachaela diesem Ruf. Alles, was sie über die Scarabaes weiß, ist, daß Adamus Scarabae ihr eigener Vater ist, der ihre Mutter jedoch frühzeitig verließ. Trotz der Warnungen ihrer Mutter zieht Rachaela in das einsame Haus der Scarabaes ein, das auf einem Abhang liegt, Meilen entfernt vom nächsten Ort. Es ist eine geheimnisvolle, lüstern-morbide Gesellschaft, in die sie da geraten ist. Jeder Tag lehrt sie neu das Fürchten.

Band 13 615

Graham Joyce

Haus der verlorenen Träume

Deutsche Erstveröffentlichung

Eine idyllisches Haus auf einer griechischen Insel – Mike und Kim Hanson haben sich ihren Traum vom anderen Leben erfüllt. Doch als sie Besuch von einem befreundeten Pärchen aus England erhalten, beginnt die Fassade des Aussteigerglücks zu bröckeln: Ein Ehekrieg nimmt seinen Lauf, der die Neugierde der Inselbewohner auf verhängnisvolle Weise weckt.

Nach *Bellas Tagebuch* ein neuer Psycho-Thriller des mehrfach mit Literaturpreisen ausgezeichneten britischen Autors. GRAHAM JOYCE versteht es meisterhaft, in den Schlupfwinkeln des Alltags das Unheimliche aufzuspüren.

BASTEI LÜBBE